W0000050

KNAUR

Von der Autorin bereits bei Knaur Taschenbuch erschienen:
Hotel Inselblick. Wolken über dem Meer
Hotel Inselblick. Wind der Gezeiten

Über die Autorin:
Anke Petersen schreibt unter anderen Namen erfolgreich historische Romane. Als sie das erste Mal auf Amrum Urlaub machte, hat sie sich sofort in die Insel verliebt und in ihre Geschichte vertieft. Dabei stieß sie auf das erste Hotel des Inselortes Norddorf, das sie zu diesem Roman inspirierte.

ANKE PETERSEN

Hotel Inselblick

Stürmische See

Roman

Besuchen Sie uns im Internet:
www.knaur.de

Vollständige Taschenbuchausgabe Februar 2020
Knaur Taschenbuch

Ein Imprint der Verlagsgruppe
Droemer Knaur GmbH & Co. KG, München

Der Auszug aus dem Gedicht von
Detlev von Liliencron wurde entnommen aus:
Trutz Blanke Hans, in: Ders. Ausgewählte Werke,
hrsg. v. Hans Stern. Hamburg: Holsten Verlag, 1964.
Redaktion: Ilse Wagner
Covergestaltung: Alexandra Dohse/grafikkiosk.de
Coverabbildung: Trevillion Images
Satz: Adobe InDesign im Verlag
Druck und Bindung: CPI books GmbH, Leck
ISBN 978-3-426-52279-0

2 4 5 3 1

Wichtigste im Roman vorkommende Personen

Familie Stockmann

Marta Stockmann
Ida Bertramsen, Tochter
Thaisen Bertramsen, Ehemann von Ida
Leni, *Inke*, *Peter* und *Jan*, Kinder von Ida und Thaisen
Nele Thieme, Enkeltochter von Marta
Johannes Steglitz, erster Ehemann von Nele
Thomas Weber, zweiter Ehemann von Nele

Personal des Hotels

Ebba Janke, Köchin (im Ruhestand)
Gesine, Köchin
Uwe Diedrichsen, Ehemann von Ebba
Jasper Hansen, allgemeine Hilfskraft
Hannes, Kutscher, allgemeine Aushilfe

Sonstige Personen

* *Frauke Schamvogel* (Witwe), Freundin der Familie
* *Julius Schmidt*, Inhaber des Gasthauses *Honigparadies* in Nebel
* *Elisabeth Schmidt*, Ehefrau
Marret Schmidt, Tochter
Martin Schmidt, Sohn

* *Hugo Jannen*, Inhaber des *Hotel Seeheim* in Norddorf
* *Schwester Anna Detering*, Diakonissin im Hospiz
* *Heinrich Arpe*, Lehrer aus Norddorf

mit * gekennzeichnete Personen sind historisch belegt

1

Norddorf, 26. Juni 1914

Heute beginne ich ein neues Notizbuch, das erste nach Wilhelms Tod. Es ist sonderbar, denn nie gab es ein Notizbuch ohne ihn, selbst in Hamburg nicht. Gestern saß er doch noch neben mir, gestern redeten wir noch miteinander über Belanglosigkeiten, Alltägliches. In diesem Buch wird er jedoch kein Teil des Alltags mehr sein, keines schlechten Alltags. Es ist ein guter Sommer mit schönem Wetter und zufriedenen Gästen. Er hätte ihn gemocht. Viele Stammgäste sind wieder bei uns, wie sollte es auch anders sein. Es fällt mir jedes Mal schwer, die Fragen nach Wilhelm zu beantworten. Die Beileidsbekundungen schmerzen. Wir wussten es beide. Wir wussten, dass er derjenige sein würde, der als Erster gehen würde. Doch wenn es geschieht, ist nichts mehr, wie es einmal war. Aber er wird immer Teil dieses Hauses und ein Teil von mir sein und bleiben, auch wenn er nicht mehr neben mir sitzt.

Marta war ungeduldig. Immer wieder wanderte ihr Blick zu einer auf der Kommode stehenden Uhr.

»Jetzt mach doch schneller«, sagte sie zu Ida. »Wir kommen noch zu spät.«

»Ich hab es ja gleich«, antwortete Ida. »Und wir kommen nicht zu spät. Ohne dich wird Nele niemals heiraten, und das weißt du auch.« Ida befestigte rasch die letzten Nadeln, mit denen das dreieckige Schultertuch an dem Mieder der Amrumer Tracht festgesteckt wurde. Dabei stach sie sich in der Hektik in den Finger.

»Jetzt hab ich mich auch noch gestochen. Heute kommt aber auch alles zusammen.« Sie steckte sich den Daumen in den Mund.

»So ist es immer, wenn etwas Besonderes ansteht«, sagte Marta seufzend. »Wie geht es denn Leni inzwischen. Hat sie zu spucken aufgehört?«

»Ja, hat sie. Und sie will unbedingt mit in die Kirche gehen, obwohl sie vorhin noch recht käsig um die Nase gewesen ist. Immerhin sind der Zwieback und der Kamillentee vom Frühstück dringeblieben.«

Marta wollte etwas sagen, doch Ida ließ ihre Mutter nicht zu Wort kommen. »Ich weiß, ich weiß. Ein spuckendes Blumenmädchen könnte die Zeremonie stören. Aber sie wäre untröstlich, wenn sie nicht mitkommen könnte. Seit Wochen hat sie sich auf diesen Tag gefreut.«

Ida machte sich daran, das Kopftuch zu falten. Martas Blick fiel auf die rote Haube, die neben der weißen Schürze auf der Kommode lag. Sie zu tragen war verheirateten Frauen vorbehalten, doch sie war nun verwitwet. Der Anblick der roten Haube trieb Marta die Tränen in die Augen. Sie wollte sie wegblinzeln, doch es gelang ihr nicht. Idas Blick fiel auf die rote Haube, und sie ließ die Hände sinken.

»Ach, Mama«, sagte sie, »nicht weinen. Er hätte es nicht gewollt.«

»Ich weiß«, antwortete Marta. »Es ist nur …« Sie brach den Satz ab und wischte sich die Tränen von den Wangen. »Es ist das erste Mal, dass ich die Tracht trage, ohne dass Wilhelm bei mir ist. Ich weiß, es ist so dumm. Ständig denke ich, es ist das erste Mal ohne ihn. Der erste Sonnenaufgang ohne ihn, das erste Mal Aufstehen ohne ihn, das erste Frühstück ohne ihn. Der Beginn einer neuen Saison ohne ihn. Und jetzt heiratet Nele ohne ihren Großvater. Er wollte sie zum Altar führen. Das hat er zu mir gesagt. Er wäre jetzt ihr Vater, hat er erklärt. Nun hat sie weder Vater noch Großvater. Wer soll sie denn in der Kirche begleiten? Sie kann doch nicht ganz allein den Mittelgang hinunterlaufen.«

»Thaisen wird sie führen«, antwortete Ida. »Sie hat ihn gefragt, und er macht es gern.«

»Das hat sie mir gar nicht erzählt«, antwortete Marta. »Aber es ist gut so. Ich meine, richtig. Er ist ihr Onkel, also Familie.«

»Thaisen ist deshalb schon ganz aufgeregt. Vorhin hat er sich dreimal seinen Schlips neu gebunden. Alle Augen werden auf mich gerichtet sein, hat er gesagt. Was ist, wenn ich stolpere?«

»So oder so ähnlich hat Wilhelm es vor jeder Hochzeit seiner Töchter zu mir gesagt. Und am Ende band jedes Mal ich ihm seinen Schlips.«

Marta lächelte, während Ida ihr die Haube aufsetzte und sie rasch mit Haarnadeln an der bereits gesteckten Frisur befestigte. Martas Haar war inzwischen vollständig ergraut. Tiefe Linien hatten sich um ihre Augen und Mundwinkel gegraben. Falten sind die Spuren des Lebens, kam es Ida in den Sinn. Wieder einer von Kalines Sprüchen. Jetzt war die Gute schon so viele Jahre tot, und trotzdem geisterte sie immer wieder durch ihre Gedanken. Die Spuren des Lebens. Besonders in den letzten Monaten schienen sie bei ihrer Mutter deutlicher geworden zu sein. Der Tod ihres Vaters war kein plötzliches Ereignis gewesen. Wilhelms Gesundheitszustand hatte sich bereits im letzten Sommer verschlechtert. Im Herbst überstand er nur langsam eine weitere Bronchitis, und in den letzten Wochen seines Lebens war er oftmals zu geschwächt gewesen, um aufstehen zu können. Von einer weiteren Lungenentzündung im Januar hatte er sich nicht mehr erholt und war an einem verregneten und stürmischen Winterabend für immer eingeschlafen. Einer seiner treuesten Freunde stand ihm in diesen schwierigen Zeiten als sein ständiger Begleiter zur Seite. Jasper. Er leistete ihm so oft wie möglich Gesellschaft, las ihm aus der Zeitung vor, an besseren Tagen spielten sie Karten. Der gute Jasper, weit über siebzig Jahre alt und immer noch recht rüstig. Das liegt am Korn, hatte er einmal zu Ida gesagt. Der desinfiziert. Ida hatte gelacht, doch irgendetwas musste an seiner Behauptung dran sein. Sie konnte sich nicht entsinnen, Jasper jemals krank erlebt zu haben. Inzwischen arbeitete er längst nicht mehr als Strandwart. Diese Aufgabe hatte vor einigen Jahren der von Pellworm stammende Jürgen Mathiesen übernommen. Jasper ließ es sich jedoch nicht nehmen, noch immer die Sandburgenwettbewerbe auszurichten. Ansonsten galt er im Haus als allgemeine Aushilfe. Er half, wo Not am Mann war, und pulte noch immer gern Krabben, am liebsten in der Sonne auf der Bank vor dem Haus. Häufig hielt er sich in Thaisens Werkstatt auf, die sich dieser im Anbau des Stalles eingerichtet hatte. Das Talent zum Bauen von Modell- oder Buddelschiffen fehlte Jasper, jedoch liebte er den Geruch des Holzes. Und er mochte Thaisen, mit dem es sich gut über Politik schnacken ließ. Und in der letzten Zeit gab es eine Menge, über das man reden konnte. Seit dem Attentat in Sarajevo schien das Reich in heller Aufregung, Krieg lag in der Luft der sommerlichen Tage. Die männlichen Gäste wurden immer unruhiger, und die neu eintreffenden Telegramme und Zeitungen wurden Tag für Tag ungeduldig erwartet.

Die Tür öffnete sich, und Ebba betrat, ebenfalls in Tracht gekleidet, den Raum. Ihr hatte ihre Tochter Gesa beim Ankleiden geholfen, die mit ihrer Familie extra zu Neles Hochzeit angereist war.

»Wo bleibt ihr denn?«, fragte Ebba ungeduldig. »Nele ist bereits fertig und will zum Wagen gehen. Ach, sie sieht entzückend aus. Und wo steckt eigentlich unser Blumenmädchen?«

»Ich dachte, sie wäre bei Gesine in der Küche«, antwortete Ida nuschelnd. Sie hatte zwei Haarnadeln zwischen die Lippen geklemmt.

»Nein, da ist sie nicht. Von dort komme ich gerade. Himmel, dieses Kind. Sie treibt mich noch mal in den Wahnsinn.« Ebba rang die Hände.

Wo sie recht hatte, dachte Ida. An ihrer kleinen Leni – sie war im Februar sechs Jahre alt geworden – war ein Junge verloren gegangen. Ständig trieb sie sich mit den Dorfjungen herum, kroch in den Bau von Karnickeln oder rollte die Dünen hinunter. Im letzten November war sie vom Strandvogt pitschnass nach Hause gebracht worden. Aus irgendwelchen ungeklärten Umständen, die Wahrheit war nicht aus ihr herauszubringen gewesen, waren die Kleine und die Jungen vom Bauern Flor aus Nebel in einen Teich gesprungen. Die Jungen konnten schwimmen, Leni leider nicht. Wäre der Strandvogt Erk Jensen nicht zufällig vorbeigekommen, wäre sie vermutlich ertrunken.

Von draußen drang ein gellender Schrei herein, der eindeutig dem kleinen Wirbelwind zuzuordnen war. Marta, Ida und Ebba eilten zum Fenster. Da stand sie, die kleine Leni in ihrem hübschen rosa Kleidchen, dessen Rock ein großer brauner Dreckfleck zierte. Ein Junge, er gehörte zu den Hotelgästen, hatte nichts Besseres zu tun, als mit Dreckklumpen, die er aus einer Pfütze kratzte, nach Leni zu werfen. Sein Gesichtsausdruck war gehässig, er rief irgendetwas, was weder Marta, Ida noch Ebba verstanden. Dann warf er den Klumpen nach Leni, die ihrerseits aus einer weiteren Pfütze den Matsch herausholte und diesen zu einem Geschoss formte. Bevor sie jedoch werfen konnte, traf sie der Dreckklumpen ihres Gegners an der Schulter, und der feuchte Schlamm spritzte bis auf ihre Wange.

»Na, sie hat sich ja flott erholt«, bemerkte Marta.

Ida öffnete das Fenster und rief: »Sofort aufhören. Seid ihr denn verrückt geworden? Leni, wie du aussiehst. Das schöne Kleid.«

Der Junge, der gerade dabei war, sich ein weiteres Wurfgeschoss aus der Pfütze zu organisieren, blickte alarmiert in ihre Richtung und rannte davon. Leni blieb zurück. Sie ließ ihre Hand sinken, und der feuchte Dreck tropfte auf den Boden. Ihre Miene wurde schuldbewusst.

Gesine kam, angelockt von dem Geschrei, aus der Küche gelaufen und schlug die Hände über dem Kopf zusammen. »Leni, Kind. Wie siehst du denn aus!«, rief sie.

Ida, Marta und Ebba traten nach draußen.

»Was machst du denn, Leni?«, fragte Ida ihre Tochter. Sie vermied es, den Dreckspatz anzufassen, um die weiße Schürze ihrer Festtagstracht nicht zu verschmutzen. »Sieh nur, das schöne Kleid.«

»Er hat angefangen«, antwortete Leni trotzig und verschränkte die Arme vor der Brust.

»Ich dachte, dir wäre übel«, meinte Ebba. »Vorhin warst du in der Küche noch ein Häufchen Elend.«

»Mir ist nicht mehr übel«, antwortete Leni patzig.

Nele trat nach draußen. Ihr schlichtes, cremefarbenes Kleid war am Dekolleté mit Spitze verziert. Ihr dunkelbraunes Haar war kunstvoll hochgesteckt. Sie hatte sich gegen einen Schleier entschieden, trug jedoch einen schmalen Blumenkranz aus kleinen Rosen und Schleierkraut auf dem Kopf.

»Nele, meine Liebe, wie schön du aussiehst«, sagte Marta.

»Im Gegensatz zu meinem Blumenmädchen«, entgegnete Nele und musterte Leni, eine Augenbraue hochgezogen.

»Das kriegen wir wieder hin«, erklärte Ida. »Wir ziehen rasch ein anderes Kleid an und waschen den Dreck ab. Dann ist sie wie neu. Leni, aber flott.« Sie deutete zum Eingang des Friesenhauses, das vor einigen Jahren neben der Dependance erbaut worden war und der Familie als privater Wohnsitz diente.

Jasper tauchte auf, leicht schwankend, und das bereits um elf Uhr morgens.

Ebba sah ihn missbilligend an und fragte: »Kann es sein, dass du betrunken bist?«

»Ich – betrunken«, antwortete Jasper. »Niemals.«

»In welchem Zustand ist der Bräutigam?«, erkundigte sich Marta, die ahnte, woher der Wind wehte.

»Fidel und fröhlich«, antwortete Jasper. »Er lief vorhin nur etwas schief. Aber das gibt sich.«

»Wollen wir es hoffen«, antwortete Marta seufzend.

Sie hätte niemals zulassen sollen, dass Jasper und Hugo Jannen mit Johannes einen Junggesellenabschied im Gasthaus *Zum lustigen Seehund* feierten. Der arme Mann konnte ja nicht wissen, worauf er sich da einließ.

Johannes Steglitz, Neles Zukünftiger, stammte aus Husum. Dort leitete er gemeinsam mit seinem Vater ein großes Handelskontor. Nele würde nach der Hochzeit zu ihm aufs Festland ziehen. Marta gefiel der Gedanke nicht, ihre Enkeltochter gehen zu lassen, auch wenn ihr Verhältnis zu Nele nicht sonderlich innig war. Marta wusste, dass sie Schuld an diesem Umstand hatte. Nach dem Schiffsunglück, bei dem ihre Tochter Rieke und ihr Schwiegersohn Jacob, Neles Eltern, ums Leben gekommen waren, hatte sie sich in ihrer Trauer vergraben und das heimgekehrte Kind mit Missachtung gestraft. Zu tief saß der Kummer um die verlorene Tochter. Nele ähnelte ihrer Mutter sehr. Es schien, als wäre sie eine jüngere Ausgabe von Rieke. Das gleiche kastanienbraune Haar, die gleichen Rehaugen. Sie hatte Nele allein gelassen und schämte sich noch heute dafür. Ida war diejenige gewesen, die sich damals um Nele gekümmert hatte. Die beiden waren inzwischen mehr als Tante und Nichte, sie wirkten eher wie Schwestern.

Die Gattin des Oberzahlmeisters Preller näherte sich ihnen. Die beiden kamen bereits seit vielen Jahren und zählten zu den Stammgästen.

»Meine liebes Fräulein Nele«, sagte sie, »wie hübsch Sie aussehen. Ich und mein Gatte wünschen Ihnen alles Gute für den künftigen Lebensweg, und natürlich viele Kinderlein.«

»Der Esel nennt sich selbst immer zuerst«, raunte Ebba Marta zu, die schmunzelte. Genau denselben Gedanken hatte sie auch gehabt. Sybille Preller war eine herzensgute Frau, jedoch nicht die Hellste.

Nele bedankte sich für die freundlichen Worte. Der Oberzahlmeister trat zu ihr. Er trug einen Picknickkorb, einen Klapptisch, über seiner Schulter hingen zwei Badetücher, und unter seinem Arm klemmte eine Zeitung.

»Alles Gute für Sie, Fräulein Nele«, sagte er. »Und dann haben Sie auch noch so ein schönes Wetterchen. Ist die reinste Freude.«

Nele bedankte sich erneut und sah Hilfe suchend zu ihrer Großmutter. Marta trat näher.

»Ach, diese entzückenden Trachten«, sagte Sybille Preller. »Sie sehen großartig darin aus. Ein Jammer, dass die Inseldamen diese nicht öfter tragen.«

»Das hier ist ja auch eine Festtagstracht«, erklärte Marta geduldig. »Sie wird nur zu besonderen Anlässen herausgeholt, und es dauert sehr lange, sie anzuziehen.«

»Verstehe«, antwortete Sybille Preller.

»Sybille, Liebes, wollen wir dann weiter?«, fragte ihr Gatte. »Wir möchten zum Strand und das schöne Wetter ausnutzen.«

»Wo kann man denn eine solche Tracht erwerben?«, erkundigte sich Sybille Preller, die Worte ihres Gatten ignorierend.

»Leider kann man die Trachten nicht kaufen«, antwortete Marta. »Die meisten werden innerhalb der Familien weitergegeben. Eine neue anfertigen zu lassen, das ist sehr teuer und zeitaufwendig.«

»Genauso wie das Anziehen«, wiederholte Ebba. »Da brauchen Sie mehr als drei Stunden für. Allein das Falten des Rockes dauert schon eine Stunde.«

»Ach tatsächlich. Nein, dann ist das wohl nichts für mich«, antwortete Sybille Preller enttäuscht. »Aber eigentlich ist das ja auch nur was für Bewohner der Insel. Wo soll ich eine solche Tracht in Berlin auch tragen. Es war nur so eine Idee.«

»Liebling, kommst du jetzt.« Die Stimme des Oberzahlmeisters klang energischer.

»Ist gut«, antwortete seine Gattin. »Wir gehen ja schon. Und nochmals alles Gute für Sie, Fräulein Nele. Sie sehen wirklich ganz bezaubernd aus.« Sie schenkte Nele ein Lächeln, dann folgte sie ihrem Gatten.

»Sie ist nett, aber eine Nervensäge«, sagte Ebba, nachdem die beiden außer Hörweite waren. Marta nickte.

Ida und Leni kamen zurück. Leni steckte jetzt in einem blauen Kleid, ihr blondes Haar war geflochten, und ein Blumenkränzchen zierte ihren Kopf. Den beiden folgte Thaisen, der einen schwarzen Anzug trug und sein blondes, normalerweise zerzaustes Haar mit Pomade gebändigt hatte.

»Dann wollen wir mal los«, sagte er.

Wie auf Kommando bog Hannes mit dem mit Blumen geschmückten Wagen um die Ecke.

»Ich habe gehört, hier gäbe es eine Braut zum Abholen«, sagte er grinsend, nachdem er vor ihnen gehalten hatte.

»Und wie es die hier gibt«, rief Leni fröhlich.

Thaisen half Nele beim Einsteigen. Ihr folgten Marta, Ida, Ebba und die kleine Leni. Thaisen nahm bei Hannes auf dem Kutschbock Platz. Hannes, der bereits seit vielen Jahren für die Familie Stockmann als Fahrer arbeitete und inzwischen zum Hausinventar zu gehören schien, trieb die Pferde an, und es ging in Richtung Nebel zur Kirche. Auf dem Weg dorthin sahen sie die Inselbahn, die vor einigen Jahren auf elektrischen Betrieb umgestellt worden war. Dass es auf Amrum Elektrizität gab, dafür hatte sich noch Heinrich Andresen starkgemacht. Damals war der Bau einer elektrischen Zentrale geplant worden, um die Häuser und Hotels Wittdüns mit Strom zu versorgen. Die Aktiengesellschaft von Andresen ging wenig später in Konkurs, doch das E-Werk im Zentrum von Wittdün wurde trotzdem – zusammen mit einem Weinrestaurant und dem Casino – erbaut. Schnell wurde jedoch klar, dass sich die wenigen 25-Watt-Birnen in den Häusern und die Beleuchtung der Promenade nicht rentierten, und so wurde überlegt, auch die anderen Dörfer und das *Kurhaus zur Satteldüne* an das Stromnetz anzuschließen. Dies geschah über die Inselbahn, die ebenfalls elektrisch wurde und mit ihren Oberleitungen die Dörfer versorgte. Allerdings hatte es in den letzten Jahren mit der Bahn immer wieder Schwierigkeiten gegeben. Im E-Werk in Wittdün war ein Feuer ausgebrochen, Sturmfluten unterspülten die Gleise, und es kam zu mehreren Eigentümerwechseln. Inzwischen gehörte die Inselbahn den Amrumern selbst, sodass der Betrieb in den letzten beiden Jahren einigermaßen reibungslos verlaufen war.

Sie erreichten das weitgehend noch immer von alten Friesenhäusern geprägte Nebel. Hier waren in den vergangenen Jahren nur wenige Neubauten, den Tourismus betreffend, errichtet worden. Das Bahnhofshotel und das Anwesen von Friedrichs gehörten dazu. Und Dr. Ides Sanatorium war vor einigen Jahren am Wattenmeer errichtet worden. Das Haus genoss in der Kinderheilkunde einen hervorragenden Ruf.

An der Kirche wurden sie bereits erwartet. Vor dem Gotteshaus warteten Neles zukünftige Schwiegereltern, Heinrich und Elfriede Steglitz, mit ihrer Tochter Annemarie. Deren beide Töchter, sie waren vier und acht Jahre alt, gehörten ebenfalls zu den Blumenmädchen. Stefan Krüger, der Pfarrer, stand ebenfalls vor dem Gotteshaus. Der hoch aufgeschossene Mann mit Halbglatze hatte vor einigen Jahren die Nachfolge von Ricklef Bertramsen übernommen, den ein Schlaganfall mitten aus dem Leben gerissen hatte.

Der Pfarrer reichte Nele lächelnd die Hand. »Da sind Sie ja endlich. Der arme Herr Bräutigam hatte schon Sorge, seine Braut würde nicht kommen.«

»Wir wurden leider aufgehalten«, entschuldigte Marta ihr Zuspätkommen.

»Ich dachte, die Blumenmädchen tragen alle Rosa«, sagte Annemarie, den Blick auf Leni gerichtet, die den Kopf einzog.

»Ein Malheur mit dem Morgenkakao. Da ließ sich nichts machen«, antwortete Ebba und setzte ein verbindliches Lächeln auf.

Annemarie nickte, erwiderte jedoch nichts. So recht schien sie Ebba den kleinen Schwindel nicht abzukaufen. Sie hatte in den letzten Tagen einen Eindruck von Lenis Verhalten bekommen und hielt sie für ein verzogenes Balg, dem eindeutig eine strenge Gouvernante fehlte. Das hatte sie während des Nachmittagskaffees zu Marta gesagt. Es ginge nichts über eine anständige Erzieherin, gern ein etwas älteres Semester, die den Kindern von Anfang an klare Grenzen aufzeigte. Marta hatte mit einem verbindlichen Lächeln genickt. Sie wusste, dass Ida einen Teufel tun und ein Kindermädchen einstellen würde. In dieser Hinsicht fehlte Kaline. Sie hatte eine ganz eigene Art gehabt, mit Kindern umzugehen. Neles zukünftige Kinder waren bereits jetzt zu bedauern. Es war geplant, dass Nele und Johannes ein Nebengebäude des steglitzschen Anwesens bezogen. Dieses lag, außerhalb von Husum, zauberhaft im Grünen. Es war zu hoffen, dass sich Nele von ihrer Schwägerin nicht in das Thema Kindererziehung würde reinreden lassen.

Die Damen folgten dem Pfarrer in das Innere des Gotteshauses, während Nele und Thaisen draußen blieben.

»Bereit für die Schlacht?«, fragte Thaisen und bot Nele seinen Arm an. Sie nickte und atmete tief durch. Vor dem Altar wartete ihr Johannes auf sie. Der Mann, in den sie sich auf den ersten Blick verliebt hatte. Damals, als sie in Wittdün in der Kolonialwarenhandlung von Peter Hansen Einkäufe erledigt hatte und unbedachterweise in ihn hineingelaufen war. Er war blond, hochgewachsen und mit strahlend blauen Augen. Wie ein Baum zum Anlehnen, hatte Ida einmal gesagt. So jemanden brauchte Nele. Einen Mann, der ihr das Gefühl von Sicherheit vermittelte. In Johannes hatte sie ihn gefunden.

Das Orgelspiel setzte ein, und Nele und Thaisen betraten die Kirche.

2

Norddorf, 28. Juli 1914

Heute gab es am Strand mal wieder Ärger, denn ein Herr wollte es sich nicht nehmen lassen, gemeinsam mit seiner Gattin ins Wasser zu gehen. Er hielt die Regelung der Damen- und Herrenbäder für überholt. Schließlich gäbe es auch in Wittdün ein Familienbad und auf den meisten anderen Inseln ebenfalls. Diese Diskussionen führen wir inzwischen häufiger. Aber der Norddorfer Gemeinderat lässt sich nicht dazu bewegen, endlich ein Familienbad an unserem Strand zu genehmigen. Die Herrschaften wittern in einem solchen noch immer Sodom und Gomorrha. Wie unsinnig das doch ist. Aber wenn sich die politischen Verhältnisse weiterhin verschärfen, werden wir sowieso bald andere Sorgen haben. Jasper hat gemeint, wenn es Krieg gibt, wird Amrum zum kriegsgefährdeten Gebiet erklärt, und dann müssten sämtliche Touristen abreisen. Ich hoffe inständig darauf, dass es nicht dazu kommen wird. Aber die Lage spitzt sich leider immer weiter zu.

Nele öffnete die Augen. Irgendetwas hatte sie geweckt. Es hatte sich wie ein Poltern angehört. Johannes war bereits aufgestanden. Vermutlich machte er seinen morgendlichen Strandspaziergang. Sie sah zum Fenster. Die Sonne war gerade aufgegangen und zauberte rotes Licht auf den Fensterrahmen. Erneut nahm sie ein eigentümliches Geräusch wahr. Es klang wie ein Stöhnen. Sie stand auf und öffnete ihre Zimmertür. Nun fluchte jemand, dessen Stimme sie nur zu gut kannte.

»Dumme Treppenstufe aber auch. So ein verdammter Mist.«

Es war Ebba.

Nele lief zur Treppe und entdeckte sie am unteren Ende sitzend. »Ebba, was ist geschehen?«, fragte Nele und eilte zu ihr.

»Was schon«, antwortete Ebba. »Ich hab Torben gesagt, dass die Treppenstufe lose ist. Aber der Dösbaddel von einem Hausmeister will ja nicht hören. Jetzt haben wir den Salat. Mein Knöchel, ich glaube, er ist gebrochen.«

Nele versuchte, Ebba zu trösten. »So schlimm wird es schon nicht sein. Welcher Fuß ist es denn?«

»Der da«, antwortete Ebba und deutete auf ihr rechtes Bein. Sie sah mitgenommen aus. Ihre Wangen waren gerötet, und ihr Dutt am Hinterkopf löste sich auf. Nele streckte die Hand aus. Doch noch ehe sie den Fuß überhaupt berührt hatte, jammerte Ebba schon los.

»Oh, au, das tut weh.«

»Ich hab doch noch gar nichts gemacht«, antwortete Nele. »Du stellst dich aber auch an.«

»Wie redest du denn mit mir?«, entgegnete Ebba entrüstet und verschränkte die Arme vor der Brust.

Nele seufzte innerlich und ermahnte sich, geduldig zu sein. Dass Ebba wehleidig war, war hinlänglich bekannt. Leider passierten ihr in der letzten Zeit öfter Missgeschicke. Dieser Umstand war ihrer schlechter werdenden Sehkraft geschuldet. Sie weigerte sich jedoch, die Brille zu tragen, die der Arzt ihr verordnet hatte. Anfangs war sie ganz begeistert davon gewesen, doch nach einer Weile meckerte sie an dem Drahtgestell herum. Es würde von der Nase rutschen, hinter den Ohren drücken, und die Gläser würden ständig beschlagen. So könne eine Köchin doch nicht arbeiten. Obwohl Ebba nicht mehr als Köchin arbeitete, jedenfalls war sie nicht mehr die Chefköchin. Gesine hatte vor einigen Jahren die Leitung der Hotelküche übernommen und hatte nun ihre liebe Mühe mit ihrer starrsinnigen Vorgängerin, die eigentlich ihren Ruhestand genießen sollte. Doch Ebba gefiel es gar nicht, aufs Altenteil abgeschoben zu werden. Sie war noch immer jeden Tag die Erste in der Küche und backte die Heißwecken, steckte ihre Nase in sämtliche Töpfe und stritt sich gern mit Gesine, deren Autorität sie des Öfteren infrage stellte. Marta war froh darüber, dass Gesine Ebba bereits seit Jahren kannte und mit ihren Launen zurechtkam. Eine neue Köchin hätte ihnen vermutlich innerhalb weniger Tage alles hingeschmissen. Doch trotz Ebbas manchmal unmöglichen Verhaltens dachte niemand daran, sie anderswo unterzubringen. Ebba gehörte zum *Hotel Inselblick* und war mit den Jahren Teil der Familie geworden. Und mit Familie war es eben ab und an kompliziert.

Unter ihnen wurde eine Tür geöffnet. Nele beugte sich über das Treppengeländer. Es war Jasper, der gerade seine Kammer verließ. Nele reagierte erleichtert. Wenn jemand es schaffte, Ebba wieder auf die Beine zu stellen, dann er.

»Jasper, komm schnell«, rief sie. »Ebba hatte einen Unfall.«

»Was ist denn passiert?«, fragte Jasper und sah auf die arme Ebba, die sich vergeblich aufzurappeln versuchte.

»Was wohl. Die vermaledeite Stufe. Ich habe Marta gleich gesagt, dass dieser Torben nichts taugt. Wird ja einen Grund gegeben haben, weshalb die den beim *Hotel Central* nicht mehr haben wollten. Aber mir glaubt ja keiner.«

Jasper sah zu Nele, die ein Grinsen unterdrückte. Torben war im *Hotel Central* nicht rausgeworfen worden, sondern freiwillig gegangen. Aber diese Geschichte stand auf einem anderen Blatt. Ebba ließ von der ersten Minute an kein gutes Haar an dem schlaksigen jungen Burschen, der den Platz von Fietje eingenommen hatte, der leider im letzten Jahr an einem Herzinfarkt verstorben war. Fietje war zehn Jahre lang der Hausmeister im Hotel gewesen, und Ebba und er hatten eine besondere Art von Freundschaft gepflegt. Sein Tod hatte sie sehr mitgenommen. Doch deshalb Torben zu verteufeln war nicht gerecht.

»Jetzt sehen wir erst einmal zu, dass wir dich wieder auf die Füße bringen.« Jasper ging nicht auf Ebbas Gezeter ein. »Und dann guck ich mir die Treppenstufe mal an. Wird kein Hexenwerk sein, sie zu reparieren.«

Er trat hinter Ebba und griff ihr unter die Achseln. Ruck, zuck stand sie auf den Beinen, klammerte sich jedoch am Treppengeländer fest. Den verletzten Fuß reckte sie in die Höhe.

Jasper und Nele schafften Ebba die Treppe nach unten und in die Hotelküche, wo sie sich auf das Kanapee neben der Tür sinken ließ. Marta, die am Küchentisch gesessen hatte, kam sofort mit besorgter Miene näher, ebenso wie Gesine.

»Was ist denn geschehen?«, fragte Marta.

Ebba schimpfte erneut los. Marta sah zu Jasper, der sich ein Grinsen nicht verkneifen konnte. Ihr Blick wanderte zu Nele und blieb an ihren nackten Füßen hängen.

»Jetzt beruhigen wir uns erst einmal«, sagte sie. »So schlimm wird es schon nicht sein. Nele geht sich jetzt etwas anziehen, und wir begutachten den Fuß. Gesine, hol doch rasch etwas zur Kühlung«, wies sie die Köchin an.

Nele reagierte erleichtert. Dem Herrn im Himmel sei Dank, war Marta gerade in der Küche. Wenn jemand es schaffte, Ebba zu beruhigen, dann sie. Ida betrat den Raum und erkundigte sich, was geschehen war.

»Was schon«, antwortete Ebba grummelnd. »Der Dösbaddel Torben hat die Treppe noch immer nicht repariert.«

»Dann werde ich ihm nachher gleich sagen, dass er sich darum kümmern soll«, antwortete Ida.

Nele bewunderte ihre Tante für ihre Geduld. Sie spielte ohne Murren weiterhin die zweite Geige hinter Marta. Dass Ida und

Thaisen das *Hotel Inselblick* eines Tages weiterführen würden, war bereits ausgemacht. Doch das Hotel war über zwanzig Jahre Martas Lebensmittelpunkt gewesen, ihr Lebenstraum, könnte man sagen. In der Hamburger Pension ihrer Tante Nele aufgewachsen, hatte sie sich stets ein eigenes Hotel gewünscht. Wilhelm hatte ihr, seinem Pensionsmädchen, wie er sie zärtlich nannte, diesen Wunsch erfüllt. Und Marta war noch nicht gewillt, sich aus dem Tagesgeschäft zurückzuziehen.

Nele verließ die Küche und ging in ihre Kammer, um sich anzukleiden. Erst vor wenigen Tagen hatte sie diese gemeinsam mit Johannes mit Beschlag belegt. Eigentlich hatten sie nach der Hochzeit gleich nach Husum ziehen wollen. Aber es hatte mit den Handwerkern Verzögerungen gegeben, und ihr Häuschen war noch nicht fertig renoviert. Deshalb mussten sie ihren Aufenthalt auf der Insel verlängern. Johannes nannte es scherzhaft Sommerfrische. Sie waren im Dienstbotentrakt des Hotels untergebracht, der erst vor wenigen Jahren neu errichtet worden war und direkt an die Wirtschaftsräume und die Küche grenzte. Gegenüber lag die Dependance, daneben das Friesenhaus, dessen Bau sich Marta gewünscht hatte. Sie war nie erfreut darüber gewesen, dass das alte Schulhäuschen, in das sie und Wilhelm sich damals verliebt hatten, mit den Jahren von Anbauten umschlossen worden war und den Charme eines alten Friesenhauses verloren hatte. Das neu erbaute Friesenhaus war natürlich um einiges größer als das kleine Schulhäuschen, mit dem die Geschichte vom *Hotel Inselblick* begonnen hatte. Es war weiß getüncht, hatte eine große Wohnstube mit den für die Insel üblichen weiß-blauen Fliesen an den Wänden, eine Küche, einen Büroraum und ein Schlafgemach im Untergeschoss. Im ersten Stock wohnten Ida, Thaisen und Leni. Das Haus umgab ein für Amrum typisches Steinmäuerchen, auf dem Strandrosen in Hülle und Fülle blühten. Und selbstverständlich besaß es eine richtige Klöntür.

Nele öffnete ihren Kleiderschrank. Ihr Blick fiel auf ihr Hochzeitskleid, und sie wurde wehmütig. Anfangs hatte sie gar kein richtiges Hochzeitskleid haben wollen. Sie hätte auch in ihrem Sonntagskleid oder in ihrer Tracht geheiratet, aber Marta bestand darauf, ihr eines anfertigen zu lassen. Was sollten denn ihre zukünftigen Schwiegereltern, die recht wohlhabend waren, von ihr halten, wenn sie im Sonntagskleid zu ihrer eigenen Hochzeit kommen würde. Das würde ja so aussehen, als wäre Nele ein armes Mädchen, was sie weiß Gott nicht war. Sie brachte eine anständige Aussteuer in die Ehe mit, wie es sich gehörte.

Nele war kein Freund von hübschen Kleidern und hielt sich ungern in der Nähstube von Anna Mertens in Wittdün auf, die das Geschäft vor einigen Jahren von ihrer Tante Henriette Behrens übernommen hatte. Als Kind war sie oft gemeinsam mit ihrer Mutter dort gewesen. Rieke hatte schöne Kleider geliebt und sich zu jeder Gelegenheit eines anfertigen lassen. Sie konnte gar nicht genug davon bekommen, ihre Nase in Kataloge mit der neuesten Pariser Mode zu stecken. In dieser Hinsicht war sie ihr ganzes Leben lang der Hamburger Backfisch geblieben, der gern in *Hornhardts Concertgarten* und zu Tanzveranstaltungen gegangen war. Vermutlich war dies der Grund dafür, weshalb Nele das Tragen von hübschen Kleidern vehement ablehnte, die sie an ihre Mutter erinnerten, und ihre einfachen Röcke und Blusen bevorzugte. Denn der Schmerz über den Verlust ihrer Eltern war zu einem Teil von ihr geworden. Nele wusste, dass Rieke ihr das schönste und teuerste Hochzeitskleid gekauft hätte. Und ihr Vater, Jacob, hätte ihr ein unvergessliches Hochzeitsfest ausgerichtet und sie voller Stolz zum Altar geführt. Doch es hatte nicht sein sollen. Kaline sagte mal: »Die Vergangenheit kannste nicht ändern. Aber die Zukunft liegt in deiner Hand.« Die gute Kaline Peters, die nun bereits so viele Jahre tot war, tröstete sie alle auch heute noch mit ihren Lebensweisheiten.

Nele kleidete sich an. Sie wählte den üblichen dunkelblauen Rock und eine schlichte weiße Bluse dazu. Ihr braunes Haar bürstete sie rasch aus, dann steckte sie es am Hinterkopf fest. Heute Vormittag wollte sie gemeinsam mit Johannes nach Wittdün fahren, um einige Besorgungen zu erledigen.

Als sie in ihre Schuhe schlüpfte, klopfte jemand an die Tür. Nele rief »Herein«, und Ida betrat den Raum.

»Moin, Nele«, grüßte Ida und kam ohne Umschweife auf den Grund für ihr Kommen zu sprechen. »Unten ist der Teufel los. Ständig läutet das Telefon, und viele Gäste haben sich wegen der bevorstehenden Mobilmachung zur Abreise entschlossen.«

»Nun also doch?«, fragte Nele.

»Ganz sicher ist es wohl noch nicht«, antwortete Ida und schob eine ihrer blonden Haarsträhnen hinters Ohr, die für ihre Hochsteckfrisur zu kurz war. »Es sind heute Morgen gleich mehrere Telegramme eingetroffen, die davon berichteten. Thaisen hat gemeint, der Krieg könnte noch abgewendet werden. Aber viele der Gäste sehen das anders und reisen ab. Die Männer haben wohl nur drei Tage Zeit, um sich bei ihren Regimentern zu melden.«

»Verstehe«, antwortete Nele.

»Mama lässt fragen, ob du gemeinsam mit Jasper Ebba zum Badearzt ins Hospiz bringen kannst. Doktor Mertens hat dort heute Vormittag Sprechstunde. Der Knöchel ist ziemlich geschwollen. Am Ende ist er doch gebrochen.«

»Natürlich kann ich das«, erwiderte Nele.

Ida nickte, bedankte sich und wollte wieder gehen, doch Nele hielt sie am Arm zurück.

»Was ist mit Johannes und Thaisen?«

»Was soll sein?«, antwortete Ida. »Wenn die Mobilmachung tatsächlich kommt, müssen auch sie sich bei ihren Einheiten melden. Im Moment sind sie drüben in der Werkstatt. Es herrscht

Fassungslosigkeit. Besonders Thaisen hofft noch immer darauf, dass es nicht zum Krieg kommen wird.«

Nele nickte. Idas Worte trafen sie, obwohl alle ahnten, dass es so kommen würde.

»Kann Ebba noch einen Moment warten?«, fragte Nele. »Ich muss zu Johannes.«

»Aber sicher«, antwortete Ida und ging.

Kurz darauf betrat Nele Thaisens Werkstatt, die er sich in dem Anbau des Schuppens eingerichtet hatte, in dem früher die männlichen Angestellten des Hotels untergebracht gewesen waren. Eigentlich hatten Ida und Thaisen nach ihrer Hochzeit nach Wyk ziehen und das Haus und die Werkstatt von Matz Heyen übernehmen wollen. Dem Mann, der Thaisen das Bauen von Modell- und Buddelschiffen beigebracht hatte und den er noch heute schmerzlich vermisste. Doch nur wenige Wochen nach ihrer Hochzeit war die alte Ran, der das Haus gehörte, verstorben, und ihr Nachlass war an eine ihrer Cousinen aus Sylt gefallen, die weder Thaisen noch Ida kannten. Die Frau hatte nichts Besseres zu tun gehabt, als Ida und Thaisen auf die Straße zu setzen und einen ihrer Söhne in dem Haus einzuquartieren. Thaisen und Ida hatten sich nach einer neuen Bleibe umsehen müssen. Schnell war klar gewesen, dass sie von Föhr nach Amrum zurückkehren würden. Anfangs lebten sie in einem angemieteten Häuschen in Nebel. Der Um- und Ausbau des Hotels ermöglichte es ihnen jedoch, dass sie bald auf das Gelände vom *Hotel Inselblick* umziehen konnten, sodass Thaisen in den letzten Jahren sein Geschäft weiter vorantreiben konnte. Inzwischen zählten viele Hotels, Gästehäuser und Läden auf den Inseln sowie auf dem Festland zu seiner Kundschaft.

In Thaisens Werkstatt schlug Nele gedrückte Stimmung entgegen. Thaisen und Johannes saßen nebeneinander an der Werkbank, jeder hatte eine Flasche Bier vor sich stehen. Nele setzte sich schweigend neben ihren Mann, griff nach seiner Flasche und nahm einen großen Schluck, obwohl sie eigentlich Bier nicht mochte. Sie verzog das Gesicht und stellte die Flasche zurück.

»Wo musst du hin?«, fragte sie Johannes.

»Landwehr-Infanterieregiment Nummer vierundsiebzig«, antwortete er. »Die sind in der Nähe von Husum stationiert.«

Nele nickte und antwortete: »Wann willst du abreisen?«

Er zuckte mit den Schultern. »Weiß nicht. Vielleicht schon heute, spätestens morgen. Weit ist es ja nicht.«

Nele nickte erneut und sah zu Thaisen.

»Ich muss nach Wilhelmshaven zur Marine«, erklärte er.

»Was sagt Ida?«, fragte Nele.

»Was soll sie schon sagen?«, antwortete Thaisen. »Sie akzeptiert es wie wir alle. Es bleibt uns ja nichts anderes übrig.« Er stand auf. »Vermutlich werden die Fähren in der nächsten Zeit überfüllt sein. Die Insel ist voller Sommergäste, und die Mobilmachung wird sie zur Abreise zwingen. Wir könnten Tam Olsen fragen, ob er uns nach Dagebüll fährt. Lustfahrten will heute bestimmt niemand machen.«

Johannes erhob sich ebenfalls. »Dann geh ich mal packen.« Er legte den Arm um Nele und gab ihr einen kurzen Kuss. »Es wird schon gut gehen, mein Schatz. Dieser Krieg hält uns nur für wenige Wochen von unseren Plänen ab. Bald werden wir unser Häuschen beziehen. Du wirst sehen: Spätestens Weihnachten ist alles vorbei.«

Nele nickte und blinzelte die aufsteigenden Tränen zurück. Johannes und Thaisen verließen die Werkstatt. Sie folgte ihnen nicht sofort. Ihr Blick fiel auf ein auf der Werkbank liegendes, unfertiges Schiffsmodell. Es war ein Viermaster, der noch keine Segel hatte.

Thaisen hatte gerade damit begonnen, sich nach einem Mitarbeiter umzusehen, denn die Auftragslage war so gut, dass er die vielen Anfragen allein kaum noch bewältigen konnte. Aber es war schwierig, einen geeigneten Mann zu finden. Nun würde bis auf Weiteres auch Thaisen keine Schiffe mehr herstellen. Oder vielleicht doch. Am Ende war alles heiße Luft, und heute Abend wäre die Mobilmachung hinfällig. Und sollte es Krieg geben, so wäre er wohl nur von kurzer Dauer. Der Gardekürassier Diedrichsen – er zählte zu den Stammgästen des Hauses – hatte gestern Abend ebenfalls von nur wenigen Wochen gesprochen. Er meinte, Deutschland würde schöner und größer werden durch diesen Gang, durch das Blut seiner Söhne, und es würde nach dem Krieg eine neue Landkarte nötig sein. Nele wollte keine neue Landkarte, und in ihren Augen war alles schön genug. Aber die Meinung eines einfachen Inselmädchens interessierte niemanden.

Sie trat auf den im hellen Licht der Morgensonne liegenden Hof hinaus, wo ein heilloses Durcheinander herrschte.

Vor dem Hotel stapelten sich Koffer und Reisetaschen. Die Aushilfskofferträger, Louis und Albert, beide Söhne des Bauern Tönnissen aus Steenodde, hatten alle Mühe, den Gepäckberg zu bewältigen, der nicht kleiner zu werden schien. Die ersten abreisefertigen Gäste saßen bereits auf einem Wagen, unter ihnen waren der Oberzahlmeister Preller und seine Familie, eine Frau mit drei Kindern und der Königliche Hof- und Domsänger Lenzewski aus Berlin mit seiner Gattin, die seit Jahren zu den Stammgästen des Hotels gehörten. Die beiden Männer unterhielten sich lautstark, einer reckte die Zeitung in die Höhe. Eben half Hannes der Gattin des Gardekürassiers Diedrichsen auf den Wagen, der sich gerade von Marta verabschiedete und ihr kräftig die Hand schüttelte. Neles Blick blieb an Ebba hängen, die, etwas verloren wirkend, vor dem Haus auf einer Bank saß und auf sie zu warten schien. Ihr graues Haar war noch immer zerzaust, sie trug ihre Küchenschürze, die einige Flecken aufwies. Wie schnell es doch gehen konnte, dass so ein verknackster Knöchel zu einer Nebensächlichkeit wurde, dachte Nele.

Jasper trat neben sie und folgte ihrem Blick. »Da sitzt sie nun, und keiner kümmert sich«, sagte er und schüttelte den Kopf.

»Unsere Ebba hält das schon aus«, antwortete Nele und fragte: »Was denkst du? Wird es tatsächlich Krieg geben, oder machen sie nur die Pferde scheu?«

»Es kommt, wie es kommt. Gefallen tut es mir nicht. Liegt schon viel Säbelrasseln in der Luft«, antwortete Jasper, holte einen Flachmann aus der Hemdtasche, nahm einen kräftigen Schluck und hielt die Flasche Nele hin, die nicht Nein sagte. Der Schnaps rann brennend ihre Kehle hinunter und füllte ihren Bauch mit Wärme. Sie trank einen weiteren Schluck.

Einige Stunden später – es war bereits früher Abend – spazierten Johannes und Nele Hand in Hand zum Strand. Die Strandkörbe waren verwaist, die Strandrestauration hatte geschlossen. Sie schlenderten bis zur Wasserlinie. Die Sonne schien milchig durch einige Schleierwolken. Unweit von ihnen lief eine Frau, ein Kind an der Hand, Richtung Strandhallen des Hospizes.

Johannes hob eine Muschel auf und betrachtete sie. »Sie hat eine hübsche Färbung.«

Nele nickte. »Ja, das hat sie. Aber auch eine kleine Macke. Siehst du, hier unten.«

Er nickte und warf sie zurück ins Wasser. Sein Blick wanderte aufs Meer hinaus und blieb an einem Kutter hängen, der vermutlich auf dem Weg zum Wittdüner Hafen war.

»Es sieht alles so normal aus. So wie immer, friedlich und ruhig. Ich wünschte, es würde so bleiben.« Er sah Nele an und sagte: »Mama hat geschrieben. Sämtliche Handwerker sind abgereist, obwohl das Dach unseres Hauses noch nicht fertig ist. Sie hat gemeint, du könntest natürlich trotzdem kommen und ein Zimmer im Haus beziehen. Sie würde sich darüber freuen.«

Nele wusste, dass das Angebot ihrer Schwiegermutter nicht ehrlich gemeint war. Elfriede Steglitz hatte sich für ihren Sohn eine bessere Partie erhofft. Vor einer Weile hatte Nele durch Zufall ein Gespräch zwischen Elfriede und ihrem Gatten belauscht. Ein Mädchen eines Gutshofes aus der Nachbarschaft hätte es sein sollen, einfacher Landadel, jedoch mit einer erfolgreichen Pferdezucht. Doch dann war sie in Johannes' Leben getreten, und Elfriedes Pläne einer perfekten Verbindung waren zerstört. Aber auch Neles Leben hatte Johannes durcheinandergewirbelt. Sie hatte mit einer Ausbildung zur Lehrerin begonnen, die sie nun nicht beenden würde, obwohl sie kurz vor dem Abschluss stand. Ihr größter Unterstützer auf der Insel, der Lehrer Heinrich Arpe, war untröstlich gewesen, als er von ihren Heirats- und Umsiedlungsplänen erfahren hatte. Gute Lehrer zu bekommen war nicht einfach, und die Kinder hatten Nele ins Herz geschlossen. Und nun wirbelte etwas viel Größeres Neles Leben erneut durcheinander und würde ihr den geliebten Mann nehmen. Einen der wenigen Menschen in ihrem Leben, zu denen sie Vertrauen hatte fassen können. Es ist die Angst, hatte sie einmal zu Ida gesagt, die Angst davor, wieder jemanden zu verlieren. Die letzten Worte ihrer Mutter würde sie nie vergessen können: *Ohne ihn geht es nicht.* Rieke hatte damals Neles Hand losgelassen und war nicht ins Rettungsboot gestiegen. Wie oft hatte sich Nele in den letzten Jahren gewünscht, sie wäre damals energischer gewesen, hätte sie zurückgehalten, sie gebeten, sie nicht allein zu lassen. Ach, wären sie doch niemals auf dieses Schiff gegangen.

»Das ist sehr nett von deiner Mutter«, erwiderte Nele. »Aber ich denke, ich werde fürs Erste auf Amrum bleiben. Ich habe vorhin mit Oma darüber geredet. Sie meinte, ich könnte im Hotel wohnen, solange ich möchte. Es ist nichts gegen …«

»Ich versteh das schon«, fiel er ihr ins Wort. »Hier bist du zu Hause, und alles ist vertraut. Und etwas Vertrautes tut gut in diesen unruhigen Zeiten.« Er legte die Arme um sie.

»Ich wünschte, ich könnte bei dir bleiben. Aber es ist nun einmal unsere Pflicht, dem Vaterland zu dienen. Und sollte es zum Krieg kommen, so wird dieser gewiss ein rasches Ende nehmen. Überall wird davon gesprochen, dass wir Weihnachten wieder zu Hause sind. Du wirst sehen: Wir werden das Fest gemeinsam mit meinen Eltern auf dem Gut mit einem großen Weihnachtsbaum feiern, so, wie ich es dir versprochen habe.«

Nele nickte. Mit einem richtigen Weihnachtsbaum. Davon hatte Johannes ihr schon erzählt. Er stand stets in der großen Halle des Gutshauses, war mit Strohsternen, Lametta und Kugeln geschmückt, und an Heiligabend wurden die unzähligen Kerzen entzündet. Nele kannte nur den Kenkenbuum. Ein Holzgestell, mit Buchsbaum umwickelt und mit Salzteigfiguren geschmückt; ihre Oma befestigte ebenfalls Kerzen daran. Er sah sehr festlich aus, genauso wie die geschmückte Stube. Doch einen richtigen Weihnachtsbaum hätte sie schon gern mal gehabt. Und vielleicht würde es ja mit Elfriede gar nicht so schlimm werden. An ihrem Hochzeitstag war sie sehr lieb gewesen.

Nele nickte und antwortete: »Das wäre schön.« Sie spürte die aufsteigenden Tränen und blinzelte.

»Ach, Liebes, nicht weinen«, sagte Johannes und wischte ihr eine Träne von der Wange. »Es wird alles gut werden, das weiß ich bestimmt. Bald schon bin ich wieder bei dir, und dann starten wir in unser gemeinsames Leben.« Er zog sie enger an sich, und seine Lippen berührten die ihren. Sie versank in seiner Umarmung und hoffte darauf, dass er recht und dieser scheußliche Spuk ein schnelles Ende haben würde. Wegen eines kleinen Landes wie Serbien konnte doch nicht die ganze Welt verrücktspielen.

3

Norddorf, 31. August 1914

Was für ein Tag. Nun endet er bald. In wenigen Minuten wird er Teil unserer Vergangenheit sein. Er scheint uns jedoch den Weg in eine ungewisse Zukunft bereitet zu haben. Ida hat mich heute Abend gefragt, ob es sich überhaupt noch lohne, die Betten für die zweite Belegung zurechtzumachen. Die Frage ist im Hinblick auf die vielen Absagen, die uns heute telefonisch oder telegrafisch erreichten, berechtigt. Ich habe ihr ehrlich geantwortet: Ich weiß es nicht. Ich bin müde und wünschte, Wilhelm wäre hier. Ob er Antworten finden würde? Vermutlich nicht. Aber es täte gut, von ihm in den Arm genommen zu werden und seinen Geruch einzuatmen. Schon durch seine bloße Anwesenheit hat er es oftmals geschafft, mich zu beruhigen. Jetzt ist er schon so viele Wochen nicht mehr bei mir. Es kommt mir vor, als wäre es gestern gewesen, als er von uns gegangen ist. Die Uhr hatte gerade halb vier nachmittags geschlagen, als er seinen letzten Atemzug tat. Danach war es still geworden, und ich glaubte, die Zeit müsste nun stehen bleiben. In diesem Moment tat sie es wohl auch, jedenfalls für mich. Für einen Augenblick schien die Welt in der Stille dieses Raumes erstarrt zu sein, in dem ich seinen Atem nicht mehr hörte. Wir wussten, dass es geschehen würde. Doch wenn der Tod seine Hand endgültig ausstreckt, dann ist alles anders. Auf diesen Moment kannst du dich nicht vorbereiten. Aber wenigstens durfte ich mich von ihm verabschieden. Bei Rieke konnte ich das nicht. Heute Nachmittag dachte ich an sie. Es war mal wieder Nele gewesen, die mich an sie erinnerte. Ich beobachtete sie dabei, wie sie einem Gast beim Aufsteigen auf den Wagen half. Wie sehr sie Rieke ähnelt. Sie zieht sogar manchmal dieselben Grimassen wie ihre Mutter. Darauf ansprechen darf man sie jedoch nicht. Es tut ihr weh, mit ihr verglichen zu werden. Ganz bewusst will Nele sich von Rieke abgrenzen. Es ist ihre Art, mit dem Verlust umzugehen. Und es ist ja auch richtig. Nele ist Nele und nicht eine Kopie ihrer Mutter. Hat Wilhelm das nicht auch mal zu mir gesagt? Ach, ich weiß es nicht mehr. Ich sollte schlafen gehen. Und vielleicht ist morgen der ganze Spuk mit der bevorstehenden Mobilmacherei ja wieder vorbei, und es wird doch keinen Krieg geben. Schön wäre es.

Es war früh am Tag, und der Norddorfer Bahnhof lag im Halbdunkel des ersten Morgengrauens. Trotzdem herrschte bereits dichtes Gedränge auf dem Bahnsteig. Ida hatte sich dazu bereit erklärt, eine Frau und ihre beiden Töchter – sie weilten zum ersten Mal auf Amrum und waren am gestrigen Abend mit dem letzten Dampfer aus Hamburg angereist – zurück nach Wittdün zu begleiten. Die Offiziersgattin erfuhr erst nach ihrer Ankunft davon, dass ihr Gatte bereits abgefahren war, und entschloss sich zur sofortigen Rückkehr. Ihren beiden Töchtern, acht und zehn Jahre alt, behagte dieser Umstand gar nicht. Sie hatten sich auf vier lange Wochen Sommerfrische, den Strand und das Meer gefreut und schauten entsprechend enttäuscht drein.

»Mein Friedrich gehört dem Württembergischen Regiment an«, sagte die Offiziersgattin zu Ida. »Oh, welch ein Unglück, dass mich sein Telegramm nicht mehr rechtzeitig erreicht hat. Ich kann nur hoffen, dass er noch zu Hause ist, wenn wir ankommen. Es muss sich doch um so vieles gekümmert werden.«

Ida nickte und bemühte sich darum, eine verständnisvolle Miene aufzusetzen. Ihr war die arrogant wirkende blonde Frau nicht sonderlich sympathisch, und die Kinder, die sie nicht müde wurde zu ermahnen, taten ihr leid.

Die Inselbahn fuhr ein. Ida hatte sie noch nie so lang gesehen. Die Bahn hatte ihren gesamten Wagenpark – zwei Motorenwagen, vier Personenwagen und genauso viele Gepäckwagen – gestellt, um den Ansturm der vielen Passagiere bewältigen zu können.

Die Reisenden drängten in die Wagen. Ida schaffte es, für sich, die Offiziersgattin und die beiden Kinder Sitzplätze zu organisieren. Neben ihr nahm eine ältere Dame Platz, deren Gatte aus Ermangelung eines Sitzplatzes sich in dem benachbarten Wagen auf einem Sitzplatz auf der vorderen Plattform niederließ.

»Guten Tag, die Damen«, grüßte die ältere Dame in die Runde. »Oder besser gesagt, Moin, wie man hier oben sagt. Was ein Gedränge aber auch. Es scheint, als wolle die gesamte Insel auf einen Schlag abreisen.«

»So ist es wohl auch«, erwiderte die Offiziersgattin spitz. Ihr schien nicht der Sinn nach Konversation zu stehen. Die ältere Dame bemerkte dies nicht, denn sie plapperte munter weiter: »Wir kommen aus Freiburg. Mein Mann ist dort als Musiklehrer tätig. Es könnte noch eine beschwerliche Heimreise werden.« Sie seufzte. »Meine Schwägerin hat gestern telegrafiert, dass im Reich ein rechtes Durcheinander wegen der Mobilmachung herrscht, besonders der Bahnverkehr wäre unzuverlässig.«

»Also, wir müssen in den Osten«, mischte sich ein unweit von ihnen sitzender Mann mittleren Alters in das Gespräch ein. »Ich arbeite als Pastor in einem kleinen Dorf in Ostpreußen namens Stallupönen. Wenn wir Pech haben, haben die Kosaken uns schon alles gestohlen und das Haus zerstört, bevor wir ankommen.«

Ida nickte nur, erwiderte jedoch nichts. Sie hatte in der letzten Nacht kaum geschlafen und fühlte sich erschöpft. Solche oder ähnliche Geschichten, wie sie der Mann und die ältere Dame erzählten, hatte sie gestern den ganzen Tag über gehört. Ständig hatte sie dieselben Fragen beantwortet und die gleichen Sätze wiederholt. Wann die Inselbahn fahren würde, ob es zusätzliche Fähren gäbe. Wie die Lage in Dagebüll wäre. Auf den Badeschnellzug müsste man sich verlassen können. Marta und Ida telefonierten, verteilten Telegramme, liefen von hier nach dort und wieder zurück. Immer neue Gerüchte geisterten durch die Gegend. Die Mobilmachung würde zurückgezogen, fände doch statt. Österreich-Ungarn habe Serbien den Krieg erklärt, der Kaiser Russland, oder doch nicht. Das ganze Hotel schien wie ein Taubenschlag zu sein. Eine Tatsache begann sich jedoch abzuzeichnen. Für die zweite Belegung sämtliche Zimmer zu richten war sinnlos. Die Hälfte der Reservierungen war bereits durchgestrichen, und heute würden gewiss weitere Absagen eintreffen. An den Verlust wollte Ida gar nicht erst denken. Es kam einer Katastrophe gleich.

Der Zug setzte sich in Bewegung. Leider wurde der hintere Wagenteil abgekoppelt, der wohl für einen anderen Motorenwagen bestimmt war. Dies führte dazu, dass das ältere Ehepaar getrennt wurde. Die Frau sprang sofort auf, eilte auf die hintere Plattform und begann, laut zu kreischen.

»Nein, nein. Das geht doch nicht. Anhalten. Sofort anhalten.«

Der Mann versuchte noch, durch einen schnellen Griff das Geländer des abfahrenden Wagens zu fassen, doch der Abstand war bereits zu groß. Ida, die einen Moment lang die Szene beobachtet hatte, erhob sich und legte den Arm um die Unglückliche, die zu weinen begann.

»Es wird alles gut werden, meine Liebe«, tröstete sie die Dame, die von der Situation sichtlich überfordert war. »Der andere Wagen wird sich gewiss gleich in Bewegung setzen, und in Wittdün gibt es ein Wiedersehen.«

Die Frau nickte und ließ sich nach einer Weile von Ida ins Abteil zurückführen. Dort fanden auch andere Fahrgäste tröstende Worte. Nur die Offiziersgattin schnaubte verächtlich, hielt sich jedoch mit einer abfälligen Bemerkung zurück.

In Nebel und an der Haltestelle am *Kurhaus zur Satteldüne* drängten weiter Fahrgäste ins Abteil. Die Luft wurde stickiger. Die Leute sprachen leise miteinander. Ein Mann hatte ein Telegramm aus England erhalten. Dort hielt man wohl einen Krieg für möglich und bereitete sich vor. Die Sonne ging auf, als sie am Leuchtturm vorüberfuhren. Ihre warmen Strahlen tauchten ihn in rotgoldenes Licht. Es würde ein schöner Sommertag werden. Normalerweise wäre sie gerade erst aufgestanden, hätte sich an den Frühstückstisch in der Hotelküche gesetzt und mit den dort zu dieser Zeit anwesenden Zimmermädchen den Dienstplan des Tages besprochen. Eines der Mädchen, ihr Name war Ina, und sie stammte von Föhr aus dem Dorf Nieblum, war schwanger. Mit ihr hatte sie besprechen wollen, wie es weitergehen würde. Ina war verlobt, die Heirat war für Ende September zum Saisonende vorgesehen gewesen. Thaisen hatte gestern gesagt, dass Inas Verlobter vermutlich zur Inselwache kommen würde wie viele Insulaner, die sich hier oben auskannten. Ida hatte sich gewünscht, dass auch Thaisen dorthin berufen und auf Amrum bleiben würde. Doch es sollte anders kommen. Für heute Nachmittag war Thaisens Abreise nach Wilhelmshaven geplant, wo er sich bei der Marine stellen musste. Tam Olsen, den Jasper gestern Abend beim üblichen Kartenspiel in der Kneipe *Zum lustigen Seehund* getroffen hatte, hatte sich dazu bereit erklärt, die männliche Belegschaft des Hotels aufs Festland zu bringen, damit den Männern wenigstens das Gedränge auf der Fähre erspart bliebe. Dazu zählten Thaisen, Johannes, der Gärtner Manfred, der aus Hamburg stammte und ebenfalls zur Marine musste, der Hausmeister Torben und der Barmann Sören, der aus Bremen kam und bereits seit fünf Jahren auf Amrum in verschiedenen Hotels tätig gewesen war. Seit zwei Jahren gehörte er zur Belegschaft des *Hotels Inselblick*. Wie es mit dem weiblichen Personal weitergehen würde, wussten sie noch nicht. Viele der Zimmer- und Küchenmädchen waren auf der Insel angeworbene Aushilfen. Vermutlich würden sie sie nach Hause schicken müssen.

Sie erreichten Wittdün. Wie befürchtet herrschte am Hafen dichtes Gedränge. Die Fähre war bereits in Sichtweite und der Anleger voller Menschen. Ida bemühte sich darum, die Offiziersgattin und ihre Kinder nicht zu verlieren. Die Fähre legte an, und der Gemeindevorsteher Wolf, der am Ende des Laufsteges stand, hatte alle Mühe damit, die Wartenden zu beruhigen. Unter ihnen war auch Schwester Anna vom *Seehospiz*, die eine Gruppe Kinder zur Fähre brachte. Die armen Kleinen würden die beschwerliche Heimreise allein antreten müssen. Schwester Anna entdeckte Ida im Gedränge und winkte ihr zu. Ida winkte lächelnd zurück. Es konnte noch so viel Unbill um sie herum sein, die braunhaarige Diakonissin, die seit einigen Jahren zur Sommersaison auf der Insel weilte, verlor ihre Freundlichkeit nicht. Mit der Enddreißigerin war im *Seehospiz* eine gute Seele eingezogen, die diesem Ort, den Ida früher stets gemieden hatte, zu einem besonderen Anziehungspunkt für sie machte.

Die von Schwester Anna betreuten Kinder waren zwischen zehn und vierzehn Jahre alt, aber auch ein paar Kleinere waren unter ihnen. Allesamt mussten nach Berlin, wie Ida erfuhr. Eines der Mädchen, Ida schätzte es auf fünf oder sechs Jahre, umklammerte fest seine Puppe. Ein älterer dunkelhaariger Junge hatte beschützend seinen Arm um das Kind gelegt. Vermutlich war er sein Bruder. Der Anblick der beiden rührte Ida, und sie dachte an ihre Tochter Leni. Dem Herrn im Himmel sei Dank, dass sie ihre Tochter nicht auf eine solch ungewisse Reise schicken musste. Es hatte lange gedauert, bis sie schwanger geworden war, und Ida war deshalb untröstlich gewesen. Ursachen für das Ausbleiben einer Schwangerschaft waren von den Ärzten, die sie konsultiert hatte, keine gefunden worden. Irgendwann hatten sie und Thaisen sich von dem Wunsch, eigene Kinder zu bekommen, verabschiedet. Thaisen litt darunter, kein Vater sein zu können. Er hatte sich stets einen ganzen Stall voller Kinder gewünscht. Ida stürzte sich in die Hotelarbeit, und er baute seine Werkstatt weiter aus. Ein Jahr darauf wurde Ida dann überraschenderweise doch schwanger, und nun brachte ihr kleiner Wirbelwind alles durcheinander.

Die Fähre legte an. Die wenigen ankommenden Reisenden hatten Mühe, sich auf den Anleger und durch das dichte Gedränge der abreisenden Passagiere zu kämpfen. Der Dampferkapitän trat neben den Gemeindevorsteher, und die beiden begannen, die an Bord gehenden Passagiere abzuzählen. Auch die Schützlinge von Schwester Anna und die Offiziersgattin und ihre Kinder waren unter ihnen. Als die polizeilich genehmigte Höchstzahl an Passagieren erreicht war, rief der Dampferkapitän laut »Halt« und hielt ein junges Ehepaar zurück. »Wir sind voll. Sie müssen auf die nächste Fähre warten.« Die Menschen murrten, irgendjemand schimpfte lautstark, dass das eine Sauerei wäre. Schwester Anna streckte und reckte sich, damit sie noch einen Blick auf ihre Schützlinge erhaschen konnte. Sie winkte und wünschte eine gute Reise. Die Fähre legte ab, und die meisten Wartenden verließen den Anleger. Die nächste Fähre nach Dagebüll würde erst wieder am späten Nachmittag eintreffen. Einige Reisende würden die Insel aber auch über den Anleger in Norddorf verlassen. Von dort aus ginge es nach Sylt und dann mit dem Salonschnelldampfer über Helgoland weiter nach Hamburg. Wie lange dieser Weg den Reisenden jedoch noch offenstand, das wusste niemand. Sollte der Krieg in den nächsten Stunden tatsächlich Gewissheit werden, würde diese Route mit Sicherheit gesperrt.

Ida verließ gemeinsam mit Schwester Anna den Bereich des Anlegers. Die Diakonissin rückte ihre weiße Haube zurecht, die in dem Trubel verrutscht war.

»Geht es nun gleich wieder zurück nach Norddorf?«, fragte Schwester Anna.

»Nein«, antwortete Ida. »Ich wollte ein geliehenes Buch zu Frauke in die Bücherei bringen, und es stehen noch Besorgungen in der Apotheke an.«

»Dann haben wir ja beinahe den gleichen Weg«, antwortete die Diakonissin lächelnd. »Jedenfalls, was die Apotheke angeht. Obwohl ich mir auch mal wieder ein Buch bei Frau Schamvogel leihen könnte. Zumeist bringt sie mir die Lektüre ins Hospiz, denn mir fehlt die Zeit, um nach Wittdün zu fahren, und sie weiß, wie gern ich lese. Besonders Kriminalgeschichten haben es mir angetan.«

Ida lächelte. Dass Schwester Anna in Literaturdingen auf Mord und Totschlag stehen würde, das hätte sie ihr nicht zugetraut. Die beiden Frauen machten sich auf den Weg zum Direktionsgebäude, in dem die Gemeindebibliothek im ersten Stock untergebracht war. »Besonders die Geschichten von E. Seller gefallen mir. Sie schreibt äußerst spannend. Und es ist nett, dass einige Romane auf Sylt spielen. Vielleicht hat sie ja auch mal Lust, einen Roman auf Amrum anzusiedeln. Das wäre wunderbar.«

Ida zuckte bei der Erwähnung des Namens Seller kurz zusammen. Sie erinnerte sich an die Schriftstellerin, die sich unmöglich benommen hatte und ihnen während ihres Aufenthaltes vor einigen Jahren mit ihrer aufdringlichen Art schrecklich auf die Nerven gegangen war.

»Vielleicht«, antwortete Ida und konnte sich ein Grinsen nicht verkneifen. Sie behielt jedoch für sich, dass besagte Autorin durchaus in Betracht gezogen hatte, Amrum als Handlungsort auszuwählen. Hatte nicht Frauke damals gesagt, wir würden den Umstand, sie vertrieben zu haben, eines Tages bereuen? Obwohl sie noch nie von Roman-Touristen auf Sylt gehört hatte. Sie konnte sich beim besten Willen nicht vorstellen, dass es besonders erhebend sein könnte, eine Düne zu besichtigen, hinter der eine Leiche gefunden worden war.

Sie erreichten das Direktionsgebäude, in dem sich auch die Apotheke befand. Ida hatte von Marta den Auftrag bekommen, eine Arnikasalbe für Ebbas Knöchel zu besorgen. Der Arzt hatte, einen Bruch betreffend, Entwarnung gegeben, aber mit einer kräftigen Verstauchung wäre nicht zu spaßen. Die nächsten Tage musste Ebba den Fuß ruhig halten, was ihr naturgemäß sehr schwerfiel. Wer sollte denn die Heißwecken für die Gäste backen? Marta hatte ihr hoch und heilig versprechen müssen, dies selbst zu tun, denn Ebba war der Meinung, dass Gesine nicht in der Lage dazu war, anständige Heißwecken herzustellen.

Nachdem die Besorgungen in der Apotheke erledigt waren, betraten Ida und Schwester Anna die Bücherei. Frauke Schamvogel saß allein am Empfangstisch, auf dem sich Unmengen von Büchern stapelten.

»Du liebe Güte, Frauke«, sagte Ida, nachdem sie gegrüßt hatte, »sind das etwa alles Retouren?«

»Was sonst«, erwiderte Frauke mit säuerlicher Miene. »Reisen ja alle ab. Moild, meine Aushilfe, ist gerade unterwegs und holt weitere Bücher in den Hotels ab, die dort bei den Rezeptionen hinterlegt wurden. Es wird Tage dauern, bis ich sie wieder in die Regale einsortiert habe. Und das alles ausgerechnet heute, wo mich mal wieder diese scheußlichen Kopfschmerzen plagen.« Frauke griff sich an die Schläfen, und das Monokel, das sie trug, fiel auf den Bibliothekskatalog. Eine tiefe Falte stand zwischen ihren Augenbrauen. Idas Blick wurde mitleidig. Nur zu gern hätte sie Frauke geholfen, doch heute fehlte ihr die Zeit dafür. Schließlich musste sie sich am Nachmittag von Thaisen verabschieden.

»Und wenn Sie morgen Ihre Arbeit fortsetzen?«, schlug Schwester Anna vor. »Ich könnte Ihnen am Nachmittag für zwei Stunden zur Hand gehen.«

»Morgen hätte auch ich Zeit«, sagte Ida. »Die Bücher laufen doch nicht weg, oder?«

Frauke ließ ihren Blick über die Bücherstapel schweifen, dann nickte sie. »Du hast recht, Ida. Die Bücher laufen nicht davon. Es ist sehr lieb, dass ihr mir eure Hilfe anbietet.«

»Wir helfen gern«, antwortete Schwester Anna. »Und zufälligerweise habe ich gerade in der Apotheke Aspirin besorgt. Wenn Sie möchten, hole ich schnell ein Glas Wasser, und Sie nehmen gleich eine Tablette. Gewiss geht es Ihrem Kopf dann schon bald wieder besser.«

»Das ist sehr lieb von Ihnen«, antwortete Frauke und wandte sich dann Ida zu. »Wie sieht es denn im Hotel aus?«

»Frag lieber nicht«, antwortete Ida. »Alle Gäste reisen ab, und es herrscht ein rechtes Durcheinander. Mama ist untröstlich. Ebba ist schlecht gelaunt, weil sie nicht rumlaufen kann, und fährt jeden an, der ihr zu nahe kommt. Die Zimmermädchen richten gerade die Zimmer für die zweite Saisonbelegung, aber ob da überhaupt noch Gäste anreisen werden, ist fraglich. Den ganzen Tag hagelt es Absagen. Unser gesamtes männliches Personal hat uns im Stich gelassen. Nur Jasper ist noch da. Thaisen und Johannes werden heute Nachmittag abreisen. Thaisen muss nach Wilhelmshaven zur Marine, und Johannes muss sich bei seinem Regiment stellen.«

Frauke nickte und stand auf. »Weißt du was«, sagte sie. »Ich komme mit dir nach Norddorf und gehe Marta und euch ein wenig zur Hand. Und wenn ich nur Ebba aufheitere.«

»Das wäre schon genug Hilfe. Kuchen haben wir auch noch in Hülle und Fülle, sollte dir der Sinn nach etwas Süßem stehen. Wir hatten für heute Nachmittag ein Kaffeekränzchen für die Damen geplant. Nur leider gibt es jetzt keine Damen mehr, die kommen könnten. Entweder sind sie bereits abgereist oder im Begriff, es zu tun.«

»Also für Kuchen fänden sich im Hospiz immer Abnehmer«, sagte Schwester Anna. Sie stellte Frauke ein Wasserglas auf den Tisch und reichte ihr eine der Aspirin-Tabletten. »Wir haben noch einige Kinder im Haus, die für eine Alleinreise zu klein sind. Aus Bethel sind Reisebegleiterinnen auf dem Weg hierher. Ihre Ankunft wird für übermorgen erwartet.«

Die Tür zur Bücherei öffnete sich, und Moild betrat, eine mit Büchern gefüllte Kiste in Händen, den Raum. Ida eilte dem schmalen Mädchen entgegen und nahm ihr die schwere Last ab.

»Gute Güte«, sagte Moild und pustete sich eine blonde Haarsträhne aus dem Gesicht, die sich aus ihrem Zopf gelöst hatte. »So etwas habe ich überhaupt noch nicht erlebt. So viele Rückläufe. Und das sind nur die Bücher aus dem *Kaiserhof* und dem *Hotel Central*. Da werde ich in den nächsten Tagen wohl noch eine Menge zu schleppen haben.«

Frauke sah in die bis oben gefüllte Kiste. Lieber Himmel. Wenn das arme Mädchen noch mehr Kisten schleppen müsste, hätte es bald einen Bandscheibenvorfall.

»Nein, das wirst du nicht«, sagte sie entschlossen. »Gleich morgen gebe ich eine Mitteilung raus, dass sämtliche geliehenen Bücher von abgereisten Gästen bis spätestens nächsten Mittwoch in die Bibliothek gebracht werden sollen. Es werden doch nicht alle männlichen Wesen der Insel sofort an die Front abreisen. Gewiss findet sich der eine oder andere Junge zum Kistenschleppen. Wir wollen ja nicht, dass du arme Deern dir noch einen Bruch hebst. Wenn ich das gewusst hätte, hätte ich dich erst gar nicht losgeschickt.« Frauke trat hinter dem Schreibpult hervor. »Und jetzt machen wir für heute Feierabend. Wenn du magst, Moild, kannst du uns morgen Nachmittag beim Einräumen der Bücher zur Hand gehen. Warte, ich gebe dir noch den versprochenen Lohn für heute.« Sie kramte in ihrer Tasche und drückte dem Mädchen einige Münzen in die Hand. »Und richte deiner Frau Mama bitte liebe Grüße von mir aus.«

Moild verabschiedete sich. Frauke schloss rasch ein geöffnetes Fenster, dann verließen sie, Ida und Schwester Anna die Bücherei.

Wenig später eroberten sie drei Sitzplätze in der gut gefüllten, nach Norddorf fahrenden Inselbahn. Bald schon würde die Fähre nach Hörnum abfahren, was die vielen Reisenden erklärte. Die Fahrt über schwiegen sie. In Norddorf angekommen, liefen sie die Dorfstraße hinunter. Aus einem der Häuser kam der Bäcker Herbert Schmidt gelaufen, der inzwischen den Posten des Gemeindevorstehers innehatte. Er trug seinen mehlbestäubten Arbeitsanzug mit weißer Backschürze, öffnete die Tür des nächsten Hauses und rief laut: »Mobil!« Noch ehe eine Reaktion aus dem Haus kommen konnte, lief er weiter zum nächsten Haus und wiederholte seinen Ruf. Ida wusste, was das zu bedeuten hatte. Es schien tatsächlich Krieg zu geben. Es war nicht nur ein Säbelrasseln gewesen, wie sie bis zur letzten Sekunde gehofft hatten. Herbert Schmidt eilte zum nächsten Haus, und es ertönte erneut der Ruf: »Mobil!«

»Möge Gott unseren Seelen gnädig sein«, sagte Schwester Anna und bekreuzigte sich.

4

Wilhelmshaven, 15. August 1914

Meine geliebte Ida,
ich sitze gerade an Deck, denn ich lechze nach frischer Luft. Neununddreißig Mann teilen sich einen Raum. Du kannst Dir vorstellen, wie stickig es darin ist. Meine Kameraden kommen aus allen Ecken des Reiches – aus Berlin, Leipzig, Frankfurt, Köln, Oberschlesien und dem Ruhrgebiet –, und jeder spricht einen anderen Dialekt. Viele von ihnen sind einfach so verpflichtet und in die blau-weiße Seemannskluft gesteckt worden. Auch Bäcker, Metzger, Sattler, Maler, Zimmerleute, Schuhmacher und Schneider dienen an Bord. Manch einer hat keine Ahnung von der Seefahrt. Die Seeoffiziere sind Söhne aus reichen Familien oder stammen vom Adel ab. Jeden Tag verrichten wir die gleiche Arbeit, und jede Stunde ist straff durchorganisiert. Von frühmorgens bis spätabends. Den Vormittag verbringen wir zumeist mit Musterung und Gefechtsdienst, Kanonenschwof genannt. Nachmittags müssen wir lästige Turnübungen an Deck machen, und es steht vaterländische Erziehung auf dem Programm. Wir nennen das Hampelmann mit Unterricht. Danach müssen wir die Uniformen putzen, Seile und Netze flicken, und die Heizer, die armen Burschen, müssen in den Katakomben tonnenweise Kohlen schaufeln. Wir schlafen in Hängematten, die in engen Reihen nebeneinander aufgehängt werden. Ein jeder kriecht in seinen Krepierbeutel, so werden hier die Schlafsäcke genannt. Manchmal wird noch ein bisschen geredet. Manch einer erzählt

Schauermärchen. Es könnte ein feindlicher Torpedo an der Bordwand einschlagen. Doch daran will ich nicht glauben, denn die Kameraden wachen über uns.
Ich vermisse Amrum sehr und wünschte, ich könnte noch heute meine Sachen packen und heimkehren. Ich wünschte, ich könnte Deine Hand nehmen und wir gingen an den Strand, so wie wir es oftmals in den Abendstunden getan haben. Erst wenn man diesen Alltag nicht mehr hat, weiß man so richtig zu schätzen, wie schön er ist. Gib bitte unserer Kleinen einen dicken Kuss von mir. Ich habe mich sehr über ihr Bild gefreut, das Du mitgeschickt hast, und selbstverständlich auch über die Schokolade und die anderen Dinge. Ich hoffe darauf, dass es wirklich so kommen und der Krieg nur wenige Wochen dauern wird. Spätestens Weihnachten sind wir wieder daheim. So sagte es erst neulich ein Kamerad aus München zu mir, der in wenigen Wochen Vater wird. Ich will darauf hoffen und sende Dir viele Küsse und Umarmungen.
In Liebe
Dein Thaisen

Marta stand in einem der Gästezimmer und zog die Betten ab. Ihr half Poppe Jansen. Sie war das einzig verbliebene Zimmermädchen, das noch für das *Hotel Inselblick* arbeitete. Alle anderen waren inzwischen gekündigt worden, und auch Poppe würde nach der Erledigung der letzten im Zimmerdienst notwendigen Arbeiten das Hotel und sogar die Insel verlassen. Sie kam aus Norddeich und wollte dorthin zurück, um ihren Eltern auf dem Hof zu helfen, denn ihre Brüder waren allesamt in den Krieg gezogen. Amrum war, wie zu erwarten, zum Sperrgebiet erklärt worden. Die Insel galt nun als kriegsgefährdetes Gebiet, und nicht ein einziger Gast war geblieben. Um Amrum betreten zu dürfen, musste man in Zukunft eine Sondergenehmigung bei der

Heeresleitung einholen. Marta hatte vor einigen Tagen die restliche Belegschaft des Hotels in den Speisesaal berufen, allesamt Frauen.

Die Männer waren längst fort, nur wenige von ihnen waren zur neu gegründeten Inselwache gekommen, die die Küste vor einem Überfall der Engländer schützen sollte. Diese Wache bestand hauptsächlich aus Insulanern, viele der Männer kamen von Föhr, da sie mit den Gegebenheiten des Wattenmeeres vertraut waren und für diesen Einsatz als zuverlässig galten. Der Großteil der vom Festland stammenden Saisonkräfte hatte sich bei seinen Regimentern gemeldet, zumeist war es Infanterie, manch einer kam auch zur Marine.

Marta war es schwergefallen, den größten Teil der Belegschaft zu entlassen. Doch wo keine Gäste, da keine Einnahmen. Und wie lange der Krieg tatsächlich dauern würde, stand in den Sternen. Die erste Euphorie war bereits gewichen. Von einem Kriegsende an Weihnachten war in den letzten Tagen keine Rede mehr gewesen. Nun galt es, die Laken wieder abzuziehen und zurück in die Wäscheschränke zu verfrachten. In den meisten Gästezimmern wurden sämtliche Möbel abgedeckt, damit sie nicht einstaubten. Anfangs hatte Marta noch darüber nachgedacht, gegen eine Entschädigung einige Männer der neu gegründeten Inselwache aufzunehmen. Doch diese Idee hatte sich rasch zerschlagen, denn es gab einen Mobilmachungsplan, in dem festgelegt worden war, dass sämtliche Männer der Inselwache in der Mitte der Insel im *Kurhaus zur Satteldüne* untergebracht werden sollten. Als Lazarett war das Missionshaus in Nebel vorgesehen. Dieses Vorhaben war jedoch nicht durchsetzbar gewesen. Auf Betreiben des inzwischen eingetroffenen Vizefeldwebels Hansen, den Marta nur kurz aus der Entfernung gesehen hatte, war die Kaserne in Wittdün untergebracht worden. Jasper meinte, dass dies als Eingangstor für Amrum gelte und man von dort aus einen feindlichen Annäherungsversuch am leichtesten verhindern könne. Aber in Wittdün regte sich Widerstand. Die meisten Hotelbesitzer hatten wenig Lust darauf, eine Soldatenhorde zu beherbergen. Am Ende war es Volkert Quedens gewesen, der Besitzer des *Hotel Quedens*, der sein Haus gegen eine Entschädigung zur Verfügung stellte. Für Wittdün kam der komplette Wegfall des Touristengeschäfts einer Katastrophe gleich, denn der Fremdenverkehr war die Existenzgrundlage des Ortes. Jens Cornelius Petersen, dem mehrere Hotels in Wittdün gehörten, war bereits nach Hamburg übergesiedelt, wo er, den Gerüchten zufolge, einen Hotelbetrieb übernommen hatte. Marta hatten diese Neuigkeiten nicht sonderlich überrascht. Es wäre eher eigenartig gewesen, wenn Jens, stets ein unruhiger Geist, auf der Insel geblieben wäre. Die Verluste an Einnahmen trafen auch Marta, ihre Existenz bedrohten sie jedoch nicht, denn in den letzten Jahren hatten sie ausreichend Rücklagen gebildet. Auch besaßen sie noch einen Teil von Anne Schaus Geld, die ihnen ihr ganzes Vermögen hinterlassen hatte. Die Gute war vor drei Jahren an Krebs gestorben, am Ende hatte Marta sie mit der Hilfe von Ebba und Frauke liebevoll gepflegt. Anne hatte sich nach dem Tod ihres geliebten Philipp schwer damit getan, wieder ins Leben zurückzufinden. Manchmal wünschte Marta sich die Zeiten zurück, als Philipp noch gelebt hatte, die Männer beim Skat im *Lustigen Seehund* einen über den Durst getrunken hatten und sie mit Anne bei einer warmen Tasse Tee in der guten Stube darüber schimpfen konnte. Es war belanglos, alltäglich, doch es fehlte – Anne und Philipp Schau fehlten, ebenso wie Wilhelm und noch viele andere.

»Könntest du den Rest allein erledigen?«, fragte Marta das Zimmermädchen Poppe. »Ich muss noch die letzten Abrechnungen für die beiden Küchenhilfen fertig machen, die mit der Nachmittagsfähre zurück nach Föhr wollen.«

Poppe nickte. »Natürlich, Frau Stockmann.« Ihre Stimme klang ernst, ihre Miene war betrübt. Schimmerten da etwa Tränen in ihren Augen.

»Ach, Poppe. Mach es mir doch nicht so schwer. Sobald der Krieg vorüber ist, kommst du ganz schnell wieder zu uns zurück. Ich werde mit Ida sprechen. Sie hat gewiss nichts dagegen, wenn du dann die Stellung der Hausdame übernimmst. So lange, wie du schon in unseren Diensten stehst, hast du diesen Posten auf jeden Fall verdient.«

»Wirklich, Frau Stockmann. Aber das wäre ja, das ist …« Ihre Augen begannen zu strahlen. »Das wäre wunderbar«, beendete sie den Satz.

Marta rührte Poppes plötzliche Freude. Sie mochte die junge braunhaarige Frau. Poppe hatte das Herz am rechten Fleck und leistete ausgesprochen gute Arbeit. Sie verdiente die Beförderung mehr als jede andere im Haus.

»Aber was wird dann aus Ida werden?«, fragte Poppe.

Die Frage war nicht unberechtigt. Ida hatte aktuell die Position der Hausdame inne und füllte sie hervorragend aus. Doch Marta hatte in den letzten Tagen nachgedacht. Seit Wilhelms Tod war sie nicht mehr ganz bei der Sache. Oftmals fühlte sie sich erschöpft. Es schien an der Zeit zu sein, das Zepter weiterzugeben. Zur Gänze würde sie sich natürlich nicht aus dem Hotelbetrieb zurückziehen, dafür liebte sie den täglichen Trubel viel zu sehr, aber einen Großteil der Verantwortung wollte sie abgeben. Jetzt musste sie ihre Pläne nur noch Ida mitteilen. Doch im Moment hatte diese andere Sorgen.

»Wir werden sehen«, antwortete Marta.

Poppe nickte und verstand. Sie legte das zusammengelegte Laken auf den Wäschewagen und seufzte hörbar.

»Und wahrscheinlich werde ich doch keine Hausdame, wegen dem Krieg. Man darf es nicht laut sagen, ich weiß. Aber ich hasse ihn schon jetzt. Er macht alles kaputt. Ich habe solche Angst, dass meine Brüder sterben werden. Sie sind unterwegs in den Osten. Gestern habe ich einen Brief von Ludwig bekommen. Er scheint guten Mutes zu sein. Fürs Vaterland zu kämpfen, das wäre eine Ehre. Er wolle den Kaiser stolz machen. Und ich denke mir nur, was hast du von all dem Stolz, wenn du tot bist? Ich muss immer an die Worte des Kaisers denken, die vor einer Weile in der Zeitung gestanden hatten. Enorme Opfer von Gut und Blut würde ein Krieg vom deutschen Volk fordern. Ich will ja Patriotin sein und hab schon in der Kirche gebetet – für das Heer, für Deutschland und für meine Brüder. Aber in mir überwiegen die Angst und der Kummer. Ich freu mich über Ihr Angebot, aber sollten meine Brüder fallen, dann werden Sie sich nach jemand anderem umsehen müssen, so leid es mir tut.« Erneut traten ihr Tränen in die Augen.

Marta konnte nicht anders und schloss Poppe in ihre Arme. So standen sie für einen Moment ganz still. Poppe war diejenige, die sich aus der Umarmung löste, sich die Tränen von den Wangen wischte, kurz knickste und ging. Sie schloss die Zimmertür nicht hinter sich. Marta lauschte ihren Schritten, dann sah sie sich noch einmal in dem Gästezimmer um. Das Doppelbett war abgezogen, die Kommode und die Sessel waren mit Tüchern abgedeckt. Auf dem Fensterbrett stand eines von Thaisens Modellschiffen. Es war ein Dreimaster. Weiße Segel, der Rumpf des Bootes blau gestrichen. Marta berührte ein Segel mit den Fingerspitzen. Ida und Thaisen, vereint seit Kindertagen, waren sie mehr als ein normales Ehepaar. Sie waren wie Bruder und Schwester, Seelenverwandte, möchte man meinen. Die beiden getrennt voneinander war schwer vorstellbar. Doch der Krieg hatte es geschafft. Er hatte Ida ihr Lächeln genommen. Mit ernster Miene schlich sie die meiste Zeit durchs Haus und schimpfte noch mehr als sonst mit Leni, obwohl diese im Moment recht brav war. Der Weggang des Vaters setzte dem Kind ebenso zu wie Ida. Marta bemühte sich darum, sich mehr um Leni zu kümmern. Erst gestern hatte sie mit ihr, Ebba und Gesine Schokoladenkekse gebacken. Idas Lieblingskekse. Ida hatte dann auch einen davon gegessen. Danach war sie verschwunden, vermutlich zum Strand zu Thaisens alter Kate. Die Hütte hielt sämtlichen Stürmen stand und schien unzerstörbar zu sein. Wahrscheinlich würde sie eines Tages durch Menschenhand verschwinden. Marta hoffte jedoch, dass dieser Tag noch in weiter Ferne lag. Die Kate war Teil ihrer Vergangenheit, und manchmal ertappte auch sie sich dabei, wie sie davor stehen blieb und eines der am Dachbalken hängenden Windspiele beobachtete, die Thaisen dort aufgehängt hatte.

Marta verließ den Raum und wenig später die Dependance. Auf dem Hof wurde sie von hellem Sonnenlicht empfangen und hielt sich die Hand gegen die blendende Sonne über die Augen. Vor der Küche saßen Ebba und Gesine Krabben pulend auf einer Bank. Marta überlegte, zu ihnen zu gehen, entschloss sich jedoch dagegen. In ihrem Arbeitszimmer lag ein Brief an Berta, Riekes Freundin aus Hamburg. Sie hielten, trotz Riekes Tod, noch immer Kontakt, was Marta freute. Berta hatte sich bei Kriegsausbruch per Telegramm nach der Lage auf Amrum erkundigt, später hatte sie einen langen Brief geschickt und berichtet, was in den ersten Kriegstagen in Hamburg los gewesen war. Marta war ihr dankbar für die Informationen aus ihrer Heimatstadt. Sie hatte den Antwortbrief an Berta letzte Nacht verfasst, als sie mal wieder nicht schlafen konnte. Jetzt hatte sie Zeit, um diesen zur Post zu bringen. Sie holte den Brief aus ihrem Büro, winkte Ebba und Gesine zu und machte sich auf den Weg Richtung Postbüro. Dort angekommen, empfing Gundel Richardson sie mit einem Lächeln. Gundel hatte die sechzig bereits überschritten, und ihr Haar war ergraut. Sie sah stets etwas zerzaust aus und trug gern selbst gestrickte Jacken, die wie Säcke an ihrem schmalen Körper hingen. In ihrer Jugend war sie eine Schönheit gewesen. So wusste es jedenfalls Jasper zu berichten, der meinte, halb Norddorf hätte damals ein Auge auf sie geworfen.

»Gud Dai, Gundel«, grüßte Marta. »Ich hab einen Brief nach Hamburg zu verschicken.«

»Das macht fünfzig Pfennige«, sagte Gundel und riss eine Marke von einer Rolle ab, befeuchtete diese mit der Zunge und klebte sie auf den Brief.

»Was gibt es für Neuigkeiten?«, fragte Marta.

»Heute weiß ich nichts zu berichten«, antwortete Gundel. »Frieda hat am Vormittag meinen Dienst übernommen, weil ich es mit dem Kreislauf hatte. Ich bin erst vorhin gekommen, denn Frieda muss sich um das Ausmisten der Ställe kümmern. Das kriege ich mit meinem Rücken nicht mehr hin. War wohl eine Menge los heute Morgen. Sämtliche Zeitungen sind weg, kamen viele Telegramme an. Das Übliche eben. Fedder war vorhin da. Sein Sohn ist bei der Inselwache in Wittdün. An der Südspitze sollen Schützengräben ausgehoben werden. Im Sand Gräben schaufeln, hat er gesagt und abgewunken. Die halten doch nie und nimmer.«

Marta nickte.

»Ach, Ida war vorhin hier«, fuhr Gundel fort. »Sie hat einen Brief von Thaisen mitgenommen. Der kam heute Morgen an. Er ist bei der Marine, oder?«

»Ja, das ist er«, antwortete Marta. »Wollen wir hoffen, dass er heil wieder nach Hause kommt. Ida ohne Thaisen ist unvorstellbar.«

»Ja, das ist es wohl«, antwortete Gundel und seufzte. »Ich weiß noch, wie sie Kinder waren. Selten sah man den einen ohne den anderen. Wie Pech und Schwefel klebten sie aneinander, und das trotz dem Streit der Väter.«

»Der sich ja Gott sei Dank in Wohlgefallen aufgelöst hat.«

»Wie geht es dir denn? Wie steht es im Hotel?«, fragte Gundel.

»Es geht schon. Wir haben Rücklagen und können die Einbußen überbrücken. Viele Häuser in Wittdün trifft es schlimmer.«

»Der Ort lebt ja nur vom Tourismus. Da steht jetzt alles leer. Kennst ja meine Meinung zu Wittdün, obwohl es schon ganz gut ist, dass es die Touristen gibt. Hat unserem Inselchen auch positive Sachen gebracht. Die Medaille hat immer zwei Seiten.«

»Ja, das hat sie«, antwortete Marta. »Ich muss dann mal weiter. War nett, mit dir zu schnacken, Gundel. Bis bald.«

Gundel verabschiedete sich und bat, Grüße an Ebba und die anderen auszurichten. Marta trat auf die Straße. Eine Gruppe Inselwächter kreuzte ihren Weg. Die Männer grüßten freundlich. Noch immer fiel es Marta schwer, sich an die uniformierten Männer zu gewöhnen. Einige von ihnen kannte sie. Den Sohn vom Bauern Flohr aus Süddorf, Gottlieb, und Martin Schmidt, den Sohn von Julius und Elisabeth Schmidt aus Nebel, die dort erfolgreich das Gasthaus *Honigparadies* leiteten, das bei den Touristen wegen des hervorragenden Honigweins beliebt war, den Julius seit einigen Jahren sogar ins ganze Reich verschickte. Der Anblick von Martin erinnerte Marta daran, dass sie ihrer Freundin Elisabeth mal wieder einen Besuch abstatten müsste. So oft hatte diese sie schon zu sich eingeladen, doch stets war etwas dazwischengekommen. Während der Hauptsaison war es schwierig, private Kontakte zu pflegen. Doch nun schien es dafür wieder mehr Zeit zu geben.

Marta folgte der Dorfstraße und entschloss sich, nicht ins Hotel, sondern zum Strand zu gehen. Dort war alles so friedlich und ruhig – unverändert, wie es schien. Als sie am Strand eintraf, entdeckte sie Ida, die an der Wasserlinie stand und aufs Meer hinaussah. In der Ferne war ein Schiff zu erkennen. Marta trat neben sie. Eine Weile schwiegen sie beide. Ein weiteres Schiff tauchte auf.

»Vielleicht gehören die Schiffe zur Marine, und auf einem von ihnen ist Thaisen«, sagte Ida.

»Könnte sein«, antwortete Marta und fragte, auf den Brief in Idas Händen deutend, ob es ihm gut ginge.

Ida nickte.

»Ja, so weit. Er vermisst Amrum und hofft, dass alles bald ein Ende hat.«

»Darauf hoffen wir auch«, antwortete Marta.

Der Wind frischte auf und zerrte an ihren Röcken. Eine Wolke zog vor die Sonne.

Ida faltete den Brief zusammen und steckte ihn in ihre Rocktasche.

»Wollen wir zurückgehen?«, fragte Marta. »Es sieht nach Regen aus.«

Ida nickte. Marta drehte sich um und wollte sich in Bewegung setzen, doch Ida hielt sie am Arm zurück und sagte: »Ich bin schwanger.« Verdutzt sah Marta sie an. »Ich war heute Morgen beim Arzt. Er hat meinen Verdacht bestätigt.«

»Aber das ist ja wunderbar«, erwiderte Marta. Sie wollte Ida in die Arme schließen, doch diese wich zurück. Ihre Miene war ernst, in ihren Augen schimmerten Tränen.

»Was ist, wenn Thaisen nicht wiederkommt«, sagte sie. »Wie sehr hat er sich ein zweites Kind gewünscht. Und nun? Jetzt ist er in den Krieg gezogen, am Ende in den Tod.« Tränen liefen ihr über die Wangen.

»So etwas will ich niemals wieder hören«, sagte Marta und nahm Ida in die Arme. »Unser Thaisen wird heimkehren, das weiß ich bestimmt. Er wird sein Kind kennenlernen. Diese Schwangerschaft ist ein Glücksfall, ein Wunder des Herrn. Du wirst sehen, alles wird gut werden.«

Marta löste die Umarmung und fischte ein Stofftaschentuch aus ihrer Rocktasche. Erste Regentropfen fielen vom Himmel.

»Und jetzt schnell die Tränen abgewischt, und dann sehen wir zu, dass wir nach Hause kommen. Willst du es den anderen schon sagen?«

»Nein, erst einmal nicht. Es ist ja noch alles ganz frisch.«

Marta nickte und antwortete, während sie zum Dünenweg liefen: »Vor Ebba wirst du es nicht lange verheimlichen können. Sie hat ein gutes Gespür für Schwangerschaften. Bisher lag sie bei jedem unserer Küchenmädchen richtig.«

»Ja, das stimmt«, antwortete Ida lächelnd. »Allerdings standen Erika und Sesle auch spuckend im Küchengarten, aber mir ist bisher noch nicht übel.«

»Wie schön«, antwortete Marta. »Thaisen wirst du es doch schreiben, oder? Er wird sich riesig über diese positiven Neuigkeiten freuen. Sie werden ihm in der Fremde Mut machen.«

»Ja, das werde ich«, antwortete Ida und legte die Hand auf ihren Bauch. »Ich muss ihm sagen, dass er gut auf sich aufpassen soll, denn da gibt es jemanden, der ihn bald kennenlernen möchte. Vielleicht wird es sogar ein Sohn, dem er das Schnitzen beibringen könnte. Davon hat er oft gesprochen.«

»Ja, ich weiß«, antwortete Marta lächelnd.

Die guten Neuigkeiten vertrieben für einen Augenblick die düstere Stimmung, die über allem zu liegen schien. Sie erreichten das Hotel. »Komm. Wir gehen und sagen es wenigstens Ebba.« Marta nahm Idas Hand und zog sie Richtung Küche. »Sie wird sich sehr darüber freuen.«

»Ja, das machen wir«, antwortete Ida und ließ sich von ihrer Mutter mitziehen. Und plötzlich nahm sie das wunderbare und erwartungsvolle Kribbeln in sich wahr, das sie bereits bei ihrer ersten Schwangerschaft verspürt hatte. In ihr wuchs neues Leben heran. Das Schicksal schenkte ihnen ein weiteres Kind. Das musste ihnen einfach Glück bringen. Einen anderen Gedanken wollte sie nicht zulassen.

5

Norddorf, 27. August 1914

Gerade eben bin ich noch einmal durch sämtliche Gästezimmer des Hotels gelaufen. Besonders in der Dependance war dies ein sonderbares Gefühl. Die Stille war es, die mich betroffen gemacht hat. Die Leere in den Zimmern, in denen zu dieser Zeit sonst ein ständiges Kommen und Gehen herrschte. Die Möbel sind mit Tüchern abgedeckt, die Betten abgezogen. Heute hat uns unsere letzte Wäscherin verlassen. Sogar in der Nachsaison und im Winter gibt es normalerweise in diesem Haus mehr Menschen. Ebba sitzt drüben vor dem Haus und pult Krabben, neben ihr Jasper, der mal wieder seine Nase in die Zeitung steckt. Ida, Gesine und Nele beschäftigen sich schon seit einer Weile mit der Pflaumenernte. Es war ein guter Sommer für die Früchte. Die nächsten Tage werden wir mit Einkochen verbringen, Mus und Kompott. Die Arbeit lenkt ein wenig von den täglichen Neuigkeiten ab. Von einem Kriegsende an Weihnachten ist längst keine Rede mehr. Erst gestern hab ich mit Schwester Anna vom Hospiz darüber gesprochen. Bei ihr sind Männer der Inselwache stationiert. Recht höfliche Burschen, die stets ihr Essen loben. Sie meinten erst gestern Abend, dass es sich länger hinziehen könnte. Jasper sprach heute Morgen ebenfalls davon. Er wollte mir von Vorfällen an den Fronten erzählen, doch ich wiegelte ab. Ich will nichts von Siegen hören und schon gar nichts von Gefallenen. Imke Jensen aus dem Andenkenladen in Nebel ist untröstlich. Sie bekam Nachricht, dass ihr Sohn Ricklef als vermisst gilt. Ich versuchte, sie zu trösten. Ach, sie weinte so schrecklich. Ich versprach, Ricklef in meine Gebete mit einzuschließen. Ich habe Ida davon nichts erzählt. Von Thaisen treffen beinahe täglich Briefe ein. Er ist ganz aus dem Häuschen darüber, wieder Vater zu werden. Gestern erfuhren wir, dass er im Oktober zwei Wochen Heimaturlaub bekommt. Ida hat sich so sehr über die Neuigkeit gefreut. Leider stellten sich zu ihrem Unmut nun doch Schwangerschaftsbeschwerden ein. Besonders morgens ist ihr übel. Erst heute Morgen hörte ich Würgegeräusche aus ihrer Kammer. Ebba hat gestern tröstend gemeint, das mit der Übelkeit wäre schon gut so. Je schlechter es der Mutter ginge, desto fideler wäre das Kind in ihrem Bauch. Ida hofft, dass es ihr bis Oktober wieder besser geht. Sie möchte es Thaisen während seines Heimaturlaubs so schön wie möglich machen. Das klappt bestimmt, denn bis dahin sind die ersten drei Monate vorüber, und dann flaut die Übelkeit bei den meisten Frauen ab.

Thaisen saß neben seinem Kameraden Richard Stumpf, der aus München kam und von der Seefahrt bisher wenig Ahnung gehabt hatte. Er war gelernter Bäcker und arbeitete in einem Familienbetrieb, den es bereits seit einhundert Jahren gab. Sogar Hoflieferant war ihre Bäckerei, wie er stolz berichtete. Nach dem Krieg wollte er den Betrieb von seinem Vater übernehmen. Die beiden Männer befanden sich auf dem Weg von Wilhelmshaven nach Helgoland, wohin sie versetzt worden waren. Dort sollten sie in den nächsten Wochen auf einem der Torpedoboote stationiert werden. Es war später Abend und die See relativ ruhig. Sie saßen in der Kombüse beisammen, und Richard spielte auf einer Zither, die er aus seiner Heimat mitgebracht hatte. Thaisen war das Instrument unbekannt, doch ihm gefiel dessen Klang, der beruhigend wirkte. Er selbst beschäftigte sich damit, einen Brief an Ida zu verfassen. Er wollte ihr von seiner doch recht unverhofften

Versetzung nach Helgoland berichten und davon, dass er Dienst auf einem Torpedoboot haben würde. Obwohl Ida vermutlich keine Ahnung hatte, was ein Torpedoboot war. Aber sie sollte ganz genau wissen, was er den ganzen Tag über machte. Nur leider wusste er nicht so recht, wie er den Brief an sie beginnen konnte. Er hatte bereits viermal von vorn angefangen, bald würde ihm das Papier ausgehen. Er überlegte kurz, dann setzte er neu an:

Meine geliebte Ida,
heute schreibe ich Dir nicht aus Wilhelmshaven, sondern von einem Schiff, das uns nach Helgoland bringen wird. Ja, Du hast richtig gelesen. Kurzfristig wurden wir zur Verstärkung der dortigen Truppe versetzt. Ich kann nicht sagen, ob ich mich darüber freue, obwohl mir Helgoland an sich schon ganz gut gefällt. Viel von der Insel werden wir vermutlich nicht sehen, denn wir dürfen nur selten an Land. Das wird sich auch auf Helgoland nicht ändern. Die Schiffe müssen stets auslaufbereit sein, denn der Feind könnte jederzeit zuschlagen. Ich werde auf Helgoland auf einem Torpedoboot Dienst haben und hoffe darauf, dass es so friedlich wie bisher bleibt und uns die Engländer in Ruhe lassen. Mein neuer Freund Richard, ich schrieb Dir erst neulich von ihm, sitzt neben mir und spielt auf einer Zither. Ich weiß nicht, ob Du das Instrument kennst. Es ist eher in Süddeutschland verbreitet, er meinte, vor allem in den Bergen, wo er schon einmal mit seinem Vater gewesen war. Auch auf dem höchsten Gipfel Deutschlands, der Zugspitze. Diese ist fast dreitausend Meter hoch. Solche Höhen kann sich ein Junge von der Küste, wie ich einer bin, gar nicht vorstellen. Doch trotz der Unterschiede, auch im Dialekt, verstehen Richard und ich uns großartig. Ihm gefällt die norddeutsche Landschaft, auch wenn es für seinen Geschmack etwas flach

ist. Er könnte sich gut vorstellen, uns auf Amrum zu besuchen. Oder wir beide fahren mal nach Bayern und sehen uns die Berge aus der Nähe an. Das wäre doch was. Ich hoffe, Dir und den anderen geht es gut. Ich kann es kaum erwarten, Dich im Oktober in die Arme schließen zu dürfen. Dann werde ich zwei wunderbare Wochen wieder bei euch sein. Und ich verspreche, diese Zeit nicht in der Werkstatt zu verbringen, obwohl dort gewiss neue Aufträge auf mich warten. Obwohl. Wer will schon Modell- oder Buddelschiffe mitten im Krieg kaufen. Da haben die Menschen doch andere Dinge im Sinn. Ich weiß, ich soll keine trüben Gedanken schreiben, aber wem, wenn nicht Dir, könnte ich davon berichten. Der erste Kriegstaumel scheint verschwunden, und niemand spricht mehr von einem baldigen Kriegsende. Sowohl im Westen als auch im Osten sind die ersten Kameraden gefallen. Gottlieb, einer von den ganz jungen Burschen, er stammt aus Leipzig, hat seinen großen Bruder verloren. Seitdem redet er nur noch wenig, davor war er ein lustiger Geselle, der stets einen flotten Spruch auf den Lippen gehabt hat. Mittlerweile scheint auch der letzte Mann begriffen zu haben, dass der Krieg ein schmutziges Geschäft ist. Oder jedenfalls ein gefährliches. Ich überlege, eine Versetzung zur Inselwache zu beantragen. Ich weiß, dies wäre wohl feige, denn hier bei der Marine ist der Dienst fürs Vaterland mit mehr Heldentum behaftet. So sagte es Richard gestern. Sein Vater wäre sehr stolz auf ihn, seinen einzigen Sohn. Er zieht für den Kaiser und das Reich ins Feld und wird ruhmreich, vielleicht sogar mit einem Eisernen Kreuz heimkehren. Obwohl ich mir sicher bin, dass der gute Richard froh sein kann, wenn er mit heiler Haut hier herauskommt. Wieso er ausgerechnet bei der Marine gelandet ist, bleibt mir ein Rätsel. Erst neulich hab ich ihm einen anständigen Seemannsknoten beigebracht, und in der ersten Zeit hing er ständig spuckend über der Reling, obwohl

nur ein laues Lüftchen wehte. Immerhin hatte er beim Fische-füttern Gesellschaft, sind ja viele der einfachen Matrosen Landeier, die sich erst an schwankende Planken gewöhnen mussten.
Hier gibt es gleich Abendessen, nichts Besonderes, Erbsensuppe mit Brot. Mir fehlt Ebbas gute Küche. Was gäbe ich jetzt für einen Heißwecken, noch warm, frisch aus dem Ofen. Aber bald komme ich ja in den Genuss dieser Köstlichkeit, und wenn meine Versetzung zur Inselwache tatsächlich genehmigt wird, dann sind wir wieder vereint. Darauf will ich hoffen.
Ich sende Dir auch in diesem Brief tausend Küsse, auch für unsere kleine Leni. Grüß mir lieb all die anderen.
Dein Dich über alles liebender
Thaisen

»Schreibst wieder an deine Ida, was?«, fragte Richard. Er hatte sein Zitherspiel beendet und trat neben Thaisen.

Thaisen nickte.

»Ist schön, wenn einer ein Liebchen hat«, sagte Richard. Er setzte sich neben Thaisen und zündete sich eine Zigarette an. »Ich hätte auch gern eines. Aber bisher ist mir die Richtige noch nicht über den Weg gelaufen. Obwohl. Einmal, da war ich verliebt. Damals, als ich noch halb grün hinter den Ohren gewesen bin. In Anneliese von der Wäscherei gegenüber. Ein hübsches Mädel, das kann ich dir sagen. Blond, mit großen blauen Augen und den Rundungen an den richtigen Stellen, wenn du verstehst, was ich meine.« Er stieß Thaisen lachend in die Seite. »Doch sie hat mich keines Blickes gewürdigt und später einen andern geheiratet. So einen gelackten Affen von den Gardeoffizieren, der ihr wie ein treudoofer Dackel nachgelaufen ist. Mit so einem kann ein einfacher Bäckergeselle natürlich nicht mithalten. Ich muss es mir eingestehen: Sie hat mir das Herz gebrochen.«

»Ach, da findet sich gewiss bald ein neues Mädchen«, antwortete Thaisen. »Deine Zukünftige kann froh darüber sein, so einen tollen Ehemann wie dich zu bekommen, der ihr beibringen kann, wie man einen anständigen Seemannsknoten macht.«

»Ja, das kann ich jetzt wohl«, antwortete Richard und lachte laut auf. »Das muss ich meinem Vater in einem meiner nächsten Briefe schreiben. Obwohl er das vermutlich nicht wertschätzen wird. Für ihn zählen nur Erfolge wie gewonnene Feldzüge und Schlachten, Ruhm und Ehre für das Vaterland und den Kaiser.«

»Das zählt für meinen alten Herrn auch«, mischte sich ein weiterer Matrose in das Gespräch ein. Sein Name war Werner, und er kam aus Magdeburg. Er war ebenfalls einer von den Unerfahrenen gewesen, stellte sich inzwischen jedoch recht geschickt an. »Er war ganz stolz, als er erfuhr, dass ich zur Marine komme. Obwohl mir die Infanterie auch recht gewesen wäre. Allerdings sind Schützengräben nicht so mein Ding. Besonders im Winter frierste dir da den Arsch ab. Dann doch lieber der Maschinenraum eines Schiffes, auch wenn es dort recht stickig ist.«

»Hat alles sein Für und Wider«, antwortete Thaisen und zuckte mit den Schultern. »Im Schützengraben säufste wenigstens nicht ab.« Er wollte noch etwas hinzufügen, kam jedoch nicht mehr dazu, denn er wurde vom diensthabenden Maat unterbrochen.

»Helgoland in Sicht«, sagte der blonde, gedrungene Mann, den Thaisen bereits auf den ersten Blick nicht hatte leiden können. »Alle Mann an Deck. An Land sofort im Unterstand melden. Dort erhalten Sie weitere Instruktionen.«

Der Maat verließ die Kombüse, und Richards Blick wanderte zu dem auf dem Ofen stehenden Suppentopf.

»Und was wird jetzt mit dem Essen?«

»Ein Kanten Brot geht immer«, sagte Thaisen, griff sich ein Stück Brot aus einem der Körbe und ging zu der nach oben führenden Leiter. Richard tat es ihm gleich und folgte ihm. An Deck trat Thaisen an die Reling und blickte auf den im Dunkeln liegenden Hafen von Helgoland. Durchbrochen wurde die Finsternis von Scheinwerfern und dem Licht des Leuchtturms. Sie liefen in den Hafen ein. Hier und da fiel ein Lichtstrahl von einem der vor Anker liegenden Schiffe auf das schwarze Wasser. Das eine oder andere Fenster der Häuser war beleuchtet. Die See war heute Nacht ausgesprochen ruhig. Dieser Umstand konnte sich hier draußen jedoch stündlich ändern. Thaisen erinnerte sich daran, wie er zum ersten Mal auf Helgoland gewesen war. Seine Tante Wilhelmine hatte auf der Insel gelebt, und sie hatten sie einige Male besucht. Einmal hatte es während der Überfahrt solch hohe Wellen gegeben, da waren sie froh gewesen, als die Insel endlich in Sicht gekommen war. Damals war sogar ihm ein bisschen übel geworden, und er hatte sich wegen des kräftigen Seegangs, der mit ihrem Kutter sein Spiel trieb, doch ziemlich gefürchtet. Sein Vater hatte damals den Kutter noch selbst gesteuert. Ricklef Bertramsen, der einst sogar bei der Inselrettung tätig gewesen war und mehr von der Seefahrt verstanden hatte, als ihm so mancher zutraute. Der Inselpfarrer, der Jahre seines Lebens damit verschwendet hatte, der Handlanger von Pfarrer Bodelschwingh zu sein. Nun war er bereits einige Jahre tot und fehlte Thaisen. Mit niemandem sonst hatte es sich so schön streiten lassen wie mit seinem Vater.

Das Boot legte an, und Thaisen ging mit den anderen Männern von Bord. Im Unterstand erhielten sie ihre Zuteilung zu den Booten. Zu ihrem Glück ergab es sich, dass er und Richard zusammenblieben. Sie waren beide zum Dienst auf dem Torpedoboot V187 eingeteilt, das Teil der V. Torpedoflottille war, die aus mehreren Booten bestand. In erster Linie sollte die Helgoländer Bucht gegen die Engländer verteidigt werden. Thaisen und Richard gingen mit drei weiteren Männern an Bord des Torpedobootes, wo sie vom Obermaat, einem hoch aufgeschossenen, braunhaarigen Mann mittleren Alters, begrüßt und eingeteilt wurden. Da es mitten in der Nacht war, wurden sie sofort unter Deck zur Nachtruhe geschickt.

Wie üblich gab es auch hier Hängematten. Thaisen legte seinen Schlafsack in eine von ihnen und schwang sich hinein. Er zog weder seinen Mantel noch seine Schuhe aus. Von der Nacht war nicht mehr viel übrig. Es waren ihnen höchstens zwei Stunden Ruhe vergönnt, dann galt es, wieder anzutreten. Was für Aufgaben würden sie heute erfüllen müssen? Kanonenschwof vermutlich, Turnübungen vielleicht. Vermutlich würde der Obermaat erst einmal überprüfen, wie es mit ihrer Erfahrung aussah.

Thaisen verschränkte die Arme hinter dem Kopf und döste ein. Der Alarm war es, der ihn bald darauf aus einem unruhigen Schlaf weckte. Sämtliche Matrosen schreckten auf. Einige von ihnen rappelten sich in ihren Hängematten auf und fielen unsanft zu Boden, andere suchten im dämmrigen Licht nach ihren Schuhen. Es wurden Helme aufgesetzt, manch einer fluchte lautstark. Als Thaisen und Richard an Deck ankamen, empfing sie dichter Seenebel. Sie wurden zum Dienst an einem der Geschütze eingeteilt.

»Was genau ist geschehen?«, fragte Thaisen einen seiner Kameraden, während sie den Helgoländer Hafen verließen.

»Ein englisches U-Boot hat eines unserer Torpedoboote ungefähr vierzig Seemeilen von hier angegriffen. Es ist die G 194. Wir sollen das U-Boot jagen. Ach, verdammter Nebel aber auch. Man sieht kaum die Hand vor Augen. Ihr gehört zu den Neuen, oder?«

Thaisen beantwortete die Frage: »Vor wenigen Stunden aus Wilhelmshaven angekommen.«

»Bist einer von hier oben, was?«, fragte der andere, der unverkennbar ebenfalls aus Norddeutschland kam.

»Von Amrum«, antwortete Thaisen.

»Ostfriesland. Greetsiel«, antwortete der andere. »Ole mein Name.« Er streckte Thaisen die Hand hin. Thaisen ergriff sie. »Ist gut, einen Insulaner neben sich zu haben.« Oles Blick wanderte zu Richard, und er fragte: »Und was ist mit ihm?«

»Süddeutschland, Bäcker«, erwiderte Thaisen.

»Also einer von den Grünen«, meinte Ole mit einem Grinsen. Richard warf Thaisen einen strafenden Blick zu. Musste ja nicht jeder gleich wissen, dass er kein erfahrener Seemann war.

»Zwei kleinere Kreuzer sind auch raus«, sagte ein weiterer Matrose neben Thaisen. »Es sind die SMS Frauenlob und die Stettin. Wollen wir hoffen, dass das reicht. Die Engländer sind gewieft. Wäre besser gewesen, wir hätten Verstärkung durch die großen Kreuzer aus Wilhelmshaven bekommen. Weiß der Himmel, warum die nicht rausgeschickt worden sind.«

Thaisen nickte und sah nach vorn. Durch den dichten Nebel war kaum etwas zu erkennen. Es könnte gefährlich werden. Hoffentlich besserte sich die Sicht bald.

»Dort, da ist ein Schiff, ein Zerstörer, oder?« Richard deutete in die Richtung. Keine Sekunde später erklang der Befehl, Feuer zu geben. Sofort wurden die ersten Torpedos abgeschossen. Richard legte die Torpedos nach, und Thaisen schoss. Laute Donnerschläge ertönten, neben ihrem Boot gab es mehrere Einschläge. Schnell tauchten weitere englische Zerstörer aus dem Nebel auf, und noch mehr Einschläge trafen ihr Boot. Thaisen schoss, was das Zeug hielt, doch die Briten schienen in der Übermacht zu sein. Immer wieder wurde das Boot erschüttert. Thaisen arbeitete wie eine Maschine. Richard legte nach, Thaisen schoss. Torpedo um Torpedo verschwanden im Wasser. Doch es half alles nichts. Der Feind war in der Überzahl.

»Wir sind manövrierunfähig«, rief jemand. »Verdammter Mist. Schießt, Männer. Gebt alles.«

»Das Boot wird gesprengt«, brüllte nur wenig später ein anderer, der aus dem Maschinenraum an Deck gekommen war. »Das Boot soll nicht dem Feind überlassen werden.«

Thaisen ließ für einen Moment von seinem Geschütz ab und suchte Richards Blick. Sie sahen einander mit weit aufgerissenen Augen an. Gesprengt. Das Boot würde sinken. Im nächsten Moment traf Thaisen ein harter Schlag am Bein, und ein stechender Schmerz durchfuhr sein Knie. Er schrie laut auf. Was war das. Ein Geschoss, ein Metallteil? Er legte die Hand auf sein Knie. Der Stoff seiner Hose war gerissen, er blutete heftig. Thaisen sah zu Richard, der einen weiteren Torpedo nachlegte, und rief: »Schieß. Wir schießen sie ab, bis zum Schluss. Wir sind Helden, Mann. Verstehst du, Helden.« Seine Stimme überschlug sich. Richard tat wie geheißen und schoss die Torpedos ab. Immer und immer wieder. Er wusste nicht, ob er traf, es interessierte ihn auch nicht. Er dachte nicht mehr, sondern reagierte nur noch.

Ein lauter Donnerschlag war es, der die beiden wenig später zusammenzucken ließ. Im nächsten Moment strömten die Männer aus dem Maschinenraum nach oben.

»Schießt weiter«, befahl der Flottillenchef. »Für den Kaiser, für Deutschland. Schießt, verdammt noch eins. Bis zum bitteren Ende, bis zum Untergang.« Seine Worte drangen wie durch eine Wand zu Thaisen durch. Er betätigte den Hebel des Geschützes, ihm wurde schlecht. Wasser war an seinen Füßen, stieg bis zu seinen Beinen, erreichte seine Hüfte. Er nahm die Stimmen seiner Kameraden kaum noch wahr. Er musste schießen, bis zum Ende. Es war vorbei, sie sanken. Um ihn herum knallten die Geschosse, die Wellen umspülten bereits seinen Oberkörper. Tränen stiegen Thaisen in die Augen. Ida, dachte er, es tut mir leid. Meine geliebte Ida. Und plötzlich wurde alles schwarz um ihn herum.

6

Norddorf, 3. September 1914

Heute war ich bei Schwester Anna im Hospiz und habe ihr etwas von unserem selbst gemachten Pflaumenkompott gebracht. Sie hat sich sehr darüber gefreut. Wir haben bei einem Becher Kaffee und Streuselkuchen eine Weile geklönt. Auch im Hospiz ist es inzwischen ruhig geworden. Außer Schwester Anna ist nur noch eine Haushaltshilfe, die Frieda, geblieben, die ihr beim täglichen Kochen für die im Hospiz stationierten Männer der Inselwache hilft. Im Zimmer Nummer acht ist ein Wachlokal eingerichtet worden. Von dort aus hat man einen guten Blick nach Norden. Zusätzlich hat ein Posten auf einem nordwärts gelegenen Balkon Stellung bezogen, der vor einigen Jahren zur Sicherung der Gäste im Brandfall angebaut worden war. Dorthin gelangt man nur, wenn man durch ein Fenster steigt. Frieda wusste zu berichten, dass sich die Männer während ihrer Zeit da oben ziemlich langweilen, obwohl sie von dort aus einen netten Blick über Land und See bis Hörnum haben. Aber den ganzen Tag will man ja auch nicht auf Hörnum schauen, und bewegen können sich die Burschen da oben auch nicht, denn der Balkon ist recht schmal. Einige der Männer leisteten uns später Gesellschaft. Allesamt von Föhr stammende Burschen. Jasper ist den Männern von Föhr gegenüber recht voreingenommen. Die wären immer ein bisschen hochnäsig und hielten sich für was Besseres, hat er neulich gesagt. Ich kann dies nicht bestätigen. Die Burschen sind stets höflich und hilfsbereit. Sie gehen Schwester Anna

auch schon mal bei schwierigeren Tätigkeiten zur Hand, wie sie zu berichten wusste. Neulich konnte ich beobachten, wie ein Mann der Inselwache die kleine Dörte tröstete, der ihre Milchkanne runtergefallen war. Die gute Milch lief über die Straße, und die Kleine heulte ganz schrecklich. Sie fürchtete die Schelte ihrer Mutter, die recht streng sein kann. Einer der Männer ist rasch mit der Milchkanne zurück zum Bauern Flohr gelaufen und hat sie wieder auffüllen lassen. Da hat die kleine Dörte aber gestrahlt.
Heute gab es bei Schwester Anna jedoch nur ein Thema: das Seegefecht bei Helgoland. Es ging gegen die Engländer verloren. Es müssen mehrere Schiffe gesunken sein, und es habe hohe Verluste gegeben. Ida belastet dieser Umstand schwer. Ich versuchte, sie zu beruhigen. Thaisen ist in Wilhelmshaven und nicht auf Helgoland stationiert, und von dort aus sollen keine Schiffe gefahren sein. Trotzdem hat sie ihm sofort ein Telegramm geschickt und wartet nun auf Antwort.

»Nein, ich werde ganz gewiss nicht zu den Bienen gehen«, sagte Nele und hob abwehrend die Hände. »Da bin ich gern feige, wie du weißt.«

»Aber sie tun doch nichts«, antwortete ihre Freundin Marret. »Du musst nur ganz ruhig bleiben, dann wirst du nicht gestochen.« Sie griff nach dem auf dem Gartentisch liegenden Imkerhut, schob sich eine Strähne ihres rotblonden Haares hinter das Ohr, setzte ihn auf und zog den schützenden Schleier über ihr von Sommersprossen übersätes Gesicht.

»Und wenn sie so friedlich sind, weshalb packst du dich dann so ein?«, fragte Nele grinsend und deutete auf den Hut.

»Nur zur Sicherheit«, antwortete Marret. »Papa geht immer ohne Hut an die Kästen. Er trägt noch nicht mal Handschuhe. Aber ich getraue mich das nicht. Wenn sie einen im Gesicht erwischen, dann gibt das hässliche Pusteln. Ich hätte noch einen Hut. Den kannst du gern haben. Damit und mit den Handschuhen ist es vollkommen ungefährlich.«

»Nein danke. Ich bleib lieber hier und warte darauf, bis ihr mit dem Honig wiederkommt.«

»Marret, wo bleibst du denn?«, rief Julius, ihr Vater, aus dem hinteren Teil des Gartens.

»Ich komme schon«, antwortete Marret und zog rasch ihre Handschuhe über.

»Bis gleich«, sagte sie zu Nele und machte sich auf den Weg zu ihrem Vater, der bereits den ersten Bienenkasten geöffnet hatte.

Nele sah ihr lächelnd nach.

Sie hatte sich mit der drei Jahre älteren Marret vor einigen Jahren angefreundet. Ihre Eltern hatten im Jahr 1903 das am Wattenmeer gelegene Anwesen erbaut und die Imkerei gegründet. In den darauffolgenden Jahren wurde das Haupthaus weiter ausgebaut, und sie eröffneten ein Gasthaus. Hinzu kam ein Cafégarten mit einer Schaukel und einem Karussell für die Kinder. Schnell sprach sich herum, dass es im *Honigparadies*, wie sie ihr Restaurant nannten, hervorragenden Honigwein und besten Kuchen gab, und die Gäste kehrten zahlreich bei Julius und Elisabeth ein.

Nele war gern im *Honigparadies*. Das Gasthaus war mit seinem Wintergarten sehr gemütlich, und der Garten, in dem Unmengen an Hortensienbüschen blühten, lud an warmen Tagen zum Verweilen ein. Sie beobachtete, wie Julius und Marret die Waben aus den Bienenkästen zogen und in einen leeren Holzkasten stellten, der auf einem Schubkarren stand. In dem weitläufigen Garten des Anwesens gab es unter den Obstbäumen unzählige bunt gestrichene Kästen. Nele ging zwar nicht zu nah an diese heran, aber das Summen der Bienen gefiel ihr, und sie beobachtete die fleißigen Insekten gern bei ihrer Arbeit.

»Siehst du den beiden mal wieder bei der Ernte zu«, sagte plötzlich Elisabeth neben ihr. Sie stand, ein Tablett mit Limonadengläsern in den Händen, unter der Terrassentür. Marret war ihrer Mutter wie aus dem Gesicht geschnitten: die gleiche helle Haut voller Sommersprossen, das gleiche rotblonde, lockige Haar. Wären nicht die ersten Fältchen um Elisabeths Augen und Mundwinkel, die beiden könnten glatt als Zwillinge durchgehen.

»Ich dachte, ich sehe mal nach meinen beiden Arbeitsbienen und lege eine kleine Pause ein.« Sie zwinkerte Nele zu. »Heute Morgen hab ich frische Zitronenlimonade gemacht. Die magst du doch.« Sie reichte Nele eines der Gläser. Dankbar nahm Nele es entgegen und trank es in einem Zug leer. Elisabeths Limonade schmeckte köstlich erfrischend und war nicht zu süß.

»Wie geht es Ida?«, fragte Elisabeth. »Ist Thaisen nicht bei der Marine? Ich habe von dem Gefecht bei Helgoland gehört. Schrecklich ist das.«

»Ida geht es so weit gut, und Thaisen ist nicht auf Helgoland stationiert, sondern in Wilhelmshaven. Soweit wir in Erfahrung bringen konnten, sind von dort keine Boote zu dem Gefecht ausgelaufen. Trotzdem hat Ida sogleich ein Telegramm an Thaisen gesendet und ihn um Antwort gebeten. Es sollen ja mehrere Schiffe von den Engländern versenkt worden sein.«

»Ja, es ist schrecklich – dieser ganze Krieg. Ich weiß, man darf es nicht laut sagen, aber er bringt unserem Inselchen nichts als Kummer. Ich habe mich gestern mit Marie Olsen unterhalten. Sie leitet in Steenodde ein kleines Gästehaus und weiß jetzt nicht, wie es weitergehen soll. Sie waren für diesen Sommer komplett ausgebucht gewesen, bis in den September hinein. Und jetzt kommen keine Gäste mehr. Im letzten Jahr mussten sie einen Kredit wegen dem beschädigten Dach aufnehmen. Das ist ihnen ja bei der scheußlichen Sturmflut im Januar halb weggeflogen. Sie hat keine Ahnung, wie sie ohne die fehlenden Einnahmen den Kredit zurückbezahlen soll. Und dann sind ja auch noch ihre beiden Söhne in den Krieg gezogen. Beide sind an der Westfront.«

»Wir hören viele ähnliche Geschichten«, antwortete Nele. »Mein Johannes ist im Osten. Er schreibt mir oft, wie es so zugeht. Er hat auch schon erste Gefechte überstanden. Ich bete jeden Tag dafür, dass er wieder heil nach Hause kommt. Wir haben doch gerade erst geheiratet.«

»Er kommt bestimmt wieder heim«, sagte Elisabeth und tätschelte Neles Arm. »Julius ist felsenfest davon überzeugt, dass der Spuk bald enden und nächsten Sommer alles wieder normal laufen wird.«

Nele wollte etwas erwidern, wurde aber von Marret unterbrochen, die sich ihnen, gemeinsam mit ihrem Vater, näherte, der die Schubkarre mit dem Holzkasten darauf schob.

»Da sitzen sie Limonade trinkend auf der Terrasse, während wir die ganze Arbeit machen«, sagte sie lachend.

Die beiden blieben stehen, und Marret nahm sich eines der Limonadengläser.

»Kann es sein, dass dich eine Biene gestochen hat?«, fragte Elisabeth und betrachtete die rechte Wange ihres Gatten, auf der sich eine dicke rote Pustel befand.

»Ja, und nicht nur dort«, erwiderte Julius grummelnd. »Im Nacken auch noch und am Handgelenk. Weiß der Kuckuck, was in die Viecher heute gefahren ist.«

»Das ist das schwüle Wetter«, antwortete Elisabeth. »Da sind sie gern mal aggressiv. Wenn du mich fragst, gibt es heute noch ein Gewitter.«

»Das sagst du schon seit drei Tagen, und bisher sind nicht einmal Wolken zu sehen«, antwortete Julius. »Obwohl, wenn die Bienen so aggressiv sind, könnte es was werden. Mal abwarten.

Jetzt wollen wir erst einmal den Honig schleudern, und dann gilt es, den Wein zu machen. Ich nehme an, du gehst uns zur Hand.«

Er sah Nele an, die nickte und antwortete: »Deshalb bin ich doch hier. Eine bessere Aushilfskraft zur Herstellung von Honigwein werdet ihr auf der ganzen Insel nicht finden.«

»Na, dann lasst uns mal zum Schuppen und rasch ans Werk gehen. Erst gestern kam eine Bestellung von einem Kolonialwarengeschäft aus Hamburg rein. Sie haben gleich zwanzig Flaschen geordert. Dem guten Geschäft mit dem Wein tut der Krieg keinen Abbruch. Wenigstens etwas, wenn uns schon die Gäste ausbleiben.«

Er ging zu dem linker Hand des Hauptgebäudes stehenden Schuppen. Nele und Marret folgten ihm. In dem Schuppen befand sich alles, was man zur Herstellung von Honigwein benötigte: ein Ofen, Gärflaschen, ein großer Kochtopf und die Schleudermaschine für den Honig. In den Regalen standen bereits abgefüllte Flaschen, die auf ihren Abtransport warteten. Einige von ihnen mussten noch etikettiert werden. Diese Aufgabe hatte stets Martin übernommen wegen seiner schönen Handschrift. Doch nun kämpfte er im Osten. So fiel diese Aufgabe Marret zu. Das Rezept für den Honigwein war streng geheim. Nicht einmal Nele wusste, wie genau sich der Wein zusammensetzte. Aber einige Zutaten änderten sich nicht: Honig, Apfelsaft, Reinzuchthefe, Hefenährsalz und Wasser. Zuerst galt es, den frisch geernteten Honig aus den Waben zu lösen. Nele machte das gern. Mit einem Messer wurde das Wachs abgeschabt, das die Bienen auf den Waben bildeten. Dieses wurde aufgehoben, um später daraus Kerzen herzustellen, die in den Andenkengeschäften auf der Insel verkauft wurden. Für die Herstellung der Kerzen war Elisabeth Schmidt zuständig, die aus dem Wachs so manch hübsches Kunstwerk schuf, das viel zu schade zum Anzünden war. Nachdem das Wachs entfernt war, kamen die Bienenwaben in die

Schleudermaschinen. Dann musste man kräftig kurbeln, damit der feine Honig aus den Waben geschleudert wurde. Danach wurde er durch ein Sieb gegossen, und schließlich rann er goldgelb in einen großen Bottich. Julius, der aus der Nähe von Bremen stammte und die Imkerei von seinem Vater erlernt hatte, konnte sogar schmecken, von welchen Blüten der Honig stammte, ob es Sommerblumen, Kastanien oder Frühlingsblüher gewesen waren, die die Bienen besucht hatten. Für Nele schmeckte der Honig immer gleich süß. So wäre das eben mit den Anfängern, hatte Julius einmal lachend zu ihr gesagt.

Nachdem der Honig vorbereitet war, begann der komplizierte Teil der Arbeit. Der Honig musste in Wasser aufgelöst werden. Allerdings durfte dieses nicht mehr als vierzig Grad warm werden, was es zu überwachen galt. Dann wurden Apfelsaft und das Hefenährsalz hinzuzugeben und die Flüssigkeit auf zwanzig Grad abgekühlt. Nele achtete genau auf das Thermometer, während Marret fleißig umrührte. Nachdem die Flüssigkeit abgekühlt war, konnte die Hefe hinzugefügt werden. Das übernahm Julius. Er gab zusätzlich eine besondere Gewürzmischung bei, die so geheim war, dass selbst Marret die Zusammensetzung nicht kannte.

»So ist es gut«, sagte er. »Jetzt können wir den Wein in die Gärflaschen abfüllen.«

Die Gärflaschen fassten jeweils zehn Liter. Das Umfüllen erleichterte ihnen ein Trichter. Als sie fertig waren, wurden die Flaschen mit dem sogenannten Gäraufsatz verschlossen. Dieser bestand aus einem Gummipfropfen und einem Gärröhrchen.

Nachdem sie sämtliche Flaschen befüllt hatten, ließ Julius wohlwollend den Blick über ihre getane Arbeit schweifen. »Vielen Dank, dass ihr mir geholfen habt.«

»Ach, das machen wir doch gern, nicht wahr, Nele.« Marret stieß Nele in die Seite. »Und weil wir so nett sind, liefern wir auch noch den Wein ins *Hotel Quedens* zu den Männern der Inselwache. Da ist heute Morgen eine Bestellung reingekommen. Zehn Flaschen sollen es sein.«

»Richtig, das hätte ich beinahe vergessen«, sagte Julius. »Gepackt ist die Kiste schon und steht vor dem Schuppen auf dem Leiterwagen. Das ist nett von euch. Dann räume ich hier rasch auf und kümmere mich um die Buchhaltung. Seitdem Martin weg ist, bleibt im Büro alles liegen.« Er seufzte. »Gestern traf ein Brief von ihm ein. Er kommt in drei Wochen auf Heimaturlaub und scherzte bereits ob des Chaos, das ihn erwarten wird. Er kennt seinen Vater nur zu gut. Ich stelle gern Honigwein her, aber für den Papierkram bin ich nicht geschaffen.« Er winkte ab.

Nele und Marret verabschiedeten sich und liefen wenig später, den Leiterwagen mit einer Kiste voller Honigwein darauf hinter sich herziehend, Richtung Wittdün. Inzwischen hatte der Himmel sich zugezogen, und ein böiger Wind wirbelte den Staub auf der Straße auf. Es begegneten ihnen nur wenige Leute. Einmal kreuzte ein Bauer ihren Weg, dessen Wagen Heuballen geladen hatte. Zwei Hühner liefen ihnen eine Weile gackernd hinterher. Im *Hotel Quedens* angekommen, das nun als Kaserne für die Männer der Inselwache diente, wurde ihnen der Wein von zwei jungen Küchenburschen abgenommen, die es nicht lassen konnten, einige Schmeicheleien von sich zu geben.

»Da haben sich aber zwei hübsche Honigweinlieferanten gefunden«, sagte der eine und musterte Marret von oben bis unten.

»Wusste gar nicht, dass Amrum solche Schönheiten zu bieten hat«, sagte der andere und schenkte Nele ein strahlendes Lächeln.

»Wo kommt ihr her?«, antwortete Marret kess. »Von der Insel der Hässlichen?«

Nele prustete los. Solch eine Antwort konnte nur Marret geben. Einer der Burschen wollte etwas erwidern, kam jedoch nicht mehr dazu, denn ein älterer Mann in Kochschürze tauchte auf. Er sah von Ida zu Marret, dann auf die Kiste mit den Honigweinflaschen. »Die Weinlieferung, großartig. Bringt die Flaschen gleich in den Vorratsraum, und dann seht zu, dass ihr mit dem Schneiden der Zwiebeln fertig werdet«, wies er die jungen Männer an. »Wir haben schließlich nicht den ganzen Tag Zeit.«

Die beiden jungen Burschen trollten sich, und Marret und Nele verabschiedeten sich rasch. Sie beschlossen, über den Strand zurück nach Nebel zu laufen. Dort angekommen, zog eine Menschenmenge an der Wasserlinie ihre Aufmerksamkeit auf sich. Sie näherten sich der Gruppe und erstarrten. In der Brandung lagen schrecklich zugerichtete Leichen, anhand der Kleidung, die sie trugen, eindeutig als Soldaten zu erkennen. Eine Frau vor Nele bekreuzigte sich, ein junger Bursche übergab sich in den Sand, jemand anderes rief nach dem Strandvogt. Eine Gruppe Inselwächter näherte sich ihnen. Neles Blick war auf einen der Toten gerichtet. Ihm fehlte ein Bein, seine Kleidung war zerrissen. Er war blond, und in seiner Wange war ein großes Loch, man konnte seinen Kieferknochen sehen. Da hatten die Möwen bereits ganze Arbeit geleistet. Übel wurde weder Nele noch Marret, denn jede von ihnen hatte bereits eine angespülte Leiche gesehen. Doch diese Männer waren etwas anderes. Sie verkörperten das grausame Gesicht des Krieges, das bisher auf der Insel nicht zu sehen gewesen war. Die Kämpfe fanden draußen auf dem Meer, irgendwo in Frankreich, im Osten, in Zeitungsberichten und Telegrammen statt. Nele dachte an Ida, daran, dass auch Thaisen bei der Marine war. Nein, sie wollte nicht an ihn und nicht an Johannes denken. Die beiden würden es überleben. Sie würden heimkehren nach Amrum.

In ihre Augen traten Tränen, und sie wandte den Blick ab.

»Komm, lass uns gehen«, sagte Nele zu Marret.

Diese nickte wortlos, und sie liefen den Strand hinunter. Normalerweise beruhigte das Rauschen des Meeres Nele, doch heute wollte dies nicht funktionieren. Die beiden jungen Frauen sprachen kein Wort. Die Fröhlichkeit war verschwunden. Beklemmung hatte sie erfasst. Neles Blick wanderte in die Ferne. Sie sah weit draußen Schiffe. Waren es Kriegsschiffe, Kreuzer oder Torpedoboote, ähnliche wie die, die die Männer in den Tod gerissen hatten? Der Himmel zog sich weiter zu, und der Horizont wurde dunkler. Sollte Elisabeth recht behalten, und es gab ein Gewitter?

Auf der Höhe von Nebel verabschiedeten sich die beiden Freundinnen voneinander.

»Und du willst wirklich noch weiterlaufen?«, fragte Marret. »Es sieht nach Regen aus.«

»Ich bin doch nicht aus Zucker«, antwortete Nele. »Und am Ende kommt sowieso nichts. Dort hinten wird es schon wieder heller.«

Sie deutete nach rechts, doch wirklich heller sah der Himmel nicht aus. Trotzdem widersprach Marret nicht. Sie wusste, dass sie Nele nicht umstimmen konnte.

»Gib gut auf dich acht. Kommst du morgen?«, fragte sie.

»Wie immer. Ich hab es versprochen.« Nele drückte Marret noch einmal an sich, dann ging jede ihrer Wege.

Nele lief an der Wasserlinie entlang. Das Meer zog sich gerade zurück. Möwen hüpften vor ihr über den Strand und durch den angespülten Meeresschaum, der Wind frischte auf und zerrte an ihrem Rock. Sie ließ ihren Blick über die Wellen schweifen, doch es trieb nichts mehr in der Brandung, kein Strandgut und auch keine weiteren Toten. Tote, zerschunden, ihres Stolzes beraubt, für den Kaiser und das Vaterland gestorben, ehrenvoll. Sie hatten Familien, vielleicht Kinder, dort draußen gab es Menschen, die sie liebten, die um sie trauern würden. Nele lief weiter. Sie rannte regelrecht. Der Wind hatte weiter aufgefrischt und zerrte an ihrem Rock. Donnergrollen war zu hören, erste

Regentropfen trafen ihr Gesicht. Waren ihre Eltern auch an irgendeinen Strand gespült worden? Oder waren sie für immer auf dem Meeresgrund geblieben, irgendwo im Atlantik, der zu ihrem Grab geworden war? Sie erinnerte sich an das Gesicht ihrer Mutter, wie sie es zuletzt gesehen hatte. Es war bleich und feucht gewesen, ihr nasses Haar hatte an der Stirn geklebt. Sie versuchte, das Bild zu verdrängen. Es war Vergangenheit, unwiderruflich vorbei. Auch wenn sie es sich noch so sehr wünschte, sie würde die Zeit nicht zurückdrehen und ihre Eltern nicht retten können.

Sie erreichte den Strandabschnitt von Norddorf und steuerte auf den Dünenweg zu. Noch immer konnte sich das Gewitter nicht so recht entscheiden, was es wollte. Es grollte und rumpelte, Wetterleuchten erhellte den finsteren Horizont. Nele lief an der Strandrestauration vorüber und erreichte bald darauf die Ortsstraße. Vor dem Postbüro sah sie Ida, die gerade einen Brief öffnete. Gewiss kam er von Thaisen, der ihr mitteilte, dass alles in Ordnung war. Sie beobachtete, wie Ida die Zeilen überflog, wie sie den Brief sinken ließ, hörte, wie sie laut aufschluchzte, und sah, wie sie in die Knie sank. Nele wurde es eiskalt. Einen Moment blieb sie stehen, dann setzte sie sich in Bewegung und eilte zu ihrer Tante. Sie ging neben Ida in die Hocke und rief: »Ida, Ida. Was ist passiert? So sag es doch. Was ist geschehen?«

»Thaisen«, brachte Ida heraus. »Nein, nicht er. Nein, bitte nicht.« Sie krümmte sich zusammen, und ein Weinkrampf schüttelte sie.

Nele griff nach dem Brief und überflog die Zeilen. Thaisen war bei dem Seegefecht vor Helgoland ums Leben gekommen.

7

Norddorf, 5. Oktober 1914

Heute ist es seit dem frühen Morgen sehr stürmisch. Jasper unkt, es könnte in dieser Nacht noch schlimmer werden. Ich will es nicht hoffen. Einen ausgewachsenen Sturm können wir nicht auch noch gebrauchen. Ich habe es in den letzten Tagen bereits so oft geschrieben, habe versucht, für die Fassungslosigkeit Worte zu finden. Doch es will mir nicht gelingen. Thaisens Tod hat uns alle bis ins Mark erschüttert, aber Ida trifft er natürlich am schlimmsten. Sie spricht kein Wort und isst nicht mehr. Sie läuft wie ein Gespenst herum und reagiert nicht einmal auf Leni, die völlig verstört wirkt. Oftmals verschwindet Ida viele Stunden des Tages. Ich weiß, wohin sie geht. Zu der alten Kate am Strand, zu ihrem und Thaisens Rückzugsort aus ihren Jugendzeiten. Dort vergräbt sie sich in ihrem Kummer. Ich weiß, was es bedeutet, einen geliebten Menschen zu verlieren. Man glaubt mitzusterben. Aber ich bin mir nicht sicher, ob ich tatsächlich nachempfinden kann, was Ida jetzt durchmacht. Thaisen und sie waren eine Einheit, Seelenverwandte, etwas Besonderes. Ohne den einen schien es den anderen nicht zu geben. Nun ist Ida zurückgeblieben. Sie ist diejenige, die sich allein nicht zurechtfinden kann. Es wird Zeit brauchen. Wenigstens scheint mit dem Kind in ihrem Leib alles in Ordnung zu sein. Doch es wird seinen Vater niemals kennenlernen. Es ist einfach nur schrecklich. Ebba und Gesine kümmern sich besonders intensiv um Leni. Auch Nele bemüht sich um die Kleine. Neulich hat sie sie ins Honigparadies *mitgenommen, denn dort findet sie in der Arbeit mit den Bienen Ablenkung. Gestern brachte sie ihre ersten selbst gefertigten Kerzen aus Bienenwachs mit nach Hause. Aber auch diese Arbeit schafft es nicht, die Traurigkeit aus ihren Augen zu vertreiben. Eben noch war unsere Leni ein aufgewecktes Kind, ja ein rechter Wirbelwind gewesen, der ständig neuen Unsinn ausheckte. Jetzt ist sie in sich gekehrt und lächelt nur selten. Aber wie soll es auch anders sein? Ihr geliebter Papa wird nicht mehr heimkehren, und ihre Mama vergräbt sich in ihrem Kummer und würdigt sie keines Blickes. Ich kann nicht sagen, wie oder wann es wieder besser werden wird. Erst gestern war noch ein sonniger Tag voller Fröhlichkeit gewesen. Nun zieht Sturm auf, der graue Wolken vor sich hertreibt, und wir können nicht sagen, wie lange er bleiben wird.*

Ida saß in der alten Kate und lauschte dem ums Haus pfeifenden Wind. Er rüttelte an den Windspielen und brachte sie zum Singen. Sie konnte nicht sagen, wie oft sie dieses Geräusch schon gehört hatte. Vor ihr auf dem Tisch lagen viele Muscheln. Sie hatte sie in den letzten Tagen gesammelt und wollte daraus ein neues Windspiel anfertigen, wie sie es oft mit Thaisen getan hatte. Sie konnte nicht sagen, weshalb sie unbedingt ein Windspiel basteln wollte. Die Idee war einfach da gewesen. Gestern hatte sie lange Zeit in seiner Werkstatt gesessen und auf das halb fertige Modellschiff auf der Fensterbank gestarrt. Er würde diese Arbeit nicht beenden. Das Werkzeug hatte auf den Tischen gelegen. Ordnung war nie seine Stärke gewesen. Sie hatte überlegt, es aufzuräumen, die Holzspäne auf dem Boden zusammenzukehren, den Staub von den Regalen zu wischen, seinen Kaffeebecher in die Küche zu bringen. Sie hatte nichts davon getan. Das Durcheinander war Thaisen, es gehörte zu ihm. Würde sie aufräumen, würde er verschwinden. Aber das durfte er nicht. Er sollte bei ihr bleiben. Sie griff zu dem kleinen Handbohrer und machte vorsichtig Löcher in die Muscheln. Dann fädelte sie diese nacheinander auf und verknotete sie, damit sie an Ort und Stelle blieben. Zu guter Letzt befestigte sie die einzelnen Stränge an einem Stück Treibholz, das sie bei Thaisens Fundstücken entdeckt hatte. Ihr Blick wanderte zu dem bunten Sammelsurium in der Ecke neben dem Ofen, alles noch Dinge, die sie bei ihrem ersten Besuch in der Hütte betrachtet hatte: die Kette mit dem Anhänger, in dem sich das Bild der jungen Frau befand, für die sie unendlich viele Geschichten ersonnen hatten, dazu Seesterne, Schnürsenkel, besonders hübsche Steine, darunter einige Bernsteine, und Tonscherben. Seine Schätze, wie er die Dinge oft nannte. Nun würde er sie niemals wiedersehen, kein Windspiel mehr bauen, keine Modellschiffe mehr anfertigen. Die Boote würden unfertig bleiben, keine Segel würden aufgezogen, keine neuen Planken mehr angefertigt werden. Doch das Schlimmste von allem war, dass er das Kind in ihrem Leib niemals kennenlernen würde.

Ida ließ von ihrer Arbeit ab und sah aus dem Fenster. Es regnete, und der Sturm hatte das Meer aufgewühlt, es war ganz nah. Sollte alles noch heftiger werden, könnte das Wasser die Kate erreichen. Die Wellen wirkten grau und düster wie alles verschlingende Wesen, die ihre Hände nach ihr ausstreckten. Plötzlich kam ihr Kaline in den Sinn. Ida hatte nicht an Wiedergänger oder Gonger glauben wollen. An Tote mit unerledigten Angelegenheiten, die zu ihren Angehörigen zurückkehrten. Das war doch alles Unsinn. Aber nun wünschte sie sich, Thaisen würde wiederkommen, für ein letztes Wort, vielleicht eine Umarmung. Tränen stiegen ihr in die Augen, während sie zu reden begann: »Du hast Hunderte unerledigter Dinge, weißt du. Du kannst dich nicht einfach so aus dem Staub machen. Ich brauche dich. Wir waren, wir sind …« Ihre Stimme brach. Wut stieg in ihr auf, und sie fegte mit einer Handbewegung die Muscheln und Bänder vom Tisch. »Es ist so verdammt ungerecht. Du solltest doch in Wilhelmshaven sein. Du solltest nicht dort sein. Verdammt noch mal. Hörst du mich, Thaisen Bertramsen? Komm und rede mit mir. Das bist du mir schuldig. Rede endlich mit mir.« Sie starrte auf die Wände. Nur das Tosen des Windes und das Rauschen des Meeres antworteten ihr. Sie schloss die Augen. Tränen rannen ihr über die Wangen. Diese Leere, die Hilflosigkeit und die Angst. Sie waren zu ihren ständigen Begleitern geworden und ließen sich nicht abschütteln. Sie hatten seinen Platz eingenommen.

Ein Klopfen an der Tür ließ sie zusammenzucken.

»Ida, bist du da?«, fragte Jasper. Er wartete ihre Antwort nicht ab und öffnete die Tür. Der Wind wehte ihn mitsamt dem Regen in den Raum. Er trug einen Ölmantel mit passender Mütze und machte einen recht durchweichten Eindruck.

»Ach, Gott sei Dank. Du bist hier«, sagte er und zog die Tür hinter sich zu. »Marta hat mich geschickt. Ich soll dich nach Hause holen. Sie hat Sorge, dass du mitsamt der alten Kate wegfliegen wirst. Eben war Hugo bei uns. Er meinte, der Sturm könnte heute Nacht schlimm werden.«

Ida antwortete nicht. Jaspers Blick fiel auf die am Boden liegenden Muscheln und Bänder, und er seufzte.

»Windspiele. Wolltest du welche basteln?«

Ida schwieg weiterhin.

»Darin war er besonders gut«, fuhr Jasper fort. »Alles, was mit Kreativität zu tun hatte, gelang ihm.«

Ida nickte und bückte sich rasch, um die Muscheln und Bänder aufzuheben. Jasper sollte nicht sehen, dass sie weinte. Doch er hatte es längst bemerkt.

Er ging ebenfalls in die Hocke und hielt ihre zitternden Hände fest.

»Ich bin nur ein dummer alter Mann, der gern einen über den Durst trinkt«, sagte er. »Aber ich bin für dich da. Der Kummer scheint übermächtig, er steht vor und hinter dir, folgt dir überallhin. Aber du darfst ihn nicht gewinnen lassen. Das hätte Thaisen nicht gewollt.«

»Ich weiß«, antwortete Ida. Dann fiel sie ihm in die Arme. Sie weinte und schluchzte, ihr Körper bebte. Jasper drückte sie fest an sich. Sollte sie weinen, wütend und traurig sein. Denn sie hatte den wichtigsten Menschen in ihrem Leben verloren. Jasper lauschte auf den tosenden Wind, das tobende Meer. Im Gebälk der alten Hütte knarrte es. Er konnte nicht sagen, wie lange er Ida gehalten hatte. Irgendwann ließ ihr Schluchzen nach, und sie löste sich aus seiner Umarmung.

»Es ist schön, dass du gekommen bist«, sagte sie leise. Jasper erleichterten ihre Worte. Er nickte, stand auf, hielt ihr die Hand hin und fragte: »Wollen wir gehen?«

Ida ließ sich auf die Füße ziehen, schlüpfte in ihren Mantel und setzte die Kapuze auf. Gemeinsam verließen sie die Kate und stemmten sich gegen den tosenden Wind. Das Wasser war nur noch wenige Schritte von ihnen entfernt, der Sturm wirbelte ihr den Sand in die Augen. Ida zog ihre Kapuze tiefer ins Gesicht.

Die beiden eilten rasch hinter die Dünen und folgten dem Weg Richtung Norddorf. Auf der Ortsstraße war niemand unterwegs. Äste lagen überall herum, ein Eimer wurde vom Wind über die Straße gerollt und landete an einem Gartenzaun. Sämtliche Geschäfte hatten geschlossen. Sie erreichten das *Hotel Inselblick* und betraten die Küche. Dort trafen sie auf Ebba und Leni. Die beiden beschäftigten sich damit, Schokoladenkekse zu backen.

»Wie gut, du hast sie gefunden«, sagte Ebba erleichtert. »Heute ist wirklich kein Wetter, um sich draußen herumzutreiben. Eben war Hannes hier. Er hat gesagt, das Barometer wäre noch einmal gefallen. Ich denke, wir müssen uns auf eine lange Nacht einstellen. Wollt ihr einen Tee?« Sie sah von Jasper zu Ida. Ida nickte zaghaft. Sie zog ihren Mantel aus und setzte sich neben ihre Tochter.

»Marta ist vorhin weggegangen«, erklärte Ebba. »Heute findet doch die Versammlung des Norddorfer Frauenvereins statt. Irgendetwas soll beschlossen werden. Ich hab nicht so genau zugehört.« Sie schenkte Tee aus einer bauchigen Kanne in Becher und stellte sie vor Jasper und Ida. »Ja, ja, ich weiß. In deinen muss Rum rein, sonst trinkst du ihn nicht«, sagte sie grinsend zu Jasper, holte die Flasche aus dem Schrank und kippte einen ordentlichen Schuss davon in Jaspers Becher und einen kleineren in Idas. »Zitterst richtig von der Kälte, Mädchen«, sagte sie. »Der Alkohol wird dir guttun.«

Sie setzte sich neben Leni und betrachtete die Schokoladenkekse auf dem Blech.

»Na, die sehen doch gut aus. Dann schieben wir sie jetzt ins Rohr. Ein Viertelstündchen backen, und sie sind fertig. Dann futtern wir sie noch warm alle auf.« Sie zwinkerte Leni zu. »Gibt ja keine Gäste, die wir zu versorgen haben.«

Marta betrat den Raum und schob die Kapuze ihrer Regenjacke vom Kopf.

»Gud Dai, ihr Lieben«, sagte sie. »Was für ein Sturm. Wir haben die Versammlung abgebrochen. Erna Brodersen meinte, es könnte heftig werden, und sie wollte noch einige Sachen vor dem Wind in Sicherheit bringen.«

»Das ist eine gute Idee«, antwortete Ebba und erkundigte sich, ob Marta auch einen Tee wolle. Marta bejahte, zog ihre Regenjacke aus und setzte sich an den Küchentisch. »Ida, du bist auch hier. Wie schön. Ist besser so. Sonst fliegst du uns mit der alten Kate noch weg.«

Ida nickte, antwortete jedoch nicht.

»Wundert einen sowieso, dass die klapprige Hütte noch steht«, sagte Jasper und zündete sich eine Zigarette an.

»Um was ging es denn bei der heutigen Versammlung?«, fragte Ebba und stellte einen dampfenden Teebecher vor Marta auf den Tisch.

»Das hatte ich dir doch erzählt. Es ging um den Zusammenschluss der vier Ortsfrauenkreise. Aber das gestaltet sich schwierig. Besonders die Damen von Wittdün sind recht eigenwillig. Aber auch die Vorsteherin des Nebeler Frauenvereins ist nicht sonderlich begeistert davon, die Ortsverbände zusammenzuschließen. Obwohl dieser Umstand eher der Tatsache zuzuschreiben ist, dass sie Hilde Martensen vom Frauenverein Steenodde nicht leiden kann. Die beiden waren sich ja schon immer spinnefeind.«

»Und wie stehst du zu der Vereinigung?«, fragte Ebba.

»Ich finde, es ist eine gute Sache. Die Frauen der Insel sollten an einem Strang ziehen. Ob uns das gelingen wird, wage ich jedoch zu bezweifeln. Ich sprach eben mit Hugo darüber. Er meinte, der Landrat Böhme aus Tondern würde nächste Woche die Insel besuchen. Vielleicht könnte er ja vermittelnd auf die Damen einwirken.«

»Na, ob das was wird. Der arme Landrat. Er hat keine Ahnung, in welch ein Haifischbecken er sich begibt«, sagte Ebba und grinste. »Ich weiß schon, warum ich dem Frauenverein lieber fernbleibe. Das ständige Getratsche und Gemecker reicht mir schon vom Hörensagen. Da muss ich nicht auch noch mittendrin sitzen.«

»Also, so schlimm ist es jetzt auch wieder nicht«, antwortete Marta, die seit einiger Zeit sogar den Vorsitz des Norddorfer Frauenvereins innehatte, wenn auch nicht gern. Else Hansen war letzten Winter verstorben, und sie war dazu gedrängt worden, das Amt zu übernehmen. Es gäbe Festivitäten, sie würden Bedürftige unterstützen, und im Winter könnte man Strickabende veranstalten. Die Damen trafen sich einmal pro Woche. Organisiert wurde jedoch eher selten etwas. Zumeist saß man bei Tee und Gebäck beisammen und klönte. Liebste Beschäftigung: sich über andere Leute das Maul zerreißen. Doch dieser Müßiggang sollte nun ein für alle Mal ein Ende haben. Schließlich stellten die Frauen des Reichs die Heimatfront dar, und es galt, die Männer an der Front zu unterstützen. Und dies ließ sich am besten bewerkstelligen, wenn die Frauen Amrums zusammenhielten und gemeinsam Ideen entwickelten.

»Wo steckt eigentlich Gesine?«, fragte Jasper und wechselte das Thema.

»Sie wollte Besorgungen erledigen. Uns sind die Nudeln ausgegangen, auch Mehl und Eier fehlen. Kaum sind die Gäste fort, zieht in diese Küche der Müßiggang ein. Früher hätte es das nicht gegeben«, sagte Ebba verärgert.

Marta wusste, woher der Wind wehte. Sie reagierte jedoch nicht auf die Bemerkung, sondern erhob sich.

»Ich geh dann mal ins Büro, die Post sichten. Vermutlich sind es wieder Absagen für die nächste Saison. Obwohl so langsam ja keine mehr eintreffen können. Jedenfalls möchte man das meinen.« Sie winkte ab und verließ den Raum.

Ebba beobachtete, wie sie über den Innenhof zum Nebengebäude huschte, in dem im Erdgeschoss die Verwaltungsräume untergebracht waren. Auch Wilhelms Büro gab es noch. Marta hatte darin nichts verändert. Auf dem Schreibtisch lag noch immer sein in schwarzes Leder gebundenes Notizbuch, daneben sein Füllfederhalter. Sogar die Zigarrenkiste verharrte noch an Ort und Stelle. Ida war diejenige gewesen, die sich vor einer Weile getraut hatte, Marta danach zu fragen, ob sie das Büro nicht anderweitig nutzen wollten. Marta hatte mit knappen Worten abgewiegelt und war gegangen. Später hatte Ebba gesehen, wie sie an Wilhelms Schreibtisch gesessen und geweint hatte. Das Zimmer würde Marta den geliebten Ehemann nicht wiederbringen, aber es bewahrte die Erinnerungen. Der Geruch seines Tabaks hing im Raum, seine Gegenwart schien spürbar. Doch trotz allem musste das Leben weitergehen. Und das ging es. Nur leider nicht so, wie sie sich das noch vor wenigen Wochen vorgestellt hatten.

Ebbas Hand wanderte in ihre Schürzentasche, und sie griff nach dem am Vortag eingetroffenen Brief von Gesa. Simon, Gesas Mann, war an der Ostfront stationiert, Gesa mit dem fünften Kind schwanger. Simons Vater, Dirk Nagel, versuchte, obwohl die meisten seiner Angestellten fehlten, den Betrieb seines Bauunternehmens aufrechtzuerhalten. Immerhin waren seine älteren Mitarbeiter noch da. Gesa freute sich darauf, dass Simon bald Heimaturlaub erhalten und für drei lange Wochen nach Hause kommen würde. Ebba wünschte ihrer Tochter so sehr, dass keine schlechten Nachrichten sie erreichen würden.

»Ebba, was meinst du? Sind die Kekse nun fertig?« Leni riss sie aus ihren trüben Gedanken.

»Ach du je, die Kekse. Die hatte ich ganz vergessen«, rief Ebba und eilte zum Ofen. Sie öffnete ihn, zog rasch das Blech heraus und begutachtete das süße Backwerk.

»Gerade noch einmal gut gegangen«, sagte sie.

Gesine betrat die Küche und stellte ihren vollen Einkaufskorb auf den Tisch.

»Was für ein Wetter aber auch, und es soll noch schlimmer werden. Jedenfalls behauptet das Gundel. Sie ist mir auf dem Weg begegnet. Sie spürt das in den Knochen. Wir sollen alle Schotten dicht machen, hat sie gesagt.« Ihr Blick fiel auf das Blech mit den Keksen.

»Wie schön, ihr habt gebacken. Sie sind etwas dunkel geworden, oder?«

Ebbas Miene verfinsterte sich.

»Das gehört so«, sagte sie und sah zu Leni. »Wir wollten unsere Kekse dieses Mal etwas knuspriger haben. Nicht wahr, Leni?«

Das Mädchen beeilte sich zu nicken.

Gesines Blick blieb an Ida hängen, die bisher geschwiegen hatte.

»Bevor ich es vergesse«, sagte sie. »Gundel hat mir Post für dich mitgegeben, Ida. Ein Telegramm. Ist eben erst angekommen.«

Sie reichte Ida einen Briefumschlag und schälte sich aus ihrem feuchten Mantel.

Ida betrachtete den Umschlag. Ebba trat hinter sie und äugte ihr über die Schulter.

»Ein Telegramm. Könnte wichtig sein. Woher kommt es denn?«

Ida öffnete es und überflog den Text. Ihre Augen wurden groß. »Es ist von der Militärverwaltung«, stammelte sie. »Thaisen, er lebt.«

»Wie, er lebt?«, fragte Ebba verdutzt.

»Er lebt«, wiederholte Ida und stand auf. »Hier steht es. Er liegt in einem Lazarett in Wilhelmshaven. Er lebt. Leni.« Sie fasste ihre Tochter an den Schultern und schüttelte sie. »Hörst du! Dein Papa lebt. Er lebt.«

Sie drückte Leni an sich und begann, vor Freude zu weinen. Leni wirkte verunsichert.

Ebba nahm das Telegramm zur Hand und las den Text laut vor. »›Bestätigen Falschmeldung. Matrose Thaisen Bertramsen nicht gefallen. Verwundet, aktueller Aufenthaltsort: Lazarett Wilhelmshaven.‹«

»Da soll mich doch der Teufel holen«, rief Jasper freudig und umarmte Ida und Leni.

»Darauf einen Schnaps, nein, besser gleich zwei, ach, die ganze Flasche. Kinder, was für eine Freude.«

»Geh und lauf, sag es deiner Oma«, forderte Ebba Leni auf, die sich aus der Umarmung ihrer Mutter gelöst hatte. »Aber gib acht, dass du uns nicht davonfliegst.«

Leni nickte und rannte los. Sie war kaum weg, da betrat Nele die Küche. Erstaunt blickte sie in die Runde und fragte: »Habe ich etwas verpasst?«

»Ja, das hast du wohl«, antwortete Jasper. »Stell dir vor, unser Thaisen lebt.«

8

Wilhelmshaven, 1. November 1914

Meine geliebte Ida,
ich komme nächsten Mittwoch nach Hause. Meine Verletzung ist so weit ausgeheilt. Leider ist mein Knie steif geblieben. Aber was bedeutet diese Einschränkung schon, wenn man dem Tod von der Schippe gesprungen ist. Die von mir beantragte Versetzung zur Inselwache wurde genehmigt. Ich kann Dir gar nicht sagen, wie sehr ich mich darüber freue, nach Amrum heimkehren und Dich und Leni wieder in die Arme schließen zu dürfen. Ich liebe Dich mehr als mein Leben, meine Ida. Und ich sende Dir bereits in diesem Brief viele Küsse, einige davon kannst Du unserer Leni geben. Und grüß mir bitte all die anderen. Ich kann es kaum erwarten, alle wiederzusehen.
Bis ganz bald,
in Liebe
Dein Thaisen

Nele trat an den Empfangstisch der Bibliothek heran, an dem Frauke saß, die gerade einen Zeitungsartikel im *Inselboten* las.

»Gud Dai, Frauke«, grüßte Nele.

Frauke zuckte zusammen und blickte auf. »Nele, meine Liebe, du bist es. Jetzt hab ich mich glatt erschreckt.«

»Das wollte ich nicht«, antwortete Nele. »Steht etwas Interessantes in der Zeitung?

»Ach, das Übliche. Obwohl, heute gibt es einen bestürzenden Bericht. In Belgien, in der Nähe eines Ortes namens Langemarck, sind über zweitausend unserer Männer gefallen. Sie sollten wohl eine Hügelkette erstürmen. Die meisten von ihnen sind junge Kriegsfreiwillige gewesen. Es ist eine Tragödie. Hier steht, dass die Jungen todesmutig und mit wehenden Fahnen in den Kampf gezogen wären. Sie hätten ›Deutschland, Deutschland über alles‹ gesungen.«

»Na, ob das so stimmt«, antwortete Nele skeptisch. Sie wusste, dass die Zeitungen zensiert wurden. Gern wurde ein verklärtes Bild der Realität gezeichnet. In den Frontbriefen, die sie von Johannes erhielt, hörte sich das Soldatenleben ganz anders an. Da sang niemand. Aber stolz waren viele der Männer durchaus, besonders diejenigen, die sich freiwillig für den Kriegsdienst gemeldet hatten. Junge Männer, vor allem Gymnasiasten und Studenten, liebten markige Sprüche: *Der größte Sieg ist es, für das Vaterland zu sterben.* Erst neulich war ein Gedicht im *Inselboten* abgedruckt gewesen, dessen Wortlaut Nele hatte schaudern lassen. Zeilen wie *Wir kennen das Hassen! Aus unseren Massen* oder *Wir sterben selig* ließen sie den Kopf schütteln.

»Vermutlich nicht«, antwortete Frauke mit ernster Miene und legte die Zeitung zur Seite. »Zweitausend junge Männer. Das muss man sich mal vorstellen. Was für eine Tragödie. Aber du bist gewiss nicht zu mir gekommen, um mit mir über den Krieg zu sprechen, oder?«

»Nein, natürlich nicht«, antwortete Nele. »Ich wollte diese beiden Bücher zurückbringen und nach neuer Lektüre sehen. Seitdem im Hotel keine Gäste mehr sind, ist es recht eintönig.«

»Ich weiß, was du meinst«, antwortete Frauke. »Auch hier in der Bücherei ist es ruhiger geworden. Sogar in der Nachsaison hat es ja immer noch Kurgäste gegeben, wenn auch nicht so viele wie im Sommer. Aber ein bisschen Betrieb herrscht schon. Hin und wieder tauchen Männer der Inselwache auf der Suche nach Lesestoff auf. Denen ist es sehr langweilig, das ist jedenfalls mein Eindruck.«

»Na ja. So ein bisschen zu tun haben sie schon«, erwiderte Nele. »Besonders die in den letzten Wochen an der Südspitze angelegten Schützengräben machen Arbeit, denn sie verfallen recht rasch. Jasper hat gemeint, das wäre kein Wunder. Wie sollen in sandigem Boden geschaufelte Gräben lange halten. Da können sie noch so viel Gras- und Heidesoden, mit Sand gefüllte Tonnen und Bohlen anschleppen, gegen den Wind und die See sind sie machtlos. Erst neulich hat es ihnen sämtliche Gräben in nur einer Nacht beinahe vollständig zugeweht. Da können sie ordentlich buddeln, bis der ganze Sand weg ist, hat Jasper gemeint.«

»Und wenn sie fertig sind, müssen sie wieder von vorn beginnen. Der November ist auf unserem Inselchen kein Monat für Schützengräben«, antwortete Frauke grinsend. »Aber immerhin kommt bei der ganzen Buddelei keiner zu Schaden.«

»Wo du recht hast«, antwortete Nele.

Die Tür zur Bücherei öffnete sich, und der Lehrer Heinrich Arpe betrat den Raum. Als er Nele erblickte, hellte sich seine Miene auf.

»Gud Dai, die Damen«, sagte er. »Nele, meine Liebe. Welch ein glücklicher Zufall, dich hier zu treffen. Ich wollte dir die Tage einen Besuch abstatten. Aber so können wir die Angelegenheit, die mir auf dem Herzen liegt, sogleich besprechen.«

Nele begrüßte den Lehrer Arpe mit einem Lächeln.

Heinrich Arpe unterrichtete an der Schule in Norddorf. Der blonde Mann mit dem Schnauzbart hatte dort kurz nach Neles Beendigung ihrer Schullaufbahn seine Stellung angetreten und hatte sie stets bei ihrem Ansinnen, die Lehrerausbildung zu machen, unterstützt. Er bot auch seinem älteren Kollegen, Jan Wagner, einem Lehrer aus Husum, der in Wittdün tätig war, die Stirn. Dieser war der Meinung, dass es auf Amrum keine weibliche Lehrkraft geben sollte. Doch Heinrich Arpe sah das anders als der Despot, wie er Jan Wagner gern nannte. Nichts spreche gegen eine weibliche Lehrkraft, er sehe eher den positiven Aspekt einer solchen auf die Schüler. Neles Entschluss, kurz vor der Beendigung des Lehrerseminars zu heiraten, hatte ihm nicht gefallen. Er schien eine Weile regelrecht beleidigt gewesen zu sein, denn er verweigerte Nele bei zufälligen Zusammentreffen sogar den Gruß. Nele freute sich umso mehr darüber, dass er seinen Groll überwunden zu haben schien.

»Es ist so«, begann Arpe, »gestern ist mein letzter in Süddorf tätiger Lehrer, Erik Runke, in den Krieg gezogen. Wie du vielleicht gehört hast, sind bereits im August drei Lehrkräfte nach ihrem Notexamen an die Westfront gegangen. Nun sind nur noch Jan Wagner und ich übrig. Ich dachte, also ich überlegte …« Er kam ins Stocken und setzte neu an: »Ich weiß, du hast die Ausbildung zur Lehrerin nicht beendet, aber du standest kurz vor dem Examen. Lange Rede, kurzer Sinn: Könntest du dir vorstellen, an der Norddorfer Schule zu unterrichten?« Er sah Nele hoffnungsvoll an.

Nele freute sich über das Angebot, erlöste es sie doch von der Langweile.

»Ich übernehme sehr gern den Unterricht in Norddorf«, sagte sie sofort. »Du weißt doch, dass mir die Arbeit mit den Kindern viel Freude macht, und im Hotel gibt es im Moment sowieso nichts zu tun.«

»Oh, da bin ich aber erleichtert. Ich hatte schon Sorge, was nun werden würde. Und das mit deiner Heirat, ich meine, du weißt schon …«

»Ist gut«, antwortete Nele. »Ich an deiner Stelle wäre auch enttäuscht gewesen. Immerhin hast du mich stets unterstützt und gegenüber Wagner verteidigt.«

»Der jetzt ganz still geworden und froh darüber ist, dass ich dich ins Spiel gebracht habe. Die Aussicht, bald über einhundert Kinder unterrichten zu müssen, hat ihm gar nicht geschmeckt. Er ist ja nicht mehr der Jüngste und steht kurz vor dem Ruhestand. Aber wegen dem Krieg, hat er gemeint, wird er noch ein Weilchen länger durchhalten müssen.«

»Also bist du ab jetzt ganz offiziell eine richtige Frau Lehrerin«, sagte Frauke zu Nele.

»Nicht ganz«, antwortete Nele. »Ich würde mich eher als Aushilfskraft in der Not bezeichnen.«

»Nein, nein«, erwiderte Arpe, »es ist schon richtig, was Frau Schamvogel sagt. Ab heute bist du eine richtige Lehrerin. Oder besser gesagt, ab morgen, wenn du deinen Dienst antreten wirst. Und wenn es dir recht ist, mache ich es auch offiziell. Ich schreibe nach Tondern und kümmere mich darum, dass du für ein sogenanntes Notseminar zugelassen wirst. Was bei den in den Krieg ziehenden Männern machbar ist, wird gewiss auch bei einer jungen Frau möglich sein, die das Reich an der Heimatfront voller Tatendrang unterstützt und sich um die Jugend kümmert. Und keine Sorge: Du wirst das Notseminar mit Bravour meistern, davon bin ich überzeugt.«

Nele nickte. Doch dann antwortete sie: »Benötige ich dafür aber nicht Johannes' Zustimmung? Immerhin ist er jetzt mein Ehemann.«

»Daran dachte ich gar nicht«, antwortete Arpe. »Dem wird wohl so sein.«

»Dann werde ich ihm noch heute schreiben und um die Erlaubnis bitten. Er wird gewiss nichts dagegen haben.«

»Sobald seine Einwilligung vorliegt, kann ich dich dann ja anmelden.«

»So machen wir es«, antwortete Nele.

»Und wenn du magst, kannst du mit deinen Schülern gern regelmäßig zu einer Lesestunde zu mir in die Bücherei kommen. Mit einer guten literarischen Ausbildung kann man nie früh genug beginnen«, sagte Frauke.

Nele sah zu Heinrich Arpe, der sich zu nicken beeilte. Bei dem einen oder anderen Inseljungen war er froh darüber, wenn er nach Beendigung seiner Schullaufbahn überhaupt halbwegs das Lesen beherrschte. Er erwähnte diesen Umstand jedoch nicht, sondern erklärte lächelnd, dass das ein hervorragendes Angebot sei und er sehen werde, wie die Lesestunden in den allgemeinen Unterrichtsplan integriert werden könnten. Dann schaute er auf die Uhr. »Nun muss ich aber weiter. Es gibt noch so einiges zu erledigen. Wir sehen uns morgen um halb acht in der Schule?«, fragte er Nele.

»Ich werde da sein«, antwortete sie und verabschiedete sich von Frauke.

»Gewiss warten Oma und Ida bereits am Hafen auf mich. Die Fähre kommt gleich, und wir vermuten Thaisen darauf. Er meinte, er würde am Mittwoch nach Hause kommen.«

»Richtig, er hatte geschrieben«, erwiderte Frauke. »Welch eine Freude es doch ist, dass es ihm so weit gut geht und er nun auf Amrum bleiben darf. Weißt du was: Ich begleite dich. Ist sowieso gleich Mittag. Dann sperr ich dieses eine Mal eben ein paar Minuten früher zu. Kommt ja doch keiner. Warte, ich hole nur schnell meine Sachen und die Schlüssel.« Frauke huschte in ein Hinterzimmer, während Nele bereits zur Tür ging.

Kurz darauf erreichten sie den Hafen und gesellten sich zu Marta, Ida und Leni. Ida hatte sich für ihre Verhältnisse regelrecht herausgeputzt. Sie trug ein hellgraues Ausgehkleid, und ein Strohhut mit passendem Hutband zierte ihren Kopf. Gegen den kühlen Wind hatte sie ein warmes Tuch um die Schultern gelegt. Ihr blondes Haar war hochgesteckt, und sogar ein wenig Rouge betonte ihre Wangen. Auch Leni trug ein hübsches Kleid aus dunkelblauem Samt, darüber ihren feinen Mantel, der ihr allerdings nicht mehr lange passen würde.

Marta begrüßte Frauke mit einem Lächeln. Sie war nervös, und es machte fast den Eindruck, als wäre es ihr Ehemann, der nach Hause kam.

»Wo steckt Jasper?«, fragte Nele und sah sich suchend um.

»Wo wohl«, antwortete Ida und deutete nach rechts zu der neben den Wartehallen stehenden Schnapsbude, die zurzeit von Roluf Anders betrieben wurde, der sich und Jasper gerade die nächste Runde einschenkte.

»Wieso frage ich eigentlich?«, sagte Nele und schüttelte grinsend den Kopf.

Die Fähre näherte sich dem Anleger, und die Schiffshupe ertönte. Ida und Leni reckten die Hälse. Doch an Deck war niemand zu sehen. Das Schiff legte an, und die ersten Passagiere gingen von Bord. Es war nur eine Handvoll Menschen, zumeist Einheimische, der eine oder andere Verwandte oder Händler. Auch Männer in Uniform waren unter ihnen. Doch sosehr sich Ida, Leni und die anderen auch bemühten, Thaisen war weit und breit nicht zu sehen. Waren wurden ausgeliefert, die Post, die von Magnus Hansen mit einem Leiterwagen abgeholt wurde. Die wenigen Amrum verlassenden Passagiere gingen an Bord, und das Fallreep wurde eingezogen.

»Ich verstehe das nicht«, sagte Ida und holte Thaisens Brief hervor. »Er hat geschrieben, dass er am Mittwoch eintreffen wird. Das ist die einzige Fähre, die heute hier anlegt.«

»Vielleicht ist ihm etwas dazwischengekommen«, mutmaßte Marta. »Bestimmt werden wir bald Nachricht von ihm erhalten.«

Sie tätschelte Ida die Schulter, die aussah, als würde sie gleich losheulen. Auch Leni machte einen bedrückten Eindruck. Doch dann drang eine ihnen allen wohlbekannte Stimme an ihr Ohr, und sie drehten sich um. Thaisen kam auf sie zugehumpelt. Neben ihm lief Tam Olsen, der breit grinste.

»Thaisen«, sagte Ida leise, rannte los und warf sich ihm in die Arme. Er geriet ins Straucheln und fiel nur deshalb nicht um, weil Tam ihn festhielt. Leni rannte ebenfalls los und umarmte ihren Vater.

»Da ist er ja«, sagte plötzlich Jasper neben Marta. Er verströmte einen üblen Schnapsgeruch, was sie zurückweichen und mit der Hand wedeln ließ. »Puh, Jasper. Das muss doch nicht sein. Nicht an einem solch besonderen Tag wie heute. Wie du wieder stinkst.«

Nele grinste, Frauke lächelte und wischte sich ein Tränchen der Rührung aus dem Augenwinkel. Wie schön, die kleine Familie wieder vereint zu sehen.

Jasper und die anderen traten näher, und Thaisen umarmte einen nach dem anderen. »Ach, was hab ich deine Schnapsfahne vermisst«, sagte er zu Jasper und schlug ihm auf die Schulter. »Komm, lass uns die Damen nach Hause bringen.«

»Ja, das machen wir, Herr Matrose«, antwortete Jasper und salutierte.

Dann zog die kleine Gruppe zu dem unweit des Anlegers stehenden Wagen, und es ging zurück nach Norddorf. Thaisen hielt während der Fahrt Idas Hand und nickte ihr lächelnd zu.

Sie lächelte zurück und legte ihre Hand auf den Bauch. Er wusste, was diese Geste zu bedeuten hatte, und ein warmes Glücksgefühl breitete sich in ihm aus. Er konnte es nicht fassen. Er war wieder auf Amrum, obwohl er befürchtet hatte, er würde die Insel und seine Liebsten niemals wiedersehen. Damals, in dem Moment, als das Boot sank und er mit ihm unterzugehen drohte. Richard war es gewesen, der ihn auf ein Wrackteil gezerrt hatte. Daran konnte er sich noch erinnern. Danach wusste er nichts mehr. Irgendwann war er im Lazarett auf Helgoland zu sich gekommen, tagelang dem Tod näher als dem Leben, wurde ihm später berichtet. Der Arzt hatte mit Mühe sein Bein retten können. Thaisen fragte nach Richard, doch niemand konnte ihm Antwort geben. Bis heute war sein Verbleib ungewiss. Was in den Stunden nach dem Untergang geschehen war, würde wohl für immer ein Geheimnis bleiben.

Thaisens Blick wanderte über die Dünen bis zum Leuchtturm. Er atmete die salzige Luft tief ein und drückte noch einmal Idas Hand. Er war zu Hause. Dem Herrn im Himmel sei Dank, er war wieder hier.

9

Norddorf, 20. November 1914

Heute Nachmittag findet der nächste Stricktreff des Vaterländischen Frauenvereins statt, dessen Leitung ich nun innehabe. Bisher waren die zweimal in der Woche in unserem Speisesaal stattfindenden Treffen harmonisch verlaufen. Selbst Hilde Martensen scheint akzeptiert zu haben, dass unsere Sache einem höheren, gemeinsamen Ziel gilt. Schwester Anna hat sich uns ebenfalls angeschlossen, was mich besonders freut. Selbstverständlich ist sie von etwaigen Strafzahlungen wegen Unpünktlichkeit ausgenommen. Bei allen anderen Mitgliedern wird diese Regelung jedoch ausnahmslos eingehalten, da gibt es kein Pardon. Unsere Männer im Felde können ja auch nicht einfach kommen, wenn es ihnen nach der Nase steht. Von dem Geld in der Kasse konnten wir bereits neue Wolle bestellen. Es sind schon einige Schals, Mützen und Handschuhe zusammengekommen. Viele der Frauen – ich selbst gehöre ebenfalls dazu – stricken auch in ihrer Freizeit weiter. Schließlich soll die Kiste mit unseren Liebesgaben noch vor Weihnachten an die Front gehen. Jasper meinte, wir könnten auch Kaninchenfelle mitschicken. Die würden die Männer gewiss wärmen. Deshalb zieht er gemeinsam mit Hannes in die Dünen zur Jagd und hat schon einige Tiere erlegt. Zu unserer Freude trägt sein Jagdeifer dazu bei, dass wir öfter Braten serviert bekommen. Das Fleisch der Tiere können wir ja nicht an die Front schicken. Nur mit den Beilagen wird es langsam schwierig. Nicht immer ist alles Benötigte bei Lorenz und Wencke zu bekommen. Erich, der seinen Strandbasar wegen

Kundenmangels geschlossen hat, meinte neulich, dass das an der Seeblockade durch die Engländer läge und es noch schlimmer kommen werde. Wir können nur darauf hoffen, dass er unrecht hat. Aber Jasper ist ebenfalls dieser Meinung. Er, Hannes und Hugo treiben sich im Moment beinahe jeden Abend im Lustigen Seehund *beim Kartenspiel herum. In welchem Zustand die beiden sind, wenn sie nach Hause kommen, schreibe ich jetzt lieber nicht. Thaisen hat vorgestern seinen Dienst hier auf der Insel angetreten. Er ist zur Inselwache Nord gekommen, was uns alle sehr freut. Er hält nun öfter auf dem schmalen Balkon des Hospizes nach dem Feind Ausschau, langweilt sich jedoch die meiste Zeit dort oben. Auch ist es auf seinem Aussichtsplatz recht kühl und nicht windgeschützt. Schwester Anna wusste zu berichten, dass für die Männer bald ein Unterstand am Strand gebaut wird. Es wäre ihnen zu wünschen. Aber nun muss ich schon wieder Schluss machen. Die Damen des Frauenvereins kommen gleich. Wo hab ich nur meinen Strickkorb hingestellt? Gestern stand er doch noch in der Ecke. Seltsam.*

In der Bäckerei Schmidt vor der Verkaufstheke sinnierte Marta darüber nach, wann sie die Regale zuletzt so leer gesehen hatte. Nur wenige Laibe Brot lagen darin, auch die Brötchen- und Kuchenauswahl war spärlicher als üblich.

Mathilde kam aus der Backstube und begrüßte Marta mit dem üblichen »Moin«.

Marta grüßte zurück.

»Wie immer?«, fragte Mathilde.

Marta nickte, und Mathilde holte die üblichen drei Laibe Schwarzbrot aus dem Regal, die Marta neuerdings zweimal pro Woche bei ihr kaufte.

»Ich weiß, was du denkst«, sagte Mathilde. »Es ist wenig Auswahl heute. Das liegt daran, dass die Lebensmittel auch beim

Großhändler immer teurer werden, besonders der Mehlpreis ist schon wieder gestiegen. Wenn das so weitergeht, werden wir noch weniger backen können. Kuchen wird es bald gar keinen mehr geben.« Sie seufzte.

»Kuchen geht sowieso direkt auf die Hüften«, antwortete Marta. Ihre Worte sollten scherzhaft klingen, taten es jedoch nicht. Marta wechselte das Thema und erkundigte sich nach Mathildes Sohn Tücke, der an der Ostfront kämpfte.

»Er schreibt nicht oft«, antwortet Mathilde mit betrübter Miene. »Anfangs hat er mehr geschrieben, als das mit Tannenberg gewesen ist. Aber nun hören wir nur noch selten von ihm. Sein letzter Brief kam vor zwei Wochen. Ich rede mir ein, er hat zu viel zu tun, doch mit jedem Tag ohne eine Nachricht von ihm steigt in mir die Angst, er könnte gefallen sein. Auch Herbert Schmidt ist deshalb beunruhigt, aber er zeigt es nicht, und er will auch nicht darüber reden. Ändern können wir es ja doch nicht, hat er neulich zu mir gesagt. Er ist verstimmt darüber, dass sich Tücke als einer der Ersten freiwillig gemeldet hat und unbedingt von der Insel wegwollte. Hier auf Amrum, das wäre doch nichts, hat er gesagt. Er wolle dorthin, wo er seinen Heldenmut beweisen könne. Heldenmut, Sterben für das Vaterland, wenn ich das schon höre.« Mathilde sah zum Eingang und senkte die Stimme. »Ich hörte von der Sache in den Masuren. Da ist auch mein Tücke stationiert. Carl Bertelsen, du weißt doch, der Schuhmacher aus Nebel, hat seiner Frau darüber schon vor einer Weile geschrieben. Er hat berichtet, die Deutschen hätten wie die Verrückten die Männer in die Masurischen Seen getrieben. Zehntausend wären umgekommen. Und mein Tücke war dabei. Nun frage ich mich, ob er auch einer der Verrückten gewesen ist. Die alte Tatt von nebenan meinte, der Krieg würde die Menschen zu Ungeheuern machen. Aber meinem Tücke trau ich so was nicht zu. Er ist ein friedlicher junger

Mann, der jedem Streit aus dem Weg geht. Ich bete jede Nacht dafür, dass er wieder nach Hause kommt. Carl Bertelsen hat geschrieben, dass er es im Osten jetzt nicht mehr aushält. Er fürchtet sich sehr davor, dass die Kosaken Rache nehmen würden, kein Auge kriegt er mehr zu. Er hat eine Versetzung in den Westen beantragt. Er ist ja Schustermeister. Wenn er Glück hat, kommt er hinter die Front in eine der Werkstätten. Zu wünschen wäre es ihm, dann hat er mit dem Kriegsgeschehen nichts mehr zu tun.«

»Der arme Mann, euer armer Tücke. Es ist schrecklich«, antwortete Marta. »Da sind wir schon froh darüber, dass unser Thaisen wieder bei uns ist. Ganz besonders freut sich natürlich Ida. Die beiden stehlen sich, trotz seines Dienstes bei der Inselwache, jeden Tag ein wenig gemeinsame Zeit.«

»Wie geht es ihr denn?«, fragte Mathilde. »Was macht die Schwangerschaft?«

»Alles bestens. Sie wird auch immer rundlicher. Ach, ich kann dir gar nicht sagen, wie sehr wir uns auf das kleine Menschenkind freuen. Endlich wieder Babygeschrei im Haus und schlaflose Nächte. Ach, wenn Wilhelm das noch erlebt hätte«, sagte Marta wehmütig.

»Herbert fehlt er auch«, erwiderte Mathilde. »Erst neulich meinte er, wie sehr er die Gespräche mit Wilhelm vermissen würde, die Planungen, den Ausbau Norddorfs betreffend, aber auch ihre oftmals hitzigen Diskussionen.«

»Die meistens bis in die Nacht hinein gingen und in einem Saufgelage endeten«, antwortete Marta und lächelte versonnen. »Ich hab jedes Mal mit ihm geschimpft, wenn er betrunken nach Hause kam. Jetzt wünschte ich, er würde es tun. Über den Hof torkeln und eine üble Schnapsfahne haben. Ich wünschte, er würde mich übermütig umarmen und dabei selig lächeln. Doch das wird niemals wieder geschehen.«

Marta spürte die aufsteigenden Tränen und versuchte, sie wegzublinzeln. Mathilde nickte. In ihren Augen lag ein hilfloser Ausdruck, den Marta kannte und verabscheute. Sie war die Hinterbliebene, die Witwe, die es zu bedauern galt. Doch keiner getraute sich so recht, etwas zu sagen. Aber vielleicht war es besser so. Es wären ja doch immer dieselben Phrasen, die sie zu hören bekäme: Das wird schon wieder; er war ein guter Mann; wir vermissen ihn auch. Plötzlich kam ihr Anne Schau in den Sinn. Ihre liebe Freundin, deren Mann Philipp, der beste Seehundjäger, den die Insel jemals gesehen hatte, so plötzlich an einem Herzinfarkt verstorben war. Marta hatte sich in ihrer Gegenwart oftmals hilflos gefühlt, die Worte fehlten. Der Tod gehörte zum Leben dazu, in diesen Zeiten anscheinend noch mehr als in anderen. Doch wie war es mit den Hinterbliebenen, mit den Trauernden? Sie erstickten im Schweigen, weinten im Stillen, wollten niemanden mit ihrem Kummer belasten, der sie innerlich auffraß. Wie viel Kummer konnte man ertragen?

»Magst noch zwei Schokobrötchen mitnehmen?«, fragte Mathilde unvermittelt. »Sie sind vom Vortag, und ich kann sie sowieso nicht mehr verkaufen. Leni isst sie doch so gern.«

»Das wäre nett«, antwortete Marta.

Mathilde steckte die beiden Brötchen in eine Papiertüte und reichte sie Marta mit den Worten: »Und richte allen schöne Grüße aus. Wir sehen uns dann morgen beim Stricktreff.«

Marta nickte. Sie wollte etwas erwidern, wurde jedoch durch das Öffnen der Ladentür unterbrochen. Zwei Jungen betraten den Laden und grüßten freundlich.

Marta verabschiedete sich von Mathilde.

Vor dem Geschäft wurde sie von kühler Luft und einem ruppigen Wind empfangen. Tief hängende Wolken deuteten auf Regen hin. Sie zog rasch die Kapuze ihres Mantels über den Kopf und schlug den Weg zum Hospiz ein. Schwester Anna war die

Wolle ausgegangen, und sie wollte ihr noch einige Knäuel vorbeibringen. Genau in dem Moment, als Marta am Hospiz eintraf, öffnete der Himmel seine Schleusen, und es begann zu schütten. Marta schaffte es gerade noch ins Trockene. Im Eingangsbereich grüßte einer der Männer der Inselwache, ein hoch aufgeschossener blonder Bursche, Marta freundlich.

»Moin«, sagte er und nahm seine Zigarette aus dem Mund. »Da haben Sie aber gerade noch Glück gehabt. Das gibt einen ordentlichen Schutt.«

»Ja, den gibt es wohl«, antwortete Marta und erkundigte sich nach dem Aufenthaltsort von Schwester Anna.

»Die finden Sie in der Küche«, antwortete er. »Ist ja gleich Essenszeit.«

Marta bedankte sich für die Auskunft und schlug den Weg zur Küche ein. Dort angekommen, begrüßte Schwester Anna, die hinter dem Herd stand und in einem großen Topf rührte, sie lächelnd. »Marta, meine Liebe. Wie schön, dich zu sehen. Du bringst mir doch nicht etwa bei diesem gar scheußlichen Wetter meine Wolle?«

»Doch, das tue ich«, antwortete Marta. »Aber bis gerade eben war es noch trocken.«

»Stimmt«, antwortete Schwester Anna, »doch nun regnet es junge Hunde, wie einer meiner Soldaten immer zu sagen pflegt.« Sie zwinkerte Marta zu.

Marta musste über Schwester Annas Ausdrucksweise schmunzeln. Einer meiner Soldaten. Als wären die jungen Männer alle ihr Kinder, auf die sie zu achten hatte. Aber so oder so ähnlich war es ja auch. Inzwischen war Schwester Anna allein im Haus und kümmerte sich als Herbergsmutter um die Belange der Männer.

»Möchtest du zum Essen bleiben? Es gibt Labskaus.«

»Da sag ich nicht Nein«, antwortete Marta und fügte hinzu: »Den gibt es bei uns im Hotel so gut wie nie, weil Ebba das Gericht nicht mag. Sie sagt immer, der Labskaus sehe aus wie schon einmal verdaut.«

Schwester Anna grinste. »Da hat sie gar nicht so unrecht. Ich hab das Gericht erst kennengelernt, als ich nach Amrum gekommen bin. Der damalige Küchenchef des Hospizes hat es gern gekocht. Mir schmeckte es auf Anhieb. Und wenn man das Spiegelei darüberlegt, dann sieht man den Brei nicht mehr.«

»Das könnte ich Ebba vorschlagen«, antwortete Marta. »Vielleicht bereitet sie ihn dann auch mal zu.«

Marta erkundigte sich, ob sie helfen könnte, und fand sich keine Minute später den Tisch deckend im Speiseraum wieder. Hilfe erhielt sie von zwei jungen Inselwächtern, die ihr während des Eindeckens erzählten, dass sie von Föhr stammten, Brüder wären und ihr Vater einen großen landwirtschaftlichen Betrieb leiten würde.

Es dauerte nicht lange, bis sich ein Großteil der Männer bei Tisch versammelt hatte. Nur einige wenige blieben auf ihren Wachtposten und würden später abgelöst werden. Unter ihnen war auch Thaisen, was Marta bedauerte.

Schwester Anna faltete die Hände zum Tischgebet, und die Männer taten es ihr gleich. Als sie die wenigen Worte gesprochen hatte, wünschte man sich einen guten Appetit, und alle begannen zu essen. Das Tischgespräch war recht lebhaft, und zu Martas Erstaunen beteiligte sich auch Schwester Anna daran. Es ging um die aktuellen Kriegsvorkommnisse. Das Vorrücken Hindenburgs an der Ostfront, die Lage im Westen. Auch wurde ein kleinerer Angriff englischer Schiffe an der niederländischen Küste diskutiert. Schwester Anna konnte mit aktuellen Informationen zu den Geschehnissen im Reich brillieren. Marta war erstaunt darüber. Sie selbst interessierte sich nicht für das Kriegsgeschehen und war froh, wenn sie nichts von Schlachten, Stellungskriegen und Seegefechten hörte. Sie vermied es auch, die

Zeitung zu lesen. Frauke meinte, die würde sowieso zensiert werden. Die schreiben nur, was der Kaiser hören will. Erfolge, tapfere Soldaten. Wie es wirklich steht, erfährt man durch die Zeitungen längst nicht mehr. Besser wären da die Feldpostbriefe. Darin würde die Wahrheit stehen. Und die lesen sich meistens ganz anders als die vor Vaterlandsstolz triefenden Artikel im *Inselboten* oder in der *Hamburger Morgenpost*.

Marta beteiligte sich nicht am Tischgespräch und hörte nur zu. Neben dem Kriegsgeschehen im Reich und der Welt ging es auch um organisatorische Belange der Inselwache. Die Einteilung der Soldaten, wer wann Reinigungs- und Küchendienst hatte. Marta war erstaunt, wie respektvoll die Männer mit Schwester Anna umgingen. Sie scherzten sogar mit ihr und fragten sie, ob sie zur nächsten Truppenveranstaltung, es wurde ein Theaterstück aufgeführt, kommen wolle. Schwester Anna sagte gern zu. Marta wurde ebenfalls eingeladen, doch sie lehnte dankend ab. Theateraufführungen dieser Art waren ihr dann doch zu derb. Nach dem Essen half Marta Schwester Anna in der Küche. Sie erwähnte das Gespräch bei Tisch nicht. Doch Schwester Anna schien das Bedürfnis zu haben, sich zu erklären: »Gott hat mir diese Aufgabe zugeteilt«, sagte sie. »Und ich möchte sie besten Gewissens ausführen. Die Männer dienen unserem Land, und ich versuche, ihnen in diesen unsicheren Zeiten ein wenig Geborgenheit zu vermitteln. Ich kann nicht erklären, was es ist, was mich mit ihnen verbindet. Aber sie zollen mir Respekt. Und ich gebe mir Mühe, ihre Welt zu verstehen, und studiere jeden Morgen die *Hamburger Morgenpost*, damit ich informiert bin. Einer der Burschen meinte neulich, ich wüsste mehr über das Kriegsgeschehen als ihr Hauptmann in Wittdün. Das schmeichelte mir natürlich.« Sie lächelte. »Obwohl ich, wenn ich ehrlich bin, gar nicht so viel darüber wissen will. Ich bete jeden Tag zu Gott, dass dieser Krieg bald ein Ende haben wird. Es tut mir sehr leid, dass so viele Familien im Land getrennt sind, jeden Tag Väter, Söhne und Brüder an den Fronten fallen. Und wir steuern auf Weihnachten zu. Es wird wohl unsere erste Kriegsweihnacht werden.«

Marta nickte. »Ich weiß. Nele trifft das hart. Sie hat heute einen Brief von Johannes bekommen. Er wird die nächsten Wochen keinen Heimaturlaub erhalten und in Russland bleiben. Er hat auch noch einmal um einige Dinge gebeten. Kaffee und Zucker, Zigaretten und Schokolade. Auch fragte er nach weiteren Handschuhen, seine wären schon ganz zerschlissen. Es wird der erste Kriegswinter in Russland für ihn werden, und im Osten ist es doch so schrecklich kalt. Ich hab Jasper angewiesen, eines der Kaninchenfelle zu holen. Das wollen wir ihm auch zukommen lassen.«

»Tut das«, antwortete Schwester Anna und erkundigte sich: »Wie steht es denn mit unseren Strickwaren? Können wir bald die erste Kiste versenden?«

»Ja, das können wir tatsächlich«, antwortete Marta. »Ich hab auch bereits mit dem Leiter der Inselwache gesprochen, wohin wir sie schicken sollen. Er hat mir die Kontaktadresse eines Regiments an der Ostfront gegeben. Es erscheint mir sinnvoll, die erste Kiste dorthin befördern zu lassen, denn der russische Winter ist doch recht eisig. Eine weitere können wir dann spätestens Ende Januar an die Westfront versenden.«

»Das ist eine gute Idee«, antwortete Schwester Anna. »Es ist so schön zu sehen, dass sich die Damenvereine der Insel zusammengetan haben und in dieser Hinsicht nun an einem Strang ziehen.«

»Ja, das ist es. Obwohl es für den Frieden die Intervention des Landrates gebraucht hat. Das muss man sich mal vorstellen.«

»Zänkische Weiber sind eben nicht zu unterschätzen«, sagte Schwester Anna mit einem Grinsen. Marta sah sie verwundert an. Eine solche Aussage hätte sie von einer Diakonissin nicht erwartet. »Aber unser Herrgott weiß sie meistens zu besänftigen«, fügte Schwester Anna hinzu.

Marta nickte und sah aus dem Fenster.

»Der Regen hat nachgelassen. Dann mache ich mich mal besser auf den Heimweg, bevor er wieder stärker wird.«

»Ja«, antwortete Schwester Anna, »und richte allen liebe Grüße aus.«

Die Tür zur Küche öffnete sich, und Thaisen betrat den Raum. Verwundert sah er Marta an.

»Marta, du hier?«

»Sie hat mir Wolle gebracht«, antwortete Schwester Anna anstelle von Marta und fragte: »Was gibt es denn?«

»Ach, nichts weiter, ich meine …«

»Sie möchten sich vom Essen abmelden und würden gern durch die Hintertür das Haus verlassen«, vollendete die Diakonissin den Satz.

»Richtig«, antwortete er. »Wichtige Erledigungen.«

Er blickte zu Marta, die genau wusste, dass er zu Ida wollte.

»Ich hab Sie nicht gesehen«, antwortete Schwester Anna, »sollte mich einer fragen.«

»Danke«, antwortete Thaisen, sah zu Marta: »Wollen wir gehen?«

Sie nickte. Die beiden verließen die Küche durch die Hintertür und verschwanden rasch hinter den Dünen.

»Schwester Anna ist ein Goldstück«, sagte Thaisen auf dem Weg zum Hotel. »In Wittdün sind alle neidisch auf die Wache Nord.«

»Ja, unsere Schwester Anna ist schon etwas Besonderes«, erwiderte Marta. »Allerdings erstaunt es mich doch, wie gut sie mit den Männern zurechtkommt.«

Sie erreichten das Hotel. Dort lief ihnen bereits auf dem Hof eine vollkommen aufgelöste Gesine entgegen.

»Es ist Ebba«, rief sie. »Sie ist in der Küche zusammengebrochen. Schnell, wir brauchen einen Arzt.« Thaisen nickte. »Ich geh und hole Doktor Hansen. Er hat heute im Hospiz Dienst. Zwei Männer haben bei einem Manöver leichte Verletzungen erlitten. Er ist zwar eigentlich für die Truppe zuständig, aber gewiss wird er in diesem Fall zu Hilfe kommen.«

Er drehte sich um und lief davon, während Marta und Gesine zurück in die Küche eilten, wo Ida Ebba gerade mit einer Decke zudeckte. Ebba lag auf dem Kanapee und machte, abgesehen von einer Beule an der Stirn, keinen so angeschlagenen Eindruck wie befürchtet.

»Jetzt hört doch auf«, schimpfte sie. »Behandelt mich wie ein rohes Ei. Es war der Kreislauf, mehr nicht. Ist ja auch kein Wunder bei dem Wetter.« Sie wollte sich aufrichten und die Decke zur Seite schieben, doch Ida hielt sie zurück.

»Nein, du bleibst, wo du bist«, sagte sie. »Du bist wie ein Baum umgefallen und hast gestern bereits über Schmerzen in der Brust geklagt. Da stimmt etwas nicht.«

»Ach, Schmerzen in der Brust. Gar nicht wahr«, ereiferte sich Ebba und schob die Decke zur Seite. »Gar nix hab ich. Ich hab falsch eingeatmet. Das kennt ihr doch. Bin zu schnell die Treppe runtergelaufen.«

»Ida hat recht«, sagte Marta, die innerlich aufatmete. Wenn Ebba so zetern konnte, dann fehlte es gewiss nicht weit. »Ein Arzt sollte sich das Ganze mal ansehen.«

»Und welcher soll das sein? Ist ja keiner da. Der Kurarzt, dieser Doktor Wegener, hat mit den letzten Kurgästen das Weite gesucht. Wenn ihr mich fragt, war der sowieso ein Pfuscher. Keine Ahnung, wer da noch in Wittdün sitzt.«

»Thaisen holt einen Doktor Hansen aus dem Hospiz.«

»Einen vom Militär? Nein, also beileibe nicht. Soll mir bloß fortbleiben, so einer von den Uniformierten.«

»Aber sein Können hat doch nichts mit seiner Kleidung zu tun«, sagte Marta, darum bemüht, Ebba zu beschwichtigen.

»Das ist mir egal. Einer von denen fasst mich nicht an. Ich weiß besser, wie es mir geht.« Ebba stand auf. »Jasper, gib mir einen Schnaps oder besser gleich zwei. Das weckt die Lebensgeister. Dann lauf ich wieder geradeaus.«

Jasper sah zu Marta, die resigniert nickte. Ebba war Ebba. Marta hatte es aufgegeben, ihr und ihren Launen beikommen zu wollen.

Die Küchentür öffnete sich, und Thaisen betrat die Küche, einen braunhaarigen, groß gewachsenen Mann in Soldatenkluft im Schlepptau, der einen schwarzen Arztkoffer trug.

Ebba kippte ihren ersten Schnaps hinunter und sagte, noch ehe einer der beiden zu Wort kam: »Sie können gleich wieder gehen. Hier gibt es niemanden zu kurieren.«

Der Arzt sah von Ebba zu Marta und Ida. Beide setzten ein verbindliches Lächeln auf.

»Es handelt sich um ein Missverständnis«, versuchte Marta die Situation zu erklären. »Es war wohl nur ein kleiner Moment der Schwäche. Es tut uns sehr leid, dass Sie sich umsonst bemüht haben.«

»Wollen Sie einen Korn?«, fragte Jasper und hielt die Flasche in die Höhe.

Der Arzt sah verdutzt von ihm zu Thaisen, der mit den Schultern zuckte. Ebba schenkte sich unterdessen ein weiteres Glas ein, murmelte etwas von wegen, auf einem Bein könne man ja nicht stehen, und kippte den Schnaps hinunter.

Thaisen sah den Arzt abwartend an. Dieser schien im ersten Moment nicht so recht zu wissen, wie er reagieren sollte, dann lehnte er das Angebot jedoch ab, verabschiedete sich mit knappen Worten und ging.

»Jetzt hast du ihm Angst gemacht«, sagte Jasper zu Ebba, nachdem sich die Tür hinter dem Arzt geschlossen hatte.

»Ich glaube eher, er kam sich veräppelt vor«, meinte Marta und setzte sich an den Küchentisch.

»Einen Korn?«, fragte Jasper.

»Gern«, antwortete Marta und sah zu Gesine, die zu grinsen begann.

»Habt ihr das Gesicht von dem Arzt gesehen?« Gesine setzte sich neben Marta. »Köstlich.«

»Der kommt nie wieder«, sagte Ebba.

»Das glaube ich auch«, antwortete Marta und leerte ein weiteres Schnapsglas.

10

Norddorf, 2. Dezember 1914

Nele ist heute nach Tondern aufgebrochen, wo sie ihr Notexamen ablegen wird. Sie war heute Morgen sehr aufgeregt. Die letzten Wochen hat sie sich mit der Unterstützung von Heinrich Arpe akribisch darauf vorbereitet. Ich hoffe, dass sie das Examen bestehen und diese Tätigkeit weiter ausüben kann, denn der Umgang mit den Kindern bringt sie auf andere Gedanken. Sie hat für ihre Fahrt nach Tondern extra eine Genehmigung der Inselwache einholen müssen, da unser Amrum ja zum Sperrgebiet gehört. Ihre Freundin Marret Schmidt begleitet sie und steht ihr bei. Sie haben mit der ersten Fähre aufs Festland übergesetzt. Gesine hat Nele gleich eine lange Einkaufsliste mitgegeben. Sie hofft darauf, dass die Lebensmittel in Tondern günstiger zu haben sind als auf der Insel. Besonders die Preise für Nudeln, Mehl und Kaffee sind noch einmal gestiegen. Erst neulich meinte Gesine, dass sie das Gefühl habe, bei jedem Einkauf würde ihr Geld wertloser werden, so viele Scheine müsste sie inzwischen auf den Verkaufstresen legen. Inga Hemrich erzählte beim Stricktreff, dass man mehr bekäme, wenn man mit Dollars bezahlen würde, weil das eine sichere Währung wäre. Ich will daran jedoch nicht glauben. Wieso sollte man denn für Dollar mehr Lebensmittel bekommen? Das ist doch Unsinn. Ich sprach mit Frauke darüber, die ebenfalls den Kopf schüttelte. Die Währung Dollar wäre weit entfernt. Das wäre der reinste Unsinn. Ich bat Nele darum, für mich in Tondern das Handarbeitsgeschäft der

Witwe Kohlsen aufzusuchen. Frauke hat es empfohlen. Dort gäbe es Wolle bester Qualität, denn meine Vorräte neigen sich langsam dem Ende zu. Ansonsten gibt es zu berichten, dass wir in diesem Jahr einen Weihnachtsbaum haben werden. Für die Männer der Inselwache sollen Bäume geliefert werden, und Thaisen meinte, er könnte es organisieren, dass wir auch einen bekommen. Zuerst wollte ich ablehnen, doch dann sagte ich zu. So ein Weihnachtsbaum ist doch etwas Schönes, und er erinnert mich an Hamburg. Ich kann mit Leni bunte Papiersterne basteln, mit denen wir ihn schmücken werden, irgendwo müssen auch noch Kugeln und Lametta sein. Aber einen Kenkenbuum wird es trotzdem geben. Er gehört zu Amrum dazu. Diesen werde ich die Tage im Speisesaal aufstellen, dann erfreut sein Anblick uns bei den Stricknachmittagen. Gerade jetzt muss ich daran denken, wie im Sommer geredet wurde. Bis Weihnachten sind wir wieder zu Hause, hat es überall geheißen. Und nun erleben wir unsere erste Kriegsweihnacht, und das Ende dieses scheußlichen Krieges ist nicht absehbar. Jeden Tag erreichen uns neue Nachrichten aus aller Welt, von Insulanern, die es auf Schiffen bis zu den Falklandinseln oder an die amerikanische Pazifikküste verschlagen hat, von Männern, die in Russland durch eineinhalb Meter hohen Schnee marschieren oder im Schützengraben in Verdun festsitzen. Von Johannes traf erst gestern ein Brief ein, über den sich Nele sehr freute. Er bat darin erneut um Liebesgaben, darunter auch Kerzen. In der Zeitung stand neulich, dass viele Männer gern Kerzen hätten. Nele möchte nun mit ihren Schülern welche aus Bienenwachs anfertigen und Weihnachtspäckchen für die Männer an der Front packen. Das ist eine wunderbare Idee. So eine lieb gemeinte Gabe von Kindern wärmt das Herz der Männer gewiss. Ich will gar nicht darüber nachdenken, wie ihr Heiliger Abend wohl aussehen wird. Fern der Heimat, umge-

ben vom Kriegsgeschehen. Immerhin ist unser Thaisen bei uns. Seine Nähe ist besonders für Ida ein Geschenk. Ihr geht es den Umständen entsprechend. Ebba hat neulich festgestellt, dass sie schon ziemlich rund wäre. Da muss ich ihr zustimmen. Aber immerhin hat sich die anfängliche Übelkeit gegeben, und Ida hat wieder einen gesunden Appetit. Leni erhofft sich ja ein Schwesterchen, Thaisen wünscht sich einen Sohn. Mir ist es gleichgültig. Hauptsache, das kleine Menschlein ist gesund.

Marta ließ den Blick wohlwollend über den Inhalt der großen Kiste schweifen, die sie gemeinsam mit Hilde Martensen und zwei weiteren Mitgliedern des Frauenvereins gepackt hatte. Diese enthielt fünfzig Mützen und dieselbe Anzahl Schals und Handschuhpaare. Sie würden heute noch auf die Reise an die Ostfront geschickt werden.

»So weit ist alles gepackt«, sagte Marta und schloss den Deckel. »Wie viel wir doch in den wenigen Wochen zustande gebracht haben«, sagte Hilde. »Es war wirklich gut, dass wir an einem Strang gezogen haben.«

Marta nickte, sagte jedoch nichts. Besonders Hilde hatte sich in den letzten Wochen nicht gerade durch Kameradschaft ausgezeichnet. Immer wieder sorgte sie für Unfrieden innerhalb des Frauenvereins, streute Gerüchte, stichelte gegen die Damen aus Wittdün und fiel durch ihr Zuspätkommen auf. Auch stammten von ihr nur ein Schal und eine Mütze. Fleiß zählte eindeutig nicht zu ihren Eigenschaften.

Die Kiste war bereits beschriftet. Marta schnürte das Paketband fest darum.

»Nach den Feiertagen machen wir dann wie gewohnt weiter«, sagte sie. »Die nächste Kiste ist für die Westfront bestimmt. Der Kommandant der Inselwache war gestern so freundlich und hat mir ein Regiment genannt, das sich über unsere Gaben sehr freuen wird. Wenn wir fleißig sind, können wir die Kiste bereits in vier Wochen versenden.« Ihr Blick wanderte zu Hilde Martensen, doch diese schien die ihr zuteilwerdende Aufmerksamkeit nicht zu bemerken oder war gut darin, sie zu ignorieren.

Die anwesenden Damen nickten, und eine von ihnen, ihr Name war Gantje, sagte: »Ich hab neue Wolle gefunden. Stellt euch vor, auf dem Dachboden meiner Schwiegermutter. Sie ist leider vor zwei Wochen verstorben. Obwohl, man soll es ja nicht zu laut sagen, aber wir waren froh darüber, dass es nun so schnell mit ihr zu Ende gegangen ist. Besonders in den letzten Wochen war sie recht wirr, einmal ist sie im Nachthemd und barfuß nach Nebel gelaufen. Hinrich Flohr hat sie dann gottlob wieder heimgebracht.« Sie schüttelte den Kopf. »Wir räumen jetzt ihr kleines Häuschen aus. Mein Mann meint, wenn der Krieg vorbei ist, könnten wir ein Gästehaus daraus machen. Aber bis dahin ist noch ein weiter Weg. Das Haus ist recht heruntergekommen, es gibt keinen Strom, nur einen Abort auf dem Hof, und das Reetdach muss erneuert werden. An einer Stelle regnet es rein. Gestern erst war ich auf dem Dachboden, und da hab ich in einer alten Holzkiste doch tatsächlich die Entdeckung gemacht. Viel Wolle, gute Qualität, in hübschen Farben. Ich werde sie zum nächsten Treffen mitbringen.«

»Das hört sich wunderbar an«, sagte Marta. »Ich meine, die Sache mit der Wolle, das mit dem Zustand des Hauses natürlich nicht. So eine Renovierung kann eine langwierige Sache werden. Ich weiß noch, wie das damals war, als wir das alte Schulhaus herrichteten. Besonders die Verlegung der Wasserleitungen und der Einbau der Toilette waren eine Herausforderung.«

»Wenn es ganz dumm läuft, müssen wir das Haus sogar abreißen«, sagte Gantje und seufzte.

»Jetzt wartet doch mal ab«, erwiderte Marta. »Solange die Bausubstanz einigermaßen in Ordnung ist, kann es gewiss erhalten bleiben. Und die Touristen lieben alte Friesenhäuser gerade wegen des sehr eigenen Charmes.«

»Wenn wieder Touristen kommen«, sagte Hilde. »In Wittdün reden sie schon vom Untergang des Amrumer Seebads. Ist ja auch kein Wunder. Die meisten Leute dort hatten als Einkommensquelle nur die Fremden. Da haben es die Föhrer besser getroffen. Dorthin kommen noch Besucher, wenn auch weniger als sonst. Die Insel gehört halt nicht zum Sperrgebiet, und sie müssen sich auch nicht an so viele Regeln halten wie wir Amrumer. Mein Paul hat neulich erzählt, dass neuerdings sogar die Schollenfischer und Strandgänger eine Genehmigung der Inselwache vorweisen müssen, wenn sie den Kniepsand betreten wollen. Auch die Fischer und Schiffer benötigen Genehmigungen, wenn sie sich von der Insel entfernen. Es werden Lotsendienste für den Feind vermutet. Das muss man sich mal vorstellen. Unsere Fischer und Lotsendienste für den Feind, solch ein Unsinn.«

Marta wollte etwas erwidern, wurde aber durch das Eintreten von Jasper daran gehindert.

»Moin, die Damen«, grüßte er gut gelaunt. »Wie sieht es aus? Können wir die Kiste zum Postbüro bringen?«

»Ja, können wir«, antwortete Marta. »Es ist alles verpackt und verschnürt.«

»Fein, dann mal los«, sagte er, hob die Kiste hoch und ging nach draußen, wo der Wagen bereitstand.

Marta verabschiedete sich von den Damen, denn sie wollte Jasper begleiten. Nicht, dass noch etwas schiefginge. Sie setzte sich neben ihn auf den Kutschbock, dann fuhren sie die Dorfstraße hinunter. Es war ein grauer, aber trockener Tag. Der vor einigen Tagen gefallene Schnee war größtenteils wieder getaut, nur noch wenige Reste lagen in den Vorgärten und am Straßenrand. Ebba hat erklärt, bis Weihnachten würde kein neuer mehr fallen, das hätte sie im Gefühl. Über Ebbas Gefühl, das Wetter betreffend, sagte Marta jedoch nichts. Zumeist lag sie mit ihren Prognosen falsch. Wenn Marta da an Anne Schaus Ischiasnerv dachte. Der konnte Regen besser als jeder Wetterfrosch ankündigen.

Der Weg zum Postbüro war nicht weit. Als sie dort eintrafen, herrschte ein ziemliches Durcheinander. Viele Kinder standen mit Päckchen in den Händen vor dem Laden. Einige von ihnen beschäftigten sich damit, ihre Päckchen wieder zu öffnen.

Marta entdeckte in dem bunten Trubel Nele, die einem kleinen Mädchen dabei behilflich war, etwas aus ihrem Paket herauszunehmen. Sie stieg vom Kutschbock herab, trat neben ihre Enkeltochter und fragte: »Nele, meine Liebe. Was ist denn hier los? Wieso packt ihr die Päckchen wieder aus?«

»Na, weil sie zu schwer sind«, antwortete Nele. »Wir haben nur die Maße der Pakete beachtet, nicht aber das Gewicht. Jetzt gilt es umzupacken. Und die Kinder haben sich solche Mühe mit dem Einpacken gegeben. Allmählich wird die Zeit knapp, um alle Päckchen noch heute auf die Reise zu schicken.« Sie seufzte.

»Das ist unschön. Wenn du willst, kann ich gleich helfen. Ich kümmere mich nur schnell um das Paket des Vaterländischen Frauenvereins, dann komme ich, und wir packen neu ein und um. Wäre doch gelacht, wenn wir das nicht hinbekommen würden.« Sie strich einem der Kinder über die blonden Locken und betrat den Laden, wo sie von Gundel mit einer sauertöpfischen Miene begrüßt wurde.

»Moin, Marta. Jasper hat mir das Paket für die Ostfront schon gegeben. Ist alles in Ordnung damit.«

»Na, dann ist es ja fein«, antwortete Marta erleichtert. Tatsächlich hatte sie plötzlich die Befürchtung gehabt, ebenfalls umpacken zu müssen.

»Das mit den Kindern tut mir schrecklich leid«, sagte Gundel. »Nele war recht ungehalten. Sie hat steif und fest behauptet, nichts von einer Gewichtsvorschrift zu wissen. Dabei hab ich es ihr bestimmt gesagt. Die aber auch immer mit ihren dummen Regeln. Wegen fünfzig Gramm hin oder her wird da ein Popanz gemacht. Hoffentlich klappt das mit dem Umpacken noch. In zwanzig Minuten werden die Päckchen abgeholt, und dann schließen wir für heute.«

»Das bekommen wir hin«, antwortete Marta und wandte sich Jasper zu, der neben der Ladentür stehen geblieben war. »Jasper, fahr doch ohne mich ins *Honigparadies*. Ich hab bei Elisabeth eine Kiste Honigwein für das Fest und Bienenwachskerzen bestellt. Beides ist abholbereit. Und richte bitte liebe Grüße von mir aus.«

»Wird gemacht«, sagte Jasper und verließ den Laden.

Gundel sah ihm grinsend nach. »Und du denkst, er wird nüchtern zurückkommen?«

»Aus dem *Honigparadies* schon«, antwortete Marta. »Den süßen Wein mag er nicht besonders gern. Allerdings könnte es sein, dass Julius ihm einen Schnaps für den Weg anbietet. Ach, er wird schon wieder heimfinden«, erwiderte Marta und winkte ab. »Zur Not kennt das Pferd den Weg. Nun laufe ich aber rasch hinaus und helfe den Kindern.« Sie verließ den Laden und ging als Erstes einem kleinen Mädchen zur Hand, das es auf wundersame Weise geschafft hatte, drei Tafeln Schokolade, vier dicke Bienenwachskerzen, eine Wollmütze und Tabak in einem kleinen Karton unterzubringen. Rasch war der Inhalt umgepackt, und es ging munter weiter. Marta tröstete die Kinder und verteilte die Sachen, Gundel brachte weitere Kartons und verschnürte die Pakete, einige von ihnen wurden neu beschriftet. Nele hatte von einer hilfsbereiten Nachbarin eine Küchenwaage erhalten, und jedes Päckchen musste durch ihre Kontrollstation, bevor es zurück ins Postbüro gebracht wurde. Pünktlich zur Abholung waren sämtliche Päckchen neu gepackt und verschnürt. Nele atmete erleichtert auf, als auch das letzte von Gundel für gut befunden wurde und zu Hinrich auf den Wagen wanderte, der die vielen Liebesgaben zur Inselbahn bringen würde.

»Dem Herrn im Himmel sei Dank, wir haben es geschafft«, sagte Nele zu Marta. »Es war gut, dass du mitgeholfen hast. Ohne dich hätte ich das niemals hinbekommen.«

»Ich helfe doch gern«, antwortete Marta lächelnd und fragte: »Und nun? Hast du noch Unterricht?«

»Nein, heute nicht mehr. Ich schick die Kinder jetzt nach Hause in die Ferien. Am Montag ist doch schon Heiligabend.«

Sie verließ mit Marta das Postbüro. Auf der Straße hatten die Kinder damit begonnen, mit den Schneeresten eine Schneeballschlacht zu machen. Ein Junge seifte eines der Mädchen ein. Nele ging sofort dazwischen. Das Mädchen, ihr Name war Inge Klönen, machte einen recht mitgenommenen Eindruck. Ihre Wangen waren gerötet, und ihr Haar war zerrupft.

»Boh Braren, ja bist du denn verrückt geworden?«, schimpfte Nele den Jungen. »Du entschuldigst dich jetzt sofort bei Inge.«

»Aber sie hat doch angefangen«, verteidigte sich der Junge. »Einen Schneeball mit einem Stein darin hat sie nach mir geworfen. Der hat mich genau hier getroffen.« Er zeigte auf seine Schläfe, wo jedoch keine Verletzung, ja nicht einmal eine Rötung erkennbar war.

»Das ist nicht wahr«, rief Inge. »Das war Ricklef.«

»Nun ist es aber gut«, erklärte Nele. »Jeder sagt jetzt Entschuldigung, und dann seht zu, dass ihr nach Hause kommt.«

Beide Kinder murmelten mit gesenkten Blicken eine Entschuldigung. Nele nickte und sah in die Runde. Alle ihre Schüler waren näher getreten. »Ich wünsche euch erholsame Ferien und ein frohes Fest. Wir sehen uns dann im neuen Jahr wieder.«

Die meisten Kinder nickten und trollten sich. Einige wünschte Nele ebenfalls schöne Ferien, ein kleines rothaariges Mädchen umarmte sie sogar zum Abschied. Nele hob Inges Mütze auf und reichte sie ihr lächelnd.

»Was ich noch sagen wollte, Frau Steglitz«, sagte Inge. »Es ist schön, dass Sie jetzt unsere Lehrerin sind. Ich hab Sie viel lieber als den Herrn Arpe, der ist immer so streng.«

»Das ist sehr lieb von dir, Inge. Hab schöne Ferien und grüß mir deine Mutter recht herzlich.«

»Das werde ich machen«, erwiderte das Mädchen und verabschiedete sich. Winkend lief sie die Dorfstraße hinunter.

Marta sah ihr lächelnd nach und sagte: »Die Kinder scheinen dich zu mögen.«

»Ja, ich glaube schon«, antwortete Nele.

Marta hängte sich bei ihr ein, und gemeinsam machten sie sich auf den Rückweg zum Hotel. »Und ich bin so stolz auf dich, dass du das Examen geschafft hast. Meine Enkelin ist eine richtige Lehrerin, das ist großartig.«

»Findest du?«, fragte Nele. »Ihre Stimme klang plötzlich unsicher. »Was hätte Mama darüber gedacht?«

»Sie wäre stolz auf dich gewesen«, antwortete Marta. »Das weiß ich bestimmt.« Sie spürte die aufsteigenden Tränen und blinzelte sie weg.

Hin und wieder kamen von Nele solche Fragen. Als ob sie eine Bestätigung für ihr Leben bräuchte.

»Rieke hätte dein Examen gewiss groß gefeiert«, sagte Marta. »Und vermutlich hätte sie sich extra für diesen Anlass ein neues Kleid gekauft.«

»Bestimmt«, antwortete Nele und lächelte. Die Wehmut in ihrer Stimme war gewichen.

»Und weißt du was?«, sagte Marta. »Wir machen das jetzt einfach auch. Wir feiern dein bestandenes Examen noch heute. Das ist doch zwischen all dem Strickkram, den Weihnachtsvorbereitungen und deinen Liebesgaben der Schüler vollkommen untergegangen. Gesine soll uns für heute Abend was Leckeres kochen, wir machen eine Flasche Wein auf und setzen uns in die gute Stube.«

»Das ist eine wunderbare Idee«, sagte Nele. »Und weil Mama mir von dort oben bestimmt zusieht, werde ich mein schönstes Kleid anziehen.«

»Tu das«, antwortete Marta.

Sie erreichten das Hotel und betraten die Küche. Dort saß ein junger blonder Mann in Soldatenkleidung am Tisch vor einem dampfenden Teebecher.

Neles Augen wurden groß.

»Johannes«, stammelte sie.

»Na, da ist mir die Überraschung ja geglückt«, sagte er, stand auf, nahm Nele in die Arme und gab ihr einen Kuss.

»Du hier«, sagte Nele. »Aber ich dachte, ich meine …«

»Ich weiß«, antwortete er. »Ich hab in meinem letzten Brief ein bisschen geschwindelt. Der Heimaturlaub ist mir schon vor zwei Monaten genehmigt worden. Jetzt bleibe ich drei lange Wochen bei dir. Ist das nicht wunderbar!«

»Ja, das ist es«, antwortete Nele.

»Und wie es das ist«, sagte Marta erfreut. »Und zu feiern gibt es auch etwas. Nele hat nämlich ihr Examen bestanden. Sie ist jetzt eine richtige Lehrerin.«

11

3. Februar 1915

Meine geliebte Nele,
ich schreibe Dir heute aus den Karpaten. Wo genau wir sind, kann ich nicht sagen. Es ist ein weißes Nirgendwo, in das wir gebracht wurden, um der K.-u.-k-Armee zur Seite zu stehen. Es ist unsagbar kalt, und es liegt meterhoch Schnee. Schon der Transport hierher war eine Herausforderung. Wir fuhren vier Tage in ungeheizten Güterwagen Richtung Osten. Todmüde und vor Kälte klappernd, wurden wir bei minus 36 Grad auf eine Feldbahn umgeladen. Als wir endlich unser Ziel erreichten, mussten wir noch zwei Stunden bis zu einem Waldlager marschieren. Für eine Rast blieb keine Zeit. Es galt, sofort eine Schanze zu besetzen und die Verteidigung einzurichten. Es ist so bitterkalt, solch hohe Schneeberge wie an diesem Ort habe ich noch niemals zuvor im Leben gesehen. Nachts, wenn ich im Unterstand liege, träume ich mich zurück zu Dir nach Amrum in die warme Stube. Es war so schön gewesen, mit Euch das Christfest zu feiern. Der Gedanke an diese Stunden wärmt mich, und ich wünsche mir nichts mehr auf der Welt, als bald wieder bei Dir sein zu können. Ich möchte Dich auch noch um etwas bitten. Wäre es möglich, mir ein Robbenfell zukommen zu lassen? Es würde mich in den kalten Nächten schön warm halten. Dazu vielleicht noch warme Leibwäsche und eine Fellmütze. Auch weitere Kerzen und Kautabak wären schön. Ich hoffe darauf, dass dieser Einsatz bald ein Ende hat. Ich weiß nicht, was in Deutschland geschrieben wird, aber es sieht

schlecht für die K.-u.-k.-Truppen aus. Es könnte eine ihrer größten Niederlagen werden. Gegen die russische Dampfwalze, wie wir sie nennen, aber auch gegen die eisige Kälte sind die Männer der K.-u.-k-Armee noch schlechter ausgerüstet als wir. Es ist eine Tragödie, die sich hier tagtäglich abspielt. Ich hoffe, ich komme heil aus dieser Sache heraus. Für den Sommer habe ich erneut Heimaturlaub beantragt, die Genehmigung steht leider noch aus. Sollte es klappen, dann werden wir wieder drei Wochen vereint sein. Bis dahin betrachte ich die Fotografie von Dir, die ich stets bei mir trage. Bald schon beginnt unser gemeinsames Leben im Frieden. Daran will ich fest glauben.
In Liebe
Dein Johannes

Nele faltete Johannes' Brief zusammen und sah zu Marta. Sie saßen in der Hotelküche. Vor ihnen auf dem Tisch lagen Unmengen von Grünkohl, den es zu verarbeiten galt. Am Abend würde das traditionelle Biikebrennen stattfinden. Diesen Brauch konnte der Krieg den Amrumern nicht nehmen. Auch die Männer der Inselwache freuten sich auf die Festivität. Der Großteil von ihnen hatte für diesen Anlass freibekommen, nur einige wenige mussten Wache schieben. Dieses Mal sollte das Feuer auf der Wattseite angezündet werden. Der Kommandant meinte, dass es besser so wäre, denn dann würde es weniger Aufmerksamkeit erregen. Auch war der aus Reisig bestehende Haufen um einiges kleiner als in den Jahren zuvor. Immerhin regnete es in diesem Jahr nicht, im letzten Jahr hatte ihnen heftiger Regen das Biikebrennen ordentlich verdorben.

»Der arme Johannes. Das hört sich nicht gut an«, sagte Marta und schüttelte den Kopf. »Das mit den Karpaten stand neulich in der Zeitung. War es Frauke, die es erwähnte? Ach, ich weiß es nicht mehr. Gewiss war es wieder einer von den geschönten Artikeln. Es ist so schrecklich. Ständig diese traurigen Briefe. Erst gestern berichtete mir Maren Bendixen weinend, dass ihr Bruder Karl bei einem Seegefecht vor den Falklandinseln bereits Anfang Dezember den Tod gefunden hat.«

Nele nickte, antwortete jedoch nicht. Marta glaubte, Tränen in ihren Augen schimmern zu sehen. Nele griff nach einem weiteren Grünkohl und wollte damit beginnen, die Blätter vom Strunk zu pflücken, doch Marta hielt sie zurück, indem sie ihre Hand auf die ihrer Enkeltochter legte.

»Johannes wird das überstehen«, sagte sie. »Er ist stark und mutig. Ich bin mir ganz sicher, dass er wieder nach Hause kommen wird.«

Nun rann eine Träne Nele über die Wange. Sie wischte sie hastig ab und griff erneut zum Grünkohl. Marta sah zu Gesine. Die Köchin stand hinter dem Herd und rührte in einem großen Topf. Sie zuckte betroffen mit den Schultern. Reden konnte sie nicht, denn eine Erkältung hatte ihr die Stimme geraubt.

Die Küchentür öffnete sich. Thaisen trat ein und sah sich um.

»Moin, Thaisen«, grüßte Marta. »Du suchst bestimmt Ida. Sie ist mit Leni zum Strand gelaufen. Die beiden wollten Muscheln zur Dekoration der Tische sammeln. Wie geht es denn Schwester Anna?«

Die Diakonissin wurde bereits seit einer Weile von einer scheußlichen Bronchitis geplagt. Marta griff ihr deshalb unter die Arme und kochte mit Gesines Hilfe für die Männer der Wache Nord. Ihre Erkrankung war es auch gewesen, die dazu geführt hatte, dass das Grünkohlessen für die Inselwache im *Hotel Inselblick* stattfinden würde.

»Sie hustet noch recht heftig«, antwortete Thaisen. »Heute war der Arzt wieder bei ihr. Er meinte, der Husten würde sich langsam bessern. Es braucht Geduld.«

Marta nickte. Wenn nicht sie, wer sonst kannte sich mit Husten und Geduld aus.

»Ich hoffe, sie bleibt vernünftig und ruht sich aus. Mit einer Bronchitis ist nicht zu spaßen. Am Ende wird eine Lungenentzündung daraus.«

»Du weißt doch, wie das mit der Vernunft ist«, antwortete Thaisen. »Seit heute Morgen steht sie wieder in der Waschküche und will unbedingt heute Abend am Biikebrennen teilnehmen.«

»Das dachte ich mir schon«, antwortete Marta. »Sie freut sich bereits seit Wochen auf das Fest, das sie noch nie erlebt hat. Außerhalb der Saison ist sie bisher stets nach Bethel gereist und kam erst im Mai wieder nach Amrum. Aber sich mit einer Bronchitis in den kalten Wind zu stellen, das halte ich für keine gute Idee.«

»Das haben viele der Kameraden ihr auch gesagt, aber sie ist nicht davon abzubringen.«

»Wer ist was nicht?«, fragte plötzlich Ebba. Unbemerkt von allen hatte sie den Raum betreten.

»Schwester Anna will trotz einer Bronchitis zum Biikebrennen gehen«, erklärte Marta.

»Und, was ist daran schlimm?«, fragte Ebba und zuckte mit den Schultern. »Kann ihr doch gar nichts Besseres als unsere salzige Luft passieren. Ich an ihrer Stelle würde mir die Sause wegen dem bisschen Husten auch nicht entgehen lassen.«

»Aber …«

Ebba ließ Marta nicht zu Wort kommen. »Schwester Anna ist nicht Wilhelm. Sie wird schon wissen, was sie tut.«

Sie trat neben Gesine und guckte in die Töpfe. »Im Gegensatz zu unserer Köchin. Was machst du denn da schon wieder, Gesine. So gehört das doch nicht.« Ebba schubste die verdutzt dreinblickende Gesine zur Seite. »Geh du mal lieber zu den anderen den Grünkohl putzen. Vielleicht bist du ja dazu in der Lage.«

Gesine sah zu Marta, die grinsend den Stuhl neben sich zurechtrückte, und sagte: »Na komm, Gesine. Dann lassen wir unsere Ebba das mal richtig machen. Wir können ja eine zusätzliche

Hilfe gut gebrauchen. Bei unserem Tempo werden wir sonst niemals rechtzeitig fertig.«

Gesine fügte sich in ihr Schicksal und setzte sich neben Marta.

Thaisen verabschiedete sich. Er wolle noch rasch in seine Werkstatt und die Auftragslage überprüfen. Immer noch erhielt er Anfragen, die er – mit einigen wenigen Ausnahmen – leider absagen musste. Die Inselwächter hatten meist einen, manchmal auch zwei Tage in der Woche frei, die Thaisen dann in seiner Werkstatt verbrachte. Ida zeigte dafür Verständnis, und Leni leistete ihrem Papa häufig Gesellschaft. Zu Weihnachten hatte sie Marta ihr erstes selbst gebautes Modellschiff geschenkt. Das Kind schien Talent für die Holzarbeit zu haben, denn das Schiff, es war ein Fischkutter, war akkurat gearbeitet. Ida meinte neulich sogar scherzhaft, dass Leni eines Tages Thaisens Werkstatt übernehmen könnte. Marta hingegen ging eher davon aus, dass Leni einen netten Mann heiraten und Kinder bekommen würde. Vielleicht ließ sie sich ja auch für den Hotelbetrieb begeistern. Als Modellschiffbauerin konnte sie sich das Mädchen beim besten Willen nicht vorstellen.

Thaisen verließ die Küche. Marta beobachtete, wie er zu seiner Werkstatt lief und dort das Licht anging. Der Anblick des erleuchteten Raumes gab ihr für einen Augenblick das Gefühl, alles wäre so, wie es sein sollte. Ida und Leni gingen über den Hof zur Werkstatt hinüber. Kurze Zusammentreffen, ein wenig Familienleben. Marta sah zu Nele. Auch sie beobachtete, wie ihre Tante die Werkstatt betrat. Ihre Miene wirkte verschlossen. Vielleicht war sie neidisch. Thaisen war hier und durfte bleiben, wohingegen Johannes irgendwo in den Karpaten saß und es ungewiss schien, ob er jemals wiederkehren würde. Nele sah zu Marta, dann brach sie in Tränen aus und rannte aus dem Raum.

»Was ist denn los?«, fragte Ebba. »Wieso rennt sie fort?«

Gesine blickte Marta an, die antwortete: »Johannes hat geschrieben.«

»Oh, wie schön«, antwortete Ebba. »Und weshalb heult sie dann? Besser, er schreibt als ein anderer, denn dann ist er tot.«

Marta sah Ebba entsetzt an.

»Ist doch so«, verteidigte sich die alte Köchin. »Also soll sie nicht heulen. Solange er schreibt, lebt er noch.« Sie deutete auf den auf dem Tisch liegenden Grünkohl und sagte, das Thema wechselnd: »Und jetzt seht mal zu, dass ihr fertig werdet. Sonst wird das mit dem Grünkohl heute nichts mehr, und das wäre eine schöne Blamage. Das kann ich euch sagen.«

Nele rannte zum Strand hinunter. Dort angekommen, empfing sie ein eisiger Wind, der das Meer aufwühlte und den Schaum bis zu ihren Füßen trieb. Es herrschte gerade Flut. Sie trug keinen Mantel und schlang die Arme zum Schutz vor der Kälte um den Oberkörper. Nele lief bis zur Wasserlinie. Dort blieb sie stehen und sah aufs Meer hinaus. Weit entfernt waren Schiffe zu erkennen. Aus ihren Schloten quoll der Rauch. Vermutlich waren es Kriegsschiffe. Sie holte erneut Johannes' Brief aus ihrer Tasche, faltete ihn jedoch nicht auseinander. Sie schloss die Augen und wandte ihr Gesicht dem kalten Wind zu, der ihr die Tränen in die Augen trieb. Nele begann zu zittern, ihre Hände waren eiskalt. Doch sie blieb an Ort und Stelle stehen. Johannes fror, also wollte sie auch frieren. Sie wollte fühlen, was er fühlte. Sie wollte, ach, was wollte sie eigentlich? Das hier war doch Unsinn. Kindisch, würde ihre Mutter sagen. Oder? Rieke war stets an den Strand gegangen, wenn sie Kummer gehabt hatte. Sie hatte das Meer gebraucht, um zur Ruhe zu kommen, um ihre Gedanken zu ordnen. Das war etwas, das sie mit Kaline Peters gemeinsam gehabt hatte. So verschieden die beiden Frauen gewesen waren, sie hatten einander verstanden. So hatte es Oma einmal gesagt. Manchmal ist es sonderbar, welche Menschen zueinanderfinden. Die alte Insulanerin und das verwöhnte Stadtmädchen. Würde sie jetzt an ihrer Seite stehen und mit ihr gemeinsam aufs Meer hinausblicken? Vielleicht. Der Gedanke gefiel Nele und tröstete sie ein wenig.

»Nele, was machst du denn hier?«, fragte plötzlich jemand hinter ihr. Nele wandte sich um. Es war Jasper, der vor ihr stand, sie fragend ansah und hinzufügte: »Du hast ja nicht mal einen Mantel an.«

»Es ist, ich wollte …«

Jaspers Blick fiel auf den Brief in ihrer Hand.

»Johannes hat geschrieben.«

Nele nickte.

»Wo ist er denn?«

»In den Karpaten.«

Jaspers Miene verfinsterte sich.

»Ich hab davon gehört. Die K-.u.-k-Armee hat dort Probleme mit den Russen. Die Deutschen sind hin, um zu helfen. Bestimmt wird es gut ausgehen. In der Zeitung stand …«

»Wir wissen beide, dass die Zeitungen lügen«, fiel Nele ihm ins Wort. »Die Soldaten erfrieren dort alle. Er wird sterben. Ich fühle es.« Ihre Stimme zitterte, erneut begann sie zu weinen.

»Na, na«, sagte Jasper. »Jetzt malen wir den Teufel mal nicht an die Wand. Ja, es ist kalt dort im Osten, aber unsere Armee ist gut ausgerüstet. Gewiss sitzt er gerade jetzt in diesem Moment in einem Unterstand an einem warmen Bollerofen und schreibt dir den nächsten Brief. Und er will ganz bestimmt nicht, dass du frierend im kalten Wind am Strand stehst und dir eine Erkältung einfängst.« Jasper zog seinen Wachsmantel aus und legte ihn Nele über die Schultern. »Komm. Lass uns zurück zum Hotel gehen.«

Er führte sie von der Wasserlinie weg Richtung Dünen. Als sie die Dorfstraße hinunterliefen, fragte Nele plötzlich: »Was wolltest du eigentlich am Strand?«

»Ach, nichts Besonderes«, antwortete Jasper.

Nele warf ihm einen Seitenblick zu. Sie glaubte ihm kein Wort.

Jasper haderte kurz mit sich, dann rückte er mit der Wahrheit heraus. »Bei Westerland soll ein Schiff gestrandet sein. Ich wollte mal gucken, ob man was sieht.«

»Ach tatsächlich«, antwortete Nele, die ahnte, woher der Wind wehte.

»Und weiter?«

»Nichts weiter. Wir wollten heute Mittag rausfahren. Aber die Inselwache hat es verboten. Wusstest du, dass wir in Hörnum nicht einmal mehr anlegen dürfen? Das ist doch alles eine Sauerei.«

»Ihr wolltet heimlich rausfahren, oder? Du wolltest sehen, wie es mit der Überwachung des Strandabschnitts ist, deshalb bist du hier. Wer ist dabei? Hugo und Tam Olsen? Der ist immer scharf auf irgendwelches Strandgut. Ihr habt doch längst in Erfahrung bringen können, was das Boot geladen hat.«

Jasper sah Ida grimmig an.

»Holzbohlen, beste Qualität. Und das kriegen jetzt alles die Sylter. Wir wollten es heute Abend machen. Wegen dem Biikebrennen kriegen die Inselwächter sowieso nichts mit. Sind doch dann alle irgendwo beim Grünkohlessen und heben bestimmt einen.«

»Das lasst ihr lieber schön bleiben«, antwortete Nele. »Es sind immer noch Wächter aufgestellt. Am Ende versenkt die Inselwache euer Boot, weil sie euch für Engländer hält.«

»Also von solchen Dingen …«

»Jasper«, fiel Nele ihm ins Wort, »ihr lasst es bleiben. Seid doch ein Mal vernünftig. Wegen dem bisschen Holz muss sich nun wirklich niemand in Gefahr begeben. Wenn du mir jetzt nicht auf der Stelle versprichst, dass ihr euch diesen Unsinn aus dem Kopf schlagt, werde ich sogleich zu Thaisen gehen und es ihm sagen.«

»Unsinn nennst du das«, schimpfte Jasper. »Bisschen Holz. Du hast ja keine Ahnung. Das könnten wir gut gebrauchen.«

»Ich gehe zu Thaisen und sage es ihm«, drohte Nele erneut.

»Also gut«, lenkte Jasper ein. »Ich rede mit Hugo. Am besten gleich.« Er deutete Richtung *Hotel Seeheim*.

»Das wollte ich hören«, antwortete Nele.

»Ein Amrumer, der sich so schöne Holzbohlen entgehen lässt. Dass ich das mal erleben muss«, grummelte er.

»Es wird noch viele Holzbohlen geben«, sagte Nele lächelnd. Jasper hatte es tatsächlich geschafft, sie von ihrer Sorge um Johannes abzulenken.

Sie erreichten das Hotel. Nele gab Jasper seine Jacke zurück, und er trollte sich die Straße hinunter Richtung *Seeheim*. Als sie die Hotelküche betrat, empfingen sie dort der Geruch des Grünkohls und eine heimelige Stimmung. Ida hatte sich zu Marta und Gesine gesellt und unterstützte sie beim Grünkohlputzen, und Leni stand, eine viel zu große blau-weiß gestreifte Küchenschürze tragend, neben Ebba auf einem Hocker am Herd und rührte in dem großen Topf.

»Schön, dass du wieder hier bist«, sagte Marta lächelnd zu Nele. »Komm. Setz dich zu uns.« Sie rückte den Stuhl neben sich zurecht und stand auf. »Ich hol dir einen Tee und geb einen ordentlichen Schuss Rum rein. Siehst ganz durchgefroren aus, Kind.«

Nele setzte sich neben Ida, die ihr grinsend ein Messer reichte. Familie, kam es ihr plötzlich in den Sinn. Sie hatte eine. Vielleicht nicht die perfekte, aber sie war da. Was auch immer kommen würde: Sie würden einander Halt geben und sich umeinander kümmern. Das war es, was zählte. Alles andere lag in Gottes Hand.

12

Norddorf, 10. März 1915

Zu Neles großer Freude traf gestern ein Brief von Johannes ein. Es geht ihm so weit gut. Er ist jetzt nicht mehr in den Karpaten, sondern weiter westlich stationiert, was Nele erleichtert aufgenommen hat. Den genauen Ort habe ich leider vergessen. Unser Paket an ihn ist angekommen. Er hat sich sehr über das Robbenfell und all die anderen Dinge gefreut. Jasper hat auch noch ein Kaninchenfell beigelegt, Frauke ein Buch, damit ihm nicht langweilig wird. Tam Olsen war neulich auf einen Schnack bei uns. Er berichtete davon, dass die Männer in den Schützengräben oftmals tagelang ausharren müssten, bis etwas passierte. Und ein anderes Mal ist dann der Teufel los. So ähnlich hat es der Sohn von Wenke Martens aus Süddorf auch beschrieben. Wenn überall um einen herum die Granaten fliegen, dann ist das, als würde die Luft kochen, hat er berichtet. Er schrieb auch von den vielen Leichen, den schrecklichen Bildern, die ihn bis in seine Träume verfolgen. Nur eine Woche später erhielt Wenke die Nachricht, dass ihr Nickels tot ist. Seitdem ist sie nicht mehr zum Stricktreff gekommen. Ich werde sie die Tage besuchen und ihr zur Ermunterung ein paar von Ebbas Heißwecken bringen. Die isst sie gern. Ansonsten gibt es nicht viel zu berichten. Ida wird immer runder, Ebba hat neulich gesagt, sie sehe aus, als würde sie gleich platzen. Thaisen tut noch immer bei der Inselwache Nord seinen Dienst. Erst gestern hat er gemeint, dass es recht langweilig wäre. Es passiere ja nichts. Am meisten verabscheuen die

Männer zurzeit die Patrouillengänge am Strand, denn das Wetter zeigt sich nicht gerade von seiner besten Seite. Noch vor einigen Tagen war es eiskalt, und das Watt war gefroren, Schnee lag auf den Dünen. Nun ist es milder geworden, dafür äußerst windig, ja fast schon stürmisch. Da ist es, besonders nachts, unangenehm, am Strand auf und ab laufen zu müssen. Thaisen fragt sich auch langsam, was der ganze Aufwand soll, denn ein Angriff von feindlichen Engländern ist weit und breit nicht in Sicht. Es regiert die Langeweile bei der Inselwache. Angeblich sollen zur Ertüchtigung der Männer im Hotel Quedens *Turngeräte aufgestellt werden. Gestern fand auch wieder eines dieser Manöver statt. Da haben sie irgendwas am Strand gezündet. Das hat einen Schlag getan, die Gläser im Schrank haben gewackelt. Ebba ist ganz blass geworden. Die Ärmste ist mal wieder gestolpert und humpelt. Und wieder soll es angeblich die achte Stufe der Dienstbotentreppe gewesen sein. Die hätte der Torben nicht anständig repariert. Hannes hat sich den Übeltäter gleich angesehen, jedoch keinen Defekt entdecken können. Ich denke, es liegt eher an Ebbas Augen und weniger an der Treppe. Aber darüber reden will sie noch immer nicht, dieser Sturschädel. Irgendwann wird sie sich noch den Hals brechen.*

Nele half Ebba dabei, sich auf den letzten freien Stuhl im Wartebereich der Arztpraxis von Doktor Anders zu setzen. Der Arzt kam von Föhr und hielt seit Jahresbeginn zweimal die Woche Sprechstunde in Wittdün.

»Was ein Betrieb hier. Ich hab gleich gesagt, wir sollen zu Hause bleiben«, zeterte Ebba. »Bei dem Wetter jagt man keinen Hund vor die Tür und eine fußkranke Frau erst recht nicht.« Ihr Blick fiel auf Ida, die neben Nele an der Wand lehnte, und sie fügte hinzu: »Und watschelnde Schwangere sowieso nicht.«

Idas Miene verfinsterte sich. Sie hatte es satt, dass Ebba ständig an ihrer Leibesfülle herummäkelte. Sie war schwanger, da wurde man eben dick. Allerdings musste sie sich eingestehen, dass sie dieses Mal tatsächlich sehr rund geworden war. Vor allem ihre Beine waren so stark angeschwollen, dass ihre Knöchel nicht mehr zu erkennen waren. Inzwischen gab es auch nur noch ein Paar Schuhe, in das ihre Füße passten. Alte ausgeleierte Schlappen, die weiß Gott nicht für das kühle Wetter geeignet waren. Sie war heute auch nur deshalb mitgekommen, weil sie seit Tagen scheußliche Halsschmerzen hatte, die, trotz aller Versuche mit Hausmitteln, einfach nicht besser wurden.

»Der Arzt ist nur zweimal in der Woche vor Ort«, sagte Ida. »Und du kannst seit drei Tagen nicht auftreten, der ganze Fuß ist grün und blau. Da ist es besser, er sieht es sich an.«

Ebba schnaubte und verschränkte die Arme vor der Brust. Ihre Miene war finster.

»Das Wetter ist aber schon recht scheußlich«, mischte sich eine der wartenden Patientinnen ein. Es war Britt Scheer. Sie hatte mit ihrem Gatten ein kleines Gästehaus in Wittdün und machte einen erschöpften Eindruck. Ihre Nase war gerötet, und dunkle Schatten lagen unter ihren Augen. Eine dunkelblaue Wollmütze bedeckte ihr graues Haar. »Mein Gustav meinte vorhin, heute wird es noch schlimm kommen. Es liegt eine Sturmflut in der Luft.«

»So schnell kommt da nichts«, antwortete Jasper. »Ich hab vor unserer Abfahrt noch einmal aufs Barometer geguckt. Es ist nicht weiter gefallen. Bestimmt bleibt es bei dem büschn Wind.«

Die Tür des Arztzimmers öffnete sich, und der nächste Patient wurde aufgerufen. Der Mann hatte sich eine Verletzung an der Hand zugezogen, wie eine provisorisch angelegte Binde vermuten ließ.

»Wann kommt denn das Kleine?«, fragte Britt Ida.

»In drei oder vier Wochen«, antwortete Ida. »Jedenfalls meint das Sieke.«

»Unsere Sieke«, sagte Britt. »Sie ist recht tüchtig. Ihre Mutter, Gott hab sie selig, hat alle meine Jungen auf die Welt geholt. Und jetzt sind sie im Krieg. Immerhin zwei von ihnen bei der Inselwache, da sehe ich sie regelmäßig. Aber mein Friedrich, der musste ja unbedingt an die Westfront ziehen, hat sich gleich zu Kriegsbeginn freiwillig gemeldet. Ich glaub, heute bereut er es. Seine ersten Briefe klangen noch euphorisch, doch nun schreibt er nur noch von Tod und Teufel. Ich träum ständig, er wäre tot. Kommen Gefallene eigentlich als Wiedergänger zurück?«

»Immer diese Schauermärchen«, antwortete Ebba. »Also wegen mir können die Toten gern verschwinden. Da bleibt einem doch das Herz im Leibe stehen, wenn so einer plötzlich vor deinem Bett auftaucht. Und wer weiß, wie der dann aussieht. Ich möchte ja nicht …«

»Es ist gut«, schnitt Nele Ebba das Wort ab, die ahnte, in welche Richtung Ebbas Ausführungen gingen. »Es gibt keine Wiedergänger, Gonger und sonstigen Kram. Das sind alte Geschichten, Märchen, mehr nicht. Mögen die Seelen der Toten in Frieden ruhen.«

»Amen«, sagte Fietje Flohr und verzog das Gesicht.

»Steifer Nacken«, erklärte er. »Schon seit drei Tagen. Kann weder nach links noch nach rechts gucken.«

»Das hatte ich auch mal«, sagte Britt. »Bin morgens damit aufgewacht, und es quälte mich tagelang. Ist scheußlich, so etwas.«

Es entstand eine Diskussion zwischen den Wartenden um steife Nacken, die sich bis zu dem einen oder anderen Hexenschuss ausweitete. Nach und nach leerte sich der Wartebereich, und nach einer Ewigkeit kam Ebba an die Reihe. Jasper und Nele halfen ihr ins Behandlungszimmer. Der Arzt zog eine Augenbraue in die Höhe, als er Ebba erblickte.

»Die gute Frau Janke. War es wieder die dumme Stufe?«

»Nein, dieses Mal nicht. Bin beim Spazierengehen in ein Loch getreten und umgeknickt«, log Ebba, ohne rot zu werden.

Der Arzt sah zu Nele, deren Miene etwas Hilfloses hatte.

Doktor Anders nahm auf einem Hocker Platz und sah Ebba eindringlich in die Augen. »Es sind keine Löcher und auch keine Treppenstufen«, sagte er in einem Ton, als würde er mit einem Kleinkind reden. »Es sind Ihre Augen, meine Teuerste. Sie leiden unter etwas, das sich Grauer Star nennt. Wir haben erst neulich darüber gesprochen. Das ist eine Augenkrankheit, die die Linse trübt. Sie werden immer weniger sehen. Aber die Sehkraft kann durch eine Operation wiederhergestellt werden.«

»Grauer Star, so ein Unsinn«, sagte Ebba und verschränkte die Arme vor der Brust. »Es war das Loch. Mit meinen Augen ist alles bestens. Das können Sie mir schon glauben. Nur der Fuß ist kaputt. Also kümmern Sie sich gefälligst darum.«

Der Arzt sah zu Nele, die ein Schulterzucken andeutete. Das Offensichtliche war ihr bereits seit einigen Wochen klar. Ebba hatte Angst und versuchte, jedes Missgeschick zu vertuschen. Und diese häuften sich. Sie schnitt sich oft in den Finger, verbrannte sich an Töpfen und ließ gern mal etwas fallen. Ebba wurde mehr und mehr zu ihrem Sorgenkind. Was wäre, wenn sie ganz erblinden würde? Nele hatte überlegt, an Gesa zu schreiben, damit sie ihrer Mutter ins Gewissen reden würde. Allerdings hätte dies im Moment wenig Sinn, denn Gesa konnte nicht nach Amrum kommen, und Briefe waren keine guten Überredungskünstler.

»Der Arzt meint es doch nur gut«, sagte Ida. »Wir wissen alle, dass es kein Loch war, und die achte Stufe ist nicht kaputt. Jetzt hör dir wenigstens an, was Doktor Anders zu sagen hat. Es wäre doch wunderbar, wenn du wieder besser sehen könntest.«

»Aber ich kann doch anständig gucken«, verteidigte sich Ebba erneut. »Mit meinen Augen ist alles in bester Ordnung. Ich seh dich, Jasper und Nele, sie trägt einen roten Rock und eine weiße Bluse, Jasper wie immer seine Mütze. Ich seh den Arzt, draußen regnet es. Ihr haltet mich für bekloppt, was? Ich mag alt sein, aber ich bin kein Dösbaddel. Und jetzt gucken Sie sich endlich den Knöchel an.«

Der Arzt fügte sich. Er besah sich Ebbas geschwollenen Knöchel näher, tastete ihn ab und drehte ihn. Ebba ließ die Untersuchung dieses Mal erstaunlich geduldig und ohne lautes Jammern über sich ergehen.

»Er ist stark geprellt, vermutlich sind Bänder in Mitleidenschaft gezogen worden. Ich empfehle das Anlegen eines Salbenverbandes und eine absolute Schonung, mindestens drei Tage keine Belastung.«

»Drei Tage«, sagte Ebba. »Ja, aber wer soll denn dann die Heißwecken backen und sich um die Küche kümmern?«

»Gesine«, sagte Nele.

Ebbas Miene verfinsterte sich. An diesem Morgen hatte es mit Gesine einen mächtigen Streit gegeben. Gesine hatte es sich doch tatsächlich herausgenommen, vor Ebbas Eintreffen in der Küche die Hefe für die Wecken anzusetzen. So eine Frechheit. Nur weil Ebba beim Anziehen länger gebraucht und sich um läppische zehn Minuten verspätet hatte. Was bildete sich dieser Nichtsnutz von einer Köchin überhaupt ein! Die Heißwecken im Hause Stockmann backte einzig und allein Ebba Janke und sonst niemand. Und dazu gehörte auch das Ansetzen der Hefe. Marta war diejenige gewesen, die den Streit schlichten konnte. Gesine hatte hilflos gewirkt und Nele schon fast leidgetan. Sie hatte es zurzeit wirklich nicht leicht. Ebbas Launen waren für alle Bewohner des Hauses schrecklich, aber auf Gesine hackte Ebba am meisten herum. Irgendwie musste es ihnen gelingen, Ebba davon zu überzeugen, ihre Augen operieren zu lassen. Nele und auch Marta waren sich sicher, dass sie danach wieder umgänglicher werden würde.

»Fräulein Berg wird sich gleich um den Salbenverband kümmern«, sagte der Arzt und erhob sich.

»Da wäre noch etwas«, meldete sich Ida zu Wort. »Mich plagt eine starke Halsentzündung.«

Doktor Anders ging zu einem Waschbecken an der Wand, und während er sich die Hände wusch, erkundigte er sich danach, wie lange Ida die Beschwerden schon hatte. Auch wollte er wissen, wann das Kind käme. Ida beantwortete seine Fragen, und er untersuchte ihren Hals.

»Es liegt eine Entzündung vor«, sagte er. »Aber nichts Tragisches. Gurgeln Sie am besten mit Salzwasser und tragen Sie einen Halswickel.«

Der Arzt sah auf die Uhr. »Ich muss los. Gleich fährt die Fähre nach Föhr, und die würde ich gern erreichen. Weitere Beschwerden?« Er sah von Ida zu Nele und Jasper. Alle drei verneinten, und er verließ, einen knappen Abschiedsgruß auf den Lippen, den Raum.

»Also wegen der Gurgelei und dem Wickel hätteste nicht mitkommen müssen«, bemerkte Ebba trocken, nachdem sich die Tür hinter ihm geschlossen hatte. »Das hätte ich dir auch sagen können.«

Die Arzthelferin trat ein und legte Ebba den Salbenverband an, was ein rechtes Drama war. Jetzt, wo der Arzt weg war, hatte Ebba all ihre Tapferkeit verloren und jammerte bereits, bevor die Frau den Fuß überhaupt anfasste. Als es endlich geschafft war, brachten Jasper, Nele und Ida Ebba mit vereinten Kräften wieder zum Wagen, und sie traten die Heimfahrt nach Norddorf an.

Inzwischen hatte der Wind merklich aufgefrischt und peitschte den Regen über die Dünen. Die schützende Plane, die Jasper vor ihrer Abfahrt aufgezogen hatte, löste sich an einer Stelle, flatterte im Wind und drohte wegzufliegen. Auch das Pferd wurde unruhig.

»'n büschn Wind«, rief Nele, die neben Jasper auf dem Kutschbock saß. Sie war bis auf die Haut durchnässt und fror erbärmlich. »Hat Gustav Scheer also doch recht behalten.«

Jasper grummelte irgendetwas als Antwort, das Nele nicht verstand. Sie sah nach hinten. Ida hatte den Arm um Ebba gelegt und hielt zum Schutz vor dem Regen ihr wollenes Tuch über sie beide. Auf dem Weg hatten sich tiefe Pfützen gebildet, an einigen Stellen war er vollkommen überschwemmt. Der Wind toste um sie herum. Auch Nele wickelte zum Schutz vor dem Regen ihr Schultertuch um den Kopf. Plötzlich wurde die Plane von einer heftigen Böe mitgerissen.

»Wir schaffen das«, rief Jasper. »Wäre nicht der erste Sturm, den wir kleinkriegen. Nicht wahr, meine Hilda. Bist ein gutes Pferdchen. Einfach weiter, immer voran. So ist es recht.«

Der Weg führte an den Gleisen der Inselbahn entlang, die ebenfalls teilweise unter Wasser standen. Der Wind rüttelte an den Strommasten. Das Unglück geschah, nachdem sie Nebel hinter sich gelassen hatten. Einer der Masten hielt dem Sturm nicht mehr stand und kippte um. Das Stromkabel riss, und Funken sprühten. Das Pferd scheute und wich vom Weg ab. Jasper zog erschrocken an den Zügeln, doch es war bereits zu spät. Es ging in die Dünen, und der Wagen kippte um. Nele schrie auf, sie hörte Ebba und Ida kreischen, Jasper neben sich fluchen, dann landete sie unsanft in einem Sanddornbusch.

»Gottverdammter Mist«, fluchte Nele und rappelte sich wieder auf. »Aua, elende Stacheln. Jasper? Wo bist du? Ebba? Ida?« Sie lief zu dem umgekippten Wagen und entdeckte Ida und Ebba, die neben dem Wagen in der Düne lagen. Ebba war gerade dabei, sich aufzurappeln. Sie brummelte irgendetwas Unverständliches. Auch Ida schien unversehrt. Sie setzte sich auf und sah Nele erleichtert an. »Gott sei Dank, dir geht es gut. Was ist passiert?«

»Es war der Strommast«, antwortete Nele. »Er ist umgefallen, und das Pferd hat gescheut.«

»Wo ist Jasper?«, fragte Ebba.

»Stimmt, wo ist er?« Nele wandte sich um und rief laut seinen Namen. »Jasper! Jasper! Wo bist du? Jasper, so antworte doch!« Aber es kam keine Antwort.

Nele lief um den umgekippten Wagen herum, Jasper war jedoch nirgendwo zu entdecken. Sie entfernte sich ein Stück vom Wagen und rief erneut laut nach ihm. Tränen traten ihr in die Augen, und Verzweiflung breitete sich in ihr aus. Was sollte sie denn jetzt machen? Sie war allein mit einer Hochschwangeren und einer fußkranken Alten, und um sie herum schien eine schwere Sturmflut aufzuziehen. Ach, wären sie heute Morgen doch bloß nicht auf die dumme Idee gekommen, nach Wittdün zu fahren. Da plötzlich entdeckte sie Jaspers Beine. Er lag hinter einem Ginsterbusch. Sie stürzte auf ihn zu, weinend vor Erleichterung, ihn gefunden zu haben. »Jasper. Da bist du ja. Jasper.« Er rührte sich nicht. Er lag neben dem Busch im Sand, Blut klebte an seiner Stirn. Nele rüttelte ihn und schlug ihm verzweifelt ins Gesicht – er reagierte nicht. »Himmel, verdammt noch mal. Jasper. So wach endlich auf. Das kannst du mir nicht antun. Hörst du! Nicht jetzt, nicht hier. Wach auf. Ich brauche dich. Hörst du!«

Plötzlich hörte Nele Ebba ihren Namen rufen. »Nele. Komm schnell. Nele.«

Was war denn jetzt schon wieder passiert? »Ich bin gleich zurück, Jasper. Ich verspreche es dir.« Nele eilte zu Ebba und Ida und fragte: »Was ist los? Ich hab Jasper gefunden. Er liegt ein Stück entfernt hinter einem Ginsterbusch. Wir müssen ihm …«

»Uhhh, ahhh«, schrie Ida auf und unterbrach Neles Redefluss. Sie presste ihre Hände auf den Bauch und verzog das Gesicht.

»Das ist los«, antwortete Ebba. »Da will wohl jemand ausgerechnet jetzt auf die Welt kommen.«

Nele sah Ida entsetzt an. »Aber, das geht nicht. Wir sind mitten im Nirgendwo, klatschnass, im Sturm.«

»Das ist mir klar«, stieß Ida hervor.

Nele sah sich hilflos um und entdeckte unweit von ihnen den Giebel eines Hausdaches.

»Dort ist ein Haus«, sagte sie. »Wer wohnt da? Ich lauf hin und hol Hilfe.« Sie wollte losrennen, doch Ebba hielt sie zurück und sagte: »Das gehörte Botille, Gantjes Schwiegermutter, und steht seit ihrem Tod leer.«

Was war das nur für ein schrecklicher Tag! »Egal«, sagte Nele, »wir gehen trotzdem dorthin. Wir müssen aus dem Sturm und dem Regen raus. Ida, du musst mir helfen.«

»Aber ich hab Wehen, das Kind kommt.«

»Allein schaffe ich es nicht. Jasper liegt bewusstlos hinterm Busch, und Ebba kann nicht laufen. Wehen hin oder her, es muss gehen.«

Ida fügte sich in ihr Schicksal und rappelte sich auf. Gemeinsam gelang es ihnen, Ebba zu dem kleinen Friesenhaus zu schaffen, dessen Tür, wie auf der Insel üblich, nicht abgeschlossen war. Sie brachten Ebba in die winzige Küche. Unter dem gemauerten Ofen befanden sich noch einige Holzscheite.

»Du heizt ein, und Ida und ich holen Jasper«, wies Nele Ebba an.

Ebba nickte, ohne Widerworte zu geben, wofür Nele dankbar war. Mit zittrigen Händen griff sie nach dem ersten Scheit und legte es auf die Feuerstelle.

Ida stütze sich an der Wand ab und begann erneut zu stöhnen. »Verdammt noch eins«, fluchte sie und atmete laut pustend ein und aus. »Einen blöderen Zeitpunkt hättest du dir nicht aussuchen können, Kind. Noch drei Wochen, hat Sieke gesagt. Drei Wochen.«

Die Wehe ebbte ab, und Ida entspannte sich.

»Geht es wieder?«, fragte Nele.

Ida nickte. »Komm. Lass uns Jasper holen.«

Die beiden jungen Frauen liefen in den tosenden Sturm hinaus. Sie erreichten Jasper und zogen und zerrten an ihm. Doch es war ihnen unmöglich, ihn zu bewegen. Verzweifelt begann Nele, während Ida erneut durch eine Wehe außer Gefecht gesetzt wurde, Jasper zu rütteln. Sie schlug ihm ins Gesicht und brüllte ihn an. Und tatsächlich kam er zu sich.

»Er wacht auf«, rief Nele laut in Idas Richtung, die noch immer keuchte und sich an dem umgefallenen Wagen festklammerte.

»Jasper, ich bin es. Nele. Komm zu dir.«

Er stöhnte und öffnete die Augen.

»Nele«, murmelte er.

»Ja, ich bin es. Komm. Wir müssen hier weg.«

»Was ist passiert?«, fragte er.

»Der Wagen ist umgekippt.«

»Ach, das büschn Wind«, erwiderte er und lächelte. »Alles halb so wild.« Er wollte seine Augen wieder schließen, doch Nele sagte: »Nein, schön bei mir bleiben, Jasper. Wir bringen dich jetzt in Sicherheit. Aber du musst mithelfen. Wir schaffen es sonst nicht. Hörst du!« Erneut schlug sie ihm ins Gesicht.

Er reagierte auf die Schläge und brummelte irgendetwas Unverständliches. Nele zog an seinen Armen und rief nach Ida. »Ida, verdammt noch mal. Jetzt komm endlich.«

Ida trat neben sie und erklärte: »Ich glaube, meine Fruchtblase ist gerade geplatzt.«

»Deine was?«, fragte Nele, die von einer Geburt keine Ahnung hatte. Die wenigen Babys, die bisher in ihrer Umgebung auf die Welt gekommen waren, waren einfach da gewesen, sauber gewaschen und niedlich.

»Meine Fruchtblase. Da liegt das Baby drin.«

»Ich dachte, das liegt in deinem Bauch«, antwortete Nele.

»Nicht so wichtig«, erwiderte Ida. »Lass uns lieber zusehen, dass wir hier wegkommen.«

Jasper wurde wieder wach gerüttelt und kassierte noch einige beherzte Ohrfeigen. Er kam so weit zu sich, dass er aufstehen konnte. Nele und Ida stützten ihn, während es durch den Sturm zur Hütte ging. Einmal mussten sie stehen bleiben, denn Ida wurde von einer weiteren Wehe heimgesucht. Sie schnaufte und pustete, fluchte und schimpfte.

»Hilda«, murmelte Jasper, nachdem sie sich wieder in Bewegung gesetzt hatten.

»Sie ist weg«, sagte Ida. »Weiß der Himmel, wohin sie gelaufen ist. Ich hoffe, nach Hause, denn dann kommt Hilfe.«

Sie öffneten die Hüttentür, schafften Jasper in die Stube und setzten ihn auf die Eckbank. Erschöpft sank Nele neben ihn, während Ida erneut zu stöhnen begann.

Nele beobachtete alarmiert, wie sie sich am Türrahmen festhielt. »Wie lange noch?«, fragte sie. »Kannst du es irgendwie aufhalten?«

Ida schüttelte den Kopf, Ebba antwortete an ihrer Stelle: »Was gibt es da aufzuhalten? Wenn ein Baby rauswill, will es raus. Die haben ihren eigenen Zeitplan.«

»Dann geh ich Sieke holen. Sie wohnt in Süddorf. Das schaff ich.«

»Nein, du gehst nirgendwohin«, sagte Ida. Ihre Stimme klang scharf. »Du lässt mich auf keinen Fall mit einer fußkranken, halb blinden Alten und einem halb bewusstlosen Mann allein. Weiß der Himmel, ob Sieke überhaupt da ist, und was passiert, wenn dir unterwegs was zustößt.«

»Also, das ist ja wohl eine Frechheit«, schimpfte Ebba. »Fußkrank vielleicht, aber mit meinen Augen ist …«

»Alles in Ordnung, wir wissen es«, stieß Ida zwischen den Zähnen hervor. »Gottverdammt, die Wehe hat es in sich.«

Nele beobachtete hilflos, wie Ida ihr Becken kreisen ließ. Sie sah zu Ebba, deren Miene finster war.

»Gut, dann eben so«, sagte Nele entschlossen. »Was macht man beim Kinderkriegen? Ebba, sag was.«

»Wasser kochen. Heißes Wasser wird immer gebraucht. Und Tücher, wir brauchen Tücher.«

»Gut, Feuer haben wir schon, dann benötigen wir nur noch einen Topf und Wasser.«

Nele sah sich in dem Raum um, während Ida erneut laut zu stöhnen begann. Jasper, der bisher noch recht aufrecht dagesessen hatte, kippte zur Seite.

»Jasper«, sagte Nele und ging zu ihm. Sie berührte ihn an der Schulter, und er gab ein undefinierbares Brummen von sich.

»Der hat nur eins auf den Schädel gekriegt«, sagte Ebba. »Das wird schon wieder. Ida ist jetzt wichtiger.«

Ida stand noch immer am Türrahmen und stöhnte und keuchte.

»Ich glaube, es kommt. Ich spür es. Es kommt.«

»Und nun?«, fragte Nele und sah Ebba hilflos an.

»Kein heißes Wasser mehr«, sagte Ebba, biss die Zähne zusammen und stand auf. »Wir schaffen sie jetzt ins Nebenzimmer aufs Bett.«

»Aufs Bett. Gut«, sagte Nele.

Die beiden brachten Ida in den Nebenraum, wo es ein Alkovenbett gab, setzten sie darauf, und Nele durchwühlte eine unter dem Fenster stehende Wäschetruhe, in der sich einige alte Bettbezüge und ein Laken befanden. Damit deckten sie die Matratze ab. Ida stöhnte, schrie und begann zu pressen.

»Sieh nach«, wies sie Nele an, »jetzt mach doch. Hol es raus, verdammt noch mal.«

Nele fühlte sich vollkommen überfordert. Sie war wie erstarrt. Ebba hingegen reagierte. Sie schob Idas Röcke hoch und sah ihr zwischen die Beine. Doch leider war alles verschwommen.

»Nele, komm her. Du musst gucken.«

»Gottverdammte Augen«, fluchte Ida, während sie presste. »Siehst also alles, ja? Nichts siehst du. Dummes Weib.«

Nele trat näher und schaute Ida zwischen die Beine. Sie sah das Köpfchen, schwarze Haare.

»Da ist es. Es kommt gleich«, sagte Nele. »Gleich ist es da.«

»Du musst mithelfen«, wies sie Ida an. »Hilf mit, verdammt noch mal.« Ida presste, und plötzlich war das Köpfchen ganz zu sehen.

»Der Kopf ist da«, sagte Nele aufgeregt.

Ida nickte. Schweiß rann ihr über die Schläfen. Ebba, die neben ihr in den Alkoven gekrabbelt war, tupfte ihr die Stirn mit einem der Tücher ab. »Du machst das großartig«, sagte sie. »Ich weiß, ich bin ein alter Dummkopf. Wenn wir das hier durchgestanden haben, dann verspreche ich, die Operation machen zu lassen. Hörst du? Ich verspreche es. Du bist so tapfer. Du schaffst das.«

Ida nickte. Die nächste Wehe kam, und sie presste. »Hol es raus, Nele. Bitte, zieh es raus.« Ida presste noch mal, und da kamen die Schultern. Nele griff danach, und im nächsten Moment rutschte das Neugeborene heraus. Es war ganz rot, Käseschmiere klebte an seinem Körper. Es begann zu greinen.

Von dem Moment vollkommen überwältigt, starrte Nele das kleine Menschlein an.

»Und?«, fragte Ida und richtete sich ein Stück weit auf.

»Ein Mädchen. Es ist ein Mädchen«, sagte Nele, Tränen in den Augen. Ebba schob sie behutsam zur Seite, durchtrennte die Nabelschnur mit einem Messer, das sie aus der Küche mitgebracht hatte, wickelte das Baby in eines der Tücher und legte es Ida in die Arme.

»Sie ist wunderschön«, sagte sie. Ida lächelte und weinte gleichzeitig. »Ja, das ist sie. Hallo, Kleines. Na, du hattest es aber eilig.«

Nele trat näher und berührte das winzige Händchen des Babys. Die Kleine umfasste ihren Finger und hielt ihn fest.

»Sie hat schon einen guten Griff«, sagte Nele und wischte sich mit der anderen Hand die Tränen von den Wangen. »Was für eine Aufregung. Aber es ist ja gerade noch einmal gut gegangen.«

Ida nickte und berührte zärtlich die Wange ihrer neugeborenen Tochter. »Oh, was wird sich Thaisen freuen«, sagte sie. »Und unsere Leni erst. Sie hat sich ein kleines Schwesterchen gewünscht.«

»Ich geh und sehe mal nach Jasper. Den Armen haben wir bei der ganzen Aufregung völlig vergessen.« Nele ging ins Nebenzimmer, wo Jasper noch immer auf der Eckbank lag. Sie rüttelte ihn an der Schulter. »Jasper?«, fragte sie.

Ein leises Brummeln kam als Antwort.

»Scheint alles bestens«, sagte Nele zu sich selbst. Ihr Blick wanderte zum Fenster. Draußen tobte noch immer der Sturm. Über ihnen knarrte es im Gebälk des Dachstuhls. Äste flogen am Fenster vorüber. Große Wasserlachen hatten sich auf dem Weg und den Wiesen gebildet, in die unaufhörlich der Regen prasselte. Bald würde es dunkel werden. So wie es aussah, würden sie sich hier für die Nacht einrichten müssen. Bei diesem Wetter verkrochen sich alle in ihren Häusern, und ihre Oma und Gesine nahmen gewiss an, dass sie irgendwo in Wittdün untergeschlüpft waren.

»Nele, kommst du bitte mal«, rief Ebba von nebenan. »Hier stimmt was nicht. Schnell!«

Nele eilte ins Nebenzimmer. Ida hatte erneut zu stöhnen begonnen. »Es geht wieder los«, sagte sie. »Der Druck nach unten.«

»Aber, das Kind ist doch schon da. Was soll denn da wieder losgehen?«, fragte Nele verdutzt.

Ebba nahm Ida das kleine Mädchen ab und antwortete: »Vielleicht kommt ja noch eins.«

»Nein, nicht noch eins. Das schaffe ich nicht«, jammerte Ida.

»Würde erklären, weshalb du dieses Mal so dick geworden bist«, antwortete Ebba und legte das kleine Mädchen auf ein neben der Tür stehendes Kanapee.

Ida gab ein undefinierbares Geräusch von sich und hob ihr Becken an.

»Nele, es kommt. Der Druck ist da. Ich spüre es. Schau nach, verdammt noch eins.«

Nele blickte unsicher zu Ebba. Noch eines rausholen?

»Jetzt mach schon«, drängte Ebba. »Ich seh das doch nicht richtig. So guck doch.«

Nele tat wie geheißen, spreizte Idas Beine und zuckte zurück. »Da ist tatsächlich noch ein Köpfchen«, sagte sie.

»Himmelherrgott. Nein«, schrie Ida, krümmte sich zusammen und presste mit aller Macht. Nele beobachtete, wie der Kopf zum Vorschein kam, dem sofort der Körper folgte. Das Baby rutschte von ganz allein zwischen Idas Beine. Es war kleiner als das Erstgeborene, das konnte Nele erkennen. Sie starrte das Neugeborene an. Es bewegte sich nicht, lag reglos da.

»Was ist?«, fragte Ida. »Was ist mit ihm? Wieso höre ich es nicht?«

Ebba war diejenige, die reagierte. Sie nahm das Kleine in den Arm und wischte ihm den Schleim aus dem Mund. Es passierte noch immer nichts, also hielt sie es an den Beinen in die Höhe und schlug ihm auf den Po. Da begann der kleine Junge plötzlich zu schreien. Ebba drehte ihn behutsam um und wickelte ihn in ein weiteres Tuch, das Nele ihr reichte. Erleichterung spiegelte sich in ihrem Gesicht wider. »Noch eines. Meine Güte. Du hast uns aber überrascht, kleiner Mann.«

Sie legte den Jungen in Idas Arme. Ida weinte. Die Tränen rannen ihr über die Wangen.

»Von zweien hat nie jemand gesprochen.«

Ida verzog das Gesicht.

»Was ist jetzt wieder?«, fragte Ebba alarmiert. »Kommt da etwa noch eines?«

»Nein, tut es nicht«, antwortete Ida. »Ich glaub, das ist die Nachgeburt. Die muss auch noch raus.«

So war es auch. Die Nachgeburt rutschte aus Idas Körper und wurde von Nele in eine Schüssel gelegt. Nachdem dies geschafft war, entspannten sich alle.

»Gott sei Dank, keine drei«, meinte Ebba.

»Ein Junge und ein Mädchen. Was für eine Freude«, sagte Ida. »Meine Güte, was wird Thaisen sagen?«

»Freuen wird er sich«, antwortete Ebba.

»Und das haben wir ganz allein gemacht«, erklärte Nele und betrachtete den kleinen Jungen in Idas Arm mit leuchtenden Augen.

»Ja, das haben wir«, erwiderte Ebba, die das kleine Mädchen wieder auf den Arm genommen hatte und es lächelnd betrachtete.

»Und wenn der Sturm vorüber ist, dann werde ich meine Augen richten lassen«, sagte sie zu dem kleinen Mädchen. »Damit ich noch besser sehen kann, wie niedlich du bist, mien Deern.«

»Welche Deern?«, erklang plötzlich eine allen vertraute Stimme. Es war Jasper. Er stand in der Tür, eine Hand auf seinem Hinterkopf. »Meine Güte. Fühlt sich an, als hätte mir einer mächtig was über den Kopf gezogen.«

Er bemerkte die beiden Babys, und seine Augen wurden groß.

»Ja, aber das sind ja zwei Lütte. Wo kommen die denn so plötzlich her?«

»Woher wohl?«, antwortete Ebba und lachte laut auf.

»Sagt bloß«, erwiderte Jasper, trat näher und betrachtete das kleine Mädchen. Er nahm das winzige Händchen in seine große Hand und sagte: »Moin, mien Deern. Ich bin der Onkel Jasper. ’tschuldigung, dass ich erst jetzt komme. Ich erklär dir alles, wenn du älter bist.«

Ebba lächelte. Nele sah die kleine Gruppe an, ein warmes Gefühl breitete sich in ihr aus, und Tränen der Rührung stiegen ihr in die Augen. Was für ein Erlebnis. Gott sei Dank war alles noch einmal gut ausgegangen.

Lautes Klopfen an der Tür ließ sie keine Sekunde später zusammenzucken. Die Tür öffnete sich, und Martas Stimme war zu hören.

»Ist hier jemand? Nele, Ebba?«

»Wir sind hier«, antwortete Nele erleichtert. Wie hatte sie auch nur einen Moment annehmen können, Marta würde nicht nach ihnen suchen?

13

Norddorf, 2. April 1915

Ich kann nicht in Worte fassen, wie glücklich uns jeden Tag die neugeborenen Zwillinge machen. Alle sind ganz vernarrt in unsere Inke und unseren Peter. Am meisten natürlich Ida, Thaisen und Leni. Letztere ist kaum von den Bettchen der beiden wegzubekommen, Ida hat ihr bereits das Wickeln beigebracht, und da die Muttermilch für zwei nicht ausreichend ist, darf Leni den Kleinen zusätzlich das Fläschchen geben. Gerade jetzt hab ich Inke bei mir. Sie war unruhig, und da trug ich sie spazieren. Eben ist sie eingeschlafen und liegt neben meinem Schreibtisch auf dem Kanapee. In Thaisens Werkstatt steht jetzt eine Wiege. Wenn er da ist, bittet er sofort darum, dass ihm die Kinder gebracht werden. Und wenn eines schreit – besonders der kleine Peter macht das häufig, es plagen ihn oftmals Bauchschmerzen –, dann läuft er mit ihm geduldig so lange durch den Raum, bis es sich wieder beruhigt hat. Inzwischen waren auch viele Männer der Inselwache bei uns, um die Kleinen zu bewundern. Selbst der Hauptmann kam, und Thaisen bekam eine zusätzliche Woche frei, damit er Zeit für seine kleine Familie hat. Wie sehr die Ankunft dieser Kinderchen doch unseren Alltag bereichert. Die beiden zaubern uns in diesen schweren Zeiten wahrlich immer wieder ein Lächeln auf die Lippen. Die schlechten Nachrichten um uns herum wollen nicht enden. Ständig gibt es Neuigkeiten von den Fronten, und einige Familien auf der Insel haben bereits Verluste zu beklagen. Frauke meinte gestern jedoch, dass wir Insulaner noch Glück hätten, denn der Großteil der Einheimischen tut Dienst bei der Inselwache. Und dort regiert weiterhin die Langeweile. Thaisen berichtete, dass sich die Männer mit Skatspielen die Zeit vertreiben würden. Hin und wieder finden auch Manöver am Strand statt. Die mag ich nicht besonders, denn das laute Knallen erschreckt mich. Letztens fand eine Übung an unserem Strandabschnitt statt, und dabei haben sie irgendwas Größeres gezündet. Da hat das Haus so gewackelt, dass eine meiner Lieblingsvasen von der Kommode gefallen und zu Bruch gegangen ist. Thaisen, der liebe Junge, hat mir eine neue mit einem ähnlich hübschen Blumenmuster besorgt. Aber ersetzen kann er die zerbrochene Vase nicht, denn diese stammte noch aus Tante Neles Pension in Hamburg. Oh, das Kindchen wird wach. Dann werde ich mich mal kümmern.

Nele nahm Ebbas zitternde Hand und begann, beruhigend auf die alte Köchin einzureden. »Du wirst sehen: Es wird alles gut gehen. Bald schon wirst du Augen haben wie ein Luchs.« Sie befanden sich auf der Fähre nach Föhr. Die Sonne schien von einem wolkenlosen Himmel, als hätte sie gewusst, dass es heute darum ging, gute Stimmung zu verbreiten. Neben Nele saß Marta, die es sich natürlich nicht nehmen ließ, Ebba ebenfalls zu diesem wichtigen Termin zu begleiten. Gleich nach der Geburt der Zwillinge hatte sich Ebba dazu entschlossen, sich der Herausforderung der Augenoperation zu stellen. Sie hatten in der Klinik auf Föhr angerufen, waren jedoch vertröstet worden. Der zuständige Augenarzt hatte sich das Bein gebrochen. So waren weitere vier Wochen ins Land gegangen. Vier Wochen, in denen Marta oftmals rastlos gewesen war. Normalerweise begann Anfang Mai die Saison. Längst wären die ersten Gäste eingetroffen. Es hätte gegolten, die Zimmer zurechtzumachen, neues Saisonpersonal einzustellen, Ausflüge und Tanzveranstaltungen für die

Gäste zu planen. Neulich war Tam Olsen bei ihnen zu Besuch gewesen. Er hatte missmutig gewirkt. Lustfahrten machte natürlich niemand mehr. Jedes nach Amrum einfahrende Boot und jede die Insel betretende Person wurden kontrolliert, da Amrum im kriegsgefährdeten Gebiet lag. Neulich wurde der Antrag eines Föhrer Wattwanderers, der mit einer Touristengruppe nach Amrum hatte kommen wollen, abgelehnt. Frauke Schamvogel fand das alles vollkommen übertrieben. Eine ihrer Cousinen weilte gerade zu Besuch auf der Insel, da sie von einem starken Atemleiden geplagt wurde. Was war das nur für ein Zirkus gewesen, bis sie endlich die Genehmigung für ihre Anreise erhalten hatten. Und der Feind, also die Engländer, war bisher nicht in Erscheinung getreten, wenn man mal von den Seeminen absah, die neuerdings an den Amrumer Strand gespült wurden. Davon waren zwei Stück englischer Herkunft gewesen, der Rest deutscher.

Die Frauen erreichten den Hafen von Wyk und verließen die Fähre. Roluf, der Fährmann, klopfte Ebba zum Abschied auf die Schulter. »Wird schon werden, mien Deern«, sagte er. »Am besten trinkste zur Beruhigung vorher noch mal einen Schnaps. Dann läuft das alles von allein.«

Tatje winkte ihnen aus ihrer Fischbude zu. Sie hatte gerade Kundschaft, weshalb die drei nicht auf einen Schnack bei ihr stehen blieben.

Vom Hafen aus war es nicht weit bis zum Krankenhaus. Ebba würde nach der Operation noch einige Tage zur Beobachtung dort bleiben müssen, was ihr nicht gefiel. Ihr Gesichtsausdruck war dementsprechend griesgrämig, und Marta übernahm die Aufgabe, ihr Anliegen der Dame an der Anmeldung mitzuteilen. Die junge Frau erklärte ihnen, in welcher Station sie sich melden sollten. Sie gingen in das zweite von drei Stockwerken und dort einen langen Gang hinunter, der mit seinem grauen Linoleumboden, den kahlen weißen Wänden und den ebenfalls grau gestrichenen Zimmertüren nicht gerade einladend wirkte.

»Könnten ruhig mal ein paar Bilder aufhängen«, meinte Marta. »Dann würde alles gleich viel freundlicher aussehen.«

Sie erreichten den von der Empfangsdame genannten Raum, klopften an und traten nach einem kurzen »Herein« ein. Das Innere des Zimmers war etwas freundlicher gestaltet. Hier hingen sogar Bilder an den Wänden, die das Watt und das Meer zeigten. Hinter einem Schreibtisch saß eine Krankenschwester mittleren Alters, die sie bat, Platz zu nehmen. Es wurden die Formalien geklärt. Ebba musste einige Fragen beantworten, was sie einsilbig tat. Die Aufregung war ihr anzusehen. Sie war ganz blass um die Nase und hatte ihre Finger ineinander verkrampft. Vielleicht sollte man ihr doch einen Schnaps geben, überlegte Nele. Allerdings musste sie seit dem Morgen nüchtern bleiben, denn die Operation würde noch am Vormittag durchgeführt werden.

»Gut«, sagte die Krankenschwester zu Ebba, »dann bringe ich Sie zu Ihrem Zimmer. Dort können Sie sich in aller Ruhe umkleiden. Wäsche liegt bereit. Ich sage dann dem Arzt Bescheid. Ihre Operation ist für elf Uhr eingeplant.«

Neles Blick wanderte zu einer an der Wand hängenden Uhr. Das war bereits in einer halben Stunde. In diesem Haus schien man keine Zeit zu verlieren. Sie verließen den Raum und gingen durch den Flur zurück. An dessen Ende öffnete die Krankenschwester eine der grau gestrichenen Türen. Sie betraten ein Krankenzimmer, in dem drei Betten standen, keines von ihnen war belegt. In einer Ecke gab es einen gefliesten Bereich mit einem Waschbecken. In dem Raum hingen ebenfalls Bilder an den Wänden, die Insellandschaften zeigten. Die Schwester erklärte Ebba, dass sie sich ein Bett aussuchen dürfte. Ihre persönlichen Sachen könnte sie in einem der Wandschränke unterbringen. Toiletten befänden sich gegenüber. Dann verabschiedete sie sich mit den Worten, gleich mit dem Arzt wiederzukommen. Ebba nickte. Sie stand, verloren und mit hängenden Schultern, mitten im Raum.

Nachdem sich die Tür hinter der Schwester geschlossen hatte, legte Marta den Arm um sie. »Das scheint doch alles sehr gut organisiert zu sein. Die Operation wird bestimmt reibungslos verlaufen. Davon bin ich überzeugt.«

Ebba deutete ein Nicken an.

»Am besten nimmst du das Bett am Fenster, dann hast du sogar eine schöne Aussicht auf den Hafen«, sagte Nele.

»Na toll. Ich werd bald gar nichts mehr sehen«, antwortete Ebba.

»Stimmt. Die Augenbinde. Aber wenn die wegkommt, dann siehst du ihn immerhin wieder scharf.« Nele bemühte sich um ein Lächeln.

Marta öffnete unterdes den Wandschrank und brachte darin Ebbas Kleidung unter. Sie stellte den Kulturbeutel mit der Zahnbürste, dem Zahnputzbecher und der Seife aufs Waschbecken. »Immerhin hast du das Zimmer für dich allein. Dann nervt dich keiner mit lautem Geschnarche.«

»Oder mit Pupserei«, fügte Nele hinzu und grinste.

»Sagt es nicht zu laut«, erwiderte Ebba, während sie sich auf das am Fenster stehende Bett setzte und ihre Schuhe auszog. »Am Ende kommt gleich einer, der beides tut.«

»Das wollen wir nicht hoffen«, antwortete Marta.

Ebba knöpfte ihre Bluse auf und schlüpfte aus ihrem Rock. Auf dem Bett lag ein weißes Leinenhemd für sie bereit, das sie während der Operation tragen sollte.

Als sie so weit umgezogen war, öffnete sich die Tür, und der Arzt betrat gemeinsam mit einer Krankenschwester den Raum. Marta schätzte ihn auf Ende sechzig, sein Haar war ergraut, und er trug eine Nickelbrille.

»Moin, die Damen«, sagte er mit einem Lächeln und nahm von der Schwester die Patientenakte entgegen. »Grauer Star also. Keine große Sache.« Er trat näher, sah Ebba in die Augen und nickte. »Wir legen Sie jetzt gleich schlafen. Sie müssen keine Angst haben. Sie werden von dem Eingriff nichts mitbekommen. Wie bereits besprochen, bleiben Sie dann noch drei Tage bei uns und müssen eine Augenbinde zum Schutz der Augen tragen. Wenn dann alles so weit gut ist, können Sie entlassen werden. Wie Ihnen Doktor Anders bereits mitgeteilt hat, wird es höchstwahrscheinlich notwendig sein, dass Sie nach dem Eingriff eine Brille tragen müssen. Diese wird dann noch angepasst.«

Ebba nickte. Doktor Anders hatte ihr erklärt, weshalb sie diese Brille tragen musste. Durch die Entfernung der Linse kam es in den meisten Fällen zu einer starken Weitsichtigkeit. Also konnte man in die Nähe nicht gut gucken. Das glich die Brille aus. Damit konnte Ebba leben. Hauptsache, sie sah überhaupt wieder anständig. In den letzten Tagen hatte sie das Gefühl gehabt, ihre Augen wären noch schlechter geworden. Alles war verschwommen, und selbst das Backen ihrer geliebten Heißwecken stellte eine Herausforderung dar.

»Schwester Irmingard wird Sie gleich mitnehmen, und dann legen wir los. Die Damen …« Er sah zu Marta und Nele. »Sie können die Patientin in drei Tagen wieder abholen. Bis dahin braucht sie absolute Ruhe.«

Marta und Nele nickten. Der Arzt verließ den Raum, die Schwester blieb. Marta und Nele umarmten Ebba zum Abschied, die nun doch der Mut verließ. Sie begann zu weinen.

»Ach, Ebba, nicht weinen«, tröstete Marta, »das wird alles ganz wunderbar funktionieren. Nur wenige Tage, und du wirst wieder ganz normal gucken können. Und dann ärgert dich auch nicht mehr die dumme Stufe der Dienstbotentreppe.«

»Nein, das tut sie dann nicht mehr«, antwortete Ebba und wischte sich die Tränen von den Wangen. »Und ich seh endlich die Lütten so richtig.«

»Ja«, sagte Nele, »du wirst Augen machen.«

Ihre letzte Bemerkung brachte Ebba zum Schmunzeln. Die Schwester mischte sich in das Gespräch ein und bat Nele und Marta, sich zu verabschieden, denn der Zeitplan müsse eingehalten werden. Sie drückten Ebba noch einmal fest an sich, dann verließen sie den Raum und wenig später das Krankenhaus.

Draußen machten sie sich auf den Weg nach Nieblum. Dort wollten sie bei den Bauern hamstern gehen. So bezeichnete es Elisabeth aus dem *Honigparadies*. Sie hatte Nele erst kürzlich davon berichtet, dass man in den Dörfern Föhrs Petroleum gegen Eier oder Mehl eintauschen konnte. Auf Föhr gab es nur in Wyk elektrischen Strom, die anderen Dörfer warteten noch darauf, Elektrizität zu erhalten. Dieser Umstand kam den Amrumern gelegen, denn viele von ihnen hatten noch Petroleumvorräte in ihren Kellern, so auch das *Hotel Inselblick*. Die Beschaffung von Lebensmitteln hatte sich in den letzten Wochen weiter verschlechtert. Der Inhaber des Lebensmittelladens in Norddorf, Johann Schneider – er hatte den Laden vor drei Jahren übernommen –, gab sich wahrlich alle Mühe, wenigstens das Nötigste zu besorgen. Aber auch er war machtlos gegen den immer größer werdenden Mangel. Viele Amrumer hatten die alte Beschäftigung des Drehens von Seilen aus Dünenhalmen, die sogenannte »Trenn«, wieder aufgenommen, mit denen die Reetdächer genäht wurden. Damit und mit dem Petroleum ließ es sich bei den Föhrern hervorragend handeln.

Marta und Nele erreichten Nieblum. Der beschauliche Ort mit seinen vielen hübschen Friesenhäusern verzauberte Marta jedes Mal aufs Neue. Hier in Nieblum standen besonders viele Kapitänshäuser, die vom Wohlstand vergangener Zeiten erzählten.

Genauso wie die vielen Grabsteine auf dem Friedhof des Friesendoms, an dem sie vorüberliefen. Neles Blick wanderte zu dem unweit davon gelegenen Haus der ehemaligen Künstlerkolonie. Sie erinnerte sich noch gut daran, wie sie damals mit Ida hier gewesen war. Zu dieser Zeit hatte Thaisen noch Maler werden wollen, und auch Ida hatte versucht, ihr Glück in der Malerei zu finden. In einer Künstlerkolonie, die jedoch keine innige Gemeinschaft gewesen war, wie sich schnell herausstellte. Nele dachte an den armen Fritz, der später in Berlin den Tod gefunden hatte. Der Künstler, um dessen Gunst damals einige Mitglieder der Kolonie wetteiferten, Otto Heinrich Engel, weilte noch immer öfter auf Föhr, denn er liebte die Insel. Auf Amrum hatte vor Kriegsbeginn eine Ausstellung seiner Bilder stattgefunden. Er pflegte ein freundschaftliches Verhältnis zu Thaisen und hatte ihm einige seiner Modell- und Buddelschiffe abgekauft. Otto Heinrich Engel war es auch gewesen, der zu Kriegsbeginn den Zug der Föhrer Soldaten in einem Gemälde festgehalten hatte. Thaisen wusste zu berichten, dass Ottos Freund, der Maler Dettmann, an der Ostfront die Geschehnisse dokumentierte. Er nannte es: die Seele des Krieges bildlich festhalten. Auch bei der Marine in Wilhelmshaven war ein Kriegsmaler gewesen. Thaisen hatte ihm einige Male bei seiner Arbeit zugesehen. Es war interessant gewesen, wie dieser Mann es mit sicherem Blick und mit wenigen Strichen geschafft hatte, die wichtigsten Momente festzuhalten.

Sie folgten der Dorfstraße. Marta hatte eine Bekannte in Nieblum auf Föhr, bei der sie es als Erstes versuchen wollte. Ihr Name war Moild. Sie stammte von Amrum, hatte vor einigen Jahren einen Kapitän geheiratet, lebte nun auf einem der beeindruckenden Friesenhöfe und hatte inzwischen drei Kindern das Leben geschenkt.

Als Marta und Nele den Innenhof des Anwesens betraten, kamen ihnen einige Hühner gackernd entgegengelaufen, und ein Hund, der an einer Kette hing, begann lautstark zu bellen.

Die Tür des Wohnhauses öffnete sich, und Moild trat, ein etwa einjähriges Mädchen auf dem Arm, aus dem Haus.

»Marta, wie schön«, sagte sie, kam näher und begrüßte auch Nele. »Was führt euch beide denn zu uns auf die Insel?«

Sie setzte das Mädchen, das zu zappeln begonnen hatte, auf den Boden. Die Kleine war noch recht tapsig, machte einige Schritte und plumpste auf den Popo. Doch so schnell wollte sie nicht aufgeben und stand sogleich wieder auf. Nele beobachtete die Bemühungen des Kindes, erneut auf die Beine zu kommen, lächelnd.

»Ihr Name ist Eike. Sie ist meine Jüngste. Und wie ihr seht, bereits jetzt ein resolutes Persönchen«, sagte Moild und half ihrer Tochter beim Aufstehen.

»Ebba«, beantwortete Marta Moilds Frage. »Sie leidet an Grauem Star und wird heute in Wyk operiert.«

»Oh, die Ärmste«, sagte Moild, die ihrem Töchterchen dabei zusah, wie es einer grau getigerten Katze nachlief, die unter der Bank hervorgekommen war. »Aber dort ist sie in den besten Händen. Unser Krankenhaus hat einen hervorragenden Ruf.« Sie lächelte, als Eike erneut auf dem Allerwertesten landete. »Wyk ist allerdings nicht Nieblum. Lasst mich raten: Ihr nutzt die Gunst der Stunde und wollt Petroleum gegen Lebensmittel tauschen.« Sie nahm die Kleine wieder auf den Arm.

»Du hast uns ertappt«, sagte Marta. »Wir haben einige Flaschen dabei. Vorräte, die wir nicht mehr benötigen.«

»Wir dafür umso mehr«, antwortete Moild. »Also handle ich gern mit euch. Kann ich euch auch zum Kaffee einladen? Ich hab gerade frischen aufgebrüht und einen Butterkuchen gebacken.«

Marta sah zu Nele. »Wenn wir die Fähre nehmen, müssten wir jetzt ablehnen, aber wir könnten übers Watt nach Hause laufen. Ebbe wäre erst in zwei Stunden. Also bliebe genug Zeit für einen Schnack.«

»Das ist eine großartige Idee«, erwiderte Nele. Ihre Augen begannen zu leuchten. »Ich glaube, es ist ewig her, dass ich übers Watt gelaufen bin. Wir könnten Austern fürs Abendessen sammeln. Die hatten wir länger nicht mehr auf dem Tisch. Ach, was waren das noch für Zeiten, als Kaline welche gesammelt hat.«

»Die gute Kaline«, sagte Moild und bedeutete ihnen, ihr um die Hausecke in den hinteren Garten zu folgen. »Sie war eine besondere Seele. Mit ihr hat Amrum einen wunderbaren Menschen verloren.«

Sie kamen in den hinteren, weitläufig angelegten Garten. Hier blühte an einem Spalier bereits eine der Kletterrosen in sanftem Rosa. Das helle Blau von Hortensien strahlte im Licht der Nachmittagssonne. In dem Garten standen einige Obstbäume. An einem von ihnen hing eine Schaukel, daneben gab es einen Sandkasten mit allerlei Buddelspielzeug für die Kleinen. Auf dem Zaun zum Nachbargrundstück saßen zwei weitere Kinder von Moild. Es waren der fünfjährige Torben und seine dreijährige Schwester Angert. Moild winkte die Kinder zu sich und bat sie darum, auf ihre kleine Schwester Eike achtzugeben, was nicht gerade mit Begeisterung aufgenommen wurde, doch die Kinder fügten sich. Wenig später saßen die drei Frauen an einem gedeckten Kaffeetisch und unterhielten sich über die Begebenheiten auf den Inseln.

»Nebenan wohnt die Familie Bohn«, begann Moild zu erzählen. »Gestern Nachmittag traf ich meine Nachbarin Christine auf der Straße. Sie war ganz aufgelöst und ließ sich nur schwer beruhigen. Ihr Sohn Friedrich ist letzte Woche an der Westfront gefallen. Das hat sie natürlich hart getroffen. Und jetzt stellt euch vor: Matthias Bohn, der Vater, ist nun ebenfalls eingezogen worden.«

»Unglaublich«, sagte Marta. »Wie alt ist er denn?«

»Gerade noch so, dass es passt«, erwiderte Moild. »Zwei Jahre älter, und er hätte hierbleiben können. Jetzt treibt Christine natürlich die Sorge um, dass ihr Mann ebenfalls fallen könnte. Was soll dann werden? Sie hat noch ihren Sohn Bernhard und eine Tochter. Und das Geschäft. Sie haben ja den Handwerksbetrieb in Wyk. Den muss sie jetzt erst einmal schließen, denn auch ihr Geselle und der Lehrling sind im Krieg. Rücklagen gibt es so gut wie keine. Matthias hat vor Kriegsbeginn sogar noch einen kleinen Kredit aufgenommen, um das Ladengeschäft erweitern zu können. Ihr wisst bestimmt, dass sie auf den Bau von Küchen spezialisiert sind.«

»Die arme Frau«, sagte Marta. »Weiß man denn schon, wo er stationiert wird?«

»Das ist wohl das einzige Glück. Matthias ist recht musikalisch und spielt mehrere Instrumente. Dieser Umstand hat dazu geführt, dass er zu einer sogenannten Hoboistentruppe abkommandiert worden ist. Diese Männer spielen zur Belustigung der Kompanie.«

»Na, immerhin etwas«, antwortete Marta. »Dann scheint er ja nicht irgendwo an vorderster Front zu sein, wo es wirklich gefährlich ist, und dann kann Christine darauf hoffen, dass er wieder nach Hause kommen wird.«

»Das hab ich ihr auch gesagt, und dieser Gedanke hat sie ein wenig getröstet. Sie versucht jetzt, wenigstens das Ladengeschäft offen zu halten, denn wir haben hier auf der Insel, im Gegensatz zu euch auf Amrum, ja noch immer Touristen.«

»Es ist einfach schrecklich, wie sehr dieser Krieg Familien auseinanderreißt. Wir können alle nur darauf hoffen, dass er bald ein gutes Ende für uns findet. Natürlich wäre ein Sieg wünschenswert. Eine Niederlage unseres tapferen Volkes kann ich mir beim besten Willen nicht vorstellen«, sagte Marta und nippte an ihrem Kaffee.

»Wie geht es denn deinem Johannes«, fragte Moild Nele.

Neles Miene trübte sich, als sie antwortete: »So weit gut, hoffe ich wenigstens. Sein letzter Brief kam vor vier Wochen. Seitdem habe ich nichts mehr gehört. Ich bin sehr in Sorge darüber, es könnte ihm etwas zugestoßen sein. Bisher hat er regelmäßig geschrieben. In seinem letzten Brief berichtete er davon, dass er oft tagelang im Schützengraben ausharren müsste und um ihn herum die Welt so schrecklich grau und düster wäre. Er bat mich darum, ihm Blumensamen zu schicken, damit er es sich bunt und schön machen könnte. Ich hab mich sogleich darum gekümmert. Aber nun kommt keine Antwort mehr. Was ist, wenn er es sich gar nicht mehr bunt und schön machen kann, weil er längst tot ist?« In Neles Augen traten Tränen.

Marta legte tröstend den Arm um sie.

»Solange wir keinen offiziellen Brief erhalten, ist er noch am Leben«, versuchte Moild, Nele aufzuheitern. »Mein Hauke hat einmal zwei Monate nicht geschrieben, und ich kam um vor Sorge. Und dann stellte sich heraus, dass seine Briefe in der Post verloren gegangen waren. Bestimmt bekommst du bald ein Lebenszeichen von Johannes.«

»Darauf will ich hoffen«, antwortete Nele.

Für einen Moment herrschte eine bedrückte Stille. Marta war diejenige, die das Gespräch in eine andere Richtung lenkte. Sie deutete auf die Kinder, die einträchtig im Sandkasten saßen und Sandburgen bauten.

»Dein Torben ist groß geworden, und wie sehr er dir ähnelt.«

»Ja, das tut er«, antwortete Moild. »Hauke ist recht neidisch darauf. Sein einziger Sohn sieht ihm nicht ähnlich, sagt er oftmals scherzhaft. Dafür tun es die beiden Mädchen. Das gleiche kastanienbraune Haar, die gleichen dunklen Augen. Da lässt sich der Vater weiß Gott nicht verleugnen. Aber ich glaube« – sie sah auf ihre Armbanduhr –, »ihr müsst euch langsam auf den

Rückweg machen, wenn ihr übers Watt laufen wollt. Sonst sauft ihr unterwegs noch ab. Kommt. Wir tauschen noch schnell euer Petroleum gegen Eier und Mehl, wenn es recht ist. Bevor wir das vor lauter Schnacken womöglich vergessen.«

Sie gingen durch den Hintereingang ins Haus. In der Küche stellte Marta die mitgebrachten Flaschen mit Petroleum auf den Tisch. Sie erhielten im Gegenzug dreißig Eier und sechs Pfund Mehl. Marta bedankte sich bei Moild für ihre Großzügigkeit.

»Nichts zu danken«, erwiderte diese. »Ihr könnt gern bald wiederkommen. Petroleum ist in diesem Haus Mangelware. In der nächsten Zeit wird das mit dem elektrischen Strom gewiss nichts werden. Den behalten die Wyker lieber für sich.«

Es folgten Umarmungen, und Moild wünschte ihnen einen guten Heimweg.

Marta und Nele liefen bester Laune und mit gefüllten Rucksäcken vom Hof und erreichten bald darauf den Strand, an dem sich noch einige Touristen tummelten und Kinder neben den Strandkörben große Sandburgen bauten. Sie folgten dem Strand ein Stück weiter Richtung Norden und beschlossen auf der Höhe von Utersum, ihre Schuhe auszuziehen und barfuß übers Watt nach Hause zu laufen. Nele setzte ihren Fuß als Erste auf den sandigen, von der warmen Frühlingssonne erwärmten Untergrund.

Sie lächelte. »Ach, was ist es herrlich, das Watt wieder unter den Füßen zu spüren.«

Marta tat es ihr gleich und blickte Richtung Amrum. Die Insel lag im hellen Licht der Nachmittagssonne vor ihnen. Sie sah so friedlich aus, als wäre alles wie immer, als gäbe es keinen Krieg. Marta beschloss, dieses Gefühl in sich zu bewahren. All der Kummer, die vielen Geschichten der Menschen, die oftmals von schrecklichem Leid und Verlust berichteten, ließen sich hier draußen ausblenden. Hier schien man eins mit der Natur zu sein.

Ebbe und Flut, die Gezeiten, das Meer und der Wind, alles ging seinen gewohnten Gang und gaukelte ihnen ein Bild von Geborgenheit vor.

Kurz bevor sie Amrum erreichten, ließ ein schrecklich lauter Knall sie zusammenzucken. Sie beschleunigten ihre Schritte, zogen am Strand rasch ihre Schuhe an und liefen zur Norddorfer Dorfstraße. Dort war es Herbert Schmidt, der ihnen mitteilte, dass eine der Seeminen am Strand hochgegangen wäre und einen der Inselwächter – es war wohl einer von Föhr – in den Tod gerissen hatte.

14

Norddorf, 10. Juni 1915

Heute haben wir tatsächlich neue Gäste bekommen. Es sind zwei Fotografen aus Hamburg, die Bilder von den Männern der Inselwache machen. Der Kontakt kam über unseren ortsansässigen Fotografen Roman Bertelsen zustande. Aus den Fotografien werden Postkarten angefertigt, die die Männer nach Hause schicken können. Der Krieg entwickelt ganz neue Geschäftszweige, meinte Thaisen neulich. Auch er hat eine der Postkarten erworben. Darauf ist die ganze Amrumer Inselwache abgebildet, wie sie auf dem Treppenaufgang an der Ostwand des Hotel Quedens *sitzt. Es wäre eine nette Erinnerung an diese Zeiten, hatte Thaisen gemeint. Inzwischen ist er beinahe täglich bei uns. Meistens taucht er zur Kaffeezeit auf und bleibt für einige Stunden. Die Männer der Inselwache plagt weiterhin die Langeweile, und viele der Amrumer gehen öfter zu ihren Familien nach Hause, auch wenn das der Leiter der Inselwache nicht gern sieht. In den Stuben der Kaserne sind die Decken inzwischen vom vielen Zigarettenqualm schwarz geworden. Die Zeit vertreiben sich die Männer weiterhin mit Skatspiel. Neulich bauten sie sogar Sandburgen am Strand. Aber der Müßiggang birgt auch Gefahren. Es gilt, wachsam zu bleiben. Die Engländer können immer noch kommen. Im Moment sind es jedoch nur ihre angeschwemmten Seeminen, die von ihrer Anwesenheit irgendwo dort draußen auf dem Meer zeugen. Tagtäglich werden diese, aber auch die deutschen Minen, an unserem Strand zahlreicher.*

Ansonsten gibt es zu berichten, dass unsere beiden Babys prächtig gedeihen und uns ordentlich auf Trab halten. Alle packen bei der Versorgung der Kleinen mit an. Ganz besonders Ebba, die wieder anständig gucken kann. An die Brille, die sie seit der Operation tragen muss, hat sie sich rasch gewöhnt. Sie schleppt ständig eines der beiden Kinder durch die Gegend. Gibt ihnen das Fläschchen und geht mit ihnen im Ort spazieren. Es scheint, als hätte sie ihre Aufgabe gefunden. Wir gönnen ihr das Glück. Die letzte Zeit war nicht leicht für sie, und es ist für uns alle ein Segen, dass sie wieder ausgeglichener geworden ist. Am meisten natürlich für unsere Gesine, die in der Küche jetzt größtenteils allein schaltet und waltet. Nur das Backen der Heißwecken am Morgen, das lässt sich unsere Ebba natürlich nicht nehmen.

Nele war nervös. Mit zittrigen Händen füllte sie Tee in ihren Becher und verschüttete ein wenig davon. Ebba trat neben sie und fragte: »Nele, mien Deern, was ist denn heute los?«

Sie hatte die kleine Inke auf dem Arm. Das Mädchen war morgens recht zeitig wach und wurde deshalb von Ebba stets in die Küche mitgenommen, damit Ida und der kleine Peter noch etwas Ruhe hatten. Die beiden Babys waren schon jetzt sehr unterschiedlich. Inke war recht lebhaft. Peter hingegen war ein ruhiges Kind, das viele Stunden des Tages verschlief. Leider plagten ihn, im Gegensatz zu seiner Schwester, in den Abendstunden häufiger Bauchschmerzen. Dann konnte es recht anstrengend werden, denn er war nur schwer zu beruhigen. Ebba massierte ihm häufig sein kleines Bäuchlein mit Kümmelöl und trug ihn, eine Melodie auf den Lippen, oftmals stundenlang in der Küche herum und, wenn das Wetter mitspielte, auch auf dem Hof und im Garten. Ida bewunderte ihre Engelsgeduld. Sie selbst verzweifelte bereits nach wenigen Minuten an der Schreierei und kümmerte sich dann lieber um Inke, die in den Abendstunden besonders munter war, lachte und kräftig mit den Beinchen strampelte. Das tat sie auch jetzt wieder und brachte Nele mit einem fröhlichen Kiekser zum Lachen.

»Ach, nichts weiter«, antwortete Nele. »Oder vielleicht doch. Heute kommt der Kreisschulinspektor Schulze zur Revision in die Schule. Es ist meine erste Prüfung, seitdem ich das Notexamen bestanden habe. Was, wenn er meine Arbeit nicht wertschätzt? Am Ende muss ich meine Stellung aufgeben, und das fände ich sehr schade, denn ich finde es wunderbar, die Kinder zu unterrichten.«

»Er wird deine Arbeit bestimmt großartig finden«, antwortete Ebba. »Du liebst diesen Beruf, das sehe ich jeden Tag. Ständig sitzt du irgendwo, bereitest neue Themen für den Unterricht vor oder korrigierst Klassenarbeiten. Und die Kinder lieben dich.«

»Ja, das stimmt schon. Aber so ein Kreisschulinspektor …«

»Kocht auch nur mit Wasser«, unterbrach Ebba Nele. »Du wirst sehen, es wird alles gut werden. Ich drück dir fest die Daumen. Und unsere Inke auch. Nicht wahr, mien Deern.« Sie schaukelte das Baby, was dafür sorgte, dass die Kleine einen weiteren fröhlichen Kiekser von sich gab.

Marta betrat die Küche und lächelte.

»Moin, die Damen. So fröhlich heute. Was ist der Anlass?«

Sie sah zu Nele, die eine Grimasse zog und an ihrem Tee nippte.

»Nele hat heute eine Prüfung in der Schule«, beantwortete Ebba Martas Frage. »Da kommt so ein Inspektor und will sie kontrollieren.«

»Oh«, antwortete Marta, »das ist eigentlich kein Grund für Fröhlichkeit.« Sie setzte sich neben Nele, nahm sich einen von den auf dem Tisch stehenden Bechern und schenkte sich Tee ein. »Allerdings bin ich fest davon überzeugt, dass du diese Prüfung hervorragend bestehen wirst, meine Liebe.« Sie strich Nele aufmunternd über die Schulter. »Du legst so viel Herzblut in die Arbeit mit den Kindern. So etwas kann einem Inspektor nicht entgehen. Was sagt denn Heinrich Arpe dazu? Wird er anwesend sein?«

»Vermutlich schon. Er unterrichtet ja noch die Oberstufe. Wenn auch nur aushilfsweise. Er meinte gestern, dass er zur Prüfung vom Wachdienst freigestellt wird. Ich bin darüber erleichtert, denn der neu eingestellte Lehrer, Martin Birle, wird wohl kein Fürsprecher für mich sein. Er hält nichts von Frauen im normalen Unterrichtsbetrieb. Ich hab ihn neulich mit Heinrich darüber reden hören. Er meinte doch tatsächlich, dass dem weiblichen Geschlecht zum Unterrichten, besonders der naturwissenschaftlichen Fächer, der dafür benötigte Geist fehle. Ihm persönlich wäre es schleierhaft, wie ich es überhaupt geschafft hätte, zum Examen zugelassen zu werden. Auch kritisierte er Heinrich wegen seiner liberalen Einstellung zu dem Thema Frauen im Lehramt.«

»Und was ist dann mit den vielen weiblichen Lehrkräften an den höheren Töchterschulen?«, fragte Marta.

»Das ist wohl etwas anderes. Da geht es ja um Haushalt, Handarbeiten, Benimmregeln, bisschen Kopfrechnen und Lesen. Mehr brauche eine junge Frau nicht, die anstrebt, ein Leben an der Seite eines Mannes zu führen und ihm eine Stütze zu sein.«

»Also ich finde es gut, dass du die Kinder unterrichtest«, sagte Ebba. »Soll der Schnösel davon halten, was er will. Frauke sagte neulich, dass die Männer uns künstlich dumm reden würden. Und unsere Frauke muss das wissen, denn sie ist richtig klug. Sie meinte, irgendwann werden wir Frauen gleichberechtigt sein.«

»Unsere Frauke wieder«, antwortete Marta kopfschüttelnd. »Den Kopf voller Träume.«

»Träume zu haben ist nicht das Schlechteste«, erwiderte Nele und stand auf. »Und Frauke hat doch recht. Martin Birle versucht ja auch, mich dümmer zu machen, als ich bin. Heinrich

Arpe meinte, dass er nur deshalb so reden würde, weil er ein mittelprächtiger Lehrer ist. In seiner Schulakte gibt es einige unschöne Vermerke, und einmal hat er eine Revision nicht überstanden. Das muss damals in Husum gewesen sein. Heinrich hat gesagt, der Kriegsausbruch und der damit verbundene Lehrermangel kämen Birle zupass. Andernfalls wäre er längst außer Dienst gestellt worden.«

»Unser guter Heinrich Arpe«, sagte Marta. »Für solche Aussagen mag ich ihn. Nimm ihm doch bitte einen Heißwecken mit und grüß ihn schön von mir.«

Marta wickelte einen Heißwecken in eine Stoffserviette und reichte ihn Nele. »Und wir drücken alle Daumen für die Prüfung. Es wird bestimmt alles gut gehen. Davon bin ich überzeugt.«

»Und ich erst«, antwortete Ebba, und Inke stieß, als ob sie Ebbas Worte bekräftigen wollte, einen weiteren fröhlichen Kiekser aus.

Nele drückte der Kleinen noch ein Küsschen auf die Wange, dann verließ sie das Haus. Schnell eilte sie in ihre Kammer und holte die Lehrertasche. Auf dem Hof winkte sie Ida zu, die, Peter auf dem Arm, gerade aus dem Nebengebäude trat. Dann eilte sie in Richtung Schule. Das Gespräch mit Marta und Ebba hatte sie ein wenig beruhigt. Die beiden hatten schon recht. Sie sollte sich von Martin Birle nicht ins Bockshorn jagen lassen.

Sie erreichte das Schulgebäude, das im hellen Licht der Morgensonne lag. Es war ein mit Reet gedecktes, lang gezogenes, zweistöckiges Gebäude. Nele wusste, dass ihre Großeltern die Vorgängerschule Norddorfs gekauft hatten. Sie konnte sich nicht vorstellen, wie so viele Kinder in das kleine Häuschen gepasst hatten, das heute, von Anbauten umgeben, den Charme eines alten Friesenhauses leider verloren hatte. Vor zwanzig Jahren waren es auf der Insel aber auch viel weniger Schüler gewesen. Der Ausbau des Tourismus und der damit verbundene Zuzug von Familien hatten den Anstieg der Schülerzahlen zur Folge gehabt. Es gab drei Unterrichtsstufen an der Norddorfer Schule. Unter-, Mittel- und Oberstufe. Nele unterrichtete die Unterstufe, also die Grundschüler. Die meisten Schülerinnen beendeten die Schule nach der Mittelstufe, nach der achten Klasse. In der Oberstufe blieben nur noch wenige Jungen übrig, die ambitioniert genug waren, um das Abitur zu machen. Die Mehrzahl der Jungen gingen wie die Mädchen nach der Mittelstufe ab und arbeiteten auf dem heimischen Hof, erlernten ein Handwerk, wurden Fischer oder heuerten auf großen Handelsschiffen als Matrosen an. Seitdem immer mehr Touristen nach Amrum kamen, suchten sich viele Arbeit in den Hotels und Gästehäusern der Insel.

Das Schulgebäude wies vier Klassenräume auf, und es gab eine Turnhalle. Neles Grundschulklasse, die zurzeit dreißig Schüler zählte, war im Untergeschoss links untergebracht. Vor dem Haus standen bereits Martin Birle und Heinrich Arpe. Letzterer begrüßte Nele mit einem fröhlichen »Gud Dai«. Martin Birle, der die wenigen ihm noch gebliebenen grauen Haare mit Pomade nach hinten gekämmt hatte, bemühte sich um ein Lächeln, grüßte jedoch nicht.

Um sie herum tobten die Schüler. Besonders die kleineren sausten über den Schulhof, spielten Ball oder Fangen. Die älteren Kinder standen in Gruppen beieinander und unterhielten sich.

»Schulze müsste bald eintreffen«, sagte Arpe und blickte auf seine Uhr. »Sind Sie gut gerüstet, Frau Kollegin? Ich nehme an, Sie haben mit den Kindern etwas vorbereitet?«

»Natürlich«, antwortete Nele und bemühte sich, Martin Birles sauertöpfische Miene zu ignorieren. Es war unübersehbar, dass ihm Heinrich Arpes Anwesenheit und seine Freundlichkeit ihr gegenüber nicht in den Kram passten. Normalerweise waren Arpe und Nele per Du, doch in Birles Anwesenheit war Arpe zum förmlicheren Sie übergegangen.

»Ich werde mit den Kindern Kopfrechnen üben, und für den Deutschunterricht haben wir ein Gedicht einstudiert. Dazu haben die Kinder in den letzten Tagen Bilder von der Insel gezeichnet, die der Herr Kreisschulinspektor bewundern kann.«

»Hervorragend«, antwortete Arpe. »Ich bin mir sicher, dass es ihm gefallen wird. Wie sieht es mit Ihnen aus, werter Kollege«, wandte er sich an Birle. »Irgendwelche Vorbereitungen?«

»Ein wenig. Ich werde mit den Schülern heute konjugieren, und es wird um Bruchrechnung gehen. Sollte noch Zeit bleiben, habe ich ein Thema aus der Biologie ausgewählt, das ich gern durchnehmen möchte. Aber, wenn ich es ansprechen darf, Herr Kollege: Ich frage mich, was Sie hier wollen. Sie sind doch zurzeit kaum im Unterrichtsdienst tätig, sondern helfen nur hier und da aus. Gibt es heute bei der Inselwache nichts für Sie zu tun?« Seine Mundwinkel umspielte ein süffisantes Grinsen.

Oh, wie sehr Nele diesen Mann verabscheute. Was sollte dieser unnötige Angriff. Sie sah sich genötigt, Heinrich Arpe beizuspringen. »Herr Arpe mag im Moment nicht jeden Tag unterrichten, denn er leistet tagtäglich tapfer seinen Dienst für das Vaterland, wofür wir ihm dankbar sind. Aber er ist noch immer Teil des Lehrkörpers an dieser Schule, und ich finde es großartig, dass er heute so freundlich ist und uns bei der Prüfung des Inspektors unterstützt. Ihm liegt unsere Schule am Herzen, wenn ich das so sagen darf, mein lieber Heinrich.« Nele sprach Arpe ganz bewusst mit dem Vornamen an. »Wir sollten froh darüber sein, dass er uns und die Schüler bei einer solchen Prüfung beisteht.«

»Selbstverständlich, Frau Steglitz. Aber ich wage zu behaupten, dass ich auch ohne die Unterstützung von Herrn Arpe zurechtkomme. Die heutige Revision ist weiß Gott nicht meine erste.«

»Ich möchte Sie auch nicht überwachen, wenn Sie das meinen, Herr Kollege. Frau Steglitz hat es gut erkannt. Ich bin nur zur allgemeinen Unterstützung hier, mehr nicht.« Heinrich Arpe versuchte, die Wogen zu glätten. »Ich werde mich selbstverständlich im Hintergrund halten und Ihren Unterricht nicht stören. Wenn Sie möchten, werde ich ihm nicht beiwohnen.«

Eine von Neles Schülerinnen trat näher und unterbrach das Gespräch.

»Frau Steglitz, der Ole ist dort hinten in einen Kaninchenbau gekrabbelt, und jetzt steckt er fest.«

»Und das ausgerechnet heute«, sagte Nele. »Ihr hattet mir doch versprochen, euch zu benehmen.« Sie seufzte hörbar und sagte: »Dann lass uns mal sehen.«

»Ich werde Sie begleiten, meine Teuerste. Wäre doch gelacht, wenn wir den Jungen nicht wieder flottbekämen«, bot Heinrich Arpe seine Hilfe an.

Nele und Arpe folgten dem Mädchen um das Schulgebäude herum. Hinter der sogenannten Fußballwiese begannen die Dünen. Dort gab es gleich mehrere Kaninchenbaue. Um einen von ihnen hatte sich eine Schülergruppe versammelt. Nele und Arpe traten näher, und einer der Jungen, es war der rothaarige Fritz, erklärte, was vorgefallen war.

»Wir haben ein Karnickel verfolgt. Ole wollte es fangen, weil sein Großvater heute Geburtstag hat. Er hätte kein Geschenk, und so ein Hasenbraten wäre eine feine Sache. Er ist reingekrabbelt, doch nun kommt er nicht mehr raus.«

Arpe nickte, beugte sich über den Kaninchenbau und rief nach dem Jungen.

»Lehrer Arpe«, antwortete Ole, »bitte tun Sie was. Helfen Sie mir. Ich stecke fest. Es geht weder vor noch zurück.«

Arpe besah sich den Zugang zum Kaninchenbau näher. Er war nicht sonderlich schmal. Es könnte klappen hineinzukriechen. Er versuchte es, kam jedoch nicht weit. Es müsste eine schmalere Person hineinkriechen. Er schob sich wieder heraus und wischte sich den Dreck von Hemd und Hose.

»Ich komm nicht an ihn ran«, sagte er. »Für mich ist es zu eng. Die Person muss schmaler sein.«

»Ich könnte es versuchen«, sagte Nele. »Wäre nicht der erste Kaninchenbau, in den ich krabble.«

»Wenn du meinst«, antwortete Arpe. Er wollte noch etwas hinzufügen, doch Martin Birle kam, einen kleinen, hageren Mann mit braunem Hut auf dem Kopf im Schlepptau, über die Fußballwiese gelaufen. Die beiden blieben vor ihnen stehen. Der Mann stellte sich als Kreisschulinspektor Schulze vor und erkundigte sich, was vorgefallen war.

Nele warf Birle einen bitterbösen Blick zu. Es wäre nicht notwendig gewesen, den Kreisschulinspektor auf diesen Vorfall aufmerksam zu machen. Er hätte ganz normal mit der Prüfung der Oberstufe beginnen können. Am Ende wertete Schulze den Vorfall als Verletzung der Aufsichtspflicht, immerhin war das Missgeschick auf dem Schulgelände passiert.

»Ein Schüler steckt in einem Kaninchenbau fest«, beantwortete Arpe seine Frage. »Wir überlegen gerade, wie wir ihn befreien können.«

»Was gibt es da lange zu überlegen? Jemand muss hineinkrabbeln und ihn herausziehen. Ist es dieser Bau?« Er deutete auf den besagten Kaninchenbau. Arpe nickte verdutzt. Mit dieser Reaktion des Inspektors hatte er nicht gerechnet. Schulze schien seine Gedanken zu erraten. »Ich unterrichtete früher einige Jahre an einer Schule auf Föhr. Da steckte ständig irgendein Schüler in einem Kaninchenbau fest und musste rausgezogen werden. Es scheint für Jungs in einem bestimmten Alter eine große Verlockung darzustellen, den Kaninchen in den engen Bau zu folgen. In diesen hier könnte ich noch hineinpassen. Halten Sie bitte meine Tasche, meine Teuerste?« Er reichte Nele seine Aktentasche, die sie überrascht entgegennahm. Die Schüler der Mittel- und Oberstufe waren nun näher gekommen und beobachteten neugierig das Schauspiel. Schulze zog seine Jacke aus. Er war schmal, es könnte also durchaus klappen, dass er in den Bau hineinpasste und den Jungen zu fassen bekam. Er fragte, wie der Junge hieße. Nele nannte ihm den Namen. Schulze ging auf die Knie, rief nach Ole und erklärte, er würde jetzt zu ihm kommen und ihn rausholen. Im nächsten Moment waren von dem Inspektor nur noch die Beine zu sehen. Nele blickte zu Birle, der sich vermutlich eine Rüge für sie erhofft hatte. Eine Lehrerin, die nicht anständig auf ihre Schüler achtgab … Dieser Schuss schien zu Neles Freude nach hinten losgegangen zu sein.

»Ich bin bei ihm«, hörten sie Schulze rufen. »Wir kommen raus.« Zwei Minuten später krabbelte Schulze rückwärts aus dem Bau, Ole folgte ihm. Beide waren völlig verdreckt, Oles Kopf hochrot, sein Haar klebte ihm an der Stirn.

Schulze klopfte sich die Erde von der Hose und dem Hemd. »Das ist ja gerade noch mal gut gegangen«, sagte er und wandte sich dem Jungen zu: »Das lässt du in Zukunft lieber bleiben, mien Jung. Ein Stück tiefer, und ich hätte dich nicht mehr rausholen können. Auf Föhr, da ist uns mal ein Bengel in einem ähnlichen Bau erstickt. Kein Hasenbraten der Welt ist es wert, dass man sein Leben dafür aufs Spiel setzt.«

Ole nickte und bedankte sich kleinlaut. Der Schulinspektor erkundigte sich nach einer Möglichkeit, sich Hände und Gesicht zu reinigen, und wurde von Arpe, Nele und Martin Birle zum Schulgebäude gebracht. »Sie sind also die neue Lehrerin an dieser Schule«, sagte er zu Nele, während sie über die Fußballwiese liefen. »Schön, Sie endlich persönlich kennenzulernen. Mein Kollege, Clemens Breuer von der Schulbehörde, hat nur lobende Worte für Sie gefunden, meine Teuerste.«

»Oh, das freut mich«, antwortete Nele und senkte den Blick. Clemens Breuer war einer ihrer Prüfer gewesen. Bei ihr hatte dieser Mann jedoch keinen guten Eindruck hinterlassen. Seine

Miene war während der gesamten mündlichen Prüfung wie versteinert gewesen, sein Blick ernst. Er hatte ihr viele Fragen gestellt und sich ständig Notizen gemacht. Dazu hatte er unbedingt von ihr wissen wollen, weshalb sie ausgerechnet in den normalen Schuldienst wolle und nicht das Unterrichten auf einer höheren Töchterschule anstrebe. Dass er eine so gute Meinung von ihr hatte, verwunderte Nele, erfreute sie jedoch sehr.

Sie erreichten das Schulgebäude, wo sich Schulze in einem der Waschräume reinigte. Nachdem dies geschehen war, konnte mit der allgemeinen Schulprüfung begonnen werden, die bei der Oberstufe begann. Nele gestaltete bei ihren Grundschülern der Klassen eins bis vier, die sich in einem Raum befanden, wie gewohnt den Unterricht. Einige Grundschüler machten eine Schreibübung. Andere Kinder sollten sich einem Text in der Lesefibel widmen, und wieder andere hatten ihre Hausaufgaben vorzulegen. So vergingen die ersten Stunden, und alsbald läutete es zur Pause. Die Kinder liefen auf den Schulhof, Nele trat in den Flur und traf dort auf Heinrich Arpe.

»Können wir kurz reden?«, fragte er mit gedämpfter Stimme. Nele nickte und bedeutete ihm, ihr ins Klassenzimmer zu folgen. Sie schloss die Tür hinter Arpe und fragte: »Um was geht es?«

»Die Prüfung von Birles Unterricht war eine Katastrophe. Meine Güte, ist dieser Mann unfähig. Er wollte mit den Kindern konjugieren und konnte es selbst kaum. Erik Martensen, einer unserer Einserschüler, hat ihn regelrecht vorgeführt. Ich denke, Birle wird diese Revision nur deshalb überleben, weil wir durch den Krieg unter akutem Lehrermangel leiden.«

»Das ist ja fürchterlich«, antwortete Nele. »Was machen wir denn jetzt? Wir können unsere Schüler doch nicht von einem solchen Dilettanten unterrichten lassen.«

»Ich werde mir etwas einfallen lassen müssen. Gleich nachher werde ich mit dem Leiter der Inselwache die Problematik des

Lehrermangels auf der Insel besprechen. Vielleicht schaffe ich es, mehr Freistunden zu bekommen, damit ich öfter unterrichten kann. Wir langweilen uns die meiste Zeit bei der Wache, und als Lehrer diene ich ja ebenfalls dem Kaiserreich.«

Nele wollte etwas antworten, wurde aber durch das Öffnen der Tür unterbrochen. Eine ihrer Schülerinnen kam in den Raum gestürzt und rief aufgeregt: »Schnell, Sie müssen nach draußen kommen. Ein Zeppelin. Da ist ein Zeppelin.«

Nele und Arpe folgten dem Mädchen aus dem Schulgebäude. Und tatsächlich. Direkt über dem Schulgebäude schwebte ein Zeppelin, der von allen bewundernd beobachtet wurde. Neben Nele stand Schulze, der aufgeregt sagte: »Was für ein großartiges und stolzes Werk deutschen Geistes und deutscher Zähigkeit solch ein Zeppelin doch ist, nicht wahr, meine Teuerste?«

Nele nickte. Mit großen Augen verfolgte sie, wie der Zeppelin über sie hinwegschwebte.

Viele der Schüler winkten, schwenkten Mützen und Hüte. Nele glaubte, in dem Luftschiff Menschen zu erkennen, die ebenfalls winkten. Die Schüler liefen hinter dem Schiff her bis in die Dünen. Nele, Heinrich Arpe und Schulze folgten ihnen. Nur Martin Birle blieb zurück. Er murmelte etwas von kindisch und Zeitplan. Doch niemand hörte auf ihn. Nele und Arpe kletterten auf eine der Dünen und sahen zu, wie der Zeppelin über den Strand hinweg- und aufs Meer hinausflog. Erst als er nur noch ein kleiner Punkt am Horizont war, kletterten sie wieder von den Dünen herunter. Unten angekommen – sie standen auf der Höhe des Kaninchenbaus – blickte Schulze auf seine Uhr.

»Tja. Das war es dann wohl mit der Prüfung der Unterstufe. Da haben uns der Bursche im Kaninchenbau und der Zeppelin doch glatt den Zeitplan verhagelt. Meine Fähre fährt bald. Und wenn ich diese erreichen möchte, muss ich mich verabschieden. Ich bedaure es zutiefst, dass ich nun Ihrem Unterricht nicht mehr beiwohnen kann, Frau Steglitz. Dann eben ein anderes Mal.«

Nele nickte. Sie hätte erleichtert sein müssen, war es jedoch nicht. Heute Morgen hatte sie noch Angst vor der Prüfung gehabt und sich gewünscht, sie würde nicht stattfinden. Der Schulinspektor verabschiedete sich mit einem festen Händedruck von ihr und Arpe, scherzte noch kurz darüber, dass sie die Kaninchenbaue im Blick behalten sollten, und eilte von dannen, ohne sich von Martin Birle, der vor dem Eingang des Schulgebäudes stand, zu verabschieden.

Nele und Arpe entließen keine Minute später die Schüler und wünschten ihnen einen schönen Nachmittag. Martin Birle akzeptierte mit säuerlicher Miene, dass die Revision und der Unterricht beendet und Schulze gegangen war. Er schenkte Nele einen bitterbösen Blick, als wäre sie für diesen Umstand verantwortlich, dann ging er in den Klassenraum der Mittel- und Oberstufe und schloss die Tür hinter sich.

»Jetzt spielt er auch noch die beleidigte Leberwurst«, sagte Nele und schüttelte den Kopf.

»Vielleicht ja nicht mehr lange«, erwiderte Arpe. »Dass Schulze es nicht für nötig hielt, sich von ihm zu verabschieden, bedeutet nichts Gutes. Es könnte sein, dass er trotz des Lehrermangels vom Schuldienst suspendiert wird. Zu wünschen wäre es, denn in meinen Augen ist dieser Mann unfähig. Wir werden sehen. Ich muss jetzt auch gehen. Der Dienst auf der Wache ruft. Ich wünsche dir noch einen schönen Nachmittag, Nele. Unsere Zusammenarbeit war mir mal wieder ein Vergnügen.« Er deutete eine Verbeugung an.

Nele lächelte und verabschiedete sich ebenfalls. Arpe ging, und sie sah ihm noch so lange nach, bis er außer Sicht war. Es wäre wunderbar, wenn er wieder mehr Zeit hätte, seiner Tätigkeit als Lehrer nachzugehen. Man merkte ihm an, wie sehr ihm die Schule und die Schüler am Herzen lagen.

Eine Melodie summend, holte Nele ihre Tasche aus dem Klassenraum und machte sich beschwingt auf den Heimweg. Die Sonne schien von einem beinahe wolkenlosen Himmel, kaum ein Lüftchen wehte. Es war der perfekte Sommertag. Wäre jetzt kein Krieg, würden sich Unmengen an Touristen am Strand tummeln und die Strandkörbe besetzen, die Gärten der Cafés wären gut gefüllt, und auf dem Kniepsand würde die Kurkapelle spielen. Doch wäre jetzt kein Krieg, wäre Nele nicht mehr auf der Insel. Sie hätte längst ihr neues Leben an Johannes' Seite auf dem Festland begonnen, und vielleicht wäre sie … Sie spann den Gedanken nicht weiter. Es war nun einmal Krieg. Was-wäre-wenn-Überlegungen brachten einen nicht voran.

Als sie im Hotel ankam, ging sie, in der Hoffnung auf ein Mittagessen, in die Küche. Dort traf sie auf Ebba, Gesine und Marta. Die drei saßen am Tisch vor leeren Tellern. In den Schüsseln befanden sich noch Reste von Kartoffeln und Krabben. Die Stimmung war sonderbar gedrückt. Nele setzte sich, blickte in die Runde und fragte: »Hab ich was verpasst?«

Marta sah zu Ebba, die ein Nicken andeutete, legte einen Brief auf den Tisch und sagte mit ernster Miene: »Dieser Brief ist heute für dich angekommen.«

Nele sah auf den Brief, und ihr Magen verkrampfte sich. Mit zittrigen Händen griff sie danach, zögerte kurz, dann öffnete sie ihn und zog das gefaltete Papier heraus. Wenn sie Glück hatte, war er nur verletzt und lag in irgendeinem Lazarett. Sie faltete das Schreiben auseinander, überflog die Zeilen und begann zu weinen.

15

Norddorf, 10. August 1915

Der Sommer fliegt dahin, und wir leben unseren Alltag, der durch den Krieg nicht leichter wird. Der Mangel an Lebensmitteln ist zum täglichen Thema geworden. Alles wird immer teurer, wenn überhaupt noch etwas zu bekommen ist. Neuerdings gibt es Brot- und Mehlkarten, Johann meinte kürzlich im Laden, dass es nicht mehr lange dauern wird, bis auch Marken für Butter und andere Lebensmittel eingeführt werden. Vor ein paar Tagen stand ein Artikel in der Zeitung, dass irgendein Forscher einen Weg entdeckt habe, aus Stroh Mehl herzustellen, das äußerst bekömmlich wäre. Frauke hat darüber nur den Kopf geschüttelt. Von dem großartigen Strohmehl haben wir bis heute nichts mehr gehört. Wir erweitern nun unseren Gemüsegarten und bauen zusätzlich Kartoffeln und Rüben an. Ebba geht jeden Tag ins Watt und sammelt Muscheln. Das macht auch Nele regelmäßig mit ihren Schülern, außer wenn es zu heiß ist, denn dann sind die Muscheln nicht bekömmlich. Aber der Sommer ist in diesem Jahr eher kühl, es regnet oft. Es wäre keine gute Saison geworden. Wenn ich da an den letzten Sommer denke. Wie schön er gewesen war. Doch der dunkle Schatten des Krieges hatte bereits über uns gelegen und sich ausgebreitet. Er hat Nele ihr Liebesglück genommen. Vor einem Jahr planten wir ihre Hochzeitsfeier, und heute ist sie Witwe. Johannes' Verlust hat sie hart getroffen. Die ersten Tage, nachdem sie die schlimme Nachricht erhalten hatte, lief sie wie ein Gespenst durch die Gegend. Kreideweiß im Gesicht und mit rot verweinten Augen. Und uns fehlten die Worte, um sie zu trösten. Wir waren alle schockiert. Johannes sollte doch bald auf Heimaturlaub kommen. Nele hatte sich so sehr auf ihn gefreut. Gestern Abend haben wir geredet. Wir saßen auf der Bank vor dem Haus in der Abendsonne, und sie hat ihre Gedanken mit mir geteilt. Sie fragte sich, ob er die Blumen noch blühen gesehen hat. Er hatte um Blumensamen gebeten, damit die grausame Welt um ihn herum freundlicher wird. Bestimmt, habe ich geantwortet. Aber wir wissen nichts. Weder, ob die Blumen geblüht haben, noch, wie er gestorben ist. Vielleicht ist es besser so. Thaisen sagte das neulich zu mir. Sie sterben wie die Fliegen, verlieren Gliedmaßen, werden von Granaten zerfetzt, verbluten jämmerlich in den Unterständen, auch giftiges Gas wird eingesetzt. Ich wünschte, er hätte mir diese Grausamkeiten niemals erzählt. Ich weiß, wir sollten die Augen nicht davor verschließen, aber ich ertrage es nicht, solch unmenschliche Details zu hören.

Marta stand neben Ebba und Nele am Hafen von Wittdün und hielt nach Tam Olsen Ausschau. Doch leider war sein Boot noch nicht in Sichtweite. Sie gähnte. Es war noch früh am Tag, genauer gesagt erst halb sechs, so gar nicht ihre Zeit. Und Kaffee hatte es heute Morgen auch keinen gegeben, denn die für gestern geplante Lieferung bei Johann im Laden war ausgeblieben. Der Pfefferminztee, den Gesine, die ein scheußlicher Schnupfen plagte, als Ersatz gekocht hatte, war so gar nicht nach Martas Geschmack gewesen, und sie hatte nur wenige Schlucke davon getrunken. Zudem war es kühl und nieselte leicht. Sommerwetter sah anders aus. Das Nieseln bereitete der neben ihr stehenden Ebba Probleme, die immer wieder ihre Brille von der Nase nahm und die Gläser mit einem Tuch trocken wischte.

»Bei diesem Wetter sind Brillen dämlich«, sagte sie mit säuerlicher Miene und fragte: »Kommt Tam schon?«

»Ich sehe ihn noch nicht«, antwortete Nele nervös. Marta hatte sie gestern darum gebeten mitzukommen. Gesine war zu krank, um sie zu begleiten, und Ida musste sich um die Kinder kümmern. Also hatte Nele sich überreden lassen. Bis Esbjerg würden sie durch das Wattenmeer fahren, ein Sturm war nicht zu befürchten. Trotzdem hatte Nele in der letzten Nacht unruhig geschlafen.

»Wir sind aber auch früh dran«, bemerkte Marta. »Frauke wollte ebenfalls mitkommen, und es fehlen noch weitere Damen.«

»Wie viele sollen es denn werden?«, fragte Ebba. »Nicht, dass unserem guten Tam das Boot absäuft.«

»Schon einige«, antwortete Marta. »Die Fahrten nach Esbjerg sind beliebt. Und viele Bewohner der Insel haben noch altes Silbergeld aufbewahrt. Soweit ich weiß, wollten sich Elisabeth und Marret vom *Honigparadies* und Gantje und Britt Scheer uns ebenfalls anschließen.«

»Anna Mertens wollte auch noch mitkommen«, sagte Nele. »Sie hofft darauf, in Dänemark gute Stoffe einkaufen zu können. Von ihren üblichen Lieferanten erhält sie entweder gar keine oder nur noch minderwertige Ware. Sie meinte, dass läge daran, weil die Italiener jetzt in den Krieg eingetreten wären. Es fehle an der Rohbaumwolle, und viele andere Stoffe in den Lagern der Großhändler wären beschlagnahmt worden. Neue Stoffe werden aus Brennnessel- und Schilffasern hergestellt. Sie hat sich davon zwei Ballen liefern lassen und war maßlos enttäuscht. Es wäre ein schreckliches Zeug.«

»Ledermangel herrscht auch«, meinte Marta. »Ich wollte mir neulich beim Schustermeister Flohr ein Paar neuer Alltagsschuhe anfertigen lassen. Er hätte sie mir aus Holz machen müssen. Da hab ich abgewunken. Der Mangel blüht an allen Ecken und Enden. Neulich wurden sogar die Gummischläuche der privaten

Fahrräder beschlagnahmt, um mit diesen den militärischen Gummibedarf zu decken.«

»Darüber beschwert sich besonders Newton Brodersen«, erzählte Ebba. »Gestern früh erst hab ich mit ihm einen kurzen Schnack gehalten, als er die Zeitung gebracht hat. Er war so stolz auf sein Fahrrad gewesen und hatte sich extra einen Anhänger gebaut, in dem er die Zeitungen sicher und auch regenfest unterbringen konnte. Und nun sind die Gummireifen fort. Er hat sie notdürftig durch Metallspiralen ersetzt, aber das Fahrradfahren wäre nun eine Qual. Jeden Stein würde er spüren, und nach einer kurzen Strecke täte ihm der ganze Rücken weh. Er ist ja nicht mehr der Jüngste, hat er gemeint. Nun überlegt er, das Austragen der Zeitung zu Fuß zu erledigen oder ganz bleiben zu lassen. Allerdings würde ihm dann das Geld fehlen. Sind zwar nur ein paar Kröten, hat er berichtet, aber besser als nichts. Er ist wirklich ein armer Schlucker.« Ebba schüttelte den Kopf. »Wenn ich dran denke, wie sie alle gejubelt haben vor einem Jahr. Freudestrahlend sind sie losgezogen. Weihnachten sind wir wieder daheim. Und nun? Nix war es mit Weihnachten, und auch in diesem Jahr wird es keinen Frieden zum Fest geben. Es wird immer schlimmer und schlimmer.«

»Nicht so laut«, rügte Marta Ebba. »Um diese Zeit treibt sich Redlef Wolf gern am Hafen rum. Und du weißt genauso gut wie ich, dass er ein glühender Anhänger des Kaisers ist und es gar nicht gern hört, wenn der Krieg verteufelt wird.«

»Der soll mal schön still sein«, antwortete Ebba mit finsterer Miene. »Lebt selbst im Überfluss und verlangt von uns anderen, dass wir den Gürtel enger schnallen. Seine Frau gehört doch zu denjenigen, die noch alles kriegen im Laden. Da erzählt dir Johann, dass die Lieferung Kaffee ausbleibt, und derweil hat er eiserne Vorräte im Hinterzimmer. Die gibt er aber nur an diejenigen raus, die mit dem richtigen Geld bezahlen.«

Marta verdrehte die Augen. Jetzt ging das wieder los. Ebba hatte schwer daran zu knabbern, dass sich einige Insulaner Dollarscheine von ihren Verwandten aus Amerika zuschicken ließen, die als Zahlungsmittel bei den Kaufleuten gern gesehen waren. Sie empfand es als Frechheit, dass die Ladenbesitzer Waren bewusst zurückhielten, um sie dann für Dollars, die nicht der kriegsbedingten Inflation unterlagen, an einige Bevorzugte verkaufen zu können.

»Ja, ich weiß«, antwortete Marta. »Die Frauen werden schon Dollarfrauen genannt. Aber wieso sollten sie es denn nicht machen? Wenn Rieke in Amerika wäre, würde ich sie auch um Geld bitten.« Sie sah zu Nele, und ihr Blick wurde reuevoll. »Entschuldige, ich wollte nicht …«

»Ist schon gut«, antwortete Nele. »Ich wäre dann ja auch in Amerika. Und ich würde dir ganz viele Scheinchen zukommen lassen.«

»Das wäre fein gewesen. Dann hätte ich meinen Kaffee heute Morgen doch noch bekommen.«

»Gehst du morgen nicht zu der Kaffeegesellschaft einer Dollarfrau?«, fragte Nele. »Eine vom Frauenverein, oder? Du hast es vorhin erzählt.«

»Ach wirklich«, erwiderte Ebba und zog eine Augenbraue hoch. »Davon hast du uns gar nichts gesagt.«

»Weil es Hilde Martensen aus Steenodde ist.«

»Ich denke, du kannst sie nicht leiden«, sagte Ebba.

»Das stimmt auch«, antwortete Marta, »aber ich muss hingehen. Schließlich bin ich die Vorsitzende des Vaterländischen Frauenvereins, und Hilde war vor dem Zusammenschluss der einzelnen Ortsgruppen die Leiterin in Steenodde. Es gilt, Einigkeit zu demonstrieren.«

»Und da kommt es ganz gelegen, dass es vermutlich eine Dollartorte mit feinster Sahne und Kaffee geben wird«, sagte Ebba trocken.

Marta überlegte, was sie auf die bissige Bemerkung antworten sollte. Da trat zu ihrem Glück Frauke zu ihnen, die einen leicht abgehetzten Eindruck machte. »Moin, ihr Lieben«, grüßte sie und rückte ihren Hut zurecht. »Entschuldigt bitte meine Verspätung. Mein Wecker hat nicht geklingelt. Beinahe hätte ich verschlafen.« Sie blickte in die Runde. »Aber ich sehe, ich bin nicht die Letzte.«

»Nein, bist du nicht«, antwortete Marta, froh darüber, durch Fraukes Auftauchen das leidige Thema Dollarfrauen beenden zu können.

»Fein. Ich hab mein letztes Silbergeld aus der Truhe im Keller zusammengekratzt. Ich hoffe, ich kriege dafür anständiges Mehl, Schmalz und Käse in Esbjerg.«

»Eigentlich sind wir ja auch nicht besser als die Dollarfrauen«, bemerkte Ebba. »Fahren mit unseren letzten Münzen nach Dänemark wie die Schmuggler.«

»Und andere Insulaner können das nicht machen, denn sie haben kein Silbergeld«, fügte Marta hinzu.

»In Zeiten der Not ist sich eben jeder selbst der Nächste«, meinte Nele.

Anna Mertens, die Schneiderin, trat neben sie. Ihr folgten die anderen Damen, und Marret und Nele umarmten einander freudig. Britt Scheer hatte einen großen Korb dabei. Sie hatte sich für den Ausflug nach Esbjerg zurechtgemacht und trug ihr Sonntagskleid und einen hübschen Hut. Missbilligend musterte sie Ebba von oben bis unten, sagte jedoch nichts. Marta bemerkte den prüfenden Blick und grinste. Ebba hatte sogar noch einige Mehlreste vom morgendlichen Backen der Heißwecken an ihrem Rock, was sie nicht zu stören schien. Auf Äußerlichkeiten hatte sie noch nie großen Wert gelegt. Außer es ging um ihre Amrumer Tracht. Das war etwas anderes. Wenn sie diese trug, musste die Schürze blütenweiß sein, und jeder noch so kleine Fussel wurde vom Stoff entfernt.

»Da kommt Tam«, sagte Nele und deutete aufs Wasser. Tam Olsens Boot näherte sich ihnen, zusammen mit einem weiteren. Es war Fietje Flohr, der alte Krabbenfischer, der noch immer jeden Morgen rausfuhr, obwohl er inzwischen bald neunzig Jahre zählte. Die beiden legten zeitgleich an. Tam kam von Föhr, wo er ab und zu die eine oder andere Lustfahrt für Touristen anbot. Es waren jedoch nur wenige Interessenten, denn auch auf Föhr war die Anzahl der Erholungssuchenden zurückgegangen. Und wenn er zu den Seehundbänken, einem beliebten Ausflugsziel, wollte, benötigte er jedes Mal eine Genehmigung der Amrumer Inselwache. Da er den Papierkram aber hasste wie die Pest, kamen ihm die Schmugglerfahrten nach Esbjerg gelegen. Jeweils zwei Silbermünzen mussten die Damen für die Fahrt auf seinem Kutter bezahlen. Er selbst kaufte für das Geld in Esbjerg Tabak, den er dann mit einem erklecklichen Gewinn an die Inselwache auf Amrum und so manchen Kapitän auf Föhr verhökerte.

»Moin, die Damen«, grüßte Tam, nachdem er sein Boot festgemacht hatte. Er nahm sogar seine Kapitänsmütze vom Kopf. Inzwischen waren sein dunkles Haar und auch sein Bart ergraut. Tiefe Falten hatten sich um seine Augen gebildet, in denen jedoch die gewohnte Fröhlichkeit lag.

»Na, mein Freund«, sagte Fietje Flohr, der ebenfalls an Land gegangen war und seinen Blick über die anwesenden Damen schweifen ließ, »da hast du dir ja eine ordentliche Frauengruppe angelacht. Auf mein Boot kämen die nicht.«

»Die alte Geschichte mit dem Unglück«, sagte Nele und schüttelte den Kopf. »Das glaubt dir doch kein Mensch mehr, Fietje.«

»Wer es glaubt, ist mir egal«, antwortete der alte Fischer. »Auf mein Boot kommt kein Weiberrock. Und damit basta.« Er sah zu Tam und fragte: »Wie immer?«

»Zwei Packungen Tabak und eine Schweinsblase Schmalz, wie besprochen«, antwortete Tam grinsend. »Grüß mir deine Oske schön. Wie geht es ihrem Rücken? Wieder besser?«

»Ja, alles wieder gut. War ein Hexenschuss. Den hat sie öfter. Wird halt auch nicht jünger, meine Deern.«

»Wem sagst du das«, antwortete Tam und wandte sich mit einem charmanten Lächeln den wartenden Damen zu. »Nun aber Schluss mit dem Männergeschwätz. Es wird Zeit, dass wir loskommen. Ist ja ein Stück bis Esbjerg. Ich bitte die Damen an Bord.« Er nahm von jeder Frau die beiden Silbermünzen entgegen und half ihnen an Bord. Als alle an Deck waren, band er den Kutter los, und die Fahrt begann.

Sie verließen den Wittdüner Hafen, und Tam steuerte das Boot Richtung Sylt. Der Nieselregen hatte inzwischen aufgehört, und die Wolkendecke riss auf. Erste Flecken blauen Himmels waren zu erkennen.

»Wird ein schöner Tag werden«, sagte Tam zu Marta, die neben ihm stand. Marta nickte und reckte die Nase in den salzigen Wind. Sie mochte es, mit dem Boot rauszufahren, kam jedoch viel zu selten dazu. Nele, die neben Marta auf einer schmalen Bank saß, war hingegen etwas blass. Tam sah Nele besorgt an und erkundigte sich, ob ihr übel wäre. Nele schüttelte den Kopf. Marta tätschelte ihr aufmunternd auf die Schulter. Ebba trat näher. Sie hatte in der Kajüte eine Buddel Rum gefunden und schwenkte diese fröhlich.

»Schaut mal, was ich mit meinen neuen, scharfen Augen entdeckt habe«, rief sie. »So ein Schlückchen Rum am Morgen vertreibt Kummer und Sorgen und macht schwankende Planken erträglicher. Jedenfalls hat das mein Mann immer gesagt.«

»Der ein rechter Säufer gewesen ist«, ergänzte Marta.

Ebba überhörte ihre Worte, setzte sich neben Nele und stieß sie in die Seite. »Bist recht blass um die Nase, mien Deern. Nimm mal einen kräftigen Schluck. Dann geht es besser.« Sie hielt Nele die Flasche Rum hin. Nele fügte sich, nahm ihr die Buddel ab und trank einen kräftigen Schluck. Brennend rann ihr der Alkohol durch die Kehle. Sie begann zu husten, nach Luft zu japsen, und ihr Gesicht lief rot an.

Marta sah Nele besorgt an. »Lieber Himmel, Tam. Was hast du da für ein Teufelszeug in der Flasche?«

»Verträgt wohl nichts, die Deern. Ist wie früher bei Philipp Schau, dem alten Seehundjäger. An Bord hatte er immer die harten Sachen. Sie wird es überleben.«

Nele rang nach Luft, währenddessen nahm Ebba einen kräftigen Schluck aus der Flasche. Im Gegensatz zu Nele hustete sie nicht. Sie verdrehte nur die Augen, und ihre Wangen röteten sich. »Das nenn ich mal 'nen anständigen Alkohol«, sagte sie. »Wäre was für Jasper. Ein Jammer, dass er nicht mitgekommen ist. Magst du auch mal, Marta? Der weckt die Lebensgeister. Da brauchste keinen Kaffee mehr. Das kann ich dir sagen.«

»Nein danke«, lehnte Marta ab. »Mir reicht die frische Seeluft vollkommen aus, und ich denke, unsere Nele hat auch genug.« Sie sah zu ihrer Enkeltochter, die kräftig nickte.

Ebba zuckte mit den Schultern. Sie wollte einen weiteren Schluck aus der Flasche nehmen, doch Marta hielt sie zurück. »Liebe Güte, Ebba. Nun ist es aber genug mit den Lebensgeistern. Nicht, dass du uns in Esbjerg noch betrunken durch die Läden torkelst.«

Tam lenkte seinen Kutter durchs Wattenmeer Richtung Dänemark, an Sylt und der Insel Röm vorüber. Inzwischen hatten sich die Wolken beinahe vollkommen verzogen, und die Sonne brachte das Meer zum Funkeln.

»Ist es nicht herrlich«, sagte Frauke. »Ist dort vorn Röm?«, fragte sie Tam.

Er nickte. »Ja, das ist es.«

»Ich war noch nie dort.«

»Es ist sehr idyllisch«, erklärte Tam. »Alles ist etwas kleiner und beschaulicher als auf Amrum oder Sylt. Der Hauptkurort heißt Lakolk. Die Gäste wohnen in kleinen Blockhäusern, gegessen wird im Kaisersaal. Seit ein paar Jahren haben sie auch eine Kurkapelle. Allerdings ist Röm, genauso wie Amrum und Sylt, im Moment kriegsgefährdeter Bereich, und es gibt keine Touristen, dafür aber eine Inselwache.«

»Blockhäuser«, sagte Frauke. »Das hört sich recht heimelig an.« Sie sah Richtung Röm, das linker Hand ihres Bootes vorbeizog.

Tam erklärte ihnen, dass der Ort, den sie sehen konnten, Kongsmark wäre. Nach Lakolk, dem eigentlichen Seebad, gelangte man mit einer kleinen Spurbahn. Auch die anderen Frauen waren nun näher getreten und lauschten interessiert Tams Ausführungen.

Bald ließen sie Röm hinter sich, und die dänische Insel Fanö kam in Sicht. Tam wusste zu berichten, dass die Insel aus einer Sanddüne entstanden war und noch vor vierzig Jahren über die zweitgrößte Handelsflotte Dänemarks verfügte. »Gibt noch einige hübsche Kapitänsvillen aus dieser Zeit«, sagte er. »Leider konnte die Handelsflotte nicht gehalten werden, denn das Hafenbecken versandete zusehends und verlor durch den Ausbau des Dampfschiffhafens in Esbjerg mehr und mehr an Bedeutung.« Er deutete nach vorn, wo bereits der Hafen von Esbjerg in Sicht kam. Um sie herum war es inzwischen voller geworden. Fischkutter, Jollen und Dampfschiffe steuerten die Anleger an oder verließen diese gerade. »Die Dänen machen das schon richtig«, sagte Tam. »Die beteiligen sich nicht am Krieg und halten sich neutral.«

»Aber es sind wohl trotzdem einige von ihnen ins Feld gezogen«, erwiderte Frauke. »Eine Freundin von mir lebt noch ein

Stück weiter die Küste rauf, und wir schreiben uns regelmäßig. In einem ihrer letzten Briefe stand, dass Tausende den Dänen wohlgesinnte Schleswiger gegen ihren Willen zur Kriegsteilnahme aufseiten der Deutschen gezwungen worden sind. Ihr Schwager zählte auch dazu. Er ist gefallen. Ihre Schwester ist untröstlich und steht jetzt mit vier Kindern allein da.«

Marta nickte, erwiderte jedoch nichts. Was sollte sie auch sagen? Solche Geschichten gab es inzwischen zuhauf. Jeden Tag verloren Frauen ihre Männer, Mütter ihre Söhne, Mädchen ihre Brüder, Onkel und Väter. Sie starben auf dem Feld für das Kaiserreich, in Ruhm und Ehre. Wie satt sie diese Phrasen doch hatte. Ihr Blick wanderte zu Nele. Schimmerten da Tränen in ihren Augen. Das arme Mädchen. Ihr Leben war von Verlusten gezeichnet.

»Die Damen. Herzlich willkommen in Esbjerg«, rief Tam. Sie waren in den Hafen eingefahren, und er steuerte einen der Anlegeplätze an.

»Unser Aufenthalt wird drei Stunden dauern«, sagte er. »Ich wünsche euch allen viel Spaß beim Erledigen der Einkäufe.« Er sprang von Bord und band das Boot fest. Dann half er einer Dame nach der anderen auf den Kai.

Die Gruppe machte sich auf den Weg in die Innenstadt. Esbjergs Zentrum war nicht sonderlich groß. Es bestand aus eng nebeneinanderliegenden, hauptsächlich roten Backsteinhäusern, die von einem Wasserturm überragt wurden, der als Wahrzeichen der Stadt galt, obwohl er noch keine zwanzig Jahre alt war.

Die Einkäufe wurden schnell erledigt. Marta und Nele füllten ihre Taschen mit Schmalz, Wurst, Käse, Kaffee und Zucker. Auch Tabak erwarben sie, der für Jasper und Hannes bestimmt war. In einem Bäckerladen kauften sie und Frauke mit Pflaumenmus gefüllte Plunderstückchen, die sie sich sogleich schmecken ließen.

Anna Mertens hatte in einem der Stoffgeschäfte zugeschlagen und gleich mehrere Ballen Baumwollstoffe in den unterschiedlichsten Farben geordert. Ein junger Bursche lief, einen Leiterwagen ziehend, hinter ihr her Richtung Hafen. Auch die anderen Damen waren erfolgreich gewesen und trugen schwer an ihrer Last. Sämtliche Waren wurden auf dem Kutter verstaut, und die Rückfahrt begann.

Inzwischen hatte sich der Himmel wieder zugezogen, und ein leichter Wind war aufgekommen.

»Da kündigt sich ein Wetterumschwung an«, meinte Tam und deutete Richtung Westen. »Heute Abend regnet es bestimmt.«

»Wegen mir gern«, antwortete Marta, die mal wieder den Platz neben ihm am Steuerrad eingenommen hatte. »Dann gedeiht das Gemüse im Garten besser. Bei dem feuchten, warmen Wetter wächst alles wie Unkraut. Auch unsere Obstbäume tragen reichlich. Die nächsten Wochen werden wir ordentlich einmachen können.«

»Also bei uns im Garten waren Wühlmäuse an der Arbeit«, mischte sich Britt Scheer in das Gespräch ein. »Ich sage euch, das sind dämliche Viecher. Alles haben sie an- und kaputt gefressen. Nichts ist was geworden, außer den Brennnesseln.«

»Die sehr gesund sein sollen«, erwiderte Ebba und erntete dafür einen bösen Blick von Britt.

»Da schwimmt etwas im Wasser«, rief plötzlich Nele und unterbrach das Gespräch über den Gemüseanbau. »Ist was Großes, Rundes, mit Spitzen.«

»Wenn es das ist, was ich denke, dann ist das eine feine Sache«, sagte Tam. Er ließ sein Steuerrad im Stich, trat neben Nele und begutachtete ihr Fundstück.

»Das sind zwei deutsche Seeminen«, sagte er. »Die bringen Bergelohn. Ich häng sie rasch hinten ans Boot. Wenn ich die nachher bei der Inselwache abgebe, bekomme ich ein hübsches

Sümmchen.« Er rieb sich freudestrahlend die Hände und machte sich sogleich auf die Suche nach einem Seil.

Nele sah ihm entgeistert nach. Frauke trat neben sie und beäugte die stacheligen Kugeln skeptisch. »Sind das nicht Seeminen? Wir sollten uns lieber schnell vom Acker machen. Sonst geht noch eine von ihnen los.«

»Tam will sie ans Boot hängen und mit nach Wittdün nehmen«, erklärte Nele. »Er will den Bergelohn dafür kassieren.«

»Er will was?«, rief Frauke entsetzt. »Aber die Dinger sind gefährlich. Das ist nicht einfach irgendein auf Kniep gestrandetes Boot mit einer harmlosen Fracht.«

Zwei weitere Damen traten näher und beäugten die Seeminen im Wasser. Tam tauchte mit einem Seil in den Händen wieder auf, forderte die Damen auf zurückzutreten und fischte mit einer Eisenstange nach den beiden Minen.

»Lass das lieber bleiben, Tam«, sagte Frauke in dem Versuch, ihn von seinem Vorhaben abzubringen. »Mit Seeminen ist nicht zu spaßen.«

»Ach, solange die schwimmen, sind sie nicht gefährlich«, antwortete Tam. »Ich hab schon einige von ihnen an den Kutter gebunden und bei der Inselwache abgegeben. Ist nie was passiert, und sie bringen ein hübsches Sümmchen ein.« Er bugsierte die beiden Seeminen zum Heck des Bootes und befestigte dort das Seil.

»Was macht Tam da?«, fragte Ebba, die, einen Teebecher in den Händen, an Deck gekommen war.

»Er bindet Seeminen an unserem Boot fest.«

»Seeminen«, wiederholte Ebba. Ihre Augen wurden groß.

»Ja, Seeminen. Er erhofft sich Bergelohn von der Inselwache.«

»Aber die Dinger sind gefährlich«, sagte Ebba.

»Was ist gefährlich?«, fragte Britt Scheer, die sich ebenfalls Tee geholt hatte. Marta erläuterte erneut, was Tam vorhatte. Britt wurde blass.

»Fein. Das wäre geschafft«, sagte Tam und kam vom Heck des Bootes zurück. »Dann lasst uns mal weiterfahren.«

Marta sah zu Frauke, die hilflos mit den Schultern zuckte. Britt ergriff das Wort. »Also, Tam, ich weiß ja nicht, meinst du wirklich …«

»Jetzt macht euch mal wegen zwei so Seeminchen nicht ins Hemd«, unterbrach Tam sie. »Ich hab doch gesagt, dass sie harmlos sind, solange sie ruhig im Wasser schwimmen. Da passiert gewiss nichts. Wir tuckern jetzt langsam in den Hafen, ihr geht von Bord, und alles ist gut.«

Er trat wieder in seine kleine Kajüte und hinters Steuerrad. Marta und die anderen sahen sich ratlos an.

»Wir sollten ganz nach vorn gehen«, schlug Ebba vor. »Wenn eine der Minen hochgeht, sind wir wenigstens so weit wie möglich von ihr entfernt.«

»Das ist eine gute Idee«, stimmte Britt zu.

Die Damen liefen zum Bug des Schiffes, wo sie sich an Haltegriffen und an der Reling sicherheitshalber festhielten. Es dauerte nicht mehr lange, bis der Wittdüner Hafen in Sichtweite kam.

»Gleich ist es überstanden«, raunte Marta Nele zu. Sie wollte etwas zu Ebba sagen, doch dazu kam es nicht mehr. Im nächsten Moment tat es einen lauten Schlag, und das Boot wurde durch die Druckwelle der Explosion einem Torpedo gleich ins Hafenbecken geschossen. Alle Damen wurden nach vorn geschleudert, Anna Mertens wäre beinahe vom Boot gefallen, hätte Britt nicht instinktiv nach ihrem Arm gegriffen. Ebba verlor ihre Brille. Marta klammerte sich an der Reling fest. Nele, die neben ihr stand, schrie laut auf und fiel auf die Knie. Das Boot bremste kurz vor der Kaimauer ab. Marta war wie erstarrt. Ihr Herz raste, ihre Hände zitterten. Sie blickte zu Nele, die auf dem Schiffsboden lag, in ihrem Gesicht stand die blanke Angst.

Ebba, die sich neben Marta an einem Haltegriff festgeklammert hatte, schien sich als Erste von dem Schreck zu erholen. Sie zeterte sofort los: »Tam, du verrückter Bursche. Komm sofort raus aus deiner Kajüte, sonst passiert was. Bergelohn, keine Gefahr, du spinnst doch. Umgebracht hättest du uns beinahe. Hörst du! Komm sofort raus da.«

Mit schuldbewusster Miene trat Tam näher. Er ging jedoch nicht auf Ebbas Gezeter ein, sondern half den Damen auf die Beine. Auch er war blass geworden, und Marta bemerkte, dass seine Hände zitterten.

»Tam Olsen«, schimpfte Ebba weiter, »mit dir wird es noch mal ein schlimmes Ende nehmen, du gieriger Hund. Bergelohn einheimsen wollen, für Seeminen. Das hast du nun davon.«

»Aber es ist doch nichts passiert«, versuchte Tam sich zu verteidigen. »Soweit ich sehe, sind alle wohlauf, und der Kutter scheint auch heile zu sein.«

Er sah zu Britt, die die Hände auf den Kopf gepresst hatte. An ihrer Stirn begann sich eine Beule zu bilden.

»Ich will, so schnell es geht, von diesem Boot runter«, sagte Frauke, der der Schreck ebenfalls anzusehen war. »Und ich will mein Geld zurück.«

Alle anderen stimmten dem zu. Tam nickte kleinlaut.

»Und meine Brille ersetzt du auch«, ergänzte Ebba, während er das Boot bereits am Anleger festband. »Wegen dir Dösbaddel kann ich jetzt nicht mehr richtig gucken.«

Tam nickte erneut widerspruchslos.

Inzwischen waren einige Passanten näher getreten. Unter ihnen Männer der Inselwache, aber auch der Wittdüner Ortsvorsteher Wolf, der wissen wollte, was vorgefallen war. Die Männer der Inselwache halfen Marta und den anderen Damen von Bord, Tam zahlte ihnen ihr Geld für die Fahrt zurück und gestand dem Ortsvorsteher kleinlaut, was er angestellt hatte.

Marta hörte die ersten Worte der Standpauke, zu der Wolf ansetzte, nur noch mit halbem Ohr. Sie hatte den Arm um Nele gelegt und führte sie von dem Unglücksboot fort und zur Haltestelle der Inselbahn.

»Ich schwöre bei Gott, allen Heiligen, dem Klabautermann und bei sonst wem, dass ich niemals wieder ein Boot von Tam Olsen betreten werde«, schimpfte Ebba.

Es dauerte einige Minuten, bis die Bahn einfuhr. Britt, die von ihrem Ehemann Gustav abgeholt worden war, verabschiedete sich von ihnen. Die Beule an ihrer Stirn war größer geworden. Anna Mertens, der zwei Inselwächter beim Tragen der Stoffballen behilflich waren, verabschiedete sich ebenfalls. Sie schien keine Verletzungen davongetragen zu haben.

Frauke trat neben Marta. Sie war noch recht blass, hatte aber ihr Lachen bereits wiedergefunden.

»Also so etwas hab ich noch nicht erlebt. Du liebe Güte. Es müssen eine Menge Schutzengel gewesen sein, die heute auf uns achtgegeben haben.«

»Ja, eine ganze Horde«, antwortete Ebba. »Ein Wunder, dass der Kahn nicht abgesoffen ist.«

»Ich hab es ja gleich gesagt«, sagte Fietje Flohr, der just in diesem Moment an ihnen vorüberlief. »Weiberröcke und Boote passen nicht zusammen. Das bringt Unglück.«

»Nein«, widersprach Ebba, »das hat nix mit Weibern und dem Unglück zu tun. In diesem Fall ist der Kapitän ein rechter Döspaddel, der froh sein kann, dass ich nicht anständig gucken kann. Weil: Sonst hätte ich ihm noch im Hafen den Kopf abgerissen.«

»Das hätte ich sehen wollen«, antwortete Fietje Flohr mit einem Grinsen, lüpfte kurz seine Kappe und ging weiter.

Die Inselbahn kam, und die vier Frauen stiegen ein. Als sich die Bahn wenig später in Bewegung setzte, blickte Marta noch einmal zurück. Um Tams Boot stand eine größere Gruppe Inselwächter. Marta tätschelte Neles Arm und nickte ihr lächelnd zu. Ganz langsam schien das Mädchen wieder etwas Farbe im Gesicht zu bekommen. Hoffentlich musste Tam eine empfindliche Strafe berappen.

»Wie kann man eigentlich so dumm sein und auf Seeminen Bergelohn bezahlen?«, fragte Ebba. »Das fordert so ein Unglück ja regelrecht heraus.«

»Wo du recht hast«, erwiderte Marta. Die Anspannung wich, und Erschöpfung machte sich breit. »Wir können unseren Schutzengeln dankbar sein, dass sie zur rechten Zeit zur Stelle waren.«

»Also ich fahr nicht mehr nach Dänemark«, sagte Ebba und verschränkte die Arme vor der Brust. »Meine Karriere als Schmugglerin ist hiermit ein für alle Mal beendet.«

16

Norddorf, 2. Oktober 1915

Gestern kehrte Nele vom Festland zurück. Sie hatte ihren Schwiegereltern einen Besuch abgestattet. Lange hatte sie darüber nachgedacht, ob sie es tun sollte. Nach der Sache mit Tam hat sie sich vor der Überfahrt gefürchtet. Trotzdem nahm sie all ihren Mut zusammen und ging auf die Fähre, wofür ich sie bewundere. Sie hat mir gesagt, dass sie sich nun besser fühle. Ihr Schwiegervater Heinrich redete wie die meisten, berichtete sie. Sein Sohn wäre als Held fürs Vaterland gefallen. Elfriede weinte ein wenig. Sie hat Nele das Nebengebäude gezeigt, in dem sie mit Johannes hätte wohnen sollen. Nele hat erzählt, sie wäre durch die Räume gelaufen, hätte sich fehl am Platz gefühlt und nicht gewusst, was sie zu Elfriede sagen sollte. Sie wirkte erwartungsvoll, als würde sie sich erhoffen, Nele würde trotzdem zu ihnen ziehen. Doch wieso sollte sie das tun? Das Band zwischen ihren Familien war gerissen, ihr Besuch Höflichkeit gewesen. Neles Verhältnis zu Johannes' Eltern war nie sehr herzlich gewesen. Auch mir ist der Umgang mit den beiden schwergefallen. Sie gestand mir, froh darüber zu sein, dass sie dort nicht leben müsste. Sie hätte es Johannes zuliebe getan. Aber ob es sich jemals wie ein Zuhause angefühlt hätte, bezweifelte sie. Das war und blieb Amrum, das Meer und die Dünen, der raue Wind und der Geschmack von Salz in der Luft. Sie begann zu weinen, und ich nahm sie in den Arm. Ich wusste, dass sie in diesem Moment nicht nur um Johannes weinte, sondern auch um ihre

Eltern. Um Rieke und Jacob, die auf der Suche nach einer neuen Heimat ihr Leben verloren. Wären sie doch nur geblieben.

Marta betrat den Friedhof, einen Strauß Strandastern in der Hand. Es war sonnig und mild, weshalb sie sich dazu entschlossen hatte, den Weg zwischen Nebel und Norddorf zu Fuß zurückzulegen. Ein wenig fühlte es sich noch immer wie Sommer an. Doch allzu lange würde dieser Zustand nicht mehr andauern, wie Marta aus Erfahrung wusste. Bald schon würden die ersten Herbststürme über die Insel brausen, und der nächste Winter würde sie in die Häuser zwingen. Eine weitere Kriegsweihnacht stand ihnen bevor. Was das neue Jahr bringen würde, wusste niemand. Marta hoffte auf Frieden. Doch danach sah es weiß Gott nicht aus. Sie lief durch die Gräberreihen und richtete ihre Aufmerksamkeit auf die hübsch gestalteten Grabsteine. Viele von ihnen standen schon mehr als hundert Jahre auf diesem Friedhof und erzählten Geschichten von Seemännern, tapferen Matrosen und Walfischfängern. Prachtvolle Segelschiffe waren bei einigen Gräbern in den Stein gemeißelt worden. Vor einem der Grabsteine blieb Marta stehen. Er stammte aus dem achtzehnten Jahrhundert. Ein Boh Erken Diedrichsen und seine Familie waren hier beerdigt. Er war Kapitän gewesen, davon zeugte das große Schiff, das auf dem Grabstein abgebildet war. Wie Boh Erken Diedrichsen wohl ums Leben gekommen war?, fragte Marta sich plötzlich. Vermutlich war er auf See umgekommen. Oder am Ende wie der berühmte Hark Olufs heimgekehrt und friedlich in seinem Sessel gestorben. Erfahren würde sie es nicht mehr. Sie ging weiter. Es war ihr zur Gewohnheit geworden, Wilhelm einmal in der Woche zu besuchen, um ihm von ihrem Alltag zu berichten. Sie lief durch die Gräberreihen und las im Vorbeigehen die Namen der Verstorbenen. So viele geliebte Menschen waren inzwischen an diesem Ort vereint, die sie schmerzlich vermisste. Anne und Philipp Schau, deren Grab unweit des Eingangs an der Friedhofsmauer lag. Kaline Peters, die gute Seele der Insel. Ihre Lebensweisheiten und alten Geschichten geisterten noch immer durch ihre Köpfe. Marta erreichte Wilhelms Grab. Die Blumen ihres letzten Besuchs waren inzwischen verwelkt. Sie räumte sie weg und legte den neuen Strauß auf das Grab.

»Ich habe dir Strandastern mitgebracht«, sagte sie. »Du mochtest sie. Obwohl du nie verstanden hast, weshalb sie Astern heißen, denn sie ähneln den Astern auf dem Festland so gar nicht. Sie ähnelten deiner Meinung nach eher Kamillenblüten, wenn die lila Farbe nicht wäre. Diese Sichtweise zeigte, dass wir keine echten Amrumer waren. Was wir jetzt sind, weiß ich nicht. Oder besser gesagt, was ich bin, denn du bist nicht mehr bei mir.« Sie spürte die aufsteigenden Tränen. »Du fehlst mir so sehr. Ohne dich fühle ich mich wie ein halber Mensch. Ich weiß, du hast zu mir gesagt, ich soll nicht traurig sein. Du wolltest, dass ich glücklich bin. Aber ohne dich ist es schwer, gerade jetzt, in diesen unruhigen Zeiten. Das Fehlen der Sommergäste fühlt sich sonderbar an. Die Zimmer stehen leer, viele Möbel haben wir mit Tüchern abgedeckt. Erst gestern bin ich durch die Flure und Räume gegangen und habe nach dem Rechten gesehen. In einem der Zimmer, es ist gleich das neben der Treppe im zweiten Stock, du weißt gewiss, welches ich meine, hängt ein Bild von einem alten Friesenhaus. Es erinnert ein wenig an das alte Schulhaus, in das wir uns einst verliebt haben. Ich weiß noch, wie wir beide damals dort gewesen sind und beschlossen haben, es zu kaufen. Wir ließen Hamburg hinter uns und starteten das Abenteuer Amrum. Ich stand in dem Zimmer vor dem Bild und wünschte mir nichts mehr auf der Welt, als die Zeit zurückdrehen zu können. Ich wünschte, wir wären wieder dort, in diesem Augenblick. Damals waren wir so unendlich glücklich. Doch das Glück ist ein flüchtiger Geselle. Es kommt und geht, wie es will.« Eine Träne rann über Martas Wange. Sie wischte sie rasch weg. »Wir ahnten beide, dass du als Erster gehen musst. Du bist stark, hast du kurz vor deinem Tod zu mir gesagt. Ich will, dass du glücklich bist, hast du gesagt. Und ich versuche es wirklich.«

»Marta«, erklang plötzlich eine vertraute Stimme. Sie drehte sich um. Jasper kam näher.

Marta sah ihn verwundert an. »Jasper. Du hier?«

»Wieso nicht?«, antwortete er. »Ich war gerade in der Gegend und dachte, ich besuche ein paar alte Freunde.«

Marta nickte.

Jasper musterte sie.

»Du weißt, dass er es nicht mochte, dich traurig zu sehen«, sagte er.

Marta nickte. »Ich weiß, es ist nur, manchmal …« Sie kam ins Stocken. Jetzt ließen sich die Tränen nicht mehr aufhalten.

»Ach, mien Deern«, sagte Jasper und legte seine Arme um Marta. »Nicht weinen. Sonst muss ich auch heulen.« Er drückte Marta fest an sich, und sie ließ es geschehen. Jasper roch nach Schweiß und Schnaps, aber das war ihr in diesem Moment gleichgültig. Er war da. Sie war nicht allein. Er war Familie. Es dauerte eine ganze Weile, bis sie sich wieder voneinander lösten. Sie standen einander gegenüber, unsicher, was sie nun sagen sollten.

»Wollen wir über den Strand nach Hause laufen?«, fragte Jasper nach einer Weile.

»Das ist eine gute Idee«, antwortete Marta.

Die beiden verließen den Friedhof und machten sich auf den Weg zum Strand. Sie liefen an Annes Haus vorüber, im Garten war Wäsche aufgehängt. Kresde Nielsen betrieb hier ein kleines Kinderhaus für zehn bis zwölf Kinder, um die sie sich gemeinsam mit ihrer Helferin Dörte kümmerte. Doch nun stand auch dieser Betrieb wegen des Krieges still.

Kresde trat nach draußen und winkte. Marta rief ihr lächelnd einen Gruß zu, ging jedoch weiter. Ihr war nicht nach einem Schnack zumute. Kresde war eine liebenswerte Person, die sich ebenfalls im Frauenverein engagierte. Aber Marta brachte es noch immer nicht fertig, in der Nähe des Hauses zu sein. Für sie war es Annes Haus, und jedes Mal, wenn sie daran vorbeilief, hoffte sie, die Tür würde sich öffnen und Anne käme heraus. Sie wünschte sich, sie würde im Garten stehen, Wäsche aufhängen und ihr fröhlich lächelnd zuwinken. Aber dies würde niemals wieder geschehen.

Jasper schien ähnliche Gefühle wie sie zu haben, denn er sagte: »Ich werde mich niemals daran gewöhnen, dass Philipp und Anne fort sind.«

»Ich auch nicht«, antwortete Marta. »Aber so ist nun einmal der Lauf der Zeit. Wir werden älter und müssen uns von immer mehr Menschen verabschieden.«

Jasper nickte, antwortete jedoch nicht. Sie folgten dem Weg durch die Dünen und erreichten den Strand. Es herrschte gerade Flut. Durch das windstille Wetter gab es kaum Wellengang. Sie gingen bis zur Wasserlinie. Einige Möwen schwammen auf den Wellen, zwei Strandläufer suchten unweit von ihnen im feuchten Sand nach etwas Essbarem. Weit draußen waren Boote mit dampfenden Schloten zu erkennen. Vermutlich irgendwelche Kreuzer oder Kriegsschiffe. Ein vertrautes Bild der letzten Monate.

Sie liefen den Strand hinunter Richtung Norddorf.

Nach einer Weile trafen sie auf eine Gruppe Inselwächter. Die Männer schien ihre Anwesenheit am Strand wenig zu erfreuen.

»Moin, die Herrschaften«, sagte ein groß gewachsener, blonder Bursche, den weder Marta noch Jasper kannten. »Der Strandabschnitt ist für Zivilisten wegen einer Felddienstübung gesperrt. Haben Sie die Absperrung etwa nicht gesehen?«

»Moin, Hauptmann«, grüßte Marta zurück, die inzwischen in der Lage war, die verschiedenen Dienstgrade der Männer zu unterscheiden.

»Was für eine Absperrung?«, fragte sie. »Wir haben keine gesehen.«

»An welcher Stelle haben Sie denn den Strand betreten?«

»In Nebel«, antwortete Jasper.

»Dann haben diese Lausejungen schon wieder das Schild entwendet«, schimpfte der Hauptmann. »Kalle.« Er winkte einen seiner Männer näher. »Lauf rasch zum Strandaufgang nach Nebel und kümmere dich um die Absperrung. Nicht, dass uns noch mehr Zivilisten in die Quere kommen.«

Der junge Inselwächter – Marta überlegte, woher sie ihn kannte – nickte und lief sogleich Richtung Nebel los.

»Um was für eine Felddienstübung handelt es sich denn?«, fragte Jasper.

Der Hauptmann sah Jasper irritiert an. Solch eine Frage war ihm von einem Zivilisten anscheinend noch nicht gestellt worden. Marta bemerkte belustigt, dass der Mann nicht so recht zu wissen schien, wie er reagieren sollte. Nach einem Moment des Schweigens fand er dann doch eine Antwort: »Das sind militärische Angelegenheiten. Ich bin nicht dazu befugt, darüber zu sprechen. Bitte verlassen Sie so schnell wie möglich den Strandabschnitt.« Er deutete zu den Dünen.

Marta und Jasper nickten und trollten sich in die angegebene Richtung. Mit einiger Anstrengung erklommen sie eine der Dünen. Oben angelangt, brauchten sie einen Moment, um wieder zu Atem zu kommen, und beobachteten eine Weile das Treiben der Inselwächter.

»Felddienstübung«, sagte Jasper kopfschüttelnd. Sein Tonfall klang spöttisch. »Wahrscheinlich müssen sie wieder über die Dünen rennen. Thaisen hat neulich erzählt, dass sie zum x-ten Mal den Leuchtturm verteidigt hätten. Fragt sich nur, für was der ganze Aufwand überhaupt betrieben wird, Engländer scheinen ja keine zu kommen.«

»Und wenn doch?«, antwortete Marta. »Sicher können wir uns dessen nicht sein. Da ist es schon besser, dass es die Inselwache gibt.« Sie drehte sich um und sah die Düne hinunter. »Wir sollten die Düne auf dem Hinterteil runterrutschen. Das geht einfacher.«

Jasper sah Marta irritiert an. »Das ist nicht dein Ernst. Das tun doch nur Kinder und Touristen.«

»Ich glaube, als ich es zuletzt gemacht habe, war ich noch eine Touristin«, antwortete Marta lächelnd und setzte sich in den warmen Sand. »Jetzt sei kein Spielverderber. So sind wir schneller unten, und lustig ist es auch.«

Sie klopfte neben sich. Jasper setzte sich, und sie rutschten los. Unten angekommen, kugelte Jasper sogar über den Sand. Marta sah ihm lachend dabei zu. Er richtete sich ein Stück von ihr entfernt auf, klopfte den Sand aus seinem Hut und grinste wie ein Lausbub.

»Was für ein Spaß«, sagte er. »Wollen wir noch mal?«

Marta nickte. Plötzlich stieg eine Erinnerung in ihr auf. Sie sah Rieke und Ida, wie sie gemeinsam eine Düne, damals in Wittdün, hinuntergerutscht waren. Rieke wollte erst nicht mitmachen, weil sie Sorge um ihr Kleid hatte. Doch dann tat sie es doch. Die Erinnerung ließ Marta wehmütig werden.

»Was ist jetzt?«, fragte Jasper und riss sie aus ihren Gedanken. »Noch mal?«

»Gern«, antwortete Marta, stand auf und wischte sich den Sand vom Rock. Gemeinsam stiegen sie die Düne wieder hinauf und rutschten erneut hinunter. Lachend blieben sie unten im warmen Sand nebeneinander liegen und blickten in den blauen Himmel über sich.

»Danke«, sagte Marta.

»Für was?«, fragte Jasper.

»Dafür, dass du da bist, und fürs Zuhören.«

»Gern geschehen«, antwortete er. »Er sieht dich, weißt du. Davon bin ich überzeugt. Wilhelm beobachtet uns, und im Moment ist er bestimmt glücklich, weil du es auch bist.«

»Ja«, antwortete Marta leise und blinzelte die aufsteigenden Tränen zurück, »ja, bestimmt ist er das«, wiederholte sie mit leiser Stimme und schloss für einen Moment die Augen. Nur kurz noch liegen bleiben, die warme Sonne auf der Haut fühlen und das wohlige Gefühl im Bauch genießen. Die Realität konnte noch eine Weile warten.

17

Norddorf, 22. November 1915

Gestern hat uns Elisabeth Schmidt einige Flaschen Honigwein gebracht und ist zum Tee geblieben. Es ist eine delikate Angelegenheit, die sie mit mir besprechen wollte. Dabei ging es um ihre Tochter Marret. Ich war natürlich bereits von Nele ins Bild gesetzt worden und wusste Bescheid. Vor zwei Wochen musste wegen eines Defekts ein Flugzeug in der Nähe der Norddorfer Brücke notlanden, und es kam zu einer längeren Liegezeit. Der junge, aus Brandenburg stammende Pilot nutzte seine freie Zeit und erkundete die Insel. Dabei war er einige Male Gast im Honigparadies *gewesen und hatte sich mit Marret angefreundet. Leider entwickelte sich aus dieser anfangs unverfänglichen Bekanntschaft rasch mehr, und Elisabeth hat die beiden hinter dem Schuppen überrascht, als sie sich küssten. Was jetzt werden soll, weiß sie nicht, denn der junge Mann hat heute Morgen die Insel wieder Richtung Helgoland mit einem Schleppdampfer verlassen. Marret ist nun traurig und hat sich, nachdem ihre Eltern ihr eine Standpauke gehalten hatten, in ihrem Zimmer eingeschlossen. Julius war außer sich. Er fürchtet um den guten Ruf seiner Tochter, was ich nachvollziehen kann. Da hängt der Haussegen nun ordentlich schief. So recht wusste ich nicht, wie ich Elisabeth wegen der Angelegenheit beruhigen sollte. Vielleicht haben sie ja Glück, und es ist bei den Heimlichkeiten hinter dem Schuppen geblieben, und niemand anderes hat etwas bemerkt. Aber daran mag ich nicht so recht glauben. Auf unserem Inselchen lässt sich schlecht etwas geheim halten, und wenn es um solch delikate Dinge wie ein Techtelmechtel geht, verbreiten sich die Neuigkeiten oftmals schneller, als dem einen oder anderen lieb ist. Nele berichtete mir heute Morgen beim Frühstück, dass Marret in den jungen Mann, leider ist mir sein Name entfallen, verliebt ist und dass diese Liebe auf Gegenseitigkeit beruht. Er habe ihr fest versprochen, so bald wie möglich nach Amrum zurückzukehren, damit er offiziell bei ihrem Vater um ihre Hand anhalten kann. Darauf wollen wir hoffen, auch um Marrets willen. Die Liebe ist eben manchmal eine sonderbare Sache. Man weiß nie, wo sie hinfällt.*

Nele nahm sich eine der auf dem Tisch liegenden Bienenwachsplatten, legte den Docht an das vordere Ende und begann, die Platte vorsichtig aufzurollen. Neben den Wachsplatten, die Julius im Laufe der letzten Monate für die Herstellung der Kerzen vorbereitet hatte, lagen kleine Sterne, mit denen sie die Kerzen weihnachtlich verzieren wollten. Elisabeth lagen bereits einige Bestellungen für die Weihnachtskerzen vor, die auf der Insel sehr beliebt waren. Sie saßen in der Gaststube des *Honigparadieses* am Fenster. Draußen schneite es leicht, und der Garten und die Bienenkästen waren von einer weißen Schicht überzuckert. Nur langsam hatte sich der Ärger wegen der geheimen Liebelei wieder gelegt. Nachdem der junge Pilot, sein Name war Anton, fort gewesen war, hatte Julius seiner Tochter noch einmal ins Gewissen geredet. Wie konnte sie nur so dumm sein und sich von einem vollkommen Unbekannten in solch kurzer Zeit einwickeln lassen, hatte er gesagt. Am Ende hätte der junge Mann sie noch geschwängert, oh, was wäre das für eine Schande gewesen. Marret war hochrot angelaufen. Sie schämte sich und hatte später ihre Mutter in der Küche gefragt, ob man vom Küssen Kinder kriegen könne. Da war Elisabeths Groll verflogen, und sie hatte laut aufgelacht. Danach hatte sie Marret erklärt, wie das mit dem

Kindermachen funktionierte. Und Marret erkundigte sich nun im Flüsterton bei Nele, ob die Ausführungen ihrer Mutter auch der Wahrheit entsprachen.

Nele nickte. »Im Großen und Ganzen läuft es so ab«, antwortete sie und blickte sich um. »Vom Küssen allein kannst du nicht schwanger werden. Du darfst ihn aber auf keinen Fall unter deinen Rock lassen. Seitdem ich die Geburt von Idas Zwillingen mitgemacht habe, bin ich allerdings am Überlegen, ob ich überhaupt Kinder haben möchte. Also, ich sage dir …«

»Bitte verschone mich damit«, unterbrach Marret sie. »Es war schrecklich, was du davon erzählt hast. Da wundert es einen schon, dass es Frauen gibt, die sich das mehrfach antun.«

Nele nickte. Sie hatte die Kerze fertig aufgerollt und schnitt mit einer Schere den Docht ab.

»Hat sich Anton gemeldet?«, fragte sie.

»Ja, hat er. Er hat mir eine Feldpostkarte aus Helgoland geschrieben. Ich habe Gott sei Dank den Postboten vorher abfangen und sie ihm abnehmen können. Hätte Papa sie in die Finger bekommen, wäre sie vermutlich niemals bei mir gelandet. Er vermisst mich. Und stell dir vor: Er hat einen Antrag auf Versetzung zur Amrumer Inselwache gestellt. Ist das nicht großartig?«

»Ein Pilot aus Brandenburg, der zur Inselwache versetzt werden will«, wiederholte Nele. »Und du glaubst wirklich, dass das klappt?« Ihre Miene war skeptisch.

»Vermutlich nicht«, antwortete Marret ehrlich. »Bei der Inselwache dienen ja hauptsächlich nur Einheimische, die sich mit dem Watt auskennen. Aber vielleicht haben wir ja Glück. Oh, es wäre so wunderbar, wenn er zurückkäme. Dann hält er gewiss bei Papa um meine Hand an.«

»Und du denkst, dein Vater wird einwilligen?«, fragte Nele.

»Wieso nicht? Anton kommt aus gutem Haus und hat Kaufmann gelernt, seine Eltern führen in Potsdam ein Sanitärgeschäft. Er ist kein armer Schlucker und kann mich gut versorgen. Es gibt keinen Grund, seinen Antrag abzulehnen. Außer vielleicht, weil wir uns heimlich geküsst haben. Aber küssen tun sich Liebende schon mal. Denk an Ida und Thaisen. Die lebten sogar heimlich zusammen, küssten sich und haben dann doch geheiratet.«

»Das kannst du nicht vergleichen. Die Sache zwischen Ida und Thaisen war kompliziert«, erwiderte Nele. »Das von dem Sanitärgeschäft hattest du noch gar nicht erzählt. Potsdam also. Das wäre dann aber weit weg von Amrum.«

»Ich weiß«, antwortete Marret. »Aber so ist das eben. Ich hab ihn gern und denke ständig an ihn. Ich hoffe sehr, dass seine Versetzung genehmigt wird. Dann könnten wir schon bald heiraten.« Sie ließ von ihrer Arbeit ab, stützte das Kinn auf die Hand, und ihr Blick bekam etwas Seliges. »Und dann ist es mir ehrlich gesagt auch egal, ob er unter meinen Rock greift.«

Nele nickte. Plötzlich dachte sie an Johannes. Wegen ihm hätte sie Amrum auch verlassen. Sie erinnerte sich daran, wie er damals mit strahlenden Augen am Altar auf sie gewartet hatte. Er hatte ihre Hand genommen und ihr zugeraunt, wie wunderschön sie wäre.

Marret bemerkte die Veränderung bei Nele.

»Es tut mir leid«, sagte sie und legte ihre Hand auf die ihrer Freundin. »Ich wollte nicht …«

»Ist schon in Ordnung«, erwiderte Nele und wischte sich über die Augen. »Ich wünsche dir, dass es gut ausgeht und ihr euch wiedersehen werdet. Johannes und mir war es leider nicht vergönnt, glücklich zu werden.«

Marret nickte, zog ihre Hand zurück und begann, einen der Wachssterne auf ihrer fertig gewickelten Kerze zu befestigen. Eine Weile arbeiteten sie schweigend weiter. Elisabeth war es, die die Stille brach, als sie den Raum betrat.

»Ach, Nele, du bist hier«, sagte sie. »Wie steht es denn in der Schule? Ich hörte, es grassieren die Windpocken.«

»Ja leider. Wir haben bereits zehn Ausfälle. Unter ihnen ist auch Leni. Bei ihr entdeckten wir heute Morgen die ersten Pusteln auf dem Rücken. Ida hat sofort die Babys von ihr separiert. Leni schläft jetzt bei Marta auf dem Kanapee in der guten Stube. Anfangs überlegten wir, sie in einem der Gästezimmer unterzubringen, aber dort wäre sie doch recht einsam gewesen. So ist es besser. Marta und auch Ebba umsorgen sie liebevoll.«

»Das glaub ich gern«, antwortete Elisabeth lächelnd. »Allerdings nehme ich an, dass das Separieren der Babys nicht mehr viel gebracht hat. Die Windpocken haben leider die scheußliche Angewohnheit, bereits ansteckend zu sein, bevor man sie bemerkt.«

»Weshalb sie sich ja auch so rasant ausbreiten«, sagte Nele und seufzte. »Wenn es in der Schule noch weitere Fälle zu beklagen gibt, ist sogar die Aufführung des diesjährigen Krippenspiels gefährdet.«

»Ach, das wäre schade. Die Kinder haben doch immer so viel Freude daran.«

Die neben dem Klavier stehende Standuhr begann zu schlagen. Nele blickte auf. »Ach du liebe Güte, schon vier Uhr. Ich muss los. Ich habe Mama versprochen, heute an der Sitzung des Vaterländischen Frauenvereins teilzunehmen.« Sie stand auf. »Die Damen planen wohl einen Weihnachtsbasar. Der Erlös soll an die Kriegshilfe gestiftet werden.«

»Was für eine wunderbare Idee«, sagte Elisabeth. »Du kannst Marta gern ausrichten, dass wir uns beteiligen werden.«

»Das werde ich machen«, antwortete Nele, während sie in ihren Mantel schlüpfte. »Oder noch besser: Komm doch mit mir. Sie würde sich sehr darüber freuen, wenn du dich im Verein engagieren würdest.«

»Ich weiß«, antwortete Elisabeth, »aber das ist nichts für mich. Es sind mir einfach zu viele Weiber auf einem Haufen.« Sie zwinkerte Nele lächelnd zu, die grinste. Sie verstand, was Elisabeth andeutete. Selbst Marta hatte neulich gemeint, gegen das Getratsche der einen oder anderen Insulanerin würde sogar ein Hamburger Fischweib alt aussehen. Nele hatte zwar keine Ahnung von Hamburger Fischweibern, aber sie verstand durchaus, was ihre Großmutter damit ausdrücken wollte.

Draußen empfing ein kalter, vereinzelte Schneeflocken vor sich hertreibender Wind Nele. Sie zog ihre Wollmütze tiefer über die Ohren und lief durch Nebel. Nur in wenigen Fenstern der mit Reet gedeckten Häusern war Licht zu erkennen, wegen der Verdunkelung. Noch so etwas, das der Krieg mit sich brachte. Um eventuellen Fliegern des Feindes keine Angriffsfläche zu bieten, sollten ab der Dämmerung die Fenster zugehängt werden. Nele empfand diese Verordnung jedoch als überflüssig. Bisher war noch nicht ein einziger fremder Flieger über die Insel hinweggeflogen. Es waren nur wenige deutsche Doppeldecker gewesen, die sie in den letzten Monaten beobachtet hatten.

Sie schlug in der Hoffnung, die Bahn noch zu erreichen, den Weg zum Bahnhof ein. Im Bahnhofshotel brannte im großen Saal Licht, und viele der Tische waren besetzt. Nele erkannte einige der Anwesenden und nahm an, dass es sich um eine der üblichen Gemeinderatssitzungen handeln musste, die häufiger in dem großen Saal des Bahnhofshotels abgehalten wurden.

Die Inselbahn kam, und Nele stieg gemeinsam mit Mathilde Henning ein, die ihre Tochter Eike dabeihatte. Mathilde Henning war mit Ludolf Henning, einem Friseurmeister, verheiratet, der sich vor einigen Jahren in Norddorf niedergelassen hatte und einen kleinen Salon in der Nähe des Dorfladens führte.

Die beiden setzten sich in der Bahn Nele gegenüber. Sie waren in dem Wagen die einzigen Fahrgäste.

Mathilde Henning begann ein Gespräch mit Nele.

»Kommen Sie auch zur heutigen Sitzung des Frauenvereins?«, fragte sie. »Es geht ja um die Planungen des Wohltätigkeitsbasars. Soweit ich gehört habe, sollen auch die Schüler mit einbezogen werden.«

»Ja, ich komme heute auch«, erwiderte Nele.

»Ist eine feine Sache mit dem Basar«, sagte Mathilde Henning. »Es wird gewiss ein hübsches Sümmchen für die Kriegshilfe zusammenkommen.«

»Ja sicherlich«, erwiderte Nele. Sie musterte Eike genauer. Die Kleine sah aus dem Fenster und kratzte sich die ganze Zeit an der Wange.

»Darf ich mal sehen?«, fragte Nele und beugte sich nach vorn. Eike ließ die Hand sinken. Auf ihrer Wange prangten zwei dicke rote Pusteln, eine zeigte das für Windpocken charakteristische Bläschen.

Mathilde Henning richtete ihre Aufmerksamkeit nun ebenfalls auf ihre Tochter.

»Oh«, sagte sie, »das ist mir bisher noch gar nicht aufgefallen. Heute Morgen hat sich unsere Köchin Frieda um die Kleine gekümmert.«

»Das sieht nach Windpocken aus«, erklärte Nele und seufzte hörbar. »Und du solltest doch einen der Hirten spielen, Eike. Daraus wird jetzt wohl nichts werden.«

Eikes Miene verfinsterte sich, und sie verschränkte die Arme vor der Brust.

»Aber das sind doch nur zwei juckende Pusteln«, sagte sie. »Die gehen bestimmt bald wieder weg.«

»Ich befürchte, nein«, antwortete Nele. »Es werden eher noch mehr Pusteln werden.«

»Wenn das so weitergeht, müssen wir das Krippenspiel in diesem Jahr ganz absagen. Für den Josef habe ich bereits einen Ersatz, und unsere Maria spielt inzwischen die Drittbesetzung.«

»Ja, wenn die Windpocken einmal ausgebrochen sind, dann sind sie kaum zu stoppen«, sagte Mathilde Henning und wandte sich ihrer Tochter zu. »Der große Vorteil daran ist, dass man sie nur ein Mal im Leben bekommt und dann niemals wieder.«

»Trotzdem sind sie doof«, sagte Eike mürrisch.

Sie erreichten den Norddorfer Bahnhof und stiegen aus. Nele verabschiedete sich von Mathilde Henning und Eike und überlegte auf dem Weg zum Hotel, wie viele Schüler noch übrig waren. Wenn das so weiterginge, könnte sie die Grundschulklasse bald ganz schließen. Innerhalb weniger Tage gab es schon acht Fälle. Sie musste morgen die Kinder unbedingt fragen, wie viele die Windpocken bereits gehabt hatten, und eine Liste anlegen.

Sie erreichte das Hotel und betrat die Küche. Dort saß Ida am Küchentisch vor einer Tasse Tee. In einer Ecke stand die Wiege der beiden Kleinen. Nele warf einen Blick auf die Babys. Auf Inkes Backe zeigte sich eine rote Pustel.

»O nein«, sagte Nele.

»Das war zu erwarten«, antwortete Ida und nippte an ihrem Tee. Sie sah müde aus. Dunkle Schatten lagen unter ihren Augen, ihr Haar hatte sie achtlos im Nacken zusammengebunden.

»Peter hat es am Rücken. Er hat den ganzen Nachmittag geweint. Vor ein paar Minuten ist er endlich eingeschlafen.«

Sie streckte sich gähnend. Nele wusste, dass Idas letzte Nacht mal wieder unruhig gewesen war. Beide Kinder bekamen Zähne, und vom Durchschlafen konnte keine Rede mehr sein.

»Wie geht es Leni?«, fragte sie.

»Ganz gut. Sie hat leichtes Fieber und ärgert sich darüber, dass sie nicht kratzen darf. Mama hat in der Apotheke ein Pulver gegen den Juckreiz besorgt. In ein paar Tagen sollte das Schlimmste ausgestanden sein.«

Nele nickte, setzte sich neben Ida und schenkte sich Tee ein.

»Und die beiden Kleinen?«, fragte Nele.

»Wir werden sehen«, antwortete Ida. »Mama meinte vorhin, dass es bei den Kleinen zumeist weniger schlimm ist. Je älter man ist, desto gefährlicher können Windpocken offensichtlich sein.«

»Davon hörte ich auch schon«, antwortete Nele. »Besonders im Erwachsenenalter soll es scheußlich sein. Wehn aus dem Kramladen hat mir heute Mittag erzählt, dass ihr Mann es damals von den Kindern bekommen hätte. Er war wochenlang krank und hatte sogar an den Fußsohlen Ausschlag.«

»Na, da können wir ja froh sein, dass wir alle die Windpocken schon hatten«, sagte Ida. »Bei dir kann ich mich sogar gut daran erinnern. Du warst vier oder fünf Jahre alt, und Rieke hat dir immer Kamillenumschläge gemacht. Trotzdem hast du wie ein Weltmeister gekratzt. Die kleine Narbe auf deinem rechten Arm war eine besonders scheußlich entzündete Pocke.«

Die Tür zur Küche öffnete sich, und Jasper trat ein. Er lächelte, als er Ida und Nele erblickte.

»Moin, die Damen.« Er lüpfte kurz seine Kappe. In der anderen Hand hatte er zwei tote Enten, die er stolz vor Ida auf den Tisch legte. »Seht mal, was ich mitgebracht habe. Frisch aus der Vogelkoje. Wird leckeren Entenbraten geben. Ist das nicht fein?«

»Ja, das ist es«, erwiderte Nele.

»Darauf müssen wir einen heben«, sagte Jasper und fischte eine Schnapsflasche vom Regal. »Kommt in letzter Zeit ja nicht oft vor, dass es so ein Festmahl gibt. Ihr auch einen?« Er sah in die Runde. Sowohl Ida als auch Nele schlugen sein Angebot aus. Jasper füllte ein Schnapsglas, leerte es in einem Zug, füllte es erneut und leerte es noch einmal. »Zwei Enten, zwei Gläser Schnaps«, sagte er grinsend und begann, sich im Nacken zu kratzen.

Nele legte den Kopf schräg. Sobald sich jemand in ihrer Gegenwart kratzte, schellten bei ihr die Alarmglocken.

»Hat dich etwas gestochen?«, fragte sie.

Jasper sah sie verwundert an. »Vielleicht. Eine frostige Mücke. Das juckt da hinten heute schon den ganzen Tag.«

Nele stand auf und betrachtete Jaspers Nacken genauer.

»Das war keine frostige Mücke«, sagte sie. »Die rote Pustel hier hinten scheint mir eindeutig eine Windpocke zu sein.«

»Ach du je«, antwortete Jasper.

»Ich dachte, du hättest sie schon gehabt«, sagte Ida. »Ich hatte dich doch danach gefragt.«

»Ja, ich meine …« Jasper kratzte sich am Kopf. »Könnte auch sein, dass ich sie nicht hatte. Ist ja alles ewig her. Woher soll ich das noch wissen?«

»Du hattest sie nicht«, sagte Nele und fügte hinzu: »Denn du hast sie jetzt.«

Sie sah zu Ida, deren Miene ernst war. Beide wussten, was das zu bedeuten hatte, doch sie sprachen ihre Befürchtungen nicht aus. Vielleicht hatten sie ja Glück, und Jasper käme noch einmal glimpflich davon. Sie hofften es jedenfalls.

18

Norddorf, 20. Dezember 1915

In wenigen Tagen ist Heiligabend. Uns allen ist jedoch überhaupt nicht nach Weihnachten zumute, denn wir sorgen uns um Jasper. Anfangs ging es ihm noch den Umständen entsprechend gut, und er hat sich nur über den Juckreiz geärgert. Aber der Ausschlag hat sich schnell über seinen gesamten Körper ausgebreitet, und hohes Fieber kam hinzu. Bereits seit über einer Woche liegt er nun darnieder, und es scheint keine Besserung in Sicht. Seit heute Morgen geht es ihm noch schlechter. Doktor Anders erklärte, es habe sich auch noch eine Lungenentzündung entwickelt. Ich ahnte es bereits und bat den Arzt um eine ehrliche Einschätzung. Er meinte, es würde zu Ende gehen. Und das so kurz vor dem Fest. Ich habe es den anderen nicht gesagt. Es ist doch Weihnachten, also die Zeit für ein Wunder.

Hannes betrat die Hotelküche mit gesenktem Kopf. Es war noch früh am Tag und dunkel. Am Küchentisch saßen Marta und Ebba, neben ihnen lag das Blech mit den Heißwecken darauf. Über die Jahre war es den beiden zur Gewohnheit geworden, auf diese Art den Tag zu beginnen. Sie beobachteten das Hefegebäck beim Aufgehen, tranken ihren ersten Tee oder Kaffee, klönten ein wenig oder schwiegen einträchtig. Marta wusste, dass diese Gewohnheit inzwischen ein hohes Gut war, denn Mehl war, wie Fett und Brot, im Reich zu einem wahren Luxusartikel geworden. Sie hatte vor einigen Tagen fast ihr komplettes Silbergeld in den Kauf von Mehl investiert. Im Keller stapelten sich nun einige Säcke, die für die nächsten Wochen reichen würden, und wenn sie sparsam damit umgingen, vielleicht sogar mehrere Monate. Doch irgendwann würde vermutlich der Tag kommen, an dem sie Ebba sagen musste, dass sie keine Heißwecken mehr backen durfte. Es graute ihr schon jetzt davor. Wie sollten sie denn ohne ihr gewohntes Ritual in den Tag starten? Aber irgendwie würde es schon gehen, Mehl zu organisieren. Für die Marken gab es nur wenig im Laden. Aber sie hatten noch etwas Petroleum im Keller. Gewiss ließ es sich bei einem der Föhrer Bauern eintauschen. Gundel Richardson vom Postbüro hatte ihr erst gestern gesagt, dass man immer zu den Höfen mit den größten Misthaufen gehen sollte. Da würde es sich lohnen. Doch diese Sorte Tauschgeschäft lag Marta nicht sonderlich. Es hatte etwas von Bettelei. Und wie lange die Föhrer Bauern noch Mehl zum Tauschen haben würden, stand in den Sternen. Auf Föhr gab es zwar bedeutend mehr Landwirtschaft als auf Amrum, aber deshalb war es auch nicht das Land, wo Milch und Honig flossen. Dort galt es ebenso, den Gürtel enger zu schnallen, wie ihr erst neulich Frauke erzählt hatte, die auf einen Plausch bei ihrer Freundin Vollig, der Leiterin der Föhrer Bibliothek in Wyk, gewesen war. In den letzten Tagen hatte Marta sogar ernsthaft darüber nachgedacht, eine weitere Schmugglerfahrt nach Esbjerg anzutreten. Tam Olsen konnte ja nicht so dumm sein und nochmals Seeminen ins Schlepptau nehmen. Sie besaß noch einen eisernen Vorrat von zwanzig Silbermünzen, dafür könnte man gewiss einige Pfund Mehl eintauschen. Aber dann hörte sie davon, dass der deutsche Zoll die Fahrten unterbunden hatte. Also schied Dänemark endgültig aus.

»Moin, die Damen«, grüßte Hannes.

»Moin, Hannes«, sagte Marta. »Du bist früh dran. Die Bahn geht doch erst in einer Stunde.«

»Ich konnte nicht mehr schlafen«, sagte er.

Marta nickte. »Dann bleibt noch Zeit für einen Tee.« Sie rückte den Stuhl neben sich zurecht, und Hannes setzte sich. Er sah niedergeschlagen aus, was Marta gut verstehen konnte. Ebba sprach aus, was sie dachte: »Also ich finde, es ist eine Sauerei, dass sie dich noch zum Landsturm einberufen haben. Und das an Weihnachten. Wenigstens über die Feiertage hätten sie dich in Ruhe lassen können.«

»Ist eben, wie es ist«, antwortete Hannes und zuckte mit den Schultern. »Registrieren musste ich mich ja schon vor einer Weile. Ich hab halt immer noch gehofft, der Kelch würde an mir vorübergehen, immerhin bin ich schon achtundvierzig. Nun geht es erst einmal zur Grundausbildung, dann sehen wir weiter. Wenn ich Glück habe, mustern sie mich doch noch aus. Nicht, dass ich unser Vaterland nicht verteidigen wollte. Das müsst ihr mir glauben. Es ist halt nur so …«

»Du musst dich nicht erklären, Hannes«, fiel Marta ihm ins Wort. »Wir hätten dich auch lieber bei uns gehabt. Und das nicht nur deshalb, weil uns eine helfende männliche Hand im Haus fehlen wird.«

Hannes nickte und trank von seinem Tee. »Wie geht es Jasper?«, fragte er.

»Unverändert«, antwortete Marta. »Nele sitzt bei ihm. Besonders das hohe Fieber bereitet uns Sorge.«

»Da war er niemals krank, und jetzt scheint es so etwas Harmloses wie die Windpocken zu sein, das ihm das Leben nimmt«, sagte Hannes und schüttelte den Kopf.

»Davon will ich nichts hören«, entgegnete Ebba ruppig. »Unser Jasper wird wieder gesund. Das weiß ich bestimmt.« Sie verschränkte resolut die Arme vor der Brust.

Marta spürte, wie es in ihrem Kopf zu hämmern begann. Sie kannte diesen Schmerz. Eine Migräne kündigte sich an. Ausgerechnet, wo es doch heute noch so viel für den morgigen Heiligen Abend vorzubereiten gab. Die Stube gehörte weihnachtlich dekoriert, die Salzteigfiguren für den Kenkenbuum gebacken, dieser noch mit Buchsbaum umwickelt, der bereits vor dem Haus lag. Auch galt es, in der Küche zu helfen. Zum Fest sollte es Entenbraten – Hugo Jannen hatte ihnen gestern zwei Enten aus der Vogelkoje gebracht – mit Klößen geben, dazu Rotkraut aus dem eigenen Garten. Wenigstens am Weihnachtsessen sollte nicht gespart werden. Sie hatten beschlossen, in diesem Jahr den Heiligen Abend in der Stube des privaten Friesenhauses zu feiern. Dort lag auch Jasper im Alkovenbett. Vielleicht war es ja seiner Gesundheit zuträglich, wenn er an einem so besonderen Abend seine Liebsten um sich hatte.

Die Tür öffnete sich, und Ida trat ein. Sie hatte beide Babys in den Armen und sah recht mitgenommen aus. Inkes Gesichtchen war vom Weinen gerötet, Tränen schimmerten auf ihren Wangen, und sie zog eine Schnute. Peter hingegen begrüßte sie mit einem fröhlichen Quietschen und zappelte mit den Beinen.

Marta nahm Ida Inke ab.

»Es sind mal wieder die Zähne. Sie sabbert die ganze Zeit. Diesmal die unteren Schneidezähne, man kann sie bereits sehen. Ich massiere das Zahnfleisch schon die ganze Zeit mit dem Zahnöl, das ich in der Apotheke besorgt habe. Aber sie will sich einfach nicht beruhigen lassen.«

»Vielleicht hilft es ja, wenn sie auf etwas herumkaut«, meinte Ebba. »Am besten einen kühlen Waschlappen. Damit ließ sie sich beim letzten Mal ganz gut beruhigen.«

Ebba nahm einen sauberen Lappen zur Hand, feuchtete ihn an und reichte ihn Marta, die ihn Inke hinhielt. Sogleich packte die Kleine den Lappen und steckte ihn in den Mund.

Ida legte Peter in eine neben dem Küchentisch stehende Wiege, setzte sich und schenkte sich Tee ein. Sie nahm einen Schluck und entspannte sich.

»Wann kommt eigentlich Thaisen?«, fragte Marta.

»Heute Nachmittag. Er hat bis ins neue Jahr hinein Urlaub bekommen. Obwohl er hier wohl mehr Arbeit als bei der Wache haben wird. Trotz des Krieges erreichen uns neue Aufträge. Er wird wieder einiges absagen müssen, denn viele der alten Bestellungen sind noch gar nicht fertig. Es ist wirklich ein Jammer. Erst gestern musste ich Schreiben mit geänderten Lieferterminen an die Kundschaft versenden und eine größere Anfrage ablehnen. Ich hoffe, sie zeigen für die aktuelle Situation Verständnis.«

»Wieso sollten sie nicht?«, antwortete Marta. »Überall herrscht Mangel an Arbeitskräften. Frauke erzählte mir neulich, dass in den Großstädten bereits die Frauen die Männerarbeiten übernehmen würden. In Berlin gäbe es schon Straßenbahnfahrerinnen. Viele der Frauen arbeiten auch in den Munitionsfabriken.«

»Davon hörte ich auch schon«, erwiderte Ida. »Ich würde ja einspringen und Thaisens Arbeit übernehmen. Aber leider bin ich handwerklich unbegabt. Bei mir würden die Modellschiffe krumm und schief werden.«

»Mal davon abgesehen, dass du drei Kinder zu versorgen hast, wovon zwei Babys sind«, fügte Marta hinzu.

»Ach, die beiden Lütten würden wir schon geschaukelt kriegen«, sagte Ebba, während sie die fertig gebackenen Heißwecken aus dem Ofen holte. Zwei davon wickelte sie sogleich in ein Tuch und reichte sie Hannes.

»Für die Fahrt«, sagte sie lächelnd.

»Danke«, antwortete er, stand auf und zog seine Jacke an. »Ich muss dann auch. Ich hab noch zu packen, sonst verpasse ich den Zug. Ach, ich werde euch alle vermissen. Ihr meldet euch doch bei mir und berichtet, wie es steht? Vor allen Dingen auch um Jasper.«

»Aber natürlich«, antwortete Marta und erhob sich ebenfalls. »Telegrafier uns bitte deine genaue Adresse.«

»Ach, das hätte ich ja beinahe vergessen«, sagte Ida. »Thaisen hat gemeint, du solltest gleich nach deiner Ankunft einen Versetzungsantrag zur Inselwache stellen. Vielleicht klappt es ja.«

»Das werde ich machen. Richte ihm bitte liebe Grüße von mir aus. Und habt ein frohes Fest.«

»Wir wünschen dir ebenfalls schöne Feiertage, auch wenn sie nun anders ausfallen werden als gedacht. Und solltest du noch etwas benötigen, so scheu dich nicht, uns zu schreiben. Den von mir neu gestrickten Schal hast du ja bereits um den Hals. Hast du das Kaninchenfell eingesteckt?«

»Ja, ist schon im Koffer. Ihr seid zu gut zu mir.« In Hannes' Augen schimmerten Tränen. »Wie eine Familie«, fügte er hinzu.

Nun umarmte Marta ihn doch noch. Hannes hatte nie geheiratet, seine Brüder waren beim Walfang ums Leben gekommen, seine Eltern längst gestorben. In all den Jahren war der ruhige Mann ihr ans Herz gewachsen und zu einem festen Bestandteil des Hauses geworden.

»Wir sind gern Familie«, sagte sie. »Und es tut uns schrecklich leid, dass du nun gehen musst.«

»Ja, das tut es«, sagte Ebba. »Und komm mir bloß gesund wieder, hörst du!« Sie hob mahnend den Zeigefinger. »Was sollen wir denn ohne dich machen? So einen zuverlässigen Mann und Kutscher finden wir auf der Insel kein zweites Mal.« Sie umarmte Hannes ebenfalls und drückte ihm noch einen dritten Heißwecken in die Hand.

Er bedankte sich noch einmal, tätschelte Inke zärtlich die Wange, dann ging er.

Marta hörte seine Schritte auf der Dienstbotentreppe. Nun würde ein weiteres der Zimmer leer stehen. Wie sehr sie doch das Leben in diesem Haus vermisste. Normalerweise herrschte um diese Zeit in der Küche bereits Hochbetrieb. Man vermisst vieles erst, wenn es nicht mehr da ist. Wieder einer von Kalines Sprüchen. Wie recht sie doch gehabt hatte. Gerade jetzt hatte Marta das Gefühl, dass es mit jedem Tag mehr Dinge gab, die ihr fehlten. Ihr Blick wanderte nach draußen. Langsam wurde es hell, ein grauer und kühler Wintertag brach an. Schnee gab es keinen. Nele hätte gern welchen gehabt. Weiße Weihnachten wären wenigstens ein kleiner Lichtblick gewesen, hatte sie neulich gesagt. Aber vielleicht schneite es ja noch.

»Ich geh dann mal und löse Nele bei Jasper ab«, sagte Marta. »Sie muss bald in die Schule und soll vorher noch anständig frühstücken.« Sie nahm sich einen der noch warmen Heißwecken vom Blech und ging hinaus.

Auf dem Hof ließ ein böiger Wind sie frösteln. Marta wickelte ihr wollenes Schultertuch fester um sich und eilte rasch zu ihrem privaten Wohnhaus hinüber. In der Wohnstube saß Nele neben dem Alkovenbett. Sie hatte die aktuelle Zeitung in der Hand und ließ sie sinken, als Marta eintrat.

»Wie steht es?«, fragte Marta.

»Unverändert«, antwortete Nele. »Es rasselt scheußlich in seiner Brust, und noch immer ist er glühend heiß. Hin und wieder ist er unruhig, manchmal spricht er auch. Aber ich verstehe nicht, was er sagt.«

Marta nickte. »Ich löse dich jetzt ab. Dein Unterricht beginnt bald.«

»Ja«, antwortete Nele, streckte sich gähnend und stand auf, »aber normaler Unterricht findet heute nicht mehr statt. Ich werde mit den Kindern Weihnachtslieder singen und etwas basteln, dann schicke ich sie in die Ferien.«

»Das ist eine schöne Idee«, erwiderte Marta.

»Und später helfe ich dir gern, die Stube weihnachtlich zu gestalten«, fuhr Nele fort und verabschiedete sich.

Marta wandte ihre Aufmerksamkeit Jasper zu. Sie nahm den feuchten Lappen zur Hand, der in einer Wasserschüssel auf dem

Tisch lag, drückte ihn aus und legte ihn Jasper auf die heiße Stirn. Jasper murmelte etwas Unverständliches.

»Es wird alles gut«, tröstete Marta. »Wir kümmern uns um dich.« Auf Jaspers Gesicht zeigten sich viele Windpocken, die meisten heilten jedoch bereits ab. Marta sank auf den Stuhl neben dem Bett und nahm die Zeitung zur Hand. Sie überflog die Artikel, die alle irgendwie vom Krieg berichteten. Keinen von ihnen wollte sie vorlesen, stattdessen entschloss sie sich, Jasper Erinnerungen aus besseren Zeiten zu erzählen. »Weißt du noch, als Hedwig Marwitz damals auf Föhr ins Hafenbecken gefallen ist? Gott, was hab ich groß geguckt, als sie wie eine getaufte Maus auf dem Wagen gesessen und gezetert hat. Sie war der schrecklichste Gast, den wir jemals hatten, und das gleich ganz am Anfang, als wir so voller Hoffnung, aber auch mit Zweifeln in das Abenteuer eines eigenen Hotels starteten. Und gerade deshalb, weil es so chaotisch war, reden wir wohl heute noch davon. Eigentlich war es ja Wilhelms Fehler. Ich hatte ihm gesagt, dass es nicht gut wäre, unser kleines Friesenhaus *Erstes Hotel am Platz* zu nennen, auch wenn es das tatsächlich gewesen war. Ich habe im Büro noch eine alte Werbeanzeige von damals. Ich weiß gar nicht, ob du sie kennst. Wenn es dir wieder besser geht, werde ich sie dir zeigen.« Sie verstummte und fügte nach einer kurzen Pause hinzu: »Wenn es dir jemals wieder besser geht.« Tränen stiegen ihr in die Augen. Sie wischte sie weg, nahm seine Hand und sagte: »Ich glaube, ich habe es dir noch nie gesagt. Aber ohne dich wären wir wohl niemals auf Amrum geblieben. Du warst damals derjenige, der uns die Augen öffnete. Du hast uns auf deine ganz eigene Art gezeigt, dass Amrum das Richtige für uns ist. Ich weiß noch, wie wir uns damals begegnet sind, als ich zum ersten Mal im Garten des alten Schulhauses stand. Du hast es von Anfang an gespürt. Und du hattest recht damit. Hierher gehören wir, diese Insel ist uns Heimat geworden.«

Die Tür öffnete sich, und Marta wandte sich um. Es war Elisabeth Schmidt, die den Raum betrat. Marta sah sie verwundert an.

»Moin, Marta«, grüßte Elisabeth und kam sogleich auf den Grund für ihren Besuch zu sprechen: »Nele hat uns gestern berichtet, dass Jaspers Erkrankung schlimmer geworden wäre und er nun auch noch eine Lungenentzündung bekommen hätte. Da dachte ich, ich könnte vielleicht helfen. Ich habe ein altes Büchlein von meiner Mutter, in dem sich so ziemlich für jede Krankheit irgendein Hausmittelchen befindet, auch gegen Lungenentzündung. Und wie sollte es auch anders sein, ist eine Zutat des heilenden Saftes – Honig. Aber auch Knoblauch und Zitrone sind Bestandteile davon. Wir machten uns sofort daran, den Saft herzustellen. Und nun bin ich hier, um ihn dir zu bringen.« Sie holte ein mit einer goldgelben Flüssigkeit gefülltes Schraubglas aus ihrem Beutel und stellte es vor Marta auf den Tisch.

»Das ist wirklich sehr lieb von dir«, bedankte Marta sich. »Aber ich bin mir nicht sicher, ob es noch helfen wird. Gestern war der Arzt da. Er meinte, es ginge zu Ende.«

»Ach, papperlapapp«, erwiderte Elisabeth. »Es ist erst zu Ende, wenn es zu Ende ist. Meine Oma, Gott hab sie selig, ist vom alten Inselarzt einige Male totgesagt worden. Und jedes Mal hat sie sich wieder erholt. Sie ist drei Tage vor ihrem hundertsten Geburtstag einfach im Sessel eingeschlafen. Den Ärzten darf man nicht alles glauben.« Sie sah Marta eindringlich an.

Marta nickte. »Du hast recht. Sollte man nicht. Es ist nur, mit der Lunge …«

»Ich weiß«, antwortete Elisabeth, ahnend, was Marta sagen wollte, »aber du kannst Wilhelm nicht mit Jasper vergleichen. Wilhelm war ein chronisch kranker Mann, Jasper hingegen sein ganzes Leben lang gesund.«

»Du hast ja recht«, sagte Marta.

»Das wollte ich hören. Und jetzt lass uns anpacken. Wäre ja gelacht, wenn wir unseren Jasper nicht wieder auf die Beine bekämen.«

In den nächsten Stunden beschäftigten sich die beiden Frauen mit Krankenpflege. Ebba wurde damit beauftragt, noch weitere Hausmittel herzustellen, darunter Ingwertee, den sie Jasper genauso wie das Knoblauch-Zitrone-Honig-Gemisch über den Tag verteilt immer wieder einflößten. Sie machten Wadenwickel und rieben Jaspers Brustkorb mit einer kleinen Menge Terpentinöl ein. In Elisabeths schlauem Büchlein stand, dass dieses die mit einer Lungenentzündung einhergehenden Schmerzen lindern könnte.

Ebba brachte ihnen zur Mittagszeit eine Gemüsesuppe. In den Nachmittagsstunden tauchte Thaisen auf, der tatsächlich einen kleinen Weihnachtsbaum mitbrachte. Nele und Leni leisteten ihnen Gesellschaft und schmückten den Baum mit selbst gebastelten Stroh- und Papiersternen, Ida las eine Weihnachtsgeschichte aus einem Buch vor, Ebba kam und berichtete, dass die Enten gerupft wären und in der Küche alles seine Ordnung hätte. Die Babys würden Thaisen in der Werkstatt Gesellschaft leisten. Es war bereits dunkel, als sich Elisabeth von ihnen verabschiedete. Sie wünschte ihnen allen ein frohes Fest.

Ebba und Marta setzten über die Nacht die Krankenpflege fort. Sie legten Jasper neue Wadenwickel an, flößten ihm alle zwei Stunden ein wenig von Elisabeths Saft ein, auch Ingwertee musste er immer wieder trinken. Nele löste Ebba nach einigen Stunden ab. Marta blieb und schlief in den frühen Morgenstunden im Sitzen auf der Eckbank ein. Nele, die sich damit beschäftigte, ein Schultertuch zu stricken, musterte ihre Großmutter nachdenklich. Nach dem Schiffsunglück war ihr Verhältnis schwierig gewesen, denn großer Kummer konnte zu einer undurchdringlichen Wand werden. Riekes Verlust wog schwer, für sie alle. Doch längst hatte die Wand Risse bekommen. Der Schmerz über den

Verlust von Tochter und Mutter würde bleiben, aber er trat mehr und mehr in den Hintergrund. Gerade jetzt war wieder einer dieser Momente, in denen Nele die bedingungslose Liebe ihrer Oma spürte. Aufopferungsvoll kümmerte sie sich wie eine Löwin um die Menschen, die sie liebte. Sie hatte viele Kämpfe verloren, trat jedoch jeden Tag aufs Neue in die Arena. Neles Blick wanderte zu Jasper. Er schlief. Sie legte ihr Strickzeug auf den Tisch, ging zu dem Alkovenbett und berührte seine Stirn. Sie war warm, aber nicht mehr heiß.

Im nächsten Moment öffnete Jasper die Augen und murmelte: »Nele.«

»Ja, ich bin es«, antwortete Nele. »Ich bin hier. Schön, dass du wieder wach bist. Wird auch Zeit, denn heute ist Weihnachten.«

»Schon«, antwortete Jasper. »Kinners, wie die Zeit vergeht.«

Marta erwachte. Verwundert sah sie von Nele zu Jasper.

»Er ist wach«, sagte sie und stand auf. Ihre Augen begannen zu leuchten. »Er ist wirklich wach.« Sie trat neben Nele, sah Jasper wie das siebte Weltwunder an und legte ihre Hand auf seine Stirn. »Das Fieber, es ist tatsächlich gesunken.«

»Gott sei Dank«, sagte Jasper. Seine Stimme klang noch immer matt. »Und hört um Gottes willen auf, mir dieses scheußliche Knoblauchzeug noch länger einzuflößen.«

»Bös muss bös vertreiben, hat meine Tante Nele schon immer gesagt«, antwortete Marta lächelnd. »Und der Patient hat keine Widerworte zu geben.« Sie konnte es noch immer nicht fassen. Es ging ihm besser, das Fieber war gesunken, und er redete mit ihnen, ja machte schon wieder Scherze. Und das, obwohl er noch vor wenigen Stunden dem Tod näher als dem Leben gewesen war.

Im nächsten Moment öffnete sich die Zimmertür, Ebba trat ein und stellte ein Tablett mit frisch aufgebrühtem Ingwertee und herrlich duftenden Heißwecken auf den Tisch.

»Moin, die Damen«, sagte sie fröhlich, ohne auf die Vorgänge am Alkoven zu achten. »Du hast mir heute Morgen gefehlt, Marta, und den Heißwecken wohl auch. Irgendwie sind sie heute nicht so fluffig wie sonst geworden. Und habt ihr schon gesehen? Es fängt zu schneien an. Nur ein paar Flöckchen, aber vielleicht wird es noch mehr. Weiße Weihnachten, das wäre doch was.«

»Ja, das wäre was«, antwortete Jasper.

Ebba zuckte erschrocken zusammen und ließ eine der Teetassen fallen. Scheppernd ging sie auf dem Fliesenboden zu Bruch. Sie starrte Jasper ungläubig an.

»Ja, aber das ist doch, ich meine …«

»Eine große Freude«, vollendete Nele ihren Satz. »Unser Jasper wird wieder gesund.«

»Ja, das wird er«, antwortete Ebba. In ihren Augen schimmerten Freudentränen. »Dann geh ich mal und sag es den anderen. So was aber auch. Ein Wunder, es ist wie ein Wunder.« Sie eilte nach draußen und zur Hotelküche hinüber.

Nele beobachtete sie lächelnd. Marta schob Jasper ein weiteres Kissen hinter den Rücken. Dieses Mal hatte sich der Kampf gelohnt, und sie hatten gewonnen. Aber das musste wohl so sein. Immerhin war Weihnachten.

19

Norddorf, 20. Februar 1916

Eben habe ich auf das Barometer gesehen. Es wird noch kälter werden, und auch der Wind hat aufgefrischt. Mathilde Schmidt war vorhin hier und befürchtete das Schlimmste. Sie haben für heute die Bäckerei geschlossen. Seit Jahresbeginn geht das jetzt schon so mit dem Wetter. Eine Sturmfront nach der anderen zieht über unsere Insel und macht uns das Leben schwer. Bis Silvester sah es danach aus, als könnte es eine längere Frostperiode mit ruhigerem Wetter geben. Doch dies änderte sich schnell. Jasper hat neulich gesagt, so einen milden und nassen Winter hätte er lange Zeit nicht mehr erlebt. Das Watt ist sogar im Februar nicht zugefroren. Er hat sich inzwischen vollkommen von seiner Erkrankung erholt und scheint wieder ganz der Alte. Auch spricht er wie gewohnt dem Schnaps zu, was besonders Doktor Anders nicht gern sieht. Er hat Jasper empfohlen, dem Alkohol komplett zu entsagen. Jasper hat nicht geantwortet und, als der Arzt fort war, gleich ein Gläschen Obstler getrunken. Soll er nur reden, hat er zu mir gesagt und mir auch ein Gläschen eingeschenkt. Laut dem Quacksalber wäre ich jetzt tot, meinte er. Also kann der viele Schnaps gar nicht so schlecht gewesen sein. Ich leb ja noch. Ich hab den Schnaps getrunken und wäre beinahe daran erstickt. Lieber Himmel, das war das ganz harte, selbst gebrannte Zeug. Der pure Alkohol. Da machen sich wohl wirklich sämtliche Bazillen davon.
Ansonsten gibt es zu berichten, dass Hannes wohlauf ist. Er hat seine Grundausbildung gemeistert und ist nun im Land-

sturm an der Westfront in der Nähe eines Ortes namens Verdun eingesetzt. Leider haben seine Bemühungen, seine Versetzung zur Inselwache betreffend, noch keine Früchte getragen. Thaisen hat ihm geraten, er solle es immer wieder versuchen. Wir hoffen alle darauf, dass er bald nach Amrum zurückkehren darf. Bei der Inselwache ist es weiterhin eher ruhig. Die Männer kämpfen zumeist nur gegen die Widrigkeiten des Wetters. Neulich ist ihnen bei einem starken Sturm der Unterstand am Norddorfer Strand weggeflogen. Thaisen und ein weiterer Mann befanden sich darin. Passiert ist keinem etwas. Inzwischen ist auch die anfängliche Furcht vor den Engländern gewichen. Keiner baut mehr Schützengräben an der Südspitze, und Thaisen berichtete davon, dass es Pläne gäbe, die Minensperre im Vortrapptief noch vor Ostern zu entfernen. Ich beginne mich zu fragen, weshalb wir dann überhaupt noch als kriegsgefährdetes Gebiet gelten. Auch das Verbot des diesjährigen Biikebrennens wegen etwaiger feindlicher Angriffe aus der Luft war für uns nicht nachvollziehbar. Ich sprach gestern mit Ida darüber. Unser Inselchen ist so friedlich, eigentlich könnten wir wieder Sommergäste aufnehmen. Auf Föhr gibt es schließlich auch einige, wenn auch nicht so viele wie früher. Es wäre so schön, wenn wieder etwas Normalität einkehren würde. Anfragen gäbe es bereits. Aber leider muss ich stets absagen, was mir in der Seele wehtut. Und noch immer ist ein Ende des Krieges nicht absehbar.

Anna Mertens musterte Marret Schmidt abschätzend von oben bis unten. »Ich finde, da fehlt noch etwas«, nuschelte sie. Mal wieder hatte sie einige Stecknadeln zwischen den Lippen. »Was meinst du, Nele? Vielleicht noch einige Perlen am Kragen?«

Nele besah sich Marret von allen Seiten. Sie trug ein Kleid aus cremefarbener Seide, Tüll und Spitze. Das Überkleid war mit

Blumen bestickt, und ein farblich passender Stoffgürtel betonte die Taille. Das Kleid besaß sogar eine kleine, abnehmbare Schleppe. Es war Marrets Hochzeitskleid, das Anna Mertens in den letzten Wochen angefertigt hatte.

»Nein«, antwortete Nele und schüttelte den Kopf, »so, wie es ist, ist es perfekt. Besonders gut gefallen mir die Stickereien, aber auch die Farbe ist bezaubernd. Du siehst wunderschön darin aus, Marret.«

»Also keine Perlen mehr«, sagte die Schneiderin und sah Marret an.

Marret betrachtete sich im Spiegel, drehte sich von links nach rechts. »Nein, keine Perlen mehr. Nele hat recht. So, wie es ist, ist es perfekt. Dazu noch ein passender Schleier und hübsche Blumen. Ach, ich bin ja schon so aufgeregt. Noch vor wenigen Wochen habe ich kaum zu hoffen gewagt, und nun …«

»Wirst du bald eine verheiratete Frau sein«, beendete Nele Marrets Satz.

Marret nickte und strich über den schimmernden Stoff des Kleides.

»Den Moment, als Anton einfach so in unseren Garten spaziert kam, werde ich niemals im Leben vergessen. Als wäre es das Normalste der Welt. Und dann hat er auch noch am selben Nachmittag ganz offiziell bei Papa um meine Hand angehalten. Oh, ich bin so glücklich. Er ist der Richtige. Ich weiß es einfach.«

»Und einen Tag zuvor hast du mir noch die Ohren vollgejammert, weil er nicht mehr schreibt. Du dachtest, er hätte dich vergessen oder hätte eine andere gefunden.«

»Nicht nur das«, erwiderte Marret. »Ich war schrecklich in Sorge um ihn. Erst neulich hörte ich von einem Absturz gleich mehrerer Flugzeuge.«

»Darüber reden wir jetzt nicht«, erwiderte Nele. »Es ist alles in bester Ordnung. Anton ist hier, und in zwei Wochen wird geheiratet.«

»Hach, das ist aber auch eine bezaubernde Liebesgeschichte«, sagte Anna. »Ein auf der Insel gestrandeter Pilot verliebt sich in eine hübsche Insulanerin, und jetzt gibt es auch noch eine Hochzeit. Und wie sieht es danach aus? Wirst du Amrum verlassen?«

»Noch nicht«, antwortete Marret. »Anton bewohnt in Potsdam ein Zimmer in der Innenstadt und hat eine nette Hauswirtin namens Adele Olsewitz. Damenbesuch ist in ihrem Haus allerdings nicht gestattet. Wir müssten uns eine neue Bleibe suchen. Und er ist ja auch noch im Feld. Er meinte, es wäre besser, wenn ich bis Kriegsende bei meiner Familie bleiben könnte. Danach würden wir weitersehen. Und seine Eltern kenne ich ja noch nicht. Ich hoffe sehr darauf, dass die beiden mich mögen werden. Anton hat mir ein Bild von ihnen gezeigt, das er in seinem Portemonnaie bei sich trägt. Darauf sehen sie sehr nett aus. Geschwister hat er keine.«

»Der einzige Sohn also«, sagte Anna Mertens und sah zu Nele. Nele ahnte, was der Schneiderin auf den Lippen lag, und schüttelte beinahe unmerklich den Kopf. Gewiss hatten sich die Eltern von Anton für ihren Sohn eine bessere Partie aus gutem Hause erhofft. Mit der Tochter eines Gastwirtes von der Insel Amrum hatten sie vermutlich nicht gerechnet. Auch musste Anton die beiden vor vollendete Tatsachen gestellt haben, genauso wie Elisabeth und Julius Schmidt, die sich, wie Nele von Marta wusste, von Antons Antrag überrumpelt gefühlt hatten, dem Glück ihrer Tochter jedoch nicht im Wege stehen wollten.

Die Türklingel ging, und Anna Mertens sah auf.

»Das ist die nächste Kundschaft. Da haben wir uns doch glatt verplaudert. Na, das muss auch mal sein, nicht wahr? Ihr entschuldigt mich? Ich würde dann den Saum noch nähen und dir das Kleid die Tage liefern lassen«, sagte sie rasch zu Marret, dann eilte sie in den Laden.

Marret sah zu Nele, die grinste.

»Dann will ich dir mal aus dem Kleid helfen. Bei den vielen Ösen und Häkchen wird das wohl ein Weilchen dauern.«

Nele trat hinter ihre Freundin und begann, das Kleid zu öffnen. Vorsichtig schlüpfte Marret aus dem Tüllseidentraum und legte ihn auf einem Stuhl ab. Rasch zog sie danach ihren einfachen blauen Rock, ihre Bluse und die graue Strickjacke wieder an. Anna Mertens trat mit ihrer nächsten Kundin ein. Es war Trude Meyer aus Nebel. Die ältere, mit den Jahren recht rundlich gewordene Frau leitete mit ihrem Gatten Magnus die Konservenfabrik in Nebel, in der die in der Vogelkoje gefangenen Enten verarbeitet wurden. Der immer weiter voranschreitende Mangel an Lebensmitteln machte das Geschäft mit den Konserven lukrativ, und die Familie Meyer konnte sich über zu wenig Anfragen nicht beklagen. Den größten Abnehmer stellten im Moment die Inselwachen dar, sowohl von Amrum als auch von Sylt oder Röm.

»Da sieh mal einer an, wer hier ist«, sagte Trude Meyer, ohne zu grüßen. »Unsere Marret. Da braucht es wohl ein Hochzeitskleid. Wir waren ja ganz verwundert, als wir von der Verlobung hörten. Diese kam doch recht plötzlich. Es ist der junge Pilot, nicht wahr? Vielen Dank für die Einladung. Wir kommen natürlich gern. Ich habe gehört, er wäre aus gutem Hause, Potsdam, nicht wahr? Also wirst du unser Inselchen wohl bald verlassen, nehme ich an?«

Ihre Stimme klang spitz, und ihr Blick war kühl. Nele wusste, woher der Wind wehte. Trude hatte darauf gehofft, dass Marret und ihr Sohn Richard – er war nur zwei Jahre älter als sie – ein Paar werden würden, in ihren Augen die perfekte Verbindung. Doch Marret und Richard hatten einander nie wirklich leiden können. In Marrets Augen war Richard ein arroganter und verzogener Bursche. Er war bereits früh zur Marine gegangen, hatte damit geprahlt, als Steuermann auf verschiedenen U-Booten gefahren zu sein, und diente, soweit Nele wusste, aktuell auf der SMS Kaiser als erster Prisenoffizier.

»Wir freuen uns, dass ihr kommt«, erwiderte Marret und überging Trudes neugierige Frage. »Wie geht es Richard?«

»Gut, soweit wir wissen. Er dient noch immer auf der SMS Kaiser, und wir sind äußerst stolz auf ihn. Es schafft ja nicht jeder Matrose zum Offizier.«

»Die Damen«, meldete sich Anna Mertens zu Wort. »Ich möchte nicht drängeln, aber in einer halben Stunde kommt die nächste Kundin. Heute geht es zu wie im Taubenschlag.«

Nele und Marret waren über Annas forsche Unterbrechung des Gesprächs erleichtert. Sie verabschiedeten sich rasch und verließen das Atelier.

Draußen empfing sie heller Sonnenschein.

»Du liebe Güte«, sagte Marret und schüttelte den Kopf. »Was für eine schreckliche Person. Und Mama hat sie auch noch zur Hochzeit eingeladen. Damit es keinen Ärger gibt, hat sie gemeint. Und wie gut sie informiert gewesen ist. Da hat die Amrumer Gerüchteküche mal wieder ganze Arbeit geleistet.«

»Es verliebt sich eben nicht jeden Tag eine Insulanerin in einen gestrandeten Piloten«, erwiderte Nele. »Lass den Tratschweibern doch ihren Spaß. Gibt im Moment nur wenig schöne Dinge, über die sie klönen können.«

Die beiden machten sich auf den Weg zur Haltestelle der Inselbahn. Dort angekommen, verabschiedete sich Nele mit einer Umarmung von Marret. Sie wollte noch rasch zu Frauke in die Bibliothek, um ein Buch zurückzugeben und ein neues auszuleihen. Als sie am Direktionsgebäude ankam, war die Tür der Bibliothek jedoch verschlossen, und ein Schild verkündete, dass am Nachmittag geschlossen wäre. Nele las es missmutig. Jetzt war die Inselbahn weg, und die nächste würde erst in einer Stunde fahren. Es blieb ihr nichts anderes übrig, als den Heimweg zu

Fuß anzutreten. Ihr Blick wanderte Richtung Strand. Am Wasser zu laufen wäre schön. Allerdings könnte es sein, dass die Inselwächter wieder irgendwelche Manöver durchführten, und dann würde es dort ungemütlich werden. Hatte nicht Thaisen gestern davon gesprochen? Sie entschied sich, über die Felder nach Hause zu laufen. Rasch ließ sie Wittdün hinter sich und erreichte alsbald Süddorf. Dort blieb sie vor dem kleinen Häuschen stehen, in dem sie früher mit ihren Eltern gewohnt hatte. Neles Blick wanderte zu einem kleinen, direkt unterhalb des Dachgiebels gelegenen Fenster. Dahinter war ihr Zimmer gewesen. Ein gemütliches Alkovenbett, ein Tisch am Fenster, ihr Puppenhaus, das ihr Papa zu ihrem fünften Geburtstag geschenkt hatte. Heute bewohnte ein älteres Ehepaar das Haus, das wegen des Seeklimas nach Amrum gezogen war. Die Frau, Dorothea Müller, stand gerade im Garten und nahm die Wäsche von der Leine. Sie winkte Nele zu und rief: »Moin, Nele. Schön, dich zu sehen. Sieht nach Regen aus.« Sie deutete Richtung Westen.

Nele wandte sich um. Tatsächlich. Der Himmel hatte sich zugezogen.

»Dann sollte ich besser heimgehen«, antwortete Nele und hob grüßend die Hand.

Sie folgte der Dorfstraße und lief an dem winzigen Kramladen von Wehn Harrsen vorbei, vor dem eine schwarz-weiß getigerte Katze auf einer Bank schlief. Eine Gruppe Inselwächter kreuzte ihren Weg und grüßte höflich. Bauer Hansen fuhr an ihr vorbei, leider in Richtung Wittdün. Als sie auf der Höhe des *Kurhauses zur Satteldüne* war, fielen die ersten Tropfen vom Himmel. Schnell verstärkte sich der Regen, und ein unangenehm kühler Wind gesellte sich dazu. Nele beschloss, sich im *Kurhaus* unterzustellen, bis das Schlimmste vorüber war. Sie eilte über den Dünenweg zum *Kurhaus* und suchte unter dem Vordach des Eingangsbereiches Schutz. Eine Weile blieb sie dort stehen und blickte missmutig in den Regen. Dann prüfte sie, ob die Tür verschlossen war. Sie war es nicht, und Nele trat in die große Empfangshalle des Hotels und sah sich staunend um. Der weitläufige Raum mit seinen Säulen und der breiten Treppe mit dem geschwungenen Geländer beeindruckte sie. Die Wände waren mit Seidentapeten tapeziert, den Fußboden schmückte ein buntes Mosaik, vermutlich aus Marmor. Was für eine Pracht, die niemand nutzte. Die Möbel waren abgedeckt, die Rezeption verwaist. Nele, die noch nie in diesem Haus gewesen war, beschloss, sich ein wenig umzusehen. Sie erkundete die im Parterre gelegen Räume. Es gab ein Musik- und Billardzimmer und einen großen Speisesaal, von dem aus man durch großzügige Fenster direkt auf den Garten blicken konnte. Mama hatte ihr erzählt, dass Papa sie, kurz nachdem sie sich kennengelernt hatten, hierher zu einem Konzert eingeladen hatte. Damals glaubte sie noch, sie würde ihn nach diesem Abend niemals wiedersehen. Nele schloss die Augen und versuchte, sich den Raum eingerichtet vorzustellen. Runde, hübsch eingedeckte Tische, Kerzen, die warmes Licht verbreiten. Befrackte Kellner, die den Besuchern Sektgläser reichten. Getuschel, Rascheln von Kleidern, der Geruch von Tabak in der Luft. Sie öffnete die Augen wieder. Ihr Blick richtete sich auf die zur Seite geräumten Tische und Stühle, fahles Licht fiel auf den Parkettboden. Die Zeit der Feste und Bälle war vorbei, dieses Haus schien zu schlafen. Neles Blick wanderte nach draußen. Es regnete immer noch in Strömen. Sie sah auf ihre Armbanduhr. Nicht mehr lange, und die nächste Bahn würde kommen. Dann könnte sie hinunter zur Haltestelle eilen und rasch hineinspringen. Sie verließ den Speiseraum und beschloss, sich die im oberen Stockwerk gelegenen Gästezimmer näher anzusehen. An der Treppe angekommen, war sie erstaunt darüber, dass auf den Stufen Schmutz lag. War jemand hier gewesen? Sie lief nach oben in einen langen Flur im ersten Stock. Und da sah sie ihn. Ein junger blonder Mann saß unweit von ihr auf dem Boden. Er trug eine Art Overall und schien sie nicht bemerkt zu haben. Er lehnte an der Wand, seine Augen waren geschlossen. War er ein Mitglied der Armee? Aber die trugen doch Uniformen. Nele trat vorsichtig näher. An seinem linken Bein war der Overall zerrissen und blutverschmiert. Er war verletzt. Was sollte sie denn jetzt machen? Das Herz schlug ihr vor Aufregung bis zum Hals. Noch immer schien er sie nicht bemerkt zu haben. Sie könnte gehen und Hilfe holen. Er öffnete die Augen und sah sie an. Nele schrak zurück.

»Hilfe«, sagte er und streckte die Hand nach ihr aus. »Bitte, helfen Sie mir.«

»Was ist passiert?«, fragte Nele und trat nun doch näher. Erst jetzt bemerkte sie die Schramme an seiner rechten Schläfe.

»Mein Flugzeug ist abgestürzt. Ich bin hier gestrandet.«

Nele nickte. »Sie sind also Pilot. Ich kann Hilfe holen.«

»Nein, bitte nicht weggehen«, sagte er und fügte hinzu: »Wasser.«

Nele nickte. »Sie haben Durst.« Sie sah sich um. »Ich lauf schnell und hole welches. Einfach hierbleiben. Ich bin gleich zurück.«

Sie eilte die Treppe wieder nach unten und sah sich suchend um. Wo sollte sie denn jetzt Wasser herbekommen? Sie lief in den Speisesaal. Von hier aus musste man doch in die Küche gelangen. Sie öffnete mehrere Seitentüren und stieß auf die geräumige Hotelküche, deren Mittelpunkt ein großer Herd war, über dem die unterschiedlichsten Küchenutensilien an Haken hingen. Dahinter lag der Spülbereich. Nele lief darauf zu und drehte am Wasserhahn. Zum Glück war das Wasser nicht abgestellt worden. Vermutlich gab es, wie in den meisten leeren Hotels, einen Putzdienst, der hier und da nach dem Rechten sah. Nele machte sich auf die Suche nach Geschirr und wurde in einem der Schränke fündig. Wenig später lief sie mit einer mit Wasser gefüllten Karaffe und einem Glas die Treppe wieder hinauf. Der junge Mann saß inzwischen nicht mehr aufrecht, sondern war zur Seite gekippt. Nele sah ihn erschrocken an. Was nun? Doch Hilfe holen? Sie entschied sich dagegen. Sie konnte ihn jetzt unmöglich allein lassen. Sie stellte Karaffe und Glas auf den Boden, ging neben ihm in die Hocke und rüttelte ihn an der Schulter.

»Hallo, Sie. Hallo. Kommen Sie zu sich. Ich habe das Wasser mitgebracht. So wachen Sie doch auf.« Der Mann stöhnte, seine Augen blieben geschlossen. Nele wurde energischer. »Jetzt kommen Sie schon. Aufwachen. Ich habe Wasser mitgebracht. Sie müssen trinken. Dann hole ich Hilfe.«

Er murmelte etwas, das sie nicht verstand. War das Deutsch gewesen? Sie ließ von ihm ab und sah unschlüssig auf die Karaffe und das Glas. Er musste trinken. Weiß der Himmel, wie lange er nach dem Absturz auf See umhergetrieben war. Am Ende hatte er sogar den Fehler gemacht und Salzwasser getrunken. Sie füllte etwas Wasser in das Glas, beugte sich über ihn und hielt es ihm an die Lippen. Er öffnete den Mund nicht. Die Flüssigkeit lief über sein Kinn und tropfte auf den Boden. »Bitte, Sie müssen trinken«, sagte Nele verzweifelt. »Sie werden sonst verdursten.«

Er öffnete die aufgesprungenen Lippen ein wenig, konnte jedoch im Liegen nicht schlucken. Nele beschloss, ihn wieder in die sitzende Position zu befördern. Sie stellte das Glas weg und zog und zerrte an ihm. Er stöhnte, war schwer wie ein Sack Zement. Doch damit kannte sie sich aus, denn als das neue Friesenhaus gebaut worden war, hatte sie kräftig mitgeholfen. Irgendwann schaffte sie es, dass er wieder aufrecht saß, und atmete erleichtert auf. Erneut hielt sie ihm das Wasserglas an die Lippen. Dieses Mal begann er zu trinken. Nachdem er das Glas leer getrunken hatte, öffnete er seine Augen.

Er sah Nele an und lächelte. »Du bist schön. Wie ein Engel.«

»Mein Name ist Nele«, antwortete sie.

»Thomas«, erwiderte er flüsternd und verzog das Gesicht. »Mein Kopf«, sagte er und drohte erneut zur Seite zu kippen. Nele versuchte, ihn daran zu hindern. Ihr Blick blieb an einer der Zimmertüren hängen. Er musste liegen. Ein Hotelflur war kein Ort für einen Verletzten. Sie stand auf und öffnete die nächstgelegene Tür. In dem Raum befanden sich ein Doppelbett und mit Leintüchern abgedeckte Möbel. Sie zog die Tücher von den Möbeln herab. Mit einem von ihnen deckte sie die Matratzen ab, das andere konnte als Decke benutzt werden. Leider befand sich kein Kissen im Raum. Doch es gab gewiss irgendwo eine Wäschekammer. Sie kehrte in den Flur zurück. Thomas lag seitlich auf dem Boden, die Augen geschlossen.

Sie schlug ihm leicht ins Gesicht. »Thomas«, rief sie. »Komm zu dir. Thomas, hörst du. Du musst aufwachen. Du musst weg von hier.« Sie zerrte an ihm und schaffte es tatsächlich, dass er wieder zu sich kam. »Du musst aufstehen. Es sind nur wenige Schritte. Gleich hier ist ein Zimmer. In dem Bett kannst du dich ausruhen.«

Sie legte seinen Arm über ihre Schultern und stützte ihn. Er strengte sich an und kam wackelig auf die Beine. Langsam gingen sie ins Zimmer. Am Bett angekommen, ließ Nele ihn wie einen nassen Sack fallen, sank neben ihn und atmete erleichtert auf. »Das wäre geschafft. Hier ist es besser.« Sie blieb einen Moment sitzen, um wieder zu Atem zu kommen, dann holte sie die Karaffe mit dem Wasser und das Glas, stellte beides auf den Nachttisch und machte sich auf die Suche nach einer Wäschekammer. Bereits hinter der dritten Tür, die sie öffnete, wurde sie fündig. Rasch nahm sie eine Bettdecke und mehrere Kissen heraus, damit er es bequem hatte, und eilte zurück in das Zimmer. Er lag noch immer genau so auf dem Bett, wie sie ihn zurückgelassen hatte. Sie warf die Kissen an das Kopfende und schob ihn in die richtige Position. Dann zog sie ihm die Stiefel aus. Ihr Blick blieb an seiner tiefen Beinwunde hängen, die dringend versorgt, vielleicht sogar genäht werden musste. Was machte sie hier eigentlich? Sie hätte längst Hilfe holen können. Er brauchte einen Arzt. Er stöhnte und bat erneut um Wasser. Sie flößte ihm etwas ein. Dieses Mal klappte das Trinken besser. Er trank das Glas leer. Sie füllte es wieder, und er leerte es. Vom Trinken erschöpft, schloss er die Augen. Nele stellte das Glas zurück auf den Nachttisch und betrachtete ihn. Er war ein gut aussehender Mann, vielleicht Mitte zwanzig. Wo er wohl herkam?

Sie tätschelte seinen Arm und sagte: »Ich gehe jetzt und hole Hilfe. Bald wird alles gut. Das verspreche ich.«

Sie wollte aufstehen, doch er hielt sie zurück. Seine Hand umklammerte ihr Handgelenk, seine Augen waren geöffnet. Plötzlich lag Panik in seinem Blick.

»Bitte«, sagte er, »ich bin Engländer.«

Neles Augen wurden groß. Sie riss sich los und wich zurück. Er war Engländer, der Feind. Sie hatte sich die ganze Zeit um den Feind gekümmert.

»Bitte, verrate mich nicht«, murmelte er.

Nele wusste nicht, was sie antworten sollte. Sie machte einen Schritt nach hinten und stieß mit dem Rücken gegen die Tür.

»Bitte, geh nicht weg. Bitte.« Seine Stimme klang flehend, er streckte die Hand nach ihr aus.

Nele überlegte, etwas zu sagen, entschied sich jedoch dagegen. Sie öffnete die Tür, verließ den Raum und rannte den langen Flur entlang, die Treppe hinunter, aus dem Gebäude hinaus und durch den strömenden Regen zur Haltestelle der Inselbahn. Es dauerte keine Minute, bis die Bahn einfuhr. Sie stieg ein, setzte sich ans Fenster und rang nach Luft. Ein Engländer. Er war der Feind. Sie hatte ihm geholfen. Und was nun? Sie hatte ihn allein gelassen. Die Bahn fuhr los, und ihr Blick wanderte zurück. Was sollte sie denn jetzt tun? Ihn verraten? Zurückgehen und ihm helfen? Oder bedeutete Hilfe Verrat? Bei der Inselwache gab es eine Krankenstation. Gewiss würde man sich kümmern. Dann wäre er ein Gefangener. Aber sie kannte ihn doch gar nicht. Er war ein Fremder. Was ging sie sein Schicksal an? Eine ganze Menge. Denn sie hatte ihn gefunden. Und warum konnte er so gut Deutsch? Verflucht noch eins. Wäre sie doch niemals in dieses dumme *Kurhaus zur Satteldüne* gegangen.

20

Hamburg, 2. März 1916

Liebe Marta,
ich habe lange mit mir gerungen, ob ich Dir diesen Brief schreiben soll. Aber Deine freundlichen Zeilen, die heute eingetroffen sind, haben mich nun doch dazu gebracht, es zu tun. Danke für die lieben Worte und Deinen Bericht von der Insel, der sich ja eher positiv anhört. Hier in Hamburg sieht es hingegen düster aus. Johannes ist Anfang des Jahres im Osten gefallen. Weihnachten war er noch bei uns. Er hinterließ mir ein letztes Geschenk. Ich erwarte ein weiteres Kind. Im Moment weiß ich nicht so recht, wie es weitergehen soll. Ich hab es noch nicht über mich gebracht, den Kindern zu sagen, dass ihr Vater nicht mehr nach Hause kommen wird. Auch Fanny nimmt sein Tod sehr mit. Ich soll Dich lieb von ihr grüßen. Wir beide versuchen, den Laden am Leben zu erhalten. Doch der Mangel an Lebensmitteln setzt uns zu. Wir können längst nicht mehr alles anbieten, Mehl und Butter werden immer teurer und sind oftmals schwer aufzutreiben. Dazu kommt immer weniger Kundschaft. Gestern bin ich, wie so oft, unverrichteter Dinge von einer meiner Einkaufsrunden zurückgekommen. Wieder einmal hatte ich umsonst in einer der Schlangen gestanden, selbst die Margarine war bereits ausverkauft gewesen. Ich blieb vor unserem Geschäft stehen und las den Namen über der Eingangstür. Tante Neles Laden. Ich kann nicht sagen, warum, aber irgendwie hat er mir Mut gemacht. Sie hat in dieses Haus stets so viel Liebe und Heiter-

keit gebracht und hat für sich und uns alle gekämpft. Sie hätte sich auch jetzt nicht unterkriegen lassen, das weiß ich bestimmt. Sie würde nicht wollen, dass wir den Kopf in den Sand stecken oder uns dem Trübsinn hingeben. Aber manchmal wirkt in diesen Zeiten eben alles hoffnungslos. Und nun trage ich auch noch Johannes' Kind unter dem Herzen. Ein kleines Würmchen, das seinen Vater niemals kennenlernen wird. Fanny meinte, wir würden das Kind schon schaukeln. Für immer können die Zeiten nicht schlecht bleiben. Ich will ihr gern glauben, doch besonders nachts ist es schlimm. Wenn die Stadt zur Ruhe kommt. Dann liege ich oftmals viele Stunden wach und frage mich, wie es weitergehen soll. Wenigstens haben wir den Kredit an Euch längst zurückbezahlt, sodass uns das Haus gehört, und wir konnten einige Rücklagen bilden, von denen wir zehren können, sollte es noch schlimmer kommen. Ein schwacher Trost in diesen harten Zeiten. Du würdest Hamburg nicht wiedererkennen. Überall stehen die Menschen vor den Geschäften Schlange, es gibt viele Suppenküchen auf den Plätzen, und die Zahl der bettelnden Kriegsversehrten in den Straßen wird jeden Tag größer. Ihnen fehlen oft Arme und Beine. Gestern erst traf ich Ludwig, einen Bekannten. Er war Karrenhändler wie Johannes, nun hat er beide Unterschenkel im Kampf verloren. Es tut einem in der Seele weh, wenn man die armen Kerle so sieht. Nichts ist von ihrem Stolz geblieben. Johannes meinte einmal, da sterbe er lieber, als so zu enden. Nun ist er tot. Was genau geschehen ist, werden wir wohl nie erfahren. Ich las seinen Namen in der Gefallenenliste, die jeden Tag in der Zeitung abgedruckt wird. Einer unter Hunderten. Möge seine Seele in Frieden ruhen. Es mag töricht sein, aber in der letzten Zeit sehne ich mich oftmals in alte Zeiten zurück, als ich noch Küchenmädchen gewesen bin, als Seefahrer, Kapitäne und Handelsreisende in diesem Haus ein und aus gingen und

Tante Nele für sie alle stets ein freundliches Wort gehabt hatte. Damals war alles so friedlich gewesen. Aber die Zeit lässt sich nun einmal nicht zurückdrehen. Und ich darf nicht ungerecht sein. Gewiss wird es irgendwann besser werden. Und vielleicht schaffen wir es eines schönen Tages wieder zu Euch nach Amrum. Das wäre wundervoll, besonders für die Kinder. Raus aus der Stadt, Seeluft atmen, zur Ruhe kommen.
Ich hoffe, Euch allen geht es gut. Grüß mir Nele, Ida und all die anderen.
Alles Liebe
Bille

Nele saß bei Thaisen in der Werkstatt und sah ihm dabei zu, wie er eines der Buddelschiffe herstellte. Es gehörte zur Bestellung eines Kurhauses aus Heiligendamm, das gleich sechs Stück geordert hatte. Thaisen hatte gerade das Schiff, es war ein Dreimaster, vorsichtig in das Innere der Flasche verfrachtet und beschäftigte sich nun damit, die Masten aufzurichten. Dieses Kunststück gelang ihm ohne größere Probleme. Nele bewunderte seine Fingerfertigkeit. Sie hatte es schon vor Längerem aufgegeben, ein Buddelschiff zu basteln. Früher hatte sie immer mal wieder versucht, Modellschiffe oder auch Buddelschiffe herzustellen. Leider waren ihre Schiffe stets krumm, und es war ihr kein einziges Mal gelungen, das kleine Schiffchen in die Flasche zu bekommen, geschweige denn, die Masten aufzurichten und die Segel zu glätten. Heute trieb sie auch nicht das Interesse an Thaisens Arbeit in seine Werkstatt. Sie wollte ihn etwas anderes fragen. Nur leider wusste sie nicht so recht, wie sie mit dem Thema beginnen sollte, also suchte sie für den Anfang Zuflucht in einer Belanglosigkeit.

»Könntest du dir vorstellen, meinen Schülern deine Arbeit beizubringen? Einige von ihnen fänden es gewiss großartig, ihr eigenes Modell- oder Buddelschiff herzustellen.«

»Das kann ich gern machen«, antwortete Thaisen. »Allerdings habe ich nicht viel Zeit, wie du weißt. Inzwischen nehme ich mir die eine oder andere Schnitzarbeit sogar zum Wachdienst mit. Ist ja immer recht langweilig, so habe ich wenigstens eine Beschäftigung.« Er deutete auf ein auf der Fensterbank stehendes Modellschiff, das eine hübsche Galionsfigur zierte.

»Das verstehe ich natürlich. Der Dienst bei der Wache verhagelt dir ganz schön das Geschäft, oder?«

»Ja, das kann man wohl sagen«, antwortete Thaisen. »Viele Aufträge muss ich mangels Zeit absagen. Aber es kommen auch weniger Anfragen. Erst gestern sprach ich mit Ida darüber. Es verwundert uns, dass überhaupt noch Bestellungen eingehen. Den Menschen im Reich fehlt es an der Butter auf dem Brot. Da ist der Erwerb eines Modellschiffes doch nebensächlich.«

»Wieso wird die Inselwache eigentlich überhaupt noch aufrechterhalten?«, fragte Nele. »Ich meine, ihr langweilt euch doch die meiste Zeit, und es scheint weit und breit kein Angriff der Engländer in Sicht zu sein.«

»Das mag sein«, antwortete Thaisen. »Aber dieser Umstand kann sich schnell ändern. Obwohl auch ich nicht mehr so recht an einen Angriff der Engländer glauben mag. Ich hoffe jedoch, dass niemand auf die Idee kommt, die Inselwache zu dezimieren oder gar aufzulösen, denn dann würden die Männer anderen Kompanien – vielleicht sogar an vorderster Front – zugeteilt. Da ist es hier auf der Insel schon besser. Alles ist ruhig und friedlich, wir laufen ein bisschen Patrouille, halten unsere Manöver ab und spielen Karten. Und hoffentlich bleibt das bis zum Kriegsende so.«

»Und was wäre, wenn doch einmal ein Engländer auf die Insel käme?« Nele stellte die Frage, die ihr schon die ganze Zeit auf der Zunge brannte.

»Er käme in Gefangenschaft«, antwortete Thaisen. »Vermutlich würde er dann irgendwo als Arbeitskraft eingesetzt werden.

Auf Föhr arbeiten Kriegsgefangene bei den Bauern auf den Feldern. Sie sind aber auch im Eisenbahnbau oder in den Fabriken tätig.«

»Es würde ihn aber keiner töten, oder?«

»Solange er niemandem etwas tut, natürlich nicht«, antwortete Thaisen. »Wieso interessiert dich das?«

»Ach, einfach nur so, aus Neugierde. Einer meiner Schüler hat mich neulich danach gefragt. Ich muss dann jetzt auch gehen. War nett, mit dir geplaudert zu haben.« Nele erhob sich und trat zur Tür.

»Immer wieder gern«, antwortete Thaisen, ohne sie anzusehen. Längst hatte er seinen Blick wieder auf das Buddelschiff gerichtet und begann, mit der Pinzette die Segel in die richtige Position zu bringen.

Nele verließ die Werkstatt und atmete tief durch. Es würde dem Engländer also niemand etwas tun. Sie könnte ihn melden, und gewiss würde er Hilfe bekommen. Und wenn seine Verwundung ausgeheilt war, käme er vielleicht nach Föhr zum Dienst auf den Feldern. Sie überlegte, zurück in die Werkstatt zu gehen, um Thaisen die Wahrheit zu sagen. Doch sie tat es nicht. Stattdessen lief sie über den Hof zur Küche. Bereits in dem schmalen Hausflur hörte sie laute Stimmen. Es waren Ebba und Gesine, die mal wieder stritten. Nele trat in die Küche. Die beiden nahmen keine Notiz von ihr.

»Du willst uns alle vergiften«, schimpfte Ebba.

»Mit Labskaus vergiftet man doch niemanden«, entgegnete Gesine und verschränkte die Arme vor der Brust. »Labskaus ist ein gutes und nahrhaftes Gericht. Ich habe von Thaisen gleich zwei Dosen gepökeltes Fleisch bekommen, die er bei der Inselwache abzweigen konnte. Die eigenen sich hervorragend dafür. Rote Bete gab es günstig im Laden, und Kartoffeln hatten wir noch im Keller. Es ist ein vorzügliches Gericht, das satt macht.«

»Und wie Hundedreck aussieht«, sagte Ebba. »In meiner Küche ...«

»Es ist aber nicht mehr deine Küche«, unterbrach Gesine sie. »Ich bin hier die Köchin und habe das Sagen.«

»Also, das ist ja wohl die Höhe«, empörte sich Ebba. »All die Jahre habe ich in dieser Küche gestanden, und nun werde ich so behandelt.«

Nele nutzte die Gunst der Stunde und schlich an den beiden vorbei in die Vorratskammer. Dort steckte sie rasch zwei Äpfel, ein Stück Brot, eine kleine Flasche Schnaps und eine der Entenkonserven in ihre Tasche. Dann huschte sie schnell an den beiden Streithähnen vorbei und aus der Küche hinaus. Weiter ging es in die winzige Abstellkammer hinter der Rezeption. Dort gab es eine große Kiste mit Fundsachen, in der sich allerlei Dinge befanden, die die Gäste über die Jahre vergessen und nicht abgeholt hatten. Darunter waren auch Kleidungsstücke wie Hosen und Hemden. Nele entschied sich für ein graues Hemd, eine wollene Jacke und eine Cordhose. Nun brauchte sie nur noch etwas Verbandszeug, vielleicht auch Aspirin. Sie eilte über den Hof zu Martas Büro hinüber, in dem sich die Hausapotheke befand. Marta war bereits vor einer Weile ins Hospiz gegangen, um mit Schwester Anna mal wieder ein wenig zu klönen. Nele packte alles ein, was sie benötigte, und machte sich auf den Weg zum Norddorfer Bahnhof. Auf dem Bahnsteig stand eine Gruppe Inselwächter. Einige von ihnen grüßten freundlich. Nele bemühte sich um ein Lächeln. Sie spürte, wie sich ihr Herzschlag beschleunigte. Sie fühlte sich schrecklich, wie eine Verräterin an ihrem Vaterland. Sie half dem Feind, einem Engländer. Wieso sie das tat, konnte sie sich nicht erklären. Seit zwei Tagen grübelte sie nun bereits, was sie tun sollte. Thaisens Aussage hätte sie darin bestärken sollen, den Mann zu melden. Bestimmt käme er auf die Krankenstation der Inselwache und danach, wenn er

Glück hatte, zum Feldeinsatz nach Föhr. Trotzdem fuhr sie zu ihm und hatte wie eine Diebin Sachen zusammengestohlen. Die Bahn kam, und sie stieg vorsichtshalber in den hinteren Wagen ein, da die Männer der Inselwache den ersten Wagen bevorzugten. Sie nahm am Fenster Platz und ließ während der Fahrt ihren Blick über die Landschaft schweifen. Hier und da fiel Sonnenlicht zwischen den Wolken hindurch. In den von Heidekraut bedeckten Dünen sah sie den einen oder anderen Fasan, auch zwei Kaninchen konnte sie erkennen. In Nebel, das sie bald darauf erreichten, blühten bereits die ersten Frühblüher in den Gärten. Schneeglöckchen, Krokusse und Winterlinge vertrieben ein wenig die Trostlosigkeit des Winters. In Nebel stieg der einzige weitere Fahrgast im Wagen, die alte Tad, aus, und niemand stieg zu. Nele war erleichtert. Am Ende hätte noch jemand dumme Fragen gestellt, weshalb sie an der Haltestelle des *Kurhauses zur Satteldüne* ausstieg, stand das Haus doch leer, und außen herum gab es nur Dünen und Viehweiden. Die Bahn erreichte die Haltestelle, und Nele kletterte aus dem Wagen. Mit klopfendem Herzen folgte sie dem Weg zum *Kurhaus*. Eine der Straßenlaternen hatte Schieflage, eine weitere war ganz umgefallen. Es schien niemanden zu kümmern. Die Pracht vergangener Tage verschwand mit jedem Tag des Krieges ein bisschen mehr. Als sie das Eingangsportal des ehemals mondänen Gebäudes erreichte, blieb sie stehen und atmete tief durch. Ihr Blick wanderte zu den Fenstern des ersten Obergeschosses. Hinter einem von ihnen befand er sich. Ob es ihm gut ging? Sie war volle zwei Tage nicht hier gewesen. Vielleicht war er inzwischen gestorben. Obwohl er nicht wie jemand ausgesehen hatte, der bald sterben würde. Jetzt konnte sie noch zurückgehen. Sie könnte zur Inselwache laufen und sich erklären. Aber was sollte sie den Männern sagen? Ich habe vor Kurzem einen Engländer gefunden, ihn aber nicht gemeldet, weil ich nicht so recht wusste, was ich tun sollte. Auf

Amrum galt ja der Spruch, wer etwas findet, darf es behalten. Jedenfalls unter den Strandgängern. Allerdings war dieser Thomas kein Gegenstand, den man einfach so behalten konnte. Er war ein Mensch und kein Stück Treibholz oder sonst irgendetwas, was sich am Strand finden ließ.

Nele schob ihre unsinnigen Gedanken beiseite und betrat das Gebäude. Im Eingangsbereich empfingen sie Stille und abgestandene Luft. Dem Haus könnte es wahrlich nicht schaden, wenn mal wieder kräftig durchgelüftet wurde. In den Sommermonaten musste es hier unten schön gewesen sein, wenn die Türen zur Veranda und die Fenster geöffnet waren und der Seewind für Erfrischung sorgte. Sobald der Krieg zu Ende war, könnte es wieder so werden. Dann würden Damen in teurer Kleidung durch diese Halle flanieren, Herren in schicken Anzügen und Husaren in Uniform, die früher öfter hier gewesen waren und Konzerte besuchten. Neles Blick wanderte zu dem großen Kronleuchter an der Decke. Nun war er mit Glühbirnen ausgestattet; als ihre Mutter damals hier gewesen war, hatten Hunderte Kerzen gebrannt. Es musste eindrucksvoll gewesen sein, dieses Haus in seiner Pracht zu erleben. Ihre Mutter. Gewiss hatte sie ein atemberaubend schönes Kleid getragen und ihre Taille so eng eingeschnürt, dass sie kaum noch Luft bekam. In Neles Zimmer stand eine Fotografie von Rieke auf einer Kommode. Darauf trug sie einen Traum aus zartrosa Spitze, ihr Haar war raffiniert aufgesteckt, ihre Wangenknochen mit Rouge betont. So war sie gewesen. Stets auf Äußerlichkeiten bedacht, die perfekte Herbergsmutter. Das Mädchen aus Hamburg, dem Amrum zur Heimat geworden war. Dem vielleicht auch Chicago zur Heimat geworden wäre. Es hatte gestürmt und geregnet, als sie starb. Ihr Tod war prophezeit gewesen. Von der alten Göntje, die Nele zeit ihres Lebens gemieden hatte. Das Schiff mit dem hübschen Namen *Luisa* hatte ihre Eltern nicht in die Neue Welt gebracht.

Nele sah zur Treppe und straffte die Schultern. Sie würde ihm helfen. Verrat kam nicht infrage. Er war ein Gestrandeter und verletzt. Wenn er sich wieder besser fühlte, konnten sie immer noch entscheiden, wie es weitergehen sollte.

Sie lief ins obere Stockwerk und öffnete mit klopfendem Herzen die Tür des Zimmers, in dem sie ihn zurückgelassen hatte. Er lag im Bett, seine Augen waren geschlossen.

»Hallo«, sagte Nele und trat näher. Er reagierte nicht auf ihre Worte. Sie streckte die Hand aus und berührte seine Schulter. »Hallo«, wiederholte sie, »so wach doch auf.« Ihr Blick fiel auf die noch immer auf dem Nachttisch stehende Karaffe. Sie war leer. Das Glas lag auf dem Teppich vor dem Bett. Sie rüttelte ihn. Er stöhnte leise und murmelte etwas, was Nele nicht verstand.

»Ich bin wieder da«, sagte sie. »Ich helfe dir.« Ohne groß darüber nachzudenken, war sie zum Du übergegangen. »Ich gehe und hole rasch frisches Wasser. Ich komme gleich zurück.«

Sie legte ihre Tasche auf einem neben dem Fenster stehenden Lehnstuhl ab, dann hob sie das Glas auf, nahm die Karaffe, eilte in die Küche und holte Wasser. Wieder zurück bei ihrem Patienten, beschloss sie, frische Luft in den Raum zu lassen. Es war stickig hier drin und stank nach Urin. Sie zog die Vorhänge ein Stück zur Seite und öffnete das Fenster, eigentlich eine Flügeltür, durch die man auf einen schmalen Balkon gelangte. Die Fensterläden öffnete sie vorsichtshalber nur einen Spaltbreit, da diese Hotelfront vom Strand her zu sehen war. Es galt, vorsichtig zu sein. Nicht, dass ein Inselwächter misstrauisch wurde und hier auftauchte, um nach dem Rechten zu sehen.

Sie trat neben ihn und überlegte, was jetzt zu tun war. Er hatte die Augen geschlossen, Schweißperlen standen ihm auf der Stirn. Vermutlich hatte er Fieber. Neles Blick fiel auf die Beinwunde. Sie war gerötet, Eiter war zu erkennen. Was sollte sie jetzt tun? Von Krankenpflege hatte sie keine Ahnung. Sie beschloss, ihm erst einmal Wasser einzuflößen. Und vielleicht kam er wieder zu sich.

Sie trat näher an ihn heran und rüttelte erneut an seiner Schulter. »Thomas. Ich bin es, Nele. Hörst du mich? Ich habe Wasser und etwas zu essen mitgebracht. Komm zu dir.«

Sie rüttelte noch etwas heftiger. Er stöhnte und murmelte ein paar Wörter, die sie nicht verstand. War das Englisch gewesen? Nele schenkte Wasser in das Glas und hielt es ihm an die Lippen. Anfangs trank er nicht, das Wasser rann sein Kinn hinab, und das Laken wurde feucht.

»Komm schon«, sagte Nele. »Du musst etwas trinken.« Sie bemühte sich, seinen Kopf anzuheben, und hielt ihm erneut das Glas an die Lippen. Jetzt trank er.

»So ist es gut«, lobte Nele. »Und noch einen Schluck mehr. Dann geht es bald besser.«

Als das Glas leer war, füllte Nele es wieder, und dieses Mal klappte es schon besser mit dem Trinken. Er öffnete die Augen, was Nele für ein gutes Zeichen hielt. Sie stellte das Glas auf den Nachttisch.

»Danke«, sagte er auf Deutsch.

»Gern«, antwortete Nele. »Und jetzt kümmern wir uns um deine Beinverletzung. Ich habe etwas zum Desinfizieren und Verbandszeug mitgebracht.«

Sie begutachtete seine Beinwunde ein zweites Mal und begann, ihre mitgebrachten Sachen aus der Tasche zu räumen. Sie gab einige Tropfen von dem Desinfektionsmittel auf ein Tuch und reinigte die Wunde vorsichtig. Er zuckte zusammen. »Ich weiß, das tut weh. Aber wir müssen die Wunde säubern.« Nele tupfte beherzter, denn es war ziemlich viel Schmutz in der Verletzung. Sand und kleine Steinchen. Als die Wunde einigermaßen sauber war, legte sie eine Mullbinde darauf, verband das Bein und sagte: »Ich werde später noch nach Wittdün in die Apotheke fahren und eine Heilsalbe holen. Hoffentlich geht es dann bald besser. Ansonsten werden wir wohl doch einen Arzt benötigen.« Sie sah ihn an. Er nickte.

»Ich habe frische Kleidung mitgebracht«, erklärte sie. Reden, etwas tun, nicht darüber nachdenken, was sie hier machte. Sie half ihm, pflegte ihn gesund, dann würden sie weitersehen. Und wenn er einen Arzt brauchen würde, wäre sowieso alles vorbei.

»Danke. Das ist wirklich sehr nett von dir«, sagte er. Seine Stimme klang matt, doch er lächelte. Ein gutes Zeichen, denn wer lächeln konnte, starb nicht gleich. Eines jedoch überraschte sie. Weshalb sprach er so gut Deutsch? Er klang gar nicht wie ein Engländer. Sie fragte ihn, und er antwortete: »Meine Mutter ist Deutsche. Mein Vater war es ebenfalls. Ich bin in Berlin geboren und aufgewachsen. Ich kann sogar Berlinerisch, wa.« Er grinste, richtete sich ein wenig auf und fuhr fort: »Mein Vater starb, als ich acht Jahre alt war. Als ich zwölf war, heiratete meine Mutter einen Briten, Mitarbeiter in der britischen Botschaft. Wir zogen im Jahr darauf nach England.«

»Also bist du gar kein richtiger Engländer, sondern Deutscher«, antwortete Nele. Seine Worte erleichterten sie. Sie war keine Verräterin, jedenfalls nicht so ganz.

»Von Geburt an schon«, antwortete er. »Aber ich habe die englische Staatsbürgerschaft, mein Vater hat das erledigt. Ich kämpfe für die Engländer. Ich war schon früh bei der Armee, schnell bei den Piloten. Ich hätte niemals gedacht, dass es diesen Krieg geben wird. Und jetzt stecken wir mittendrin.«

»Ja, das tun wir«, antwortete Nele. Es entstand ein Moment der Stille. Sie sah ihn an. Seine Augen waren von einem hellen Blau, seine Wangen und sein Kinn zierte ein Bart, der normalerweise vermutlich nicht da war. Sein blondes Haar war zerzaust. Sie spürte ein warmes Kribbeln im Bauch und wusste es zu deuten. So hatte sie für Johannes empfunden. Aber das durfte nicht sein. Er war ein Engländer, der Feind. Gut, ein deutscher Engländer. Trotzdem durfte sie sich nicht in ihn verlieben. Plötzlich kam ihr einer von Kalines Sprüchen in den Sinn: Manche Dinge passieren einfach, dagegen kannst du nix machen. Dagegen jedoch schon. Sie konnte ihn melden, dann verschwand er aus ihrem Leben, und sie würde ihn rasch vergessen. Doch alles in ihr sträubte sich dagegen.

»Was wirst du jetzt tun?«, fragte er und riss sie aus ihren Gedanken.

»Ich weiß es nicht«, antwortete Nele ehrlich. »Du bist der erste Engländer, den ich finde. Aber eigentlich habe ich ja einen Berliner gefunden.«

»Eine Mischung«, antwortete er und lächelte. Doch dann wurde seine Miene wieder ernst. Er ließ seinen Kopf nach hinten sinken und schloss die Augen. »Mein Kopf schmerzt fürchterlich, und es ist so schrecklich heiß.«

»Das kommt vom Fieber«, sagte Nele. »Du musst dich ausruhen. Ich habe dir Aspirin mitgebracht.« Sie holte die Packung aus ihrer Tasche und legte sie auf den Nachttisch. »Dazu etwas zu essen. Äpfel, Brot, Entenfleisch und Schnaps, der weckt die Lebensgeister.« Nele nahm alles aus ihrer Tasche und verteilte es auf dem Tisch neben dem Lehnstuhl. Ihre Hände zitterten. Beinahe hätte sie die Schnapsflasche fallen lassen. »Auch frische Kleidung habe ich dir mitgebracht.« Sie zeigte ihm Hose und Hemd. »Es ist nichts Besonderes. Sachen aus unserer Fundkiste. Ich hoffe, sie passen dir.« Erneut entstand ein Moment des Schweigens. Nele trat ans Fenster und blickte zum Strand.

»Abends kannst du sicher auf den Balkon gehen, um frische Luft zu schnappen. Tagsüber würde ich das lieber lassen, denn sonst könntest du entdeckt werden.«

Er nickte und stellte nun doch die Frage, die die ganze Zeit über im Raum gestanden hatte: »Ich bin der Feind. Wieso tust du das für mich?«

»Ich weiß es nicht«, antwortete Nele.

Er fing ihren Blick auf. Einen Moment sahen sie einander nur an, und sie glaubte, in seinen blauen Augen zu versinken. Nele sah als Erste wieder weg. Sie bebte innerlich. Sie musste hier raus. Durfte diese Gefühle nicht zulassen. Es war der falsche Pilot, es war nicht wie bei Marret, die bald Hochzeit feiern würde. Er war der Feind, kein Freund, auch wenn er in Berlin geboren war.

»Ich muss jetzt gehen«, sagte sie unvermittelt, ging zur Tür und öffnete sie. Sie trat auf den Flur. Er rief ihr etwas nach, doch sie verstand seine Worte nicht mehr. Mit klopfendem Herzen eilte sie den Gang hinunter und durchs Treppenhaus. Draußen empfing heller Sonnenschein sie, der sie blendete. Sie lief den Weg zur verwaisten Haltestelle der Inselbahn hinunter, überlegte es sich, nachdem sie dort angekommen war, jedoch anders. Sie würde durch die Dünen zu Fuß nach Hause gehen. Es galt nachzudenken, den Kopf freizubekommen. Zu überlegen, wie es weitergehen sollte. Und gewiss würden dann auch das Zittern ihrer Hände und das heftige Herzklopfen aufhören. Sie hoffte es jedenfalls.

21

Verdun, 10. März 1916

Ihr Lieben,
ich wollte mich von Euch verabschieden und mich bedanken. All die Jahre wart Ihr meine Familie. Ich werde Euch alle so sehr vermissen. Ganz besonders aber das Rauschen des Meeres. So gern hätte ich es noch einmal gehört.
Werte Frau Stockmann,
ich schreibe diesen Brief als Kamerad von Hannes. Er bat mich darum, ihn für Sie zu notieren. Leider waren dies seine letzten Worte, bevor er von uns ging. Er hat so oft von Amrum und von Ihrem Hotel erzählt. Er beschrieb Ihr Haus in den schönsten Farben, den Strand, das Meer und die Dünen. Wenn er davon redete, hatte er stets Tränen in den Augen. Es tut mir sehr leid, dass ich Ihnen keine bessere Nachricht zukommen lassen kann.
Hochachtungsvoll
Ihr
Günter Waldburg

Marta faltete den Brief zusammen. In ihren Augen schwammen Tränen. Ebba, die neben ihr am Tisch saß, nahm ihre Brille ab und wischte sich mit einem Taschentuch die Tränen aus dem Gesicht.

»Der arme Hannes. Es tut mir so leid. Und er war so guter Dinge gewesen, dass er bald zu uns zurückkehren wird.«

»Ja, das war er«, antwortete Marta und schüttelte den Kopf. »Thaisen hatte sich sogar noch für seine Versetzung zur Inselwache eingesetzt. Hannes hoffte sehr darauf, dass es funktionieren würde. Er wird uns fehlen. Ach, dieser elende Krieg. Wieso kann er nicht endlich ein Ende finden?«

Frauke war ebenfalls anwesend. Sie war seit Längerem mal wieder auf einen Tee und einen Schnack vorbeigekommen. Betrübt schüttelte sie den Kopf. »Man möchte meinen, dass das Sterben an den Fronten die jungen Männer kriegsmüde werden lässt. Aber dem scheint nicht so. Meine Freundin Jule hat mir vor wenigen Tagen geschrieben. Ihr wisst doch: Sie wohnt in Berlin und war vor zwei Jahren drei Wochen mein Gast. Sie hat ihren jüngsten Sohn vor einiger Zeit zur Bahn gebracht. Die abfahrenden Soldaten haben es sich in der dritten Klasse eingerichtet und gesungen: *Und seh ich die Heimat nicht mehr wieder – hurra!* Die Begeisterung für den Krieg, ja sogar der Heldentod für den Kaiser sind nach wie vor ungebrochen.«

»Dieser ganze Krieg ist doch nur noch Unsinn«, sagte Jasper, der ebenfalls mit am Tisch saß. »Der arme Hannes.«

»Was ist mit Hannes?«, fragte Nele. Sie war, unbemerkt von den anderen, eingetreten.

»Er ist gefallen«, beantwortete Ebba ihre Frage.

»Oh, wie traurig«, antwortete Nele. »Was ist denn geschehen?«

»Genaueres wissen wir nicht. Einer seiner Kameraden hat geschrieben.«

Marta musterte Nele. Sie konnte nicht sagen, was es war, aber in den letzten Tagen kam ihr ihre Enkeltochter verändert vor. Sie wirkte fahrig und unruhig. Auch jetzt nestelte sie an dem Band des Stoffbeutels herum, den sie bei sich trug.

»Gehst du aus?«, fragte Marta.

»Aber das weißt du doch, Oma«, antwortete Nele. »Du hast mich heute Morgen damit beauftragt, in der Gärtnerei Münch nach neuen Setzlingen für Kohlrüben zu fragen. Die anderen wären allesamt verfault. Was bei dem ständigen Regen kein Wunder ist.«

»Ach ja, richtig«, antwortete Marta. »Und frag ihn doch gleich nach Kartoffelpflanzen. Die sind nämlich auch hinüber.«

»Wirklich?«, meinte Ebba. »Vor zwei Tagen sahen sie doch noch ganz gut aus.«

»Da hat auch noch nicht irgendein Nager die Wurzeln angefressen. Es muss eine Wühlmaus oder etwas Ähnliches gewesen sein. Sie sind alle hin. Und ich hab sie erst vor wenigen Tagen eingegraben.«

»Wühlmäuse auch noch«, sagte Ebba. »Da sind mir ja die Kaninchen noch lieber, obwohl sie uns ständig die Karotten anknabbern. Aber die kann man wenigstens noch in die Pfanne hauen. An so einer Wühlmaus ist doch nichts dran.«

»Diese ständige Diskussion über das Essen ist einfach scheußlich«, sagte Frauke. »Selbst ich versuche mich schon im Gemüseanbau, doch mir fehlt einfach das Geschick. Und wenn es nur das fehlende Gemüse wäre. Erst gestern stand ich wieder ewig um ein Stück Butter an. Als ich endlich an die Reihe kam, war es nur noch Margarine, die übrig geblieben ist.«

»Sei froh um dein Stückchen Margarine«, erwiderte Ebba mit grimmiger Miene. »Ich hab heute Morgen nicht einmal mehr das bekommen. Angeblich ist eine Lieferung aus Wyk ausgeblieben. Ich sag euch was: Die Föhrer sind nicht dumm. Die behalten ihr Fett für sich. Würde ich an ihrer Stelle auch so machen.«

Marta nickte. »Wenn das mit der Ernährungslage so weitergeht, steuern wir bald auf eine Katastrophe zu. Wir können nur darauf hoffen, dass es einen guten Sommer geben wird und unsere Obstbäume anständig tragen. Dann kochen wir wieder Marmelade und Kompott ein. Und wir haben ja auch noch das Meer. Muscheln, Krabben und Fisch finden sich immer.«

»Ja schon«, antwortete Jasper, »aber die Krabben ess ich am liebsten mit Ebbas leckeren Bratkartoffeln. Und gerade Kartoffeln scheint es immer weniger zu geben.«

»Ich weiß«, antwortete Marta, »deshalb will ich sie ja anbauen. Aber vielleicht wird es doch noch was. Nele bringt uns jetzt frische Pflanzen, und dann starte ich einen neuen Versuch. Aber vorher lege ich noch Rattengift aus. Diese elende Wühlmaus frisst mir keine Pflanzen mehr an. Das könnt ihr glauben.«

»Ich wollte auch noch rasch ins Hospiz laufen«, sagte Nele. »Neulich hat Schwester Anna gemeint, dass sie eine große Kiste Nudeln geliefert bekommen haben. Da könnte sie uns etwas von abgeben.«

»Das ist sehr lieb von Schwester Anna. Ach, sie ist wahrlich ein Engel. Sei doch so nett und richte ihr herzliche Grüße von mir aus.« Marta nickte Nele lächelnd zu.

»Von mir auch«, antwortete Ebba. »Und lade sie doch bitte zum Tee ein. Kaffee haben wir ja keinen mehr, wenn man mal von diesem Ersatzkaffee absieht, der wie Abspülwasser schmeckt. Pfui Deibel, dieses Gesöff dürfen sie selber trinken. Bekömmlich und köstlich, das können sie ihrer Großmutter erzählen.«

»Ich werde ihr die Grüße ausrichten«, antwortete Nele und verabschiedete sich.

Auf dem Hof begegnete ihr Ida. Vor ihr her tapste die kleine Inke. Schon vor einer Weile hatte die Kleine, im Gegensatz zu ihrem Bruder, den Ida auf dem Arm trug, ihre ersten Gehversuche gemacht und schaffte es bereits ein ganzes Stück weit, ohne ins Straucheln zu geraten. Nele blieb stehen, ging in die Hocke und breitete die Arme aus. Mit einem freudigen Quietscher tapste Inke auf sie zu und ließ sich auf den Arm nehmen. »Das hast du toll gemacht, mein Schatz«, lobte Nele und drückte ihrer Cousine einen Kuss auf die Wange. Dann wandte sie sich Ida zu. »Sie läuft immer besser.«

»Ja, sie ist flott unterwegs.«

»Da musst du dich beeilen, mein Kleiner«, sagte Nele zu Peter und tätschelte ihm das Beinchen. »Sonst läuft dir dein Schwesterchen noch davon.«

»Ach, du kennst ihn doch. Unser Peterchen hat es gern gemütlich. Thaisen meint, er ist eher der Denker als der Macher. Er spricht ja auch bereits mehr als Inke. Inzwischen kann er schon fünf Wörter sagen.«

»Oh, bereits fünf. Dann hab ich was verpasst. Mein letzter Stand waren drei Wörter. Was kam denn neu hinzu?« Sie sah Ida fragend an.

»Das möchte ich jetzt lieber nicht laut aussprechen«, erwiderte Ida mit einem Grinsen. »Thaisen sagt es öfter, wenn ihm in der Werkstatt etwas schiefgeht.«

»Verstehe«, antwortete Nele. »So ist es wohl immer. Die Wörter, die sie nicht lernen sollen, können sie als Erstes.« Sie sah Inke an und sagte: »Sag Nele.« Die Kleine guckte sie mit großen Augen an. »Ne-le«, betonte Nele die Silben. Die Kleine grinste und legte ihr ihr kleines Händchen auf die Lippen.

»Gib es auf«, antwortete Ida. »Sie sagt noch nicht einmal Mama.«

»Schade. Aber du lernst das schon noch. Dann lauf mal weiter, meine Kleine. Dein Cousinchen muss noch einige Besorgungen erledigen.« Sie stellte Inke zurück auf den Boden und hielt ihr die Tür auf. Inke tapste in den Flur, verfolgt von Ida, die Nele noch einmal zunickte.

Wenig später stand Nele am Norddorfer Bahnhof und wartete ungeduldig auf den Zug. Sie öffnete noch einmal ihre Tasche und lugte hinein. Darin befanden sich frisches Verbandsmaterial und eine Desinfektionslösung. Dazu hatte sie eine weitere Dose Entenfleisch aus der Vorratskammer gemopst und ein großes Stück Brot eingesteckt. Sie hätte gern einen Heißwecken mitgenommen, doch diese wurden inzwischen abgezählt gebacken. Für jeden von ihnen gab es genau einen zum Frühstück. Wer mehr Hunger hatte, musste Haferbrei essen, den Gesine neuerdings jeden Morgen kochte.

Nele wusste, dass ihr Verhalten der reinste Irrsinn war. Aber sie konnte nicht anders. Sie musste noch einmal zu ihm und nachsehen, wie es ihm ging. Die Besorgungen für Marta waren schnell erledigt. Der Gärtner Münch hatte keine Kartoffelpflanzen. Er erhielt diese stets von den Föhrern. Doch dort gab es in diesem Jahr einen starken Pilzbefall, der den Bauern das Leben schwer machte. Der Gärtner bot Nele Setzlinge für Kohlrüben an, zwanzig Stück davon würde er noch am Nachmittag ins Hotel liefern. Marta würde nicht begeistert sein, aber die Setzlinge für Kohlrüben waren besser als nichts. Ins Hospiz wollte Nele nach ihrer Rückkehr gehen. Bei Schwester Anna gab es keine festen Öffnungszeiten.

Die Bahn kam, und sie stieg ein. Ihr gegenüber nahm die alte Poppe Platz. Sie war die Witwe des Kapitäns Christiansen und zählte schon über neunzig Jahre. Sie bewohnte am Ortsausgang von Norddorf ein recht ansehnliches Kapitänshaus und hatte, trotz ihres hohen Alters, einen der schönsten Gärten weit und breit. Besonders ihre Rosen wurden jedes Jahr bewundert, und für die Touristen war das Anwesen zu einem beliebten Fotomotiv geworden.

»Moin, Nele«, grüßte sie freundlich. »Heute keinen Unterricht?«

»Nein, heute nicht«, antwortete Nele. »Es ist doch Samstag.«

»Samstag? Du musst dich irren, Kind. Es ist Donnerstag. Das weiß ich genau, denn donnerstags bin ich immer mit Hilde zum Kartenspiel verabredet. Du kennst doch Hilde, oder?«

Nele nickte. »Natürlich. Sie ist sehr nett.«

»Ja, das ist sie. Aber neuerdings auch geizig. Bei meinem letzten Besuch hat sie keinen Butterkuchen angeboten. Nur so harte Kekse aus dem Laden. Da hab ich mir beinahe die Zähne dran ausgebissen.« Poppe zeigte ihre Zähne. Einige Goldkronen wurden sichtbar. Sie plapperte munter weiter. Nele hörte ihr zu und nickte hin und wieder. Als der Zug in Nebel hielt, war sie erleichtert darüber, die alte Dame, die immer wunderlicher wurde, loszuwerden. Wenig später verließ auch sie die Inselbahn an der Haltestelle des *Kurhauses zur Satteldüne*. Das im Schweizer Stil erbaute Gebäude lag im hellen Licht der Mittagssonne vor ihr. Nele lief mit heftig klopfendem Herzen darauf zu. Am Eingang zögerte sie. Sollte sie wirklich zu ihm gehen? Es war so dumm, was sie tat. Er war ein Engländer. Eigentlich ging er sie ja gar nichts an. Gestern hätte sie Thaisen beinahe von ihm erzählt. Er hatte nichts zu befürchten, das wusste sie. Trotzdem fühlte es sich wie Verrat an. Aber er war ja gar kein wirklicher Engländer. Er war der Sohn eines Deutschen, einer Deutschen. Zählte das noch? Er war gegen Deutschland in den Krieg gezogen und hatte die Seiten gewechselt. Aber wie sollte sie erklären, weshalb sie ihm geholfen hatte? Sie saß in der Klemme. Sie hätte ihn gleich melden müssen. Jetzt könnte sie Ärger bekommen. Seit einer Weile hatte die Inselwache einen neuen Leiter, der strenger war als sein Vorgänger. Am Ende würden sie sie wegen Verrats anklagen. Was für eine Strafe würde sie dafür erwarten? Oder übertrieb sie jetzt? Er war ein Verwundeter. Sie könnte eine Ausrede erfinden. Er könnte sie belogen und sich als Deutscher ausgegeben haben. Immerhin war er das ja auch. Sie sah auf das Eingangsportal, atmete tief durch und öffnete es. Irgendein Weg würde sich finden lassen. Sonnenlicht fiel durch die Ritzen der geschlossenen Fensterläden auf den Marmorboden der luxuriösen Eingangshalle, über den einige Staubflusen tanzten. Nele ging zur Treppe und in den ersten Stock. Der Teppich auf dem Gang verschluckte ihre Schritte. In ihren Ohren rauschte es, ihr Herz klopfte heftig. Noch konnte sie wieder umdrehen und gehen, davonlaufen, ihn vergessen, ihn seinem Schicksal überlassen. Sie tat es nicht. Sie erreichte das Zimmer und drückte die Türklinke nach unten. Er lag nicht im Bett, sondern saß in dem mit grünem

Stoff bezogenen Lehnstuhl am Fenster, das er ein wenig geöffnet hatte. Er trug die Sachen, die sie ihm mitgebracht hatte. Als er sie sah, lächelte er.

»Du bist wiedergekommen«, sagte er. Nele nickte und trat näher. Er sah besser aus, der fiebrige Glanz in seinen Augen war verschwunden.

»Ich habe noch etwas zu essen und frisches Verbandsmaterial mitgebracht«, sagte Nele. Ihr Blick fiel auf seine auf dem Boden liegenden schwarzen Militärstiefel. Die Stiefel eines Engländers. Sie schob den Gedanken beiseite.

»Die Verletzung sieht schon viel besser aus«, antwortete er. »Dank deiner Fürsorge.« Er lächelte, und ihr Herzschlag beschleunigte sich.

Nele trat näher und sagte: »Das Fieber scheint ebenfalls gesunken zu sein.«

Er nickte. »Ja, mir geht es fast schon wieder gut.«

»Ich sehe mir die Wunde trotzdem noch einmal an. Wir müssen vorsichtig sein. Sie war stark entzündet.«

Sie ging vor ihm in die Hocke, krempelte sein Hosenbein hoch und löste den Verband. Die Wunde sah tatsächlich besser aus, war nicht mehr vereitert, nässte jedoch leicht. Nele desinfizierte sie und sagte: »Wir haben noch gar nicht darüber gesprochen, wie du nach Amrum gekommen bist.«

»Das ist schnell erzählt«, antwortete er. »Ich hatte einen Übungsflug. Irgendetwas stimmte mit dem Motor nicht, und die Maschine verlor an Höhe. Ich kam auf dem offenen Meer runter und konnte mich auf eine der Tragflächen retten. Vor ein paar Tagen bin ich hier am Strand angespült worden.« Er deutete aus dem Fenster. »Ich habe mich dann mit Müh und Not hierhergeschleppt, in der Hoffnung, Hilfe zu finden. Bis du aufgetaucht bist, wusste ich nicht einmal, auf welcher Insel ich gestrandet bin. Auch kann ich nicht sagen, wie genau die Verletzung an meinem Bein zustande gekommen ist.« Er machte eine kurze Pause, dann fragte er: »Das hier ist ein Hotel, oder?«

»Ja, ist es«, antwortete Nele. »Aber im Moment steht es leer, wie so ziemlich alle Hotels auf der Insel. Wir gehören zum kriegsgefährdeten Gebiet. Obwohl wir, wenn ich ehrlich bin, bisher nur wenig vom Krieg mitbekommen haben. Du bist der erste Engländer, der sich hierher verirrt hat.«

»Denkst du, es gibt im Haus noch irgendwo Vorräte?«, fragte er.

»Vermutlich nicht«, antwortete Nele. »Und sollten in den Vorratskammern noch Konserven gewesen sein, dann sind sie gewiss längst geklaut worden. Durch die Seeblockade wird das Essen knapp.«

»Davon habe ich bereits gehört von einer Tante in Berlin. Sie schreibt meiner Mutter über das Rote Kreuz. Die Lage wird wohl immer schlimmer. Es gibt inzwischen Brot- und Fettmarken, und sie muss stundenlang vor den Läden anstehen.«

»So ähnlich ist es hier auch. Obwohl wir Insulaner dem Festland gegenüber noch einige Vorteile haben. Auf Föhr gibt es viele Bauern, die Kartoffeln und Getreide anbauen, auch einige Landwirte mit Federvieh. Außerdem haben wir eine Vogelkoje, in der wir Wildenten fangen, und das Meer ist reich an Muscheln, Fisch und Krabben. Ich hab Essen mitgebracht. Eine Konserve mit Entenfleisch und etwas Brot.« Nele holte die Lebensmittel aus ihrer Tasche. »Ich weiß, es ist nicht viel. Aber besser als nichts. Beim nächsten Mal versuche ich, mehr mitzubringen. Unsere Köchin backt sehr gute Heißwecken. Allerdings werden die neuerdings abgezählt wegen des Mangels.«

»Was sind Heißwecken?«, fragte er.

»Das ist ein Hefegebäck. Es schmeckt sehr gut. Ebba backt die besten der ganzen Insel.«

»Das ist eure Köchin, oder? Ihr seid also ein wohlhabender Haushalt. Sonst könntet ihr euch keine Köchin leisten.«

»Es ist kein Privathaushalt«, antwortete Nele. »Wir haben ein Hotel in Norddorf. Der Ort liegt an der Nordspitze der Insel.«

Er nickte.

»Als wohlhabend würde ich uns nicht bezeichnen«, fuhr Nele fort. »Der Krieg setzt uns ziemlich zu, da keine Gäste mehr auf die Insel kommen. Wir haben Rücklagen, aber lange werden die nicht mehr reichen.«

Er nickte erneut und biss von dem Brot ab. Nele trat ans Fenster und sah nach draußen. Es herrschte gerade Ebbe. Zwei Männer der Inselwache patrouillierten am Strand. Wenn sie jetzt in ihre Richtung blicken würden, könnten sie sie sehen, dachte Nele. Würden sie dann misstrauisch werden? Am Ende würden sie kommen und das Hotel überprüfen.

»Denkst du, es bestünde die Möglichkeit, irgendwie unbemerkt von der Insel aufs Festland zu kommen?«, fragte Thomas, der neben sie getreten war. Seine plötzliche Nähe ließ Nele zurückweichen. »Dort könnte ich mich in den Westen durchschlagen und es vielleicht wieder zu einem englischen Regiment schaffen.«

Nele begann, laut nachzudenken. »Das ist schwierig. Du könntest es über das Watt nach Föhr schaffen. Dort gibt es keine Inselwache, und die Bauern und Fischer werden einen normalen Bürger nicht für verdächtig halten. Gewiss nimmt dich jemand aufs Festland mit. Allerdings musst du dafür erst wieder gesund werden. In diesem Zustand schaffst du es niemals nach Föhr hinüber. Auch könntest du nicht allein gehen, denn du kennst dich nicht aus. Ich müsste dich begleiten. Das würde allerdings für Aufsehen sorgen, denn mich kennt man. Aber dafür lässt sich gewiss eine Lösung finden. Wir müssten uns nach einer Weile trennen, aber kurz vor Föhr wirst du den Weg auch allein finden.«

Er nickte. Es entstand ein Moment des Schweigens. Thomas war derjenige, der es brach. »Du bist wirklich sehr nett, Nele. Aber ich frage mich noch immer: Wieso hilfst du mir?«

»Vielleicht, weil man das so macht, oder? Du warst verletzt.« Sie spürte, wie sich ihr Herzschlag schon wieder beschleunigte. Sein Blick machte sie nervös. Hektisch begann sie, das restliche Verbandszeug und das Desinfektionsmittel in ihre Tasche zu packen. Er wollte in den Westen, hatte er gesagt. War da nicht dieses Verdun? Hannes war dort gestorben. Vielleicht war es ein Engländer gewesen, der ihn getötet hatte. Sie war eine Verräterin. Sie half einem Engländer, dem Feind. Sie redete davon, ihn nach Föhr zu bringen, versteckte ihn, stahl für ihn Essen. Sie war verrückt geworden. Er sah sie an. Diese Augen, sein Blick ging ihr durch und durch. Gottverdammte Zweifel, elende Dummheit.

»Ich muss jetzt gehen«, sagte sie. Ihre Stimme klang ruppig.

Er fragte: »Kommst du wieder?«

Nele deutete ein Nicken an, dann eilte sie aus dem Raum und zog die Tür hinter sich zu. Einen Moment blieb sie, an die Tür gelehnt, stehen. Sie schloss die Augen und atmete tief durch, versuchte, sich zu beruhigen. Sie sollte nicht mehr herkommen. So sprach die Vernunft. Doch sie wäre am liebsten in den Raum zurückgekehrt, eilte aber den Flur entlang zur Treppe und beschleunigte in der Eingangshalle ihre Schritte. Den Dünenweg rannte sie hinunter. Erst ein ganzes Stück vom *Kurhaus* entfernt blieb sie vollkommen außer Atem stehen. Manche Dinge kommen wie ein Sturm in dein Leben, und du kannst ihn nicht aufhalten, sosehr du es auch versuchst. Wieder Kaline. Nele konnte sich sogar daran erinnern, wann sie diese Lebensweisheit von sich gegeben hatte. Sie waren mal wieder im Watt unterwegs gewesen und hatten Austern gesammelt. Es kam ihr vor, als wäre es in einem anderen Leben gewesen. Thomas war wohl einer dieser

Stürme. Er brachte sie durcheinander, war in ihr Leben und in ihr Innerstes gewirbelt und hatte längst noch nicht zu Ende gewütet. Wie es weitergehen würde, wenn der Sturm abgeflaut war, wusste sie nicht. Sie drehte sich um und blickte zurück. Das *Kurhaus zur Satteldüne* lag im sanften Licht der Spätnachmittagssonne vor ihr. Ja, sie würde wiederkommen und ihm weiterhin helfen. Obwohl er ein Engländer war – und der Feind. Ein Feind, der berlinerte und so gar nicht wie das Böse aussah. Irgendein Weg würde sich finden.

22

Norddorf, 20. April 1916

Morgen findet Marrets Hochzeit statt. Der Termin war aus organisatorischen Gründen nach hinten verschoben worden. Marret hatte unbedingt gewollt, dass ihr Bruder Martin dabei ist. Er bekam nur leider nicht früher Heimaturlaub. Aber gestern ist er nun eingetroffen. Ich war zufällig anwesend, als er die Gaststube des Honigparadieses *betreten hatte. Ach, was war es schön, Elisabeths Freude zu sehen, ihren Sohn heil und gesund in die Arme schließen zu dürfen. Auch Julius drückte Martin voller Überschwang an sich. Marret war nicht da. Sie war mit Nele in der Gärtnerei, wegen der Auswahl der Blumendekoration. Es mag eine Kriegsheirat sein, sagte Elisabeth gestern zu mir, aber es soll für Marret trotzdem ein unvergesslicher Tag werden. Und dazu gehöre ein großes Fest mit einem guten Essen. Julius hat keine Kosten und Mühen gescheut, um das perfekte Essen und auch eine große Hochzeitstorte zu organisieren. Die Torte haben natürlich Herbert und Mathilde Schmidt gebacken. Sie wird vierstöckig sein, obendrauf ein Brautpaar, Marzipanrosen zur Dekoration. Julius hat sein komplettes restliches Silbergeld dafür ausgegeben. Das dreigängige Menü soll aus einer Krabbensuppe, mit Honig glasierter Ente mit Kartoffelstampf und einer süßen Vanillecreme mit Früchten zur Nachspeise bestehen. Ich bin ehrlich. Schon allein wegen des leckeren Essens freue ich mich auf das Fest. Es soll auch eine Tanzkapelle spielen. Sie kommt von Föhr und unterhält dort normalerweise in einem der Hotels die*

Gäste. Julius musste extra einen Antrag bei der Inselwache stellen, damit die Männer Amrum betreten dürfen. Anfangs war sein Antrag abgelehnt worden, nachdem er jedoch persönlich bei der Leitung der Inselwache vorgesprochen hatte, wurde er genehmigt. Ich habe schon länger nicht mehr getanzt und bin, glaube ich, etwas aus der Übung. Aber wer wird mit mir alter Schachtel schon tanzen. Wilhelm hätte es getan. Er war so ein guter Tänzer. Ach, er fehlt mir so sehr. Besonders in den Abendstunden ist es schlimm, wenn ich allein in unserem Bett liege, sein Bettzeug noch immer neben mir. Neulich habe ich die Decke sogar aufgeschüttelt und das Kissen zerknautscht, so wie er es stets gemacht hatte. Früher habe ich mich oft darüber beschwert, dass er schnarcht. Heute wünschte ich, er würde neben mir ganze Wälder umsägen. Hauptsache, er wäre wieder bei mir. Jetzt kommen mir glatt die Tränen, und ich wollte doch nicht weinen. Aber es ist eben, wie es ist. Vor allem ist es nicht schön, der übrig gebliebene Teil eines Paares zu sein. Doch einer muss diesen Part wohl übernehmen. Ich sollte mit dem Jammern aufhören und dankbar dafür sein, dass ich so viele gemeinsame Jahre mit meiner großen Liebe verbringen durfte. Dort draußen gibt es zahlreiche Kriegerwitwen, die noch jung sind, viele von ihnen hatten eben erst geheiratet und haben Kinder bekommen, die sie nun allein durchbringen müssen. Erst neulich berichtete mir Frauke wieder die neuesten Neuigkeiten aus Berlin. Ihre Freundin schreibt lange Briefe, in denen sie die Situation schildert. Dort gibt es Kinderkrippen der Fürsorge, damit die Frauen in den Munitionsfabriken arbeiten können. Viele der Witwen erhalten nur magere Renten, diejenigen, bei denen der Mann als verschollen gilt, bekommen gar nichts. Die meisten von ihnen müssen arbeiten, um die Familie über Wasser zu halten. Es haben sich wohl auch viele Krankheiten in der Stadt verbreitet. Typhus, aber auch Diph-

therie oder die Cholera greifen wieder um sich. Besonders bedrückend ist das Leben der Kriegsversehrten. Oftmals fehlen den Männern Gliedmaßen, viele von ihnen betteln. Es ist schrecklich. Es war doch erst gestern, als die stolzen Männer losgezogen sind, um als die gefeierten Sieger heimzukehren. Und nun sitzen sie bettelnd auf den Straßen, wenn sie überhaupt jemals wieder heimkehren. Ehrlich gesagt bin ich froh, nicht mehr in Hamburg zu leben. Der Anblick dieser Männer wäre für mich nur schwer zu ertragen. Hier auf Amrum scheint der Krieg weit weg zu sein. Wir mögen Einschränkungen wegen der Lebensmittelknappheit haben, doch bisher ist es erträglich. Auch sind die meisten Insulaner bei der Inselwache im Einsatz, was den Frauen Sicherheit gibt. Erst gestern sprach ich mit Nicoline aus Nebel. Sie ist sehr froh darüber, dass ihr Mann nicht an der Front ist. Die beiden haben sechs Kinder. Sie will sich gar nicht ausmalen, wie es wäre, wenn er fallen würde. Aus diesem Verdun hört man immer wieder schlimme Dinge. Da ist es doch besser, wenn die Männer hier bei der Inselwache die Langeweile plagt. Doch manches Mal greift die düstere Hand dieses Krieges auch nach uns. Der Verlust von Hannes hat uns schwer getroffen. Und Nele ist Witwe geworden. Wenigstens erwartete sie kein Kind von Johannes. Obwohl wir dieses Baby auch geschaukelt bekommen hätten. Allerdings wäre es, im Hinblick auf Neles Schwiegereltern, wohl kompliziert geworden. Immerhin wäre es ihr Enkelkind gewesen. Nele verhält sich immer noch so eigenartig. Neulich fand ich sie in der Wäschekammer bei den Fundsachen. Sie wühlte darin herum. Als ich sie gefragt habe, was sie dort mache, wich sie aus. Sie meinte, die Sachen gehörten aussortiert. Vor einigen Tagen sah ich sie in den Abendstunden weggehen, und sie ist erst spät zurückgekehrt. Aber vielleicht mache ich mir einfach zu viele Gedanken. Es wird schon nichts sein.

Marret stand am Fenster ihres Zimmers und sah missmutig nach draußen. Es regnete, und das bereits seit Stunden. Und sie hatte so darauf gehofft, sie könnten wenigstens den Sektempfang auf der Terrasse abhalten. Auch hätte sie die Kirche gern im strahlenden Sonnenschein verlassen. Aus all dem würde nun nichts werden. Nele, die bereits eingetroffen war und wegen des feierlichen Anlasses ihre Amrumer Tracht trug, trat neben sie, sah ebenfalls nach draußen und sagte: »Mach dir nichts draus. Ist eben April. Der macht gern, was er will.«

»Wegen mir kann er das ja machen«, antwortete Marret. »Aber heute hätte er schon mal sein sonniges und warmes Gesicht zeigen dürfen. So war das nicht vorgesehen.«

»Aber das Wichtigste ist doch, dass du strahlst, so wie eine glückliche Braut es tun sollte«, sagte Nele. »Also guck nicht so missmutig. Heute ist dein Hochzeitstag, und du heiratest den Mann, den du liebst. Etwas Besseres kann es gar nicht geben. Da ist der Regen doch egal. Wir haben den Speisesaal des Hotels gestern hübsch dekoriert, alles ist vorbereitet. Die Blumen, die schöne Torte, das leckere Essen, Ebba und Gesine haben Stunden in der Küche zugebracht. Es wird ganz bestimmt ein wunderbares Fest werden. Regen hin oder her.«

Schon vor einer Weile war festgelegt worden, dass Marrets und Antons Hochzeit im *Hotel Inselblick* gefeiert werden sollte. Der Gastraum des *Honigparadieses* war zu klein für die vielen Gäste. Nele hatte den Eindruck, dass Julius und Elisabeth die halbe Insel zum Fest eingeladen hatten. Sie waren überall bekannt, und viele Insulaner zählten zu ihren Kunden. Julius wollte diese nicht mit einer fehlenden Einladung zu dem Ereignis des Jahres verprellen. Und das stellte die Hochzeit von Marret durchaus dar. Vor Kriegsbeginn wäre das vielleicht etwas anderes gewesen. Da gab es ständig Feste und rauschende Bälle überall auf der Insel. Doch nun waren schöne Ereignisse dünn gesät, weshalb sich die Insulaner umso mehr auf das Hochzeitsfest freuten.

Elisabeth betrat Marrets Zimmer. Auch sie trug ihre Amrumer Tracht und sah bezaubernd darin aus. Marrets Hochzeitskleid lag auf dem Bett. Sie hatte nur ihren Unterrock an, ihr Korsett war noch nicht geschnürt, ihr Haar noch nicht gerichtet.

»Da sieh dir einer unsere Braut an«, sagte Elisabeth und schüttelte den Kopf. »Sie trödelt mal wieder. Wie sollen wir denn bitte schön pünktlich in der Kirche sein, wenn du noch gar nicht angezogen bist? Jetzt aber flott.« Sie wedelte mit den Armen.

»So spät ist es nun auch wieder nicht«, erwiderte Marret. »Wir haben noch eine Stunde Zeit, bis der Gottesdienst beginnt.«

»Das mag sein«, antwortete Elisabeth. »Aber dein Vater möchte unbedingt noch einige Fotos von dir als Braut machen. Ja, ich weiß, was du sagen willst. Seine Fotoleidenschaft ist anstrengend. Aber mir gefällt diese Idee ebenfalls. Und mit seiner neuen Kamera macht er äußerst gute Bilder. Sie werden eine schöne Erinnerung für dich und Anton sein.«

Marret zog eine Grimasse, eine Antwort blieb sie ihrer Mutter schuldig. Ihr Vater hatte sich vor einiger Zeit eine neue Kamera gekauft, einen dieser neumodischen kleinen Apparate, mit denen es ganz einfach war, Bilder zu machen. Seitdem fotografierte er jeden, der ihm vor die Linse kam. Außerdem hatte er sich seine eigene Dunkelkammer im Keller eingerichtet, wo er die Bilder entwickelte. Marret war seine Fotoleidenschaft schnell zuwider gewesen, denn er fotografierte sie auch dann, wenn sie nicht sonderlich vorteilhaft aussah. Einmal hatte er sie sogar abgelichtet, als sie abends über ihrem Strickzeug eingenickt war. Er bezeichnete diese Schnappschüsse als lebensecht, Marret waren sie peinlich. Ihrer Mutter erging es nicht viel besser. Sie wurde im Garten beim Umgraben der Beete geknipst, in der Küche, während sie das Essen kochte, ja sogar an ihrem Toilettentisch hatte er sie neulich fotografiert, als sie sich, nur mit einem Hemd bekleidet, das offene Haar frisierte. Marret gefiel diese Aufnahme ihrer Mutter, denn sie sah wunderbar natürlich und wie ein junges Mädchen darauf aus. Sie hatte versucht, das Bild ihrem Papa abzuschwatzen, doch er hatte es für sich behalten wollen.

Nele schnürte Marret das Korsett so eng wie möglich, dann half sie ihr in das Brautkleid. Es war bezaubernd. Der fließende, leicht schimmernde Stoff und die feine Spitze. Nele hatte Tränen in den Augen, als sie die vielen Häkchen in Marrets Rücken schloss.

Sie dachte an den Moment, als ihre Mutter dasselbe bei ihr getan hatte. Heute war sie Witwe. Und das mit zweiundzwanzig Jahren. Eine Träne kullerte ihre Wange hinunter. Sie wischte sie rasch ab. Jetzt galt es, nicht zu weinen, denn es war Marrets großer Tag, und sie war nicht nur ihre beste Freundin, sondern auch ihre Trauzeugin. Und die heulten in der Kirche höchstens vor Rührung.

Sie schloss das letzte Häkchen und betrachtete Marret im Spiegel. Ihr rotblondes Haar war noch nicht gerichtet und fiel ihr bis auf die Taille herab. Sie sah wie eine Fee aus dem Märchen aus.

»Am schönsten wäre es, du könntest es offen tragen«, sagte Nele. »Aber das ist natürlich nicht möglich. Wir sollten es jedoch nicht zu streng hochstecken und die eine oder andere Strähne auf deine Schultern fallen lassen. Was meinst du?«

Marrett stimmte zu. Auch Elisabeth gefiel die Idee. Die beiden machten sich ans Werk, frisierten, flochten und steckten fest. Der lange, schlichte Schleier wurde mit einem mit Perlen besetzten Kamm am Hinterkopf befestigt und reichte fast bis zum Boden. Zu guter Letzt zupfte Nele noch einige Haarsträhnen aus der Frisur und kümmerte sich um Marrets Make-up. Die Augen wurden mit Kajal und Wimperntusche betont, Puder aufgetragen, der ein wenig die vielen Sommersprossen überdeckte, reichlich Rouge betonte Marrets hohe Wangenknochen, und ein zarter Lippenstift rundete das Gesamtbild ab.

Erneut betrachtete Marret sich im Spiegel. Sie wirkte unsicher, drehte sich von links nach rechts und strich über den Schleier.

»Und ihr denkt wirklich, es ist nicht zu dekadent? Vielleicht hätte ich doch besser in Tracht heiraten sollen, wie es auf der Insel üblich ist.«

»Nein, so wie es ist, ist es gut«, sagte Elisabeth. »Du bist eine wunderschöne Braut und hast jedes Recht dazu, an diesem Tag dein Wunschkleid zu tragen.« In ihren Augen schimmerten Tränen. »Und nun lass uns gehen.« Sie streckte Marret die Hand hin. »Dein Vater wartet gewiss schon voller Ungeduld auf dich. Er wird Augen machen, wenn er dich sieht.«

Marret ergriff die Hand ihrer Mutter, und sie verließen den Raum. Nele folgte ihnen und spürte erneut die aufsteigenden Tränen. Dieses Mal war es aber nicht der Verlust des Ehemannes, der sie ihr in die Augen trieb. Sie dachte an ihren Vater, der ihren eigenen Hochzeitstag nicht mehr miterleben konnte. Und plötzlich kam ihr ein Spruch ihrer Mutter in den Sinn. Hochzeiten sind immer so emotional, hatte sie einmal zu ihr gesagt. So ein Bund fürs Leben ist schon eine besondere Sache. Da durfte dann auch mal geheult werden.

Julius' Augen begannen zu leuchten, als er Marret sah – ganz der stolze Vater. Er machte einige Bilder von ihr. Sie musste sich auf einen Stuhl setzen, sich vor eine Wand stellen, neben dem Fenster stehen. Elisabeth war diejenige, die zum Aufbruch mahnte. Vor dem *Honigparadies* wartete bereits eine Kutsche. Nele achtete darauf, dass Marrets Schleppe nicht schmutzig wurde, und half beim Einsteigen. Es folgte Marrets Vater, der sich dem Anlass entsprechend in Schale geworfen hatte, dann stieg Elisabeth ein. Nele war die Letzte, die in den Brautwagen kletterte und die Tür hinter sich schloss. Die Fahrt durch den Ort zur Nebeler Kirche war kurz. Die Frühlingsblüher in den Gärten ließen wegen des schlechten Wetters die Köpfe hängen, von den Blüten an den Obstbäumen tropfte der Regen. Es hätte wirklich der perfekte Tag sein können. Durch die frühe Wärme war die Natur weiter als in den Jahren zuvor. Überall an den Bäumen zeigte sich bereits frisches Grün, und die Kirschbäume standen in voller Blütenpracht. Marta hatte heute Morgen gemeint, dass das mit dem Regen schon ganz gut wäre. Wird die Braut nass, bringt das Glück. Also würde Marrets Ehe äußerst glücklich werden, denn es regnete heftig. Wenigstens wehte kein Wind. Und vielleicht zeigte sich später ja doch noch die Sonne.

Sie erreichten die Kirche. Vor dem Eingang warteten Marrets Blumenmädchen. Die drei kleinen Mädchen, es waren die Töchter einer Nachbarin, sahen in ihren weißen Kleidern entzückend aus. Die Jüngste war zwei Jahre alt, hatte den Kopf voller blonder Locken und hielt ihr Körbchen mit den Blütenblättern mit beiden Händen fest. Elisabeth und Nele betraten die Kirche. Freunde, Bekannte, Nachbarn und Verwandte saßen in den Bänken. Es wurde getuschelt, der Pfarrer schüttelte erst Elisabeth, dann Nele die Hand. Am Altar wartete bereits Anton auf seine Braut. Neben ihm stand sein Bruder, Roman, der als Trauzeuge fungierte. Anton war die Aufregung anzusehen. Er trat nervös von einem Bein aufs andere und zupfte an den Ärmeln seiner Jacke herum. Nele nickte ihm lächelnd zu. Ihr war der braunhaarige Mann mit dem Oberlippenbart von Beginn an sympathisch gewesen. Bei einem Gläschen des süßen Weins auf der Terrasse des *Honigparadieses* war er mit Marret ins Gespräch gekommen, und schnell wurde klar, dass da mehr zwischen ihnen war. Nele hatte es sofort an Marrets strahlenden Augen erkannt. Genauso strahlte sie auch jetzt wieder, als sie am Arm ihres Vaters das Gotteshaus betrat. Die Blumenmädchen liefen vor ihr her und streuten kräftig Blütenblätter. Die Orgel hatte eingesetzt, sämtliche Anwesende waren aufgestanden. Antons leuchtende Augen ruhten auf seiner Zukünftigen. Er liebt sie wirklich, dachte Nele und spürte erneut die Wehmut in sich aufsteigen. Ihre Gedanken wanderten zu Johannes. So lange lag es nicht zurück, als er am Altar gestanden und mit einem ähnlichen Blick beobachtet hatte, wie sie den Mittelgang der Kirche entlanggeschritten war.

Marret stand neben Anton. Er flüsterte ihr etwas zu und nahm ihre Hand. Dann traten sie vor den Altar, und der Gottesdienst begann. Nele, die als Trauzeugin neben Elisabeth in der ersten Reihe saß, lauschte den Worten des Pfarrers. Ein Baby weinte, hinter ihr tuschelte jemand. Ein Mann hatte einen Niesanfall. Marret und Anton tauschten die Ringe, es wurde ein Lied gesungen. Nele dachte plötzlich an Thomas. Er saß noch immer in dem Zimmer im *Kurhaus zur Satteldüne*. Wie es mit ihm weitergehen sollte, wussten sie auch noch nicht. Inzwischen war seine Beinwunde verheilt, und er hatte kein Fieber mehr. Den Plan, über das Watt nach Föhr zu laufen, hatten sie verworfen. Es wäre zu gefährlich, er könnte dabei leicht entdeckt werden. Nele hatte zwischenzeitlich überlegt, Tam Olsen ins Vertrauen zu ziehen. Der alte Insulaner hätte Thomas zum Festland bringen können. Aber sie hätte ihn belügen müssen, und das missfiel ihr. Tam hatte die Wahrheit verdient. Wie er jedoch auf einen Engländer reagieren würde, wusste Nele nicht. Auch bestand die Gefahr, dass sie kontrolliert wurden. Dann wäre es schwierig geworden, denn Thomas besaß natürlich keine Papiere. Aber wie sollte es mit ihm weitergehen? Niemand wusste, wie lange der Krieg noch dauern würde. Er konnte ja nicht die ganze Zeit über im *Kurhaus* bleiben. Obwohl es schön war, ihn dort zu wissen. Nele besuchte ihn manchmal in den Abendstunden. Dann schlenderten sie durch die langen Flure oder saßen im Schutz der Dunkelheit auf der Veranda. Sie brachte ihm nach wie vor zu essen mit, es wurde jedoch immer schwieriger, etwas abzuzweigen. Neulich hatte Ebba sie in der Speisekammer erwischt und gefragt, was sie mit dem Brot wolle. Nele hatte schnell eine Notlüge erfunden. Die Angelegenheit wurde immer verzwickter. Auch deshalb, weil im *Kurhaus* ab und an jemand nach dem Rechten sah. Es war der alte Fred Johansen, der in vielen leer stehenden Häusern Kontrollrunden drehte. Nur ganz knapp hatte Thomas es in eine der Wäschekammern geschafft. Sie mussten sich wirklich Gedanken über eine Lösung machen. Vielleicht war es doch am besten, wenn er sich stellen würde, dann wäre die Ungewissheit wenigstens fürs Erste vorbei.

Der Gottesdienst endete, der Pfarrer gratulierte dem Brautpaar als Erster, und sie verließen die Kirche. Nele trat neben Ida, die den kleinen Peter auf dem Arm hatte, der inzwischen ebenfalls seine ersten Schrittchen machte, jedoch noch um einiges wackeliger als seine Schwester unterwegs war. Thaisen, der für die Hochzeit einen Tag Urlaub vom Wachdienst erhalten hatte, hielt seine Tochter in Schach. Als sie aus der Kirche traten, empfing sie Sonnenschein. Die Wolken hatten sich verzogen, und der Himmel strahlte in einem satten Blau. Marret lachte, es wurde Reis geworfen. Sie bestiegen die bereitstehende Kutsche, der Fahrer beeilte sich, das Verdeck nach hinten zu klappen. So konnten sie nun doch noch im offenen Wagen nach Norddorf fahren, wie Marret es sich gewünscht hatte. Im *Hotel Inselblick* angekommen, wurden sie von fröhlicher Musik begrüßt, und das Fest begann. Nach dem Sektempfang folgte das Drei-Gänge-Menü, für das Ebba und Gesine Lob von allen Seiten erhielten. Der Inhaber des Norddorfer Lebensmittelgeschäftes, Johann Schneider, war ebenfalls anwesend. Er war derjenige, der es mit seinen zahlreichen Verbindungen zu den unterschiedlichsten Händlern geschafft hatte, dieses großartige Festessen zu ermöglichen. Nach dem Essen wurden die ersten Reden gehalten. Zuerst sprach der Vater von Anton, dessen Eltern extra aus Potsdam angereist waren. Marrets Sorge, sie könnte bei den beiden als ungeliebte Schwiegertochter gelten, war unbegründet gewesen. Antons Mutter Siglinde war eine kleine, rundliche Frau mit lockigem, kastanienbraunem Haar, durch das sich graue Strähnen zogen. Sie hatte braune Augen und ein einnehmendes Lächeln. Bereits bei ihrer ersten Begegnung hatte sie Marret überschwänglich an sich gedrückt und gemeint, sie könne gern Mama zu ihr sagen. Von so viel Leutseligkeit war sogar Marret, die ein offener Mensch war, was Nele sehr an ihr schätzte, ein wenig überfordert. Antons Vater dagegen gab sich zurückhaltender. Anton war ihm wie aus dem Gesicht geschnitten, hatte die schlanke Statur, das dunkelblonde Haar und die blauen Augen von ihm geerbt. Nachdem Marret und Anton ihren Hochzeitswalzer getanzt hatten, war Antons Vater derjenige, der seine Schwiegertochter um den nächsten Tanz bat und mit ihr durch den Raum schwebte. Marta wurde von Johann Schneider aufgefordert und bemühte sich, dem armen Mann nicht allzu häufig auf die Füße zu treten. Nachdem der Tanz beendet war, setzte sich Marta neben Frauke, die selig lächelte. Anscheinend hatte sie dem Wein etwas zu sehr zugesprochen. Neben ihr saß Jasper, den Marta für den Übeltäter hielt, denn offensichtlich hatte er die arme Frauke zu dem Genuss des einen oder anderen Gläschens Schnaps überredet. Die beiden kicherten wie die kleinen Kinder, und Jasper hatte sogar vertraulich seine Hand auf Fraukes Arm gelegt.

Martas Blick wanderte durch den Saal. Auf der Tanzfläche drehten sich einige Pärchen im Kreis, Thaisen tanzte mit seinem Töchterchen Inke, die Kleine quietschte vor Vergnügen. Martas Blick blieb an Nele hängen. Sie saß etwas abseits und beobachtete Anton und Marret, die wieder miteinander tanzten und nur Augen füreinander hatten. Ihre Miene war traurig. Marta ahnte, was das Mädchen fühlte. Sie selbst hatte glücklicherweise viele Jahre mit der Liebe ihres Lebens verbringen dürfen. Und Wilhelm hatte ihr auch den Wunschtraum eines eigenen Hotels erfüllt. Obwohl es nicht am Alsterufer lag, sondern auf Amrum. Die Erinnerung an ihre Träumereien von damals brachten sie zum Schmunzeln. Hamburg schien so weit entfernt zu sein. St. Georg, wo sie niemals heimisch geworden war. Plötzlich kam ihr der Trompeter in den Sinn, der jeden Tag vom Turm der St.-Georgs-Kirche seine Melodien über die Stadt geschickt hatte. Ihm zu lauschen war eines ihrer täglichen Rituale gewesen. Ob er wohl heute noch immer zur selben Uhrzeit nach draußen trat und spielte? Sie spürte, wie es hinter ihren Schläfen zu pochen begann. Ausgerechnet jetzt kündigte sich dieser dumme Kopfschmerz an. Sie sah erneut zu Nele. Der Anblick eines glücklichen Paares war vermutlich recht schmerzhaft für sie. War es doch erst gestern gewesen, als sie mit Johannes bei ihrer eigenen Hochzeit getanzt hatte. Marta stand auf, ging zu ihrer Enkeltochter hinüber und blieb neben ihr stehen.

»Es bahnen sich Kopfschmerzen an«, sagte sie. »Ich könnte ein bisschen frische Luft gebrauchen. Möchtest du mit nach draußen kommen?«

Nele sah Marta überrascht an, dann nickte sie und erhob sich.

Sie verließen das Hotelgelände und liefen Richtung Strand. Die Sonne stand tief am Horizont, es war fast windstill. Die Oberfläche des Meeres schimmerte im rötlichen Licht des Abends. Möwen kreisten kreischend über ihnen, zwei Wasserläufer suchten im seichten Wasser nach etwas Essbarem. Marta und Nele liefen bis zur Wasserlinie, blieben dort stehen und blickten aufs Meer. Weit draußen sahen sie einige Schiffe, vermutlich waren es Kriegsschiffe der Marine.

»Manchmal frage ich mich, ob ich Johannes wirklich geliebt habe«, sagte Nele plötzlich. »Ich mochte ihn gern, keine Frage.

Es war schön, wenn er mich küsste und mich in seinen kräftigen Armen hielt. Ich vermisse seine Nähe und Wärme. Trotzdem frage ich mich, ob ich ihn liebte. So wie du Opa geliebt hast, wie Mama Papa liebte. Oft muss ich an den Satz denken, den sie damals auf dem Schiff gesagt hat: *Ohne ihn geht es nicht*. Sie waren eine Einheit, genauso wie du und Opa. Ich weiß nicht, was Johannes und ich waren. Ich brauchte ihn, ich wollte diese Ehe. Ich dachte, dann würde vielleicht das Gefühl der Einsamkeit verschwinden. Diese unerträgliche Leere in mir. Doch ich weiß nicht, ob es funktioniert hätte.«

»Liebe hat viele Gesichter«, antwortete Marta. »Die eine ist nicht vergleichbar mit einer anderen. Und vielleicht ist das ja gerade das Besondere an ihr. Bei mir und deinem Großvater war es Liebe auf den ersten Blick gewesen. Er hat mich angesehen, und es war um mich, um uns geschehen. Bei deinen Eltern war das anders gewesen. Rieke hatte sich damals Hoffnungen auf einen Mann in Hamburg gemacht. Es war keine Liebe auf den ersten Blick gewesen, jedenfalls nicht von ihrer Seite. Aber das war ja auch kein Wunder. Die beiden glaubten zu Beginn, sie würden einander niemals im Leben wiedersehen. Wir hatten ja anfangs geplant, nach Hamburg zurückzukehren. Deshalb hat sich die Beziehung der beiden erst nach und nach entwickelt.«

Nele nickte. Beide Frauen schwiegen und blickten aufs Meer hinaus. Die Sonne versank im Ozean, ein roter Ball, der langsam verschwand.

Marta nahm Neles Hand und fuhr fort: »Du und Johannes, ihr hattet nicht die Möglichkeit, eine Ehe zu führen, richtige Partner zu werden. Die Liebe braucht manchmal Zeit. Er hätte es schaffen und die Leere in dir füllen können. Das weiß ich bestimmt.«

Nele nickte. In ihren Augen schimmerten Tränen. Sie blinzelte. »Dieser elende Krieg. Er bringt nur Kummer und Schmerz.

Ich wünschte, er hätte niemals begonnen. Ich sehe Marret mit Anton tanzen und muss daran denken, dass er schon morgen tot sein kann. Ich weiß, das ist nicht gut. Aber so viele sterben dort draußen, jeden Tag, jede Minute, gerade jetzt in diesem Augenblick. Und wir können nichts dagegen tun, wir können es nicht aufhalten.«

Marta schloss die weinende Nele in die Arme und drückte sie fest an sich. Aller Kummer floss aus ihr heraus. *Es ist erleichternd zu weinen*, glaubte Marta plötzlich Kalines Stimme zu hören. *Weine, solange du willst, der Schmerz wird dadurch weniger, erträglicher. Er läuft aus dir heraus*. Sie standen beinahe an derselben Stelle wie damals, als Marta um Marie geweint hatte und glaubte, an dem Schmerz über den Verlust ihrer Tochter zu zerbrechen. Sie strich Nele über den Rücken. Ihr Blick wanderte wieder aufs Meer hinaus. Die Sonne war in den Wellen verschwunden, der Himmel leuchtete in atemberaubendem Rot, das sich im Wasser spiegelte, kein Schiff war am Horizont zu sehen. Alles wirkte normal – friedlich – wie immer. Wie damals, als sie sich in diese Insel verliebte.

23

Norddorf, 10. Mai 1916

Heute ist Otto Heinrich Engel bei uns eingetroffen. Er zeichnete ja bereits den Auszug der Föhrer Soldaten zu Kriegsbeginn und möchte nun auch das Alltagsleben der Männer hier auf Föhr festhalten. Ich habe ihm unser bestes Zimmer im Haupthaus zu einem Sonderpreis vermietet. Besonders Thaisen erfreut seine Anwesenheit. Er hat seine Ambitionen, die Malerei betreffend, zurückgestellt, doch hin und wieder malt er noch immer, und einige seiner Bilder schmücken unsere Hotelwände. Während der vielen Stunden auf der Wache hat er meist seinen Skizzenblock dabei. Erst neulich habe ich mir seine Bilder angesehen. Sie sind großartig. Mit wenigen Strichen schafft er es, unser Inselchen auf seine besondere Art festzuhalten. Ich kann nicht verstehen, wie damals dieser Maler in Berlin Thaisens Bilder so abtun konnte. Aber für uns war dieser Umstand ein Segen. So kam er zurück auf die Insel. Wer weiß, was geworden wäre, hätte er das Stipendium erhalten und wäre in Berlin geblieben. Dann hätten wir vermutlich auch Ida verloren, denn Ida ohne Thaisen funktioniert nicht. Obwohl ich glaube, dass es die beiden nicht sonderlich lange in Berlin ausgehalten hätten. Unser Thaisen ist und bleibt ein Insulaner. Nach seiner Rückkehr erzählte er mir, dass ihm der freie Blick auf den Horizont am meisten gefehlt habe. Überall stehen Häuser, die die Sicht begrenzen. Ebenso überforderten ihn die vielen Menschen. Wie sollte es auch anders sein. Aber ich schweife ab. Gleich kommt Frauke. Wir wollten mal wieder zur Strandrestauration gehen. Sie mag geschlossen sein, doch auf der dortigen Terrasse sitzen wir hier und da gern für einen Plausch. Und heute ist das Wetter schön.

Nele saß neben Thomas, dem Engländer, in den Dünen. Die Sonne stand tief am Horizont, ein sanfter Wind wehte, das Rauschen des Meeres war zu hören. Inzwischen getrauten sie sich hin und wieder an diesen Ort unweit des *Kurhauses zur Satteldüne*, der vom Strand her nicht einsehbar war. Thomas ging es so weit gut, allerdings wurde er immer unruhiger. Auch heute war es die Ungewissheit, die ihn mal wieder beschäftigte.

»Ich kann nicht mehr lange so weitermachen«, sagte er und riss einen Halm Dünengras ab. »In diesem Haus fühle ich mich mehr denn je wie ein Gefangener.« Er deutete zum *Kurhaus* hinüber. »Ich laufe durch die Flure, höre meine eigenen Schritte, wie sie in den langen Gängen widerhallen, nachts stehe ich oftmals stundenlang auf dem Balkon und sehe aufs Meer hinaus. Sein Anblick vermittelt mir das Gefühl von Freiheit, doch diese bleibt mir verwehrt. Wie lange soll das noch so gehen?« Er sah Nele an. »Für Wochen oder Jahre? Das halte ich nicht aus. Vielleicht sollte ich mich doch stellen.«

»Und was wird dann? Sie werden dich befragen«, antwortete Nele. »Sie werden wissen wollen, wer dich mit Lebensmitteln versorgt, wer dich gesund gepflegt hat.« Sie deutete auf sein Bein. »Am Ende finden sie heraus, dass ich es war. Was denkst du, werden sie dann mit mir machen? Mit einer Deutschen, die einem Engländer hilft. Sie werden mich des Hochverrats anklagen.« In ihrer Stimme schwang Panik mit. Einen Moment schwiegen beide und sahen einander nur an. Wieder einmal verfluchte sich Nele für ihre Dummheit. Wie hatte sie nur auf die idiotische Idee kommen können, ihm helfen zu wollen. Sie hätte ihn noch am gleichen Tag der Inselwache melden sollen, dann säßen sie jetzt nicht in dieser Zwickmühle. All ihre Ideen, wie sie ihn vielleicht von der Insel wegbringen könnte, hatten sie in den letzten Wochen verworfen. Doch sie musste auch ehrlich zu sich selbst sein. Sie wollte nicht, dass er ging, und freute sich jeden Tag auf die gemeinsame Zeit. An manchen Tagen konnte sie nur kurz bleiben, an anderen blieb sie länger, und sie redeten. Er hatte ihr von London erzählt und die Stadt in den schönsten Farben geschildert. Bei ihnen in der Nachbarschaft gab es jeden Samstag einen großen Markt, auf dem man so ziemlich alles kaufen konnte. Obst, Gemüse und Blumen. Aber auch Gänse, Hühner und Enten. Sogar lebende Fische wurden feilgeboten. Dazu Geschirr in allen Formen und Farben, Schuhe und sogar Möbel. Kunsthändler und Maler versuchten hier ihr Glück. Es gab Garküchen, an denen man leckere Köstlichkeiten kaufen konnte. Diese verspeiste man dann neben einem der vielen Straßenmusiker, die sich dort ihr Auskommen verdienten. Als Thomas von diesem Markt erzählt hatte, hatten seine Augen gestrahlt, seine Begeisterung für diese bunte, für sie vollkommen ungewohnte Welt war ansteckend gewesen. Nele kannte keine Märkte dieser Art und wusste nur wenig über das Leben in einer großen Stadt wie London. Ja, sie war bereits in Hamburg gewesen, jedoch nur kurz, dann waren sie auf das Schiff nach Amerika gegangen. Auf Amrum gab es keine solchen Märkte. Es gab in den Ortschaften nur die Kramläden, und am Hafen boten die Fischer ihre frisch gefangene Ware feil. Sie kam sich neben ihm schrecklich klein und unwissend vor. Dort draußen war die große, weite Welt, und sie lebte hier auf Amrum. Nur allzu gern wäre sie einmal über den bunten Markt geschlendert, den er beschrieben hatte. Doch sie wusste nicht, ob sie sich das trauen würde. Amrum bot Sicherheit, war die ihr vertraute Welt. An eine Überfahrt mit dem Schiff nach England wollte sie gar nicht erst denken. Sie erinnerte sich an den gemeinsamen Plan von ihr und Johannes, aufs Festland zu ziehen, der ihr auch nicht behagt hatte. Amrum war ihr Fels in der Brandung. Hier kannte sie jede Düne, jedes Haus – die Menschen. Doch Amrum barg auch schmerzhafte Erinnerungen. Es könnte helfen, der Insel den Rücken zu kehren, loszulassen und irgendwo auf der Welt ein neues Leben zu beginnen. Vielleicht ja in einer Stadt wie London, in der es bunte Märkte voller Leben und Fröhlichkeit gab.

»Es tut mir leid«, lenkte sie ein. »Ich wollte nicht …«

»Aber du hast doch recht«, fiel er ihr ins Wort. »Am besten wäre es gewesen, du hättest gleich Hilfe geholt und ich wäre in Gefangenschaft geraten. Dieser Gedanke gefällt mir nicht. Aber ein Gefangener bin ich nun ebenso. Vielleicht wäre es besser, offiziell gefangen zu sein. Dann könnte ich auch meine Familie informieren. Sie sind gewiss in Sorge.« Er machte eine kurze Pause, und ihre Blicke trafen sich. Nele glaubte, in seinen blauen Augen zu versinken. Ihr Herzschlag beschleunigte sich.

»Andererseits«, sagte er und rückte ein Stück näher an sie heran, »hätte ich dich dann niemals kennengelernt, und das wäre schade gewesen.« Er hob die Hand und strich Nele eine Haarsträhne hinters Ohr. Sein Gesicht war jetzt ganz nah vor dem ihren. Und da geschah es. Er küsste sie. Sie ließ es zu, spürte seine weichen Lippen, die zärtlich die ihren berührten. Seine Zunge öffnete ihren Mund und tastete nach der ihren. Er legte die Arme um sie und zog sie an sich. Nele ließ es geschehen. Sein Kuss wurde leidenschaftlicher. Sie schloss die Augen und genoss seine Nähe und Wärme. Es geschah, jetzt und hier. Sie hatte es sich erträumt, sich für ihre Gefühle gescholten, sie all die Wochen zu verdrängen versucht. Er war der Feind. Sie durfte ihn nicht lieben, tat es trotzdem. In seiner Nähe war die Leere in ihrem Inneren verschwunden. Er füllte sie aus. Seit langer Zeit fühlte sie sich wieder vollständig, weniger verloren. Er beendete den Kuss, berührte zärtlich ihre Wange und lächelte. »Ich liebe dich, Nele. Es ist Irrsinn, wir wissen es beide.«

Nele nickte. Martas Worte kamen ihr in den Sinn. »Liebe hat viele Gesichter. Sie ist nicht geradlinig, sie schlägt gern mal Haken.« Nur leider war sie gerade dabei, einen besonders großen Haken zu schlagen.

»Wir finden eine Lösung«, antwortete Nele. »Irgendeinen Weg wird es geben.«

Er wollte etwas erwidern, doch Stimmen nicht weit von ihnen entfernt ließen sie erschrocken aufspringen. Sie sahen alarmiert in die Richtung.

»Gleich dort vorn ist ein Karnickelbau. Er ist groß genug, dass du reinkrabbeln kannst. Wenn wir Glück haben, erwischst du einen besonders fetten Burschen.« Nele kannte die Stimme. Es war Jens Tamsen, ein junger Bursche, vierzehn Jahre alt, aus Nebel.

Ihm antwortete ein anderer Junge. »Und was ist, wenn ich stecken bleibe?«

»Dann zieh ich dich wieder raus«, antwortete Jens. »Aber das wird nicht passieren. Ich hab das erkundet. Bist ja ein rechter Hänfling.«

Die beiden Jungen entfernten sich, und Nele seufzte erleichtert auf. »Ich glaube, wir müssen zurückgehen«, sagte sie. »Es wird bald dunkel, da sollte ich besser wieder zu Hause sein. Nicht, dass Oma oder jemand anderes noch misstrauisch wird.«

Thomas nickte. »Es geht also zurück ins Gefängnis.« Seine Worte sollten scherzhaft klingen, taten es jedoch nicht. Er legte die Arme um sie. »In London würden wir jetzt die Nacht zum Tag machen und in die Klubs und Bars gehen. Ich würde mit dir tanzen, und alle würden dich bewundern.«

»Das glaube ich weniger«, antwortete Nele. »Ich bin eine schlechte Tänzerin und trete meinem Tanzpartner die meiste Zeit auf die Füße.« Sie lächelte.

»Ich bringe es dir gern bei«, sagte er. »Wir haben Zeit, und einen ganzen Tanzsaal für uns allein.« Er deutete zum *Kurhaus*.

Seine Worte klangen verlockend. In Neles Magen begann es zu kribbeln. Sie lächelte.

»Ich werte das als eine Zusage«, erwiderte er und zog sie mit sich.

Nele ließ es zu. Sie liefen den kurzen Weg zum Kurhaus zurück und betraten es durch eine der Terrassentüren. Rasch schlossen sie diese hinter sich, durchquerten die mondäne Eingangshalle und landeten kurz darauf im Speisesaal, der auch für Tanzveranstaltungen genutzt wurde. Ein großer Kronleuchter hing von der Decke, seine Kristalle schimmerten im Licht der Abendsonne. Staubflusen tanzten über den Parkettboden.

Er verbeugte sich vor ihr und fragte: »Darf ich bitten?«

»Was wird getanzt?«

»Ein Walzer natürlich«, antwortete er und legte den Arm um ihre Taille. »Am besten, du schließt die Augen. Ich führe.« Nele tat wie geheißen. Walzer konnte sie nur leidig, immerhin war ihr die Schrittfolge vertraut. Sie begannen zu tanzen. Und plötzlich glaubte sie, es würde Musik spielen. Kerzen brannten auf dem Kronleuchter, um sie herum schwebten weitere Paare, Frauen in prachtvollen Kleidern, die von jungen Männern über das Parkett geleitet wurden. Eins-zwei-drei, eins-zwei-drei. Sie zählte den Takt mit. Er wirbelte sie durch den Raum, sie schien zu schweben. Nicht ein einziges Mal trat sie ihm auf die Füße. Es war wie ein Traum, ein wunderbarer Zauber. Es gab nur sie, ihn und die Musik in ihrer Fantasie. Ein lautes Geräusch war es, das sie irgendwann jäh aus ihrer Fantasiewelt riss und sie erschrocken zur geöffneten Eingangstür des Saals blicken ließ.

»Was war das?«, fragte Nele. Plötzlich waren Schritte zu hören. »Mist, da ist jemand«, sagte sie. »Schnell, wir müssen hier weg.«

Sie nahm Thomas bei der Hand und zog ihn mit sich Richtung Dienstbotentreppe, die in die oberen Stockwerke führte. Dort verschwanden sie rasch in seinem Zimmer. Nele verschloss die Tür hinter sich. Ihr Herz schlug wie verrückt.

»Das war bestimmt der Verwalter«, sagte sie. »Oder eine Putzfrau.«

Er nickte. Er saß auf dem Bett, seine Miene war ernst. Bald würden sie Schritte auf dem Flur hören. Das kannte er bereits. Er hatte den Verwalter schon gesehen, auch die ältere Frau, die hier und da kam und das Haus kontrollierte. Vermutlich war sie seine Ehefrau. Sie zog ein Bein nach und hatte graues Haar. In die Zimmer schauten die beiden nur selten. Einmal jedoch hatte der Mann es getan. Er hatte jede Zimmertür geöffnet und in die Räume gesehen. Doch zum Glück hatte er, kurz bevor er Thomas' Zimmer erreichte, seinen Kontrollgang aus irgendeinem Grund beendet. Thomas hatte bereits geräuschlos den Schlüssel im Schloss umgedreht, in der Hoffnung, der Mann würde dann weitergehen. Dieses Mal waren allerdings keine schlurfenden Schritte auf dem Flur zu hören. Nele trat ans Fenster und sah nach draußen. Nach einer Weile gab sie Entwarnung.

»Sie gehen«, sagte sie.

Thomas atmete erleichtert auf. Sie blieb am Fenster stehen und sah ihn an. Er saß auf dem Bett und trug die Kleidung, die sie ihm mitgebracht hatte. Er sieht nicht wie ein Engländer aus, kam ihr in den Sinn, und streng genommen war er ja auch gar keiner.

Nele begann, laut nachzudenken: »Was wäre, wenn wir dich tarnen würden? Was wäre, wenn du auf dieser Insel kein Engländer, sondern ein Deutscher bist? Eigentlich bist du ja auch einer. Dann würde dich niemand behelligen. Es könnte funktionieren.«

Er sah sie verwundert an.

»Und wie soll das gehen? Wie soll ich hier gelandet sein? Du sagtest, Amrum wäre kriegsgefährdetes Gebiet. Jeder wird kontrolliert, bevor er auf die Insel kommt oder sie verlässt. Ich habe keine deutschen Papiere, nichts. Nur meinen englischen Militärpass, der nicht sonderlich hilfreich sein wird.«

»Ich weiß«, antwortete Nele, »aber es ist eine Möglichkeit. Ich denke darüber nach. Irgendwas wird uns schon einfallen. Es wäre ein Ausweg.« Sie trat näher an ihn heran. Er stand auf. Sie nahm seine Hand. »Es wäre ein Weg aus diesem Gefängnis.«

»Ja, das wäre es«, antwortete er. »Und es wäre auch eine Lösung für das nächste Problem.«

»Welches?«, fragte sie.

»Als Deutscher darf ich dich lieben, als Engländer nicht.«

Nele lächelte. Er legte die Arme um sie, zog sie an sich und küsste sie. Sie wünschte, der Kuss würde ewig dauern. Sie klammerte sich an ihm fest und ließ sogar zu, dass seine Hand auf ihrem Po lag.

Nele löste sich schweren Herzens aus der Umarmung und sagte: »Ich muss jetzt gehen.«

Er nickte.

»Danke für die Tanzstunde«, fügte sie hinzu.

»Gern geschehen«, erwiderte er. »Und du bist mir nicht ein einziges Mal auf die Füße getreten.«

»Du bist eben ein guter Lehrer.« Sie lächelte und ging zur Tür.

»Wann kommst du wieder?«, fragte er.

»Morgen Abend, fest versprochen«, sagte sie. »Tagsüber muss ich unterrichten.« Sie öffnete die Tür und wollte den Raum verlassen. Doch er hielt sie zurück.

»Warte.« Sie sah ihn an.

»Danke«, sagte er.

»Wofür?«, fragte sie.

»Dafür, dass du das alles für mich tust. Dafür, dass du da bist. Dafür, dass es dich gibt.«

Nele lächelte. Sie ließ die Türklinke los, trat zu ihm, stellte sich auf die Zehenspitzen und küsste ihn erneut, dieses Mal jedoch nur flüchtig auf die Wange.

»Kaline würde jetzt sagen: Das Schicksal hat es gern kompliziert.«

»Wieder diese Kaline«, erwiderte er und grinste. »Wenn ich hier raus bin, muss ich sie unbedingt kennenlernen.«

»Das wird nicht möglich sein«, erwiderte Nele. »Denn sie ist schon viele Jahre tot.«

Sie lächelte wehmütig.

Draußen empfing sie dämmriges Licht. Eigentlich wäre sie gern über den Strand nach Hause gelaufen, doch bald würde es vollkommen dunkel sein. Der Weg über die Felder war wohl die bessere Wahl. Nele lief an der Haltestelle der Inselbahn vorüber, die mal wieder wegen irgendeiner Störung nicht fuhr. Ein Stück weiter bog sie auf den Hauptweg Richtung Norddorf ab. Ein schwarzes Pony – Nele wusste, dass es Jorge hieß – kam an den Zaun seiner Weide und betrachtete sie neugierig. Auf der Weide daneben standen einige Schafe, die dem Bauern Flohr aus Nebel gehörten. Zwei Gänse kreuzten aufgeregt schnatternd ihren Weg. Ihnen folgten Jule Hansen und ihr Bruder Ricklef. »Werdet ihr wohl herkommen, ihr beiden«, riefen sie und folgten den Tieren auf die Kuhweide ihres Vaters, auf der einige Milchkühe grasten. Die beiden Kinder hatten Nele nicht bemerkt. Vermutlich sollten die Gänse im Kochtopf landen. Fett genug wären sie dafür allemal. Nele setzte ihren Weg Richtung Norddorf fort. Kurz bevor sie den Ort erreichte, fiel ihr plötzlich eine Gestalt auf, die am Wegesrand im Gras saß. Es war Jasper.

»Jasper«, sagte Nele verwundert und ging neben ihm in die Hocke. »Was ist geschehen? Wieso sitzt du hier im Gras?«

»Ich weiß nicht«, antwortete er. »Ich wollte zum *Lustigen Seehund* laufen. Bin dort mit Fietje und Ludolf verabredet. Mal wieder schnacken und Karten spielen. Aber nun ist mir ganz schwummerig geworden. Da hab ich mich hingesetzt.«

Nele nickte und fragte: »Wie viel hast du denn heute schon getrunken?«

»Nicht viel«, antwortete er. »Das Übliche. So ein, zwei Gläschen.« Nele warf ihm einen kurzen Blick zu. »Gut, vielleicht waren es auch drei oder vier. Aber daran liegt es nicht. Den Schnaps bin ich doch gewohnt.«

Nele setzte sich neben ihn ins Gras. Eine Weile schwiegen beide. Neles Blick wanderte zum Himmel. Der Abendstern war zu sehen. Sein Anblick ließ sie jedes Mal wehmütig werden. Ihr Papa hatte ihr irgendwann einmal während eines abendlichen Strandspaziergangs gesagt, dass der Stern eigentlich ein Planet wäre und den Namen Venus trug. Ob Thomas ihn jetzt auch sah?

»Denkst du, du könntest für dich behalten, dass ich hier sitze? Ich meine, sitzen musste. Ich will niemanden beunruhigen. Ist ja nüscht. Bin eben hin und wieder ’n bisschen tüdelig.«

Nele nickte. »Bei mir ist dein Geheimnis gut aufgehoben.«

»Danke dir«, erwiderte Jasper. »Sonst holt Marta wieder diesen Quacksalber, den Namen kann ich mir nicht merken, der doktert dann an mir rum und will mir den Schnaps verbieten.«

»Schon gut«, antwortete Nele.

»Und was treibt dich um diese Zeit noch über die Felder, mien Deern?«, fragte Jasper.

Nele hatte bereits eine Ausrede auf der Zunge, sie käme von Marret aus dem *Honigparadies* und wäre auf dem Heimweg. Doch sie sprach die Lüge nicht aus. Stattdessen sagte sie: »Ich habe ein Geheimnis. Und es ist kompliziert.«

»Dachte ich mir schon.«

Nele sah Jasper irritiert an.

»Ich mag alt sein und gern mal einen Schnaps zu viel trinken, aber ich bin nicht blöd und kenne dich ganz gut. Ist ein größeres Geheimnis, was?«

»Sagen wir mal: Ich hab was gefunden.«

»Am Strand?«, fragte Jasper. »Wertvoll? Hast es wohl nicht dem Vogt gemeldet, was?«

»Es war nicht am Strand«, erwiderte Nele. »Es war im *Kurhaus zur Satteldüne*.«

»Was soll man denn da finden?«, fragte Jasper enttäuscht. In seinen Augen hatte kurz die Freude eines Insulaners aufgeblitzt, der sich von einem Strandfund einen guten Bergelohn versprach oder, noch besser, diesen gewinnbringend verkaufen oder selbst gebrauchen konnte.

»Es ist ein Jemand«, rückte Nele mit der Sprache raus. »Genauer gesagt ein Mann. Er ist gestrandet, schon vor einer Weile.«

»Tot?«

»Jasper.« Nele stieß ihn in die Seite.

»Gut, also lebt er. Und was macht der Bursche dann im *Kurhaus zur Satteldüne?* Die Inselwache kümmert sich um solche Fälle.«

»Schon, aber es ist eher schwierig.«

»Wieso das denn?«, fragte er.

»Er ist nicht so ganz Deutscher.«

»Wie, nicht so ganz?«

»Er ist in Berlin geboren und aufgewachsen, aber dann später nach England umgezogen und nun …«

Jaspers Augen wurden groß. »Sag nicht, dass da im *Kurhaus zur Satteldüne* ein Engländer sitzt.«

Nele nickte.

»Aber das ist doch, ich meine …«

»Kompliziert«, vollendete Nele seinen Satz.

»Das kannst du laut sagen«, erwiderte er.

»Aber er ist ja eigentlich Deutscher. Deutsche Mutter, deutscher Vater, der ist aber dann gestorben, und seine Mutter hat den Engländer geheiratet, die Familie zog von Berlin nach England, und er wurde Engländer. Aber eigentlich ist er ja auch Deutscher.«

Nele verstummte. Ihr Herz schlug wie wild. Oh, wie konnte sie nur so dumm sein und Jasper von Thomas erzählen. Gewiss würde er jetzt zur Inselwache gehen und ihn melden. Dann wäre alles aus. Thomas käme in Gefangenschaft, und man würde ihr Fragen stellen.

»Also ist er ein deutscher Engländer aus Berlin«, sagte Jasper, nachdem sie eine Weile geschwiegen hatten.

Nele nickte und antwortete: »So oder so ähnlich.«

»Und er ist an unserem Strand gelandet. Wann war das?«

»So vor ein paar Wochen.«

»Und seitdem kümmerst du dich um ihn?«

Nele bejahte seine Frage.

Jasper nickte. Seine Miene war ernst. »Üble Sache.«

»Da wäre noch etwas«, sagte Nele.

»Und was?«, fragte er.

»Ich glaube, ich liebe ihn.«

»Auch das noch«, erwiderte Jasper.

Nele zog den Kopf ein und fragte: »Gehst du jetzt zur Inselwache?«

»Sehe ich wie ein Verräter aus? Natürlich nicht.«

»Danke«, antwortete Nele erleichtert.

»Aber dein deutscher Engländer benötigt dringend Hilfe. Er kann ja nicht für immer im *Kurhaus zur Satteldüne* hocken. Ein Plan muss her. Lass mich mal machen, mien Deern. Mir fällt schon etwas ein.« Er tätschelte Nele die Schulter und fügte hinzu: »Und jetzt wäre es lieb, wenn du mir auf die Füße helfen würdest, und dann gehen wir nach Hause. Auf Kartenspielen hab ich keine Lust mehr.«

24

Norddorf, 20. Mai 1916

Gestern gab es eine große Aufregung. Die kleine Inke ist gestürzt und hatte eine üble Platzwunde am Kopf. Ida und ich sind sogleich mit ihr nach Wittdün zum Arzt gefahren. Die Wunde musste sogar mit einigen Stichen genäht werden. Inke war äußerst tapfer, das muss man sagen, Ida hingegen weniger. Wir waren danach bei Frauke in der Bibliothek, dort haben wir sie mit Kaffee und Keksen wieder aufgebaut. Frauke hatte sogar richtigen Kaffee gehabt, den ihr ein treuer Leser der Inselwache vorbeigebracht hat. Er leiht sich jede Woche mindestens vier Bücher bei ihr aus, und sie reden viel über Literatur. Frauke meinte neulich mit strahlenden Augen: Wenn ich einen Sohn hätte, dann müsste er so wie dieser Mann sein. Nach dem Genuss des Kaffees ging es Ida wieder besser. Inke machte unterdessen Unsinn und beschäftigte sich damit, die Regale auszuräumen. Sie ist wahrlich ein kleiner Wirbelwind und nur schwer zu bändigen.

Auf dem Rückweg von Norddorf sind wir Elisabeth und Marret begegnet. Die beiden sind von Trauer gezeichnet. Letzte Woche erreichte sie die Nachricht, dass Martin gefallen ist. Es ist schrecklich. Wir grüßten nur knapp und blieben nicht stehen. Elisabeth sah so blass aus, ihre Augen waren vom vielen Weinen gerötet. Am Sonntag soll in Nebel ein Gedenkgottesdienst für Martin und einen weiteren jungen Mann aus Wittdün stattfinden, der ebenfalls gefallen ist. Dass Martin nicht mehr lebt, ist schon schlimm genug, hatte Elisabeth erst gestern zu Marta gesagt, aber dass wir ihn nicht heimholen und hier auf Amrum beerdigen können, macht es noch unerträglicher. Wir wissen nicht einmal, ob es geweihter Boden ist, in dem er ruht. Wir wissen nichts. Nur wenige Worte. Gefallen. Ehrenvoll für den Kaiser gestorben. Ich habe genickt, nichts geantwortet. Was hätte ich auch sagen sollen? Es überfordert uns alle.

»Ich bin mir sicher, dass ich die Brille dorthin gelegt habe«, sagte Ebba und deutete auf ihren Nachttisch. »Das mach ich doch immer so.«

»Aber da liegt sie nicht«, antwortete Ida, bückte sich und sah unters Bett. »Und hier unten liegt sie auch nicht. Denk noch einmal drüber nach. Bist du dir ganz sicher, dass du sie hier abgelegt hast? Vielleicht hattest du sie in der Küche liegen lassen. Neulich war das schon mal so.«

»Aber da liegt sie doch auch nicht«, antwortete Ebba und rang die Hände. »Was soll ich denn jetzt machen? Ohne die Brille kann ich nicht arbeiten. Ich seh ja nix. Nur das, was weit weg ist. Aber ich kann ja wohl schlecht Krabben pulen, die zehn Meter von mir entfernt sind.«

»Wir finden die Brille gewiss wieder«, versuchte Ida, Ebba zu beruhigen. »Und du musst heute auch keine Krabben pulen. Das kann ich übernehmen.«

»Du pass mal lieber auf deine Gören auf«, antwortete Ebba. »Nicht, dass Inke sich wieder irgendwo den Schädel aufkloppt. Und Leni klaut Heißwecken. Erst gestern hab ich sie dabei erwischt, wie sie einen von ihnen aus der Speisekammer gemopst hat. Und derweil weiß jeder hier, dass die Wecken abgezählt sind.«

»Abgezählt. Dass ich nicht lache«, erwiderte Ida. »Das stimmt doch gar nicht. Es sind immer reichlich Wecken vorhanden, denn Thaisen bringt neuerdings regelmäßig Mehl von der Inselwache mit. Also hab dich nicht so und gönn dem Kind den Wecken. Immerhin wächst sie noch.«

Ebba antwortete mit einem Schnauben und einem finsteren Blick.

»Komm«, sagte Ida, »lass uns in der Küche nach deiner Brille suchen. Vielleicht hast du sie dort irgendwo verlegt. Aber pass, um Himmels willen, auf der Treppe auf. Nicht, dass du dir wieder den Fuß verknackst.« Ida öffnete die Tür und trat in den Flur.

»Du tust gerade so, als wäre ich schuld daran«, ereiferte sich Ebba. »Das liegt alles nur an Torben, diesem unfähigen Hausmeister. In diesem Fall hat der Krieg ein Gutes. Er ist weg.«

»Ebba, also wirklich«, erwiderte Ida.

»Wenn es doch wahr ist«, entgegnete Ebba. Sie folgte Ida den Flur hinunter, die ihr auf der Treppe sicherheitshalber die Hand reichte. Unten angekommen, war es Marta, der sie begegneten.

»Ach, Ida, bist du fertig? Wir wollten doch heute ins Hospiz hinüberlaufen und Schwester Anna bei der Wäsche zur Hand gehen.«

»Wir können gleich los«, antwortete Ida. »Lass mich nur schnell mit Ebba gemeinsam in der Küche nachsehen, ob sich ihre Brille dort findet. Sie hat sie verlegt.«

»Schon wieder«, rutschte es Marta heraus.

Ebba warf ihr einen finsteren Blick zu. »Was heißt hier, bitte schön, schon wieder? Du hörst dich ja an, als würde ich sie ständig suchen.«

Marta sah zu Ida, die sich ein Grinsen nicht verkneifen konnte. Ebba und ihre Brille. Das war eine eigene Geschichte. Sie ließ sie tatsächlich öfter irgendwo liegen und vergaß meistens, wo das gewesen war. Gesine bemerkte neulich Marta gegenüber, dass Ebba in der letzten Zeit immer tüdeliger wurde. Erst neulich behauptete sie steif und fest, dass sie Kuchen für den Nachmittagskaffee backen müsste, denn die Gäste würden gleich kommen. Gesine hatte ihr erklärt, dass keine Gäste kommen würden, dass wüsste sie doch. Tags darauf hatte sie drei Kilo Kartoffeln um vier Uhr morgens geschält, weil es für den Mittagstisch Bratkartoffeln geben sollte. Für einen Mittagstisch, der in dieser Form zurzeit nicht existierte, und dann ausgerechnet noch Kartoffeln, die nicht leicht zu bekommen waren. Marta wusste, was Gesine ihr mitteilen wollte. Ebba wurde alt, und manche alten Menschen wurden verwirrt. Aber sie würden auf sie achten und sich kümmern. Das waren sie Ebba schuldig. Das *Hotel Inselblick* war ihr Zuhause, sie waren ihre Familie. Und eine Familie ließ niemanden allein, nur weil es schwierig wurde.

»Dann lasst uns mal sehen, ob sich die Brille irgendwo in der Küche findet«, sagte Marta und ging in die Küche, Ida und Ebba folgten ihr. Dort trafen sie auf Gesine, die am Tisch saß und Miesmuscheln öffnete, die es heute mit Nudeln zu Mittag geben sollte.

»Moin, Gesine«, grüßte Marta und fragte: »Hast du irgendwo Ebbas Brille gesehen? Sie vermisst sie seit einer Weile.«

»Nein, leider nicht«, antwortete Gesine, ohne von ihrer Arbeit abzulassen. »Aber ihr könnt gern überall suchen. Beim letzten Mal hat sie sich in einer der Besteckschubladen gefunden.«

Marta nickte und tat wie geheißen. Sie öffnete sämtliche Schubladen, Ida sah in der Vorratskammer nach. Doch die Brille blieb verschwunden.

Ebba setzte sich betrübt auf das Kanapee neben der Tür. Sie sah so aus, als würde sie jeden Moment losheulen. »Was bin ich aber auch ein Dösbaddel«, sagte sie. »Sie war auf dem Nachttisch. Ich weiß es genau. Da hab ich sie vorhin hingelegt. Oder doch nicht? Dummer alter Kopp aber auch.«

Die Küchentür öffnete sich, und Thaisen betrat den Raum, Ebbas Brille in Händen.

»Ach, hier steckt ihr«, sagte er. »Ebba, sieh nur, deine Brille. Inke muss sie irgendwie in die Finger bekommen haben und hat sie mir eben in die Werkstatt gebracht.«

Auf Ebbas Gesicht breitete sich Erleichterung aus. Thaisen reichte ihr die Brille, und sie setzte sie sogleich auf ihre Nase.

»Und ihr habt geglaubt, ich hätte nicht mehr alle beisammen«, sagte sie beleidigt zu Marta.

»Nein, niemals«, verteidigte sich Marta. »Wo denkst du hin. Inke also. Unser Wirbelwind wird jetzt auch noch zur Diebin.« Marta schüttelte den Kopf. Und plötzlich kam ihr die Begebenheit von damals in den Sinn, als ihre Tochter Marie Wilhelms Pläne für den weiteren Hotelausbau in kleine Fitzelchen zerrissen hatte. Ihre kleine Marie, die ihren dritten Geburtstag wegen dieser heimtückischen Krankheit nicht mehr hatte erleben dürfen. Heute wäre sie vielleicht verheiratet und hätte Kinder.

»Na, dann ist ja alles in bester Ordnung, und wir können zu Schwester Anna gehen, Mama. Sie wartet gewiss schon auf uns«, sagte Ida und riss Marta aus ihren trübsinnigen Gedanken.

»Ja, das können wir«, antwortete Marta und wandte sich an Gesine. »Warte nicht mit dem Mittagessen auf uns. Wir werden bei Schwester Anna einen Imbiss einnehmen.«

Gesine nickte. Sie war inzwischen aufgestanden und füllte einen großen Topf mit Wasser.

Marta und Ida verließen gemeinsam mit Thaisen das Haus. Er hatte es eilig, denn er wollte die Inselbahn erreichen. Eigentlich war er ja noch immer auf der Wache im Hospiz stationiert, aber heute stand eine Versammlung in der Kaserne an. Er verabschiedete sich mit einem raschen Gruß von Ida und eilte die Hauptstraße Richtung Bahnhof hinunter. Ida sah ihm lächelnd nach.

»Es tut so gut, ihn hierzuhaben«, sagte sie. »Wenn ich daran denke, dass …«

»Nein, daran denken wir nicht«, fiel Marta ihr ins Wort. »Er ist bei uns. Das ist das Einzige, was zählt. Komm« – sie streckte Ida die Hand hin –, »lass uns zu Schwester Anna gehen. Es gibt gewiss eine Menge zu tun.«

Ida nickte, hängte sich bei ihrer Mutter ein, und gemeinsam liefen sie zum Hospiz. Es war kein freundlicher Tag. Der Himmel war grau, und ein unangenehm kühler Wind zerrte an ihren Röcken. Den Touristen hätte dieses Wetter nicht gefallen, dachte Marta. Sie hätten im Speisesaal oder den Aufenthaltsräumen gesessen und missmutig nach draußen geblickt. Aber so war es eben auf ihrem Inselchen. Wenn die Leute Sonnenschein suchen, dann sollen sie in den Süden fahren, hatte Frauke einmal während der Saison zu ihr gesagt. Doch Marta wünschte sich, es wären Gäste da, die mürrisch wären, sich über das Wetter beschwerten, missmutig im Aufenthaltsraum sitzen und vor lauter Frust übers Essen schimpfen würden, Hautsache, es gäbe Normalität. Sie wünschte sich, die Strandkörbe würden wieder am Strand stehen, so wie sie es all die Jahre getan hatten. Sie wünschte sich mehr denn je den bunten Trubel zurück, der sie an so manchen Tagen schon fast überfordert hatte. Wattwanderungen, Konzerte, auch eine wie die Marwitz oder eine Schriftstellerin, die Leichen auf der Insel unterbringen wollte. Alles, nur keinen Krieg mehr.

Sie erreichten das Hospiz und betraten es durch die direkt in die Küche führende Hintertür. Diese war leer.

»Schwester Anna«, rief Ida. »Wir sind es. Marta und Ida.«

Es kam keine Antwort.

»Bestimmt ist sie bereits in der Wäschekammer und hört uns nicht«, sagte Marta.

Die beiden durchquerten den Raum und folgten einem schmalen Flur bis an dessen Ende, wo sich die Wäschekammer befand. Marta schob die angelehnte Tür auf. Wäscheberge türmten sich in den auf dem Fußboden stehenden Körben. Es gab mehrere Holzbottiche, doch nur einer war mit Wasser gefüllt. Ein Waschbrett lag auf einem der Tische.

»Sonderbar«, sagte Marta und sah sich kopfschüttelnd um, »wo steckt sie nur. Sie wusste doch, dass wir heute kommen wollten.«

Marta und Ida griffen Schwester Anna, die schon seit Längerem allein im Hospiz war, bereits seit einigen Wochen unter die Arme; halfen bei der Reinigung des Hauses und bei der Wäsche und erledigten die eine oder andere Besorgung für sie. Im Gegenzug erhielten sie Mehl, Eier, Nudeln und Brot. Immer nur so viel, wie Schwester Anna erübrigen konnte, doch es war ausreichend. Die Inselwache wurde vom Kriegsernährungsamt versorgt, und das nach wie vor großzügig. Auch im Hauptsitz in Wittdün wurden Lebensmittel inzwischen für die Inselbevölkerung abgezweigt. Dort war eine Art Kiosk eingerichtet worden, an dem die Inselwächter einkaufen konnten, und die meisten der dort erworbenen Lebensmitteln landeten bei den Familien.

»Ich verstehe das auch nicht«, antwortete Ida. »Vielleicht ist sie ja im Speisesaal.«

Die beiden verließen die Wäschekammer und machten sich auf den Weg zum Speisesaal. In dem geräumigen, eher schlicht eingerichteten Saal, in dem während der Saison die Kurgäste an den langen Tischen saßen, wurden sie von gähnender Leere und dem Geruch von Zigarettenrauch empfangen.

»Hier ist sie auch nicht«, sagte Ida und zuckte mit den Schultern. Marta nickte.

»Es ist wirklich merkwürdig. Was machen wir denn jetzt?«

Die beiden sahen sich ratlos an. In der Wäschekammer lag eindeutig ihr Tagwerk in den Körben.

»Wir könnten ohne sie anfangen«, schlug Ida vor. »Vielleicht musste sie noch eine Besorgung erledigen und ist kurzfristig aufgehalten worden.«

»Das könnte natürlich sein«, erwiderte Marta. »Trotzdem hab ich ein ungutes Gefühl. Irgendetwas stimmt hier nicht.«

Sie verließen den Speiseraum und betraten noch einmal die Küche. Auf dem Herd standen Töpfe, auf der Arbeitsplatte lagen geputztes Wurzelgemüse und ein halbes Hähnchen.

»Wer geht eine Besorgung erledigen und lässt Lebensmittel so offen herumliegen?«, fragte Marta. Sie schob die Tür der Vorratskammer auf. Und da lag sie. Schwester Anna, ausgestreckt auf dem Boden.

»Schwester Anna. Um Himmels willen!«, rief Marta, eilte zu ihr, ging neben ihr in die Hocke und rüttelte die Diakonissin an der Schulter. Schwester Anna stöhnte.

»Wach auf!«

Die Schwester öffnete die Augen und stöhnte erneut. Sie begann zu sprechen: »Diebe«, brachte sie heraus.

»Ein Überfall?«, mutmaßte Marta.

Die Schwester nickte und versuchte, sich aufzurichten. Marta und Ida halfen ihr dabei. Als sie wieder aufrecht saß, griff sie sich an den Hinterkopf. »Ich hörte ein Geräusch in der Vorratskammer und wollte nach dem Rechten sehen. Einen Mann konnte ich erkennen, sein Gesicht jedoch nicht, er war maskiert. Dann schlug mich jemand von hinten nieder.« Sie sah zu den Regalen und sagte: »Die Konserven sind alle weg.«

»Ein Einbruch, auf unserem Amrum. So etwas muss man sich mal vorstellen«, sagte Marta und schüttelte den Kopf. »Das hat es hier noch nie gegeben. Strandräuberei, ja, gern auch mal Ärger und Streit mit den Syltern wegen der Bergung irgendeines gestrandeten Schiffes. Aber in Häuser ist noch nie jemand eingebrochen, wir schließen ja nicht einmal unsere Türen ab.«

»Es ist wohl die Not«, antwortete Schwester Anna.

»Not, dass ich nicht lache«, entgegnete Ida. »Wir müssen den Gürtel enger schnallen, da ist was dran. Aber das bedeutet nicht, dass wir verhungern. Es gibt noch immer genügend Lebensmittel für alle. Außerdem kann man ja auch Muscheln sammeln.«

»Nun ja«, erwiderte Marta, »ganz so ist es nicht. Es gibt durchaus Menschen auf der Insel, die wegen der akuter werdenden Versorgungslage Sorgen haben. Wenn ich da an die Witwe Petersen aus Norddorf denke. Ihr Mann ist irgendwo bei den Falklandinseln verschollen. Sie bekommt keine Witwenrente, da er nicht offiziell für tot erklärt wurde, und sie hat fünf kleine Mäuler zu stopfen. Neulich traf ich sie auf der Straße. Sie meinte, sie wäre froh darüber, dass es inzwischen die Schulspeisung gäbe, dann hätten wenigstens ihre älteren Kinder einmal am Tag eine sättigende, warme Mahlzeit. Und ich kann dir noch einige ähnliche Beispiele nennen. Viele Familien würden ohne die freiwilligen Gaben der Inselwache am Hungertuch nagen. Von Muscheln, Fisch und Krabben allein ist noch nie jemand anständig satt geworden.«

»Das mag sein«, erwiderte Ida. »Aber einen Einbruch wie diesen rechtfertigen diese Umstände auf keinen Fall.«

»Selbstverständlich nicht«, antwortete Marta.

Schwester Anna tastete vorsichtig ihren Hinterkopf ab. »Das gibt eine dicke Beule«, sagte sie und versuchte aufzustehen. Marta und Ida halfen ihr. Die Haube der Schwester war verrutscht, sie nahm sie ab.

»Sie sollten sich jetzt erst einmal ausruhen«, sagte Ida. »Wir kochen einen Tee. Schmerzt der Kopf?«

»Schon ein wenig«, erwiderte die Schwester. »Und mir ist etwas schwummrig.«

»Vielleicht ist es sogar eine Gehirnerschütterung«, mutmaßte Marta. »Es wäre besser, einen Arzt hinzuzuziehen. Allerdings weilt dieser heute leider nicht auf der Insel. Aber hat nicht die Inselwache einen eigenen Doktor?«

»Alles, bloß den nicht«, erwiderte die Schwester. »Er ist ein rechter Griesgram und Besserwisser. Da hab ich lieber Kopfschmerzen. Wird schon nicht so schlimm werden. Ich bin ja nicht der erste Mensch, der eins über den Schädel gezogen bekommt. Gleich dort vorn befindet sich das Krankenzimmer. Dort gibt es Aspirin. Davon nehme ich eines. Dann geht es bestimmt gleich wieder.«

Marta und Ida halfen der Schwester in den besagten Raum. Dort sank sie auf eines der Betten. Ida holte Aspirin aus dem Medikamentenschrank, während Marta sich um die Beschaffung eines Glases Wasser kümmerte. Als sie dieses füllte, betraten einige Männer der Inselwache den Raum. Verdutzt sahen sie Marta an.

»Moin, Frau Stockmann«, sagte einer von ihnen. Marta kannte den Mann nur vom Sehen, denn er stammte von Föhr. »Wo ist Schwester Anna?«

»Gut, dass Sie da sind«, sagte Marta. »Es ist eingebrochen worden. Konserven aus der Vorratskammer wurden geraubt und die Schwester niedergeschlagen.«

Die Männer sahen sie erschrocken an. »Wie geht es ihr?«, fragte einer. »Wo ist sie?«

»So eine Sauerei«, sagte ein anderer.

»Schwester Anna geht es so weit gut«, erwiderte Marta. »Sie ist im Krankenzimmer und ruht sich aus. Ich wollte ihr gerade ein Glas Wasser bringen.«

Der Mann nickte und fragte: »Können wir zu ihr?«

Marta war gerührt. Sie wusste, wie beliebt Schwester Anna bei den Männern war. Sie rissen sich um den Dienst auf der Wache Nord, bei ihrer Tante Anna, wie sie die Schwester liebevoll nannten. Hier war es so viel heimeliger als im Hauptsitz der Inselwache in Wittdün. Die Schwester hatte für jeden ein offenes Wort und erkundigte sich auch nach privaten Dingen. Ja selbst die Namen aller Männer konnte sie sich merken. Neulich war sie auch zu einer eigens für die Inselwache aufgeführten Theatervorstellung geladen gewesen. Auf dem Nachhauseweg hatte ihr dann Ole Hinrichsen im Suff einen Heiratsantrag gemacht, für den er sich am nächsten Tag reumütig entschuldigte. Marta hatte neulich sogar beobachtet, wie ihr zwei groß gewachsene, von Föhr stammende Burschen auf der Straße die Einkäufe abgenommen und sie ins Hospiz getragen hatten. So verwunderte es nun also nicht, dass die Männer sofort in Richtung Krankenstation stürzten. Marta folgte ihnen, das gefüllte Wasserglas in einer Hand. Als sie den Raum betrat, hatten die Männer Schwester Anna bereits umringt. Sie erkundigten sich nach ihrem Wohlbefinden, tätschelten ihr die Hand, fragten, was genau geschehen wäre. Einer der Männer nahm Marta das Wasserglas ab und reicht es der Diakonissin mit einem hingebungsvollen Blick. Marta sah zu Ida, die abseits des Bettes neben einer Untersuchungsliege stand. Sie verstand, was Marta ihr ohne Worte sagen wollte: Sie waren hier überflüssig.

»Ich denke, wir verabschieden uns für heute. Wäsche machen können wir auch noch morgen oder übermorgen, wenn es Ihnen wieder besser geht, meine Liebe.«

»Welche Wäsche?«, fragte einer der Inselwächter. »Das übernehmen wir gern. Nicht wahr, Männer?«

Schwester Anna wollte den Vorschlag des Mannes abwiegeln, doch er ließ dies nicht zu. Sofort sprachen sich die Inselwächter ab. Eine Gruppe würde sich um das Kochen des Essens kümmern, eine weitere wollte sich in der Wäschekammer ans Werk machen. Marta erklärte sich gern dazu bereit, der Wäschegruppe alles Notwendige zu zeigen. So fand sie sich wenig später, umringt von sechs jungen Männern, in der Wäschekammer wieder und erklärte, wie man eine Seifenlauge herstellte, die Wäsche spülte und ein Waschbrett bediente. Lächelnd beobachtete sie, nachdem sie ihren kleinen Lehrvortrag beendet hatte, wie sich die Männer ans Werk machten. Vielleicht würde der eine oder andere von ihnen sein neu erlerntes Wissen nach dem Kriegsdienst zu Hause weiterhin anwenden. So recht wollte Marta jedoch nicht daran glauben. Sie verabschiedete sich von den Männern und wenig später auch von Schwester Anna. Zwei der Inselwächter waren bei ihr geblieben. Sie versicherten Marta, gut auf die Diakonissin achtzugeben. Sollte sich ihr Zustand verschlechtern, würden sie sofort den Arzt benachrichtigen. Ida wartete auf Marta in der Küche. Sie stand neben der Hintertür und trank einen Schluck Wasser. Die Männer schnippelten bereits Gemüse.

Die beiden Frauen verabschiedeten sich lächelnd von den Inselwächtern. In dem Raum herrschte eine herzliche Atmosphäre. Sie konnten die Diakonissin guten Gewissens in der Obhut ihrer Männer, wie sie die Inselwächter liebevoll nannte, zurücklassen.

Marta und Ida traten nach draußen, wo sie zu ihrer Freude heller Sonnenschein empfing. Zwei unweit der Hintertür sitzende Kaninchen nahmen erschrocken vor ihnen Reißaus.

»Sie ist eine bewundernswerte Frau«, sagte Marta, während sie Richtung Hauptstraße liefen. »Wie gut sie die Männer im Griff hat. Und es sind ja oft harte Burschen unter ihnen. Ihr Christentum bedeutet wahrlich Taten. Anders kann man es nicht ausdrücken. Ich wüsste nicht, ob ich dem Dienst in dieser Wache auf diese Art gewachsen wäre.«

»Ja, sie ist wirklich zu bewundern«, sagte Ida. »Eine starke Frau. Thaisen meinte, sie behandelt sie wie Kinder, um die sie sich kümmern muss.«

»Also erziehen tut sie sie auf jeden Fall«, antwortete Marta und lachte laut auf. »Ich bin mir sicher, bei ihren Ehefrauen und Müttern zu Hause hätten sie sich nicht an den Waschzuber gestellt.«

»Das ist durchaus möglich«, antwortete Ida grinsend.

Sie erreichten das Hotel. Vor dem Haus saßen Thaisen, Jasper und Nele in der Sonne. Ihre Mienen waren ernst. Als Ida und Thaisen näher traten, verstummte Jasper abrupt.

Marta sah die drei Männer misstrauisch an und fragte: »Stimmt irgendwas nicht?«

»Wieso?«, fragte Jasper zurück.

Und Thaisen fügte hinzu: »Was soll denn nicht stimmen?«

Marta sah zu Ida, die ebenfalls misstrauisch zu sein schien.

»Ihr kommt aber früh vom Hospiz zurück«, fuhr Jasper fort. »Sonst seid ihr doch am Waschtag immer länger dort.«

»Heute nicht. Im Hospiz ist eingebrochen und Schwester Anna ist niedergeschlagen worden.«

»Ach du liebe Güte«, antwortete Thaisen und stand auf. »Wie geht es ihr denn? Ich muss sofort zu ihr.«

»Sie hat eine dicke Beule …«

Weiter kam Marta nicht, denn Thaisen war bereits vom Hof gerannt. Kopfschüttelnd sah sie ihm nach, dann wanderte ihr Blick zurück zu Nele und Jasper. Jasper sah sie abwartend an. Sie vollendete ihren Satz: »… am Kopf. Sonst geht es ihr gut.«

»Na, Gott sei Dank ist es nichts Schlimmeres«, sagte Jasper und stand auf. »Dann geh ich mal gucken, ob Ebba Hilfe gebrauchen kann. Soll heute Krabben geben. Vielleicht müssen die ja noch gepult werden.«

»Oh, da helfe ich gern mit«, sagte Nele und stand ebenfalls auf.

Die beiden trollten sich ins Haus. Marta sah ihnen mit skeptischem Blick nach. »Denkst du, was ich denke?«, fragte sie Ida.

»Die hecken was aus«, antwortete Ida.

»Richtig«, erwiderte Marta. »Und ich werde herausfinden, was es ist.«

25

Norddorf, 25. Mai 1916

Diebe sind auf Amrum anders als im Rest der Welt. Da klauen sie die Konserven im Hospiz und bringen sie wenige Tage später über Nacht zurück. Schwester Anna hat darüber nur den Kopf geschüttelt, selbst sie war sprachlos gewesen. Sie hat sich von dem Angriff wieder vollständig erholt. In Zukunft wollen die Inselwächter sie nicht mehr allein im Haus lassen. Mindestens einer der Männer wird immer anwesend sein. Ich denke jedoch, dass es keinen weiteren Vorfall dieser Art geben wird. Gesucht werden die Diebe, trotz der Rückgabe der Konserven, noch immer. Ob sie gefunden werden, ist allerdings fraglich. Jetzt gibt es ja nicht einmal mehr Diebesgut, das irgendwo sichergestellt werden kann. Und erkannt hat Schwester Anna niemanden. Gewiss wird die Angelegenheit irgendwann im Sande verlaufen. Ansonsten gibt es nicht viel zu berichten. Unser Leben plätschert dahin. Die Inselwächter haben neulich zur allgemeinen Beschäftigung mal wieder einen Sandburgenwettbewerb am Strand veranstaltet. Thaisen meinte, dass einige der Männer über ihren langweiligen Dienst schimpfen würden. So hätten sie sich ihren ehrenvollen Kampf für Kaiser und Vaterland nicht vorgestellt. Doch die meisten von ihnen sind dankbar darüber, weit fort vom Kriegsgeschehen auf den Inseln zu sein. In den Zeitungen stehen noch immer die üblichen Nachrichten von großen Siegen und der Übermacht unserer Truppen. Doch die Feldpostbriefe, die uns aus den unterschiedlichen Kriegsgebieten erreichen, sprechen eine andere Sprache. Es ist ein schreckliches und unbeschreibliches Sterben. Aber es geschehen auch seltsame Dinge. Anton, Marrets Mann, ist jetzt in Verdun. Neulich las mir Elisabeth einen Brief von ihm vor. Er berichtete davon, dass seine Truppe sich nach einem Einsatz nach Marville zurückzog, da Kaiser Wilhelm sie sehen wollte. In früheren Zeiten wäre es eine Ehre gewesen, dem Kaiser gegenüberzutreten. Aber die Männer waren angeschlagen, einige schwer krank. Nach dem hinter ihnen liegenden Kampfeinsatz war dies kein Wunder. Trotzdem mussten sie zu einem Parademarsch antreten. Der Kaiser habe dann auch eine ernste Rede an die Männer gehalten. Vom Durchhaltewillen und der Macht des deutschen Soldaten gesprochen. Im Hintergrund habe der Kronprinz mit einigen Offizieren gestanden und laut gelacht. Dies hat Anton und die anderen Männer schockiert und beleidigt. Sie standen da, manch einer konnte sich kaum noch auf den Beinen halten, und der Kronprinz und die Offiziere amüsierten sich. Was für eine Respektlosigkeit.

Thaisen beobachtete lächelnd, wie die Sonne im Osten über die Dünen stieg. Heute würde ein schöner Tag werden. Einer, der sich bereits wie Sommer anfühlte. Kaum Wind, nur wenig Wellenschlag. Ein perfekter Tag am Strand. Sein Blick wanderte zur nicht weit von seinem Unterstand entfernten Wasserlinie. Dort lagen zwei Seeminen, die über Nacht angeschwemmt worden waren. Sie hatten schon vor einer Weile damit aufgehört, die auf der Insel gestrandeten Minen zu zählen. Es waren gewiss schon mehr als hundert, die sie inzwischen entschärft und geborgen hatten. Die Minen und die hin und wieder am Horizont auftauchenden Kriegsschiffe waren auf Amrum, wenn man vom Nahrungsmittelmangel und den fehlenden Touristen absah, das einzige Anzeichen für den Krieg. Alles andere kam über Briefe, Zeitungsberichte oder Erzählungen zu ihnen. Verdun, die Ostfront und die Kämpfe im Süden waren weit entfernt. Thaisen war dankbar dafür. Oftmals musste er an seine Zeiten in Wilhelmshaven denken, auch heute noch hatte er hin und wieder des Nachts Albträume. Er hörte das Donnern der Geschütze, die Stimmen und Rufe seiner Kameraden. Um ihn herum tobte das Meer, und er versank, ging unter und konnte es nicht aufhalten. Dann schreckte er schweißgebadet aus dem Schlaf hoch. Zeit seines Lebens würde ihn auch sein steifes Knie an die schreckliche Seeschlacht bei Helgoland erinnern. Wie gut fühlte es sich da doch an, hier im Unterstand sitzen zu dürfen, auf das friedliche Meer zu blicken und der Sonne beim Aufgehen zuzusehen.

»Moin, Thaisen.« Otto Heinrich Engel näherte sich ihm. Er hatte eine Staffelei unter dem Arm und seine Malutensilien bei sich. Thaisen brachte sein Anblick zum Schmunzeln. Seitdem der Maler auf der Insel weilte, suchte er häufiger seine Nähe, was ihm durchaus schmeichelte, obwohl er seine Ambitionen, ein großer Kunstmaler zu werden, nach den schrecklichen Erlebnissen in Berlin aufgegeben hatte. Damals war er tatsächlich so naiv zu glauben, er könnte ein Stipendium an einer renommierten Kunstschule erhalten. Erst neulich war er mal wieder in Nieblum gewesen und hatte vor dem Haus der kleinen Künstlerkolonie gestanden, die es längst nicht mehr gab. Dort war er zum ersten Mal mit Engel in Kontakt gekommen und hatte seinen Freund Fritz kennengelernt. Er war sehr talentiert gewesen und in Berlin zu Tode gekommen. Ausgeraubt hatten sie ihn damals. Einen armen Künstler, wegen ein paar Kröten getötet. In dieser Stadt voller Möglichkeiten und Menschen, voller Lärm und Hektik, die ihn anfangs beeindruckt, vor der er sich später gefürchtet hatte. Naive Bauernmalerei hatte damals der Leiter der Kunstschule, Thaisen war sein Name entfallen, zu seinen Bildern gesagt. Er war so enttäuscht darüber gewesen, dass er die Gemälde vernichtete. Heute bereute er diese Tat. Seine Bilder waren keine naive

Bauernmalerei. Sie waren etwas Besonderes, zeigten sie doch seine Heimat, den schönsten Platz auf Erden. Von hier würde ihn nichts und niemand mehr wegholen.

»Schöner Tag zum Malen heute. Findest du nicht?«, fragte Engel. Er stellte neben dem Unterstand seine Staffelei ab. »Wenn bloß nicht immer das Geschleppe der Malutensilien wäre.« Er nahm seinen Hut vom Kopf und wischte sich den Schweiß von der Stirn. Die letzten Jahre hatten ihre Spuren hinterlassen. Otto waren nur noch wenige seiner ergrauten Haare geblieben, und tiefe Falten hatten sich um seine Augen und seinen Mund eingegraben. »Ich wollte fragen, ob du heute Zeit hast. Wir könnten uns ein bisschen in die Dünen schlagen. Was meinst du?« Er sah Thaisen hoffnungsvoll an.

Thaisen lächelte und antwortete: »Würde ich gern machen. Aber ich muss noch einige Aufträge in der Werkstatt zu Ende bringen. Eine Bestellung von kleinen Modellschiffen für ein Hotel auf Usedom. Heute kann ich mich darum kümmern, denn ich habe frei.«

»Wie schade«, antwortete Otto, »ich hätte gern Gesellschaft gehabt. Wir hätten bisschen schnacken können. Aber die Einsamkeit ist wohl das Los des Künstlers.«

»Du könntest die Männer der Inselwache zeichnen«, antwortete Thaisen. »Dafür bist du doch auf die Insel gekommen. Dann fühlst du dich auch nicht einsam.«

Otto zog eine Grimasse. »Das sind alles Banausen, die wenig von Kunst verstehen und ständig herumzappeln. Erst neulich hat einer gemeint, das Bild könnte er keinem zeigen, denn er sähe hässlich darauf aus. Aber was soll ich denn machen? Er war ein unansehnlicher Gnom mit einer dicken Knollennase. Soll ich ihn etwa hübscher malen, als er ist? Was sagt er denn dann zu den Fotografen? Da male ich lieber wieder Damen in Friesentracht. Die sind weniger eitel.«

»Das kann ich kaum glauben«, antwortete Thaisen, stand auf und streckte sich. Der Platz im Unterstand mochte friedlich sein, jedoch waren der Hocker und auch die Pritsche, die es für kurze Ruhezeiten gab, recht unbequem. Aber immerhin gab es die Möglichkeit, sich einen Kaffee auf einem kleinen Ofen zu kochen. Auch wenn es mal wieder nur der scheußliche Ersatzkaffee war. »Wir könnten morgen Abend miteinander malen«, sagte er. »Sonnenuntergang am Meer ist doch immer ein nettes Motiv.«

»Und schon so abgedroschen«, erwiderte Otto und verdrehte die Augen. »Aber wenn es denn unbedingt sein muss. Wo?«

»Wir könnten uns an meiner alten Kate treffen und dann weitersehen. Sagen wir so um sechs?«

»Die steht noch?«, fragte der Maler.

»Ja, die scheint unverwüstlich«, antwortete Thaisen.

Die Wachablösung traf ein. Es war Erck Lambertsen. Er kam aus Steenodde und war früher Seemann gewesen.

»Moin, Thaisen.« Sein Blick blieb an Otto hängen. »Ah, der Herr Maler. Moin. Sie wollen mich jetzt aber nicht zeichnen, oder?«

»Nein, will er nicht«, antwortete Thaisen für Otto und zwinkerte seinem Freund grinsend zu. »Er ist auf der Suche nach einem guten Motiv hier vorbeigekommen.«

»Na, dann ist es ja recht«, antwortete Erck. »Gibt's schon Kaffee?«

Thaisen verneinte. »Aber du hast genug Zeit, um welchen zu kochen.« Er schlug seinem Kameraden auf die Schulter. »Alles ist ruhig wie immer. Ich denke nicht, dass sich der Feind heute blicken lassen wird.«

»Welcher Feind?«, fragte Erck. »Ein Engländer? Die kommen nicht mehr. Das sagen doch alle. Langsam frag ich mich, was wir hier noch sollen. Verteidigen eine Insel, die gar nicht überfallen wird. Seinen Mut beweisen kann hier niemand. Ich denke schon seit einer Weile darüber nach, mich an die Westfront versetzen zu lassen. In Verdun werden Helden geboren.«

Thaisen erwiderte nichts. Er sah Otto an, der die Augen verdrehte. Heldentum, für den Kaiser sterben. Ein Freund von ihm, der als Frontfotograf tätig war, hatte ihm erzählt, wie das aussah. Er hatte bei den Männern im Dreck der Unterstände gesessen, die Leichen in den Schützengräben liegen sehen und die Schreie der Sterbenden gehört, wie sie nach ihren Müttern riefen. Junge Männer, die ihr Leben noch vor sich hatten und es für diesen immer sinnloser werdenden Krieg opferten, der kein Ende zu nehmen schien.

Thaisen hätte Erck am liebsten geantwortet, dass in Verdun Helden getötet wurden. Aber er behielt seine Meinung für sich. Erck würde sich durch ihn von seinem Vorhaben nicht abbringen lassen. Man konnte nur hoffen, dass er es überleben würde.

»Ich geh dann mal«, sagte er, nickte Erck und Otto zu, stapfte durch den Sand davon und verließ den Strand auf der Höhe der Strandrestauration, die verwaist im Licht der Morgensonne lag. Es war bedauernswert, sie in diesem Zustand zu sehen. Ihm fehlte der bunte Trubel, den die Sommersaison alljährlich mit sich gebracht hatte. Hätte ihm das vor einigen Jahren einer gesagt, er hätte es kaum glauben wollen. Früher waren ihm die vielen Fremden auf der Insel oft zuwider und der Strand zu überfüllt gewesen. Strandkörbe, Fähnchen und Wimpel, die im Wind wehten. Badekleidung, auf den zwischen den Körben aufgespannten Wäscheleinen zum Trocknen aufgehängt. Kreischende Kinder, Damen, die in sommerlichen Kleidern und mit Sonnenschirmen am Meer entlangflanierten. Herren- und Damenbad, streng voneinander separiert. Wehe, einer der Herren wagte sich im Wasser in die Nähe der Damen. Da war Norddorf altmodisch geblieben. Im Wasser waren die guten Sitten noch immer bedroht. Obwohl unzählige Familienbäder auf den umliegenden Inseln, auch das in Wittdün, etwas anderes bewiesen. Aber so war Norddorf eben. Im Moment badete niemand. Es gab keine Strandkörbe, keinen Strandwart, immerhin waren noch die

Überreste einer großen Sandburg zu sehen, die die Inselwächter vor einer Weile aus Spaß gebaut hatten. Irgendwann, so hoffte Thaisen, würde es wieder so werden, wie es gewesen war. Man vermisst Dinge erst, wenn man sie nicht mehr hat. Jasper hatte das neulich zu ihm gesagt. Der Ort Wittdün wäre seelenlos, hatten er und viele der alteingesessenen Insulaner immer gemurrt. Doch nun wünschte selbst er sich das übliche Treiben an die Südspitze der Insel zurück. Thaisen konnte sich Amrum ohne Wittdün nicht mehr vorstellen.

Er folgte der Strandstraße Richtung Ortsmitte, schlug jedoch nicht den Weg zum Hotel ein, sondern hielt sich rechts und ging zur Inselbahn. Heute galt es, sich um Neles Problem zu kümmern. So hatte Jasper es bezeichnet. Das Problem kannte er seit einigen Tagen. Es hieß Thomas, war blond, blauäugig und saß im *Kurhaus zur Satteldüne* fest. Und seine Nichte war in diesen deutschen Engländer, wie Jasper ihn bezeichnete, auch noch verliebt. Viel hatte er nicht mit ihm geredet. Dieser Thomas hatte nicht wie ein Engländer geklungen, eher wie einer, der aus Berlin kam. Dort war er auch geboren und aufgewachsen. Also war er gar kein richtiger Feind, nur so ein getarnter, ach, irgendwas. Die Sache war wirklich verzwickt. Es musste eine Lösung für das Problem gefunden werden, und zwar möglichst schnell. Gemeldet werden konnte Thomas nicht mehr. Erstens würde Nele ihm das niemals verzeihen, das wusste Thaisen. Und zweitens könnte sie selbst in Teufels Küche geraten. Immerhin versteckte sie seit Wochen einen Feind. Er kannte einige Männer der Inselwache, die nicht ruhen würden, bis sie denjenigen fanden, der in ihren Augen diesen Hochverrat begangen hatte. Der beste Verbündete auf Amrum bei Problemen war sein Freund Tam Olsen. Ihn hatten Jasper und er am Vorabend ins Vertrauen gezogen. Tam war zwar ein kaisertreuer Bursche, aber er hatte das Herz auf dem rechten Fleck. Und es ging ja gar nicht um einen richtigen Engländer, sondern um einen Deutschen, der durch gewisse Umstände zum Feind geworden war. Gestern Nachmittag während des Schnitzens war Thaisen eine Idee gekommen, und diese wollte er nun mit Tam und Jasper besprechen.

Am Bahnhof wartete, wie abgesprochen, Jasper auf ihn. Er machte einen etwas unaufgeräumten Eindruck. Sein Hemd war falsch zugeknöpft und hing aus der Hose.

»Moin, Jasper«, grüßte Thaisen. »Alles in Ordnung? Siehst 'n bisschen mitgenommen aus.«

»Alles bestens. Hatte es nur eilig. Hätte fast verschlafen. Aber ich hab es noch geschafft, Frühstück zu organisieren.« Er holte zwei Heißwecken hervor und gab einen Thaisen. Freudig nahm Thaisen ihn entgegen und biss hinein.

»Bin schon gespannt, was das für eine Idee ist, die du ausgeheckt hast«, sagte Jasper mit vollem Mund.

»Nicht hier«, antwortete Thaisen leise und sah sich um.

Jasper biss sich auf die Lippen. »'tschuldige. Ich hatte noch keinen Schnaps. Da kann ich nicht denken.« Er grinste. Thaisen schüttelte den Kopf und erwiderte: »Also mir wäre jetzt ein anständiger Kaffee lieber. Hoffentlich hat Tam welchen aufgebrüht.«

»Bestimmt«, antwortete Jasper, »und Schnaps hat er auch.«

Die Bahn kam, und sie stiegen ein. Thaisen plagte ein wenig das schlechte Gewissen, weil sie Nele zu diesem Gespräch nicht mitnahmen. Aber er wollte erst einmal mit Tam und Jasper klären, ob seine Idee umsetzbar war. Am Ende machte er ihr und Thomas, den er, wenn er ehrlich war, sympathisch fand, falsche Hoffnungen, und das wollte er auf jeden Fall vermeiden. Wenn sie mit den beiden reden würden, dann erst, wenn ihr Plan wasserdicht war. Er konnte nur hoffen, dass Thomas das Spiel mitspielen würde und Tam dazu bereit war, das Risiko, das es dabei durchaus gab, einzugehen.

Sie erreichten Wittdün und verließen die Inselbahn am Hafen. Dort legte gerade die Fähre aus Dagebüll an. Zwei Inselwächter und einige Zivilpersonen standen am Anleger. Thaisen nickte den Inselwächtern im Vorbeigehen kurz zu. Sie würden die Papiere der Anreisenden und ihre Genehmigungen, Amrum betreten zu dürfen, kontrollieren. Dies passierte fast immer bereits in der Bahn, spätestens aber am Anleger in Dagebüll, wo ein Wachtposten stationiert war. Jasper und Thaisen beobachteten, wie die Fähre anlegte und die Fahrgäste von Bord gingen. Zumeist waren es Einheimische, die auf dem Festland etwas zu erledigen gehabt hatten, aber auch einige Kameraden waren dieses Mal unter ihnen, die von ihrem Heimaturlaub auf die Insel zurückkehrten.

Jasper und Thaisen gingen weiter und erreichten Tams Kutter. Er war nicht an Deck.

»Tam, komm raus«, rief Jasper.

Da steckte der alte Seebär seinen Kopf aus der Kajüte.

»Moin, Männer«, rief er. »Da seid ihr ja endlich. Kaffee ist fertig, und Schnaps gibt es auch. Kommt an Bord, ihr Landratten.« Er winkte sie zu sich.

Jasper und Thaisen kletterten über die Reling und folgten Tam unter Deck. In der Kajüte empfing sie schlichte Gemütlichkeit. Eine Gaslampe brannte, es gab eine Eckbank und einen Tisch, dazu eine schmale Koje zum Schlafen. Der Duft von frisch aufgebrühtem Kaffee erfüllte den kleinen Raum. Tam hantierte mit den Tassen.

»Hab ja immer alles für Gäste an Bord. Sogar anständigen Kaffee, die Ersatzbrühe kann ja keiner saufen«, sagte er und hob den Kaffeefilter von der Kanne. »Leider kommen nur noch selten welche. Selbst auf Föhr treiben sich jetzt kaum noch Touristen rum. Und wo soll ich mit denen auch hinfahren? Sogar um zu den Seehundbänken zu schippern, brauchste eine Genehmigung.« Er stellte die Kaffeekanne auf den Tisch, griff nach seiner Pfeife und begann, Tabak hineinzustopfen. Thaisen und Jasper setzten sich. »Tabak ist auch Mangelware. Ich muss das Zeug schon mit getrockneten Buchenblättern strecken. Schmeckt nicht wirklich. Aber besser als ohne Pfeife ist es allemal.« Er sah zu Jasper. »Ich weiß, was du fragen willst. Schnaps ist immer an Bord. Wie gewohnt das harte Zeug von Fietje aus Norddorf. Der brennt noch immer selbst in seinem Keller. Möge der Herrgott dafür sorgen, dass seine Birnbäume im Garten und auf seinen Kuhweiden immer ordentlich tragen.« Tam grinste, schenkte Kaffee und für alle ein Gläschen Schnaps ein, das sie mit dem üblichen Spruch leerten, den diesmal Thaisen sagte: »Nicht lang schnacken, Kopp in Nacken.« Er verzog das Gesicht und stellte sein Glas auf den Tisch. Jasper schenkte sich nach.

»Ich glaube, ich hab eine Idee, wie wir das Problem mit dem Engländer lösen können.« Damit kam Thaisen auf den Grund ihres Besuches zu sprechen.

»Der ja eigentlich gar kein wirklicher Engländer ist«, meinte Tam.

»Richtig. Wenn man es genau nimmt, ist er ein Berliner, der jetzt in London lebt.«

»Wieso ist er überhaupt in diesen Krieg gezogen?«, fragte Tam. »Ist doch unsinnig, oder? Also an dem seiner Stelle hätte ich mich lieber rausgehalten.«

»Wohl wegen seinem Stiefvater. Der ist ein hohes Tier beim Militär, ebenfalls bei den Fliegern.«

»Ach, diese dämliche Fliegerei«, sagte Tam. »Neulich ist wieder einer von diesen Doppeldeckern von den Deutschen über die Insel geflogen. Was hab ich mich erschreckt. Hört sich an wie eine ganze Horde Hummeln, so ein Ding. Also ich brauch das nicht. Der Mensch ist nicht zum Fliegen geschaffen. Das hat man ja auch bei den Zeppelinen gesehen. Die fangen schneller Feuer, als du gucken kannst, und dann sitzte da oben in der Falle und kannst nur noch beten. Da bleib ich lieber gleich am Boden. Da weiß ich wenigstens, was ich hab.«

»Gestern Abend ist mir die Idee gekommen, wie wir das Problem charmant gelöst bekommen und auch unsere Nele aus der Nummer raus ist«, sagte Thaisen, ohne auf Jaspers Ausführungen über die Fliegerei einzugehen.

»Ach, die Deern«, sagte Tam und schüttelte den Kopf. »Verguckt sich in den Feind. Dafür muss man sie ja schon fast wieder gernhaben. Frauke würde jetzt sagen, das könnte aus einem Roman stammen. Da passieren ständig solche Dinge. Sie hatte dafür auch ein Wort. Wartet mal, mir fällt es gleich ein.« Er überlegte kurz. »Richtig. Verwicklungen. Es braucht immer gute Verwicklungen, sonst ist es nicht spannend.«

»Aber das ist jetzt kein Roman, sondern die Wirklichkeit«, sagte Thaisen ein wenig genervt. Er mochte es nicht, unterbrochen zu werden.

»Mir ist gestern Abend eine Begebenheit eingefallen, die schon einige Monate zurückliegt. Damals hat sich der Wachtposten von Dagebüll bei uns gemeldet. Bei ihm wäre ein Günter Wilhelmsen, der behauptete, zur Inselwache abkommandiert worden zu sein. Leider ist der arme Bursche während seiner Anreise überfallen worden. Ihm wurde sein komplettes Reisegepäck entwendet, in dem sich auch seine Papiere befunden haben. Er durfte ohne Probleme auf die Insel reisen, und es wurden ihm neue Papiere ausgestellt. Wie wäre es, wenn wir das mit unserem Thomas auch so machen? Das wäre perfekt. Er stammt ja aus Berlin, gewiss liegt dort irgendwo eine Geburtsurkunde von ihm bei einer Behörde vor. Er bekäme neue Papiere und könnte unbehelligt seinen Dienst bei der Inselwache verrichten.«

»Und er wäre weiterhin in Neles Nähe, was ihr gefallen dürfte«, fügte Jasper hinzu.

»Kein schlechter Plan«, antwortete Tam. »Aber dafür muss der Bursche erst einmal aufs Festland.«

»Da kämst dann du ins Spiel. Du fährst doch sowieso öfter mal nach Dagebüll, um irgendwelche Waren oder auch mal Fahrgäste abzuholen. Gewiss kannst du ihn heimlich an Land absetzen. Ab dann muss er allein klarkommen. Aber das dürfte nicht sonderlich schwierig sein. Ich könnte eine gefälschte Mitteilung im Büro der Wache hinterlassen. Eintreffen Kamerad Thomas Weber in den nächsten Tagen. Was meint ihr?«

»Ist riskant«, antwortete Tam. »Was ist, wenn sie mich kontrollieren? Kam schon mal vor.«

»Wann war das?«, hakte Thaisen nach.

»Weiß nicht. Ist ein Weilchen her.«

»Bestimmt länger als ein Jahr«, erwiderte Thaisen. »Die Wache wird immer nachlässiger. Die Männer gehen lieber zu ihren Familien nach Hause, als irgendwelche Kutter zu kontrollieren. Das klappt mit Sicherheit. Davon bin ich überzeugt.«

»Und was sagt dieser Thomas dazu? Was ist, wenn er kein Teil der Amrumer Inselwache werden möchte?«

»Dann soll es nicht unsere Sorge sein«, erwiderte Thaisen. »Ohne Papiere wird er auf dem Festland nicht weit kommen. Sie greifen ihn auf, und wenn er Pech hat, wird er als Spion angeklagt. Wenn er Glück hat, geht er als Kriegsgefangener durch. Aber darauf würde ich nicht wetten.«

»Also bleiben ihm wenige Alternativen.«

»So ist es«, antwortete Thaisen und fragte: »Bist du dabei?«

Tam zog an seiner Pfeife, blies den Rauch in die Luft und sah von Thaisen zu Jasper.

»Aber sicher doch. Ist zwar verrückt, aber ich mag solchen Krempel. Wann soll die Sache denn laufen?«

»So schnell wie möglich«, antwortete Thaisen. »Noch heute Abend reden wir mit Thomas. Wenn alles klappt, könntest du ihn im Lauf dieser Woche aufs Festland bringen. Um alles andere kümmere ich mich. Passende Kleidung hole ich nachher aus der Wäschekammer der Kaserne.«

»Denkst aber auch an alles, mien Jung«, sagte Tam und grinste. »Gib doch zu: Du machst das alles nur für Nele.«

»Für wen denn sonst«, antwortete Thaisen. »Sie liebt ihn, ich hab es mit eigenen Augen gesehen.«

»Und sie soll glücklich sein«, sagte Jasper. »Die arme Deern hat so vieles im Leben verloren, erst die Eltern, dann den Mann. Vielleicht klappt es ja dieses Mal, und alles wird gut. Wenn er wirklich zurückkehrt und Teil der Inselwache wird, dann könnten die beiden sogar heiraten. Meinen Segen hätten sie. Wären ein hübsches Paar.«

»Und wir wollen echte Männer sein«, meinte Tam und schüttelte den Kopf. »Sentimentale Idioten sind wir. Aber ihr habt schon recht. Die arme Deern hat 'n büschn Glück im Leben verdient. Und wenn dazu so ein dahergelaufener Engländer, der eigentlich Deutscher ist, nötig ist, dann soll es so sein.«

Laute Rufe von draußen ließen die drei Männer aufblicken.

»Arbeit, Kinners. Das ist bestimmt Lukas Brodersen. Der wollte nach Föhr rüber. Ich hör von euch?«

Jasper und Thaisen nickten. Tam ging an Deck, die beiden folgten ihm und verließen den Kutter mit knappen Abschiedsworten.

Nur wenig später saßen Thaisen und Jasper sich in der Inselbahn gegenüber. Ihnen leistete eine Katze Gesellschaft, die auf der Nachbarbank lag und schlief. Weitere Passagiere waren nicht im Wagen.

»Und du denkst, dein Plan wird klappen?«, fragte Jasper.

»Ich hoffe es«, antwortete Thaisen. »Etwas anderes fällt mir nicht ein.«

»Und was ist, wenn er nicht zurückkommt?«

»Dann können wir es nicht ändern. Aber immerhin sind wir das Problem dann los.«

»Nele wird das anders sehen.«

»Ich weiß«, antwortete Thaisen und seufzte. »Um ihretwillen hoffe ich, er kommt zurück und spielt das Spiel mit.«

Später am Tag, es dämmerte bereits, betraten Thaisen, Jasper, Tam und Nele das *Kurhaus zur Satteldüne*. Tam hatte darauf bestanden, bei dem Gespräch mit Thomas dabei zu sein. Er wollte sich den englisch-deutschen Burschen erst einmal ansehen, bevor dieser seinen Kutter betrat. Er ließ sich auch nur deshalb auf die Sache ein, weil es Nele war, die es betraf. Sie hatte noch was gut bei ihm wegen der Geschichte von damals, als sie auf der Sandbank gestrandet waren und beinahe abgesoffen wären. Er hätte sich niemals von Ida dazu überreden lassen sollen rauszufahren. Hinterher war man immer klüger. Er hatte, nachdem Thaisen und Jasper weg waren, noch ein Weilchen über die Angelegenheit gegrübelt. Es war schon recht heikel. Er überlegte, wo er am besten am Festland anlegen sollte. In Dagebüll eher nicht. Da trieben sich stets Kontrollposten herum. Lieber ein Stück weit davon entfernt. Am Anleger von Schüttsiel wurde nur wenig kontrolliert. Von dort aus war es auch nicht weit bis Dagebüll. Bis dahin könnte sich der Bursche allein durchschlagen. So recht schmeckte es ihm ja nicht, dem Feind zu helfen. Obwohl er laut Thaisen und Jasper gar nicht so ein richtiger Feind war, und wenn die Deern ihn liebte, konnte er so übel nicht sein.

Sie standen in der Eingangshalle im Dämmerlicht.

»Es ist am besten, ihr wartet kurz, und ich geh ihn holen«, sagte Nele.

Die drei Männer stimmten zu, und Nele lief die Treppe nach oben. Als sie Thomas' Zimmer betrat, stand dieser am Fenster. Seine Miene war ernst.

»Jetzt sind es schon drei«, sagte er ohne ein Wort der Begrüßung.

»Der Dritte im Bunde ist Tam Olsen. Er hat einen Kutter, mit dem er Lustfahrten anbietet. Thaisen hat gesagt, er hat einen Plan. Die drei sind gekommen, um ihn uns zu erklären.«

Thomas nickte. »Und was hältst du davon?«

Nele ging auf Thomas zu, nahm seine Hände in die ihren und sah ihm in die Augen. »Wenn Thaisen einen Plan hat, dann ist er bestimmt gut. Ich vertraue allen dreien. Und du kannst es auch. Das verspreche ich dir. Sie sind keine Verräter.«

Er nickte.

»Wollen wir?« fragte Nele.

»Etwas anderes bleibt mir nicht übrig«, antwortete Thomas. »Dann mal auf in die Höhle der Löwen.« Seine Worte sollten scherzhaft klingen, taten es jedoch nicht. Nele, die die Zimmertür bereits geöffnet hatte, drückte seine Hand. »Bestimmt wird bald alles gut werden.«

Als sie in der Eingangshalle ankamen, spürte Nele, wie sich Thomas' Griff beim Anblick der drei Männer verstärkte. Er war angespannt. Sie war es ebenfalls. Jasper, Tam und Thaisen hatten es sich in einer der Sitzgruppen bequem gemacht. Nele spürte ihren schneller werdenden Herzschlag, während sie sich ihnen näherten.

»Moin, Thomas.« Jasper war der Erste, der etwas sagte. Thaisen grüßte ebenfalls, Tam brummelte etwas Unverständliches.

»Das ist unser Freund Tam Olsen«, stellte Thaisen Tam vor. »Er hat sich dazu bereit erklärt, uns zu helfen.«

Thomas' Blick wanderte zu Tam. Dessen Miene blieb ausdruckslos.

Tam sagte: »Berlin also.«

»Dort bin ich geboren«, antwortete Thomas. Er fühlte sich, als stünde er vor Gericht. »Mein Vater starb, als ich acht war. Vier

Jahre später hat meine Mutter einen Engländer geheiratet, und wir zogen auf die Insel.«

»Hörte ich schon«, erwiderte Tam. »Aber wieso bist du gegen deine Heimat in den Krieg gezogen?«

»Das wollte ich nie. Ich war siebzehn, als ich zur englischen Armee ging. Mein Stiefvater und mein Halbbruder haben mich dazu überredet. Später kam ich zu den Piloten. Und dann war plötzlich Krieg. Was hätte ich denn sagen sollen? Ich bin Deutscher, ich kämpfe nicht gegen meine Heimat? Dann hätten sie mich als Verräter verurteilt.«

Tam nickte wortlos. Eine Weile sagte niemand etwas. Jasper war derjenige, der die seltsame Stille brach.

»Ist auf beiden Seiten dämlich«, sagte er.

Tam nickte. »Da ist was dran.« Er nahm seine Pfeife aus der Hemdtasche, zündete sie an und steckte sie sich in den Mund.

»Ist es jetzt gut mit der Fragestunde?«, fragte Nele. »Ich dachte, Thaisen hat einen Plan. Deshalb seid ihr doch gekommen, oder?«

»Richtig«, antwortete Thaisen. Er sah Thomas an und stellte die Frage, die ihn umtrieb, seitdem er den Plan ausgetüftelt hatte. »Kannst du dir vorstellen, ein deutscher Soldat zu werden?«

Verwundert sah Thomas Thaisen an.

»Es ist folgendermaßen …« Thaisen begann, seinen Plan zu erläutern. Als er geendet hatte, herrschte erneut für einen Moment Schweigen.

»Hm«, machte Tam. »Du hast eine Sache nicht bedacht, Thaisen. Bei der Inselwache sind nur Insulaner. Er ist keiner. Wieso sollte ausgerechnet einer aus Berlin hierher abkommandiert werden?«

»Das hatte ich vorhin vergessen zu erwähnen. Er kann Seeminen entschärfen. So jemanden können wir hier immer gebrauchen.«

»Guter Grund«, antwortete Tam und grinste.

Jasper ahnte, was in Tams Kopf vorging. Die Tatsache, dass neulich sein Kutter beinahe in die Luft geflogen wäre, hielt Tam nicht davon ab, die eine oder andere Seemine in den Hafen zu schleppen, um den dafür vorgesehenen Bergelohn abzugreifen. Bestimmt überlegte Tam bereits, wie er Thomas für seine Belange einspannen könnte.

»Und was ist, wenn ich von Amrum wegkommandiert werde?«, fragte Thomas. »Sagen wir: an die Westfront. Dort kämpfen Freunde von mir und mein Halbbruder. Ich meine, ich kann doch nicht …«

»Gegen die eigenen Freunde und die Familie in den Krieg ziehen«, vollendete Thaisen den Satz.

Thomas nickte.

»Da kann ich dich beruhigen. Es gibt für die Männer der Inselwache eine Art Vereinbarung. Wir dürfen nicht von hier oben abkommandiert werden. Wenn du also einmal im Küstenschutz tätig bist, dann bleibst du es auch. Und dass hier jemals ein Engländer auftauchen wird, scheint unwahrscheinlich. Du kannst hier ganz entspannt das Kriegsende abwarten und dann weitersehen.«

Thomas nickte. Thaisens Worte erleichterten ihn.

»Wann soll das Ganze denn über die Bühne gehen?«, fragte er. Thaisen sah zu Tam.

»So schnell wie möglich«, antwortete Tam. »Ist eh ein Wunder, dass du dich hier so lange versteckt halten konntest.«

»Gut«, sagte Thaisen, »dann am besten gleich morgen Nacht. Wir holen dich mit dem Wagen ab und bringen dich zum Hafen nach Steenodde. Dort wird Tam auf dich warten. Auf dem Boot kannst du dann deine Uniform anziehen.«

Thomas nickte. Sein Blick wanderte zu Nele. Sie drückte seine Hand, ihre Miene war jedoch ernst. Nun ging es aufs Ganze. Hoffentlich würde alles klappen.

26

Norddorf, 30. Mai 1916

Eben war ich bei Wilhelm am Grab. Ich habe ihm von unserem Alltag erzählt, von dem er kein Teil mehr ist. Ich redete und redete, und plötzlich schwieg ich und lauschte in die Stille. Er wird niemals wieder Antwort geben. Wir werden nicht mehr streiten, uns nicht mehr versöhnen. Er ist bei mir, ich weiß es. Er hat mir versprochen, auf mich achtzugeben. Aber trotzdem fühle ich mich einsam. Ach, es ist, wie es ist. Die Zeit läuft weiter, die Tage vergehen und werden zu Monaten, bald werden es Jahre ohne ihn sein. Noch immer glaube ich, er betritt gleich den Raum. Doch er wird es niemals wieder tun.

Nele stand am Anleger von Wittdün im hellen Licht der Morgensonne und wartete. Das tat sie nun bereits seit drei Tagen. Sie kam jeden Morgen hierher, wenn die Fähre vom Festland anlegte, und hielt nach Thomas Ausschau. Doch er tauchte nicht auf. Ihr Herz schlug ihr vor Aufregung bis zum Hals, während sie beobachtete, wie ein Matrose das Boot am Anleger festmachte. Es waren nur wenige Passagiere, die heute von Bord gingen. Die alte Henni aus Süddorf, die ihre Tochter auf Föhr besucht hatte, einige Männer der Inselwache und der Postdienst. Wo blieb er nur? Es war doch alles genau festgelegt worden. Er hatte versprochen, so schnell wie möglich auf die Fähre zurückzukehren. Sie hatten alles aufs Genaueste vorbereitet. Thaisen hatte die Uniform besorgt und die Nachricht über Thomas' Eintreffen bei der Inselwache hinterlassen. Sie selbst hatte ihm Geld gegeben, damit er sich die Fahrkarte für den Zug leisten konnte. Was, wenn er doch versuchte, sich bis zum Feind durchzuschlagen? Waren seine Gefühle ihr gegenüber nur gespielt gewesen?

Tam trat neben sie. Er hatte seine Pfeife im Mund. Pfefferminzgeruch hing plötzlich in der Luft. Sein Blick war auf die Fähre gerichtet.

»Er kommt schon noch«, sagte er.

»Wer kommt schon noch?« Erschrocken drehten sich Nele und Tam um. Marta stand vor ihnen und sah sie fragend an. »Ihr heckt doch was aus. Und verkauft mich nicht für dumm.« Sie hob mahnend den Zeigefinger. »Seit Tagen wird getuschelt, oder ihr verstummt, wenn ich den Raum betrete. Ich will jetzt wissen, was hier gespielt wird.«

Tam sah zu Nele, die für eine Sekunde die Augen schloss. Verdammter Mist aber auch. Sie hatte so sehr darauf gehofft, die Sache mit Thomas vor Marta verbergen zu können. Je weniger von dieser Aktion wussten, desto besser war es. Der Plan war gewesen, dass Thomas zurückkam und es so aussah, als würden sie sich dann erst kennenlernen und ineinander verlieben. Nele überlegte eine Sekunde lang, Marta anzulügen. Doch dann verwarf sie den Gedanken wieder. Marta würde die Lüge erkennen. Nele sah zu Tam, der nickte und verstand.

»Nicht hier«, sagte er und bedeutete Marta und Nele, ihm zu seinem Kutter zu folgen. Die drei gingen an Bord und unter Deck. In der Kajüte duftete es nach Kaffee. Tam füllte unaufgefordert drei Becher und stellte sie auf den Tisch. Marta nahm Platz und sah Nele abwartend an. Nele überlegte, wie sie anfangen sollte. Hilfe suchend blickte sie zu Tam.

»Nele hat vor einigen Wochen einen schiffbrüchigen Engländer im *Kurhaus zur Satteldüne* gefunden.«

»Einen was?«, fragte Marta. Ihre Augen wurden groß. Sie sah Nele an, die sofort zu erklären begann, dass er gar kein richtiger

Engländer, sondern eigentlich Deutscher wäre. Es folgte die Geschichte von Berlin und alles Weitere. Als sie endete, war Martas Miene finster. Besonders Neles Geständnis, sie hätte sich in den jungen Mann verliebt, empörte sie. Wie konnte ihre Enkeltochter nur so naiv sein? Es hätte sonst was passieren können, wäre sie erwischt worden.

»Und jetzt ist er also auf dem Festland. Und du denkst wirklich, er wird zurückkommen? Ich glaube, er hat sich aus dem Staub gemacht und versucht, sich irgendwie zu seiner Truppe durchzuschlagen«, sagte sie.

»Er wird wiederkommen«, entgegnete Nele und verschränkte trotzig die Arme vor der Brust.

»Ich nehme eher an, er hat dich benutzt, Liebes«, sagte Marta. Ihr Tonfall wurde eine Spur milder. »Er mag in Berlin geboren sein und deutsche Eltern haben, aber es muss ja einen guten Grund dafür gegeben haben, weshalb er gegen uns in den Krieg gezogen ist.«

Nele erklärte noch einmal Thomas' Hintergrund. Doch Marta überzeugte das nicht.

»Ich denke, es wird ihm gar nichts anderes übrig bleiben, als auf die Insel zurückzukehren«, mischte sich Tam in das Gespräch ein. »Er hat keine Papiere und wird deshalb auf dem Festland nicht weit kommen. Es könnte ihm passieren, dass sie ihn für einen Spitzel halten. Und dann möchte ich lieber nicht in seiner Haut stecken. Unser Weg war ebenfalls riskant, aber plausibel. Ich weiß, das hört sich jetzt alles abenteuerlich an, und ich habe anfangs auch skeptisch reagiert. Aber er ist ein netter Bursche, der eine Chance verdient hat. Wir haben uns während der Überfahrt nach Dagebüll unterhalten. Er hat nie damit gerechnet, dass es Krieg gegen sein Heimatland geben könnte, und ist da so reingerutscht. Wie wir alle. Nur eben auf der anderen Seite. Thaisen hat alles perfekt eingefädelt. Wenn er sich an die Spielregeln hält, wird er als Thomas Weber Teil der Amrumer Inselwache werden.«

»Dass Thaisen bei so etwas mitmacht, hätte ich nicht gedacht«, sagte Marta. Nele wusste, weshalb Marta noch immer schmollte. Es gefiel ihr nicht, dass sie außen vor gelassen worden war.

»Ich hatte überlegt, es dir zu sagen.« Nele versuchte, die Wogen zu glätten. »Aber Thaisen hat gemeint, je weniger eingeweiht sind, desto besser ist es. Wir wissen beide, wie schnell es gehen kann, und man verplappert sich irgendwo. Und vorgestellt hätte ich ihn dir sowieso. Das weißt du doch.«

»Vorgestellt«, wiederholte Marta und zog eine Grimasse. »Als den netten deutschen Soldaten aus Berlin, der neuerdings bei der Inselwache tätig ist. Wie wollt ihr überhaupt erklären, dass seine Zuteilung zur Wache gerechtfertigt ist? Immerhin sind es hauptsächlich Männer von den Inseln, die hier ihren Dienst versehen, da sie sich mit den Gegebenheiten des Wattenmeeres auskennen.«

»Das war einfach«, antwortete Nele etwas entspannter. Sie kannte ihre Oma gut und wusste, dass sie dabei waren, sie zu überzeugen. »Thomas kennt sich glücklicherweise mit der Entschärfung von Seeminen aus. Er hatte in England kurz vor Kriegsbeginn an einem Lehrgang teilgenommen. So einen Fachmann können wir auf den Inseln hervorragend gebrauchen, denn es werden ja immer mehr Minen angeschwemmt.« Nele machte eine kurze Pause, dann fügte sie leise hinzu: »Wenn er überhaupt wiederkommt.«

Mit dem letzten Satz berührte sie Martas Herz. Nele schien diesen Mann wirklich gernzuhaben, sonst würde sie nicht auf diese Art um ihn kämpfen. Johannes kam ihr in den Sinn. Nele hatte ihn gemocht, keine Frage. Doch stets hatte sich Marta gefragt, ob sie ihn wirklich liebte. Jetzt hatte sie plötzlich das Gefühl, Nele würde so empfinden, wie sie selbst für Wilhelm empfunden hatte. Sie schien wie eine Löwin zu kämpfen, und das gefiel Marta.

»Er kommt bestimmt wieder«, sagte sie tröstend und sah zu Tam, der ein Nicken andeutete. So war es richtig. Nele benötigte jetzt Beistand und keine Vorwürfe. Er selbst konnte sich ebenfalls nicht erklären, weshalb der Bursche nicht längst auf einer der Fähren gewesen war. Es galt zu hoffen, dass er sich an die Spielregeln hielt. Am Ende war ihm doch etwas zugestoßen. Aber daran wollte er jetzt lieber nicht denken. Gewiss würde er mit einer der nächsten Fähren auf der Insel ankommen.

»Wollen wir nach Hause fahren?«, fragte Marta Nele. »Der Rhabarber ist reif und muss geerntet werden. Willst du mir zur Hand gehen und beim Einmachen helfen? Wenn du magst, begleite ich dich am Nachmittag wieder nach Wittdün. Arbeit lenkt ab.«

Nele nickte. »Das ist eine gute Idee.« Sie stand auf. »Danke dir, Tam. Und wenn du was hörst, kannst du dich ja bei mir melden.«

»Das mache ich, fest versprochen«, sagte Tam. Spontan zog er Nele in seine Arme, drückte sie fest an sich und murmelte: »Das wird schon werden, mien Deern. Er hat dich gern. Das hat er mir gesagt. Er kommt bestimmt wieder.«

Seine unerwartete Umarmung trieb Nele die Tränen in die Augen. Der raue Stoff seiner Seemannsjacke rieb an ihrer Wange, er roch nach Schweiß und Tabak. Es tat gut, Verbündete zu haben und mit der Sorge um Thomas nicht mehr allein zu sein. Und wenn er zurückkam, gab es keine Sorgen mehr. Sie löste sich aus der Umarmung, und Tam drückte, wohl der Ordnung halber, auch Marta an sich. Sie sah ihn überrascht an. Er grinste und meinte: »War mir ein Vergnügen, mit den Damen zu schnacken. Zum Abschied noch ein Schnaps?«

»Oh, besser nicht«, lehnte Marta lächelnd ab. »Spar dir den lieber für Jasper auf. Er hat gewiss mehr Freude daran.«

Sie traten an Deck, und Tam half ihnen beim Verlassen des Kutters. Bald darauf saßen sie in der Inselbahn. Matei, die Tochter des Bauern Flohr, leistete ihnen Gesellschaft. Sie war schwanger und hatte ihre Hand auf den doch schon recht runden Bauch gelegt.

»Wann soll es denn kommen?«, fragte Marta.

»Kann jeden Tag so weit sein«, antwortete Matei. »Wird auch Zeit. Das Laufen fällt mir schwer. Ingwert meinte neulich, ich wäre so rund, es könnten zwei drin sein. Aber das glaub ich nicht. Obwohl, wissen kann man es ja nie. Wie geht es denn Ida mit ihren beiden Kleinen? Erst neulich hab ich sie laufen sehen. Besonders die Deern scheint ja recht aufgeweckt zu sein. Sie lief laut quietschend einem Huhn hinterher und rupfte ihm sogar einige Federn aus. Der arme Vogel war ziemlich verschreckt gewesen.«

»Ja, unsere Inke wird nicht umsonst von uns als Wirbelwind bezeichnet«, antwortete Marta lächelnd. »Ständig heckt sie etwas aus. Erst neulich hat sie es irgendwie geschafft, eine der streunenden Katzen in einen der Regenbottiche im Gemüsegarten zu verfrachten. Wie sie das hinbekommen hat, ist uns ein Rätsel. Seitdem hat sich der Kater bei uns nicht mehr blicken lassen. Wie geht es denn deinem Ingwert? Was macht seine Kriegsverletzung?«, fragte Marta.

Ingwert Mathiesen war an der Ostfront im Einsatz gewesen und hatte nach einer schweren Verletzung eine ganze Weile in einem Berliner Lazarett gelegen. Nun war er als Kriegsversehrter heimgekehrt. Ihm fehlte der linke Unterschenkel.

»Er kommt zurecht«, sagte Matei ernst. »Muss ja irgendwie gehen.«

Marta nickte. Sie verfluchte sich dafür, die Frage gestellt zu haben. Mateis Gesichtsausdruck zeigte deutlich, dass Ingwert nicht zurechtkam. Er war zeit seines Lebens Fischer gewesen, seine Eltern besaßen eine kleine Landwirtschaft. Wie sollte er ohne den Unterschenkel auf dem Kutter arbeiten können, geschweige denn auf dem Feld? Es war ein Trauerspiel. Ingwert war erst Mitte zwanzig. Wie konnte er eine Familie durchbringen?

Sie erreichten Nebel. Matei verabschiedete sich und stieg aus. Marta beobachtete, wie sie schwerfällig den Bahnsteig hinunterlief und an dessen Ende neben Tesche Detlefsen vom Bahnhofshotel stehen blieb.

»Wir können von Glück reden, dass Thaisen nur ein steifes Knie davongetragen hat«, sagte Nele und schüttelte den Kopf. »Ja, das können wir«, antwortete Marta. »Allerdings …« Sie stockte mitten im Satz. Das war es. Die Lösung.

»Entschuldige, Nele. Ich muss aussteigen.« Sie verließ die Bahn. Nele reagierte verwundert, folgte ihr dann jedoch. Matei hatte sich von Tesche schon wieder verabschiedet und watschelte – anders konnte man es nicht nennen – die Dorfstraße hinunter.

»Matei, warte!«, rief Marta. Verwundert drehte sich die Schwangere um. »Ich hab eine Idee.« Sie blieb, nach Luft japsend, neben der jungen Frau stehen.

»Ich wollte dich etwas fragen. Schnitzt dein Ingwert nicht hin und wieder?«

»Ja, das tut er«, antwortete Matei verdutzt. »Er macht kleine Figuren für die Kinder zum Spielen. Wieso fragst du?«

»Ich will niemandem vorgreifen, aber ich hätte vielleicht eine Verdienstmöglichkeit für Ingwert. Thaisen stellt recht erfolgreich Modell- und Buddelschiffe her. Er bekommt inzwischen viele Aufträge aus dem ganzen Reich. Nur leider fehlt ihm oft die Zeit, um diese alle auszuführen, denn er muss ja seinem Dienst bei der Inselwache nachgehen. Ingwert könnte doch bei ihm vorstellig werden. Was meinst du?«

Matei nickte. Ihre Miene hellte sich auf.

»Ja, das wäre was. Er arbeitet gern mit Holz. Oh, das wäre wunderbar.« Sie klatschte in die Hände und fiel Marta übermütig um den Hals. »Danke, danke. Ihr wisst gar nicht, wie viel mir das bedeutet.«

Marta rührte Mateis Freude. Sie sah zu Nele, die lächelnd neben ihr stand. Marta löste sich aus der Umarmung und erklärte, dass Thaisen heute Nachmittag freihätte und in der Werkstatt wäre. »Ich werde ihm sagen, dass Ingwert vorbeikommen wird. Alles andere müssen dann die beiden miteinander besprechen.«

»Ich sag es Ingwert gleich. Oh, er wird sich so sehr freuen.« Sie fiel erneut Marta und danach Nele um den Hals, dann verabschiedete sie sich.

Marta und Nele sahen ihr lächelnd nach, wie sie die Straße wesentlich beschwingter als zuvor hinunterlief.

»Dann wollen wir mal hoffen, dass Ingwerts Schnitzkünste in Thaisens Augen ausreichend sind«, sagte Nele und sah zu Marta. »Jetzt, wo du ihr Hoffnungen gemacht hast.«

»Ja, darauf setze ich auch«, antwortete Marta. »Komm« – sie hängte sich bei Nele ein –, »das Wetter ist so schön. Lass uns über die Felder heimlaufen. Das haben wir lange nicht mehr gemacht. Und dann kannst du mir noch ein wenig von deinem Thomas erzählen.«

Am späten Nachmittag desselben Tages, Marta und Nele beschäftigten sich gerade damit, Rhabarber in kleine Stücke zu schneiden, fuhr tatsächlich Ingwert Mathiesen mit seinem Wagen auf den Hof. Marta ging nach draußen, um ihn zu begrüßen und in die Werkstatt zu bringen, in der Thaisen bereits seit einer Weile bei der Arbeit war. Er hatte auf Martas Vorstoß erfreut reagiert und begrüßte Ingwert mit Handschlag. Ingwert hatte einige seiner Holzfiguren mitgebracht, die Thaisen sofort unter die Lupe nahm. Marta ließ die beiden allein. Es schien, als hätten sich die Richtigen gefunden. Sie war gerade auf dem Rückweg zum Haupthaus, als es einen lauten Schlag tat. Die Erde bebte, und die Fensterscheiben der Häuser klirrten. Marta blieb erschrocken stehen. Es tat erneut einen lauten Schlag. Ebba und die anderen kamen aus der Küche nach draußen gelaufen, auch Thaisen und Ingwert kamen auf den Hof sowie Ida und Leni. Letztere hatte den kleinen Peter auf dem Arm, der nur mit Hemdchen und Windeln bekleidet war und zu weinen begann. Ein weiterer Schlag ließ sie alle zusammenzucken.

»Was, zur Hölle, ist das?«, rief Jasper aus. Er war in der Sonne auf der Bank vor dem Haus sitzend eingenickt und sah sich erschrocken um.

»Das ist der Klabautermann«, unkte Ebba. »Jetzt kommt er uns holen.«

»Unsinn, Klabautermann«, schimpfte Thaisen.

»Ein Gewitter kann es auch nicht sein«, meinte Nele und sah zum beinahe wolkenlosen Himmel. Gesine, die die kleine Inke auf dem Arm hatte, sah sich sorgenvoll um. Es tat erneut einen lauten Schlag, und die Fenster klirrten.

»Ein Erdbeben«, mutmaßte Ebba. »Am Ende passiert es uns jetzt wie den Rungholdern.«

»Sind die nicht versunken?«, fragte Nele.

»Ich vermute eher, es ist eine Seeschlacht«, meinte Thaisen.

»Eine Seeschlacht«, wiederholte Jasper. »Hier bei uns vor Amrum.«

»Könnte auch weiter weg sein«, fuhr Thaisen fort. »Es ist neulich auf der Wache davon die Rede gewesen, dass ein Vorstoß unserer Flotte geplant ist. Wann und wo genau, das wusste niemand zu sagen.«

Erneut tat es einen Schlag, dem weitere folgten.

»Hört sich tatsächlich so an, als wäre es das Donnern von Geschützen«, sagte Ingwert. Er stand, auf seinen Gehstock gestützt, neben Thaisen und war blass geworden.

»Ich könnte Erkundigungen einholen«, schlug Thaisen vor. »Das würde uns alle beruhigen.«

»Mach das«, erwiderte Marta und zuckte bei einem weiteren lauten Schlag zusammen.

Thaisen lief ins Büro und wählte die Nummer der Kaserne. Marta und die anderen beschlossen, in die Küche zu gehen. Dort angekommen, holte Jasper sogleich eine Schnapsflasche und Gläser vom Regal.

»Auf den Schreck hin braucht's einen Schnaps.«

Während er einschenkte, ließ ein weiterer Donnerschlag das Haus erneut erzittern und die Fensterscheiben klirren. Jasper geriet leicht ins Schwanken, und ein Teil des Schnapses ging daneben. Gekonnt wischte er die Pfütze von der Tischplatte in sein Glas. Marta leerte ihr Glas in einem Zug, die anderen taten es ihr gleich. Der kleine Peter weinte noch immer, jedoch etwas leiser, wofür Marta dankbar war. Auch Inke, die jetzt bei Gesine auf dem Schoß saß, machte einen verschreckten Eindruck. Ebba sagte nichts, sie war leichenblass und klammerte sich so sehr an der Tischplatte fest, dass das Weiße ihrer Knöchel hervortrat. Würde der Krieg nun auch nach Amrum kommen? Bisher war er weit weg gewesen, irgendwo im Osten, auf dem Festland, in Frankreich. Doch nun schien er ihr Inselchen zu erreichen. Marta dachte an die vielen Kriegsschiffe, die sie beinahe täglich am Horizont gesehen hatte. Was würde werden, wenn sie noch näher an die Insel herankamen? Schlachtenkreuzer und Torpedoboote. Was würde werden, wenn die Engländer gewinnen würden?

Thaisen kehrte zurück. Seine Miene war ernst. »Es ist eine große Seeschlacht. Allerdings ist sie ein ganzes Stück von uns entfernt, wohl vor dem Skagerrak, dem Meeresteil zwischen Norwegen und Jütland. Es muss wirklich eine mächtige Schlacht sein, wenn wir das sogar hier mitbekommen. In der Zentrale wurde von der größten bisherigen Schlacht mit Großkampfschiffen gesprochen.«

Marta nickte. »Skagerrak. Das ist nördlich von Dänemark, oder? Also sind wir nicht in Gefahr, oder?«

»Nein, sind wir nicht«, antwortete Thaisen.

»Müssen ja mächtige Schiffe sein, wenn das solche Schläge tut«, sagte Jasper und schüttelte den Kopf.

Thaisen nickte, schwieg jedoch. Er ahnte, welche Schiffe dort im Einsatz waren. Es könnte sogar sein, dass die Engländer mit ihrer sogenannten Grand Fleet in die Schlacht gezogen waren. Das wären dann beinahe dreißig Schlachtschiffe, dazu noch Unmengen an Schlachtenkreuzern und Torpedobooten.

»Wir werden sehen, wie lange die Schlacht dauern wird«, sagte Thaisen. Es tat einen erneuten Schlag, und die Fenster klirrten. Nun fing Inke doch zu weinen an.

»Wir sollten uns nicht aufregen.« Thaisen bemühte sich, alle zu beruhigen. »Gewiss wird bald wieder Ruhe einkehren. Jedenfalls hoffe ich darauf. Kommst du, Ingwert? Lass uns weitermachen. Später muss ich zurück auf die Wache. Ich hab heute Nachtschicht.«

Ingwert nickte, und die beiden gingen in Thaisens Werkstatt. Es rumpelte erneut. Marta sah zu Ebba, die sich noch immer am Tisch festklammerte, stand auf, trat neben sie und löste behutsam ihre Hände.

»Es ist gut, Ebba. Es ist weder der Klabautermann noch eine Sturmflut oder sonst irgendein Ungemach, das unser Inselchen heimsuchen wird. Es ist weit fort und rumpelt nur ein wenig.«

Ebba ging nicht auf Martas Worte ein. Stattdessen begann sie eine Strophe aus einem Gedicht von Detlev von Liliencron zu zitieren:

»Ein einziger Schrei – die Stadt ist versunken
Und Hunderttausende sind ertrunken!
Wo gestern noch Lärm und lustiger Tisch,
Schwamm andern Tags der stumme Fisch.«

»Wir sind hier nicht in Rungholt«, erwiderte Marta und sah zu Ida, die hilflos mit den Schultern zuckte.

»Das Schicksal kommt und straft uns«, sagte Ebba. »Es straft uns genauso wie die Rungholter. Es straft uns für den Krieg.«

»Das ist kein Schicksal wie bei den Rungholtern«, sagte Gesine. »Thaisen hat es erklärt. Es sind Schlachtschiffe, die irgendwann wieder Ruhe geben werden und, gottlob, weit genug von Amrum weg sind.« Ihre Stimme klang scharf.

Erneut erzitterte das Haus, und die Fensterscheiben klirrten. Die über dem Herd hängenden Töpfe und Pfannen schlugen gegeneinander. Ebba klammerte sich wieder an der Tischplatte fest und murmelte etwas Unverständliches. Ida war diejenige, die dieses Mal ihre Hände löste, behutsam den Arm um sie legte und sagte: »Komm, Ebba, ich bring dich in deine Kammer, und dann ruhst du dich etwas aus.«

Marta rechnete mit Widerworten, doch Ebba gehorchte und ließ sich von Ida aus dem Raum führen. Ebbas Reaktion auf die Geschehnisse erschreckte sie mehr als das Rumpeln und Beben. Sie erhob sich ebenfalls und erklärte, sich hinlegen zu wollen. Nele sah zu Jasper, der ahnte, was sie dachte, und sagte: »Bei dem Gerumpel fährt heute bestimmt keine Fähre mehr.«

Nele nickte enttäuscht. Also galt es, bis zum nächsten Tag auf Thomas' Rückkehr zu warten. Aber in der derzeitigen Situation wäre es sowieso schwierig geworden, noch einmal zum Hafen nach Wittdün zu fahren. Wegen der Erschütterungen hatte die Inselbahn gewiss den Betrieb eingestellt. Den kleinen Peter auf ihrem Arm schienen die Ereignisse ermüdet zu haben. Er hatte zu weinen aufgehört und war kurz davor einzuschlafen. Seine Äuglein wurden immer kleiner. Auch Inke, die bei Gesine auf dem Schoß saß, beruhigte sich wieder. Die allgemeine Aufregung schien auch sie erschöpft zu haben. Nele und Gesine entschlossen sich dazu, die Kleinen in ihre Bettchen zu bringen. Sie hofften, dass das kriegerische Treiben in den nächsten Stunden nachlassen würde, und brachten die Kinder in Idas und Thaisens Schlafkammer. Es rumpelte erneut, als sie die Kinder zudeckten. Doch die beiden schliefen tief und fest und ließen sich von dem Lärm nicht mehr stören. Nele betrachtete ihren kleinen Cousin lächelnd. Er hatte Pausbacken, die nun gerötet waren. Die Spuren seiner Tränen waren noch auf seinem Gesicht zu erkennen. Gesine zog eine Spieluhr auf, die den Betten gegenüber auf einer Kommode stand. Die Spieluhr war ein hübsches Karussell mit Pferdchen, die sich zur Melodie von *Schwanensee* im Kreis drehten, und stammte noch aus alten Hamburger Zeiten. Marta hatte Nele irgendwann einmal erzählt, dass Marie jeden Abend zu der Melodie eingeschlafen war. Die kleine Marie, die Nele nur von der Fotografie kannte, die in Martas Wohnstube auf dem Kaminsims stand. Rieke hatte Nele davon berichtet, wie schwer Maries Verlust damals für sie alle, aber ganz besonders für Marta gewesen war. Verlust. Dieses Wort prägte Neles Leben. Wie sehr sie sich doch Beständigkeit wünschte. Jemanden, der bleiben würde. Gesine trat zur Tür und sah sie auffordernd an. Nele schüttelte den Kopf. Sie wollte noch einen Moment bei den beiden Kleinen bleiben und auf sie achtgeben. Gesine nickte und verließ den Raum. Nele setzte sich aufs Bett und lauschte der Melodie der Spieluhr. Als sie endete, zog sie sie erneut auf. Sie nahm das Donnern der Geschütze kaum noch wahr, legte sich hin, schloss die Augen und träumte sich in einen großen, von unendlich vielen Lichtern erfüllten Ballsaal, auf das glänzende Parkett, über das sie in Thomas' Armen schweben würde. Um sie herum sah sie schemenhaft Gesichter, die Musik nahm sie gefangen, es war wie ein Rausch. Sie spürte seinen Körper, seinen Atem an ihrem Hals, sein Arm hielt sie fest umschlungen, als wollte er sie niemals wieder loslassen. Längst war die Melodie von *Schwanensee* verklungen, Nele tanzte noch immer. Die Fenster klirrten, die Erde bebte. Sie bemerkte es nicht.

Ida war irgendwann neben Ebba in deren Kammer über der Lektüre eines Liebesromans eingenickt. Ebba hatte sie nicht gehen lassen wollen. Marta wachte noch lange in dieser vom Donnerhall der Geschütze erfüllten Nacht. Doch auch sie schlief irgendwann erschöpft auf dem Kanapee in ihrem Büro ein. Sie bekam nicht mit, wie Ingwert und Thaisen sich handelseinig wurden und Thaisen zurück auf die Wache ging. Sie bemerkte nicht, dass Gesine sie mit einer wollenen Decke zudeckte.

Als der Morgen heraufzog, war Ebba wie immer als Erste auf den Beinen. Das Donnern der Geschütze hatte aufgehört, doch es lag eine dichte, nebelartige Rauchwolke über der Insel. Ebba taperte in die Küche und begann, den Hefeteig für die Heißwecken vorzubereiten. Kurz darauf tauchte Nele auf und brachte die beiden Kleinen mit, die sie mit fröhlichen Kieksern geweckt hatten. Es dauerte nicht lange, bis weitere Bewohner des Hauses sich zu ihnen gesellten. Jasper, der seine Mütze suchte, Gesine, die einen schrecklichen Niesanfall hatte, den sie auf den sonderbaren Nebel schob. Leni, die fragte, ob sie einen Kakao haben könne. Ida kam als Nächste, ihr folgte Marta, die über Nackenschmerzen klagte, denn das Kanapee war kein besonders bequemer Schlafplatz. Ebba holte die Heißwecken aus dem Ofen, Gesine kochte Tee, Ersatzkaffee wollte keiner haben. Jasper suchte die Rumflasche, denn ohne einen Schuss Rum war Tee seiner Meinung nach nicht zu trinken. Sie sprachen wenig, eine sonderbare Stimmung lag im Raum.

Es war Tam Olsen, der diese irgendwann brach, als er den Raum betrat. »Moin, alle zusammen«, grüßte er in die Runde. »Was ein Rauch aber auch. Der kommt von den Schloten unserer heimwärts ziehenden Flotte. Die Schlacht war wohl siegreich. So verkündete es jedenfalls eine Eilmeldung, die die Inselwache vom Festland erreicht hat. Ich hab gerade eine Lieferung Fisch in der Wache Nord abgegeben. Und zwei neue Männer für die Wache hab ich auch noch mitgebracht. Einer von ihnen ist aus Berlin. Hab mich schon gewundert, was er hier soll. Aber er kennt sich wohl mit der Entschärfung von Seeminen aus. So einen Mann können wir hier gut gebrauchen.« Sein Blick wanderte zu Nele. Ihre Augen begannen zu strahlen. Er war zurückgekommen.

27

Norddorf, 15. Juli 1916

Der Sommer plätschert dahin. Bisher ist das Wetter recht wechselhaft, es regnet oft. Ich mag die ständigen Temperatursprünge nicht sonderlich, denn dann plagt mich öfter meine Migräne. Jasper meinte, dass wir bestimmt einen warmen August bekämen. Es wäre meinem Kopf zu wünschen. Und ein Gutes hat der viele Regen dann doch. In unserem Gemüsegarten gedeiht alles prächtig. Wir ernten jeden Tag Gurken, Zucchini, Salate und Kräuter. Unsere Johannisbeer- und Himbeersträucher tragen schwer an ihrer Last. Ebba und Gesine haben bereits viele Gläser Marmelade eingekocht. Ebenfalls hängen reichlich Kirschen an den Bäumen, denen es nur noch an Sonne fehlt. Bedauerlicherweise sind meine Kartoffelpflanzen mal wieder eingegangen. Sie scheinen die Feuchtigkeit so gar nicht zu mögen. Gesine hat neulich gesagt, sie habe gehört, dass gerade der Mangel an Kartoffeln im Reich auffällig wird. Es bleibt zu hoffen, dass anderswo die diesjährige Ernte besser ausfallen wird als bei uns auf Amrum. Verfaulen ja nicht jedem Bauern die Pflanzen im Garten oder auf dem Feld.

Ansonsten gibt es zu berichten, dass Matei sich neuerdings öfter bei uns aufhält. Jeden Nachmittag taucht sie zur selben Zeit auf, um Ingwert in der Werkstatt zu besuchen. Sie hat eine gesunde Tochter geboren und bringt sie zu unserer Freude jedes Mal mit. Solch ein kleines Würmchen ist doch immer wieder ein Wunder und erfreut das Herz. Ingwert hat sich inzwischen bei uns eingelebt und arbeitet hervorragend. Thaisen ist ganz begeistert. Er musste durch die Anstellung von Ingwert keine weiteren Anfragen mehr ablehnen und konnte sogar den größeren Auftrag eines Hotels auf Rügen annehmen. Am meisten Freude bereitet mir jedoch unsere Nele. Sie ist seit der Rückkehr von Thomas richtig aufgeblüht. Wir haben den anderen einen kleinen Schwindel aufgetischt, der die Vertrautheit zwischen Nele und Thomas erklärt, die unübersehbar ist. Thomas und seine Eltern seien vor einigen Jahren Gäste von Rieke und Jacob gewesen. Daher kannten sich die beiden bereits. Sogar Ebba hat mir diese Lüge abgekauft. Ich werde wohl immer besser darin, die Unwahrheit zu sagen. Was tut man nicht alles für die Liebe. Thomas hat es sich nicht nehmen lassen und wenige Tage nach seiner Ankunft bei mir um die Hand von Nele angehalten. Es blieb mir nichts anderes übrig, als der Ehe zuzustimmen. Erst später lernte ich ihn bei einem Gespräch besser kennen. Seine Familie lebt auf einem kleinen Landsitz in der Grafschaft Kent. Als armen Schlucker kann man ihn wohl nicht bezeichnen. Ebba ist von ihm begeistert. Ihre Augen beginnen jedes Mal zu strahlen, wenn er bei uns auftaucht. Da wäre man gern mal ein paar Jährchen jünger, hat sie neulich zu mir gesagt und wie ein kleines Schulmädchen gekichert. Wann Nele und Thomas heiraten werden, steht noch nicht fest. Nele und ich haben beschlossen, ihre Verlobung fürs Erste für uns zu behalten. Sie möchte auch keinen großen Wirbel um die Hochzeit machen. Am liebsten wäre ihr eine Eheschließung im kleinen Kreis. Diese Idee erscheint mir passend, immerhin ist sie ja noch gar nicht so lange Witwe. Bei aller Euphorie und Freude bleibt in mir ein Funken Skepsis. Ich gönne Nele ihr Glück von ganzem Herzen, aber was wird sein, wenn der Krieg endet? Thomas wird zurück nach England gehen wollen. Wie wird seine Familie reagieren, wenn er plötzlich eine deutsche Ehefrau, am Ende sogar Enkelkinder präsentiert? Es ist und bleibt eine komplizierte Angelegenheit. Wir werden sehen. Bis dahin wird es wohl noch eine ganze Weile dauern. Nach wie vor ist das Kriegsende nicht in Sicht. Eher das Gegenteil ist der Fall. Ich habe den Eindruck, es wird immer schlimmer.

Marta stand vor dem Spiegel und betrachtete sich skeptisch von allen Seiten. Sie hatte sich zum ersten Mal seit einer halben Ewigkeit ein neues Kleid schneidern lassen. Dies jedoch nur deshalb, weil ihre anderen etwas besseren Kleider leider allesamt nicht mehr passen wollten. Außerdem waren sie altmodisch. Niemand trug heute mehr Kleider mit bodenlangen Röcken. Nun sah man die Knöchel, die, um die Schicklichkeit zu gewährleisten, mit farblich zum jeweiligen Kleid angepassten Strümpfen bedeckt waren. Marta glaubte, Riekes Stimme im Ohr zu haben. *Die blaue Farbe steht dir hervorragend, Mama. Du kannst den schmalen Schnitt durchaus tragen.* Marta hoffte jedenfalls, Rieke hätte etwas Ähnliches gesagt. Das neue Kleid, das sie heute zum ersten Mal ausführen wollte, war eher schlicht gehalten, durch einen Stoffgürtel tailliert, der Rock glockig geschnitten, und es besaß eine durchgehende Knopfleiste. Den oberen Teil zierte ein weißer Kragen mit Lochstickerei. Ob Rieke so etwas getragen hätte? Vermutlich nicht. Anna Mertens hatte Marta einen Katalog mit der neuesten Mode gezeigt. Die Kleider darin waren allesamt schlichter als die von vor einigen Jahren, aber durchaus hübsch anzusehen. Gerade für jüngere Frauen gab es eine freundliche Farbwahl. Zartes Rosa, Fliedertöne. Mit Spitze oder anderen Details wurde jedoch gespart. Die Kleider waren durchweg aus Baumwolle gefertigt. Edle Abendkleider aus Seide suchte man in den meisten Katalogen vergeblich. Auch in der Welt der Mode machte sich der Krieg bemerkbar. Viele Kleider wurden mit einem Gürtel tailliert, die Röcke endeten über den Knöcheln. Rieke hätte vermutlich eines der auffälligeren Kleider gewählt. Selbstverständlich hätte es ein Modell aus einem französischen Katalog sein müssen. Martas Blick wanderte zu einer an der Wand hängenden Fotografie. Sie zeigte Rieke, als sie sechzehn Jahre alt war. Sie trug ein helles, hochgeschlossenes Seidenkleid, das mit reichlich Spitze am Dekolleté und den Armen verziert war. Wie sehr sie ihre Tochter vermisste. Marta konnte sich noch gut an das Fotoatelier in Hamburg erinnern, in dem die Aufnahme gemacht worden war.

»Moin, Mama.« Ida öffnete die Zimmertür und riss Marta aus ihren Gedanken. »Bist du fertig? Wir wollen dann los. Sonst kommen wir noch zu spät.«

Ida trug einen schwarz-weiß karierten Rock und eine schlichte weiße Bluse dazu. Ihr Haar hatte sie am Hinterkopf hochgesteckt, ein kleiner Strohhut mit schwarzem Hutband saß auf ihrem Kopf, und sie hatte ihre Wangen doch tatsächlich mit etwas Rouge betont. Für ihre Verhältnisse war sie herausgeputzt.

»Ist das das neue Kleid?« Ida musterte ihre Mutter von oben bis unten. »Es sieht sehr hübsch aus.« Noch bevor Marta antworten konnte, war sie schon wieder verschwunden. Martas Blick wanderte noch einmal prüfend in den Spiegel. Sie strich sich einen Fussel von der Schulter, nahm ihren Hut, ebenfalls ein Strohhut, zur Hand und folgte Ida nach draußen. Dort wurde sie bereits von Nele, Ebba, Gesine, Ida und Jasper erwartet. Sie saßen allesamt auf dem Wagen. Es sollte nach Wittdün gehen, wo eine Filmvorführung im großen Saal des *Kurhauses* geplant war – das erste Mal, dass auf der Insel ein Film gezeigt wurde. Dementsprechend aufgeregt waren alle.

»Und da redet wirklich keiner«, sagte Ebba, die neben Marta saß. Sie hatte sich extra für den Kinobesuch aufgehübscht und trug eine Spitzenbluse und ihren neuen Hut, den sie, um ihn zu schonen, nur selten aufsetzte. Den ganzen Morgen über war sie sehr hektisch gewesen. Beinahe wären ihr sogar die Heißwecken verbrannt, was praktisch noch nie vorgekommen war. Im Theater wäre sie mal gewesen, hatte sie Ida erzählt, aber das wäre Jahre her. Gesine, die neben ihr saß, konnte bereits Erfahrung mit Filmvorführungen aufweisen. Sie hatte Anfang des Jahres eine solche gemeinsam mit einer Bekannten auf Föhr besucht und war ganz begeistert gewesen.

»Es wird der Film *Nur nicht heiraten*, ein Lustspiel, gezeigt. Die Hauptdarstellerin ist Henny Porten. Sie ist der Star des Stummfilms und beeindruckend hübsch. Hach, ich freu mich ja so.« Gesine klatschte in die Hände. »Endlich haben wir mal ein bisschen Abwechslung auf unserem Inselchen. Seitdem keine Kurgäste mehr kommen, ist es ja doch etwas eintönig, nicht wahr?«

»Das stimmt«, erwiderte Marta. »An manchen Tagen fehlt mir die tägliche Routine auch sehr. Ich hege ja die Hoffnung, dass im nächsten Jahr der Krieg endlich ein Ende findet, damit hier wieder alles so wird wie früher. Es kann doch nicht für immer so weitergehen.«

»So schnell wird der Krieg wohl nicht enden«, sagte Jasper. »Es will ja keiner zugeben, dass er der Verlierer ist. Tam hat neulich zu mir gesagt, dass der Gegner den Willen des anderen brechen will. Oder so ähnlich. Den Rest hab ich vergessen. Jedenfalls kann es noch ein bisschen dauern. Tam war traurig, weil ein Bekannter von ihm in Verdun gefallen ist.«

Marta nickte, erwiderte jedoch nichts. Auch von den anderen sagte keiner etwas. Auf Amrum mochte es friedlich sein, doch auf den Schlachtfeldern dort draußen sah es anders aus. Kaum einer redete über die schrecklichen Gräuel, die tagtäglich passierten. Nun lag der Beginn des Krieges bald zwei Jahre zurück, und es herrschte Hoffnungslosigkeit. In den Zeitungen wurden noch immer die Siege der Deutschen in den höchsten Tönen gelobt. Doch längst war durchgesickert, dass es damit nicht sonderlich weit her war. Millionen Tote, Vermisste und Verwundete sprachen eine andere Sprache. Kriegsgeschehen in ganz Europa, in Verdun, an der Somme, in Südtirol, auf dem Balkan und an der Ostfront. Es scheint, als würde die Welt brennen, hatte Thaisen erst neulich gesagt und den Kopf geschüttelt. Und niemand konnte oder wollte den sich immer weiter ausbreitenden Flächenbrand, der nur Not und Elend brachte, löschen. Selbst die Skagerrak-Schlacht war nicht – wie anfangs verkündet – gewonnen worden, sondern es war wohl auf ein Unentschieden hinausgelaufen.

Doch heute war kein Tag, um Trübsal zu blasen. Heute wollten sie ihren Alltag hinter sich lassen. Marta erging es wie Ebba. Sie hatte noch nie einen Film gesehen, auch kannte sie die von Gesine genannte Schauspielerin nicht. Aber diese Bildungslücke würde sich nun füllen.

Sie erreichten Wittdün, und Jasper hielt direkt vor dem Haupteingang des *Kurhauses*. Dessen Türen waren weit geöffnet, einige Besucher standen noch im Eingangsbereich herum, der zu dieser Stunde im Licht der Spätnachmittagssonne lag. Marta entdeckte Frauke und winkte ihr zu. Auch einige Damen vom Frauenverein waren gekommen, die freundlich grüßten. Es herrschte eine gelöste Stimmung.

»Da seid ihr ja endlich«, begrüßte Frauke sie ungeduldig. »Und ich dachte schon, ihr kommt nicht mehr. Wir müssen uns beeilen, sonst kriegen wir keinen guten Platz. Wenn man im Saal zu weit hinten sitzt, kann man ja nichts erkennen. Und ich wollte unbedingt sehen, wie diese Henny Porten so ist. Erst neulich stand wieder ein großer Artikel über sie in der Zeitung. Sie ist wirklich eine Berühmtheit. Es wurde Zeit, dass sie auf Amrum endlich mal einen Film mit ihr zeigen.«

Frauke, die ein hellgrünes Kleid mit einem passenden Federhut trug, bedeutete Marta und den anderen, ihr zu folgen. Sie erstanden bei Tesche Jannen die Eintrittskarten und betraten wenig später den bereits ziemlich vollen Vorführsaal. Während sich die Gruppe Plätze suchte, folgten weitere Begrüßungen, Hände wurden geschüttelt und freundliche Worte gewechselt. Elisabeth und Marret waren ebenfalls anwesend, zu ihnen gesellte sich Nele. Marta, Ebba und Frauke fanden Plätze in der Mitte der Stuhlreihen, Jasper saß ein Stück weiter hinten neben Fietje Flohr und Tam, die sich das Ereignis einer Filmvorführung ebenfalls nicht entgehen lassen wollten.

Bevor der Film gestartet wurde, hielt der Bürgermeister Wittdüns eine kurze Rede. Wie erfreut er darüber sei, dass die Vorführung des Films auf der Insel möglich war. Sollte diese Form der Unterhaltung größeren Anklang finden, so meinte er, wäre in Erwägung zu ziehen, auf Amrum ein Lichtspielhaus zu eröffnen. Danach zählte er noch einige Namen von irgendwelchen Organisatoren auf und bedankte sich bei dem Hauptmann der Inselwache, der diese Aufführung im kriegsgefährdeten Gebiet, das Amrum ja noch immer war, genehmigt hatte. Dann endlich verließ er die Bühne, das Licht im Saal wurde abgedunkelt und der Film gestartet. Da die einzelnen Szenen von Klaviermusik begleitet wurden, handelte es sich eigentlich nicht um einen Stummfilm. Anfangs empfand Marta die Darbietung als ungewohnt, doch schnell fand sie sich in die Abläufe ein und amüsierte sich köstlich. Auch die viel gepriesene Hauptdarstellerin gefiel ihr. In dem Film ging es um den eigenwilligen Freigeist Henny von Senden, die, wie der Titel bereits verriet, auf gar keinen Fall heiraten wollte, es dann allerdings doch tat. Jedoch nicht ohne viele spaßige Verwicklungen, die auch Marta oftmals laut auflachen ließen. Selbstverständlich fand der Film das erhoffte Ende. Als die letzten Töne des Klavierspiels verklungen waren, klatschten alle im Saal begeistert Beifall. So wie es aussah, würde sich der Bürgermeister wohl ernsthafte Gedanken über den Bau eines Lichtspielhauses machen müssen.

Die vor die Fenster gezogenen Vorhänge wurden zur Seite geschoben, und die Strahlen der sommerlichen Abendsonne fluteten den Raum. Marta erhob sich. Erst jetzt bemerkte sie, dass Ebbas Platz neben ihr leer war. Erstaunt sah sie sich um.

»Wo steckt denn Ebba?«, fragte sie die neben ihr stehende Frauke.

»Ich weiß es nicht«, antwortete Frauke. »War sie nicht eben noch hier?«

»Ja, ich glaube. Ich habe nicht darauf geachtet.«

Marta blickte Richtung Ausgang. Doch unter den aus dem Saal strömenden Menschen konnte sie Ebba nicht ausmachen. Sie verließ gemeinsam mit Frauke den Raum. In dem großen Eingangsbereich des *Kurhauses* wurden Getränke ausgeschenkt und Häppchen verteilt. Es gab zur Feier des Tages sogar Sekt. Marta blieb neben Nele stehen und fragte: »Hast du Ebba gesehen?«

»Nein«, antwortete Nele.

»Seltsam«, erwiderte Marta.

»Vielleicht musste sie zur Toilette«, sagte Nele. »Diese befindet sich gleich neben der Rezeption.« Nele deutete in die Richtung.

Vor dem stillen Örtchen hatte sich eine recht ansehnliche Reihe von Damen gebildet. Unter den Wartenden befand sich auch Marret. Marta erkundigte sich bei ihr nach Ebba, doch auch sie hatte Ebba nicht gesehen. Sonderbar, dachte Marta besorgt. Irgendwo musste sie doch stecken. Sie konnte sich ja nicht in Luft aufgelöst haben. Nicht, dass ihr etwas zugestoßen war. Sie trat aus dem Haupteingang und sah sich um. Doch auch hier draußen konnte sie Ebba nirgendwo entdecken. Sie lief um das

Gebäude herum und sogar ein Stück die Promenade hinunter – keine Ebba. Sie ging zurück zum *Kurhaus*.

Frauke stand am Eingang und versuchte, Marta zu beruhigen.

»Es wird schon nichts passiert sein. Du kennst doch Ebba. Vielleicht hat ihr der Film nicht gefallen, und sie ist mit der Inselbahn nach Hause gefahren.«

»Aber die fährt doch heute mal wieder nicht«, antwortete Marta.

Die beiden betraten die Eingangshalle. Nele kam ihnen heftig winkend entgegengelaufen und rief: »Ich hab sie gefunden. Sie ist in der Küche.«

Marta atmete erleichtert auf. Dann fragte sie jedoch verdutzt: »Was will sie denn in der Küche?«

»Sie hat einen alten Bekannten wiedergetroffen. Die beiden haben wohl früher gemeinsam hier gearbeitet. Ich will ja nichts sagen, aber so hab ich sie noch nie erlebt. Ihre Augen strahlten. Ich hatte das Gefühl, die beiden tändelten regelrecht miteinander.«

»Einen alten Bekannten«, wiederholte Marta verdutzt. »Tändeln. Aber unsere Ebba ist über siebzig.«

»Ich fand es niedlich«, sagte Nele und grinste.

»Das muss ich mit eigenen Augen sehen«, erwiderte Marta. »Wo geht es zur Küche?«

»Hier entlang«, antwortete Nele und deutete zu einer unscheinbaren Tür neben dem Treppenaufgang.

»Ich komme auch mit«, sagte Frauke.

Die drei Frauen verließen die mondäne Eingangshalle und landeten in dem schlichten Bereich der Dienstboten. Es ging eine Treppe hinunter, einen langen, von wenigen Lampen an den Wänden erleuchteten Flur entlang und durch eine Flügeltür in die große Hotelküche. Normalerweise würde hier zu dieser Stunde hektische Betriebsamkeit herrschen, und Unmengen an Köchen und Küchenhilfen wären an der Arbeit, um den Wünschen der Gäste gerecht zu werden. Doch es gab keine Gäste mit Wünschen, keine Festmähler und Büfetts. Immerhin war durch die Filmvorführung die Küche am heutigen Tag ein wenig aus ihrem Dornröschenschlaf erwacht. Eine Küchenhilfe – Marta kannte das Mädchen, sie stammte aus Süddorf – stand an der Spüle und kümmerte sich um den Abwasch. Eine weitere junge Frau reinigte gerade eine der Arbeitsplatten. Ebba saß neben einem kräftigen Mann mit grauem Haar und einem Schnauzbart an einem schmalen Seitentisch. Die beiden hatten sich ein Gläschen Sekt eingeschenkt. Ebbas Wangen waren leicht gerötet. Sie winkte Marta fröhlich näher. Marta seufzte innerlich. Ebba mochte das eine oder andere Gläschen Schnaps vertragen, doch von Sekt bekam sie nach nur einem Glas einen Schwips.

»Marta, meine Liebe. Was führt dich denn in die heiligen Hallen dieses Gebäudes?«, rief Ebba. »Magst auch einen Sekt? Darf ich dir Uwe vorstellen? Wir haben früher gemeinsam hier gearbeitet. Und stell dir vor: Er kommt auch von Helgoland. Zufälle gibt es.«

»Ja, die gibt es«, antwortete Marta.

Uwe erhob sich. »Guten Tag, die Damen. Uwe Diedrichsen mein Name. Es tut mir leid, dass ich Ihnen Ebba entführt habe. Aber ein unverhofftes Wiedersehen nach so langer Zeit erforderte dringend einen Schnack.« Er legte seine Hand auf die von Ebba, die wie ein kleines Mädchen kicherte.

»Ich verstehe«, antwortete Marta und sah zu Nele, die grinste.

»Uwe ist, kurz nachdem ich meine Stellung bei euch angetreten habe, nach Sylt gegangen. Jetzt ist er aber nach Amrum zurückgekehrt, denn seine Tochter lebt in Steenodde. Sie ist mit Arfst Friedrichsen verheiratet«, erklärte Ebba.

»Er ist im Krieg, irgendwo bei den Falklandinseln«, sagte Uwe. »Und ihre Schwiegereltern sind ja beide schon tot. Da dachte ich: Kommste halt nach Amrum, dann ist die Deern nicht so allein. Hab meine Freude mit den Enkelchen. Das jüngste ist ja gerade mal zwei Monate alt. Hat schon recht kräftige Lungen, der Kleine.« Er lächelte.

Marta konnte nicht umhin, ihn zu mögen. Er strahlte eine besondere Art der Herzlichkeit aus. Trotzdem irritierte Ebbas Verhalten sie. Oder steckte da mehr dahinter? Weiß der Himmel, was zwischen den beiden einmal gewesen war. Gesprochen hatte Ebba über solche Dinge niemals.

»Vielleicht wollen Sie uns ja mal im Hotel besuchen«, antwortete Marta. Plötzlich kam sie sich wie eine Gouvernante vor. »Wir würden uns darüber freuen. Nicht wahr, Ebba? Nur leider muss ich Ihnen Ebba jetzt entführen. Die Filmvorführung ist beendet, und wir wollen die Rückfahrt nach Norddorf antreten.«

»Jetzt schon?«, sagte Ebba. Ihre Miene verfinsterte sich.

»Ja, jetzt schon«, erwiderte Marta. »Du weißt, dass wir eine Abmachung mit unserem Kindermädchen Elen haben, gegen acht wieder zurück zu sein. Immerhin muss sie die beiden Kleinen und Leni hüten, was für eine Person allein kein Zuckerschlecken ist.«

»Also gut.« Ebba fügte sich und stand auf, ließ Uwes Hand jedoch nicht los.

»Ich komm dann morgen«, sagte er. »Wenn es recht ist.« Er sah zu Marta, die nickte. In diesem Moment fühlte sie sich noch mehr wie eine Aufsichtsperson. Himmel, Ebba war erwachsen. Sie konnte Besuch bekommen, so viel sie wollte.

Er umarmte Ebba noch einmal zum Abschied und drückte ihr sogar ein Küsschen auf die Wange. Liebe Güte, dachte Marta und wandte den Blick ab. Mit so viel Vertraulichkeit hatte sie nun wahrlich nicht gerechnet. Die vier verließen die Küche und saßen bald darauf wieder auf dem Wagen. Jasper, den Gesine von Tams Kutter heruntergeholt hatte, trieb die Pferde an, und sie fuhren die Inselstraße hinunter. Ebba war auf der Rückfahrt in Plauderlaune. Sie berichtete davon, dass sie mit Uwe auf Helgoland aufgewachsen, er dann jedoch nach Hamburg gegangen wäre. Damals war einige Wochen zuvor seine Ehefrau Marie verstorben.

Marta hörte nur mit einem Ohr zu. In ihrem Kopf begann es zu hämmern. Der Tag war anstrengend, aber auch schön gewesen. So ganz anders als ihr normaler Alltag. Für wenige Stunden hatten sie tatsächlich die Sorge wegen des Krieges hinter sich gelassen. Wie es mit Uwe und Ebba weitergehen würde, würden sie sehen. Eines stand jedoch schon jetzt fest: Der alte Mann schien Ebba gutzutun. So fröhlich hatte Marta Ebba seit langer Zeit nicht mehr erlebt.

28

Norddorf, 10. August 1916

Den heutigen Nachmittag habe ich gemeinsam mit Frauke und Schwester Anna auf der Terrasse der Strandrestauration verbracht, gemütlich in der Sonne, und wir klönten bei Tee und Plätzchen. Jasper hat für uns sogar extra einen der Strandkörbe aus dem Schuppen geholt. Hätten wir eine normale Sommersaison, wäre die Terrasse an solch einem schönen Tag voller Gäste. So saßen nur wir dort und blickten auf den Strand und das Meer. Die Inselwächter hatten mal wieder einen ihrer Übungsmärsche von Wittdün nach Amrum gemacht. Sie winkten und grüßten euphorisch, als sie Schwester Anna sahen, deren Beliebtheit bei den Männern ungebrochen ist. Thaisen hat neulich gesagt, dass sämtliche Inselwächter noch immer darum wetteiferten, ihren Dienst bei der Inselwache Nord leisten zu dürfen, da es dort so heimelig wäre. Schwester Anna wünscht sich jedoch die Normalität zurück. Kurgäste, die im Hospiz für Leben sorgen. Am meisten fehlen ihr die Kinder. Die Kleinen mochten oftmals anstrengend gewesen sein, doch sie schenkten ihr diese ganz eigene Art von Zuneigung, wie sie nur Kinder geben können. Auch würden mit ihnen ihre Mitschwestern zurückkehren, die sie an manchen Tagen schmerzlich vermisste. Sie wünscht sich, genauso wie wir alle, Normalität. Wir wünschen uns den Alltag zurück, den wir früher oftmals verfluchten. Wir wussten nicht, wie gut es uns ging.

Nele schlüpfte aus ihren Schuhen und Strümpfen und sah Thomas auffordernd an. »Nun komm schon. Es ist wunderschön, barfuß über das Watt zu laufen. Du wirst es lieben. Wir laufen bis Föhr und tauschen dort unsere gesammelten Muscheln bei Tatje an der Fischbude gegen die leckersten Fischbrötchen, die du jemals im Leben gegessen hast. Ich hab mich extra erkundigt: Sie arbeitet, trotz des Krieges, noch immer in Wyk am Hafen. Auf Föhr gibt es ja auch noch Touristen.«

Die beiden standen an der Wattseite von Norddorf. Die Sonne schien von einem wolkenlosen Himmel, es war windstill. Ein perfekter Tag, um nach Föhr zu laufen. Nele hatte einen Korb für die Austern dabei.

»Und das wirklich barfuß?«, fragte Thomas und zierte sich noch ein wenig, die Schuhe auszuziehen.

»Gewiss doch. Wir müssen durch einige Priele laufen. Am besten krempelst du die Hosenbeine hoch.«

»Und was ist, wenn ich auf eine scharfkantige Muschel trete?«

»Bisschen Risiko ist immer dabei«, antwortete Nele lächelnd. »Musst eben gucken, wo du hintrittst.«

Er fügte sich, zog Schuhe und Strümpfe aus und verstaute alles in seinem Rucksack. Die beiden liefen los. Es ging durch seichte Priele und Pfützen, zumeist jedoch über sandigen Boden. Nele hob Muscheln auf und zeigte sie ihm, nach und nach landeten immer mehr Austern in ihrem Korb. »Es ist schön hier draußen«, sagte Thomas nach einer Weile, blieb stehen und ließ seinen Blick bis Föhr schweifen.

»Ja, da ist es«, antwortete Nele. »Mama hat es geliebt.« Ihre Stimme klang wehmütig.

»Sie fehlt dir sehr, nicht wahr?«

Nele nickte. »Jeden Tag. Anfangs war es kaum zu ertragen. Ich wünschte mir, ich wäre mit ihnen gestorben. Warum überlebte ausgerechnet ich? Ich empfand es als falsch und ungerecht. Vieles aus jener Zeit liegt im Nebel. Ich weiß nicht mehr, wie ich nach Hamburg gelangte, kann mich weder an das Heim erinnern noch daran, wie sie kamen, um mich abzuholen. Ich weiß noch, dass Oma viel weinte, sie ertrug meinen Anblick wochenlang kaum. Der Schmerz war zu groß, das ist mir heute klar. Ida war diejenige, die für mich gesorgt hat. Sie war stets in meiner Nähe, ging mit mir ins Watt. Kaline sagte einmal: Hier draußen wird der Kummer weniger, verschwindet der Schmerz in der unendlichen Weite, das Gefühl von Freiheit macht alles erträglicher. Sie hatte wohl recht damit. In Steenodde am Hafen befindet sich ein Schild, auf dem steht geschrieben: Freunde, geht ins Seebad! Jedes Leid und Weh lindert und beschwichtigt, scheucht und heilt die See. Ganz so ist es wohl nicht. Aber nah dran.« In Neles Augen traten Tränen.

Thomas legte seine Arme um sie und sah sie eindringlich an. »Ich kann mir nicht mal ansatzweise vorstellen, was es bedeutet, auf diese Weise seine Eltern zu verlieren«, sagte er. »Aber mit dem Thema Verlust kenne auch ich mich aus. Als ich acht Jahre alt war, starb mein ein Jahr jüngerer Bruder Günter an Masern. Wir waren sehr eng, beinahe wie Zwillinge. Bald darauf verlor ich meinen Vater. Das war für mich, aber auch für meine Mutter, eine schwere Zeit.«

Nele nickte und antwortete: »Das glaub ich gern.« Sie sah nach unten. Die eben noch flache Pfütze unter ihren Füßen hatte sich überraschend schnell mit Wasser gefüllt. »Wir müssen weitergehen«, sagte sie, »sonst ertrinken wir hier draußen noch.«

Thomas nickte, und die beiden setzten sich wieder in Bewegung. »Wie war dein Bruder so?«, fragte Nele und hob eine Muschel auf.

»Er ähnelte Mama«, antwortete Thomas. »Dunkelbraunes Haar, große Augen, schmale Statur. Gewiss hätte er den Mädchen später die Köpfe verdreht. Er war lebhaft, konnte am besten von uns allen Fußball spielen. Aber auch das Klavierspiel beherrschte er. Er spielte wunderbar, ich hörte ihm gern zu. Mama hat es ihm beigebracht, nachdem sie sein Talent erkannt hatte. Sie versuchte es auch bei mir, aber mir fehlte die Geduld dazu. Als er krank wurde, zog die Stille in unsere Wohnung ein. Selbst Mama wollte nicht mehr Klavier spielen. Sie sagte, sie könnte es nicht. Jede Melodie würde sie an ihn erinnern. Die Ruhe im Haus war schrecklich und kaum erträglich. Ich floh damals regelrecht hinaus auf die Straßen Berlins, die niemals schlafen. Doch den Schmerz betäubte der Lärm nicht. Am Ende waren es Kent und England gewesen, die uns halfen, ein neues Leben zu beginnen. Es ist so wunderschön im Süden Englands. Viele der Häuser sind von hübschen Gärten umgeben, es gibt herrliche Schlösser und Landsitze. Wenn der Krieg eines Tages vorbei ist, dann zeige ich dir das alles. Du wirst es lieben. Das verspreche ich dir. Und meine Eltern werden dich lieben. Das weiß ich bestimmt. Ich vermisse sie so sehr. Mama wird sich schreckliche Sorgen machen. Gewiss hat die Nachricht sie erreicht, dass ich als vermisst gelte. Ich wünschte, ich könnte ihnen eine kurze Mitteilung zukommen lassen, dass es mir gut geht.«

Sie erreichten den Strand von Föhr und setzten sich in den warmen Sand.

»Das wird leider nicht möglich sein«, antwortete Nele. »Frauke meinte, neulich gehört zu haben, dass das Rote Kreuz Kriegsgefangenen ermöglicht, Nachrichten in die Heimat zu senden. Aber du bist ja kein Kriegsgefangener.«

»Ich weiß«, antwortete er und seufzte. Es entstand eine Pause, dann fragte Nele: »Und du denkst wirklich, dass deine Eltern mich mögen? Ich habe Angst, dass ich ihnen nicht gut genug sein werde. Ein einfaches Inselmädchen von Amrum, das bereits Witwe ist und kaum Aussteuer mitbringt.«

»Du wirst ihnen mehr als genug sein«, antwortete er. »Und du bist alles andere als einfach. Du bist etwas Besonderes und strahlst eine große Stärke aus.« Er hob die Hand und strich Nele eine Haarsträhne aus der Stirn. »Ich verdanke dir so vieles. Ohne dich wäre ich jetzt vermutlich irgendwo in Kriegsgefangenschaft, vielleicht sogar tot. Du hast mir die Freiheit geschenkt.« Er zog sie eng an sich und küsste sie. Nele schloss die Augen. Seine Lippen schmeckten salzig, seine Zunge nach Tabak. Er legte sie in den warmen Sand und war nun über ihr, streichelte ihr Gesicht, ihr Haar und lächelte. »Bis ich dir begegnete, wusste ich nicht, was Liebe ist. Alles vor dir war Tändelei, weil es eben sein musste. Ich werde dich niemals wieder loslassen. Das verspreche ich dir.«

Nele nickte und spürte das wunderbare Gefühl der Wärme, die sich in ihr ausbreitete. Das Glück ist ein flüchtiger Geselle, hatte Kaline einmal gesagt. Hat es dich gefunden, so halte es fest, solange du kannst. Er küsste sie erneut, und sie umschloss ihn mit ihren Armen.

Nach einer Weile sagte Thomas: »Es ist bedauerlich, aber wir müssen die Fähre nach Amrum erreichen, denn ich habe bald wieder Dienst.«

»Das ist sogar sehr bedauerlich«, antwortete Nele. »Kannst du den Dienst nicht schwänzen, und wir bleiben einfach liegen? Es wird bestimmt eine milde Sommernacht. Wir könnten die Sterne am Himmel betrachten und den Sonnenaufgang bewundern.«

»Eine wunderbare Vorstellung«, erwiderte er. »Aber wir wissen beide, dass das nicht geht.«

»Ach ja«, antwortete Nele und setzte sich auf, »es wäre auch zu schön gewesen.« Sie seufzte.

Die beiden standen auf und liefen den Strand hinunter. Je näher sie Wyk kamen, desto mehr Menschen tummelten sich in der Sonne. Hier standen auch Strandkörbe, es gab bunte Fähnchen und Wäscheleinen, auf denen Badebekleidung zum Trocknen hing, Kinder bauten Sandburgen. Es wirkte so normal, als wäre alles wie immer und als gäbe es keinen Krieg. Sie erreichten die

Wyker Promenade, setzten sich auf eine Bank und zogen ihre Schuhe wieder an. Unweit von ihnen spielte eine Kapelle, einige Kurgäste umringten die befrackten Männer und lauschten der hübschen Melodie. Neles Blick fiel auf Matz' Haus. Ein neues Schild war über dem Eingang des kleinen, mit Reet gedeckten Häuschens angebracht worden. *Gästehaus Meeresglück* war darauf geschrieben. Einer der typischen Namen für kleinere Pensionen in der Region. Sie konnte sich noch gut an Matz erinnern, den alten Mann mit der herzlichen Ausstrahlung, der ihr das Schnitzen beigebracht hatte. Talentiert war sie nicht gerade gewesen. Ihr erstes und einziges selbst angefertigtes Modellschiff war krumm und schief geworden. Es wäre wohl nicht sonderlich seetauglich. Das musste es aber auch nicht sein, denn es stand auf Martas Schreibtisch, obwohl es mit dem rosa Farbton so gar nicht zur restlichen Einrichtung des Raumes passte.

Sie überlegte, Thomas von Matz zu erzählen, unterließ es dann jedoch. Sie liefen die Promenade hinunter und erreichten den Hafen. Die Fähre aus Dagebüll hatte gerade angelegt, und einige Touristen, aber auch Einheimische und Händler gingen von Bord.

»Jetzt müssen wir uns aber sputen, wenn das mit unseren Fischbrötchen noch was werden soll«, sagte Nele und deutete auf Tatjes Fischbude. »Sonst fährt die Fähre tatsächlich ohne uns ab.« Die beiden steuerten auf die Fischbude zu. Tatje empfing sie mit einem Lächeln. »Ja, wen haben wir denn da«, sagte sie erfreut. »Nele, mien Deern. Dich hab ich ja ewig nicht gesehen.«

Nele begrüßte sie ebenso erfreut. Tatje war mit ihrer Fischbude zu einer Institution am Wyker Hafen geworden. Seit den Anfängen des Seebades auf Föhr verkaufte sie hier ihre Waren. Ida meinte, sie wäre inzwischen über siebzig Jahre alt. Doch vom Ruhestand wollte die kinderlose Witwe eines Seemannes nichts wissen. Jeden Morgen um acht Uhr öffnete sie während der Saison ihre kleine Bude und freute sich über Kundschaft oder jeden, der auf einen Schnack bei ihr stehen blieb.

Tatjes Blick ruhte kurz auf Thomas, sie sagte nichts, doch ein wissendes Lächeln umspielte ihre Lippen.

»Wir hätten Austern zum Tausch«, sprach Nele die gewohnten Worte aus.

Tatje grinste. »Was auch sonst. Etwas anderes hätte ich von dir auch nicht erwartet. Na, dann zeig mal her.«

Nele reichte ihren Korb über die Verkaufstheke, und Tatje prüfte die Ware.

»Könnte schwierig sein«, sagte sie und reichte Nele den Korb zurück. »Riechen bisschen komisch. Das kommt von der Wärme der letzten Tage. Nichts für ungut. Aber die will ich lieber nicht essen.«

»Das tut mir leid«, erwiderte Nele enttäuscht.

»Aber eure Fischbrötchen bekommt ihr natürlich trotzdem. Kannst bei mir sozusagen anschreiben. Aber nicht, dass es noch mal ein Jahr oder gar länger dauert, bis du wieder auftauchst.« Sie zwinkerte Nele zu und belegte rasch zwei Brötchen mit Fisch, Zwiebeln und Gürkchen, wickelte die Köstlichkeiten in eine Serviette und reichte sie Nele. »Und jetzt beeilt euch, sonst verpasst ihr die Fähre. Und vergiss mir nicht, allen schöne Grüße auszurichten. Ganz besonders Marta. Sie soll sich mal wieder bei mir blicken lassen, die Gute. Hab sie ja ewig nicht gesehen.«

Nele und Thomas bedankten sich für die Fischbrötchen und eilten zur Fähre. Dort wurden ihre Papiere kontrolliert, bevor sie an Bord gingen. Sie suchten sich einen Platz an Deck und verspeisten ihre Brötchen.

»Das schmeckt wirklich einmalig lecker«, sagte Thomas. »Allein schon deshalb hat sich der Weg über das Watt gelohnt.«

Nachdem sie die Brötchen gegessen hatten, reckten sie noch eine Weile ihre Nasen in die warme Augustsonne. Viel zu schnell erreichte die Fähre den Hafen von Wittdün. Es waren nicht viele Passagiere, die hier von Bord gingen. Weniger als zehn Personen ließen die übliche Kontrolle der Papiere über sich ergehen.

Thomas begleitete Nele noch bis zur Haltestelle der Inselbahn, die bereits auf Fahrgäste wartete.

»Am liebsten würde ich mit dir fahren«, sagte er und nahm ihre Hand. »Ich vermisse dich jetzt schon.«

»Sehen wir uns morgen?«, fragte Nele.

Er nickte. »Wie abgemacht, gegen Abend. Ich komme zu dir.«

»Dann bis morgen. Ich freu mich.«

Er hauchte ihr rasch ein Küsschen auf die Wange und ging. Nele stieg in den Wagen, nahm am Fenster Platz und sah Thomas noch so lange nach, bis er verschwunden war. In ihr kribbelte es, ein Lächeln umspielte ihre Lippen. Die Inselbahn setzte sich in Bewegung, und sie ließen Wittdün rasch hinter sich.

Als die Bahn Nebel erreichte, entschloss sich Nele zu einem spontanen Besuch bei Marret. Sie hatten sich eine Weile nicht gesehen, und es wäre nett, mal wieder zu klönen. Sie schlenderte durch Nebel. Die Reetdachhäuser leuchteten im milden Licht des späten Nachmittags. Auf vielen Steinmäuerchen blühten verschwenderisch Strandrosen und verbreiteten ihren süßen Duft. Bienen und Schmetterlinge schwirrten durch die Luft. Es war der perfekte Sommertag. Das *Honigparadies* kam in Sichtweite. Vielleicht erntete Julius heute wieder Honig. Dann könnte sie beim Schleudern helfen. Nele lief, wie sie es häufig tat, sogleich in den hinteren Garten. Um die bunten Bienenkästen summte es wie gewohnt. Die Hortensien blühten in Hülle und Fülle. Marret saß auf der Terrasse. Vor ihr auf dem Tisch lag ein Zettel. Nele blieb stehen. Mit einem Schlag war das Glücksgefühl in ihr verschwunden. Elisabeth trat nach draußen und bemerkte Nele. Sie fing ihren Blick auf und nickte. Marrets Mann Anton war gefallen.

29

Norddorf, 30. September 1916

Der Herbst hat Einzug gehalten, und wir steuern auf einen weiteren Kriegswinter zu. Thaisen erklärte neulich, dass es gut wäre, dass Hindenburg die oberste Heeresleitung gemeinsam mit Ludendorff übernommen habe. Unter der Führung der beiden könnte ein Siegfrieden gelingen. Die Soldaten im Reich reagierten begeistert auf Hindenburgs Berufung. Jasper ist ebenfalls von den Führungsqualitäten Hindenburgs überzeugt. Er meinte, unter seiner Führung ist uns nie etwas misslungen. Ich bleibe, genauso wie Frauke, skeptisch. In der Zeitung wurde neulich mal wieder der Spruch von Bismarck abgedruckt, dessen sich wohl auch Hindenburg gern bedient. »Wir Deutsche fürchten Gott, aber sonst nichts in der Welt.« Darüber konnten Frauke und ich nur den Kopf schütteln. Aber in den Zeitungen werden ja sowieso nur zensierte Meldungen, wenn nicht sogar Lügen abgedruckt. Zum Beispiel wird die Ernährungslage im Reich immer wieder geschönt. Die Kartoffelernte muss verheerend ausgefallen sein, und auch andere Nahrungsmittel fehlen durch die noch immer vorhandene Seeblockade an allen Ecken und Enden. Für die Marken bekommt man immer weniger im Laden. Wir können froh darüber sein, dass wir die Inselwache haben. Thaisen bringt uns öfter Lebensmittel mit, meist sind es Nudeln, oftmals auch etwas Margarine. Wir helfen noch immer Schwester Anna bei der Wäsche und den alltäglichen Arbeiten. Bezahlt werden wir in Naturalien, hauptsächlich mit Mehl. Eier hamstern wir gern auf Föhr. Dort gibt es einige Bauern, die Hühnerfarmen betreiben. Nele läuft einmal pro Woche über das Watt hinüber und tauscht Eier gegen Petroleum. Allerdings werden wir dieses Tauschgeschäft nicht mehr lange aufrechterhalten können, denn unsere Petroleumvorräte neigen sich dem Ende zu. Viele Amrumer haben wieder mit der alten Beschäftigung des Drehens von Seilen aus Dünenhalmen begonnen, die sogenannte »Trenn«, mit der die Reetdächer quasi genäht werden. Die Seile stellen ebenfalls ein Tauschmittel dar. Jasper sagte, er könne es noch, aber ihm täten nach einer Weile die Hände weh. Er will diese Fertigkeit jetzt Ida und Nele beibringen. Die Tauscherei mag ich gar nicht. Es fühlt sich wie betteln an. Als wären wir Hungerleider, die sich nicht einmal die Butter aufs Brot leisten könnten. Aber sind wir die nicht längst? Ein ganzes Volk hungert und kämpft tagtäglich ums Überleben. Ach, ich will nicht mehr darüber schreiben, sonst bekomme ich wieder Kopfschmerzen. Irgendwie wird es schon weitergehen. Das tut es ja immer. Wenigstens gibt es auch Gutes zu berichten. Ebba ist nach dem Wiedersehen mit Uwe wie ausgewechselt. Sie streitet nicht mehr mit Gesine und strahlt eine Art von Fröhlichkeit aus, wie ich sie bei ihr lange nicht mehr erlebt habe. Uwe kommt uns regelmäßig besuchen. Dann stehen die beiden nebeneinander in der Küche an der Arbeitsplatte und kochen und backen, dass es eine Freude ist. Und da Uwe Labskaus äußerst schmackhaft findet, mag Ebba ihn plötzlich auch. Mir soll es recht sein, denn ich esse Labskaus ganz gern. Und Rote Bete haben wir im Moment in ausreichender Menge aus unserem Garten. Es mangelt nur leider öfter an Kartoffeln, aber in Steckrüben haben wir fürs Erste einen adäquaten Ersatz gefunden.

Thomas besucht uns inzwischen regelmäßig und ist uns allen ans Herz gewachsen. Es ist so schön, Nele glücklich zu sehen. Eine zeitnahe Eheschließung der beiden planen wir jedoch noch

immer nicht. Thomas möchte nicht ohne seine Eltern heiraten, was ich verstehen kann. So wird es wohl eine längere Verlobungszeit geben. Nele unterrichtet weiterhin an der Norddorfer Schule. Ich traf neulich Heinrich Arpe, der sie in den höchsten Tönen lobte.
Thaisen wirkt in den letzten Wochen merklich entspannter. Die Entlastung durch Ingwert ist ihm anzumerken. Und dann haben wir ja auch noch unsere beiden kleinen Wirbelwinde. Unser Peter ist ebenfalls temperamentvoller geworden und steht seiner Schwester in Sachen Unfugmachen in nichts nach. Neulich haben die beiden meine komplette Wäscheschublade ausgeräumt. Sie standen vor mir, jeder von ihnen ein Wäschestück in Händen, schelmisch grinsend. Ich konnte ihnen nicht böse sein. Das sind die kleinen Momente des Glücks. In diesen Zeiten sind sie besonders wichtig.

Marta saß an ihrem Schreibtisch über der monatlichen Buchhaltung. Diese war zwar überschaubar, musste jedoch trotzdem erledigt werden. Sie bezahlte noch immer Gehälter, aufgrund der aktuellen Situation jedoch weniger als üblich. Gesine und Ebba erhielten jeweils bescheidene Beträge, ebenso Jasper. Nun zahlte sich aus, dass sie jedes Jahr Rücklagen geschaffen hatten. Nach dem Bau der Dependance und ihres privaten Friesenhauses hatte Wilhelm davon geredet, das Hotel weiter auszubauen. Er hatte Pläne geschmiedet, das Haupthaus aufzustocken und ein Rückgebäude zu errichten. Doch Marta hatte sich dieses Mal durchgesetzt. Mit der Dependance sollte es erst einmal genug sein. Ein weiterer Ausbau hätte zu Leerstand führen können, und diesen galt es zu vermeiden. Jedes zusätzliche Zimmer verursachte schließlich auch Kosten. In dieser Hinsicht war Wilhelm stets kurzsichtig gewesen. Nun stand die Dependance leer. Erst gestern war sie mal wieder durch die langen Flure gelaufen und hatte in das eine oder andere Zimmer geblickt. Mit Tüchern abgedeckte Möbel, muffige Luft, die Fenster müssten auch mal wieder geputzt werden. Das Gebäude war Marta wie ein Geisterhaus vorgekommen. Sie hatten so sehr darauf gehofft, dass der Krieg ein schnelles Ende finden würde und sie den normalen Betrieb wieder aufnehmen könnten. Doch diese Hoffnung blieb unerfüllt. Thaisen ging davon aus, dass auch im nächsten Sommer kein Frieden herrschen würde.

Marta überflog die Beträge in ihrem Abrechnungsbuch. Lange würde es nicht mehr dauern, und sie müsste die Gehälter, die bereits jetzt kaum mehr als ein Taschengeld darstellten, erneut reduzieren.

Frauke Schamvogel lief an Martas Fenster vorüber und betrat nur wenig später mit einem fröhlichen »Moin« auf den Lippen den Raum.

»Moin, Frauke«, grüßte Marta. »Was machst du denn hier?«

»Sag bloß, du hast unsere Verabredung zum Tee für heute Nachmittag vergessen«, antwortete Frauke.

»Oh, verzeih. War das heute?« Marta klappte das Abrechnungsbuch zu.

»Ja, Dienstagnachmittag um drei.«

»Entschuldige bitte. Ich glaube, ich habe die Wochentage verwechselt.« Marta erhob sich. »Komm. Lass uns in die Küche hinübergehen.«

Die beiden verließen das Büro und liefen über den Hof zur Hotelküche. Ein kühler Wind zerrte an ihren Röcken, der Himmel war bewölkt. Der Herbst hielt in diesem Jahr mit viel Regen und ruppigen Winden Einzug. Jasper unkte, es könnte sogar bald einen ersten Sturm geben. Sie betraten die Küche. Ebba saß mit Gesine am Küchentisch, beide eine Strickarbeit in Händen. Auf dem Tisch stand ein Teller mit Streuselkuchen, daneben die bauchige Teekanne.

»Oh, es gibt Kuchen«, freute sich Marta.

»Heute früh hat Ida aus dem Hospiz Margarine und Mehl mitgebracht. Und da unser alter Apfelbaum dieses Jahr wie durch ein Wunder mal getragen hat, dachte ich, verarbeiteste einen Teil der Ernte zu dieser Köstlichkeit«, antwortete Ebba und fügte hinzu: »Uwe kommt später auch noch.«

Daher wehte also der Wind, dachte Marta und sah zu Frauke, die ein Grinsen nicht unterdrücken konnte. Wenn Uwe kam, dann gab es natürlich Kuchen, an den anderen Tagen mussten sie zum Nachmittagstee mit einfachen Butterkeksen von Bahlsen oder Zwieback vorliebnehmen.

Frauke setzte sich. Marta holte Teebecher und Teller, verteilte den Kuchen und schenkte Tee ein. Frauke fischte unterdessen ein kleines Buch aus ihrer Tasche.

»Ich habe etwas mitgebracht, das dich interessieren könnte, Ebba. Es ist in der Zeitung angepriesen worden, und da dachte ich, bestellst du es mal. Es ist ein ›Praktisches Kriegskochbuch‹ von einer Luise Holle.« Sie hielt Ebba ihre Neuanschaffung unter die Nase. Marta ahnte, was kommen würde. Ebba und ein Kochbuch. Das passte nicht zusammen.

Ebba sah das lieb gemeinte Geschenk irritiert an. Dann geschah das, womit Marta gerechnet hatte.

»Wie kommst du auf den Gedanken, ich könnte solch einen Schund gebrauchen«, zeterte Ebba los. »Als wüsste ich nicht, wie man kocht.«

»Aber darum geht es doch gar nicht«, versuchte Frauke, sich zu verteidigen. »Ich dachte nur, wegen des Mangels und der Tipps …«

»Als ob ich zu blöd wäre, etwas auf den Tisch zu bringen. Solch einen Schwachsinn brauchen vielleicht einfache Hausfrauen, die keine Ahnung vom Kochen haben. Wir sind noch immer alle satt geworden, und bisher hat sich niemand über das Essen beschwert.« Ebba verschränkte die Arme vor der Brust.

Da war sie wieder, die gute alte Ebba. Marta grinste. Sie nahm das Kochbuch zur Hand und überflog die Rezepte. Ihr gefielen die Vorschläge. Vor allen Dingen die Gemüserezepte hörten sich ganz annehmbar an. Für Steckrüben gab es einige schmackhafte Varianten, die sie noch nicht kannte. Allerdings schienen viele Rezepte lediglich auf die Kriegsküche angepasst worden zu sein. Makkaroni mit Spinat gab es gewiss auch vorher zu essen, und bei Fisch mit Reis und Blumenkohl konnte Marta ebenfalls keine Kriegsküche erkennen. Das Buch bot aber auch viele Ideen zum Einmachen von Obst und Gemüse an sowie einige interessante Backrezepte.

»Also, ich finde die Idee eines Kriegskochbuchs gar nicht so schlecht«, sagte Marta. »Wir sollten den Vorschlägen eine Chance geben. Es bestreitet niemand, dass du gut kochen kannst, Ebba. Aber in diesen Zeiten ist es bestimmt hilfreich, noch den einen oder anderen Kniff dazuzulernen.«

Ebba schnaubte und sah das auf dem Tisch liegende Buch verächtlich an.

In diesem Moment betrat Uwe den Raum, und in Ebbas Gesicht ging die Sonne auf. Sie erhob sich, um ihn zu begrüßen. Er schloss sie liebevoll in die Arme und drückte ihr ein Küsschen auf die Wange. Dann grüßte er in die Runde. Ebba rückte ihm den Stuhl neben sich zurecht, schenkte ihm sogleich Tee ein und verfrachtete ein großes Kuchenstück auf seinen Teller. Uwes Blick fiel auf das Kriegskochbuch.

»Was ist das denn Schönes«, sagte er und nahm es zur Hand. »Ein Kriegskochbuch. Erst neulich hab ich gehört, dass es so etwas neuerdings gibt.« Er begann, es durchzublättern.

»Hört sich nicht schlecht an. Da lässt sich einiges ausprobieren.«

»Meinst du?«, fragte Ebba skeptisch.

»Wieso nicht?«, antwortete er. »Es ist immer gut, sich neue Inspirationen zu holen. Und gerade in diesen Zeiten des Mangels kann der eine oder andere Tipp nicht schaden.«

Jasper betrat den Raum. Er war recht aufgeregt.

»Auf Westerland soll ein Schiff gestrandet sein«, sagte er. »Volkert Quedens will wohl rausfahren. Das lass ich mir nicht entgehen. Könnte ein guter Bergelohn bei rausspringen. Magst mitkommen, Uwe?« Seine Augen leuchteten.

Marta hingegen war besorgt. Ihr war nicht verborgen geblieben, dass Jasper häufiger erschöpft zu sein schien. Nachmittags hielt er in der letzten Zeit sogar öfter ein Schläfchen. Die Sache mit den Windpocken hatte ihm anscheinend mehr zugesetzt als gedacht.

Uwe winkt ab. »Nein danke. Schiffe bergen ist nichts für mich.«

»Also, ich weiß nicht, ob das so eine gute Idee ist«, startete Marta einen Versuch, Jasper von seinem Vorhaben abzubringen. »Vermutlich wird sich die Inselwache von Sylt darum kümmern.«

»Und was ist mit dem Bergelohn?«, antwortete Jasper. In seiner Stimme lag Entrüstung. »Den kassieren dann die Sylter.«

»Wird der in Kriegszeiten überhaupt bezahlt?«, fragte Frauke.

»Ich werde es herausfinden«, entgegnete Jasper. Entschlossen verließ er mit einem knappen Gruß den Raum.

Marta beobachtete ihn dabei, wie er über den Hof lief.

»Ist wohl besser, wenn ich ihm nachgehe«, sagte sie und stand auf. »Ich hab ein ungutes Gefühl bei der Sache.«

»Ich komme mit«, sagte Frauke und erhob sich ebenfalls.

Die beiden verließen den Raum, Marta holte rasch ihren Mantel. Ein böiger Wind wehte ihnen auf dem Weg zum Norddorfer Anleger Nieselregen ins Gesicht.

Als sie den Kniephafen erreichten, stand dort eine Gruppe Männer am Steg neben einem Kutter, der vermutlich Volkert Quedens gehörte. Marta konnte unter den Männern auch einige Mitglieder der Inselwache erkennen.

»Das ist ja wohl die Höhe«, hörte sie Volkert Quedens schimpfen. »Wir sind schon immer zu gestrandeten Schiffen rausgefahren, auch bei Westerland. Dieses Recht lassen wir uns durch den Krieg nicht wegnehmen.«

»Jawoll«, stimmten die um ihn herumstehenden Insulaner ihm zu.

Marta erkannte Fietje Flohr, Tam Olsen und Hugo Jannen. Jasper stand direkt neben Volkert.

»Ich habe es bereits gesagt«, rief einer der Inselwächter. Marta kannte den hoch aufgeschossenen Mann nur vom Sehen, soweit sie wusste, stammte er von Föhr. »Um die Bergung des Schiffes wird sich die Inselwache von Sylt kümmern. Was schon immer war, gilt zurzeit nicht. Wie Sie alle wissen, meine Herren, liegt das Schiff in kriegsgefährdetem Gebiet. Es könnte vom Feind stammen.«

»Es ist mir egal, von wem es stammt«, schimpfte Jasper lautstark und hob die Faust. »Es ist unser gutes Recht, und das lassen wir uns von dem dämlichen Krieg nicht wegnehmen.«

»Wiederhole das«, antwortete der Inselwächter. »Was ist der Krieg?«

O weh. Marta wurde blass. Wie konnte Jasper vor dem Inselwächter nur so reden.

»Dämlich ist er«, antwortete Jasper erregt. »Sind doch alles Dösbaddel, die da oben.« Die letzten Worte klangen nicht mehr so überzeugt. Plötzlich schien es ihm nicht gut zu gehen. Er taumelte und klammerte sich am Geländer des Anlegers fest.

»Der Mann ist ein Volksverräter«, rief der Inselwächter. »Er gehört ins Gefängnis.«

»Gar nichts gehört er«, rief Fietje Flohr, eilte an Jaspers Seite und stützte ihn. »Ihr von Föhr glaubt wohl, ihr könnt hierher nach Amrum kommen und uns befehlen, was wir zu tun und zu lassen haben. Da kann einem schon mal die Hutschnur platzen.«

Marta war nun ebenfalls zu Jasper getreten. Er schien kurz davor zusammenzuklappen.

»Noch so ein vorlauter Geselle«, echauffierte sich der Inselwächter. »Was glaubt ihr eigentlich, wen ihr vor euch habt?«

»Einen Bauernsohn von Föhr, der eine große Klappe hat«, antwortete Volkert. »Und dessen Vater ich gut kenne.«

Der Inselwächter, der den Dienstgrad eines Leutnants innehatte, sah Volkert finster an.

Volkert fuhr fort: »Wir akzeptieren die Regeln, aber nur, weil wir keinen Ärger wollen. Lasst uns alle auf einen raschen Siegfrieden hoffen. Und damit soll es gut sein.« Er sah den Leutnant direkt an.

Eine Weile hielt der Blickkontakt, dann lenkte der Föhrer ein. »Wegen mir. Dann will ich mal nicht so sein. Aber beim nächsten Vorfall dieser Art werde ich es melden.«

Er trat zurück und verließ ohne ein weiteres Wort den Anleger. Die anderen Inselwächter folgten ihm mit ausdruckslosen Mienen.

Jasper sackte in sich zusammen.

»Jasper«, rief Marta verzweifelt und schlug ihm auf die Wangen, »Jasper, hörst du mich.«

Fietje Flohr stützte ihn, Tam und Hugo eilten ihm zu Hilfe. Jasper wimmerte, Speichel rann ihm aus dem Mund.

»Jasper, Jasper«, rief Marta verzweifelt. »So komm zu dir.«

Volkert hielt eine Flasche Schnaps an seine Lippen. »Der wird ihn wieder aufrichten«, sagte er. Doch nichts geschah. Der Alkohol rann Jasper über das Kinn. »Er muss hingelegt werden«, rief Hugo Jannen. »Wir brauchen einen Arzt, schnell.«

Zwei der Inselwächter kamen zurück. Hugo wies sie an, eine Trage zu bringen. Sie taten wie geheißen und liefen los. Jasper verlor das Bewusstsein. Die Männer drehten ihn auf dem Anleger auf die Seite, einer von ihnen brachte eine Decke.

Es dauerte eine schiere Ewigkeit, bis die Inselwächter mit einer Trage zurückkehrten. Mit vereinten Kräften hoben sie Jasper darauf. »Wir bringen ihn ins Krankenzimmer des Hospizes«, sagte einer der beiden. »Schwester Anna hat bereits den Arzt informiert. Er ist auf dem Weg.«

Die Inselwächter eilten los. Marta zitterte vor Aufregung am ganzen Körper. »Ich hab es kommen sehen«, stammelte sie. »Er war schon länger wackelig und öfter müde. Ich hätte etwas tun sollen, den Arzt holen, ihm den Schnaps wegnehmen, ich hätte …«

»Es ist gut«, versuchte Hugo, sie zu beruhigen, und legte ihr den Arm um die Schultern. »Er hätte sich nicht helfen lassen. Das weißt du. Von Quacksalbern hat er nie viel gehalten. Und den Schnaps nimmt ihm in diesem Leben niemand mehr weg.«

Tam Olsen kümmerte sich um Frauke. Gemeinsam liefen sie zum Hospiz. Dort wurden sie von Thaisen in Empfang genommen, der sie sogleich ins Krankenzimmer führte. Jasper lag in einem der drei Betten. Seine Augen waren geschlossen, sein Atem ging schwer.

Schwester Anna sah Marta ernst an.

»Es könnte ein Schlaganfall sein. Oder etwas mit dem Herzen. Das wäre in seinem Alter nichts Ungewöhnliches.«

»Ich hätte ihn niemals zum Anleger gehen lassen dürfen«, sagte Marta und sank neben Jasper auf die Bettkante. »Aber du bist ja so ein verdammter Sturschädel. Bald achtzig Jahre alt und glaubst, ein Schiff bergen zu müssen.« Erneut stiegen ihr die Tränen in die Augen. Schwester Anna reichte ihr ein Taschentuch. Ihr Blick wanderte zu Frauke, Tam und Hugo, die in der Tür des Krankenzimmers stehen geblieben waren und bedröppelte Mienen machten.

»Der Arzt wird gleich hier sein«, sagte sie. »Ich denke, es ist besser, wenn der Patient erst einmal Ruhe hat. Im Speisesaal gibt es Tee. Der wird euch guttun.«

Alle verstanden die Anweisung. Tam und Hugo waren die Ersten, die sich trollten, Frauke forderte Marta auf, mit ihr zu kommen, doch sie lehnte ab. »Ich bleibe bei ihm, bis der Arzt da ist.«

Frauke sah zu Schwester Anna, die nickte, dann ging sie. Als sie fort war, schob die Schwester einen Stuhl näher ans Bett und setzte sich. Eine Weile sagte niemand etwas. Marta wischte sich die Tränen von den Wangen und schnäuzte.

»Ich kann mich noch so gut daran erinnern, wie ich ihn zum ersten Mal gesehen habe. Damals am Hafen, als er uns abholte. Mit seiner schäbigen Mütze auf dem Kopf und den dreckigen Schuhen hat er neben seinem Wagen gestanden, eine Pfeife im Mund. Vom ersten Augenblick an habe ich ihn gemocht. Er erdet einen auf ganz besondere Art und ist eine solch treue Seele. Ich hatte nie einen Vater. Er starb gemeinsam mit meiner Mutter, als ich noch ein Kleinkind war. Ich würde nicht sagen, dass Jasper wie ein richtiger Vater für mich ist, aber vielleicht doch ein wenig. Jasper ist ein guter Zuhörer, ein Mensch mit Feingefühl. Er war damals derjenige, der erkannte, dass Amrum der richtige Platz für uns ist. Damals. Manchmal, wenn ich am Strand stehe, kommt es mir vor, es wäre gestern gewesen, und doch sind so viele Jahre vergangen.« Sie schwieg. Schwester Anna legte tröstend die Hand auf Martas Schulter, sagte jedoch nichts. »Nächsten Monat wird er achtzig Jahre alt. Wir haben ein Überraschungsfest geplant.«

Sich nähernde Schritte ließen Schwester Anna zur Tür blicken. Doktor Anders kam etwas außer Atem in den Raum geeilt. »Ich habe mich, so schnell es mir möglich war, auf den Weg gemacht«, sagte er. »Leider fuhr die Inselbahn nur bis Nebel und fiel dann mal wieder wegen einer Streckenstörung aus. Detlefsen war so freundlich, mich hierherzubringen. Was ist genau passiert?« Er stellte seine Arzttasche auf einen Tisch und öffnete sie.

Marta stand auf und trat vom Bett zurück. Sie schilderte, was am Anleger geschehen war. Der Arzt begann, Jasper zu untersuchen. Marta sah ihm mit heftig klopfendem Herzen dabei zu. Schwester Anna legte beruhigend den Arm um sie.

»Ich befürchte, er hatte einen Schlaganfall«, sagte der Arzt, nachdem er die Untersuchung beendet hatte. »Ich würde ihn gern ins Krankenhaus nach Föhr bringen lassen. Dort kann er von den Schwestern betreut werden. Wenn wir Glück haben, war es nur ein leichter Anfall und sein Gesundheitszustand bessert sich schnell. Aber ich möchte nichts beschönigen. Es sieht nicht gut aus. Seine Windpockenerkrankung liegt noch nicht lange zurück, und sein ständiger Alkoholkonsum macht es auch nicht gerade besser.« Marta nickte. »Leider fährt heute keine Fähre mehr nach Föhr. Wäre es der Inselwache möglich, einen Krankentransport zu organisieren?« Er sah Schwester Anna an.

»Dafür braucht es keine Inselwache«, sagte Volkert Quedens, der unbemerkt das Zimmer betreten hatte. »Ich mache das. Mein Kutter liegt noch immer am Anleger des Kniephafens. Ich bringe Jasper hinüber.«

»Mich bringt keiner irgendwohin«, sagte plötzlich Jasper. Alle sahen ihn erschrocken an. Er öffnete die Augen. »Ich geh nicht zu den Föhrern. Können mir gestohlen bleiben, die Dösbaddel.«

Marta eilte neben ihn. »Jasper. Da bist du ja wieder.«

Sie sah zu Doktor Anders, der erstaunt dreinblickte. Mit einem solch raschen Erwachen seines Patienten schien er nicht gerechnet zu haben.

Marta nahm Jaspers Hand.

»Entschuldige, mien Deern«, sagte Jasper. »Ich wollte dich nicht erschrecken.«

»Ist schon gut«, antwortete Marta. »Ruh dich aus. Und gestrandete Schiffe auf irgendwelchen Sandbänken sind ab heute kein Thema mehr. Verstanden?«

Er nickte. »Gut, dann eben nicht mehr. Haben halt die Sylter den ganzen Spaß.« Er verzog die Lippen zu einem Lächeln, drückte Martas Hand und fügte hinzu: »Ich hab da was von einer Überraschung gehört.«

30

Norddorf, 13. Dezember 1916

Heute bin ich etwas müde, denn ein schwerer Sturm hat uns über Nacht wach gehalten. Dem Herrn im Himmel sei Dank, dass niemand zu Schaden gekommen ist. In Nebel scheint das Dach eines Lagers am Bahnhof beschädigt zu sein, dazu gibt es überall auf der Insel kleinere Sachschäden. Thaisen ist der Unterstand am Meer davongeflogen, aber ihm selbst ist nichts passiert. Auf unserem Hof lagen einige Äste. Ida und Gesine haben sie vorhin weggeräumt. Mit dem Sturm kam ein Wetterumschwung und kältere Luft. Seit einer Weile schneit es nun. Den Kindern wird es gefallen, und es passt zur Weihnachtszeit. Ebba hat gemeinsam mit Uwe Kekse gebacken, nach Rezepten aus dem von ihr anfangs so verpönten Kriegskochbuch. Sie schmecken köstlich, genauso wie die anderen Gerichte, die nach dieser Vorlage gekocht worden sind. Allerdings muss ich zugeben, dass ich Steckrüben bald nicht mehr sehen kann. Kartoffeln sind immer noch Mangelware. Aber wir sollten nicht klagen. Uns auf Amrum geht es, was die Versorgung mit Lebensmitteln angeht, weiterhin besser als vielen anderen im Reich. Und wir haben ja auch noch das Meer, das uns Nahrung bietet. Erst gestern gab es wieder eine delikate Fischsuppe und neulich Krabben mit Makkaroni in Dickmilch und mit Kräutern. Das Rezept hat Uwe kreiert, der nun täglich bei uns ist, was besonders unsere Leni freut, denn Uwe hat sich als hervorragender Spielkamerad herausgestellt, der mit einer Engelsgeduld Brettspiele spielt. Thaisen, der noch immer jede

Gelegenheit nutzt, um in seiner Werkstatt zu arbeiten, ist bester Laune, da die Geschäfte blendend laufen. Modell- oder Buddelschiffe scheinen in der Region beliebte Weihnachtsgeschenke zu sein. Die Einzige, die mir Sorge bereitet, ist Ida, die seit einigen Tagen von einer scheußlichen Erkältung geplagt wird. Wir versuchen, ihr, so gut es geht, die Kinder abzunehmen. Aber gerade unser Peterchen hängt im Moment sehr an seiner Mutter, läuft ihr überallhin nach und beginnt jedes Mal zu weinen, wenn sie den Raum verlässt. Aber diese Fremdelphase wird gewiss bald vorbei sein. Nele ist uns bei der Kinderbetreuung keine große Hilfe. Sie ist in der Schule eingespannt, denn es ist die Aufführung eines Krippenspiels für die Inselwache geplant. Zu ihrer großen Freude darf Leni die Maria spielen, worauf die Kleine mächtig stolz ist.

Marta zog und zerrte an dem Strick, doch der kleine Esel machte keine Anstalten, sich zu bewegen. »Jetzt komm schon«, bettelte sie. »Es ist kalt, und die Kinder warten auf uns. In der Gemeindehalle gibt es auch ein leckeres Fressen.« Doch der Esel, sein Name war Bodo, bewegte sich nicht. Er war an einem großen Grasbüschel am Wegesrand stehen geblieben und rupfte die halb erfrorenen Halme ab, als wären sie eine Delikatesse. Marta sah den Esel mit finsterer Miene an. Sie befanden sich auf dem Feldweg zwischen Nebel und Norddorf, und es wehte ein böiger, eiskalter Wind, der vereinzelte Schneeflocken vor sich hertrieb. Es sollte keine große Sache sein, Bodo von Bauer Hansen abzuholen. Er hatte zugesagt, dass der kleine Esel beim Krippenspiel, das heute am frühen Abend stattfand, mitwirken durfte. Das erste Stück durch Nebel war der Esel auch noch brav neben Marta hergetrabt. Aber nun standen sie hier schon seit einer ganzen Weile. Wenn sich Bodo nicht bald bewegen würde, dann kämen sie zur Generalprobe zu spät. Und auf dem Esel sollte doch die Maria reiten. Marta rieb sich die kalten Hände. Zu ihrem Pech hatte sie die Handschuhe vergessen. Sie trat näher an Bodo heran, seufzte und sagte: »So ein Auftritt in einem Krippenspiel ist für einen Esel eine feine Sache. Auf der Bühne ist es warm, viele Kinderhände werden dich streicheln, und soweit ich weiß, wird es für dich auch leckere Möhren geben. Die sind gewiss schmackhafter als das halb erfrorene Grasbüschel. Was meinst du?« Bodo reagierte nicht auf Martas Worte. Und an alledem war nur diese dämliche Erkältung schuld, die bei ihnen im Hotel die Runde machte. Ida war die Erste gewesen, die sie gehabt hatte, nun waren es Nele und Gesine, die sich damit herumquälten. Nele hatte es besonders schlimm erwischt, sie lag mit hohem Fieber und einem scheußlichen Husten im Bett. Doktor Anders hatte ihr absolute Ruhe verordnet. Also hatte sich Marta dazu überreden lassen, sich um die Aufführung des Krippenspiels zu kümmern. Frauke ging ihr dabei zur Hand, und auch Heinrich Arpe half, so weit es sein Dienst bei der Wache zuließ, bei den Vorbereitungen mit. Heute Nachmittag sollte die Generalprobe, zwei Stunden später die Aufführung stattfinden. Und dafür brauchten sie den Esel. Allerdings schien Bodo keine Lust auf eine Bühnenkarriere zu haben. Marta schlang fröstelnd die Arme um den Oberkörper und ließ ihren Blick über die von einer dünnen Schneeschicht bedeckten Felder und über das Watt hinweg bis zu dem Dreimaster schweifen, der neuerdings in der Norderaue vor Anker lag und für einige Gerüchte auf der Insel sorgte. Sogar die Fähre und der Postdampfer durften sich dem geheimnisvollen Schiff nicht nähern, dessen Name ein Schild verdeckte. Auf der Insel gab es inzwischen die wildesten Spekulationen, was das wohl für ein Kahn wäre. Aber eine plausible Erklärung für dessen Auftauchen und die Geheimnistuerei hatte niemand. Selbst Thaisen wusste nichts zu berichten. Martas Blick wanderte zurück zu Bodo, und sie seufzte hörbar. Wenn sie noch länger hier stehen würden, dann wäre sie die nächste Kranke. Und dabei hatten sie sich so viel Mühe gegeben, dass das Weihnachtsfest etwas Besonderes werden würde. Es sollte Entenbraten mit Kartoffelklößen geben. Als Vorspeise eine leckere Suppe mit Eierstich, als Nachtisch rote Grütze. Dazu hatten Ebba, Gesine und Uwe Pfefferkuchen gebacken. Durch einige Gaben von Schwester Anna war dies möglich geworden. Die ganze Küche hatte herrlich heimelig geduftet. In der Stube stand bereits der zurechtgemachte Kenkenbuum, alles war mit Buchsbaum und weihnachtlicher Dekoration geschmückt. Da konnte sie keine Erkältung gebrauchen. Dieser verdammte Esel musste sich jetzt endlich bewegen. Entschlossen zog Marta an dem Strick, der dem Tier um den Hals hing.

»Jetzt ist es genug mit Grasbüschelfuttern«, sagte sie energisch. »Wir laufen jetzt weiter.« Sie zog mit aller Macht an dem Strick. Bodo zierte sich anfangs, doch dann ließ er endlich von seiner Mahlzeit ab und setzte sich in Bewegung. »So ist gut«, lobte Marta. »Und wehe, du bleibst mir noch einmal an irgendeinem Grasbüschel stehen. Dann kannst du aber was erleben.« Sie hob mahnend den Zeigefinger und lief flott weiter. Der Schneefall verstärkte sich kurz vor Norddorf, ihre Finger fühlten sich wie erfroren an. Wenigstens blieb Bodo nicht mehr stehen. Als Marta endlich an der Gemeindehalle eintraf, war sie völlig erledigt. Der Esel wurde sofort von den Kindern umringt. Einige von ihnen trugen bereits ihre Kostüme. Da waren kleine Schäfchen, die weiße Kittel mit Wattebäuschen daran trugen, die mit Umhängen ausgestatteten Hirten, die Engel, zwei Mädchen, über deren Köpfen selbst gebastelte Heiligenscheine schwebten. Und natürlich Josef und Maria. Auch das Bühnenbild stand bereits. Wochenlang hatten die Kinder Häuser aus Pappe gebastelt und bemalt, ein Stall war gebaut worden.

»Marta, meine Liebe« – Frauke trat näher –, »wärst du noch länger fortgeblieben, hätte ich einen Suchtrupp losgeschickt. Du siehst schrecklich durchgefroren aus. Was hat denn so lange gedauert?«

»Unser Esel hat gemeint, er müsste eine längere Pause an einem Grasbüschel einlegen«, erwiderte Marta mit grimmiger Miene und rieb sich die Hände.

»O weh«, antwortete Frauke. »Da bewahrheitet sich wieder, dass Eselchen rechte Sturschädel sein können. Komm mit mir« – sie legte einen Arm um Marta, ihre Stimme bekam einen fürsorglichen Unterton –, »wir haben im Hinterzimmer warmen Tee, der wird dir guttun.«

Marta ließ sich von Frauke ins Hinterzimmer führen, wo sie auf Schwester Anna traf, die gerade einem der Chorkinder die Nase putzte. Die Diakonissin war ebenfalls erleichtert darüber, Marta zu sehen. Frauke erklärte, während sie Marta Tee einschenkte, was geschehen war.

»Na ja«, sagte die Schwester, »wir haben den Bodo ja auch nicht gefragt, ob er Schauspieler werden möchte. Und so ein Grasbüschel kann durchaus verlockend sein, jedenfalls für einen Esel.« Sie zwinkerte Marta zu, die ihre Hände um den warmen Becher legte und sich entspannte.

»Dann können wir mit der Probe des Krippenspiels ja beginnen«, sagte Frauke. »Wird auch Zeit.«

Sie verließ das Hinterzimmer, und keine Minute später war ihre laute Stimme zu hören. Schwester Anna und Marta folgten ihr in den Gemeindesaal. Der Chor nahm am Rand der Bühne Aufstellung, und die Musik setzte ein. Es war Lorenz Sörensen, der Organist der Nebeler Kirche, der sich um die musikalische Untermalung der Aufführung kümmerte. Die Kinder sangen *Vom Himmel hoch, da komm ich her*. Marta setzte sich in die vorderste Reihe und verfolgte das Schauspiel. Es klappte beinahe alles fehlerfrei. Nur einmal vergaß einer der Engel seinen Text, ein anderer half ihm jedoch sofort auf die Sprünge. Auch Bodo tat, was von ihm verlangt wurde. Als die Generalprobe beendet war, klatschten sämtliche anwesenden Betreuer Beifall. Schwester Anna wies Leni an, noch etwas lauter zu sprechen, ansonsten wäre alles perfekt. Es dauerte nach dem Probenende nicht lange, bis die ersten Männer der Inselwache eintrafen. Auch ließen es sich einige Bewohner Norddorfs – meist waren es die Angehörigen der Kinder – nicht nehmen, der Aufführung beizuwohnen. Es wurden Hände geschüttelt, es gab Umarmungen. Robert Münch, der heute seine Gärtnerei geschlossen hatte, erkundigte sich besorgt nach Neles Gesundheitszustand. Der Hauptmann der Wache begrüßte Marta mit einem wohlwollenden Lächeln. Sein Händedruck war so fest, dass sie glaubte, er würde ihr die Finger brechen. Heinrich Arpe kam in Begleitung von Thaisen und erkundigte sich, ob alles geklappt hatte. Nachdem alle Gäste begrüßt worden waren, eilte Marta hinter die Bühne. Die Aufregung über die bevorstehende Aufführung hatte dafür gesorgt, dass es ihr wieder warm geworden war. Sie wünschte allen Kindern viel Freude und bedankte sich noch einmal für die großartige Arbeit.

Das Krippenspiel nahm seinen Lauf. Der Chor sang, die Engel erschienen den Hirten, alles lief perfekt. Bis zu dem Zeitpunkt, als Josef und Maria mit Bodo von Haus zu Haus ziehen sollten. Leni saß auf dem Esel, Josef hielt ihn am Zügel. Sie wollten auf das erste Papphaus zusteuern, wo sie bereits von einer Bewohnerin erwartet wurden. Doch Bodo blieb stehen. Josef – die Rolle spielte Sönk Jakobs – zog und zerrte an dem Strick, doch Bodo tat keinen Schritt mehr. Sönk begann leise zu schimpfen. »Wirst du wohl weiterlaufen, du dummer Esel«, zischte er und sah Bodo böse an. Aus dem Publikum war erstes Lachen zu hören. Marta verdrehte die Augen. Das durfte doch nicht wahr sein. Wieso lief der Esel denn nicht weiter. Auf der Bühne gab es doch keine Grasbüschel. Sönk schaute hilflos in ihre Richtung. Marta zuckte mit den Schultern. In diesem Moment ließ Bodo auch noch etwas fallen. Erneut war Gelächter aus dem Publikum zu hören. Marta sah zu Schwester Anna, die amüsiert grinste. Ein störrischer Esel war nicht vorgesehen. Sönk zerrte noch einmal an dem Strick, Leni, die noch immer auf dem Esel saß, sah so aus, als würde sie gleich in Tränen ausbrechen. Marta entschloss sich einzugreifen. Sie bedeutete Sönk, Leni vom Esel herunterzuholen. Er tat wie geheißen und begann zu improvisieren.

»Komm, meine Liebe«, sagte er. »Lass den Esel hier an der Tränke zurück, und wir gehen zu den Häusern. Gewiss werden wir dort ein Zimmer für die Nacht finden.«

Marta atmete erleichtert auf. So viel schauspielerisches Talent hätte sie Sönk gar nicht zugetraut. Das Krippenspiel nahm seinen Lauf. Nachdem Josef und Maria im Stall angekommen waren, ließ sich auch Bodo davon überzeugen, dass es dort nett sein könnte. Den Ausschlag für seine Meinungsänderung könnte das Stroh in der Krippe gegeben haben.

Der Rest der Aufführung verlief wie geplant. Am Ende sangen alle gemeinsam *Stille Nacht, heilige Nacht*, und es gab tosenden Beifall für die Kinder, die sich immer wieder verbeugten. Marta, Schwester Anna, Frauke und der Organist betraten die Bühne und wurden ebenfalls beklatscht. Einer der Engel führte Bodo noch einmal nach vorn, was für viel Gelächter sorgte.

Nachdem die Vorstellung beendet war und sich der Saal geleert hatte, sank Marta erschöpft auf einen Stuhl.

»Meine Güte, was für eine Aufregung. Dieser dumme Esel aber auch. Ich hätte ihn auf dem Weg bei seinem Grasbüschel einfach stehen lassen sollen.«

Thaisen kam hinter die Bühne, schloss Leni in die Arme und lobte ihr wunderbares Spiel. Seiner Meinung nach wäre sie die beste Maria gewesen, die er jemals im Leben gesehen hätte. Er trat neben Marta und legte ihr die Hand auf die Schulter. »Ich denke, Bodos Bühnenkarriere ist hiermit beendet.«

»Das kannst du laut sagen«, erwiderte Marta. »Was ein Dickschädel aber auch.«

»Ich dachte, mir bleibt das Herz stehen, als er plötzlich nicht mehr weiterlaufen wollte«, sagte Frauke. »Aber unser Sönk hat die Situation ja hervorragend gemeistert.«

Marta nickte und erhob sich. »Jetzt räumen wir noch rasch auf, und dann gehen wir nach Hause. Du kommst doch noch mit zu uns, oder, Frauke? Es soll heute Fisch mit Grünkohl geben. Ebba und Uwe wollten ein neues Rezept ausprobieren.«

»Aber gern«, antwortete Frauke.

Marta fragte auch Schwester Anna, ob sie mitkommen wolle, doch die Schwester winkte ab. Im Hospiz stünde bald das Abendessen an, und sie hatte noch nicht alles vorbereitet.

Nachdem der Gemeindesaal so weit aufgeräumt und auch die letzte Hand geschüttelt war, machte sich die Gruppe auf den Heimweg. Es war bereits dunkel und schneite leicht. Heinrich Arpe begleitete sie ebenfalls. Sie erreichten das Hotel und betraten die Küche, wohlige Wärme und der herrliche Geruch des Essens empfingen sie. Der große am Fenster stehende Tisch war hübsch eingedeckt und sah richtig festlich aus. Ebba hatte sogar die silbernen Kerzenständer daraufgestellt und eines der guten Tischtücher aufgelegt.

»Habe ich irgendetwas verpasst?«, erkundigte sich Marta verwundert und sah in die Runde.

»Wieso?«, fragte Ebba. Sie stand am Herd und schaufelte den Grünkohl aus dem Topf in eine Schüssel.

»Wir müssen doch ein wenig feiern, dass unsere Leni eine Hauptrolle bekommen hat. Wie ist das Krippenspiel denn gelaufen?«

»Ganz gut«, antwortete Marta. »Wenn wir mal von den Verfehlungen des Esels absehen.« Sie setzte sich an den Tisch, die anderen gesellten sich zu ihr. Jasper, Ida, die beiden Kleinen und Nele tauchten ebenfalls auf. Nele war noch recht blass, doch sie lächelte bereits wieder. Sie erkundigte sich bei Marta sogleich nach dem Krippenspiel und war erleichtert darüber, dass alles wie geplant verlaufen war.

Ebba stellte die gefüllte Fischplatte auf den Tisch. Es war gebratene Scholle, die ihr Fietje Flohr am Vormittag vorbeigebracht hatte. Sie setzte sich jedoch nicht, sondern sah auffordernd zu Uwe. Er erhob sich, trat neben sie und nahm ihre Hand.

»Uwe und ich, wir haben euch was zu sagen«, verkündete Ebba. Sie sah zu ihm, er nickte ihr zu.

»Es ist so ... Ich meine ... Wir haben ja ...« Unsicher zupfte sie an ihrem Schürzenband herum und sah zu Boden.

»Ich hab Ebba um ihre Hand gebeten, und sie hat ›Ja‹ gesagt«, erklärte Uwe unvermittelt.

Verdutzt sahen sämtliche Anwesende die beiden an. Jasper war der Erste, der reagierte. Er stand auf und umarmte Ebba.

»Wie schön. Ich wünsche euch nur das Beste«, sagte er.

Auch alle anderen erhoben sich nun und gratulierten dem glücklichen Paar. Nur Marta blieb sitzen. Sie war wie betäubt. Ebba würde heiraten. Ihre Ebba. Die Gedanken wirbelten ihr durch den Kopf. Aber das ging doch nicht. Was würde werden? Blieb sie bei ihnen im Hotel? Ebba war verliebt, sie war über siebzig Jahre alt. In diesem Alter heiratete man doch nicht mehr. Oder vielleicht doch? Gab es bei der Ehe Altersgrenzen? Sie erhob sich ebenfalls. Sie musste gratulieren, reagieren. Sie musste lächeln, Freude heucheln. Es war Ebba, ihre Ebba. In ihre Augen traten Tränen, als sie die alte Köchin in die Arme schloss. Ebba drückte sie fest an sich, und als ob sie ihre Gedanken erraten hätte, raunte sie ihr ins Ohr: »Du verlierst mich nicht, sondern gewinnst jemanden hinzu.«

Nun rannen die Tränen über Martas Wangen. Wie hatte sie auch nur einen Augenblick annehmen können, sie könnte Ebba verlieren. Das *Hotel Inselblick* war Ebbas Zuhause und würde es nun auch für Uwe werden.

31

Norddorf, 14. Februar 1917

Seit Jahresbeginn hält uns eine Kältewelle fest im Griff. Es schneit immer wieder, und das Watt ist gefroren. Dieser Umstand erleichtert es uns wenigstens, nach Föhr zu gelangen. Nele ist besonders talentiert darin, Eier und Butter bei den Bauern zu tauschen. Sie beherrscht auch das Drehen der »Trenn« am besten. Einer der Bauern plant den Ausbau seines Anwesens, was die Nachfrage nach der Trenn ankurbelt. Nele kommt inzwischen einmal die Woche mit einem Rucksack voller Eier nach Hause, neulich hatte sie sogar Dickmilch dabei. Die arme Deern musste schwer tragen, doch sie meinte, es würde ihr nichts ausmachen. Ich empfinde die Tauschgeschäfte weiterhin als Bettelei. Nele scheint das jedoch nicht zu stören. Wie lange wir noch so verfahren werden, steht in den Sternen. Noch immer scheint kein Frieden in Sicht. Obwohl der amerikanische Präsident Wilson an die Krieg führenden Länder appellierte, einen Frieden ohne Sieg zu schließen. Wir hielten seine Rede für etwas Besonderes, Wirkung zeigte sie leider keine. Thaisen bereitet der uneingeschränkte U-Boot-Krieg gegen England Sorge. Frauke meinte, es stünde nun die letzte Phase dieses Krieges bevor, vielleicht sogar die fürchterlichste. Die Kämpfe in ganz Europa gehen unvermindert weiter, es wird gemunkelt, dass bald die Amerikaner in den Krieg eintreten werden. Ich hoffte so sehr darauf, dass mit dem Jahr 1916 auch der Krieg enden würde und wir zur Normalität zurückkehren könnten. Doch dem ist nicht so. Wir wissen alle nicht, wie lange dieser Wahnsinn noch anhalten wird. Auch ich wünsche mir natürlich einen Siegfrieden, aber inzwischen kann es gern ein Verständigungsfrieden sein. Alles, nur kein verlorener Krieg. Ich will mir gar nicht ausmalen, was das für unser Land bedeuten würde. An der sogenannten Heimatfront sind die Zustände inzwischen unzumutbar geworden. Hunderttausende hungern, und die Kindersterblichkeit ist hoch. Krankheiten wie die Cholera, Diphtherie und Fleckfieber greifen bei der geschwächten Bevölkerung um sich. Ich danke Gott jeden Tag dafür, dass wir hier auf Amrum von dem schlimmsten Hunger verschont bleiben. Noch immer unterstützt uns Schwester Anna mit Lebensmitteln, auch wenn es weniger geworden sind. Wir haben das Meer, das uns ernährt. Kartoffeln gibt es gar nicht mehr, dafür reichlich Steckrüben. Fett ist Mangelware geworden, Fleisch gibt es nur selten, meistens ist es eine der Enten aus der Konserve, oder es kommt ein erlegtes Kaninchen auf den Tisch. Ebba verzichtet bereits seit einer Weile auf das tägliche Backen der Heißwecken, sonst würde das Mehl nicht reichen. Mathilde und Herbert Schmidt verkaufen nur noch selten Brot, ihre Bäckerei ist die meiste Zeit über geschlossen. Und doch gibt es auch in dieser dunklen Zeit Licht. Wir feierten vorgestern Jaspers achtzigsten Geburtstag. Ich habe ihm eine neue Regenjacke geschenkt, seine alte war schon völlig zerschlissen. Nele hatte ihm eine Mütze gestrickt, die er sofort aufsetzte und den ganzen Abend nicht mehr abnahm. Es gab Makkaroni mit Krabben zu essen. Jasper hätte gern Bratkartoffeln gehabt, doch ich konnte keine Kartoffeln auftreiben. Immerhin habe ich es geschafft, die Zutaten für einen Geburtstagskuchen zu organisieren. So gab es eine richtige Torte, und er durfte für jedes Lebensjahrzehnt eine Kerze auspusten. Wir haben lange in gemütlicher Runde zusammengesessen und über alte Zeiten geklönt. Solche Abende tun uns allen gut. Sie fühlen sich wärmend an, und diese Wärme ist wichtig, denn die Welt vor dem Fenster ist düster, kalt und macht Angst.

Marta horchte auf. Da war das Geräusch wieder. Es klang, als würde sich jemand übergeben. Sie wusste, wer es war. Ida. Sie ahnte den Grund für diese Übelkeit. Seit Kurzem übergab sich die Arme mehrmals am Tag. Bisher hatte Marta es noch nicht über sich gebracht, ihre Tochter darauf anzusprechen. Doch nun beschloss sie, es doch zu tun. Sie klappte ihr Notizbuch zu, in dem sie einen neuen Eintrag hatte beginnen wollen, und folgte dem Geräusch bis zur Etagentoilette. Gerade hatte Ida die Spülung der Toilette gezogen und schien sich die Hände zu waschen. Marta trat von der Tür zurück und wartete darauf, dass Ida herauskam. Es dauerte einen Moment, dann öffnete sich die Tür. Ida sah mitgenommen aus. Sie trug noch ihr Nachtkleid, einen blauen Morgenmantel darüber. Dunkle Schatten lagen unter ihren Augen, und sie war leichenblass, das Haar war offen und zerzaust. Ihr Blick fiel auf Marta. Sie seufzte und sagte: »Ich bin seit vier Wochen überfällig.«

Marta nickte, und plötzlich umspielte ein Lächeln ihre Lippen. Sie liebte es, Großmutter zu werden, auch wenn die Enkelkinder ihr ab und zu auf der Nase herumtanzten.

»Das sind wunderbare Neuigkeiten«, antwortete Marta, nahm Ida in die Arme und drückte sie fest an sich.

»So wunderbar finde ich sie gar nicht«, erwiderte Ida, nachdem sie sich aus der Umarmung gelöst hatte. »Mir sind die Zwillinge und Leni eigentlich genug. Jahrelang probieren wir, Kinder zu kriegen, und jetzt kommt eine Schwangerschaft nach der anderen. Hoffentlich werden es nicht wieder Zwillinge.«

»Ach, das wäre doch schön«, sagte Marta und fragte: »Weiß es Thaisen schon?«

»Nein, noch nicht«, erwiderte Ida. »Obwohl ich glaube, dass er etwas ahnt. Normalerweise müsste es ihm auffallen, so übel, wie mir die letzten Tage ständig ist.«

»Ach, Männer haben für solche Dinge keinen Blick. Und zurzeit schiebt er doch wegen der Erkrankung einiger Kollegen Doppelschichten auf der Wache. Du musst es ihm bald sagen. Er wird sich gewiss riesig darüber freuen.«

»Das wird er«, antwortete Ida. »Und wenn die Übelkeit vorüber ist, freu ich mich vielleicht auch. Bisher ist es nur anstrengend.«

»Du solltest bald zu Sieke gehen«, sagte Marta. »Sie wird dir etwas gegen die Übelkeit geben.«

»Was kann sie schon tun«, erwiderte Ida. »Ist der Mutter schlecht, sagte sie bei meiner Schwangerschaft mit den Zwillingen, geht es dem Kind meistens gut. Ich kaue Sonnenblumenkerne, aber viel hat das bisher nicht gebracht.«

»Meistens betrifft es ja nur die ersten Wochen, und dann bessert es sich«, erwiderte Marta und nahm Ida bei der Hand. »Komm. Ich bringe dich in deine Kammer und helfe dir beim Ankleiden. Immerhin heiraten Uwe und Ebba heute Mittag, und bis dahin solltest du präsentabel aussehen.«

»Ach du je, die Hochzeit. Daran habe ich gar nicht mehr gedacht. Ich muss die Tracht anziehen, oder?«

»Ja, dass wirst du müssen. Ebba hat sich gewünscht, dass wir sie tragen. Sie heiratet ja auch in Tracht.«

»Also gut«, sagte Ida, »dann eben Tracht. Irgendwie werde ich den Tag schon überleben.«

»Es ist ja nur eine kleine Hochzeit«, sagte Marta. »Nach dem Gottesdienst ist bei Hugo Jannen ein Mittagessen mit anschließendem Teetrinken geplant. Ebba ist der Meinung, dass es in ihrem Alter keine große Sause mehr braucht, außerdem heiratet sie ja auch schon zum zweiten Mal. Zudem finden sie und Uwe ein ausschweifendes Fest in diesen Zeiten unpassend, und in diesem Punkt bin ich ganz bei ihnen.«

Ida nickte. »Elisabeth wird auch kommen, Marret jedoch nicht. Sie ist immer noch in ihrer Trauer gefangen. Neulich war ich im *Honigparadies*, um Honigwein zu holen. Marret saß am

Tisch und sprach kein Wort. Auch isst sie kaum noch. Sie wirkt ausgemergelt und ist leichenblass. Anton war ihre große Liebe. Es zerreißt mir das Herz, sie in diesem Zustand zu sehen. Die beiden hatten so viele Pläne. Elisabeth sagte mir, sie wüsste bald nicht mehr, was sie noch tun sollte, um Marret von ihrer Trauer abzulenken.«

»Es wird Zeit brauchen«, sagte Marta. »Das wissen wir beide.«

»Ja, das wird es wohl«, erwiderte Ida. »Nele hat neulich gemeint, dass sie sich im Moment gar nicht zu Marret zu gehen traut. Sie kommt sich schäbig vor, weil Thomas und sie glücklich sind und zusammen sein dürfen.«

»Das kann ich gut verstehen«, antwortete Marta. »Wir können alle nur darauf hoffen, dass Marret den Verlust irgendwie verarbeiten wird.«

Ida nickte. Ihr Blick fiel in den Spiegel, und sie pustete sich eine Haarsträhne aus der Stirn. »Du liebe Güte«, sagte sie, »ich sehe aus wie eine Vogelscheuche. Es könnte länger dauern, bis ich für die Kirche präsentabel bin. Am liebsten wäre mir ja ein warmes Bad. Aber das ist wohl bei dem Mangel an Kohlen zu viel verlangt, oder?«

»Gewiss nicht«, erwiderte Marta. »Ausnahmen für werdende Mütter sind immer drin. Ich gehe und kümmere mich darum. Nach der Erholung in der Wanne wirst du dich bestimmt wie ein neuer Mensch fühlen. Und wegen der Kohlen mach dir mal keine Gedanken. Ich hab da recht gute Kontakte zu einer netten Diakonissin, die mir mit Sicherheit mit einigen Stücken aushelfen wird.«

Sie zwinkerte Ida zu und verließ den Raum. Auf dem Flur hielt Marta kurz inne. Freud und Leid lagen zurzeit dicht beieinander. Ida erwartete ihr nächstes Kind, Ebba heiratete heute ihre ehemalige Jugendliebe, was für ein Glück es doch war, dass die beiden nach all den Jahren zueinandergefunden hatten. Obwohl sich Marta eingestehen musste, dass sie ein Weilchen gebraucht hatte, um diese Eheschließung zu verarbeiten. Es kam nicht häufig vor, dass Menschen in diesem Alter noch heirateten. Doch sie wünschte Ebba selbstverständlich alles erdenklich Gute für ihre Ehe. Und sie würde das Hotel nicht verlassen. Uwe würde bei ihnen einziehen. Marta hatte den beiden eines der aus zwei Räumen bestehenden Gästezimmer im Haupthaus zur Verfügung gestellt, damit sie sich auch mal von der Allgemeinheit zurückziehen konnten und es bequem hatten. Dazu kam Neles Liebesglück mit Thomas. Marta hatte die beiden neulich dabei beobachtet, wie sie sich innig küssten. Eigentlich gehörten sie längst verheiratet. Schließlich redeten die Leute. Marta versuchte, dem allgemeinen Getratsche mit einer Notlüge entgegenzuwirken. Durch den Krieg wäre es Thomas' Eltern im Moment nicht möglich, nach Amrum zu reisen, und ohne sie würde er nur ungern vor den Altar treten. Dafür gab es Verständnis. Doch so ganz ließ sich das Getratsche der Frauen nicht unterdrücken, fehlende Eltern hin oder her. Der Sittenhaftigkeit müsste Genüge getan werden. Im *Honigparadies* sah es hingegen düster aus. Anton und Martin waren gefallen, die Traurigkeit war spürbar, wenn man die ehemalige Gaststube betrat, die früher stets von Heiterkeit erfüllt war. Dass es jemals wieder so wie vor dem Krieg werden würde, wagte Marta zu bezweifeln. Doch was würde schon wieder so werden wie vor dem Krieg. Ihre ganze Welt war verändert und aus den Fugen geraten, trotzdem ging das Leben weiter, auch heute.

Marta lief den Flur hinunter und in das eigens für die Gäste eingerichtete Wannenbad. Eigenhändig heizte sie den Badeofen an. Es war ihre Enkelin, die sie bei dieser Tätigkeit überraschte.

»Ach, hier steckst du«, sagte Nele. »Du solltest jetzt besser in die Küche kommen. Gesa wird gleich eintreffen, und du wolltest doch Ebbas Reaktion sehen, wenn sie ihre Tochter entdeckt.

Hach, es ist so herrlich, dass uns diese wunderbare Überraschung gelungen ist.« Nele klatschte vor Freude in die Hände. Ihr Blick fiel auf die geöffnete Tür des Ofens. »Du willst noch baden?«

»Ich nicht, sondern Ida. Sie fühlt sich …«

»Mir musst du nichts erklären«, fiel Nele ihr ins Wort und winkte ab. »Sie ist wieder schwanger. Sie hat es mir gestern Nachmittag gesagt. Ich habe sie spuckend im Gemüsegarten entdeckt und eins und eins zusammengezählt.«

»In diesem Haus scheint nichts lange verborgen zu bleiben«, antwortete Marta lächelnd.

»Denkst du, es werden wieder Zwillinge?«, fragte Nele.

»Wir wissen es nicht«, erwiderte Marta. »Obwohl Ida mit einem Baby zufrieden wäre. Zwei auf einmal machen eine Menge Arbeit, und wir haben ja noch die anderen beiden Racker, auf die es zu achten gilt.«

»Da sagst du was«, antwortete Nele lächelnd. »Erst vorhin hat Gesine unsere Inke mal wieder in der Vorratskammer vorgefunden, wo die Kleine doch tatsächlich eines der Kompottgläser auf den Boden geworfen hat. Die guten Pflaumen.«

»Ach nein«, erwiderte Marta, »das auch noch. Das Pflaumenkompott mag ich besonders gern. Und davon haben wir nur noch wenige Gläser.«

»Es ist also wünschenswert, dass es dieses Mal nur ein Kind wird«, antwortete Nele.

»Da ist was dran«, erwiderte Marta. »Ein liebes Mädchen wäre nett.« Ihr Blick fiel auf den Badeofen. »Wird noch ein halbes Stündchen dauern, bis das Wasser warm genug ist. Bis dahin kann ich zu euch in die Küche kommen.«

Sie folgte Nele aus der Badestube hinaus, und die beiden liefen raschen Schrittes über den Hof. Ein schneidend kalter Ostwind wehte ihnen vereinzelte Schneeflocken ins Gesicht. Marta hätte gern mal wieder die Sonne gesehen, doch diese war in den letzten Wochen ein seltener Gast gewesen. Sie betraten die Küche, wo wohlige Wärme die beiden Frauen empfing. Ebba stand an der Arbeitsplatte, die Hände in einem Brotteig. Mehl klebte an ihren geröteten Wangen. Sie sah zerzaust aus. Gesine saß am Tisch und schenkte sich Tee nach. Vor ihr lag die aufgeschlagene Inselzeitung.

Marta brachte Ebbas Anblick zum Schmunzeln. Ebba war seit Tagen nervös, rannte wie ein aufgescheuchtes Huhn durch die Gegend, zeterte wegen jeder Kleinigkeit los und suchte mal wieder ständig ihre Brille. Marta zeigte dieses Mal Verständnis für Ebbas Verhalten und bat alle anderen darum, ebenfalls nachsichtig mit ihr zu sein. Die bevorstehende Hochzeit war ein einschneidendes Erlebnis in Ebbas Leben. Da durfte man gern mal hektisch sein und alle verrückt machen.

»Was tust du denn da?«, fragte Marta Ebba.

»Das siehst du doch. Ich backe Brot. Ich hab ganz hinten in der Vorratskammer noch ein Säckchen Mehl gefunden. Was für ein glücklicher Zufall. Und bevor sich darin irgendwelches Ungeziefer einnistet, dachte ich mir, verarbeite ich es lieber gleich.«

»Ungeziefer, in unserer Vorratskammer?«, rief Marta empört.

»Noch nie was von Mehlwürmern gehört?«, fragte Ebba und knetete kräftig weiter. »Die mögen Lebensmittel, die länger liegen. Das hat mir Kresde Flohr bei einem kurzen Schnack neulich erzählt. In ihrem Mehlsack hätten sich viele der ekligen Viecher eingenistet. Sie musste alles wegwerfen.«

Marta nickte. Widerworte zu geben würde keinen Sinn machen.

»Dann ist es besser, wenn wir das Mehl gleich weiterverarbeiten«, antwortete sie und fragte: »Wie lange wird das mit dem Brot denn noch dauern? In einer Stunde müssten wir mit dem Ankleiden beginnen. Du weißt, das braucht bei der Amrumer Tracht seine Zeit.«

Sie wollte noch etwas hinzufügen, kam jedoch nicht mehr dazu, denn Gesa betrat den Raum. Ihr folgten vier Kinder in hübschen Mänteln, Anna und Dirk Nagel und eine junge Frau in einem braunen Mantel, die wohl als Kindermädchen fungierte, denn sie hatte das Jüngste, die zweijährige Jule, auf dem Arm. Zum Schluss betrat Jasper den Raum.

Ebbas Augen wurden groß.

»Mama«, rief Gesa erfreut, lief auf Ebba zu und umarmte sie, trotz der mit Teig verklebten Hände, überschwänglich.

Ebba wusste nicht, wie ihr geschah. »Gesa«, stammelte sie, Tränen schimmerten in ihren Augen.

»Du hast doch nicht etwa geglaubt, du könntest ohne mich heiraten«, sagte Gesa und drückte Ebba fest an sich. Ebbas Blick wanderte zu Marta, die lächelte.

»Meine Liebe«, sagte Anna Nagel. »Es ist uns eine Freude, dich wiederzusehen. Was war das doch für eine frohe Kunde, die uns da erreichte. Wir waren alle regelrecht aus dem Häuschen, auch die Kinder.« Sie deutete auf die Kleinen.

Ebba war vollkommen überwältigt und fing an zu weinen. Ihre Gesa war gekommen. Sie war tatsächlich hier.

»Und wir wollten auch nicht gleich wieder nach Hause fahren«, sagte Gesa. »Marta hat uns angeboten, dass wir länger bleiben dürfen. Platz habt ihr ja ausreichend.«

Ebba nickte. Sie nahm die Brille von der Nase und wischte sich mit einem Küchentuch die Tränen von den Wangen. Ihr Blick fiel auf die Kinder.

»Und was für eine Freude. Du hast all meine Enkelchen mitgebracht«, sagte Ebba.

»Das war Annas Idee«, erwiderte Gesa. »Ich wollte eigentlich allein kommen, doch sie meinte, es wäre an der Zeit, dass du deine Enkel mal wieder siehst. Einige von ihnen kennst du ja noch gar nicht.«

»Und ich fand die Idee ganz zauberhaft«, sagte Marta. »Die Kleinen werden eure Blumenkinder sein. Anna hat extra hübsche Kleider für den Gottesdienst anfertigen lassen.«

»Die, dem Herrn im Himmel sei Dank, gerade noch rechtzeitig fertig geworden sind«, fügte Anna Nagel hinzu.

Ebba trat näher an die Kinder heran. Jan grüßte sie mit einem fröhlichen »Moin«. Sie drückte ihn sogleich fest an sich. Er war seinem Vater wie aus dem Gesicht geschnitten. Ein Jammer, dass er ihn nicht kennengelernt hatte. Die anderen Kinder waren schüchterner. Besonders die Jüngste, die kleine Jule, schien von ihrer Großmutter nicht sonderlich begeistert zu sein. Als Ebba die kleine Hand des Mädchens berührte, wandte die den Kopf ab und klammerte sich an ihr Kindermädchen. Gesa nahm Jule auf den Arm und sagte tröstend: »Musst keine Angst haben, meine Süße. Das ist deine Oma Ebba, von der ich dir schon ganz viel erzählt habe.«

»Hab Geduld mit ihr«, sagte Ebba. »Es ist ja alles fremd für sie und dann die Bahnfahrt und die Fahrt mit der Fähre. Gewiss ist sie müde. Am besten geht ihr erst einmal auf eure Zimmer und richtet euch ein. Wenn die Zeit noch reicht, könnten wir Tee trinken. Leider hab ich keine Heißwecken gebacken, denn unsere Mehlvorräte sind ziemlich knapp. Aber wir können euch Butterkekse anbieten. Die bringt Thaisen immer von der Inselwache mit, und sie lassen sich hervorragend in den Tee tunken.«

Gesa nickte.

»Das ist eine gute Idee«, sagte Dirk Nagel, der sich bisher im Hintergrund gehalten hatte. »Es ist schön, wieder hier sein zu dürfen.«

Er sah zu Marta, die nickte. Sie wusste, dass er Wilhelm vermisste. Die beiden hatten während der Bauzeit der Dependance Freundschaft geschlossen. Der Gedanke an Wilhelm versetzte Marta einen Stich. Was er wohl zu der Hochzeit gesagt hätte? Vermutlich hätte er sich, wie sie alle, für Ebba gefreut. Marta schob den Gedanken beiseite und sagte: »Dann will ich euch mal die Zimmer zeigen. Ich habe Räumlichkeiten hier im Haupthaus ausgewählt. Die Dependance ist zurzeit stillgelegt und wird auch nicht beheizt.« Sie bedeutete ihren Gästen, ihr zu folgen. Es ging zur Rezeption, wo Marta die Schlüssel für die Räumlichkeiten vom Brett nahm. Sie wählte Zimmer mit Blick auf den Garten und die Dünen. In dem einen Doppelzimmer befand sich ein Kinderbett für Jule. Die Mädchen wurden in einem Gemeinschaftszimmer mit Alkovenbetten untergebracht, die sie aufgeregt in Besitz nahmen. »Hier kann man ja in der Wand schlafen«, sagte eines von ihnen und klatschte in die Hände. Ihr Name war Gitte, oder doch Antje? Es würde wohl noch ein Weilchen dauern, bis Marta sich die Namen merken und dem richtigen Kind zuordnen konnte. Das Kindermädchen erhielt ein direkt neben dem Mädchenzimmer gelegenes Einzelzimmer, und auch Jan bekam ein Zimmer für sich allein mit einem Alkovenbett darin. Als alle untergebracht waren, atmete Marta erleichtert auf. Dann fiel ihr plötzlich Idas Bad ein. Ach herrje. Das hatte sie vollkommen vergessen. Sie eilte rasch in die Badestube. Dort fand sie Nele vor, die gerade das warme Wasser in die Wanne laufen ließ.

»Dachte ich mir doch, dass du bei all der Aufregung Idas Bad vergessen würdest«, sagte sie grinsend.

»Aufregung trifft es«, antwortete Marta. »Aber es ist auch wunderbar. Endlich haben wir mal wieder Leben im Haus.«

»Ja, das stimmt«, erwiderte Nele. »Aber nun müssen wir uns sputen. Idas Bad wird wohl kürzer ausfallen als gedacht. Sonst bekommen wir sie nicht mehr rechtzeitig in die Tracht.«

Marta nickte. »Ich hole sie schnell. Und dann können wir beide ja schon mal mit dem Ankleiden beginnen.« Sie verließ den Raum und eilte zu Idas Kammer. Dort angekommen, fand sie ihre Tochter friedlich schlafend im Bett vor. Der Anblick rührte Marta, und ein warmes Glücksgefühl breitete sich in ihr aus.

32

Norddorf, 15. April 1917

Eben habe ich mit Ebba in der Küche gesprochen. Sie hat einen Brief von Gesa erhalten, der neue Fotografien ihrer Enkelkinder enthielt. Diese wolle sie so schnell wie möglich rahmen lassen. Ach, es war so schön, als sie alle bei uns zu Gast waren. Ebba ist eine großartige und liebevolle Großmutter mit einer Engelsgeduld, und wir hatten für einige Zeit wieder Leben im Haus. Auch das Hochzeitsfest war etwas Besonderes und gut gelungen. Solche Tage müsste es viel mehr geben.

Heute ist der Nationaltag für die Kriegsanleihe. Wir werden nach dem Kirchgang ebenfalls zeichnen. Viel ist es nicht mehr, was ich geben kann. Aber jeder Betrag, und mag er noch so klein sein, zählt. Ich hoffe darauf, wie so viele andere, dass wir doch noch einen Siegfrieden erreichen können. Obwohl das Wort Verständigungsfrieden immer häufiger in der Luft liegt. In Flandern sollen jeden Tag Tausende sterben. Es muss furchtbar sein, auch Giftgas soll dort häufig zum Einsatz kommen, wie Schwester Anna zu berichten wusste. Wir können froh darüber sein, dass die meisten Amrumer bei der Inselwache ihren Dienst tun. In Russland herrschen nach dem Rücktritt des Zaren weiterhin chaotische Zustände. Frauke erzählte gestern, sie habe gelesen, Lenin wäre dorthin zurückgekehrt. Er könnte für Recht und Ordnung sorgen. Wie es mit der Zarenfamilie weitergehen wird, scheint niemand zu wissen. Sie haben wohl Hausarrest. Vermutlich wird man sie in die Verbannung schicken. Jasper meinte, wenn die Russen so weitermachten, könnte es sein, dass es bald keine Ostfront mehr geben würde. Die hätten ja wahrlich genug eigene Probleme, die sie erst einmal lösen müssten. Er sagte, dass ein Zusammenbruch der Ostfront sogar das Kriegsende bedeuten könnte. Aber ich bleibe skeptisch. Erst gestern stand etwas von einer neuen Offensive in der Zeitung. Ach, es gibt so viele Offensiven, so viele Kämpfe und Tote. Ich kann und will eigentlich gar nicht mehr darüber schreiben. Hier auf unserem Inselchen geht alles seinen gewohnten Gang. Endlich haben wir so etwas wie Frühlingswetter. Die Sonne lacht seit einigen Tagen von einem beinahe wolkenlosen Himmel und sorgt dafür, dass die Krokusse im Garten erblühen. Auch erste Bienen und Schmetterlinge habe ich schon gesehen. Der Beginn des Frühlings tut uns nach diesem schrecklich langen Winter gut. Nun gilt es, darauf zu hoffen, dass in diesem Sommer die Kartoffelernte besser ausfallen wird, damit wir nicht erneut auf einen solch fürchterlichen Kriegswinter wie den letzten zusteuern werden. Obwohl ich immer wieder betonen muss, wie gut es uns auf den Inseln trotz allem geht. Ich erhalte noch immer regelmäßig Post aus Hamburg. Dort müssen fürchterliche Zustände herrschen. Jeden Tag bilden sich lange Schlangen vor den Lebensmittelgeschäften, man erhält immer weniger für die Marken. Auch wird es in Hamburg mit der neu eingeführten Kleiderordnung sehr genau genommen. Danach darf jeder Zivilist nur eine gewisse Anzahl an Kleidern besitzen. Es gibt sogar Kontrolleure, die durch die Häuser gehen und den Menschen die Kleidung wegnehmen. Zusätzlich ist in der Stadt die Postzustellung reduziert worden, damit die Postboten ihre Schuhe schonen. Leder ist längst zu einem Luxusgut geworden. Bei uns gab es noch keine Kontrollen der Kleiderschränke. Allerdings wurde die Kirchenglocke der Nebeler Kirche wegen Metallmangels zwangsweise eingeschmolzen. Das hat unseren Herrn Pfarrer schwer getroffen. Neulich gab es sogar einen Aufruf zu seifenlosen Tagen. Ach, wo soll das alles noch enden, frage ich mich.

Ida ließ ihren Blick über das Watt hinweg bis nach Föhr schweifen. Es war später Vormittag, und die Sonne schien durch eine dünne Schicht Schleierwolken. Der Geruch des Schlicks hing in der Luft. Es war ein milder und windstiller Tag. Sie fror trotzdem und wickelte sich noch fester in ihr wollenes Schultertuch. Instinktiv glitt ihre Hand zu ihrem Bauch, der jetzt leer war. Sie hatte das Kind vor einigen Tagen verloren. In den frühen Morgenstunden war es ein Ziehen im Unterleib gewesen, das sie geweckt und sich schnell zu krampfartigen Schmerzen entwickelt hatte, die ihr den Atem raubten. Als Sieke kam, war ihre Wäsche bereits voller Blut gewesen. Sie hatte sich gekümmert. Hatte das nicht lebensfähige Wesen weggebracht, das aus ihr herausgerutscht war. Vierzehnte Woche, eigentlich war die kritische Zeit bereits überstanden. Doch Ida hatte schon mal ein Kind nach Ablauf dieser Frist verloren. Thaisen war sofort benachrichtigt worden und hatte ihr beigestanden, ebenso Marta und all die anderen. Sie kümmerten sich um Leni und die Zwillinge, damit Ida sich ausruhen und trauern konnte. Ida machte sich Vorwürfe. Sie hatte drei gesunde Kinder, die erneute Schwangerschaft war ihr ungelegen gekommen. Vielleicht hatte das Kind in ihrem Inneren ihre Ablehnung gespürt und war deshalb gegangen. Oder war das Unsinn? Thaisens trauriger Blick war für sie unerträglich, die Art, wie er um sie herumschlich und sie schonen wollte. Wenn ein Kind abgeht, dann hat das immer einen Grund, hatte Sieke sie zu trösten versucht. Ebba hatte ihr zuliebe sogar extra drei Heißwecken gebacken, damit sie wieder zu Kräften kam. Sie hatte sie nicht angerührt und Marta gebeten, sie solle sie den Kindern geben. Tage waren vergangen. Sie hatte geschlafen, dem Regen und dem Wind gelauscht. Gerade jetzt wünschte sich Ida, Kaline würde neben ihr stehen. Sie würde schweigen, das wusste sie. Doch allein durch ihre Gegenwart würde sie sie beruhigen. In Idas Augen traten Tränen.

»Du weißt, dass du es nicht mehr bis Föhr schaffen wirst«, sagte plötzlich jemand hinter ihr. Es war Thaisen.

Ida nickte. Längst lief das Wasser wieder auf, wurden die Priele wieder breiter und tiefer. Er legte von hinten die Arme um sie, sie lehnte sich an ihn. Eine Weile sagte keiner von beiden etwas.

»Ich kann mich noch so gut an unsere erste Begegnung erinnern. Damals, als du mit Kaline zum ersten Mal ins Watt gegangen bist. Ich war eifersüchtig auf dich.«

»Ich weiß«, erwiderte Ida. »Und du hast meine Schuhe zu schick gefunden.« Plötzlich umspielte ein Lächeln ihre Lippen.

»Wollen wir zu unserer alten Kate gehen? Nur wir beide, wie früher?«

Ida nickte. Er legte den Arm um sie. Sie wählten nicht den Weg durchs Dorf, sondern entschieden sich, um die Nordspitze der Insel herumzulaufen. Sie gingen am Ufer des Watts entlang, beobachteten Seeschwalben, Strandläufer und Möwen. Thaisen hob die eine oder andere Muschel auf. Sogar einen Seestern fanden sie, den er jedoch nicht mitnahm. Irgendwann kletterten sie die Dünen hinauf, setzten sich in den warmen Sand und blickten auf das ruhige Meer. Die Wasseroberfläche funkelte im Sonnenlicht. In der Ferne war nur ein Kutter zu sehen.

»Es ist so schön hier«, sagte Ida. »Wir haben die Insel jeden Tag, und trotzdem überwältigt sie mich in Momenten wie diesen jedes Mal wieder. Ich könnte niemals von hier weggehen. Amrum hat mich eingefangen, und ich bin gern Gefangene dieser Insel. Nichts und niemand wird mich jemals von hier fortbringen.«

Thaisen nickte und erzählte: »Damals in Wilhelmshaven, wenn ich nachts wach gelegen habe, dann war es am schlimmsten. Tagsüber gab es ja immer etwas zu tun. Doch nachts, wenn es still wurde, schlich sich das Heimweh an. Und die Angst kroch in mir hoch, dass ich Amrum, dass ich dich niemals wiedersehen würde. Beinahe wäre es so gekommen. So viele Kameraden habe ich ertrinken und sterben sehen an diesem schrecklichen Tag.«

Ida legte ihm den Finger auf den Mund. »Scht«, sagte sie. »Es ist vorbei. Du bist zurückgekommen und geblieben. Ich lass dich nie mehr gehen.« Sie küsste ihn. Zärtlich berührten ihre Lippen die seinen. Er schloss seine Arme um sie, und sie versanken ineinander.

»Wollen wir weiter?«, fragte Ida nach einer Weile.

Er nickte. Die beiden verließen die Dünen und entschlossen sich, die Schuhe auszuziehen. Barfuß liefen sie an der Wasserlinie entlang und hoben wieder ein paar Muscheln auf. Eine vorwitzige Robbe hatte es sich in der Sonne gemütlich gemacht. Sie beobachteten sie eine Weile bei ihrem Nickerchen. Doch dann scheuchte Thaisen das Tier fort. Als es sich endlich dazu bequemte, sich ins Wasser gleiten zu lassen, rief er ihm hinterher: »Sieh zu, dass du wegkommst. Sonst holt dich einer der Robbenjäger und zieht dir das Fell ab.«

Ida und Thaisen liefen den Strand hinunter und am Unterstand der Inselwache vorüber. Dort grüßte Thaisen kurz den Kameraden. Am Strandübergang von Norddorf lag die Strandrestauration mit ihrer Terrasse verlassen da. Auch in diesem Jahr würde niemand die Strandkörbe aus ihrem Winterquartier holen. Es würde kein buntes Badeleben geben. Unweit von ihnen war eine Seemine angeschwemmt worden. Thaisen nahm Ida an der Hand, und sie liefen rasch weiter. Der diensthabende Soldat hatte die Mine gewiss gesehen und gemeldet. Sie würde schnell entschärft und weggebracht werden.

Sie erreichten bald darauf die in den Dünen liegende alte Kate, die einen müden Eindruck machte. Längst war der bunte Holzzaun davor verschwunden. Am Dach hingen jedoch noch immer einige Windspiele. Thaisen öffnete die Tür, und sie traten ins Innere. Es roch muffig, auf allem lag eine dicke Staubschicht.

Thaisens buntes Sammelsurium weckte Erinnerungen an die Vergangenheit. Das alte Fass in der Ecke, die bunt gestrichenen Möbel. Das geklebte Geschirr auf dem winzigen Regal an der Wand. Auf dem Ofen stand der alte Teekessel. Ida trat ans Fenster und nahm einen der dort noch immer liegenden Seesterne zur Hand, ein hellrotes Exemplar, und betrachtete ihn von allen Seiten.

»Den hab ich wegen seiner Farbe besonders gern«, sagte Thaisen.

»Wieso ist er dann hier?«, fragte Ida.

»Na, weil er doch hierhergehört.«

Ida lächelte. So eine Erklärung konnte nur von Thaisen kommen. Ihr Blick fiel auf die kleine Schatulle, in der die Kette mit dem Medaillon lag. Sie nahm das Schmuckstück heraus, öffnete es und betrachtete die Fotografie der jungen Frau wehmütig.

»Wie viele Geschichten wir uns schon für sie ausgedacht haben«, sagte sie. »Oder für das namenlose Mädchen auf dem Friedhof. Wir haben sie schon lange nicht mehr besucht. Denkst du, sie vermisst uns?«

»Vielleicht«, antwortete er.

»Wir könnten zu ihr gehen. Mit ihr reden, so wie früher.«

Thaisen stimmte zu. Ida legte das Medaillon zurück in die Schatulle, und sie verließen die alte Kate. Sorgfältig schloss Thaisen die Tür. Sie wählten den Weg über den Strand Richtung Nebel. Dort lag, unweit der Kirche, das Gräberfeld, auf dem das Mädchen beerdigt worden war. Schon seit einigen Jahren kamen hier keine neuen Toten mehr hinzu. Im Jahr 1905 war vom damaligen Strandvogt, dem Kapitän Carl Jessen, der Friedhof der Heimatlosen gegenüber der Amrumer Windmühle angelegt worden. Er selbst hatte dafür das Grundstück zur Verfügung gestellt. Die erste Bestattung fand ein Jahr später statt. Es war zur Tradition geworden, dass der Pastor die Beerdigungen dieser Heimatlosen nach dem Gottesdienst ansagte. Dies führte dazu, dass viele Amrumer daran teilnahmen und den namenlosen Toten die letzte Ehre erwiesen. Auch die meisten auf der Insel angeschwemmten Toten nach der Seeschlacht bei Helgoland waren hier bestattet worden.

Thaisen und Ida betraten den Friedhof der Namenlosen. Viele der Gräber waren nicht mehr als solche zu erkennen. Die meisten Holzkreuze waren verschwunden oder verwittert, Gras und Heidekraut überwucherte die Gräber. Ganz am Ende des Feldes lag das Grab des kleinen Mädchens. Ihr Kreuz war noch da. Es war ebenfalls verwittert und stand schräg. Auf dem Weg hierher hatte Thaisen einen blühenden Ast eines Obstbaumes abgebrochen, den er auf das mit Heidekraut bewachsene Grab legte. Sie setzten sich davor und betrachteten wortlos das Kreuz.

»Es tut gut, wieder hier zu sein«, sagte Ida. »Es klingt vielleicht eigenartig, aber dieser Ort gibt mir Kraft.«

»Mir auch«, erwiderte Thaisen. »Ich war erst vor einer Weile hier und habe mich mal wieder gefragt, ob noch jemand von ihrer Familie lebt, ob man sich an sie erinnert. Wir haben uns so viele Leben für sie ausgedacht und ihr eine Stimme gegeben. Für uns wurde sie lebendig. Doch es wird uns für immer verborgen bleiben, wer sie wirklich war und wie ihr richtiger Name gewesen ist. Der Friedhof der Namenlosen wird dieser Ort hier und auch der in Nebel genannt. Doch diese Toten sind nicht namenlos. Sie waren jemand, werden vermisst, wurden geliebt.«

»Unser verlorenes Kind hatte keinen Namen«, sagte Ida. »Es war nicht lebensfähig, wurde nicht getauft. Ich hab es nicht einmal gesehen.« In ihre Augen traten Tränen. »In mir fühlt sich alles leer an. Ich vermisse es so sehr. Jetzt hätte sich mein Bauch zu wölben begonnen, bald hätte ich die ersten Bewegungen gespürt.« Die Tränen rannen ihr über die Wangen. Sie wischte sie rasch ab. »Ich weiß, ich bin ungerecht. Wir haben drei gesunde

Kinder. Anfangs habe ich diese Schwangerschaft verflucht. Es war mir alles zu viel – die Übelkeit, die Müdigkeit. Doch dann entwickelte sich dieses Gefühl in mir. Unter deinem Herzen wächst ein kleiner Mensch, um den du dich kümmern musst. Aber ich habe es nicht geschafft. Ich konnte es nicht beschützen.«

»Ich weiß«, antwortete Thaisen und nahm sie in die Arme. Ida ließ sich fallen. Sie schluchzte laut, ihr Körper bebte. Sie weinte und weinte. Thaisen hielt sie fest. Sein Blick fiel über Idas Schulter auf das Grab. Ida hatte recht. Dieser Ort gab ihnen Kraft.

Die Sonne stand bereits tief am Horizont, als sie den Friedhof verließen. Sie schlugen jedoch nicht den Weg nach Norddorf über die Felder ein, sondern gingen zurück zum Strand. Inzwischen hatte der Himmel sich zugezogen, der Wind frischte auf, Regen lag in der Luft. Schweigend liefen sie nebeneinander an der Wasserlinie her. Ihr Ziel war für beide klar. Die alte Kate, wo sie die Nacht verbringen und, eng umschlungen und dem Rauschen des Meeres und dem Wind lauschend, alte und neue Geister vertreiben würden.

33

Norddorf, 30. Mai 1917

Heute war ich mal wieder bei Elisabeth im Honigparadies zu Besuch. Langsam kehrt auch dort der normale Alltag ein, und die beklemmende Stimmung ist gewichen. Marret geht ihrem Vater bei der Herstellung des Honigs zur Hand. Dieser wird nun größtenteils abgegeben, nur wenig darf zum Eigenverbrauch behalten werden. Aufgrund der strengen Vorschriften musste Julius auch die Produktion des Honigweins einstellen, was ihn sehr ärgert. Aber was will man machen, hat er zu mir gesagt. Vorschriften sind nun einmal Vorschriften. Mit seinem Honig unterstütze er nun das Vaterland. Wo genau dieser landet, könnte ihm niemand sagen. Aber es sei durchaus möglich, dass er an die Front geliefert wird. Obwohl Julius daran nicht so recht glauben mag. Erst neulich hat er mit Ersatzhonig Bekanntschaft gemacht, ein fürchterliches, zuckriges Zeug, das den Namen Honig nicht verdiene. Im Hinterzimmer des Schuppens bunkert Julius noch einige Kisten vom Honigwein.

Wir setzten uns in den Garten in die Sonne. Es war heute so ein herrlicher Frühlingstag. Die Bienchen summten um uns herum, Schmetterlinge flatterten durch die Luft. Wäre es ein normaler Tag ohne Krieg, wäre der Garten voller Gäste gewesen, Elisabeth hätte Unmengen an Kuchen verkauft, und natürlich wäre der goldene Honigwein in Strömen geflossen. Irgendwann wird es wieder so sein, hat Elisabeth heute zu mir gesagt. Wenn dieser elende Krieg endlich ein Ende findet, dann wird es wie früher sein. Wir wissen beide, dass dies einer Lüge gleichkommt. Niemals wird es wieder wie früher sein. Die Verluste und der Schmerz sind zu groß. Wir können nur darauf hoffen und dafür beten, dass unsere Anführer, allen voran der Kaiser und Hindenburg, das Richtige tun werden.

Marta schaltete ihre Nachttischlampe ein und schaute auf die Uhr. Es war halb fünf Uhr morgens, und sie war glockenwach. Schon seit einer Weile wälzte sie sich ruhelos von links nach rechts. Es half nichts. Sie konnte nicht mehr einschlafen. Sie setzte sich auf und überlegte, was sie jetzt tun könnte. Ein Tee wäre schön. Nur allzu gern hätte sie heute Morgen einen von Ebbas Heißwecken dazu genossen oder mal wieder eine richtige Tasse Kaffee. Von Letzterem vermisste sie ganz besonders den Geruch. Dem zumeist aus Eicheln hergestellten Ersatzkaffee konnte sie nichts abgewinnen. Er schmeckte ihrer Meinung nach wie Abspülwasser. Dann doch lieber Tee, am liebsten schwarzen, der belebte ebenfalls die Sinne. Nur leider mussten sie diesen zumeist ohne die *Wolkje Rohm* trinken, die sie so gern hatte. Wenigstens gab es noch Kluntjes. Der Zucker war zwar nur noch zu Schwarzmarktpreisen zu bekommen, aber ein wenig Luxus musste sein. Sie stand auf, trat ans Fenster und blickte nach draußen. Es dämmerte bereits, der Himmel war klar, ein Vorteil dieser Jahreszeit: Es wurde morgens früh hell. Sie ging zu ihrem Kleiderschrank und öffnete ihn. Sein Inhalt war überschaubar. Es gab auf Amrum zwar keine Kleiderkontrollen in den Privaträumen, aber Marta hatte sich der allgemeinen Regel gebeugt und einen Großteil ihrer Kleidung zum Wohl der Gemeinschaft abgegeben. Sie besaß nun nur noch drei Röcke und eine geringe Anzahl Blusen, dazu die notwendige Wäsche, eine dünnere Jacke für den Übergang, ihren Wintermantel, einige wollene Tücher und ihren Regenmantel. Ihre Amrumer Tracht hatte sie natürlich nicht hergegeben. Diese lag eingemottet in einer Kleidertruhe auf dem Dachboden, gemeinsam mit den Trachten von Ida, Nele und Ebba. Dort würde, sollte ein Kontrolleur kommen, keiner danach suchen. Obwohl Nele davon überzeugt war, dass auf Amrum niemand die Häuser nach versteckten Lebensmitteln oder Kleidung überprüfen würde. Lieber auf Nummer sicher gehen. Die Trachten waren viel zu wertvoll, um sie der Reichsbekleidungsstelle in den Rachen zu werfen. Marta setzte sich an ihren Toilettentisch und musterte ihr Gesicht im Spiegel. Immer mehr Falten gruben sich in ihr Antlitz. Um die Mundwinkel, die Augen, in ihre Stirn. Dunkle Schatten unter ihren Augen ließen Müdigkeit vermuten. Sie begann, ihr Haar zu bürsten, und steckte es wie üblich am Hinterkopf fest. Es folgte eine kurze Morgentoilette, dann kleidete sie sich an. Als sie so weit fertig war, richtete sie noch rasch das Bett. Sie schüttelte das Kissen auf und strich das Laken glatt. Ihr Blick fiel auf die rechte Bettseite, und sie hielt in der Bewegung inne. Dort lag kein Bettzeug mehr. Vor einer Weile hatte sie Wilhelms Decke und Kissen abgezogen und in eine der Wäschekammern gebracht. Sie strich traurig über das weiße Laken. Es war, wie es war. Sie trat vom Bett weg, musterte sich noch einmal prüfend im Spiegel, dann verließ sie den Raum. Draußen empfing die angenehme Kühle eines Sommermorgens sie. Im Osten färbte sich der Himmel rot. Bald würde die Sonne aufgehen. Sie lief über den Hof und betrat die Küche. Dort traf sie auf Ebba, die am Küchentisch saß, vor sich eine Tasse Tee.

»Moin, Ebba«, grüßte Marta, »wird ein schöner Tag heute werden.«

»Hm«, antwortete Ebba.

Marta sah Ebba irritiert an. Sie mochte morgens oftmals noch etwas grummelig sein, aber so schroff hatte sie schon lange nicht mehr reagiert. Mindestens ein »Moin« war all die Jahre über ihre Lippen gekommen.

Marta setzte sich Ebba gegenüber, schenkte sich Tee ein und fragte: »Stimmt etwas nicht?«

»Hm«, brummte Ebba.

»Ich liege also richtig«, sagte Marta.

Ebba seufzte tief. Sie sah Marta nicht an, sondern begann damit, einen Butterkeks in ihrer Tasse zu versenken. Marta trank von ihrem Tee und nahm sich ebenfalls einen der Kekse.

Eine Weile schwiegen beide Frauen. Ebba war diejenige, die das Wort ergriff: »Kann ich dich mal was fragen?«

»Aber gewiss doch«, antwortete Marta. Ebbas Frage war ihr suspekt. Ihr Blick wurde misstrauisch.

»Es ist wegen Uwe«, rückte Ebba mit der Sprache heraus. »Er ist, er will ...« Sie verstummte.

Marta ahnte, was kommen würde. Du liebe Güte, nein. Sie musste jetzt nicht dieses Gespräch führen, oder?

»Er will noch, na, du weißt schon.« Ebba war das Thema sichtlich peinlich, trotzdem schien es ihr ein dringendes Bedürfnis zu sein, darüber zu sprechen.

»Ihr seid verheiratet«, antwortete Marta. »Da ist das doch ganz natürlich.«

»Ja, schon«, antwortete Ebba. »Aber ich will das nicht mehr. Jedenfalls nicht so oft. Ich meine, bisschen kuscheln und ein Küsschen sind schon gut. Auch kann er gern meine Hand halten. Aber so richtig wie die Karnickel. Das ist nichts mehr für mich. Ich hab Uwe gern, wirklich. Er ist lustig und kann gut kochen, wir reden viel und gehen auch mal am Strand spazieren. Aber diese Sache. Dafür bin ich doch schon viel zu alt.«

»Dann musst du mit Uwe darüber reden«, antwortete Marta.

»Das bring ich nicht fertig. Kannst du das nicht machen?«

»Ich?« Marta verschluckte sich an ihrem Tee.

Ebba zog den Kopf ein. »Ich weiß, das ist viel verlangt. Aber es wäre wirklich lieb von dir. Du hast auch was gut bei mir.«

Marta seufzte hörbar. Sie konnte Ebba verstehen, aber auch Uwe. Immerhin gehörte ein Sexualleben zu einer Ehe dazu, auch wenn die beiden in fortgeschrittenem Alter waren.

»Wieso gefällt es dir eigentlich nicht?«, fragte Marta. »Es ist doch gar keine so üble Sache.« Liebe Güte, dachte sie. Das konnte nicht wahr sein. Sie saß mit Ebba in der Küche und redete über ihr Liebesleben.

»Also, wenn ich jünger wäre, dann könnte es mir schon gefallen«, antwortete Ebba. »Es gab mal Zeiten, da war ich recht ansehnlich. Aber jetzt ... Na, du weißt schon. Ich verstehe nicht, was er an mir findet.«

»Er liebt dich.«

»Ja, ich lieb ihn auch. Aber deshalb muss man doch nicht ...«

»Gut, ich rede mit ihm«, antwortete Marta und hob abwehrend die Hände.

»Aber so richtig«, erwiderte Ebba. Ihr Tonfall klang bestimmt.

»Ja, mach ich«, erwiderte Marta und begann zu überlegen, wie sie das heikle Thema bei Uwe anschneiden sollte. Himmel, sie kannte den Mann ja kaum. Sie nahm sich einen Butterkeks und versenkte ihn aus Versehen in ihrem Teebecher. Grummelnd fischte sie ihn mit dem Teelöffel wieder heraus. »Mit einem anständigen Heißwecken würde einem so etwas nicht passieren«, sagte Marta und schob den aufgeweichten Keks in den Mund.

»Ich vermisse sie auch«, antwortete Ebba. »Dieser ständige Mangel ist fürchterlich. Immerhin gibt es inzwischen wieder mehr Kartoffeln. Die Bauern auf Föhr scheinen dieses Jahr eine bessere Ernte zu bekommen. Die Frühkartoffeln machen schon einen ganz guten Eindruck. Nele will bald wieder übers Watt laufen und sehen, was sich tauschen lässt.«

»Dann werde ich sie begleiten«, sagte Marta. »Ich bin schon so lange nicht mehr übers Watt nach Föhr gelaufen. Das wird mir guttun. Und wenn sie Eier und Kartoffeln bekommt, hat sie allein daran zu schwer zu tragen.«

»Vielleicht gibt uns ja auch Schwester Anna ein paar Kartoffeln ab«, meinte Ebba. »Soweit ich weiß, hat das Hospiz erst neulich eine Lieferung von Föhr erhalten.«

»Oh, das glaube ich nicht«, antwortete Marta. »Die Männer mussten sehr lange Zeit auf Kartoffeln verzichten und werden sich gewiss darüber freuen. Aber Nudeln gibt sie uns noch immer bereitwillig ab, und von Elisabeth habe ich erst gestern ein Glas Honig mitgebracht.«

»Das ich wie meinen Augapfel hüten werde«, erwiderte Ebba. »Ich plane, für Sonntag einen Honigkuchen zu backen. Das wäre mal wieder eine nette Abwechslung für uns alle. Wenn dann auch noch das Wetter stimmt, könnten wir uns wie früher unter die Obstbäume im Garten setzen und klönen.«

»Das wäre schön«, antwortete Marta.

Aus dem Augenwinkel nahm sie eine Bewegung auf dem Hof wahr und blickte nach draußen.

»Das ist Uwe«, sagte Ebba. »Er geht zum Strand. Das macht er jeden Morgen. Es wäre ein guter Zeitpunkt, um …« Ebba sah Marta vielsagend an.

Marta verstand. Sie atmete tief durch, dann erhob sie sich. »Meinetwegen. Aber dafür bekomme ich am Sonntag das größte Stück Honigkuchen von allen, und du backst extra wegen mir morgen früh Heißwecken. Mehl krieg ich organisiert.«

»Abgemacht«, antwortete Ebba und grinste.

Keine Minute später lief Marta über den Hof und folgte Uwe Richtung Strand. Die Sonne war inzwischen aufgegangen und tauchte die Dünen in warmes Licht. Ein Kaninchen nahm vor ihr Reißaus und verschwand in einem der Vorgärten hinter einem Schuppen. Marta folgte dem Dünenweg und winkte Schwester Anna kurz zu, die mit einem der Inselwächter am Eingang des Hospizes stand.

Als sie den Strand erreichte, blieb sie auf der Höhe der Strandrestauration stehen und ließ ihren Blick über die atemberaubende Kulisse schweifen, die ihr der noch junge Sommertag bot: Ein wolkenloser Himmel, in der Ferne war der Leuchtturm von Sylt zu erkennen, ein sanfter Wind wehte, und es herrschte leichter Wellengang. Das Wasser lief gerade wieder auf. Möwen flogen kreischend über sie hinweg. Den idyllischen Gesamteindruck störten leider keine Minute später zwei Zeppeline, die am Himmel entlangglitten. Sie kamen aus Tondern, wo es eine große Zeppelinhalle gab. Ende November letzten Jahres war ein von Amrum stammender Luftschiffsteuermann – Christian Tücke Jensen aus Nebel – bei einem Angriff auf England ums Leben gekommen. Sein Luftschiff war abgeschossen worden und brennend ins Meer gefallen. Kurz vor seinem Absturz war er noch einmal während einer Übungsfahrt über Amrum und sein Elternhaus geflogen, von allen Seiten wurde ihm zugewunken. Es war das letzte Mal gewesen, dass er seine Heimatinsel gesehen hatte.

Uwe stand linker Hand von ihr an der Wasserlinie. Auf ins Gefecht, dachte Marta, straffte die Schultern und setzte sich in Bewegung.

Als sie Uwe erreichte, sah er sie überrascht an, dann sagte er: »Sie hat dich geschickt, oder?«

Marta nickte.

»Dachte mir schon, dass da was kommt.« Er hob einen Stein auf und warf ihn ins Meer.

Marta wusste nicht so recht, wie sie beginnen sollte. Sie fühlte sich hilflos. Sie überlegte kurz, dann probierte sie es mit einem kreativen Ansatz. »Ich glaube, Ebba war vor dir nie verliebt. Wir haben mal vor Jahren über ihre Ehe geredet. Ihr erster Mann hat wohl gern einen über den Durst getrunken. Ob diese Sache, du weißt schon, schön für sie gewesen ist, wage ich zu bezweifeln. Ich würde es eher als Pflichtaufgabe bezeichnen. Ich glaube, sie fühlt sich einfach überfordert. Kleine Schritte sind gewiss besser.«

Uwe nickte und antwortete: »Mir ist egal, wie sie aussieht oder wie alt wir sind. Ich lieb sie einfach. Das hab ich damals schon getan, als wir noch jung und faltenfrei waren.« Er grinste. »Aber das Schicksal hat es anders gewollt, und für mich ist sie trotz all der Falten und der grauen Haare noch immer das schönste Mädchen weit und breit.«

Marta lächelte. Was für ein wunderbares Kompliment das doch war. Jede Frau auf der Welt konnte sich glücklich schätzen, wenn sie in Ebbas Alter noch einmal erleben durfte, solch einen liebenswerten Partner zu haben.

»Das verstehe ich«, antwortete sie. »Aber Ebba ist nicht mehr das junge Mädchen von damals. Gib ihr etwas mehr Zeit. Dann wird das bestimmt.«

»Meinetwegen«, antwortete er. »Aber hoffentlich wird es nicht zu viel Zeit werden. Davon ist in unserem Alter nämlich nicht mehr so viel übrig.« Er zwinkerte Marta zu. »Danke dafür, dass du dich kümmerst.«

»Das mach ich doch gern«, erwiderte Marta. »Ebba ist für uns Familie. Und um Familie kümmert man sich.«

»Das ist schön«, erwiderte Uwe. Die beiden machten sich auf den Rückweg zum Strandweg. »Jetzt hat sie endlich eine. Früher auf Helgoland war sie ganz allein.«

»Wieso das denn?«, fragte Marta.

»Sie wuchs als Waisenkind bei der alten Butil auf, die sie stets als Last angesehen hat. Wusstet ihr das nicht? Ihre vier Geschwister starben alle am Stickhusten. Ihr Vater kam von See nicht heim. Ihre Mutter hat das alles nicht verkraftet und ist von der Klippe gesprungen.«

»Ach du liebe Güte«, sagte Marta. Die arme Ebba.

»Da ist es schön zu sehen, dass sie jetzt in einer solch liebevollen Umgebung leben darf.«

Marta nickte. Sie selbst war ebenfalls ein Waisenkind gewesen, gestrandet bei ihrer Tante Nele, die ihr aber stets Geborgenheit gegeben hatte. Wie schrecklich musste diese Kindheit für Ebba gewesen sein. Kein Wunder, dass sie manchmal so bissig und abweisend war.

Sie erreichten die Dorfstraße, wo sie auf Thaisen trafen.

»Moin, Thaisen«, grüßte Marta. »Du hattest Nachtschicht, oder?«

»Ja, eben kam die Ablöse«, antwortete er. »Dieter von Föhr. Er brachte Neuigkeiten aus dem Hauptquartier, die uns allen gar nicht gefallen.«

»Die da wären?«, fragte Marta.

»Ein Teil der Inselwache soll wohl, so schnell es geht, an die Westfront abkommandiert werden«, sagte Thaisen.

Martas Augen weiteten sich. »Aber das dürfen sie doch gar nicht. Es gibt Regelungen, ein Abkommen.«

»Das dachten wir auch«, antwortete Thaisen. »Aber der neue Hauptmann Bethake ist fest entschlossen, dem Gesuch der Heeresleitung nachzukommen. Sollte es umgesetzt werden, könnte es auch mich und ebenso Thomas treffen.«

34

Kiel, Königliches Schloss, 19. Juli 1917

Werte Damen,

Ihre Königliche Hoheit, die Frau Prinzessin Heinrich von Preußen, hat Ihren Brief vom 1. Juli diesen Jahres erhalten und sich an die zuständige Stelle gewandt, um über Ihre Bitte Aufklärung zu erhalten. Ihre Königliche Hoheit hat gebeten, diese, wenn möglich, zu erfüllen, in Anbetracht Ihrer Ausführungen dazu. Außerdem hat Ihre Königliche Hoheit ihr Interesse für die Insel Amrum und ihre Bewohner ausgesprochen.

Leider ist es dem Generalkommandanten nicht möglich, wie Ihrer Königlichen Hoheit mitgeteilt wurde, der Bitte nachzukommen und die 16 Männer wieder der Inselwache einzureihen, da die Ersatzanforderungen des Heeres natürlich immer größer werden und eine Bevorzugung einzelner Landesteile unmöglich ist bei dem schweren Kampf, den das Vaterland zu bestehen hat und bei dem jedermann nötig ist.

Achtungsvoll

Gez. L. von Oerzten

Hofdame Ihrer Königlichen Hoheit, der Frau Prinzessin Heinrich von Preußen

Nele hielt Thomas' Hand, während sie den Strand hinunterliefen. Es war kein schöner Sommertag. Der Himmel war bedeckt, nur hier und da spitzte die Sonne zwischen den Wolken hervor. Das Meer war aufgewühlt, und es wehte ein ruppiger Wind.

Trotzdem waren sie beide barfuß. Ein letztes Mal sollte Thomas den Sand unter seinen Füßen und das kühle Wasser der Nordsee auf seiner Haut fühlen. Nicht mehr lange, und er würde die Insel verlassen – eine Reise ins Ungewisse. Er war einem Regiment in Flandern zugeteilt worden. All die Versuche der Amrumer Frauen, ihre Männer auf der Insel zu halten, waren fehlgeschlagen. Obwohl es klare Regeln gab und Zusicherungen. Als Amrum mit Westerlandföhr und Lift noch dänisch gewesen waren, hatte Befreiung vom Militärdienst bestanden. Dieser Zustand wurde nach der Preußischwerdung der Gebiete beibehalten, und es wurde den Insulanern zugesichert, dass im Kriegsfalle die gedienten Mannschaften den Schutz der Inseln übernehmen würden. Es wurde sogar zwischenzeitlich behauptet, dass in dem Vertrag zum Prager Frieden ein Satz stünde, der dieser Anordnung Rechtskraft verlieh. Doch es half alles nichts. Selbst der Hilferuf an die Prinzessin blieb erfolglos. Die Männer mussten an die Westfront ziehen, und einige würden Amrum vermutlich niemals wiedersehen. Und vielleicht wäre Thomas einer von ihnen. Nele wollte nicht daran denken. Es durfte nicht geschehen. Sie hatten so sehr für ihre Liebe gekämpft. Sie wünschte sich mit ihm eine Familie und Kinder. Sie wollte seine Eltern und Kent kennenlernen. Diese wunderbare Landschaft voller Schlösser, Landhäuser und blühender Gärten sehen, von der er ihr vorgeschwärmt hatte. Der Krieg hatte ihn ihr gebracht, nun schien der Krieg ihn ihr wieder zu nehmen. Welche Form von Frieden es auch immer geben würde, ob Sieg- oder Verständigungsfrieden, Hauptsache, dieser Wahnsinn hätte bald ein Ende. Schlachten und Offensiven, Erfolgsmeldungen an den Fronten – es war doch alles nur noch Unsinn. An der einen Stelle wurde Boden gutgemacht, an anderer wieder verloren.

»Es ist schon verrückt, oder?«, sagte Thomas und riss Nele aus ihren Gedanken. »Ich bin als englischer Pilot auf dieser Insel gestrandet, und nun werde ich an der Westfront gegen meine eigenen Kameraden kämpfen. Es klingt wie blanker Hohn. Am Ende sind wir alle nur Menschen. Es gibt eine Geschichte von Weihnachten 1914. Da schwiegen die Waffen an Heiligabend, und aus Feinden wurden für wenige Stunden Freunde. Sie sangen gemeinsam Weihnachtslieder, tauschten Zigaretten, zeigten sich Bilder von ihren Liebsten, sogar Fußball sollen sie gespielt haben. Nur wenig später standen sie sich wieder als Feinde gegenüber und töteten einander. Und nun könnte es sein, dass ich im Feld einem Freund, ja sogar meinem Halbbruder gegenüberstehen und vielleicht einen von ihnen töten werde. Das ist doch der reinste Irrsinn.«

Nele nickte wortlos. Was sollte sie dazu sagen? Zum ersten Mal seit Längerem dachte sie wieder an Johannes. Sie schämte sich dafür, nicht öfter an ihn zu denken, ihn nicht zu vermissen. Als er damals in den Krieg gezogen war, hatte es sich nicht so angefühlt wie jetzt. Nun tat ihr alles weh. Seit sie von der Abkommandierung der jüngeren Männer an die Front erfahren hatte, tobte in ihr die Angst vor dem Verlust. Sie wollte nicht noch einmal ihren Mann verlieren, nicht erneut trauern müssen.

»Komm«, sagte Thomas, »lass uns zurückgehen. Ich möchte mich noch von Marta und den anderen verabschieden.« Er wollte Nele an der Hand mit sich ziehen, doch sie hielt ihn zurück. »Einen Moment noch, ein letzter Kuss hier am Strand.«

Er legte die Arme um sie und sah ihr tief in die Augen. »Ich weiß, es könnte schiefgehen, und es könnte sein, dass ich dieses Versprechen irgendwann brechen muss. Aber du sollst wissen, dass ich alles versucht habe. Ich verspreche dir hiermit, Nele Steglitz, dass ich zu dir zurückkommen werde. Ich weiß nicht, wie, ich weiß nicht, wann, aber ich werde wiederkommen.«

Nele nickte, in ihren Augen schwammen Tränen. Er zog sie an sich und küsste sie leidenschaftlich. Sie wünschte, dieser Moment würde niemals enden. Doch irgendwann löste er sich von ihr, und Hand in Hand liefen sie schweigend den Strand hinunter und wenig später an der Strandhalle des Hospizes und der verwaisten Terrasse des Strandrestaurants vorüber. Als sie im Hotel ankamen, führte Thomas Nele nicht in die Küche, sondern in den großen Speisesaal, was Nele verwunderte. Als sie den Raum betraten, waren alle anwesend. Marta und Frauke, Ebba und Uwe, Jasper, Thaisen und Ida mit den Kindern und Gesine, auch Marret, Elisabeth und Julius vom *Honigparadies* waren da. Der Raum war mit Blumen geschmückt, es stand sogar ein Kuchen auf einem der Tische. Es war Marta, die mit einem Blumenkranz in Händen auf Nele zuging.

»Meine liebe Nele«, begann sie. »Dein Verlobter Thomas kam vor einigen Tagen mit einem Wunsch auf mich zu, den ich gern unterstütze. Er fragte mich, ob es möglich wäre, vor seiner Abreise an die Front eure Hochzeit zu arrangieren.«

Neles Augen wurden groß. Sie sah Thomas an, der über das ganze Gesicht strahlte, ihre Hand nahm und sie fest drückte. »Er wollte unbedingt, dass es eine Überraschung für dich wird. Wir wissen, dass es eine Blitzhochzeit ist und du dir deinen Hochzeitstag anders vorgestellt hast …«

Weiter kam sie nicht, denn Thomas ergriff nun das Wort.

»Aber wenn ich von der Front zurückkehre, dann feiern wir ein großes Hochzeitsfest, auch mit meinen Eltern. Was meinst du? Willst du mich hier und heute heiraten?«

Er sah sie erwartungsvoll an.

Nele nickte. Tränen rannen ihr über ihre Wangen. »Ja«, sagte sie, »aber ja doch.« Sie fiel ihm um den Hals.

Um sie herum klatschten alle. Marta legte Nele den Blumenkranz auf den Kopf. Nele trug ihren einfachen Rock, dessen Saum war feucht, Sand klebte daran. Es war ihr gleichgültig. Der Inselpfarrer betrat den Raum. Er hatte die vierzehnjährige Maren

Hinrichsen aus Süddorf mitgebracht, die der Herrgott mit einer gesegneten Stimme ausgestattet hatte. Ein Tisch fungierte als Altar, darauf standen ein Kreuz und ein Sommerblumenstrauß. Alle nahmen auf den bereitstehenden Stühlen Platz. Aus Ermangelung des Brautvaters – und weil er der älteste Anwesende war – führte Jasper die Braut zum Altar. Idas Kinder übernahmen die Rolle der Blumenmädchen und streuten Rosenblüten. Nele lachte und weinte gleichzeitig. Sie trat neben Thomas, der ihre Hand nahm und ihr lächelnd zunickte. Der Pfarrer begann mit der Trauung und hielt die Zeremonie kurz. Sogar Ringe zum Tauschen gab es, die Frauke organisiert hatte: billiger Tand, doch das zählte in diesem Moment nicht. Maren sang zum Abschluss das *Ave Maria*. Alle Anwesenden lauschten andächtig. Nachdem sie geendet hatte, wischte sich der eine oder andere ein Tränchen aus dem Augenwinkel. Der Pfarrer war der Erste, der Nele und Thomas gratulierte.

Ida drückte Nele besonders fest an sich. »Ich wünsche dir alles Glück der Welt, Kleines«, sagte sie. »Und er wird zurückkommen, das weiß ich bestimmt. Sie werden beide zurückkommen.«

In ihrem letzten Satz lag ein Hauch von Schmerz. Niemand hatte damit gerechnet, dass es Thaisen treffen würde. Doch auch er war, trotz seines steifen Knies, abkommandiert worden. Ida zeigte sich nach außen hin stark, aber jeder im Haus wusste, wie es in ihr aussah. Ida ohne Thaisen funktionierte nicht. Schon einmal hatte sie geglaubt, sie hätte ihn verloren. Und nun könnte es sein, dass es tatsächlich passieren würde. Doch diesen Gedanken wollten weder Ida noch Nele zulassen.

Nele nickte. Sie weinte schon wieder. Frauke, nach Kölnisch Wasser duftend, herzte und drückte sie fest. Auch Marret wünschte ihr Glück. Als Hochzeitsgeschenk hatte sie Honigkerzen und selbst gemachtes Rosenwasser mitgebracht. Nele ahnte, wie schwer es für Marret gewesen sein musste, an dieser Hochzeit teilzunehmen. Jasper drückte Nele fest an sich. Er roch wie immer nach Schnaps und Schweiß, der Stoff seiner Jacke kratzte an ihrer Wange. Er war so, wie er sein sollte. Anders konnte sich Nele ihn nicht vorstellen. Die letzte Gratulantin war Marta. Sie umarmte Nele und sagte: »Ich wünsche dir, dass du glücklich wirst, mein Kind, und er für immer die Leere in deinem Inneren ausfüllen wird.«

Verwundert sah Nele Marta an. Sie hatte mit ihrer Großmutter niemals über dieses Gefühl gesprochen. Marta lächelte, und Nele verstand. Auch sie trug diese Leere in sich. Sie beide hatten schon so viele geliebte Menschen verloren und kannten das Gefühl. Und plötzlich musste Nele an die letzten Worte ihrer Mutter denken. *Ohne ihn geht es nicht*, hatte sie gesagt.

»Das Brautpaar, es lebe hoch«, rief Jasper und riss Nele aus ihren Gedanken. »Dreimal hoch.« Übermütig warf er seine Kapitänsmütze in die Luft. Leni war diejenige, die sie auffing.

Ebba und Gesine brachten gefüllte Sektgläser, und es wurde angestoßen. Danach verteilten sich alle an der Kaffeetafel, und die extra gebackene Torte – Schwester Anna hatte Sahne und Eier gespendet – wurde angeschnitten. Leider blieben ihnen nur wenige Stunden zum Klönen. Nur allzu bald war die Zeit zum Aufbruch gekommen. Die Männer würden mit der Sechzehn-Uhr-Fähre die Insel verlassen und mit dem Badeschnellzug noch heute weiter bis Husum fahren, wo sie erst einmal Quartier beziehen sollten. Morgen würden sie ihre Reise zu den zugeteilten Regimentern fortsetzen. Thomas hätte gern einen Tag früher geheiratet, doch der Pfarrer war erst heute Morgen von einem mehrtägigen Besuch bei seinem Bruder in Niebüll zurückgekommen. Thomas und Thaisen hatten ihre Sachen bereits gepackt und zogen sich rasch um. Wenig später machte sich die gesamte Hochzeitsgesellschaft auf den Weg zur Inselbahn. Alle wollten zum Hafen mitkommen, um die beiden zu verabschieden. In der

Bahn herrschte eine beklommene Stille. Die kurz aufgeflammte Heiterkeit der Feier war verschwunden. Thomas hatte den Arm um Nele gelegt, ihr Kopf ruhte an seiner Schulter. Eine Hochzeitsnacht blieb ihnen verwehrt. Ach, wäre der Pfarrer doch nur einen Tag eher auf die Insel zurückgekehrt. Doch immerhin war sie nun seine Frau. Und sobald der Krieg vorüber war, würde er sie seinen Eltern vorstellen und ihnen erzählen, unter welchen ungewöhnlichen Umständen er die Liebe seines Lebens kennengelernt hatte. Sein Blick wanderte aus dem Fenster und über die Dünenlandschaft bis zum Leuchtturm. So oft hatten sie in den letzten Wochen geflucht, wenn sie diesen bei einem Übungsmanöver verteidigen oder die steilen Dünen mit voller Ausrüstung hinauflaufen mussten. Jetzt würde er liebend gern jeden Tag den Leuchtturm verteidigen oder in einer stürmischen Nacht in dem Unterstand am Strand ausharren. Hauptsache, er könnte hierbleiben.

Sie erreichten den Hafen. Die Fähre lag bereits am Anleger. Es hatten sich weitere abkommandierte Männer mit ihren Angehörigen eingefunden. Es gab Umarmungen und Küsse, Kinder wurden in die Höhe gehoben und geherzt.

Nele fühlte sich plötzlich wie betäubt. Ihre Hände begannen zu zittern. Sie klammerte sich an Thomas' Arm fest. Sie würde ihn verlieren. Sie fühlte es. Er würde nicht zurückkommen. Er spürte ihre Unruhe und legte seine Hand auf ihren Arm.

»Es ist gut«, sagte er. »Es wird alles gut werden. Ich habe es dir doch versprochen. Ich komme zurück. Ganz bestimmt.« Nele nickte. Er umarmte und küsste sie.

Marta und die anderen standen schweigend neben ihnen. Inzwischen nieselte es leicht, und der Wind hatte aufgefrischt. Das Wetter passte sich dem traurigen Abschied an. Ida und Thaisen küssten sich ebenfalls. Thaisen umarmte Leni und die Zwillinge. Dann meldeten sich die beiden Männer bei dem zuständigen

Leutnant. Er hakte ihre Namen auf einer Liste ab. Sie gingen an Bord der Fähre. Die meisten Männer traten ans Heck des Schiffes, um ihren Lieben noch einmal zuzuwinken. Das Schiffshorn ertönte, die Fähre setzte sich in Bewegung. Alle Angehörigen winkten, viele weinten. Auch Nele rannen die Tränen über die Wangen. Erst als die Fähre nur noch ein kleiner Punkt am Horizont war, machten sie sich auf den Weg zur Haltestelle der Inselbahn.

35

Norddorf, 2. September 1917

Heute herrschte große Freude, denn Thaisen ist zu uns zurückgekehrt. Ida hat unzählige Briefe an die zuständigen Stellen gesendet und um seine Rückversetzung gebeten. Ich bewundere ihre Hartnäckigkeit. Es waren gewiss mehr als zwanzig Gesuche, die sie gestellt hatte, oftmals erhielt sie nicht einmal eine Antwort. Doch heute Mittag stand Thaisen einfach so auf dem Hof. Ida ist ihm überglücklich um den Hals gefallen, und auch die Kinder sind ganz aus dem Häuschen. Zur Feier des Tages gab es zum Abendessen Bratkartoffeln mit Krabben. Unser Jasper hat die größte Portion verdrückt. Nele war ziemlich betrübt. Auch sie hatte Briefe versendet, jedoch wurde ihr Anliegen auf eine Rückversetzung stets abgelehnt. Verständlich ist dies schon. Thomas ist um einiges jünger als Thaisen, und er hat keine Kriegsverletzung. Es gilt zu hoffen, dass Thomas weiterhin alles wohlbehalten überstehen wird. Er schreibt oft und fleißig, und Nele sendet ihm eifrig Liebesgaben an die Front. Irgendwann wird auch er wieder nach Amrum zurückkehren. Das weiß ich bestimmt. Zumindest hoffe ich es.

Thaisen stand hinter seiner Werkstatt und schlug mit der Axt auf ein großes Stück Holz ein, das aus einer Auktion stammte, die im letzten Februar stattgefunden hatte. Ein Frachtschiff war unweit der Insel havariert und hatte einen Teil seiner Ware, darunter auch Bauholz, verloren. Das Schiff hatten die Amrumer mal wieder nicht bergen können, doch das Holz war an den Strand geschwemmt und vom Vogt geborgen worden. Nun war es trocken und konnte weiterverarbeitet werden. Thaisen schlug wieder und wieder auf das Holz ein und beschädigte es. Doch das war ihm in diesem Moment gleichgültig. Ihm war zugetragen worden, dass ein ehemaliger Kamerad von ihm aus Wilhelmshaven, der Matrose Reichpietsch, hingerichtet worden war. Ein Kamerad, mit dem er noch immer einen regelmäßigen Briefverkehr pflegte, hatte ihm davon berichtet. Er hatte ihn auch über die Vorkommnisse bei den Matrosen auf dem Laufenden gehalten. Darüber, wie schlecht die einfachen Männer von den Offizieren behandelt wurden. Sie mussten oftmals schimmliges Brot essen, während es sich die hohen Herren mit feinster Küche und reichlich Wein gut gehen ließen. Dazu die täglichen Schikanen und Erniedrigungen. Reichpietsch war in seinen Augen ein Held. Er hatte sich gegen die Missstände gewehrt und galt als einer der Rädelsführer, als es im Sommer zu Befehlsverweigerungen, unerlaubten Landgängen und Kundgebungen zur Unterstützung der Kriegsopposition gekommen war. Thaisens Kamerad war der festen Überzeugung, dass Reichpietschs Hinrichtung eine Art Exempel darstellen sollte. Die Geschehnisse machten Thaisen wütend. Reichpietsch war kein Revolutionär. Er hatte sich nur gegen die Umstände gewehrt. Doch der kleine Mann hatte den Mund zu halten, er schien rechtlos zu sein in diesem sinnlosen Krieg. Aber irgendwann würden die Rufe nach Gerechtigkeit und Frieden nicht mehr unterdrückt werden können. Dessen war sich Thaisen sicher.

Marta näherte sich Thaisen, einen Brief in Händen.

»Moin, Thaisen«, sagte sie. »Schlägst du dir wieder etwas Holz zurecht?«

Er ließ die Axt sinken und erwiderte: »So ähnlich. Was gibt es denn?«

»Ich habe gerade eine offizielle Anordnung der Inselwache erhalten. Es sollen die Inselwächter der Wache Nord bei uns einquartiert werden. Weißt du was davon?«

»Also ist es jetzt so weit«, erwiderte Thaisen, nahm das Schreiben zur Hand und überflog es rasch.

»Ich frage mich, warum«, sagte Marta. »Den Inselwächtern geht es doch bei Schwester Anna gut.«

»Ach, das ist wieder eine dieser unsinnigen Entscheidungen, die niemand verstehen kann«, antwortete Thaisen. »Ein Offizier des Fliegertrupps ist vor eine Weile nach Wittdün abkommandiert worden. Er ist ein rechter Wichtigtuer. Angeblich hat er festgestellt, dass bei einem etwaigen Angriff von See her der Lichtsignaltrupp im Hospiz I nicht genügend gesichert ist. Deshalb sähe er es als notwendig an, dass ein bombensicherer Unterstand an der Nordspitze errichtet wird. Und dafür müssten einige Pioniere nach Norddorf abkommandiert werden. So wie es aussieht, scheint der Unterstand gebaut zu werden. Sonst würden sie die Männer nicht bei uns einquartieren.«

»Dann werden wir die Männer aber auch bei uns verköstigen müssen, oder?«, fragte Marta.

»Ich nehme es an«, antwortete Thaisen.

»Also kämen wir in den Genuss von Nahrungsmittellieferungen für die Armee?«

»Ja, denn ihr verpflegt ja dann Soldaten in kriegsgefährdetem Gebiet. Mit Sicherheit werden in Wittdün bereits dementsprechende Anträge an das Kriegsernährungsamt vorbereitet.«

»Oh, wie wunderbar«, erwiderte Marta erfreut. »Weißt du, wie viele es sein werden?«

»Sämtliche bisherigen Bewohner der Wache Nord, nehme ich an. Also um die fünfzehn, vielleicht auch zwanzig Männer.«

»Dann werde ich sie allesamt im ersten Stock der Dependance unterbringen. Dort sind die Herren unter sich. Ach, das ist schön. Endlich kommt mal wieder etwas Leben ins Haus.«

Marta klatschte aufgeregt in die Hände, nahm Thaisen das Schreiben aus der Hand und ließ ihn stehen. Er sah ihr schmunzelnd nach. Sie hatte es tatsächlich geschafft, seine Wut zu vertreiben. Er legte die Axt zur Seite, nahm das von ihm beschlagene Holzstück zur Hand und beschloss, es in der Werkstatt zu deponieren. Vielleicht ließ sich ja noch etwas daraus machen.

Marta betrat guter Dinge die Küche. Dort waren Ebba und Uwe mal wieder gemeinsam am Kochen. Ebba schälte Kartoffeln, und Uwe beschäftigte sich damit, kleinste Gräten aus einem Seelachsfilet zu entfernen. Gesine hatte sich in der Hoffnung, Margarine zu bekommen, in den Dorfladen aufgemacht.

»Es gibt Neuigkeiten«, sagte Marta und wedelte mit dem Schreiben. »Bei uns im Haus sollen die Männer der Inselwache Nord untergebracht werden.«

»Aha«, antwortete Ebba knapp, »und weshalb strahlst du so?«

»Weil wir dann, genauso wie die Inselwache in Wittdün und Schwester Anna, Lebensmittel zugeteilt bekommen. Das bedeutet, wir müssen nicht mehr im Hospiz um Mehl und Nudeln betteln und können sogar wieder Heißwecken backen. Kinners, die Zeiten von Lebensmittelmarken und stundenlangem Anstehen um ein Stückchen Margarine sind fürs Erste vorbei.«

»Na, das sind doch mal gute Nachrichten«, antwortete Ebba und sah zu Uwe, der nickte.

»Und ins Haus kommt wieder Leben«, sagte Marta. »Am besten ist es, wir bringen die Männer im ersten Stock der Dependance unter. Was meint ihr?«

»Also arbeiten wir bald wieder wie eine richtige Hotelküche?«

»So ähnlich. Es werden wohl zwanzig Mann sein, vielleicht auch ein paar mehr.«

»Aber wieso kommen die zu uns?«, fragte Uwe. »Die wohnen doch recht ordentlich bei Schwester Anna.«

Marta gab kurz wider, was Thaisen ihr eben gesagt hatte.

»Ein bombensicherer Unterstand«, wiederholte Uwe und schüttelte den Kopf. »Was für ein Unsinn. Während des ganzen Krieges hat diese Insel noch keinen feindlichen Angriff erlebt, wieso sollte er denn gerade jetzt kommen?«

»Das frage ich mich auch«, antwortete Marta. »Aber mir soll es recht sein, so sind wir die Nutznießer von dieser Entscheidung.«

Gesine trat in die Küche. An ihrem Gesichtsausdruck war abzulesen, dass sie anscheinend nicht erfolgreich gewesen war.

»Schon wieder keine Margarine?«, fragte Ebba.

Gesine schüttelte den Kopf. »Die Schlange war lang, und als ich endlich an die Reihe kam, war nichts mehr da. Johann hat sich bei uns entschuldigt. Er versucht alles, was in seiner Macht steht, aber gerade bei Margarine sei es im Moment besonders schwierig. Über Butter redet er schon gar nicht mehr. Seitdem die Bauern ihre überschüssigen Lebensmittel allesamt abgeben müssen, liefern auch die Föhrer Bauern so gut wie nichts mehr.«

»Dann müssen wir den Fisch also ohne Fett braten«, erwiderte Ebba mit finsterer Miene.

»Du wirst nicht mehr lange für Lebensmittel anstehen müssen«, sagte Marta zu Gesine. »Bei uns im Haus werden schon in wenigen Tagen die Inselwächter der Wache Nord untergebracht, und dann werden wir über die Armee versorgt. Ist das nicht großartig?«

Gesine sah Marta verwundert an. »Inselwächter, bei uns?«

Marta seufzte und erklärte noch mal, weshalb die Männer im Hotel einziehen würden. »Und da die Männer dann auch hier bei uns regelmäßige ihre Mahlzeiten einnehmen werden, kümmert sich jetzt die Armee um unsere Versorgung.«

»Und bei der Inselwache gibt es immer Margarine«, sagte Gesine, die endlich begriffen hatte.

»Darauf einen Schnaps?«, fragte Ebba in die Runde.

»Wieso nicht«, antwortete Marta. »Man muss die Feste feiern, wie sie fallen.«

Ebba holte die Flasche vom Regal, und just in dem Moment, als sie die Gläser füllte, betrat Jasper den Raum. Er hatte wahrlich einen guten Instinkt dafür, wenn es Schnaps gab.

»Oh, ihr trinkt einen. Was gibt's zu feiern?«

Ebba sah grinsend zu Marta, die mit den Augen rollte.

»Das erkläre ich dir später«, antwortete sie und holte ein weiteres Glas.

Uwe sagte den üblichen Trinkspruch. »Nicht lang schnacken, Kopp in Nacken.«

Und wegen der allgemein guten Laune wurde noch ein zweites Glas getrunken. Besonders die Aussicht auf regelmäßige Heißwecken erfreute alle.

»Dann können wir jetzt wieder einen anständigen Speiseplan basteln«, sagte Ebba zu Gesine. »Und Uwe wird uns dabei helfen. Ich sag euch was: Wir werden der beste Inselwache-Kochtrupp, den Amrum jemals gesehen hat.« Ihre Augen strahlten vor Freude.

Marta sah zu Gesine, die nicht ganz so viel Begeisterung wie Ebba versprühte. Marta ahnte, woher der Wind wehte. Ebba und Uwe hatten in den letzten Wochen die Küche in Beschlag genommen, und Gesine war immer mehr ins Hintertreffen geraten. Und eigentlich galt sie ja inzwischen als leitende Köchin des Hotels. Marta würde gleich nachher mit ihr das Gespräch suchen und sie um Nachsicht bitten. Durch die Rückkehr der Männer gab es im Haus nun noch viele andere zusätzliche Aufgaben zu erledigen. Und da Nele ja noch immer in der Schule unterrichtete und Ida von den Zwillingen auf Trab gehalten wurde, würde der Großteil der Arbeit an ihnen hängen bleiben. Finanzielle Mittel, um eine Aushilfe einzustellen, hatte Marta keine mehr. Es fühlte sich ein wenig so an wie in ihren Anfängen auf der Insel. Da musste auch vieles improvisiert werden.

»Dann mach ich mich mal auf in die Dependance und kümmere mich um die Zimmer. Möchtest du mich begleiten, Gesine?« Gesine stimmte zu, und die beiden verließen den Raum.

In der Dependance angekommen, schlug ihnen abgestandene Luft entgegen. Die beiden durchschritten im ersten Stock sämtliche Räume, öffneten Fenster und entfernten Leintücher von den Möbeln. Es musste Staub gewischt und die Betten mussten bezogen werden. Auch fehlte es an Waschschüsseln. Auf der Etage waren Wassertoiletten und ein Wannenbad vorhanden. Das war bestimmt ausreichend. Die meisten Männer der Inselwache waren einfache Bauern oder Fischer, die zu Hause nicht mehr als einen Abort auf dem Hof hatten, und als Badewanne diente zumeist ein großer Waschzuber, der einmal in der Woche in die Küche geschoben wurde. Über die hygienischen Zustände auf den Schiffen und Kuttern wollte Marta nicht nachdenken.

»Ich lauf dann mal in die Wäschekammer hinunter und hole frische Laken«, sagte sie zu Gesine.

Die Aussicht auf mehr Leben im Haus ließ Marta regelrecht aufblühen. Sie lief beschwingt den Flur entlang und die Treppe hinunter. Da geschah es. Sie rutschte von einer der Stufen ab und knickte mit dem Fuß um. Durch ihren Knöchel schoss ein stechender Schmerz. Keine Sekunde später fand sie sich am Ende der Treppe auf ihrem Allerwertesten wieder. Von ihrem Aufschrei angelockt, eilte Gesine herbei.

»Marta, du liebe Güte. Was ist geschehen?«

»Ich Dösbaddel hab nicht auf die Stufen geachtet«, antwortete Marta grimmig. »Das ist geschehen.« Sie versuchte aufzustehen, doch als sie den Fuß belasten wollte, sank sie mit einem

Aufschrei zurück auf die Stufe. »Mein Knöchel. So ein Mist aber auch.«

»Ich lauf und hol Hilfe«, sagte Gesine, eilte auf den Hof hinaus und traf dort auf Ida.

»Ida, schnell. Du musst mir helfen. Deine Mutter ist auf der Treppe gestürzt.«

Ida folgte Gesine in die Dependance, wo sie Marta mit grimmiger Miene auf der Treppe sitzend vorfanden.

»Ich Dösbaddel kann nicht mal anständig Treppenstufen laufen«, sagte sie, noch bevor Ida zu Wort kam.

»Es ist der Knöchel«, erklärte Gesine.

Idas Blick war verwundert. »Was wolltet ihr denn hier?«

Marta rollte mit den Augen. »Das erklär ich dir später. Jetzt seht erst einmal zu, dass ihr mir aufstehen helft. Herrgott noch mal, tut das weh.«

Gesine und Ida nickten. Wenn Marta so fluchte, dann tat man lieber, was sie sagte, denn sie stand kurz davor zu explodieren, und das musste unbedingt verhindert werden. Die beiden halfen Marta beim Aufstehen und stützten sie. Es ging über den Hof zurück in die Küche, wo Marta ächzend auf das Kanapee neben der Tür sank. Sofort umringten Uwe, Ebba und Jasper sie. Gesine erklärte mit knappen Worten, was geschehen war. Ida machte sich daran, ihrer Mutter den Schuh auszuziehen.

»Das sieht übel aus«, konstatierte Uwe, als er den stark geschwollenen Knöchel sah. »Wir sollten sie zum Arzt nach Wittdün bringen. Am Ende ist noch was gebrochen.«

Nun war Marta kurz davor, in Tränen auszubrechen. Endlich kam wieder Leben ins Haus, und sie musste sich ausgerechnet jetzt den Knöchel verdrehen. Wie dumm konnte man eigentlich sein!

»Das wird schon«, sagte Ida und tätschelte ihrer Mutter die Schulter. »Ich gehe und hole Thaisen. Er kann dich bestimmt nach Wittdün fahren.«

»Das kann ich auch machen«, bot sich Uwe an.

»Und ich komme mit«, meinte Jasper.

Die beiden Männer verließen die Küche und liefen über den Hof zu den Stallungen. Jasper holte Ole, ihr Pferd, von der kleinen Weide hinter dem Haus, und sie spannten rasch an. Die Geschäftigkeit auf dem Hof lockte Thaisen und Ingwert aus der Werkstatt nach draußen. Jasper erklärte mit knappen Worten, was geschehen war, und Thaisen bot sofort seine Hilfe an.

»Ist schon gut«, wiegelte Jasper das Angebot ab. »Du hast doch so viele Aufträge und endlich mal einen freien Tag. Wir schaffen das schon.«

Uwe lenkte den Wagen direkt vor den Kücheneingang. Mit vereinten Kräften wurde Marta hinaufgehievt. Ebba und Gesine fuhren mit. Ida wäre ebenfalls gern mitgekommen, doch die Zwillinge würden bald aus dem Mittagsschlaf aufwachen.

Uwe hielt in Wittdün direkt vor dem Eingang des Direktionsgebäudes, in dem Doktor Anders Sprechstunde abhielt.

»Gerade noch rechtzeitig«, stellte Gesine mit einem Blick auf ihre Armbanduhr fest. »In zehn Minuten fährt er wieder zurück nach Föhr.«

Sie halfen Marta vom Wagen und schafften sie mit vereinten Kräften in den ersten Stock ins Wartezimmer, das leer war. Die Tür des Sprechzimmers war geöffnet. Die Sprechstundenhilfe kam, von den Schritten und den Stimmen angelockt, zu ihnen.

»Oh, ein Unfall«, sagte sie. »Kommen Sie gleich durch.« Sie bedeutete ihnen, ihr ins Sprechzimmer zu folgen. Dort wurde Marta auf die Untersuchungsliege bugsiert. Die Sprechstundenhilfe sah Uwe und Jasper abwartend an, doch keiner von beiden machte Anstalten, den Raum zu verlassen.

»Sie können ruhig bleiben«, sagte Marta. »Es ist ja nur mein Knöchel, und den haben sowieso schon alle gesehen.«

Doktor Anders betrat den Raum und grüßte in die Runde. Sein Blick blieb an Martas geschwollenem Knöchel hängen.

»Ja, Frau Stockmann, was machen Sie denn für Sachen. Das sieht gar nicht gut aus. Wie ist das denn passiert?«

»Ich bin auf der Treppe umgeknickt«, antwortete Marta.

»Ja, immer diese hinterhältigen Treppen«, erwiderte der Arzt, um ein Lächeln bemüht. Er begann, den Knöchel abzutasten, und drehte ihn von links nach rechts, was Marta aufstöhnen ließ.

»Gebrochen scheint nichts zu sein. Er ist aber stark gezerrt. Sie werden einige Tage nicht auftreten können, meine Liebe. Wir legen gleich einen Salbenverband an. Nächste Woche würde ich den Knöchel dann gern noch einmal untersuchen.«

Marta nickte resigniert.

»Immerhin ist er nicht gebrochen«, tröstete Ebba. »Du wirst sehen: In ein paar Tagen springst du wieder rum wie ein junger Hund.«

»Und wer soll bis dahin die ganze Arbeit machen«, erwiderte Marta. »Du weißt doch: Die Inselwächter …«

»Das kriegen wir hin«, beschwichtigte Jasper. »Wäre gelacht, wenn nicht. Da haben wir schon ganz andere Sachen gestemmt, nicht wahr?« Er sah in die Runde. Alle nickten zustimmend.

»Und gleich nachher backe ich Heißwecken zum Trost. Dann wird bestimmt alles bald wieder gut«, sagte Ebba und tätschelte Marta den Arm.

Marta schmunzelte. Ebba redete mit ihr, als wäre sie ein kleines Kind. Doch in dieser Situation fühlten sich ihre Worte richtig an.

36

15. Dezember 1917

Meine geliebte Nele,
heute schicke ich Dir mal wieder einige Fotografien. Wir sind in der Nähe eines Dorfes namens St. Maurice mit unserer Kompanie in Stellung gegangen. Ich habe das Glück gehabt, auf der Wache bleiben zu dürfen. Der Feldwebel hat sich meiner erbarmt, da ich erst kürzlich krank gewesen bin. Nichts Schlimmes, Übelkeit und Erbrechen. Jetzt geht es mir besser, aber ich fühle mich noch etwas schlapp. Ich bin froh darüber, dieser Kompanie zugeteilt worden zu sein, denn die Vorgesetzten behandeln uns hier ordentlich. Auch das Essen ist besser und reichlicher. Hoffentlich bleibt es so. Gestern haben wir erfahren, dass wir in den nächsten Tagen von hier abkommandiert werden. Wir vermuten, dass es nach Galizien geht, wo unser Armeecorps liegt. Wir werden sehen, was geschieht. Es ist ganz gut, dass wir von der gefährlichen Westfront wegkommen. Anderswo gibt es keine so hartnäckigen Kämpfe. Ach, wir können es sowieso nicht ändern. Hab vielen Dank für Dein Päckchen. Besonders über die Schokolade habe ich mich gefreut, und danke auch für das beigelegte Geld. Du fehlst mir so sehr. Richte allen bitte liebe Grüße von mir aus.
Ich sende Dir Tausende Küsse
Dein Thomas

Nele sah Falting abwartend und mit ernster Miene an. Der Zehnjährige stand mit gesenktem Kopf vor ihr. Er wusste, was er verbrochen hatte. Doch so recht wollte er sein Vergehen nicht eingestehen.

»Ich hab nichts gemacht«, sagte er.

»Es gibt Zeugen«, erwiderte Nele und verschränkte die Arme vor der Brust.

»Die lügen«, antwortete er.

»Wieso sollten sie das tun?«, fragte Nele. »Du hast Lene mit Steinen beworfen und sie als behindertes Huhn beschimpft. Sogar Lehrer Arpe hat das gehört. Ich denke nicht, dass er sich irgendwelche Geschichten ausdenken würde.«

Der Gesichtsausdruck des Jungen wurde noch eine Spur finsterer.

»Aber sie ist ja auch ein behindertes Huhn. Sie hat meine Tasche einfach so in eine der Pfützen auf dem Hof geworfen. Die ist jetzt hinüber. Meine Mutter war stinksauer.«

»Und weshalb sollte Lene das tun?«, fragte Nele, die vermutete, dass der Junge log. Falting stand nicht zum ersten Mal wegen eines solchen Delikts vor ihr. Ständig ärgerte er vor allem die Mädchen in der Klasse. An dem einen Tag lief er ihnen mit Spinnen hinterher, am nächsten seifte er sie mit Schnee ein, ein anderes Mal waren es ausgebuddelte Regenwürmer, die er ihnen nachwarf. Heinrich Arpe nannte es die üblichen Neckereien zwischen Jungen und Mädchen und zeigte dafür Verständnis. Er hatte seine Schwester früher ebenfalls gern mit dicken Spinnen geärgert. Sie hatte dann immer so herrlich gekreischt. Doch auch er war nun der Meinung, dass Falting den Bogen überspannte. Das behinderte Huhn, wie Falting Lene nannte, hatte eine dicke Beule am Kopf abbekommen.

Nele atmete tief durch.

»Du gehst jetzt erst mal nach Hause«, sagte sie. »Über eine Bestrafung muss ich noch nachdenken.«

Der Junge grummelte irgendetwas Unverständliches, dann verließ er den Klassenraum. Nele sah ihm kopfschüttelnd nach. Sie würde wohl das Gespräch mit seiner Mutter suchen müssen. Aber nicht mehr heute, denn sie fühlte sich erschöpft. Es war erst früher Nachmittag, doch es dämmerte bereits. Den ganzen Tag über war es nicht richtig hell geworden, und vor einer Weile hatte es leicht zu schneien begonnen. Ihre Gedanken wanderten zu Thomas. Wo er wohl war? Hoffentlich ging es ihm gut. Seinen letzten Brief hatte sie vor sechs Wochen erhalten. Mit jedem Tag, der ohne Post von ihm verstrich, stieg die Sorge in ihr, dass ihm etwas zugestoßen war. Sie hatte es anfangs wie Ida gemacht und Bittbriefe an die zuständige Abteilung gesendet, damit Thomas zurück auf die Insel käme. Doch Jasper und Tam hatten ihr geraten, damit aufzuhören. Sie hatten Glück gehabt, dass die Sache mit Thomas damals so reibungslos geklappt hatte und sie nicht aufgeflogen waren, deshalb sollten sie so wenig Aufmerksamkeit wie möglich erregen und er fürs Erste dort bleiben, wo er war. Auch wenn dieser Umstand für alle Beteiligten nur schwer zu ertragen war.

Heinrich Arpe betrat den Raum. Er trug nicht die Uniform der Inselwache, sondern Alltagskleidung.

»Ich habe den Übeltäter gerade über den Hof gehen sehen. Und? Welche Strafe hat er erhalten?«

»Noch keine«, antwortete Nele. »Ich muss mir noch etwas ausdenken. Ich werde mit seiner Mutter reden. Sein Vater ist ja im Kriegseinsatz. Soweit ich weiß, sitzt er irgendwo an der amerikanischen Pazifikküste fest.«

»Ja, der gute Tönissen, das ist noch ein Kapitän vom alten Schlag«, sagte Arpe. »So wie Graf Luckner, der Draufgänger. Unser Falting könnte einer von der Sorte werden, was meinst du?«

»Graf Luckner?«, hakte Nele nach.

»Die Geschichte kennst du nicht? Das war vor einem Jahr, der Dreimaster, der in der Norderaue gelegen hat. Da haben doch jede Menge Gerüchte und Spekulationen die Runde gemacht, sogar der Name des Schiffes ist verdeckt worden, und der tägliche Postdampfer musste das geheimnisvolle Boot weiträumig umfahren. Eines Morgens verschwand es und ward nicht mehr gesehen. Erst später stellte sich heraus, dass es die als Kaperkreuzer getarnte Seeadler gewesen ist. Das Piratenschiff des Kaisers.«

»Ach, stimmt. Frauke hat davon erzählt. Sie liebt ja solche Geschichten. Weiß man, was aus diesem Graf Luckner geworden ist?«

»Er soll wohl einige feindliche Schiffe versenkt haben. Geschichten über ihn geistern immer wieder durch die Gegend. Erst neulich erfuhr ich, dass er im August angeblich mit seinem Schiff irgendwo in der Südsee auf ein Riff gelaufen ist. Genaueres ist nicht bekannt.«

Nele nickte.

»Also könnte es sein, dass der Pirat des Kaisers am Ende des Tages eine traurige Gestalt werden könnte.«

»So weit würde ich nicht gehen«, erwiderte Arpe. »Luckner ist ein mit allen Wassern gewaschener Seemann. Gewiss werden wir irgendwann wieder von ihm hören. Dessen bin ich mir sicher.«

Nele nickte schmunzelnd. Piratengeschichten schienen auf Männer stets eine besondere Anziehungskraft auszuüben. Sie griff nach ihrer Tasche und fragte: »Hast du für heute frei? Dann könnten wir gemeinsam zum Hotel gehen. Heute Morgen planten Ebba und Gesine, Pfefferkuchen zu backen. Vielleicht haben wir Glück, und die Köstlichkeiten sind bereits fertig.«

»Das ist sehr nett von dir«, antwortete Arpe. »Ja, ich habe frei. Aber ich möchte gern meiner Familie einen Besuch abstatten. Meine Mutter hat eine schwere Erkältung. Sollte sich ihr Zustand nicht gebessert haben, dann möchte ich sie zum Arzt bringen. Doktor Anders hat heute in Wittdün Sprechstunde.«

»Oh, das tut mir leid«, antwortete Nele. »Dann gute Besserung für die Frau Mama, und richte bitte Grüße aus.«

Wenig später traf Nele im *Hotel Inselblick* ein, wo ungewohnte Dinge im Gange zu sein schienen. Auf dem Hof stand ein Fuhrwerk, und vier Inselwächter beschäftigten sich damit, eine verschnürte Tanne abzuladen. Marta stand, ein wollenes Tuch um die Schultern gelegt, vor dem Haus und beobachtete die Männer. Nele trat neben sie.

»Guck nicht so verwundert«, sagte Marta, ohne Nele zu grüßen. »Es ist tatsächlich ein Weihnachtsbaum, und er ist nicht einmal klein. Heute Morgen erhielt ich einen Anruf des Hauptmannes, der mir mitteilte, dass in diesem Jahr die offizielle Weihnachtsfeier der Inselwache bei uns im Hotel stattfinden soll. Ist das nicht toll? Dafür werden wir noch zusätzliche Lebensmittel erhalten. Der Hauptmann sprach sogar davon, einige frische Gänse beim Kriegsernährungsamt beantragt zu haben. Gänsebraten zu Weihnachten. Da fällt gewiss auch was für uns ab.«

Nele nickte und fragte: »Besitzen wir denn ausreichend Schmuck für so einen großen Baum?«

»Daran habe ich auch schon gedacht. Irgendwo auf dem Dachboden muss noch eine Kiste mit Strohsternen und Lametta sein. Kerzen hat der Hauptmann wohl im *Honigparadies* bestellt. Vielleicht hast du ja Lust, mit Leni noch Papiersterne zu basteln. Was meinst du?«

»Könnte ich machen«, sagte Nele. »Aber nur, wenn es dazu Pfefferkuchen und warmen Tee gibt.«

»Nichts leichter als das«, antwortete Marta. »Unsere Küchengruppe ist bereits seit Stunden am Backen, das ganze Haus duftet herrlich weihnachtlich.«

»Das hört man gern«, erwiderte Nele. »Kommst du mit?«

»Ich komme gleich nach«, sagte Marta. »Zuerst möchte ich noch das Aufstellen des Baumes überwachen.«

Nele nickte. Das konnte für die Inselwächter heiter werden. Es waren noch nicht oft Weihnachtsbäume im Hotel aufgestellt worden, denn zumeist gab es nur den Kenkenbuum, der nach Neles Meinung auch genügte. Hatte sich doch einmal die Möglichkeit ergeben, einen Baum zu erwerben und aufzustellen, war es Marta gewesen, die ständig etwas daran auszusetzen gehabt hatte. Er steht schief, der Platz ist nicht richtig, weiter nach rechts, nach links, da fängt ja der Vorhang Feuer.

Nele ging in die Küche, wo weihnachtliche Geschäftigkeit sie empfing. Ebba holte gerade ein Blech frisch gebackener Pfefferkuchen aus dem Ofen. Uwe und Gesine beschäftigten sich gemeinsam mit Ida, Leni und den Zwillingen damit, Buttergebäck auszustechen. Inke sah sehr lustig aus. In ihrem kleinen Gesichtchen klebten überall Teigreste, und sogar in ihrem Haar hing Mehl. Die familiäre Idylle wärmte Nele das Herz. Es war schön, Teil einer Gemeinschaft zu sein. Sie setzte sich neben Peter an den Tisch, der ihr fröhlich grinsend einen Teigklumpen unter die Nase hielt und sagte: »Schmeckt gut.«

Nele lächelte und antwortete: »Das weiß ich. Aber wenn man zu viel von dem Teig futtert, bekommt man Bauchweh.«

Auf dem Tisch stand eine Teekanne auf einem Stövchen. Nele schenkte sich Tee ein und erkundigte sich, ob sie helfen könnte. Es dauerte nicht lange, da hing auch in ihrem Haar Mehl. Die kleine Inke hatte sie übermütig damit eingepudert. Nele stach Sterne, Monde, Pilze und Tannenbäume aus. Draußen schneite es. Wieder war es eine Kriegsweihnacht, die sie feiern würden. Sie hatten so sehr darauf gehofft, dass die Revolution in Russland und der Waffenstillstand an der Ostfront das Ende des Krieges bedeuten würden. Doch leider hatte sich dieser Wunsch nicht erfüllt. Im Westen und Süden gingen die Kämpfe unvermindert weiter. Niemand wusste zu sagen, wann und wie es enden würde. Doch die Stimmen gegen den Krieg wurden inzwischen immer lauter, und bald würden auch der Kaiser und Hindenburg darauf hören und es beenden müssen. Und dann würde Thomas zu ihr zurückkehren, so wie er es ihr versprochen hatte.

Nele wandte sich Leni zu und fragte: »Könntest du dir vorstellen, mit mir noch einige Papiersterne für den Weihnachtsbaum zu basteln, der gerade drüben im Speisesaal aufgestellt wird.«

Lenis Augen begannen zu leuchten. »Ein richtiger Weihnachtsbaum?«, fragte sie.

»Ja, ein richtiger Weihnachtsbaum«, antwortete Nele.

»Kann ich den sehen?«, erkundigte sie sich.

»Aber natürlich«, erwiderte Nele lächelnd. Sie erhob sich und streckte Leni die Hand hin. Das Mädchen war während der letzten Jahre deutlich ruhiger geworden. Aus dem Wirbelwind war ein vernünftiges Kind geworden, das gute Leistungen in der Schule zeigte und seiner Mutter in jeder Hinsicht eine Hilfe war.

Leni wusch sich rasch die Hände, dann gingen sie in den Speisesaal hinüber, wo der Baum nach einigen Überlegungen an der Wand neben der Bar aufgebaut worden war. Dort konnte man ihn von überall sehen, und er stand nicht im Weg. Die Tanne, ein prächtiges Exemplar, maß über zwei Meter, war schön gewachsen und recht buschig. Auf Neles Nachfrage erklärte ihr einer der Inselwächter, dass der Baum aus einem Waldstück in der Nähe von Tondern stammte. Marta wies die Männer an, den Baum noch ein wenig nach rechts zu rücken, ihn zu drehen, dann doch wieder nach links. So war es perfekt.

Jasper betrat den Raum und rief erstaunt: »Oh, ein Weihnachtsbaum! Was verschafft uns die Ehre?«

Nele erklärte ihm, wie sie zu dem Baum gekommen waren.

»Die Weihnachtsfeier der Inselwächter, wie fein. Da gibt es bestimmt ein leckeres Essen. Denkst du, es fällt was für uns ab?«

»Dafür werden Ebba und Gesine gewiss sorgen«, antwortete Nele grinsend.

Sogar für Jasper schien Essen im Moment fast so wichtig zu sein wie sein geliebter Schnaps.

Plötzlich griff sich Jasper an die Stirn. »Ach, das hätte ich beinahe vergessen. Ich hab ja Post für dich, Nele. Den Brief hat mir eben der Nickels mitgegeben. Er ist von der Front. Er holte einen Briefumschlag aus seiner Jackentasche und reichte ihn Nele. Aufgeregt nahm sie ihn entgegen. Endlich hatte Thomas geschrieben. Doch die ihr unbekannte Schrift auf dem Umschlag ließ Nele stutzig werden. Sie riss den Brief auf und überflog den Text.

Werte Frau Weber,
ich muss Ihnen leider die Mitteilung machen, dass Ihr geliebter Ehemann und mein Kamerad Thomas seit einem schweren Artillerieangriff der Engländer als vermisst gilt. Er bat mich darum, Ihnen, sollte er es nicht können, eine Mitteilung zukommen zu lassen. Wir hoffen auf das Beste. Doch sollte er, wie leider vermutet wird, gefallen sein, dann wollen wir Thomas nicht vergessen und reihen ihn ein unter die Helden, die ihr höchstes Gut für das Vaterland gegeben haben.
Hochachtungsvoll
Heinrich Volmer
Inf. Reg. 470, Bat. 4. Komp. West

Nele rutschte der Brief aus der Hand, schwarze Flecken tanzten ihr vor den Augen. Nein, das durfte nicht sein. Bitte, bitte nicht. Er hatte doch versprochen wiederzukommen. Er hatte es versprochen. Jasper sagte etwas zu ihr. Sie hörte seine Stimme wie durch eine Wand, dann wurde alles schwarz um sie herum.

37

Norddorf, 31. Dezember 1917

Das Jahr endet. Es wird als weiteres Kriegsjahr in die Geschichte eingehen. In der Küche steht ein Teller mit Pförtchen auf dem Tisch. Trotz all dem Mangel wollen wir auf diesen kleinen Luxus nicht verzichten. Die Inselwächter sind wieder ins Hospiz umgezogen. Die Pioniere haben ihre Arbeiten an dem bombensicheren Unterstand in die Länge gezogen. Thaisen hat gemeint, eine der unzähligen Baupannen, der Einsturz einer Mauer, hätten sie mit Absicht herbeigeführt, um länger in der Wache Nord verbleiben zu können. Mir war der Verzug der Bauarbeiten recht, denn so weilten die Inselwächter länger als Gäste in unserem Haus, und wir profitierten von den Zuteilungen der Nahrungsmittel. Nun steht die Dependance wieder leer. Ebba hat heute Morgen gemeint, dass ihr der morgendliche Trubel bereits fehle.

Die Unsicherheit wegen Thomas und Neles Trauer liegen bleiern über uns allen. Gestern erhielt Nele eine offizielle Mitteilung, in der Thomas als vermisst gemeldet wurde. Es ist so schrecklich, dass ich es kaum in Worte fassen kann. Die arme Deern. Was soll nur werden.

Nele stand vor dem *Kurhaus zur Satteldüne* und starrte auf das Eingangsportal. Ein eisiger Wind trieb ihr Schneeflocken ins Gesicht. Es schneite bereits seit den frühen Morgenstunden. Sie hatte beobachtet, wie das dämmrige Licht des Tages in ihre Kammer gekrochen war, der letzte Tag des Jahres begonnen hatte. Die

Nacht war kurz gewesen. Schlaf fand sie kaum, und wenn doch, dann quälten sie wirre Träume. Sie fühlte nichts, die Welt um sie herum versank in Gleichgültigkeit. Marta hatte an ihre Tür geklopft, irgendwas gefragt. Sie hatte vergessen, was es gewesen war. Ida war ebenfalls gekommen. Nele wollte sie nicht sehen, all das nicht mehr ertragen müssen. Die Leere in ihrem Inneren schien sie komplett auszufüllen, sie zu einer Marionette zu machen. Nele atmete tief durch, ging auf das Eingangsportal zu und öffnete es. Sie schloss die Tür hinter sich und ließ ihren Blick durch die mondäne Eingangshalle schweifen. Der Marmorboden wirkte stumpf, die Kristalle des Leuchters klirrten in dem Luftzug, den sie beim Eintreten verursacht hatte. Was tat sie hier? Er war nicht da, trotzdem war sie hergekommen. Zu dem Ort ihrer ersten Begegnung. Zu dem Ort, an dem sie ihn ganz für sich gehabt hatte. Er war ihr Geheimnis, ihr Fund gewesen. Was du findest, darfst du behalten. So hätten es Jasper und so mancher Strandräuber gesagt. Sie durchquerte die Halle und ging in den Speisesaal. Die Tür knarrte, als sie sie öffnete. Sie lief in die Mitte des Raumes und blieb genau an derselben Stelle stehen, an der sie damals mit ihm gestanden hatte. Sie schloss die Augen und beschwor ihn herauf. »Wollen wir tanzen?«, fragte sie in die Stille des Raumes. In ihrer Fantasie gab er ihr Antwort und bejahte ihre Frage. Sie nahm die Tanzhaltung ein und begann, einen Walzer zu tanzen. Und plötzlich war es wieder da. Das Gefühl von damals. Als sie glaubte, mit ihm gemeinsam und vielen anderen Paaren zur Musik einer Tanzkapelle über das Parkett zu schweben. Kerzenlicht erhellte den Raum, Gelächter drang an ihr Ohr. Sie spürte seine Hand an ihrer Taille. Sie tanzten durch den Raum, die Musik sollte niemals enden. Doch schon bald holte die Wirklichkeit Nele wieder ein. Sie ließ die Arme sinken. Dämmriges Licht umgab sie, der Parkettboden glänzte nicht mehr, die Bühne war leer, Tische und Stühle standen an der Seite. Er würde niemals wieder mit ihr tanzen, nicht mehr mit ihr über die Hintertreppe flüchten, weil sie ein Geräusch gehört hatten. Ihr Blick wanderte zu der unscheinbaren Tür neben der Bühne, die in die oberen Stockwerke führte. Sollte sie nach oben und in sein Zimmer gehen? Sie entschied sich dagegen. Was tat sie hier eigentlich? Es hatte keinen Sinn. Er gilt als vermisst, hatte Thaisen zu ihr gesagt. Es bestünde die Möglichkeit, dass er doch noch zurückkehrt. Aber Nele wusste es besser. So viele Männer galten als vermisst, waren irgendwo verschollen. Zumeist folgten bald darauf Todesnachrichten. Auch bei ihr würde es so sein. Zum zweiten Mal war sie nun Witwe. Nele Weber, vormals Steglitz, geborene Thieme. So viele Namen, Träume, Verluste, irgendetwas. Sie spürte Wut in sich aufsteigen. Sie alle hatten sie allein gelassen. War es das, was sie fühlte? Einsamkeit? Doch sie war nicht einsam, nicht allein. Langsam verließ sie den Speiseraum, durchschritt die Halle und öffnete das Eingangsportal. Draußen empfing sie der graue Wintertag, zu schneien hatte es aufgehört. Sie blieb eine Weile vor dem *Kurhaus* stehen, dann beschloss sie, zum Strand zu gehen. Der böige Wind trieb das Wasser über den Sand. Die aufgewühlte See war grau und wirkte düster. Nele blieb an der Wasserlinie stehen. Weit draußen waren Dampfschiffe zu erkennen. Selbst den Möwen schien es heute zu ungemütlich, keiner der Vögel war zu sehen. Nele lief weiter und spürte den kalten Wind, der ihr Haar zerzauste, sie hatte keine Mütze aufgesetzt. Sie atmete die salzige Luft tief ein. Jeden Tag sieht das Meer anders aus, Ebbe und Flut, der stetige Wandel. Wo war ihr Platz im Leben? Sie dachte daran, wie sie damals nach dem Schiffsuntergang in dem Rettungsboot gesessen hatte. An der Reling hatte sie sich festgehalten, während es wie ein Spielball der Wellen durch den Atlantik trieb. Sie hatte sich an den Gedanken geklammert, ihre Eltern könnten in einem anderen Rettungsboot sein. Sie hörte das Weinen der Kinder, die

Schreie der Menschen. Sah das Schiff, wie es zur Seite kippte und unterging, wie die Lichter hinter den Fenstern erloschen. Amerika, Chicago, ein besseres Leben in der Neuen Welt. Das Versprechen hatte verheißungsvoll geklungen und war nicht erfüllt worden. Sie war nach Amrum zurückgekehrt, und in ihrem Inneren hatte sich diese schreckliche Leere ausgebreitet, dieser unendlich dumpfe Schmerz.

Sie erreichte die Strandhallen des Hospizes und blieb stehen. Ein Stück weiter lag der Norddorfer Anleger. Die Wellen umspülten ihn, schlugen hoch bis zum Rand des Geländers. Der Wind wurde heftiger. Sie könnte ebenfalls sterben, kam es Nele in den Sinn. Einfach ins Wasser gehen, dessen Kälte spüren und wahrnehmen, wie die Wellen über ihr zusammenschlugen, es akzeptieren, dass ihr die Luft zum Atmen fehlte. Wie würde sich der Tod anfühlen? Friedlich, eine Erlösung. Nele richtete ihren Blick auf die Brandung und begann, darauf zuzugehen. Das Meer umspülte ihre Füße, durchnässte den Saum ihres Kleides, bald stand sie bis zur Hüfte im Wasser. Sie ging immer weiter. Das Wasser erreichte ihre Brüste. Es war eiskalt, die Wellen schienen nach ihr zu rufen. Nele ging weiter. Sie spürte die Kälte auf der Haut, ihre Kleidung war schwer. Bald schon würde sie mit den Füßen nicht mehr den Boden erreichen. Sie konnte, wie die meisten Insulaner, nicht schwimmen. Sie schloss die Augen. Das Wasser erreichte ihren Mund. Plötzlich zerrte jemand an ihr, und eine vertraute Stimme drang an ihr Ohr. Es war Thaisen. »Nele, nicht. Komm zu mir. Halt dich fest.« Er schlang seine Arme um sie und zog sie Richtung Strand. Sie begann, sich gegen ihn zu wehren. Wie verrückt schlug sie um sich.

»Hör auf damit, Nele«, rief Thaisen. »Ich werde das nicht zulassen, hörst du? Ich lasse es nicht zu.« Er hielt ihre Hände fest. »Hörst du!«, brüllte er sie an. »Ich werde es nicht zulassen. Wir brauchen dich, wir lieben dich. Du bist nicht allein.«

Sie erwiderte seinen Blick. In ihr brodelten Wut und Verzweiflung. Was verstand er schon? Er hatte, was er liebte. Er war zurückgekommen. Etwas in ihr wollte sich gegen ihn wehren, wollte zurück in die Wellen. Doch ein anderer Teil in ihr gewann die Oberhand. Es war die Verzweiflung, die die Wut betäubte. Sie gab nach und wurde von Thaisen zum Strand gebracht, wo sie beide in den feuchten Sand fielen. Nele klammerte sich an ihm fest und wurde von heftigem Schluchzen erschüttert. Endlich konnte sie die Trauer zulassen und um Thomas weinen. Einige Inselwächter näherten sich ihnen. Aufgeregte Stimmen waren zu hören. Jemand legte Nele eine Decke um die Schultern. Thaisen ließ sie los. Sie umklammerte seine Hand, wollte nicht, dass er ging. Er sollte bei ihr bleiben und sie noch ein Weilchen festhalten. Ihre Zähne schlugen aufeinander. Sie wurde vom Strand fortgeführt, irgendjemand sprach mit ihr. Sie erkannte seine Stimme nicht. Sie blickte zurück auf die tosende See. Wäre Thaisen nicht gekommen, wäre sie jetzt tot.

38

Norddorf, 25. Januar 1918

Heute schüttet es immer noch ununterbrochen. Seit Tagen geht das nun schon so. In den Zeitungen stand, dass auf dem Festland erste Flüsse über die Ufer getreten sind. Hoffentlich bessert sich das Wetter bald. Eine Hochwasserkrise können wir jetzt nicht auch noch gebrauchen. Wir hörten von Streiks in Berlin. Es sollen über 400 000 Menschen sein, die dort auf die Straßen gehen, die meisten arbeiten für die Kriegsindustrie. Es sollen sogar Frauen demonstrieren. Frauke meinte neulich, sie könne es sich gar nicht vorstellen, in einer solch schrecklichen Fabrik zu arbeiten. In Brest-Litowsk wird der Frieden mit Russland verhandelt, bisher gibt es keine Einigung. Der US-Präsident Wilson machte ein Angebot für einen Verständigungsfrieden. Doch der Kaiser lehnte alles ab. Er pocht weiterhin auf einen Siegfrieden und setzt auf weitere Eroberungen. In den Zeitungen wird immer noch vom Heldentum des deutschen Soldaten gesprochen. Worauf wird das alles nur hinauslaufen? Thaisen ist der Meinung, dass der Krieg bald enden könnte. Die Rufe des Volkes nach Frieden werden immer lauter. Irgendwann würden sie sich nicht mehr mundtot machen lassen. Und was zählt es jetzt noch, ob es am Ende ein Sieg- oder ein Verständigungsfrieden ist. Hauptsache, das tägliche Sterben hat ein Ende. So viel Leid und so viel Kummer, wie dieser Krieg gebracht hat. Er hat uns bisher Menschen, Vertrauen, Hoffnung und Kraft genommen. Nun muss der Jahrgang 1899 ins Feld. Thaisen hat darüber nur den Kopf geschüttelt. Achtzehnjährige, seit Jahren mangelernährt, schlecht ausgebildet, nur noch wenige von ihnen sind kriegsbegeistert. Immerhin konnten etliche unserer jungen Männer durch wiederholte Bittschreiben von Müttern und Ehefrauen wieder nach Amrum zurückgeholt werden. Ein schwacher Trost in diesen schweren Zeiten. Unserer Nele hilft das nicht mehr. Ihr Thomas wird wohl niemals zurückkehren. Wir erhielten keine weiteren Nachrichten mehr von der Front. Es scheint, dass er tatsächlich gefallen ist. Da er aber offiziell nur als vermisst gilt, erhält Nele nicht einmal die schmale Witwenrente. Obwohl das nicht wichtig ist. Gott sei Dank hatte Thaisen an diesem Tag Wachdienst am Strand und konnte ihren Selbstmord verhindern. Sie spricht kaum ein Wort, ist abgemagert und sperrt sich die meiste Zeit des Tages in ihrem Zimmer ein. Auch unterrichtet sie nicht mehr. Gestern ging sie an den Strand. Jasper folgte ihr in einigem Abstand, nicht, dass sie einen weiteren Versuch unternimmt, ins Wasser zu gehen. Es waren einfach zu viele Verluste, zu viel Kummer und Schmerz. Ida meinte neulich, sie fühle sich so schrecklich hilflos. So geht es mir auch. Man möchte sie einfach nur in den Arm nehmen und für immer festhalten. Doch nicht einmal eine Umarmung lässt Nele zu.

Ida saß bei Thaisen und Ingwert in der Werkstatt und sah den beiden, eine Tasse Tee in den Händen, bei der Arbeit zu. Thaisen erhielt trotz des Krieges weiterhin Aufträge. Allerdings waren es in den letzten Monaten weniger geworden. Die meisten Bestellungen kamen im Moment von Gästehäusern und Hotels an der Ostsee, aber es gab auch Anfragen von Privathaushalten. Nicht jedermann im Reich schien von Armut betroffen zu sein. Zum Beispiel die sogenannten Kriegsgewinnler oder auch Industrielle, die sich noch immer ein Leben ohne wesentliche Einschränkungen leisten konnten. Wer genug Geld und Einfluss besaß, der hatte immer noch Butter auf dem Brot und fuhr in die Sommerfrische.

Das Gespräch der Männer drehte sich um das Biikebrennen. Auch in diesem Jahr sollte es kein Feuer am Strand geben. Zu groß wäre die Gefahr eines Angriffs durch feindliche Flieger, obwohl bisher noch keiner stattgefunden hat, und auch der Bau des bombensicheren Unterstandes schien umsonst gewesen zu sein. Schwester Anna hat neulich scherzhaft gesagt, dass sie jetzt wenigstens einen schönen Kartoffelkeller hätte. Kartoffeln gab es in diesem Winter wieder mehr. Die Ernte im letzten Jahr war um einiges besser ausgefallen. Und dadurch, dass das *Hotel Inselblick* bis zum Jahresende die Inselwächter beherbergt hatte, war es vom Kriegsernährungsamt reichlich bedacht worden. Durch eine sparsame Haushaltung waren die Vorratskammern noch immer gefüllt. Doch trotz des Verzichts auf ein Feuer würden sie das Biikebrennen nicht ganz ausfallen lassen. Für den Abend war ein Fackelzug durch Norddorf geplant, und im Hotel würde für die Männer der Wache Nord und die Dorfbewohner das traditionelle Grünkohlessen stattfinden. Uwe, Ebba, Gesine, Marta und auch Schwester Anna waren schon seit den frühen Morgenstunden mit den Vorbereitungen beschäftigt. Bis gerade eben hatte Ida auch mitgeholfen, die Unmengen an Grünkohl zu putzen, die am Vortag angeliefert worden waren. Doch nun brauchte sie eine kleine Pause, und die verbrachte sie gern bei den Männern in der Werkstatt, wo es so herrlich nach Holz duftete.

»Schlafen die Kleinen?«, fragte Thaisen.

»Nein, leider nicht«, erwiderte Ida. »Sie sind drüben in der Küche und wollen unbedingt beim Putzen des Grünkohls helfen. Schwester Anna betreut sie. Sie ist so eine warmherzige Person, und die Zwillinge lieben sie. Ich habe den Eindruck, ihr tanzen die beiden bedeutend weniger auf der Nase herum als mir. Ich sollte sie öfter als Kindermädchen engagieren.«

»Und Nele?«, fragte Thaisen.

Ida warf ihm einen Blick zu, der alles sagte.

»Sie wird noch lange Zeit brauchen, um den Verlust von Thomas zu verarbeiten«, erklärte Thaisen.

Ida nickte. »Und du denkst wirklich, es besteht keine Hoffnung mehr? Immerhin gilt er nur als vermisst. Was ist, wenn er in Kriegsgefangenschaft geraten ist?«

»Darüber wird man zumeist informiert. Auch können Kriegsgefangene über das Rote Kreuz Nachrichten an ihre Angehörigen senden. Wir hätten längst etwas von ihm hören müssen. Ich weiß, es ist schrecklich. Und ich will mir nicht ausmalen, was mit ihm auf dem Schlachtfeld passiert sein mag. Tausende gelten als vermisst, niemand weiß, was mit ihnen geschehen ist.«

Ida nickte. Sie wusste, was Thaisen nicht aussprechen wollte. Viele der Männer waren bis zur Unkenntlichkeit verstümmelt, von Granaten zerfetzt, verscharrt in irgendwelchen Massengräbern. Der Krieg hatte Nele ihre große Liebe gebracht, den einen Menschen, der ihre Augen auf ganz besondere Art zum Strahlen gebracht hatte. Und der Krieg hatte ihr diesen Menschen wieder genommen. Sie wirkte gebrochen, war in ihrer tiefen Traurigkeit gefangen. Und nichts und niemand schien sie daraus befreien zu können.

Die Tür zur Werkstatt öffnete sich, und Leni trat ein.

»Na, ist die Schule für heute beendet?«, fragte Ida.

»Ja, ist sie«, antwortete Leni mit finsterer Miene.

Ida ahnte, woher der Wind wehte.

»War der neue Lehrer wieder recht streng?«

Leni nickte. »Ich glaube, er hasst Kinder«, sagte sie und verschränkte die Arme vor der Brust. »Heute hat er dem Fedder auf die Finger gehauen, weil er den Stift in die linke Hand genommen hat. Und Elin musste eine Stunde in der Ecke knien, weil sie angeblich geschwätzt hat. Ich hab ihr aufgeholfen. Sie konnte kaum noch laufen, so haben ihr die Beine wehgetan. So was hat

Nele nie gemacht. Sie hat auch keine Ohrfeigen verteilt. Die bekommt besonders Ricklef regelmäßig.«

Ida nickte und bemühte sich, eine verständnisvolle Miene aufzusetzen. »Du weißt, dass ich bereits mit Heinrich Arpe über das Problem mit dem neuen Lehrer gesprochen habe. Er meinte jedoch, dass er nicht viel machen könnte, denn im Reich herrsche ein großer Mangel an Lehrkräften, da viele Männer im Militärdienst tätig wären. Er selbst würde euch nur allzu gern unterrichten. Aber er muss ja seinen Dienst bei der Inselwache leisten.«

»Wir wollen alle, dass Nele wiederkommt«, sagte Leni. »Wir vermissen sie.« Sie stapfte trotzig mit dem Fuß auf.

»Du weißt, dass ich mir ebenfalls wünsche, dass Nele wieder unterrichtet«, antwortete Ida. »Aber so einfach ist das nicht. Sie ist sehr traurig.«

»Ja, ich weiß, wegen dem Thomas. Aber man kann doch nicht für immer traurig bleiben. Wir vermissen sie so sehr. Wir machen wirklich alles, damit sie wiederkommt.«

Ida sah Leni nachdenklich an. Nele liebte die Kinder, und sie liebte es zu unterrichten. Vielleicht konnten die Kinder sie tatsächlich ins Leben zurückholen. Es brauchte nur einen guten Plan.

»Vielleicht ist die Schule wirklich die Lösung«, antwortete Ida. »Überleg doch mal mit deinen Freundinnen, was ihr machen könntet, um Nele aufzuheitern. Und vielleicht hat ja auch Heinrich Arpe eine Idee. Er ist gerade auf der Wache Nord stationiert. Ich rede heute Abend mit ihm darüber. Du hast recht, Leni. Man kann nicht für immer traurig sein. Uns fällt bestimmt etwas ein.«

Leni nickte, nun nicht mehr ganz so finster. »Und sollte dieser Lehrer dich nur ein Mal anfassen, dann bekommt er es mit mir zu tun«, sagte Thaisen.

Leni grinste.

Ida leerte ihren Teebecher und sah auf die Uhr. »Schon so spät. Ich muss zurück in die Küche. Sonst werde ich noch geschimpft. Willst du mitkommen, Leni? Es gibt bis heute Abend noch eine Menge zu tun.«

Leni nickte, und die beiden verließen Hand in Hand die Werkstatt. Auf dem Hof empfing sie heller Sonnenschein, allerdings wehte ein böiger, kühler Wind, der an ihren Röcken zerrte. Rasch eilten sie in die Küche, wo besonders Ida mit Frotzeleien bedacht wurde.

»Aus dir wird niemals eine anständige Küchenhilfe werden«, sagte Ebba grinsend. Sie stand am Herd und rührte in einem riesengroßen Kochtopf.

»Lass dich nicht ärgern, Ida«, sagte Marta. »Wir sind hier fast fertig. Wenn ihr beiden mögt, könnt ihr schon mal in den Speisesaal hinübergehen und dort mit dem Eindecken der Tische beginnen.«

Das ließen sich Ida und Leni nicht zweimal sagen. Ida war dankbar dafür, den Kochgerüchen entfliehen zu können, die ihr Übelkeit verursachten. Sie wagte kaum zu hoffen, aber sie war mal wieder ein paar Tage überfällig.

Einige Stunden später war alles so weit vorbereitet. Und, welch eine Freude, es war spontan beschlossen worden, dass es am Norddorfer Strand doch ein Feuer geben würde. Es fiel natürlich kleiner aus als normalerweise, aber das war nicht wichtig. Gemeinsam würden sie mit den Fackeln durch Norddorf zum Strand hinunterziehen, und Volkert Quedens würde das Feuer mit den üblichen Worten entzünden. Marta, die sich noch rasch umgezogen hatte und nun, in ihren warmen Mantel gehüllt, auf den Hof trat, hielt das Feuer für ein gutes Omen dafür, dass sich mit diesem Biikebrennen ein für alle Mal die bösen Geister vertreiben ließen und dieser unselige Krieg endlich enden würde. Und vielleicht fand auch Nele in den nächsten Wochen den Weg zurück ins Leben. Ida hatte – allerdings erfolglos – versucht, sie zu überreden mitzukommen. Mal wieder war ihre Zimmertür abgeschlossen gewesen. Martas Blick wanderte zu Neles Fenster. Sie glaubte, eine Gestalt wahrzunehmen. Doch Frauke lenkte Marta durch ihr Auftauchen ab.

»Moin, Marta, meine Liebe«, grüßte sie gewohnt fröhlich. »Ist es nicht herrlich, dass heute ein richtiges Feuerchen brennen wird?«

»Ja, das finde ich auch«, erwiderte Marta, um ein Lächeln bemüht.

Die Zwillinge kamen aus dem Haus und auf Marta zugestürmt, ihnen folgte Leni. Sie begannen sofort, wild durcheinander Fragen zu stellen. Leni beschäftigte eine Sache ganz besonders: »Stimmt das mit den Rottgänsen?«, fragte sie. »Kommen die wirklich und fliegen um das Feuer. Und sind das wirklich die Geister von ertrunkenen Friesen?«

»Wer hat dir denn dieses Schauermärchen erzählt?«, fragte Marta.

»Jasper, vorhin in der Küche. Er sagte, vor denen sollten wir uns in Acht nehmen, denn wem sie erscheinen, dem bringen sie Unglück.«

»Jasper wieder«, erwiderte Marta kopfschüttelnd. »Der ist ja schon fast so schlimm wie unsere Kaline. Es kommen heute bestimmt keine Rottgänse, und das sind auch keine Geister von irgendwelchen ertrunkenen Friesen. Das ist alles Aberglaube, weißt du.«

Leni nickte sichtlich erleichtert.

Die Männer der Inselwache trafen nach und nach ein und begannen, brennende Fackeln zu verteilen. Die Gruppe machte sich durch das Dorf auf den Weg zum Strand. Es war ein sternenklarer und trockenkalter Abend. Aus den Häusern stießen die Bewohner zu ihnen, die meisten trugen ebenfalls Fackeln. Als sie am Strand ankamen, fanden sie dort einen recht stattlichen Reisighaufen vor. Der Bürgermeister von Norddorf trat mit einer Fackel nach vorn, bedankte sich bei den Männern der Inselwache, dass der alte Brauch nun doch stattfinden durfte, und hielt danach seine übliche Rede auf Friesisch. Zum Ende sagte er: »Maaki die biiki ön.«

Zwei Männer der Inselwache entzündeten den Reisighaufen, und alle Umstehenden klatschten Beifall. Rasch breiteten sich die Flammen aus und griffen nach dem geflochtenen Petermännchen an dessen Spitze. Funken stoben in den sternenklaren Nachthimmel, und alle Anwesenden beobachteten das Schauspiel andächtig.

Ein Stück vom Feuer entfernt stand Nele. Sie war, nachdem alle den Hof verlassen hatten, nach draußen gekommen und der Gruppe mit einigem Abstand zum Strand gefolgt. Ihr Blick haftete auf dem Feuer und folgte den in den Nachthimmel fliegenden Funken. Wie sehr sie sich wünschte, es würde auch ihre bösen Geister vertreiben. Die Traurigkeit, Verzweiflung und Wut. Sie hatte zu Thomas damals im Watt gesagt, dass das Meer den Kummer erträglich machte. Doch dieses Mal funktionierte es nicht. Der Schmerz war zu übermächtig, und die Leere in ihrem Inneren schien wie ein schwarzes Loch, das sie zu verschlingen drohte. Sie beobachtete die in den Himmel fliegenden Funken. Ihr Licht leuchtete wenige Sekunden, dann verglomm es in der Dunkelheit. Neles Blick wanderte vom Feuer weg aufs Meer hinaus. Sie könnte es noch einmal wagen. Sich vom Feuer entfernen, dorthin, wo niemand es bemerken würde. Sie könnte erneut in die Wellen laufen, die Kälte des Wassers auf der Haut spüren. Immer weiter und weiter in die dunkle See gehen, bis sie ganz verschwunden war. Dann wäre sie mit ihnen allen wieder vereint. Ihr Blick wanderte den Strand hinunter. Einfach losgehen und in der Finsternis verschwinden. Doch es fehlte ihr der Mut.

39

Norddorf, 15. April 1918

Der Frieden von Brest-Litowsk liegt nun über einen Monat zurück. Wir hofften darauf, dass dadurch der Krieg enden könnte. Doch das Gegenteil ist der Fall. Selbst diejenigen Männer, die aus russischer Kriegsgefangenschaft zurückgekehrt waren, wurden nach einem kurzen Aufenthalt in der Heimat wieder an die Front beordert. Trotzdem habe auch ich, aus Freude über den Friedensschluss mit Russland, erneut Kriegsanleihen gezeichnet. Wieder war es eine bescheidene Summe, aber jeder Betrag ist hilfreich. Es soll wohl im Westen gute Ergebnisse geben, so sagte es jedenfalls Hugo Jannen gestern bei der üblichen Gemeindeversammlung. Thaisen ist da skeptischer. Er wusste zu berichten, dass die in der Somme-Wüste kämpfenden Truppen große Probleme haben. Die Zerstörungen der Häuser, Brücken und Straßen des Vorjahres richteten sich jetzt gegen sie selbst. Er meint, wir würden uns zu Tode siegen und dass die vielen Siege keinen Wert hätten, weil sie keinen Frieden brächten. Ich denke, er hat recht. Aber von einem Verständigungsfrieden will der Kaiser nach wie vor nichts wissen.

Besonders traurig finde ich, dass es auch in diesem Jahr keine Touristen auf Amrum geben wird. Die Gemeindevertreter, allen voran Volkert Quedens, hatten zu intervenieren versucht, wenigstens einige Erholungssuchende zuzulassen. Amrum mag kriegsgefährdetes Gebiet sein, jedoch ist die Insel noch nie angegriffen worden und wird es vermutlich auch nicht mehr.

Aber der Hauptmann der Inselwache lehnte jedes Entgegenkommen diesbezüglich ab. Es bleibt alles, wie es ist. Ach, wie sehr ich doch die Routine und Alltäglichkeit der Vorkriegsjahre vermisse. Neulich blätterten Frauke und ich mal wieder in den Katalogen, die uns noch immer zugesandt werden. Was wäre es schön, die vielen neuen Badeartikel, das Sandspielzeug und die bunten Fähnchen und Wimpel ordern zu dürfen. Aber vielleicht wird es ja im nächsten Jahr möglich sein. Ich will darauf hoffen.

Ida bückte sich und schob einen Zettel unter Neles Tür hindurch. Leni, die neben ihr stand, reichte ihr einen weiteren. So ging es eine ganze Weile. Zettel für Zettel, zehn an der Zahl. Nachdem auch der letzte in das Zimmer geschoben worden war, richtete sich Ida stöhnend auf. »So, das wäre erledigt. Die Briefe sind von den Kindern aus der Schule, Nele«, sagte sie laut. »Sie vermissen dich.«

Sie lauschte, doch es kam keine Antwort. Ida sah zu Leni. Die zuckte mit den Schultern. Wenn das nichts brachte, dann wusste sie auch nicht mehr weiter. Beinahe alle Kinder der Grundschulklasse hatten in den letzten Tagen Briefe an Nele verfasst und ihr Bilder gezeichnet. Die ersten Briefe hatte Ida gestern unter der Tür hindurchgeschoben. Es war keine Reaktion erfolgt. Aber gut Ding will ja bekanntlich Weile haben. Sie brauchten Geduld.

Nele saß auf dem Bett und starrte auf die auf dem Boden verteilte Zettelflut. Neben ihr auf dem Nachttisch lagen die anderen Briefe, ordentlich aufeinandergestapelt. Sie hatte sie alle gelesen, und ja, der eine oder andere von ihnen hatte sie tatsächlich zum Schmunzeln gebracht. Doch sie fühlte sich noch immer kraftlos und leer. Trotzdem erhob sie sich nach einer Weile, sammelte die neuen Briefe ein und begann zu lesen.

Liebe Frau Weber,
wenn Sie wiederkommen, dann verspreche ich Ihnen, werde ich niemals wieder jemanden verhauen, und ich krabble auch nicht mehr in den Kaninchenbau hinter der Schule.
Ihr Ole

Liebste Frau Weber,
mein Kanarienvogel Hansi hat letzte Woche einfach so tot im Käfig gelegen. Ich hab ganz schlimm geweint. Aber trotzdem geh ich in die Schule, weil da alle meine Freunde sind. Wir vermissen Sie.
Ihre Tad

Liebe Frau Lehrerin,
der neue Lehrer ist ein Kinderhasser. Er hat mir gestern mit seinem doofen Rohrstock ganz fest auf die Finger gehauen. Das haben Sie nie gemacht. Bitte kommen Sie wieder, damit der böse Mann verschwindet.
Ihre Vollig

Nele rührten die ehrlichen Worte. Sie wusste von Jasper, wie sehr die Kinder unter dem Vertretungslehrer Hansen litten. Sie und Jasper standen jeden Morgen nebeneinander am Strand und blickten aufs Meer hinaus. Sie hatte schon bald bemerkt, dass er ihr folgte. Er hatte sich stets im Hintergrund gehalten und war immer ein Stück entfernt von ihr stehen geblieben. Einmal hatte sie sich umgedreht und ihn angesehen, da war er näher gekommen. Meistens schwiegen sie, aber die Sache mit dem Lehrer hatte Jasper dann doch nicht für sich behalten können. Nele hatte sich den Burschen daraufhin aus der Entfernung angesehen. Er war ein grauhaariger, hager wirkender Mann mit einer Nickelbrille auf der Nase. Einmal war er auf der Straße an ihr vorbeigelaufen. Sein Blick war kalt gewesen. Als Kind hätte sie sich vermutlich auch vor ihm gefürchtet.

Und nun die Briefe. Sogar Ole hatte geschrieben. Das hätte sie ihm gar nicht zugetraut. Sie besah sich das Bild, das ihr eine der Erstklässlerinnen gemalt hatte. Es zeigte den Leuchtturm, davor die Dünen und eine lachende Sonne. Nele seufzte, legte die Zeichnung zur Seite, trat ans Fenster und blickte nach draußen. Es war ein grauer Morgen, in der Nacht hatte es kräftig geregnet, der Hof war mit Pfützen bedeckt. Marta stand vor dem Haus und hielt einen Schnack mit Mathilde. Die Tage vergingen, Wochen, Monate, unerbittlich tickte die Uhr an der Wand. Anfangs hatte sie noch darauf gehofft, es käme eine weitere Nachricht. Er wäre in Kriegsgefangenschaft, er lebte doch, wie es damals bei Thaisen gewesen war. Doch es kam kein Schreiben, kein Telegramm, nichts. Und nun die Briefe der Kinder. Sie brauchten sie. Hatte sie die Kraft dazu? Wenn sie wieder in die Schule ginge, käme der Alltag zurück. Wollte sie das? Dann würde die Erinnerung an Thomas irgendwann verblassen. Aber sie wollte niemals seine Stimme vergessen oder wie es sich angefühlt hatte, in seinen Armen zu liegen, sein Lachen zu hören. Sie nahm einen weiteren Kinderbrief zur Hand und las ihn:

Liebe Frau Weber,
ich hab Sie lieb und vermisse Sie.
Ihre Taran

Neben die wenigen Worte waren Herzchen gezeichnet. Die kleine Taran, gerade mal sieben Jahre alt, blonde Zöpfe und Sommersprossen auf der Nase. Sie hatte es nicht verdient, einen alten, griesgrämigen Mann ertragen zu müssen.

»Was würdest du tun?«, fragte Nele in die Stille des Raumes und ließ den Brief sinken. Es kam keine Antwort, aber sie wusste auch so, was zu tun war. Es wurde Zeit, dass sie aus ihrem Versteck krabbelte und ins Leben zurückkehrte.

»Ich werde dich nicht vergessen«, murmelte sie, Tränen in den Augen. »Niemals. Das verspreche ich dir. Doch langsam wird es Zeit weiterzugehen. Auch wenn es mir schwerfällt.« Sie wischte sich die Tränen ab, legte den Brief zur Seite und stand auf. Entschlossen öffnete sie ihren Kleiderschrank und holte das dunkelblaue Kleid heraus, das sie im Unterricht trug, und legte es aufs Bett. Dann setzte sie sich an ihren Toilettentisch und betrachtete sich im Spiegel. Sie war leichenblass, tiefe Schatten lagen unter ihren Augen. Es würde eine Menge Puder und Rouge nötig sein, damit sie halbwegs präsentabel war. Sie machte sich daran, ihr Haar zu bürsten, rollte es zu einem Dutt zusammen und steckte diesen am Hinterkopf fest. Nun noch rasch Puder verteilen und Rouge auf die Wangen. Sie schlüpfte in Strümpfe, Kleid und Schuhe. Dann holte sie ihre Schultasche aus dem Schrank. Ein letzter Blick in den Spiegel. Sie war zufrieden. Bevor sie den Raum verließ, zog sie noch eine schwarze Strickjacke über. Auf dem Hof traf sie auf Ingwert, der gerade zur Arbeit kam. Er sah sie wie das siebte Weltwunder an.

»Moin, Ingwert«, grüßte Nele und bemühte sich um ein Lächeln.

»Moin, Nele«, grüßte er verdutzt zurück. »Schön, dich zu sehen«, fügte er noch hinzu und ging weiter.

Nele betrat die Hotelküche, in der der Großteil der Familie beim Frühstück saß. Ihr Eintreten sorgte dafür, dass alle Anwesenden verstummten und sie überrascht ansahen.

Ebba war die Erste, die reagierte.

»Moin, Nele«, sagte sie und stand auf. »Hätte ich das gewusst, hätte ich doch glatt Heißwecken gebacken. So gibt es leider nur Schwarzbrot.« Sie deutete auf den Brotkorb. »Magst einen Tee?«

Nele nickte. Jasper erhob sich und rückte ihr einen Stuhl zurecht. »Setz dich neben mich, Nele«, sagte er. »Siehst hübsch aus. Hast wohl Pläne, was?«

»Ich gehe heute wieder in die Schule«, antwortete Nele lächelnd. Ihr Blick wanderte zu Leni, die neben Ida an der Stirnseite des Tisches saß. »Ich habe guten Grund zu der Annahme, dass ich dort sehr vermisst werde.« Sie zwinkerte Leni zu. Das Mädchen strahlte über das ganze Gesicht. »Wollen wir beide gemeinsam zur Schule gehen, Leni«, fragte Nele.

Leni stimmt freudig zu. Ebba stellte einen gefüllten Teebecher vor Nele hin und tätschelte ihr mütterlich die Schulter. »Ist schön, dich wieder munterer zu sehen, mien Deern.« Sie setzte sich neben Uwe.

Marta war die Einzige, die bisher noch nichts gesagt hatte. Nele sah zu ihr hin. Marta hielt ihren Blick fest, nickte ihr zu und lächelte. Mehr brauchte es nicht. Nele fühlte, wie sich in ihrem Inneren das warme Gefühl von Geborgenheit ausbreitete. Sie war nicht allein, sie war Teil einer Familie. Und das war das Einzige, was in diesem Augenblick zählte. Sie nippte an ihrem Tee und nahm sich eine Scheibe Brot. Es gab sogar Margarine, dazu selbst gemachtes Sanddorngelee. Sie lauschte, während sie aß, den Tischgesprächen. Die Zwillinge waren wie immer recht lebhaft. Peters Mund war mit Marmelade verschmiert, Inke warf ihren Kakaobecher um, was ihr eine Rüge von Ida einbrachte. Als die Uhr halb acht zeigte, erhob sich Nele. Leni sprang ebenfalls auf. Nele half ihr mit der Schultasche.

»Habt einen schönen Vormittag«, wünschte ihnen Marta lächelnd. »Die Kinder werden sich über deine Rückkehr freuen.«

»Und wie sie sich freuen werden. Jetzt schmeißen wir den alten Griesgram raus. Jawoll«, rief Leni selbstsicher.

Alle lachten. Leni nahm Nele an der Hand.

Bald darauf liefen die beiden die Straße hinunter, und Nele fragte: »Wer hatte denn die Idee mit den Briefen?«

»Ida«, gestand Leni. »Aber wir waren alle sogleich begeistert. Und es haben sich alle Mühe gegeben. Sogar Ole hat geschrieben.«

»Ich hab es gesehen«, antwortete Nele lächelnd. »Obwohl ich nicht so recht daran glauben mag, dass er durch meine Rückkehr ein folgsamer Junge werden wird.«

»Das hat er geschrieben?«, fragte Leni.

»Sag bloß, du hast die Briefe nicht gelesen?«, erwiderte Nele.

Leni warf Nele einen Seitenblick zu, der alles sagte.

»Na ja, ein paar«, gestand sie. »Aber nur, um zu gucken, ob sie auch gut genug waren.«

»Und, wie ist dein Urteil?«

Leni überlegte kurz, bevor sie antwortete: »Du läufst neben mir. Also müssen sie gut gewesen sein.«

Nele nickte. Eine typische Leni-Antwort. Sie erreichten die Schule, wo Nele bereits auf dem Schulhof von den Schülern umringt wurde. Es herrschte große Begeisterung, einige der jüngeren Mädchen umarmten sie ungestüm. Als Nele wenig später den Klassenraum betrat, saß der Griesgram hinter dem Lehrerpult und sah sie überrascht an.

»Gud Dai, Herr Hansen«, grüßte Nele, um ein Lächeln bemüht. Der alte Herr erhob sich und musterte sie mit kaltem Blick. Dieser Mann hatte auf ungute Weise etwas Respekteinflößendes an sich.

»Guten Tag, Frau Weber«, erwiderte er den Gruß. »Sie sind also wieder zurück?«

»Ja, das bin ich«, antwortete Nele. »Ihr Vertretungsunterricht wäre dann hiermit beendet.« Sie bemühte sich darum, ihrer Stimme einen festen Klang zu verleihen.

»Ist er das?«, antwortete er.

»Gewiss. Sie waren als Vertretung für mich an dieser Schule angestellt worden. Da ich nun wieder unterrichte, werden Sie nicht mehr benötigt.«

Er nickte. »Ich würde darüber gern mit dem Leiter der Einrichtung sprechen. Es ist ja doch etwas ungewöhnlich, dass eine Frau an einer Schule dieser Art überhaupt unterrichtet. Dieser Umstand scheint wohl dem Krieg geschuldet.« Er musterte Nele, eine Augenbraue hochgezogen, von oben bis unten. »Nehmen Sie es mir nicht übel, meine Teuerste, wenn ich es offen ausspreche. Aber Ihre Klasse ist in einem äußerst desolaten Zustand. Viele der älteren Kinder können kaum flüssig lesen, geschweige denn das große Einmaleins. Auch mangelt es an Benehmen und Anstand. Solche Zustände können nicht geduldet werden. Ich habe deshalb einen Antrag beim Schulamt auf dauerhafte Versetzung gestellt. Gleichzeitig habe ich eine Beschwerde über Sie und Ihre Art des Unterrichtens eingereicht. Frauen sind für diesen Beruf wohl nicht geeignet und sollten besser bei ihren Leisten bleiben.«

Nele sah den Mann fassungslos an. Wut stieg in ihr auf. Was bildete sich Hansen ein? Wie konnte er es wagen, so mit ihr zu reden? Sie wollte etwas erwidern, kam jedoch nicht mehr dazu, denn Heinrich Arpe, dessen Eintreten von beiden unbemerkt geblieben war, tat es an ihrer Stelle.

»Moin, die Herrschaften. Es ist schön, dass Sie zurück sind, meine Liebe«, sagte er zu Nele, dann wandte er sich Hansen zu: »Ihr Antrag auf eine dauerhafte Versetzung wurde vom Schulamt abgelehnt, ebenso Ihre Beschwerde gegen Frau Weber. Ich fordere Sie auf, diese Schule sofort zu verlassen. Auch das Ihnen zur Verfügung gestellte Zimmer bitte ich noch heute zu räumen. Um die Mittagszeit legt die nächste Fähre ab. Ich empfehle Ihnen, diese zu nehmen, dann könnten Sie es heute noch bis Tondern schaffen.«

Hansens Miene verfinsterte sich. »Also das ist doch wohl …«

»Es ist besser, Sie sprechen nicht weiter«, unterbrach Arpe ihn. »Sonst sehe ich mich gezwungen, gegen Sie eine Dienstaufsichtsbeschwerde aufgrund einer Beleidigung eines Kollegen anzustrengen.«

Hansen sah von Arpe zu Nele, die sich um eine ernste Miene bemühte.

»Na gut. Ich gehe«, erwiderte er. »Aber das wird ein Nachspiel haben. Das verspreche ich Ihnen.« Er packte seine Unterlagen in seine Tasche, sah Nele für einen Moment finster an und rauschte dann aus dem Raum.

»Danke«, sagte Nele erleichtert. »Was für ein unangenehmer Mensch. Die armen Kinder.«

Arpe nickte, nun umspielte ein Lächeln seine Lippen.

»Es ist schön, dass du wieder da bist«, sagte er, zum vertraulichen Du übergehend.

»Ja, das finde ich auch«, erwiderte Nele. »Nur leider befürchte ich, dass Ole mit seinen Beteuerungen über das Ziel hinausgeschossen ist.«

Arpe sah sie fragend an.

»Ach, ist nicht so wichtig«, antwortete Nele lächelnd. »Ich sollte mit dem Unterricht beginnen.«

»Ja, das solltest du«, erwiderte Arpe und öffnete die Klassenzimmertür. Sofort stürmten Neles Schüler mit dem üblichen Getöse in den Raum.

Das Leben ging weiter.

40

Norddorf, 7. Juni 1918

Heute schneite es, und das mitten im Juni. Das muss man sich mal vorstellen. Jasper meinte, so etwas habe er noch nie erlebt. Kälte Anfang Juni ist für uns nicht neu, um diese Zeit gibt es ja auch die sogenannte Schafskälte. Aber so kalt, dass es schneit, ist schon sonderbar. Mich plagt wegen des ungewöhnlichen Wetters wieder meine Migräne. Ida meinte, das wäre kein Frühsommer, sondern ein Zustand. Wo sie recht hat. Wenn es so kalt weitergeht, wird es wieder schlechte Ernten geben. Der Herr im Himmel steh dem Reich dann bei. Noch einen Kriegswinter wie den von 1916/17 wird die Heimatfront nicht aushalten können. Die Rufe nach Frieden werden immer lauter, doch noch finden sie bei den Mächtigen kein Gehör. Die Schlachten im Westen und Süden halten an. Zwei weitere Amrumer sind gefallen. Unter ihnen ist auch der Erstgeborene des Müllers aus Nebel. Wir waren am Sonntag selbstverständlich bei dem Gedenkgottesdienst, der für die beiden Männer abgehalten wurde. Leider hat man über die Art, wie sie zu Tode gekommen sind, nichts in Erfahrung bringen können. Hilda Brodersen – ihr Sohn Frank ist einer der beiden – meinte, sie hätte einfach gern gewusst, wo er beerdigt worden ist, und begann, bitterlich zu weinen. Die arme Frau. Was soll man ihr antworten? Hugo Jannen sagte neulich, die vielen Toten werden oftmals in Massengräbern verscharrt. Ehrenvoll für den Kaiser und das Reich im Felde gestorben, verschwinden sie in einem namenlosen Grab. Sie werden jedoch nicht vergessen werden.

Es soll ein Gedenkstein zur Erinnerung mit den Namen der Gefallenen angefertigt werden. Für die Hinterbliebenen ist dies nur ein schwacher Trost. Ich überlege, ob auch Thomas' Name darauf Platz finden wird. Jasper erklärte, das wäre richtig. Immerhin hatte er ja eine Amrumerin geheiratet. Daran, wie er auf die Insel kam und dass er eigentlich der Feind gewesen ist, denkt niemand mehr. Ich frage mich, wie viele Namen noch hinzukommen, und bete dafür, dass dieser Krieg ein baldiges Ende finden wird. Ich sehne mich so sehr nach Normalität und dem täglichen Hotelalltag. Auch wenn dies heute aufgrund des schlechten Wetters viele Beschwerden bedeutet hätte. Aber solchen Kummer sind wir auf unserem Inselchen ja gewohnt.

Marta legte das Tuch um Ebbas Schultern und machte sich daran, es mit den Knopfnadeln festzustecken. Sie selbst trug bereits ihre Tracht, ebenso Ida und Nele.

Die Letzte im Bunde war nun Ebba, die zurechtgemacht werden musste. Die vier Frauen hatten für das Ankleiden die Stube des privaten Friesenhauses gewählt.

»Schön ist sie ja schon, unsere Tracht«, sagte Ebba. »Wenn nur das Anziehen nicht jedes Mal so lange dauern würde.«

»Das stimmt«, antwortete Marta. »Das stundenlange Falten und Feststecken vergällt es mir auch, sie öfter anzulegen. Aber wenn man sie dann trägt, ist es ein herrliches Gefühl. Und zu solch einem Anlass – einem großen Sommerfest – lohnt sich diese Prozedur.«

»Das stimmt«, sagte Ebba. »Ich finde, es ist eine schöne Idee der Inselwache, das Fest zu veranstalten. Dadurch kommt mal wieder etwas Leben nach Wittdün, wo es im Moment doch recht trostlos ist.«

»Ja, leider«, antwortete Marta. »In Wittdün macht sich der fehlende Tourismus am meisten bemerkbar. Aber wie sollte es auch anders sein. Der Ort ist eigens für die Sommergäste errichtet worden und besteht fast nur aus Hotels und Gästehäusern.«

»Wenn ihr mich fragt, hat Wittdün etwas von einem verwunschenen Dornröschenschloss«, sagte Nele.

»Was für ein charmanter Vergleich«, meinte Ida, die sich damit beschäftigte, Ebbas Kopftuch zu falten. »Nur leider wird wohl kein Prinz kommen, um das schöne Dornröschen wach zu küssen.«

»So einen brauchen wir auch nicht«, entgegnete Ebba. »Gibt ja nicht einmal eine Dornenhecke, durch die er sich schlagen muss. Und wen will er im leeren Kurhaus auch wach küssen? Die alte Elspe, die dort regelmäßig putzt?«

»Ebba, also wirklich«, antwortete Marta. »Du immer mit deinem Schandmaul.«

»Wenn es doch wahr ist«, erwiderte Ebba. »Wofür die Gute da putzt, weiß auch keiner so genau. Kommen ja sowieso keine Gäste, da kann es auch staubig bleiben. Ich sag euch: Nach dem Krieg wird das hier alles ganz anders werden. Das hab ich im Urin. Dann ist Schluss mit Hummer, Backfischbällen und Kurkonzerten.«

»Das befürchte ich auch«, erwiderte Marta. »Obwohl es im Reich ja noch immer genügend adlige und wohlhabende Bürger gibt, die sich einen teuren Urlaub im Seebad durchaus leisten können.«

»Wir werden sehen«, antwortete Nele. »So, wie es im Moment aussieht, sind wir davon weit entfernt.« In ihrer Stimme schwang Wehmut mit.

Marta nickte. Nele hatte recht.

Sie nahm das von Ida fertig gefaltete Kopftuch vom Tisch, setzte es Ebba auf den Kopf und steckte es mit geübten Handgriffen fest, trotzdem dauerte es eine schiere Ewigkeit, bis sie damit fertig war. Als endlich auch der Brustschmuck angebracht und die

Schürze umgebunden war, betrachtete sich Ebba stolz im Spiegel. Sie hob die Hand und berührte den roten Stoff, der unter ihrer Haube hervorlugte. Das Zeichen dafür, dass sie verheiratet war. Niemals im Leben hätte sie geglaubt, dass sie dieses Stück Stoff eines Tages tragen würde. Marta beobachtete Ebba wehmütig. Gestern war wieder einer dieser Tage gewesen, an dem sie Wilhelm schmerzlich vermisst hatte. Es hatte die Sonne von einem fast wolkenlosen Himmel geschienen. Die Kühle von Anfang Juni war in den letzten Tagen gewichen. Marta war auf die hintere Terrasse getreten und hatte sich in den Liegestuhl gesetzt, in dem Wilhelm gern gesessen hatte, und ihren Blick über den Garten schweifen lassen. Über die blühenden Rosenbeete, ihre geliebten Hortensien, die Apfel- und Kirschbäume. Wilhelm hatte diesen Ort ob seiner Friedlichkeit geliebt. Sie hatte sich oftmals mit einer Tasse Tee zu ihm gesetzt und mit ihm geredet. Über Alltäglichkeiten, manchmal schwelgten sie auch in Erinnerungen. Gestern hatte sie über die Lehne des Liegestuhls gestrichen, die Platte des danebenstehenden kleinen Tisches berührt. Tränen waren ihr in die Augen gestiegen. Die Trauer schlich sich in den sonderbarsten Momenten an. In diesem Augenblick hatte Marta sich müde und kraftlos gefühlt. Deshalb hatte sie einen Beschluss gefasst. Es war endgültig an der Zeit, den Kindern das Ruder zu überlassen und sich zurückzuziehen. Ida hatte ihr gestern die frohe Kunde einer erneuten Schwangerschaft überbracht. Die Vorstellung, sich als Großmutter um die Enkelkinder zu kümmern, gefiel Marta. Und Ida und Thaisen, das wusste Marta, waren die perfekten Nachfolger für das Hotel. Obwohl die meiste Arbeit vermutlich an Ida hängen bleiben würde. Thaisen würde sein Geschäft gewiss nicht aufgeben. Aber dies war anscheinend das Schicksal der Stockmann-Frauen. Marta dachte an Tante Nele, die viele Jahre die Pension in Hamburg allein geleitet hatte. Ihre Kraft schien in ihnen allen zu ruhen.

»Nun müssen wir uns aber sputen«, sagte Nele und riss Marta aus ihren Gedanken. »Sonst kommen wir noch zum Gottesdienst zu spät.«

Als die vier Frauen auf den Hof traten, warteten dort bereits Uwe, Jasper, Thaisen, Gesine und die Kinder auf sie. Gesine trug eine weiße Bluse und einen beigefarbenen Rock, dazu einen Strohhut auf dem Kopf. Die Mädchen steckten in hübschen hellblauen Sommerkleidern. Jasper sah wie immer aus, aber Uwe hatte sich zurechtgemacht und trug eine weinrote Weste über seinem Hemd und eine Fliege um den Hals. Er ähnelte einem lustigen Clown. Uwe half den Damen hilfsbereit auf den Wagen, und die Fahrt begann. Sie hatten sich entschieden, nicht mit der Inselbahn zu fahren, um flexibler und nicht auf die Fahrzeiten der Bahn angewiesen zu sein. Als sie kurz darauf am Norddorfer Bahnhof vorüberfuhren, war der Bahnsteig überfüllt. Fast ganz Norddorf schien dort auf den Zug zu warten. Das Sommerfest wollte sich keiner entgehen lassen. Es waren sogar Besucher von Föhr zugelassen.

»Denkt ihr, es gibt Zuckerwatte?«, fragte Leni.

»Ich weiß nicht«, antwortete Gesine.

»Es wäre so schön, wenn es welche gäbe«, sagte Leni mit leuchtenden Augen. »Sie ist so herrlich süß und schmilzt auf der Zunge.«

»Und macht pappige Finger«, fügte Ebba hinzu. »Obwohl sogar ich dazu heute nicht Nein sagen würde. Ist ewig her, dass ich so etwas gegessen habe.«

Sie erreichten Nebel und blieben vor dem *Honigparadies* stehen, um Marret und Elisabeth abzuholen. Julius weilte schon seit den frühen Morgenstunden in Wittdün, denn er verkaufte dort selbstverständlich seinen Honigwein.

Nele stieg rasch vom Wagen, öffnete das Gartentor, klopfte an die Tür und rief: »Elisabeth, Marret. Wir wären dann da.«

Es geschah nichts. Erneut klopfte Nele an die Tür, doch niemand öffnete. Sie sah zum Wagen und zuckte mit den Schultern. Sie rief die Namen der beiden. Wo steckten sie nur? Endlich öffnete sich die Tür, und Marret stand vor Nele. Sie trug keine Tracht und war auch nicht zurechtgemacht. Nele sah sie fragend an.

»Moin, Nele«, sagte Marret gehetzt und wischte sich die Hände an der Schürze ab, die sie trug. »Es tut mir leid, aber wir können nicht mitkommen. Mama ist urplötzlich krank geworden. Heute Morgen ging es ihr noch gut, aber nun liegt sie darnieder. Sie hat scheußlichen Schüttelfrost und hustet heftig. Ich muss mich um sie kümmern. Kannst du bitte Papa Bescheid geben?«

»Aber natürlich«, antwortete Nele. »Die Ärmste. Das ist wohl diese Grippe, die neuerdings grassiert.«

»Das denke ich auch«, erwiderte Marret. »Sie haben neulich in der Zeitung darüber geschrieben, dass sie vollkommen ungefährlich sein soll. Nur zwei Tage heftiges Fieber, dann geht es wieder aufwärts. So war es auch bei Antje von nebenan. Sie hatte es letzte Woche erwischt. Vermutlich hat sich Mama bei ihr angesteckt.«

»Nele«, rief Marta.

»Du musst los«, sagte Marret. »Sonst kommt ihr noch zu spät.«

Nele nickte. Sie konnte nicht umhin und umarmte Marret rasch, ging zurück zum Wagen und erklärte, was geschehen war.

»So ein Pech aber auch«, sagte Ebba. »Da gibt es einmal eine große Sause auf unserem Inselchen, und dann ist die Ärmste krank.«

»Ja, das ist wirklich schade«, antwortete Marta. »Elisabeth hat sich so sehr auf das Fest gefreut.«

»Gibt ja Gerüchte wegen der Grippe«, sagte Gesine. »In Husum sollen bereits Hunderte Fälle bekannt sein. Das hab ich neulich in der Apotheke von Doktor Anders aufgeschnappt. Sie wird auch als Flandernfieber bezeichnet und kommt von den Ausdünstungen der vielen nicht bestatteten Leichen an der Westfront. Angeblich sind in Husum zwei Menschen daran gestorben.«

»Gesine, bitte«, mahnte Ida mit einem Blick auf die Kinder. »Von solchen Schauermärchen wollen wir nichts hören. So ein Unsinn. Es mag ungewöhnlich sein, dass wir zu dieser Jahreszeit Grippeerkrankungen haben, aber gewiss gibt es dafür eine ganz einfache Erklärung.«

»Ich denke, es liegt an dem ungewöhnlich kalten Frühjahr. Der Mai und der Juni waren scheußlich. Kein Wunder, dass alle krank werden«, sagte Ebba. »Wir können nur hoffen, dass sich das schöne Wetter noch ein Weilchen hält. Dann wird der Spuk bestimmt bald wieder vorbei sein.«

»Das denke ich auch«, erwiderte Marta. »Besonders der Juni war ungewöhnlich. Ich erinnere an den Schnee, sogar liegen geblieben ist er für zwei Tage, und morgens waren die Pfützen auf dem Hof gefroren. So etwas habe ich wirklich noch nie erlebt. Da kann sich eben auch mal eine Grippe in der Jahreszeit irren.«

Sie näherten sich Wittdün. Jasper stellte den Wagen am Ortsrand auf einem ungenutzten Acker ab. Den restlichen Weg bis zum östlich der Kaserne gelegenen Festplatz legten sie zu Fuß zurück. Es herrschte bunter Trubel, und man kam aus dem Winken und Grüßen kaum heraus. Auf dem Platz war eine Bühne aufgebaut worden, dazu gab es einige Stände, an denen Getränke und Essen verkauft wurden. Zu Lenis großer Freude gab es auch Zuckerwatte und sogar gebrannte Mandeln. Sofort zerrte sie Ida zu dem Stand, vor dem sich bereits eine recht ansehnliche Schlange gebildet hatte.

Das Fest sollte mit einem Feldgottesdienst beginnen. Auf dem Programm standen des Weiteren eine Pantomime, ein von den Unteroffizieren aufgeführtes Theaterstück, rhythmische Gymnastik zu den Klängen der Sylter Militärkapelle, die schon spielte, und zum Abschluss sollte es einen Zielwurf mit Handgranaten geben. Daran wollte sich auch Thaisen beteiligen. Er hoffte, eines der Robbenfelle zu ergattern, die als Preise ausgelobt worden waren. Viele der Amrumerinnen trugen ihre Trachten. Auch von Föhr waren Angehörige der Inselwächter anwesend. Im Gedränge entdeckte Marta sogar Jens-Cornelius Petersen, Inhaber mehrerer Hotels in Wittdün, der extra zu dem Fest mit seiner Gattin angereist war und Marta herzlich begrüßte.

»Es ist mir eine Freude, meine Teuerste«, sagte er und deutete eine Verbeugung an.

Marta begrüßte Petersen lächelnd. »Dass es Sie mal wieder auf die Insel verschlägt«, sagte sie. »Was ist mit den Geschäften in Hamburg?«

Unbewusst hatte sich ein zynischer Unterton in ihre Stimme geschlichen. Niemand auf der Insel war besonders begeistert darüber, dass sich Petersen aus dem Staub gemacht und seine Immobilien im Stich gelassen hatte. Aber so war er nun einmal. Wenn es nichts zu verdienen gab, zog er weiter. Seine heutige Rückkehr wertete Marta als gutes Zeichen dafür, dass sich auf ihrer Insel bald etwas ändern könnte. Petersen hätte die Reise nach Amrum nicht auf sich genommen, wenn er sich nicht etwas davon versprechen würde.

»Hamburg kann auch mal einige Tage ohne mich«, antwortete er lächelnd.

Marta wollte etwas erwidern, kam jedoch nicht mehr dazu, denn Frauke Schamvogel trat näher, umarmte sie überschwänglich und plapperte drauflos. »Marta, meine Liebe. Da bist du ja. Ich habe dich schon überall gesucht. Ist das nicht aufregend. Ein richtiges Sommerfest. Endlich ist mal wieder was los. Und es gibt sogar gebrannte Mandeln. Da muss ich mir nachher gleich ein Tütchen holen.«

Marta lächelte. Frauke trug ein helles Sommerkleid und einen Strohhut. Ihre Wangen waren gerötet. »Wo ist denn der Rest der Truppe?«, fragte sie. »Gleich beginnt der Gottesdienst. Ich bin ja schon so gespannt, auch auf die Pantomime. So etwas hab ich noch nie gesehen.«

»Die anderen sind dort drüben«, antwortete Marta und deutete auf eine Stelle rechts neben der Bühne. »Geh doch schon vor«, wies sie Frauke an. »Ich muss noch kurz zu Julius an den Weinstand. Elisabeth ist ganz plötzlich erkrankt. Ich soll ihm Bescheid geben.«

»Ach, die Ärmste«, antwortete Frauke. »Dann verpasst sie ja den ganzen Spaß.«

Marta nickte. »Ja, leider. Es scheint wohl diese Grippe zu sein, die neuerdings grassiert.«

»Ach, das Flandernfieber«, erwiderte Frauke.

»Jetzt fängst du auch noch damit an«, entgegnete Marta. »Das ist doch nur ein Schauermärchen, das sich irgendjemand ausgedacht hat.«

»Wenn du meinst«, antwortete Frauke beleidigt. »Aber an Gerüchten und Schauermärchen ist meistens was Wahres dran. In Husum soll es erste Tote geben.«

»Ich weiß«, erwiderte Marta und rollte die Augen. »Ich geh dann jetzt zu Julius.«

Ohne ein weiteres Wort ließ sie Frauke stehen und kämpfte sich bis zu dem umlagerten Weinstand durch. Die Schlange Trinkwilliger davor war lang. Bis Marta vorn angekommen wäre, wäre vermutlich der halbe Gottesdienst vorüber. Sie entschloss sich, das Pferd von hinten aufzuzäumen, und lief zur Rückseite des Standes. Dort war Heinz Nannig gerade damit beschäftigt, weitere Weinflaschen aus einer Kiste zu holen.

»Moin, Heinz«, grüßte Marta. Sie blickte über seine Schulter hinweg in den Stand. Julius schenkte fleißig Gläser ein. »Kannst du Julius von mir ausrichten, dass Marret und Elisabeth nicht kommen werden? Elisabeth ist leider erkrankt, und Marret muss sich kümmern.«

»Sag ich ihm«, antwortete Heinz gewohnt einsilbig.

Marta bedankte sich und machte sich auf den Weg zu den anderen. Gerade rechtzeitig zum Beginn des Feldgottesdienstes traf sie dort ein. Als der Pfarrer das Wort ergriff, wurde es still auf dem Festplatz. Der Pfarrer lobte in seiner Predigt den Durchhaltewillen des deutschen Volkes, das trotz aller Entbehrungen dem Kaiser die Treue hielt. Er lobte auch den Mut der tapferen Männer an der Front und deren Erfolge und bezeichnete den Krieg sogar als heilig, was Marta dann doch übertrieben fand. Was war daran heilig, sich seit Jahren gegenseitig abzuschlachten? Aber irgendwie musste das jahrelange Töten wohl gerechtfertigt werden. Und wenn all die schönen Reden und Appelle nicht mehr halfen, dann musste eben der Glaube herhalten. Gott konnte sich ja nicht dagegen wehren.

Es wurde der Opfer gedacht und Fürbitten vorgetragen. Zum Ende sang ein junges Mädchen aus Süddorf einen Choral. Martas Blick wanderte zu Nele. Ihre Miene war wie versteinert. Sie meisterte zwar tapfer ihren Alltag, doch Marta hörte sie in den Abendstunden oftmals in ihrer Kammer weinen. Der Schmerz würde bleiben, das wusste sie. Die Zeit heilt alle Wunden, so sagte man. Doch manche Wunden hinterließen dicke Narben, die für immer auf die Seele drückten.

Nach dem Gottesdienst nahm das Sommerfest seinen Lauf. Die Pantomime und das von den Unteroffizieren aufgeführte Theaterstück erheiterten die Zuschauer. Auch die rhythmische Gymnastik zu den Klängen der Militärkapelle fand großen Anklang. Und zu guter Letzt gewann Thaisen beim Zielwurf mit den Handgranaten tatsächlich eines der begehrten Robbenfelle. Er schaffte das Kunststück, eine etwa zwei Meter große Scheibe aus einer Entfernung von fünfundzwanzig Metern zu treffen. Stolz präsentierte er Ida seinen Gewinn und erklärte: »Das Fell legen wir unserem neuen Baby in die Wiege, dann hat es das Kleine schön warm.«

Ida nickte lächelnd. Noch war ihr die Schwangerschaft nicht anzusehen. Aber in den Morgenstunden wurde sie bereits von der gewohnten Übelkeit gequält.

Die Gruppe gönnte sich noch ein Gläschen Honigwein, und Frauke erstand eine Tüte gebrannte Mandeln. Leni und die Zwillinge erbettelten bei Marta eine zweite Portion Zuckerwatte, die sie ihnen gern spendierte. Von dem gelungenen Sommerfest beseelt, machte sich die Gruppe bald darauf im milden Licht des Frühsommerabends auf den Heimweg. Jasper schwankte ein wenig und wurde von Uwe gestützt, der, ebenfalls nicht mehr ganz nüchtern, einen Gassenhauer zum Besten gab. Frauke hatte beschlossen, sie zu begleiten. Zu Hause warteten eine Brotzeit und einige Flaschen Weißwein auf sie, die Marta neulich bei Johann im Laden erstanden hatte. Auf ihrem Schoß saß der kleine Peter. Er war eingenickt und hatte seinen Kopf an ihre Schulter gelehnt. Lächelnd strich sie ihm über seinen blonden Schopf und ließ ihren Blick über die von blühendem Heidekraut überzogenen Dünen bis zum Leuchtturm schweifen. Heute war einer von den guten Tagen gewesen. Sie wünschte, sie könnte ihn festhalten, wenigstens für eine Weile.

41

Norddorf, 18. August 1918

Es ist und bleibt ein kühler und wechselhafter Sommer. Die Ernte wird wohl auch in diesem Jahr schlecht ausfallen. Ich will gar nicht an den bevorstehenden Winter denken. Und die Befürchtung ist immer noch nicht ausgeräumt, dass es noch mal ein Kriegswinter werden könnte. Thaisen meinte jedoch, dass der Krieg bald enden würde. Die Deutschen hätten vor zehn Tagen eine wichtige Schlacht verloren. Er sagte, es wäre ein schwarzer Tag für das deutsche Heer gewesen, mehr als dreißigtausend Mann hätten den Tod gefunden. Die Stabsoffiziere hatten von Ludendorff sogar den Rückzug von der Front gefordert. Thaisen ist guter Dinge, dass gewiss bald Waffenstillstandsverhandlungen beginnen werden. Ich will dafür beten. Ansonsten gibt es zu berichten, dass diese scheußliche Grippe noch immer grassiert. Sie heißt jetzt Spanische Grippe. Auf Föhr soll es viele Fälle geben, auch Kinder sollen betroffen sein. Hier auf Amrum hält es sich noch in Grenzen. Elisabeth hat sich wieder erholt. Unter den Männern der Inselwache gab es zwei weitere Betroffene, doch sie sind ebenfalls wieder gesund geworden. Das hohe Fieber hielt nur wenige Tage an. Vom Festland kommen jedoch beängstigende Nachrichten. Gesa hat Ebba geschrieben, dass eine Freundin von ihr nach nur wenigen Tagen an der Grippe verstorben wäre. Sie hätte innerhalb kürzester Zeit schreckliche Atemprobleme bekommen, und ihre Haut hätte sich mahagonifarben verfärbt. Auch an der Front sollen die Männer betroffen sein. Hilde Martensens Sohn liegt im Moment in einem Lazarett in Frankreich. Er berichtete von einem hohen Anstieg der Erkrankungen, die Männer sterben oftmals innerhalb weniger Stunden. Es ist schrecklich. Wir können nur darauf hoffen, dass diese aggressive Form nicht auf die Inseln übergreifen wird. Ebba ist bereits in Alarmbereitschaft. Sie hat bei Fietje Flohr eine Menge Obstler organisiert. Wir müssen uns damit jetzt alle regelmäßig die Hände waschen, sogar die Kinder. Sie putzt auch wieder mit dem Seifenlauge-Alkohol-Gemisch. Es riecht wie in einer Schnapsbrennerei. Da kommen Erinnerungen an die Zeiten der Cholera hoch. Traurige Erinnerungen. Ach, ich will gar nicht davon schreiben. Wir können nur darauf hoffen, dass der Spuk bald ein Ende finden wird.

Nele hob eine Auster auf und legte sie in ihren Korb. An ihrer Seite war Leni, die vor lauter Freude darüber, mit Nele eine Wattwanderung machen zu dürfen, trotz des eher kühlen Tages sogar die Schuhe ausgezogen hatte. Um ihrer Cousine in nichts nachzustehen, hatte sich Nele dazu entschlossen, es ihr gleichzutun. Der Himmel war bedeckt, es war windstill, hier und da spitzte die Sonne zwischen den Wolken hervor. Die Gerüche von Schlick und Tang hingen in der Luft. Nele hatte Ebba vorsorglich keine Austern versprochen, denn sie hoffte darauf, dass die alte Tatje mit ihrer Fischbude in Wyk am Hafen stand. Leni musste unbedingt eines der köstlichen Fischbrötchen probieren. Leni hob eine Muschel auf und betrachtete sie prüfend von allen Seiten.

»Sie hat eine hübsche Färbung. Aber an der Stelle ist ein Stück abgebrochen.«

»Das macht doch nichts«, entgegnete Nele. »Kaline mochte die mit den Macken am liebsten. Sie hat immer gesagt: Wir Menschen sind doch auch nicht perfekt, wieso sollte es dann eine Muschel sein.«

»Ich wünschte, ich hätte sie kennenlernen dürfen«, sagte Leni.

»Ja, das wünschte ich auch. Und sie hätte dir die schaurigen Märchen von Wiedergängern, Gongern und den Onerbäänkes erzählt.«

»Onerbäänkes?«, hakte Leni nach.

»Du hast noch nie von ihnen gehört?«, fragte Nele verdutzt. »Das kann doch nicht sein. Du bist eine waschechte Amrumer Deern, da muss man doch die Onerbäänkes kennen. Kaline fehlt wirklich.« Nele schüttelte den Kopf. »Also, pass auf: Die sogenannten Unterirdischen sind klein gewachsene Menschen. Ihre Beine sind kurz, dünn und krumm, und sie haben lange Arme. Dazu kommt ein ungewöhnlich großer Kopf. Doch trotz ihrer Missgestalt besitzen sie enorme Körperkraft. Sie tragen rote oder graue Kleider, manchmal schwarze. Auf ihren Köpfen sitzen spitze Mützen, und an den Füßen haben sie goldbeschlagene Holzschuhe. Man sagt, sie wohnen in den Dünenbergen. Angeblich sieht man sie manchmal dort im Mondschein tanzen.«

»Und du glaubst den Unsinn?«, fragte Leni und sah Nele erstaunt an.

»Aber natürlich«, entgegnete Nele entrüstet. »Und man sollte ihnen auch nicht zu nahe kommen. Vor einigen Jahren fiel es einem übermütigen Mann ein, ihre Wohnung zu zerstören. Er grub tief in den Hügel hinein und glaubte, den Bau der Unterirdischen gefunden zu haben, da fiel ihm auf, dass sein eigenes Haus in Flammen stand. Er lief rasch ins Dorf zurück. Als er an seinem Haus ankam, bemerkte er, dass es eine Täuschung gewesen war. Der Schreck war ihm eine Lehre, und seitdem hat niemand mehr die Unterirdischen beunruhigt.«

»Hm«, machte Leni. Ihr Blick war noch immer skeptisch.

»Du glaubst mir nicht«, stellte Nele fest.

Leni schüttelte den Kopf.

»Aber es ist so. Halte dich lieber von ihnen fern.«

»Hast du schon mal einen der Unterirdischen gesehen?«, fragte Leni.

»Nein, hab ich nicht. Aber nur, weil man etwas nicht sieht, bedeutet es ja nicht, dass es nicht da ist. Wir glauben ja auch an Gott, aber niemand hat ihn bisher gesehen.«

»Da ist was dran«, erwiderte Leni. »Denkst du, der Herr Pfarrer fände es gut, dass du Gott mit den Unterirdischen vergleichst?«

Nele sah Leni verdutzt an. Das Mädchen überraschte sie immer wieder. Sie war erst knapp zehn Jahre alt, verhielt sich jedoch recht vernünftig für ihr Alter, obwohl sie noch vor nicht allzu langer Zeit mit ihrer ungestümen Art des Öfteren für ordentlich Wirbel gesorgt hatte. Ida meinte neulich, die Wandlung ihrer Tochter wäre ihr hin und wieder schon fast unheimlich. So ähnlich empfand Nele es in diesem Moment auch. Sie selbst hatte Kaline früher jedes Wort ihrer schaurigen Geschichten abgenommen und in so mancher Nacht im Traum die Unterirdischen im Mondschein auf den Dünen tanzen sehen oder war einem gruseligen Gonger begegnet. Vielleicht hätte Leni die Geschichten Kaline ja geglaubt, denn sie war die beste Geschichtenerzählerin, die Amrum jemals gesehen hatte.

Nele und Leni erreichten den Strand von Föhr auf der Höhe von Utersum. Inzwischen schien die Sonne. Die beiden setzten sich in den warmen Sand und begutachteten ihre Funde. Sie hatten eine stattliche Anzahl Austern geerntet, aber auch eine beachtliche Zahl Herzmuscheln hatte den Weg in ihren Korb gefunden. Dazu kamen noch zwei Seesterne und einige Muscheln, die Leni gefallen hatten.

»Wir haben ganz gut Austern gefunden«, meinte Nele. »Tatje wird erfreut sein. Ich hab sowieso noch Schulden bei ihr. Als ich zuletzt bei ihr war, waren die Muscheln durch die Wärme nicht genießbar. Sie hat uns aber trotzdem Fischbrötchen gegeben.«

Das war mit Thomas gewesen, fügte Nele in Gedanken hinzu. Sie stand abrupt auf und unterdrückte die aufsteigenden Tränen.

»Komm« – sie streckte Leni die Hand hin –, »lass uns weitergehen. Sonst verpassen wir am Ende noch die Fähre.«

Die beiden trollten sich den Strand hinunter. Ein Stück weiter stießen sie auf zwei Robben, die es sich in der Sonne gemütlich gemacht hatten. Sie blieben stehen und beobachteten die Tiere eine Weile fasziniert.

»Die sind noch nicht alt«, erklärte Leni fachmännisch. »Bestimmt sind sie dieses Jahr geboren.«

»Das glaube ich auch«, antwortete Nele.

Sie näherten sich den beiden vorsichtig. Die Tiere betrachteten sie argwöhnisch, blieben jedoch liegen. Sie schienen zu ahnen, dass von diesen beiden Menschen keine Gefahr drohte.

»Hallo, ihr beiden«, sagte Leni und ging in die Hocke. »Ihr seid aber niedlich. Wo steckt denn eure Mama?« Sie wandte sich zu Nele um. »Sie haben gar keine Angst vor mir. Guck mal, ihre süßen Augen.«

Jetzt war sie wieder ganz Kind, dachte Nele lächelnd. Leni krabbelte ein Stück näher heran. Nun wurden die Tiere jedoch unruhig und robbten rasch über den Sand ins Watt. Ein ganzes Stück von ihnen entfernt hielten sie an einem breiten Priel inne und blickten zurück.

»Ist gut, dass sie abhauen«, sagte Nele. »Sie sollen uns als Gefahr ansehen. Wenn sie noch ein wenig größer werden, sind sie gute Beute für die Robbenjäger.«

»Ich weiß«, antwortete Leni. »Das ist doof. Ich wünschte, niemand dürfte ihnen wehtun.«

Nele nickte seufzend. »Ja, das wünschte ich auch. Aber ihr warmes Fell ist nicht zu verachten. Im Winter hält eines von ihnen auch dich in deinem Bett warm.«

»Ach, da kann mich auch was anderes warm halten«, antwortete Leni, ohne den Blick von den beiden Robben abzuwenden.

»Das stimmt«, erwiderte Nele. »Ein Schafsfell täte es wohl auch.«

»Siehst du«, erwiderte Leni. »Und das Schaf muss dafür nicht sterben. Dem wächst einfach wieder ein neues Fell nach.« Eine Weile beobachteten sie die beiden Robben, dann gingen sie weiter. Auf der Höhe von Nieblum gab es erste Strandkörbe, die jedoch zumeist unbesetzt waren. Einige Spaziergänger begegneten ihnen. Eine Gruppe Kinder, die gewiss zur Kur auf der Insel weilten, beschäftigte sich damit, Sandburgen zu bauen. Ihre Betreuerin, eine hagere, braunhaarige Frau in einem schlichten grauen Kleid, grüßte sie höflich und schenkte Leni ein Lächeln. Bald darauf erreichten sie Wyk. Hier herrschte mehr Betrieb. Die Läden waren geöffnet, Kurgäste flanierten am Strand entlang und über die Promenade. Es spielte sogar eine kleine Kurkapelle in der Nähe des Hafens. Neles Blick wanderte zum Anleger. Dort lag die Fähre nach Amrum. Aber der Fährmann zog zu ihrem Entsetzen gerade das Fallreep ein.

»Die Fähre legt schon ab«, rief Nele. »Wir haben die Zeit vertrödelt. Schnell.« Sie nahm Leni an der Hand, und die beiden rannten los. Nele winkte und rief laut: »Halt!« Doch als sie am Anleger eintrafen, war die Fähre schon ein ganzes Stück entfernt.

»So ein Mist aber auch«, schimpfte Nele. »Wie sollen wir denn jetzt nach Hause kommen?«

Lenis Miene war finster. Neles Blick wanderte über die beiden im Hafen liegenden Kutter, auf denen jedoch keine Besatzung zu sehen war. Vermutlich gehörten sie irgendwelchen Föhrer Fischern. Sie wandte sich um. Da fiel ihr plötzlich eine Veränderung auf. Tatjes Fischbude stand nicht an ihrem Platz. Das war sonderbar. Es war erst Anfang September. Zwar endete langsam die Saison, aber Tatje verkaufte ihre Fischbrötchen bis in den Oktober hinein. Nele lief zu dem Platz, an dem der Wagen stets gestanden hatte, und sah sich um. Ein ungutes Gefühl machte sich in ihr breit, das nur wenig später bestätigt wurde. Eine junge blonde Frau war auf Nele aufmerksam geworden und trat näher.

»Du suchst bestimmt Tatje, oder?«

Nele nickte.

»Das ist sehr traurig«, sagte die Frau. »Tatje ist vor einigen Tagen an der Spanischen Grippe verstorben.«

»O nein«, entgegnete Nele schockiert.

»Es kam ganz plötzlich. Sie ist in ihrem Wagen zusammengebrochen. Drei Tage später war sie tot. Gestern ist sie beerdigt worden.«

Nele nickte und bedankte sich für die Auskunft. Ihr Blick fiel auf den Austernkorb in ihrer Hand. Ihre Schulden, die sie noch bei Tatje hatte abzahlen wollen. Tränen traten ihr in die Augen. Niemals wieder würde sie ihr eine Extragurke auf ihr Brötchen legen.

Leni trat neben Nele, nahm ihre Hand und murmelte: »Das tut mir leid.«

Nele nickte. Eine Träne rollte ihr über die Wange. Sie wischte sie rasch ab. »Ist schon gut«, sagte sie. »So ist das wohl. Irgendwann müssen wir alle gehen. Ich hätte nur …« Sie sprach den Satz nicht zu Ende. Was hätte sie gern? Noch einmal mit ihr gesprochen? Auf Wiedersehen gesagt? Tatje war, seit sie denken konnte, stets hier gewesen. Ihre Fischbude hatte zu Föhr gehört wie der Wind und das Meer.

»Da kommt ein Kutter«, rief Leni und riss Nele aus ihren Gedanken. Sie blickte auf und erkannte den Kutter sofort. Es war Tam Olsen, der den Hafen ansteuerte. An Deck standen vier Personen. Vermutlich waren es Touristen, mit denen Tam eine Rundfahrt oder einen Ausflug zu den Seehundbänken gemacht hatte.

»Das ist Tam«, sagte Nele erleichtert. »Jetzt kommen wir doch noch nach Hause.«

Tam legte an, und die Touristen gingen von Bord. Eine junge Frau war recht blass um die Nase. Sie schien nicht sonderlich seefest zu sein. Und das an einem ruhigen Tag wie dem heutigen, dachte Nele und schüttelte den Kopf. Manche Landratten sollte man nicht auf Boote lassen.

»Na, wen haben wir denn da?«, rief Tam fröhlich. »Lasst mich raten: Ihr habt die Fähre verpasst und benötigt eine Fahrgelegenheit nach Hause.«

Nele und Leni nickten. Er winkte sie breit grinsend an Bord.

Wenig später verließen sie den Hafen. Nele stand am Heck des Schiffes und beobachtete, wie die Häuser von Wyk immer kleiner wurden.

»Sie fehlt«, sagte plötzlich Tam hinter ihr, der ahnte, woran Nele dachte.

Nele nickte und antwortete: »Ja, das tut sie.«

Bald darauf erreichten sie den Hafen von Wittdün, und Nele und Leni bestiegen die Inselbahn. Das Wetter hatte es sich während der Überfahrt anders überlegt, graue Wolken dominierten den Himmel, und es begann zu regnen. Missmutig blickten die beiden aus dem Zugfenster.

»Ebba wird sich über die Austern freuen«, sagte Leni.

Nele nickte, erwiderte jedoch nichts. Ebba würde sich nicht freuen. Doch das musste sie Leni nicht sagen. Ebba würde beim Anblick der Austern sofort wissen, dass etwas mit Tatje geschehen war.

Sie erreichten den Bahnhof von Norddorf und stiegen gemeinsam mit einigen Inselwächtern aus. Als sie im Hotel eintrafen und die Küche betraten, herrschte dort eine gedrückte Stimmung. Gesine und Uwe saßen mit ernsten Mienen am Küchentisch. Nele ahnte sofort, dass etwas im Argen lag. Sie stellte den Korb mit den Austern auf dem Tisch ab und fragte: »Was ist los?«

»Es ist Marta«, antwortete Gesine. »Sie hat diese scheußliche Grippe.« Dann brach sie in Tränen aus.

42

Nele saß an Martas Bett und lauschte ihrem rasselnden Atem. Neben ihr saß Ebba und schlief. Die Brille war ihr von der Nase gerutscht und lag auf ihrem Schoß, sie schnarchte leise. Es war drei Uhr morgens. Auf dem Nachttisch standen eine Schüssel mit Wasser, eine Kanne Kräutertee und ein Becher, daneben lagen Tücher und eine Schachtel Aspirin. Doch die Tabletten hatten es nicht geschafft, Martas Temperatur zu senken. Sie hatte fast vierzig Grad Fieber. Schweißperlen standen ihr auf der Stirn, die Nele regelmäßig abtupfte. Die Angst davor, Marta, die Seele des Hauses, zu verlieren, lag bleiern über dem Hotel. Ida war vor einer Weile gegangen, um sich hinzulegen. Sie hatte erst nicht gehen wollen, doch Nele hatte sie davon überzeugt, eine Pause einzulegen. Ida musste sich morgen um die Kinder kümmern, außerdem kämpfte sie noch immer gegen Schwangerschaftsbeschwerden. Die Übelkeit war dieses Mal hartnäckig. Nele hatte ihr fest versprochen, sofort Bescheid zu geben, sollte sich Martas Zustand verändern. Dieser Virus verbreitete sich immer mehr, griff wie ein Lauffeuer um sich und schien täglich gefährlicher zu werden.

Marta stöhnte leise. Nele füllte ein wenig von dem inzwischen kalt gewordenen Tee in den Becher und hielt ihn Marta an die Lippen. Sie trank einige Schlucke.

»So ist gut«, lobte Nele. »Schön trinken. Der Tee hilft.« Martas Kopf sank aufs Kissen zurück. Sie hatte im Laufe der Nacht zu husten angefangen, was sich scheußlich anhörte. Nele kannte den Verlauf der Krankheit. Wenn sich Flecken auf der Haut zeigten und sich die Finger verfärbten, war es zu spät. Dann gab es keine

Rettung mehr. Doch bei Marta waren noch keine dieser Anzeichen zu erkennen. Sie konnte es schaffen, sie musste es schaffen.

»Du kannst uns jetzt nicht im Stich lassen«, sagte Nele und legte ihre Hand auf die von Marta. »Wir brauchen dich. Ich brauche dich. Ich weiß, wir hatten schwierige Zeiten. Der Tod von Mama hat uns beide aus der Bahn geworfen. Noch heute träume ich von jenen letzten Stunden auf dem Schiff und spüre wieder die Angst und die Hilflosigkeit. Ich befinde mich auf dem Rettungsboot, höre die Stimmen der anderen, ihre Schreie, ihr Weinen. Ich höre Mamas letzte Worte: *Ohne ihn geht es nicht*. Sie hat meine Hand losgelassen. Ich hätte sie festhalten müssen. Aber wir wussten in diesem Augenblick nicht, dass es unser letzter gemeinsamer Moment sein sollte.« In Neles Augen traten Tränen. »Sie wollte nie weg von Amrum. Sie liebte diese Insel sehr, obwohl sie sie am Anfang verabscheut hat, das hat sie mir erzählt. Sie hielt sie damals für langweilig und das Ende der Welt. Doch Amrum ist niemals langweilig. Diese Insel ist unser Zuhause. Es war ihr Zuhause. Und ich war so dumm damals. Ich glaubte tatsächlich, in der neuen Welt würde es ein besseres Leben geben. Ich ließ mich von Papas Erzählungen blenden. Aber ich war ein Kind, beeinflussbar und neugierig auf das Leben. Wie sollte es da auch anders sein.« Sie verstummte.

Ebba bewegte sich, grummelte etwas Unverständliches, schreckte hoch und sah sich verwundert um. »Was ist? Ist etwas passiert?«, fragte sie.

»Nein, es ist alles wie immer«, beruhigte Nele sie.

Ebba nickte. Sie nahm ihre Brille und setzte sie auf. Einen Moment sah sie Marta wortlos an. Dann stand sie auf. »Weißt du was«, sagte sie. Ihre Stimme klang entschlossen. »Wir machen jetzt noch einmal Wadenwickel. Es wäre doch gelacht, wenn wir das Fieber nicht runterbekommen würden.«

»Das ist eine gute Idee«, antwortete Nele. Ebbas Tatkraft weckte auch ihre Lebensgeister. »Ich lauf rasch zu Gesine in die

Küche und hol einen Eimer mit kaltem Wasser und weitere Tücher. Auch muss der Tee nachgefüllt werden.«

Sie griff nach der Teekanne und verließ, ohne eine Antwort von Ebba abzuwarten, den Raum.

Auf dem Hof begegnete sie Thaisen.

»Ach, Nele, da bist du ja. Ich wollte, ich meine …« Er kam ins Stocken, dann sagte er: »Peter hat es auch erwischt.«

Seine Worte trafen Nele wie ein Schlag ins Gesicht, ihr fiel die Teekanne aus der Hand und zerbrach. »Eben hat es Ida festgestellt«, sagte Thaisen. »Er hat gewimmert, und sie schaute nach ihm. Er ist glühend heiß.«

Nele nickte. Ihr fehlten die Worte. Sie wussten beide, was Peters Erkrankung zu bedeuten hatte. Er war noch so klein und hatte dem Virus kaum etwas entgegenzusetzen.

»Was sollen wir denn jetzt tun?«, fragte Thaisen.

Nele atmete tief durch und mahnte sich zur Ruhe. Es war weder Peter noch Marta geholfen, wenn sie jetzt in Panik verfallen würden.

»Wadenwickel«, sagte sie. »Die wollten wir gerade bei Marta machen. Ihr macht sie auch bei Peter. Vielleicht helfen sie. Und versucht, ihm Tee einzuflößen. Komm.« Sie legte den Arm um Thaisen. »Wir holen rasch Tücher und frisches Wasser.«

Die beiden gingen in die Küche, wo Gesine und Uwe die Stellung hielten. An Schlaf war in dieser schrecklichen Nacht nicht zu denken. Auf dem Tisch lag die aufgeschlagene Inselzeitung. Gesine und Uwe erhoben sich, als Nele und Thaisen eintraten.

»Peter hat es jetzt auch«, sagte Nele sofort. »Wir brauchen rasch kaltes Wasser und weitere Tücher. Wir müssen Wadenwickel anlegen. Gesine, kannst du Ebba bei Marta helfen, ich gehe und helfe Ida und Thaisen.«

Gesine erblasste, nickte dann aber. »Morgen früh müssen wir sofort Doktor Anders verständigen. Er hat ab acht Uhr Sprechstunde in Wittdün. Wir müssen ihn bitten, zu uns zu kommen.«

»Ob er das tun wird oder kann, wage ich zu bezweifeln«, sagte plötzlich Jasper, der, von allen unbemerkt, den Raum betreten hatte. Er schwankte mal wieder. Gewiss kam er aus dem Gasthaus *Zum lustigen Seehund*. »Gibt noch mehr Grippefälle. In allen Orten auf der Insel. Der Doktor wird morgen gut zu tun haben. Auf Föhr haben bereits die Schulen geschlossen.«

»Diese Maßnahme werden wir wohl auch ergreifen müssen«, sagte Nele seufzend. »Was für eine Katastrophe.«

»Was kann ich tun?«, fragte Jasper.

»Eimer tragen«, antwortete Gesine.

Sie hatte den ersten Blecheimer mit Wasser gefüllt und einen Stapel Tücher aus der Wäschekammer geholt. Jasper nickte und griff sich einen der Eimer. Nele folgte ihm aus dem Raum und betrat keine Minute später die Schlafkammer von Ida und Thaisen. Ida saß auf dem Bett und hielt den kleinen Peter im Arm. Das Licht der Nachttischlampe malte Schatten an die Wände. Ida sang ein Schlaflied. *Weißt du, wie viel Sternlein stehen*. Ihre Stimme zitterte. Nele trat wortlos näher und berührte Peters Stirn. Sie war glühend heiß, sein Haar feucht. Sein Atem klang röchelnd. Sie ahnten es beide, doch niemand sprach es laut aus. Er war zu klein, die Krankheit war zu übermächtig. Ida sang einfach weiter. Es schien, als klammerte sie sich an die Worte des Kinderliedes.

Weißt du, wie viel Mücklein spielen
In der hellen Sonnenglut?
Wie viel Fischlein auch sich kühlen
In der hellen Wasserflut?
Gott der Herr rief sie mit Namen,
Dass sie all' ins Leben kamen,
Dass sie nun so fröhlich sind.

Ida hob den Kopf und sah Nele an. Tränen rannen ihr über die Wangen. »Er soll wieder fröhlich sein«, sagte sie.

Nele nickte. In diesem Moment regte sich Widerstand in ihr. Diese gottverdammte Grippe würde ihnen weder Peter noch Marta nehmen. »Wir kämpfen«, antwortete sie. »Wir sorgen dafür, dass er es wieder sein wird. Ich verspreche es dir. Wir lassen diese Krankheit nicht gewinnen.«

Ida nickte. Thaisen trat ein.

»Schläft Inke?«, fragte Nele.

»Ganz ruhig«, sagte er. »Sie hat kein Fieber.«

Nele nahm Ida den kleinen Peter ab. Kurz darauf hatten sie ihm die ersten Wadenwickel angelegt und ihn zugedeckt. Ida saß neben ihm auf der Bettkante und wischte ihm den Schweiß von der Stirn.

Thaisen rückte sich einen Stuhl zurecht.

»Kannst du mir einen Gefallen tun?«, fragte er Nele. »Bitte doch Uwe, rasch ins Hospiz zu laufen. Ich soll in zwei Stunden die Wache im Unterstand am Strand ablösen. Doch unter diesen Umständen …«

Nele sagte: »Ich schick ihn. Oder noch besser: Ich gehe selbst. Und dann sehe ich auch gleich noch einmal nach Marta. Vielleicht kann uns Schwester Anna zur Hand gehen. Sie kennt sich mit der Krankenpflege hervorragend aus, besonders bei Kindern.« Sie nickte Ida zu, dann verließ sie den Raum.

Als Nele im Hospiz eintraf, traf sie Schwester Anna in der Küche an. Hektisch erläuterte sie die prekäre Lage, in der sie steckten.

»Ach du liebe Güte«, antwortete Schwester Anna. »Ich komme sofort mit und helfe.« Sie sah zu einem der Inselwächter, der sich gerade Tee einschenkte. »Ich gebe Bescheid«, sagte er. »Für den Kollegen im Unterstand lässt sich anderweitig Ersatz finden.«

Schwester Anna bedankte sich bei dem Mann, dann bedeutete sie Nele, ihr in das Krankenzimmer zu folgen. Dort öffnete sie den Medikamentenschrank und erkundigte sich nach den Krankheitssymptomen. Rasch holte sie einige Mittel hervor, darunter befanden sich Eukalyptusöl und Aspirin in Pulverform, und packte alles in eine Tasche, dann eilten die beiden ins Hotel zurück. Inzwischen wurde es hell. Im Osten zierten rosafarbene Streifen die Wolken, was nichts Gutes bedeutete. Gewiss würde es später Regen geben.

Sie eilten in Idas und Thaisens Schlafkammer. Dort trafen sie auf Thaisen, der gerade die Wadenwickel von Peters Beinen entfernte.

»Moin, Thaisen«, grüßte Schwester Anna. »Im Hospiz ist alles geregelt. Wie geht es Peter?«

»Er glüht noch immer, und in seiner Brust rasselt es scheußlich. Vorhin hat er gewimmert. Ida ist eben rausgelaufen. Die Übelkeit …« Er verstummte.

Schwester Anna nickte. »Eigentlich sollte sie in ihrem Zustand gar nicht hier sein. Als Schwangere ist sie besonders gefährdet, sich anzustecken.«

Thaisen warf ihr einen kurzen Blick zu, der alles sagte.

»Ich weiß«, erwiderte die Schwester, »mich würde auch nichts davon abhalten, bei meinem kranken Kind zu bleiben.« Sie trat näher ans Bett und strich Peter das feuchte Haar aus der Stirn. »Na, mein Kleiner. Da hat es dich ja übel erwischt. Dann werden wir mal sehen, dass wir dich wieder gesund bekommen.«

Sie öffnete ihre Tasche und holte die Medikamente heraus. »Ich habe Aspirinpulver und Eukalyptusöl mitgebracht. Wir müssen unbedingt das Fieber senken und etwas gegen das Rasseln in der Brust unternehmen.« Ihr Blick wanderte zu einer Uhr, die auf der Kommode stand. »In einer Stunde beginnt die Sprechstunde von Doktor Anders. Wir sollten ihn sogleich über die beiden Fälle informieren. Er wird, sobald es ihm möglich ist, herkommen. Da bin ich mir sicher.«

Thaisen nickte. Schwester Anna bat um lauwarmes Wasser, das Nele sogleich holte. Sie löste darin zuerst das Aspirinpulver auf. Es kostete einige Mühe, es Peter einzuflößen, doch bald war es geschafft. Mit dem Eukalyptusöl verfuhren sie ähnlich. Schwester Anna löste wenige Tropfen davon ebenfalls in lauwarmem Wasser auf, und sie flößten es ihm ein. Ida kam zurück, als sie Peter gerade einen warmen Brustwickel auflegten.

»Schwester Anna. Gott sei Dank«, sagte sie. »Gut, dass Sie da sind.«

»Ich helfe gern«, sagte die Schwester und erklärte kurz, was sie gemacht hatten. »Heute Mittag kann er erneut Aspirin und Eukalyptus bekommen. Wadenwickel wären hilfreich. Der warme Brustwickel sollte im Laufe des Tages gewechselt werden.«

Ida nickte und griff nach der Hand der Schwester. »Danke. Haben Sie vielen Dank.«

»Nichts zu danken«, antwortete die Schwester. »Ich weiß, Sie hören es nicht gern, meine Liebe« – sie kam nicht umhin, Idas Schwangerschaft noch einmal anzusprechen –, »aber in Ihrem Zustand sollten Sie sich von dem Kleinen besser fernhalten.«

Ida sah die Schwester wortlos an. Die Diakonissin seufzte. »Ich weiß. Vernunft und Mutterliebe vertragen sich nicht sonderlich gut.« Sie sah zu Nele. »Wollen wir dann zu Marta gehen?« Nele nickte.

Als die beiden Martas Schlafkammer betraten, hielten sie kurz inne und betrachteten das Bild, das sich ihnen bot: Jasper und Ebba saßen an Martas Bett und schliefen. Schwester Anna brachte der Anblick zum Lächeln, der von so viel Mitgefühl und Liebe zeugte und ein bisschen so wirkte, als säßen dort Martas Eltern am Bett, die sich um ihre Tochter sorgten.

Die beiden traten näher, und Schwester Anna berührte Martas Stirn. »Heiß«, sagte sie leise und sah zu Nele. Marta hustete. »Und auch dieser Husten hört sich übel an. Sie braucht dringend von dem Eukalyptus. Aspirin hat sie bekommen?« Sie deutete auf die auf dem Nachttisch liegende Tablettenpackung.

Nele nickte. »Es hilft nur leider nichts.«

»Etwas anderes habe ich nicht«, erwiderte die Schwester im Flüsterton. »Vielleicht weiß Doktor Anders Rat.«

Ebba zuckte zusammen und öffnete die Augen. Verwundert sah sie Schwester Anna an.

»Moin, Ebba«, grüßte die Schwester.

»Moin, Schwester«, erwiderte Ebba den Gruß. »Da haben wir einen feinen Schlamassel, was? Und ich dachte, wenn wir alles desinfizieren, dann kann uns nichts passieren. Da war ich wohl ein rechter Dösbaddel.«

»Nein, das waren Sie nicht«, erwiderte die Schwester. »Es ist nie schlecht, auf Hygiene zu achten, besonders in diesen Zeiten. Im Hospiz müssen sich die Männer im Moment ebenfalls die Hände regelmäßig mit einer Desinfektionslösung aus der Apotheke reinigen. Vorbeugung ist oftmals die beste Maßnahme.«

»Vielleicht lag es ja am Schnaps«, mutmaßte Ebba. »Ich hätte wohl doch besser den Krempel aus der Apotheke holen sollen.«

»Gewiss nicht«, beschwichtigte die Schwester sie, die ahnte, weshalb Ebba über die Desinfektion sprach. Sie hatte Maßnahmen ergriffen, um die Gefahr fernzuhalten und die Menschen, die sie liebte, zu beschützen. Doch diese hatten nicht geholfen. Jetzt fühlte sie sich schuldig.

Jasper erwachte nun ebenfalls. Er streckte sich gähnend und entschuldigte sich für sein kleines Nickerchen. Besorgt sah er Marta an. »Da schlaf ich Suffkopp einfach so ein«, sagte er. »Derweil muss ich doch auf sie aufpassen. Das verzeiht mir die Deern nie, wenn ich das nicht anständig mache.« Seine Worte rührten Nele. Sie erinnerte sich daran, wie viele Stunden er auch an Wilhelms Bett gesessen hatte. Bis zu dessen letztem Atemzug war er nicht von seiner Seite gewichen. Einen treueren Freund als Jasper würde man in dieser Welt nur schwer ein weiteres Mal finden.

Schwester Anna brachten seine Worte zum Lächeln. »Wir sollten ihr jetzt das Eukalyptusöl einflößen«, sagte sie. »Wann wurden die Wadenwickel angelegt?«

Ebba beantwortete die Frage. »Gut, dann können wir sie wieder wechseln.«

Die nächsten Stunden verbrachten sie mit Krankenpflege. Der Arzt kam um die Mittagszeit und hörte Marta ab. Der Husten wurde von ihm nur als Reizhusten diagnostiziert. Die Lunge war zur großen Erleichterung aller frei.

»Hoffentlich wird das so bleiben«, sagte der Arzt. »Ich verschreibe Codein gegen den Husten, und zur Fiebersenkung empfehle ich zusätzlich zum Aspirin Chinin. Sollte sich Ihr Zustand nicht weiter verschlechtern, haben Sie gute Aussichten auf eine Genesung, Frau Stockmann. Ruhen Sie sich aus.« Er tätschelte Marta die Schulter und wandte sich dann Nele zu. »Und nun auf zum nächsten Patienten.«

Als sie Idas Schlafkammer betraten, saß diese auf dem Bett, den kleinen Peter im Arm. Sein Atem ging pfeifend, sein Haar klebte ihm schweißnass auf der Stirn. Neles Blick fiel auf seine Hände. Die Fingerspitzen waren blau verfärbt. Der Arzt sah dies ebenfalls und runzelte die Stirn. Ida wirkte wie erstarrt. Sie reagierte weder auf das Eintreten des Arztes und Neles noch darauf, dass sie angesprochen wurde. Hinter Nele betrat Thaisen den Raum. Er hatte sich um Inke gekümmert. Die Kleine bemerkte natürlich, dass etwas nicht stimmte, und musste beruhigt werden. Uwe und Gesine kümmerten sich in der Küche um sie.

Nele trat ans Bett und berührte Ida am Arm.

»Der Arzt ist jetzt da«, sagte sie. »Er will Peter untersuchen.«

Ida nickte, Tränen rannen ihr über die Wangen. Thaisen nahm Peter behutsam auf den Arm. Der kleine Junge wimmerte.

Sie legten ihn auf das Kanapee neben der Tür, und der Arzt begann mit der Untersuchung. Als er das durchgeschwitzte Hemdchen hochzog, waren die dunklen Flecken auf der Haut zu erkennen. Nachdem der Arzt die Untersuchung beendet hatte, war seine Miene ernst. Die Befürchtung wurde zur Gewissheit. Peter würde es nicht schaffen. Die Krankheit hatte gewonnen. »Es tut mir leid«, sagte Doktor Anders. »Wir werden ihm nicht mehr helfen können. Die Lunge ist bereits zu stark in Mitleidenschaft gezogen. Bei Kindern geht es meist sehr schnell.«

Er sah zu Thaisen, in dessen Augen Tränen schimmerten.

»Ist gut, mien Jung«, sagte Thaisen und strich seinem Sohn behutsam über den Rücken. »Wir bleiben bei dir. So lange, wie es eben dauert. Mama und Papa werden dich halten.« Sein Blick wanderte zu Ida, die nickte.

Nele sah zu Schwester Anna. Es war Zeit für sie zu gehen. Der Arzt packte das Stethoskop zurück in seine Tasche und seufzte tief. »Ich wünschte, wir könnten mehr tun. Die Machtlosigkeit ist das Schlimmste.« Er berührte noch einmal Peters kleine Schulter, dann verließ er ohne Abschiedsgruß den Raum.

Schwester Anna und Nele folgten ihm. Sie gingen zurück zu Marta und kümmerten sich um sie. Die Stunden zogen sich dahin. Schwester Anna verabschiedete sich um die Mittagszeit. Sie wollte im Hospiz nach dem Rechten sehen. Am Nachmittag begann es zu schütten, und ein böiger Wind trieb den Regen gegen die Fensterscheiben. Ebba brachte Tee und Kekse. Martas Husten besserte sich durch das Codein spürbar. Nur das Fieber wollte noch immer nicht sinken. Trotzdem war Nele guten Mutes, dass sie durchkommen würde. Sie wechselte gerade ein weiteres Mal die Wadenwickel, als sich die Tür öffnete und Thaisen eintrat. Sie wusste sofort, welche Botschaft er überbringen würde.

Thaisen sah sie aus verweinten Augen an und sagte: »Er ist tot.«

43

Norddorf, 15. Oktober 1918

Heute saß ich tatsächlich mal wieder mit Ebba in der Küche, und wir haben den Heißwecken beim Aufgehen zugesehen. Wir haben nicht viel geredet und mit einer Tasse Tee die Stille des Morgens genossen. Ebba backt die Wecken nicht jeden Tag, denn dafür reichen unsere Mehlvorräte nicht aus. Aber immerhin gibt es ab und zu welche. Heißwecken machen glücklich, sagte sie neulich zu mir. Und Glück fehlt uns im Moment. Obwohl ich sagen muss, dass ich doch eine große Portion davon hatte. Ich bin dem Tod noch einmal von der Schippe gesprungen. Noch fühle ich mich erschöpft und werde schnell müde, aber dieser Umstand bessert sich täglich. Über uns allen liegt jedoch eine tiefe Traurigkeit. Selbst Inke ist seltsam still. Sie vermisst ihren Bruder und Spielkameraden. Zwillinge haben eine besondere Verbindung zueinander, hat Frauke neulich zu mir gesagt. Für die Deern muss es sich anfühlen, als wäre mit Peter ein Teil von ihr selbst gestorben. Es scheint wohl so. Sie wirkt oft in sich gekehrt und isst wie ein Spatz. Ebba hat gemeint, es brauche einfach Zeit. Die braucht es auch bei Ida. Sie ist blass, hat eingefallene Wangen und weint viel. Die Schwangerschaft ist ihr kaum anzusehen. Trotz all des Kummers hat sie das Kind nicht verloren. Da scheint ein kleiner Kämpfer in ihr heranzuwachsen. Ich hoffe darauf, dass das Kind ihr über den Verlust von Peter hinweghelfen und uns allen neue Zuversicht ins Haus bringen wird. Die letzten Jahre waren so schrecklich, erfüllt von Kummer und Schmerz und von so vielen Hoffnungen, die sich nicht erfüllten. Und die schlimmsten Befürchtungen scheinen sich zu bewahrheiten. Deutschland ist drauf und dran, den Krieg zu verlieren. An der Westfront soll es nur noch Niederlagen geben. Wieso beendet man die Kämpfe nicht endlich, um zu retten, was zu retten ist? Die Jugend, die noch lebt, muss Deutschland doch erhalten bleiben. Und was wird mit dem Kaiser werden?

Ida kniete sich neben Inke vor das Grab und reichte ihrer Tochter die kleine Schaufel, die sie mitgebracht hatten. Neben ihr stand ein Blumentöpfchen mit Astern, das sie auf das Grab von Peter pflanzen wollten. Es war später Nachmittag, und die Sonne schien. Für Anfang November war es ausgesprochen mild.

»So ist es tief genug«, sagte Ida, nachdem Inke ein Weilchen gebuddelt hatte. Sie setzten die Blumen in das Grab und umschlossen sie mit Erde.

»Denkst du, er sieht sie?«, fragte Inke.

»Bestimmt«, antwortete Ida. »Ich hab dir doch gesagt, dass er immer bei uns ist und auf uns achtet.«

Inke nickte. Es tat gut, ihre Kleine wieder sprechen zu hören. Ihr zuliebe versuchte Ida, ihre Trauer um Peter in den Griff zu bekommen. Sie hatte Verantwortung für Inke, für Leni und für das ungeborene Leben in sich. Sie spürte bereits die ersten Bewegungen des Kindes in ihrem Leib. Noch fühlte es sich an wie die Berührung eines Schmetterlings, doch bald würden daraus kräftige Tritte und Stöße gegen die Rippen werden, die einem schon mal den Atem rauben konnten. Langsam begann sich ihr Bauch zu wölben. Ebba ermahnte sie stets, ordentlich zu essen, da sie viel zu dünn für eine Schwangere wäre. Diese Aussage hatte Ida zum Schmunzeln gebracht. Sie erinnerte sich daran, wie oft sie während der Schwangerschaft mit den Zwillingen von Ebba wegen ihrer Leibesfülle geneckt worden war. Doch sie musste zugeben, dass sie tatsächlich sehr dünn war. Ihre Kleider schlackerten um ihren Körper, und ihre Wangen waren noch immer eingefallen. Trauer hatte viele Gesichter. Ihr hatte sie den Magen zugeschnürt.

Ein Pfauenauge setzte sich auf die frisch eingebuddelten Astern.

»Sieh mal, Mama, ein Schmetterling«, rief Inke.

Der Überschwang des Kindes sorgte dafür, dass er sofort wieder das Weite suchte. Sie sahen ihm nach, wie er über die Grabsteine hinweg davonflatterte und zwischen den Ästen einer an der Friedhofsmauer stehenden Buche verschwand.

»Wollen wir zum Strand gehen und Muscheln sammeln?«, fragte Ida.

Inke stimmte zu. Ida half ihr beim Aufstehen. Ihre kleinen Hände waren voller Erde, ihr Rock verschmutzt.

»Nicht so wichtig«, sagte Ida lächelnd.

Die beiden liefen Hand in Hand durch Nebel. Als sie an Anne und Philipp Schaus Haus vorbeikamen, wurde Ida wehmütig.

»In dem Haus dort lebten einmal Anne und Philipp«, erklärte sie Inke und deutete darauf. »Sie waren gute Freunde von Oma und Opa. Anne konnte herrliche Kekse backen.« Und sie hat mir das Leben gerettet, fügte Ida in Gedanken hinzu. Damals, in dieser schrecklichen Nacht, als sie Marie verloren hatten und sie selbst glaubte, sie würde sterben. Mama hatte einmal zu ihr gesagt, sie frage sich manchmal, wie Marie heute wäre. Eine junge Frau, vielleicht verheiratet, im selben Alter wie Nele und würde ihr vermutlich ähneln. Das gleiche braune Haar, die gleichen Augen. Sie ähnelten beide Rieke. Bis heute hatte Marta den Tod von Marie nicht verkraftet. Wie sollte sie auch? Er war so plötzlich gekommen, genauso wie bei Peter. Vermutlich würde auch sie sich all die Jahre fragen, was aus ihm geworden wäre und wie er als junger Mann und auch später ausgesehen hätte.

»Wo ist die Anne jetzt?«, fragte Inke und riss Ida aus ihren Gedanken.

»Im Himmel«, antwortete Ida.

»Dann backt sie da jetzt Kekse für Peter.«

»Ja, vielleicht.« Inkes Antwort gefiel Ida. Anne Schau backte Kekse für Peter und Marie, und Rieke und Jacob saßen ebenfalls an ihrer Kaffeetafel.

Sie gingen weiter zwischen den Dünen hindurch zum Strand. Dort empfing sie ein ruppiger Wind, der am Strandhafer zerrte und den Sand aufwirbelte. Doch davon ließen sie sich nicht stören und schlenderten bis zur Wasserlinie. Das Wasser lief gerade wieder auf. Wellen schlugen an den Strand, schnell waren ihre Füße von Meeresschaum eingehüllt. Inke hob eine Handvoll hoch und pustete ihn von ihren Fingern. Weiter ging es Richtung Norddorf, an Strandläufern und Möwen vorbei. Sie hoben Muscheln auf und begutachteten sie. Aus Ermangelung eines Korbes steckte Inke einige Exemplare, die sie für besonders hübsch hielt, in ihre Manteltasche. Ida ließ den Blick über das Meer schweifen. In der Ferne war ein Boot zu erkennen. Sie hoffte darauf, dass es kein Kriegsschiff sein würde. Eine Gestalt näherte sich ihnen. Es war Thaisen. Inke lief ihm freudestrahlend entgegen. Er hob sie hoch und drückte ihr ein Küsschen auf die Wange.

»Was macht ihr denn hier?«, erkundigte er sich, nachdem er Inke wieder abgesetzt hatte.

»Wir waren bei Peter und haben ihm Astern eingebuddelt«, antwortete Inke. »Und weil das Wetter so schön ist, haben wir beschlossen, über den Strand nach Hause zu laufen«, fügte Ida hinzu.

»Das ist eine gute Idee«, antwortete Thaisen und fragte: »Darf ich euch begleiten?«

Inke antwortete mit einem fröhlichen »Ja« und holte sofort eine Muschel aus ihrer Jackentasche, die sie Thaisen gab. »Die ist aber ganz besonders hübsch«, lobte er den Fund seiner Tochter. Dann legte er den Arm um Ida, und die drei liefen los. Thaisen war in Zivil gekleidet. Neuerdings hatten die Inselwächter sonntags häufig dienstfrei.

»Gerüchte schwirren über die Insel«, sagte Thaisen, nachdem sie eine Weile geschwiegen hatten. »In Wilhelmshaven soll es einen Aufstand der Matrosen geben. Jasper traf heute Morgen Johannis Flor in der Inselbahn. Er hatte seine Tochter in Kiel besucht. Dort hat er Maschinengewehrfeuer gehört und am Bahnhof Blutlachen auf dem Steinpflaster gesehen. Wir alle haben das Gefühl, dass bald etwas Besonderes geschehen wird.«

Ida nickte schweigend. Es schien nur noch eine Frage von Tagen zu sein, bis der Krieg endete. Der Kaiser war zurückgetreten, so hatte es heute Morgen in der Zeitung gestanden. Das Reich war in Aufruhr. Und doch war es hier am Strand so unendlich friedlich. Nur das Rauschen des Meeres und das Kreischen der Möwen waren zu hören. Licht und Schatten tanzten über den Strand und die Dünen, gerade so, wie es den Wolken und der bereits tief stehenden Sonne gefiel.

Sie erreichten die Stelle, an der Thaisens alte Kate stand. Ida sah zu den Dünen.

Thaisen erriet, was sie dachte. »Unser Zufluchtsort. Wollen wir?«

Ida nickte. Sie rief nach Inke, die ein ganzes Stück vorausgelaufen war. Die Kleine kam zurück, und sie gingen zu der alten Kate. Inke war noch nie hier gewesen. Bisher war niemand auf die Idee gekommen, den Kindern diesen besonderen Ort zu zeigen. Thaisen öffnete die Tür, und sie traten ins Innere. Inke war sofort begeistert von den vielen Dingen, die sich darin befanden. Sie betrachtete aufgeregt die getrockneten Seesterne und Thaisens Muschelsammlung, legte sich sogar in das Bett in der Nebenkammer und deckte sich mit der alten Flickendecke zu. Thaisen nahm die kleine Schatulle zur Hand, in der die Kette mit dem Anhänger aufbewahrt wurde. Er öffnete sie, holte die Kette heraus und betrachtete das Bild der jungen Frau. Ida trat neben ihn.

»Wir werden sie wohl immer wieder betrachten und uns fragen, wer sie gewesen ist, nicht wahr?«

»Vermutlich«, antwortete er. »Ich hoffe, sie lebt noch irgendwo. Und vielleicht ist sie glücklich.«

»Das hoffe ich auch«, erwiderte Ida und seufzte.

Im Angesicht des Krieges erschien das Schicksal der unbekannten Frau plötzlich klein und unwichtig. So viele Menschen hatten ihr Leben in den letzten Jahren verloren. Millionen waren gestorben, und vermutlich gab es Tausende von Medaillons dieser Art, die Geschichten von Sehnsucht, unerfüllter Liebe und Verlust erzählten.

Nach einer Weile setzten sie sich, in ihre Mäntel gehüllt und mit Teebechern in den Händen, vor die Hütte und sahen der Sonne beim Untergehen zu. Es war ein besonderer Moment, der nur ihnen gehörte. Die alten Geister umschwirrten die Hütte, rüttelten an den Windspielen und ließen ihr Lied erklingen, das auf seine ganz eigene Art Trost spendete. Genauso wie das Naturschauspiel, das sich ihnen bot. Rotgolden versank die Sonne in den Wellen und zauberte funkelnde Sterne auf die rötlich schimmernde Wasseroberfläche. Nachdem sie im Meer versunken war und immer mehr Sterne am Himmel zu erkennen waren, brach Thaisen die Stille.

»Wir sollten uns auf den Heimweg machen. Sobald die Sonne untergegangen ist, wird es kühl. Und die anderen warten gewiss schon auf uns.«

Ida nickte. Am liebsten wäre sie heute Nacht mit Thaisen hiergeblieben. Gemeinsam hätten sie wie früher Arm in Arm in der winzigen Kammer der Kate gelegen, dem Rauschen des Meeres gelauscht und wären irgendwann eingeschlafen. Doch das kleine schlummernde Mädchen in ihrem Arm verhinderte dies.

Liebevoll weckte Ida ihre Tochter mit einem Kuss. »Wach auf, Schätzchen. Es wird dunkel. Lass uns nach Hause gehen. Bestimmt vermissen uns Leni und die anderen schon.«

Thaisen kontrollierte noch einmal, ob in der Hütte alles seine Ordnung hatte, dann verschloss er die Tür.

Inke war zu müde zum Laufen, sodass Thaisen sie nach Hause trug. Wie ein nasser Sack hing sie über seiner Schulter. Ida lief hinter den beiden den Dünenweg entlang. Der Anblick von Thaisen und Inke erfüllte sie mit Wärme und Zuneigung und verdrängte für einen Augenblick die Trauer um das verlorene Kind. Im nächsten Moment glaubte sie, eine Bewegung in ihrem Bauch wahrzunehmen, und legte lächelnd ihre Hand darauf. Wer du auch immer bist, sagte sie in Gedanken zu ihrem ungeborenen Kind, du hast keine Vorstellung davon, wie sehr ich mich freue, dich bald kennenlernen zu dürfen.

Sie erreichten das Hotel und traten kurz darauf in die Küche, die wie eine wärmende Insel allem Ungemach zu trotzen schien. Es duftete nach leckerer Fischsuppe, und der Tisch war auch schon gedeckt.

»Da seid ihr ja endlich«, begrüßte Ebba sie. »Eben habe ich noch zu Uwe gesagt, wenn sie jetzt nicht bald kommen, dann müssen wir einen Suchtrupp losschicken.«

Leni, die sich mit dem Aufdecken des Bestecks beschäftigt hatte, umarmte ihre kleine Schwester liebevoll, half ihr aus dem Mantel und schalt sie sogleich wegen ihrer schmutzigen Fingerchen, was Thaisen zum Schmunzeln brachte. Jasper und Marta traten ein. Ihnen folgte Gesine, die sich einen starken Schnupfen eingefangen hatte. Ihre Nase war vom vielen Schnäuzen gerötet, ihre Augen aufgequollen. Obwohl die Spanische Grippe immer noch auf der Insel grassierte, waren sie von einem weiteren Grippefall bisher verschont geblieben. Aber unter den Inselwächtern hatte es einen Toten gegeben, und auch die Schulen blieben geschlossen. In Nebel wie auch in Norddorf hatte es mehrere Erkrankungen unter Kindern gegeben, leider waren zwei von ihnen ebenfalls verstorben. Es galt zu hoffen, dass diese schreckliche Epidemie bald eingedämmt werden konnte.

Auch Nele tauchte nun auf und brachte Frauke mit. »Seht mal, wen ich auf dem Hof gefunden habe«, sagte Nele lächelnd.

»Moin, ihr Lieben«, grüßte Frauke in die Runde. »Ich hoffe, ich komme nicht ungelegen. Mir ist zu Hause die Decke auf den Kopf gefallen. Da dachte ich, siehste mal, was bei den Stockmanns so los ist. Ist irgendwie eine sonderbare Stimmung heute auf der Insel. Überall diese Gerüchte. Das macht einen ganz kribbelig. Ach, wie schön, es gibt Fischsuppe. Da fällt doch gewiss ein Teller für mich ab, oder?«

»Für dich immer, Frauke«, sagte Ebba lächelnd. »Nele, mien Deern, hol rasch noch einen Teller und Besteck.«

Frauke setzte sich neben Marta und plapperte munter weiter. Sie berichtete von den Aufständen der Matrosen, dass diese nun auch schon in Berlin und in anderen großen Städten stattfanden. Gewiss könnte es jetzt nicht mehr allzu lange dauern, bis es zum Waffenstillstand käme. Nun, wo der Kaiser ins Exil nach Holland geflohen war.

»Das halte ich ja für eine riesengroße Sauerei«, sagte Ebba. »Ich finde, er ist ein richtiger Feigling. Verschwindet einfach nach Holland, und wir haben den Salat. Ein feiner Kaiser ist das, der sein Volk einfach so im Stich lässt.« Sie schüttelte den Kopf. »Und von den Herren Ludendorff und Hindenburg hörste auch nix mehr. Ach, es ist alles ein rechter Jammer. Darauf einen Schnaps?«

Jasper stimmte sofort zu und holte die Flasche selbst gebrannten Birnenschnaps vom Regal, die selbstverständlich aus Fietjes Fundus stammte.

Es wurde noch ein langer Abend. Leni und Inke schliefen über ihrem Puppenspiel auf dem Kanapee ein, und Ebba deckte die beiden mit einer Wolldecke liebevoll zu. Es wurde geredet und diskutiert. Über die Veränderungen bei der Inselwache, den bevorstehenden Waffenstillstand, das Ende der Monarchie, und schlussendlich schmiedeten sie Pläne für die nächste Sommersaison. Es brach bereits der Morgen an, als Marta die feuchtfröhliche Runde beendete. Sie schwankte beim Aufstehen. Gewiss würde sie am nächsten Tag einen gehörigen Brummschädel haben. Trotzdem bereute sie diesen Abend nicht, der auf seine Art etwas Besonderes gewesen war.

Arm in Arm torkelte sie mit Frauke zu ihrem Friesenhäuschen hinüber, wo die beiden beschlossen, miteinander in einem Bett zu nächtigen.

Als Marta am späten Vormittag mit den befürchteten Kopfschmerzen in die Küche taperte, saß Frauke bereits bestens gelaunt am Frühstückstisch vor einem mit Marmelade bestrichenen Heißwecken und begrüßte sie mit einem fröhlichen »Moin«. Frauke schien Alkohol eindeutig um einiges besser zu vertragen. Marta sank neben sie auf einen Stuhl und wünschte sich mal wieder, es gäbe anständigen Bohnenkaffee. Den könnte sie jetzt wahrlich gut gebrauchen. Ebba, die in der Speisekammer gewesen war, stellte einen Becher Tee vor sie und sagte: »Moin, Marta. Stell dir vor: Es gibt einen Waffenstillstand. Der Krieg ist aus.«

44

Norddorf, 31. Dezember 1918

Das Jahr endet, und wir blicken voller Zuversicht auf das neue. Etwas anderes bleibt uns wohl auch nicht übrig. Millionen Menschen sind gestorben, und es brodelt weiterhin im Land. So recht will das Reich noch nicht zur Ruhe kommen. Die Republik ist ausgerufen. Wir werden sehen, was sie Neues bringt. Schlimmer kann es ja kaum noch kommen. Die Frauen dürfen nun zur Wahl gehen. Das ist eine gute Neuerung. Frauke war deshalb ganz aus dem Häuschen. Endlich sind wir Frauen gleichberechtigt, hat sie gemeint. Doch bis zu einer wirklichen Gleichberechtigung scheint es mir noch ein weiter Weg zu sein, aber ein erster Schritt ist getan.

Wie wird es nun weitergehen? Deutschland hat den Krieg verloren. Das wird uns teuer zu stehen kommen, so meint jedenfalls Jasper. Aber ändern können wir es ja sowieso nicht. Dort draußen wird die Politik gemacht, weit weg von unserem Inselchen. Wir hoffen nun darauf, dass bald die Amrumer Kriegsgefangenen heimkehren dürfen. Erst gestern saß ich mit Frauke mal wieder über den neuen Katalogen für die Badeartikel. Nächstes Jahr werden wir sowohl den Kiosk als auch die Strandrestauration wieder öffnen. Sogar zwei Reservierungen gibt es schon. Eine davon kam von unseren Stammgästen, dem Ehepaar Preller. Der Oberzahlmeister höchstpersönlich hat bei uns angerufen und die Reservierung getätigt. Wir klönten sogleich ein wenig. Er war an der Ostfront im Einsatz und hat leider das Licht seines linken Auges verloren, trotzdem ist er noch recht munter. Er reservierte für volle vier Wochen. Was freue ich mich darauf, ihn und seine Gattin wiederzusehen. Gewiss werden bald weitere Reservierungen hinzukommen. Ich habe bereits mit Ida wegen der Einstellung von Personal gesprochen. Ach, es ist so schön, dass bald wieder alles seinen gewohnten Gang geht.

Marta füllte den Pförtchenteig in die Pförtchenpfanne. Auf dem Tisch stand ein Teller, auf dem sich bereits eine große Anzahl der leckeren Kugelpfannkuchen stapelte, die auf Amrum traditionell stets zum Jahresende gebacken wurden. In diesem Jahr übernahm Marta persönlich diese Aufgabe, denn Ebba und Gesine hatten sich dazu entschlossen, bei den Hulken mitzugehen, und waren gerade mit dem Einkleiden beschäftigt. Thaisen und die Kinder liefen natürlich auch mit sowie Jasper, Uwe und auch Nele. Ida hingegen blieb zu Hause. Sie saß am Küchentisch vor einer Tasse Pfefferminztee. Sodbrennen war es, was sie plagte. Die Schwangerschaft bekam ihr dieses Mal nicht sonderlich gut. Da war es besser, wenn sie kürzertrat, auch wenn es ihr schwerfiel, ihrem geliebten Hulken fernzubleiben.

»Denkst du, es werden viele Hulken zu uns kommen?«, fragte Ida, während sie in einem der auf dem Tisch liegenden Badekataloge blätterte.

»Ich nehme es an«, erwiderte Marta. »Es geht ja alles wieder seinen gewohnten Gang.«

»Haben wir denn genug Süßigkeiten?«, fragte Ida.

»Bestimmt«, antwortete Marta und holte eine Pförtchenpfanne aus dem Ofen. »Unser Johann hatte sich gut auf das Hulken vorbereitet. Es gab ausreichend Bonbons und Lutscher bei ihm im Laden. Und die Erwachsenen kriegen sowieso Schnaps. Jasper höchstpersönlich hat unsere Vorräte aufgestockt.«

Die Küchentür öffnete sich, und Ebba und Gesine traten ein. Sie waren beide als Hexen verkleidet. Ebba trug ihr graues Haar offen und einen spitzen Hut auf dem Kopf. Auf ihrer Nase prangte eine dicke Warze, auf den Rock waren viele bunte Flicken genäht, und selbstverständlich hatte sie einen Hexenbesen in Händen. Gesine trug eine alte Küchenschürze, die an den Rändern bereits zerschlissen war, dazu eine graue Bluse und einen braunen Umhang darüber, der verdächtig nach einer Pferdedecke aus dem Stall aussah. Um ihren Kopf hatte sie ein Tuch gebunden, und natürlich hatte auch sie einen Hexenbesen dabei.

»Ihr seht wunderbar aus«, sagte Marta lächelnd. »Zwei richtige Hexenweiber.«

Ebba wollte etwas erwidern, kam jedoch nicht dazu, denn hinter ihr betrat der Rest der Truppe den Raum. Jasper und Uwe hatten sich als Frauen verkleidet, trugen jeweils Rock und Bluse, dazu weiße Schürzen, und hatten sich weiße Kopftücher umgebunden.

»Liebe Güte, was seht ihr komisch aus«, sagte Marta grinsend. »Das sind ja zwei seltsame Weiber, die da plötzlich in unserer Küche stehen.«

»Was ist das denn bitte schön für ein Kompliment?«, erwiderte Jasper grinsend. »Seltsame Weiber. Solche Schönheiten wie uns beide hat Norddorf lange nicht gesehen, nicht wahr, Uwe?«

Uwe nickte und antwortete: »Jawoll. So viel Schönheit hätte ich uns gar nicht zugetraut.«

Ida schüttelte lachend den Kopf. Der Auftritt der beiden war zu komisch. Es folgten Thaisen und die Kinder. Inke hatte sich als Zwerg mit langem Bart und roter Zipfelmütze verkleidet, Thaisen trug einen Federhut und eine passende Augenmaske, dazu einen braunen Umhang. Leni war zu einer Fee geworden. Sie hatte in irgendeiner alten Truhe auf dem Dachboden Tüll gefunden und mit Neles Hilfe damit ein fantasievolles Kleid kreiert. Flügel aus Pappe zierten ihren Rücken, ihr Haar war zu einem Dutt hochgebunden und mit einer rosa Schleife verziert. Sie sah entzückend aus. Die Letzte im Bunde, die eintrat, war Nele, die sich als Clown verkleidet hatte und mit ihrem weiß geschminkten Gesicht und den roten Bäckchen niedlich aussah.

Marta lobte besonders die Kostüme der Kinder. Jasper und Uwe gönnten sich bereits den ersten Schnaps. Da lief es sich doch gleich beschwingter. Alle anderen griffen bei den Pförtchen kräftig zu.

»Gebt gut auf euch acht«, mahnte Marta. »Und es wird nur in Norddorf gelaufen. Das muss genügen. Den Kleinen wird es sonst zu viel.«

Alle Verkleideten nickten, verabschiedeten sich, und Marta beobachtete, wie sie über den von Kerzenlicht erhellten Hof davoneilten. Es war keine besonders kalte Silvesternacht und regnete auch nicht. Das perfekte Wetter, um von Haus zu Haus zu tingeln. Marta setzte sich zu Ida an den Tisch, nahm sich eines der Pförtchen und biss hinein. »Sie sind mir wirklich gut gelungen«, sagte sie mit vollem Mund. »Ebba hält ihre natürlich für besser. Aber das denke ich nicht.«

Es klopfte an der Tür. »Da sind wohl die ersten Hulken«, meinte Ida. Doch es war Schwester Anna, die die Küche betrat.

»Ich hoffe, ich störe nicht«, sagte sie. »Ich wollte eigentlich ins Pfarrhaus nach Nebel, um mit dem Pfarrer und seiner Familie den Abend zu verbringen. Aber dann erreichte mich ein Anruf, dass die Pfarrersfrau ganz plötzlich erkrankt sei. Ich war ganz bestürzt darüber. Wenn es so schnell geht, dann ist es meist diese scheußliche Grippe. Jetzt wäre ich im Hospiz ganz allein gesessen. Da dachte ich …«

»Du störst niemals, meine Liebe«, unterbrach Marta die Diakonissin. »Wir haben frische Pförtchen gebacken, und Tee ist auch noch da. Die arme Pfarrersfrau. Das sind schreckliche Nachrichten. Hoffentlich wird sie es gut überstehen.«

Schwester Anna legte ihren Mantel ab und setzte sich. Just in dem Moment, als Marta ihr Tee einschenkte, klopfte es schon wieder lautstark an der Tür.

»Da sind die ersten Hulken«, sagte Marta lächelnd und ging in den Flur. Es war eine Kindergruppe, die in Begleitung von zwei Erwachsenen Marta in die Küche folgte. Allesamt waren als Schneemänner verkleidet. Marta, Ida und Schwester Anna schenkten Schnaps ein und verteilten Süßigkeiten. Rasch kamen weitere Hulken. Hexen, kleine und große Geister, Clowns und bunte Fantasiegestalten aller Art suchten Martas Küche heim. Unter ihnen waren Hugo Jannen und der Gärtner Münch. Auch der Kaufmann Johann machte den Spaß mit. Die Erwachsenen wurden von Marta und Ida jedes Mal schnell identifiziert. Bei den Kindern hatten sie öfter Probleme herauszubekommen, wer unter welchem Kostüm steckte. Besonders die kleinen Gespenster sahen alle gleich aus. Es gab viel Gelächter, schnell waren die Süßigkeitenvorräte erschöpft. Erst nach elf Uhr wurde es ruhiger, und die drei konnten durchatmen. Sowohl Marta als auch Ida spürten den Alkohol. Sie hatten sich dazu hinreißen lassen, mit dem einen oder anderen Besucher mit einem Gläschen Hochprozentigem anzustoßen. Schwester Anna war hingegen nüchtern geblieben. Allerdings plagten sie andere Sorgen.

»Ich glaube, ich hab mich an den Pförtchen überfressen«, sagte sie. »Die Dinger sind aber auch zu köstlich.« Sie lehnte sich zurück und legte die Hände auf ihren Bauch.

»Sie sollten einen Schnaps trinken«, empfahl Ida. »Der fördert die Verdauung.«

»Nein danke«, erwiderte die Diakonissin. »Lieber nicht.«

Draußen waren Stimmen zu hören.

»Da kommt wohl noch eine Gruppe«, sagte Marta und erhob sich. Doch es waren zwei ihnen bekannte Hulken, Jasper und Uwe, die den Raum betraten und fragten: »Ist Inke hier?«

»Nein, ist sie nicht«, antwortete Marta.

»Sie ist weg. Beim Gärtner Münch war sie noch da. Doch nun scheint sie verschwunden. Thaisen und die anderen suchen sie schon überall.«

»Aber das kann doch nicht sein«, erwiderte Marta und wurde blass. »Ich helfe euch suchen.«

Ida und Schwester Anna wollten ebenfalls mitkommen, aber Marta hielt sie davon ab. »Es ist besser, wenn ihr hierbleibt. Sie könnte jederzeit nach Hause kommen und erschreckt sich gewiss, wenn niemand hier ist.«

Ida und die Schwester nickten und sanken zurück auf ihre Stühle.

Marta holte rasch ihren Mantel und folgte Jasper und Uwe. Die beiden schwankten bereits recht ordentlich. Für eine Suche nach einem kleinen Mädchen waren sie nur noch bedingt zu gebrauchen. Auf der Straße trafen sie auf Nele, Ebba und Gesine.

»In der Gärtnerei war sie noch da. Das weiß ich bestimmt«, sagte Ebba. »Oh, ich mach mir solche Vorwürfe. Sie hatte sich vor einem recht gruseligen Bärenkostüm erschreckt, und ich hab ihr fest versprochen, sie zu beschützen. Und jetzt ist sie weg.«

»Sie taucht bestimmt schnell wieder auf«, suchte Marta zu beschwichtigen. »Bei Münch habt ihr sie also zuletzt gesehen. Dann gehen wir dort jetzt hin.«

»Da waren wir doch längst. Da ist sie nirgendwo. Thaisen und Leni suchen gerade bei den Nachbarn.«

Marta blieb stehen. »Sie kann also überall sein.« Sie überlegte, dann fragte sie: »Weiß man, wer unter dem Bärenkostüm steckte? Vielleicht ist sie ihm ein weiteres Mal begegnet und hat sich noch mal erschreckt, sodass sie sich irgendwo versteckt.«

»Das war Fietje«, beantwortete Jasper Martas Frage.

»Gut, dann gehen wir zu ihm. Wenn wir Glück haben, ist er schon wieder zu Hause und erinnert sich an die Begegnung.«

Sie machten sich auf den Weg zu Fietje Flohrs Haus. Dort angekommen, torkelte dieser gerade Richtung Hauseingang.

»Fietje«, rief Jasper.

Fietje drehte sich um und nahm den Bärenkopf ab. »Jasper, alter Kumpel. Was willst du denn hier? Noch einen heben, was?«

»Nein, dieses Mal nicht«, erwiderte Jasper. »Hast du zufällig unsere Inke gesehen?«

»Sie ist als Zwerg verkleidet«, fügte Marta hinzu.

»Ach, der Zwerg. Ja, der ist mir vorhin begegnet. Wunderte mich schon, weshalb da so ein kleiner Zwerg allein rumläuft. Hat wohl den Anschluss zur Gruppe verloren.« Er rülpste laut, dann fuhr er fort: »Der arme Kleine hat sich fürchterlich erschreckt, als er mich sah. Ist Richtung Hospiz gerannt.«

»Danke für die Auskunft«, antwortete Marta.

Die Gruppe setzte sich in Bewegung. Auf dem Weg zum Hospiz trafen sie auf Thaisen, Leni und Nele.

»Sie ist hier langgelaufen«, sagte Thaisen. »Else Peters hat sie gesehen. Sie hat sich wohl vor Fietje erschreckt. Er war als Bär verkleidet.«

Sie erreichten das Hospiz. Marta öffnete die Hintertür des Anwesens, trat in die Küche und machte Licht. »Inke, Kleines«, rief sie. »Bist du hier?« Es kam keine Antwort. Sie sah in die Vorratskammer, doch auch hier war sie nicht. Sie lief in den Speisesaal, wo sie auf Nele, Ebba und Thaisen traf, die mit den Schultern zuckten.

»Hier scheint sie nicht zu sein«, sagte Nele.

Sie gingen zurück auf den Hof zu Uwe und Jasper, deren Blicke ratlos waren. Wo mochte sie nur sein? Thaisen begann in seiner Verzweiflung, laut nach Inke zu rufen. Da öffnete sich plötzlich die Tür eines etwas abseits stehenden Schuppens, und ein ihnen allen wohlbekannter Zwerg kam angelaufen und klammerte sich an Thaisen fest.

»Papa, Papa. Da bist du ja. Da war ein Bär. Der wollte mich fressen.« Sie begann zu weinen.

Alle atmeten erleichtert auf. Gott sei Dank, sie hatten sie gefunden, und sie war unversehrt.

Thaisen ging in die Hocke und schloss Inke in seine Arme. »Aber nein, Kleines. Das war doch nur der Fietje, einer der Hulken. Niemand will dich fressen.« Er nahm Inke auf den Arm und strich ihr beruhigend über den Rücken. »Ist alles gut, meine Kleine. Alles ist wieder gut. Du musst keine Angst mehr haben. Es war nur ein Kostüm, weiter nichts. Komm. Wir gehen nach Hause. Bald beginnt das neue Jahr. Und das wollen wir feiern.«

Die Gruppe machte sich auf den Heimweg. Im Hotel angekommen, schloss Ida Inke in die Arme.

»Ach, mein kleines Zwerglein, was bin ich froh, dich wiederzuhaben.«

Marta berichtete, was vorgefallen war und wo sie Inke gefunden hatten. Ida tröstete ihre Tochter mit einem Pförtchen, und schon bald konnte sie wieder lachen. Marta, Ebba, Gesine und Nele kümmerten sich unterdessen um die letzten Vorbereitungen für den Jahreswechsel. Es wurden Sektgläser gefüllt und Wunderkerzen bereitgelegt. Um kurz vor Mitternacht traten sie alle auf den Hof des Hotels, verteilten die Wunderkerzen und entzündeten sie. Thaisen hatte den Blick auf seine Armbanduhr gerichtet. Die letzten Sekunden des Jahres 1918 zählten sie gemeinsam herunter. Dann war es geschafft. Das alte Jahr lag hinter ihnen. Es folgten Umarmungen und gute Wünsche fürs neue Jahr.

Marta reichte Inke eine Wunderkerze, die Augen der Kleinen strahlten. »Gutes neues Jahr, mien Deern«, sagte sie und spürte ein ganz besonderes Glücksgefühl in sich aufsteigen. 1918 war zu Ende, der Krieg war vorbei. Ein neues Jahr lag vor ihnen. Es galt zu hoffen, dass es ihnen wohlgesinnt sein würde.

45

Norddorf, 20. Mai 1919

Heute sind die ersten Sommergäste bei uns eingetroffen. Es ist Familie Krassnewitz aus Berlin, ein Ehepaar mit zwei Kindern. Ein Junge und ein Mädchen. Besonders die Kleine ist allerliebst. Sie hat blonde Löckchen und süße Pausbacken. Letzte Woche haben die beiden Zimmermädchen Lotta und Angert ihren Dienst angetreten. Dazu habe ich einen neuen Portier und eine Hausdame eingestellt. Von dem Gedanken, mich aus dem Hotelbetrieb zurückzuziehen, habe ich mich fürs Erste wieder verabschiedet. Ida hat mit den Kindern im Moment genug zu tun. Inke, aber auch der kleine Jan halten sie recht ordentlich auf Trab. Wir sind alle ganz vernarrt in den Kleinen, der die meiste Zeit des Tages bei Ebba in der Küche verbringt. Allerdings hat er ständig Hunger, und wirklich beruhigen lässt er sich nur von Ida. Leni hält sich inzwischen jeden Nachmittag bei ihrem Vater in der Werkstatt auf und schnitzt fleißig. Sie scheint tatsächlich sein künstlerisches Talent geerbt zu haben. Bei mir auf dem Schreibtisch steht ein entzückender kleiner Bär, den sie mir erst neulich geschenkt hat. Es ist heute zwar noch kaum vorstellbar, aber vielleicht wird sie ja eines Tages in seine Fußstapfen treten und das Geschäft weiterführen. Thaisen und Ingwert haben ordentlich zu tun. Die Aufträge stapeln sich, und die beiden Männer legen inzwischen sogar Nachtschichten ein. Thaisen meinte, wenn das so weiterginge, müsste er bald noch einen Mann einstellen und die Werkstatt vergrößern. Ich habe nichts dagegen. Es bleibt ja noch genügend Platz für einen weiteren Anbau. So langsam kehrt nach diesen schrecklichen Kriegsjahren also wieder der Alltag ein. Doch die Nachwehen des Krieges sind weiterhin für uns alle spürbar. Noch immer ist kein Amrumer aus der Kriegsgefangenschaft zurückgekehrt. Viele von ihnen sind über die ganze Welt verteilt. Hugo Jannen erzählte neulich, dass Wilhelm Tönissen mit seinem Schiff in einem kleinen Hafen an der pazifischen Westküste festhänge. Er hatte seiner Frau geschrieben. Jan Knudten diente als Erster Offizier auf einem Kosmosdampfer und scheint wohl irgendwo in Peru zu sein. Und die Steuerleute Volkert Meyer und Karl Bendixen sind anscheinend in Valparaíso. Der arme Meyer weiß noch gar nicht, dass seine Frau verstorben ist. Hilde Martensen wusste zu berichten, dass Theodor Kruckenberg, der Dienst auf einem Schiff von Graf Spee tat, wohl in einem chilenischen Konzentrationslager gefangen gehalten wurde. Er hatte seiner Frau geschrieben. Es wird vermutlich noch eine Weile dauern, bis diese Männer ihre Heimat wiedersehen. Wann diejenigen, die in französische oder englische Kriegsgefangenschaft geraten sind, zurückkehren dürfen, steht ebenfalls noch nicht fest. Doch wir sind guten Mutes, dass es dort bald die ersten Entlassungen geben wird. Ich hoffe es für die Angehörigen, die sehnsüchtig auf die Rückkehr ihrer Lieben warten.

Marta lief mit dem kleinen Jan auf dem Arm durch die Küche und schaukelte ihn beruhigend. Der Säugling schrie sich jetzt seit bald zwei Stunden die Seele aus dem Leib. So lange war es nun schon her, dass Ida gemeinsam mit Leni nach Wittdün zum Arzt aufgebrochen war. Leni hatte heute Morgen ihr Schnitzzeug in die Schule mitgenommen, um den anderen zu zeigen, wie es funktionierte. Leider hatte sie sich dabei eine üble Verletzung an der Hand zugezogen, die vermutlich genäht werden musste.

Ida hatte sie in der Schule abgeholt und Marta gebeten, sich um Jan zu kümmern.

Sie war kaum außer Sichtweite, da fing er auch schon an zu schreien. Marta und auch Ebba wussten schon bald nicht mehr, was sie noch machen sollten. Sie hatten ihn gewickelt, ihm das Bäuchlein massiert, ihm das Fläschchen angeboten, ihn durch die Gegend getragen, aber nichts half. Es war zum Verrücktwerden.

Jasper trat mit einem Eimer in Händen in die Küche.

»Ich hab wieder Maischollen ergattert«, verkündete er freudig und stellte den Eimer auf die Arbeitsplatte. Sein Blick blieb an Marta und Jan hängen.

»Och, der arme Jung. Was zwickt ihn denn?«

»Wenn wir das wüssten«, antwortete Marta. »Er weint, seitdem Ida weg ist.«

»Er vermisst wohl seine Mama.« Jasper trat näher. »Soll ich ihn mal übernehmen?«

Marta reichte ihm dankbar den Kleinen.

Kaum dass Jan auf Jaspers Arm war, kehrte Ruhe ein. Verblüfft sahen sowohl Marta als auch Ebba den Kleinen an.

»Er scheint mich zu mögen«, sagte Jasper erfreut. »Wir sind Kumpels, was?« Er schaukelte den Kleinen, was dieser mit einem breiten Grinsen belohnte.

»Ich denke, wir haben die perfekte Babybetreuung gefunden«, stellte Ebba lachend fest. Sie wollte noch etwas hinzufügen, kam jedoch nicht mehr dazu, denn Hugo Jannen betrat den Raum.

»Moin, die Herrschaften«, grüßte er in die Runde. »Stellt euch vor: Mir ist eben zu Ohren gekommen, dass heute Abend um elf der erste Heimkehrer aus der Kriegsgefangenschaft eintreffen soll. Es ist Minhard Flor. Wir müssen ihm unbedingt einen würdigen Empfang bereiten. Ich sprach vorhin bereits mit Heinrich Arpe darüber. Er meinte, wir sollten eine Ehrenpforte errichten. Dafür benötigen wir aber noch Hölzer. Arpe will sehen, was er finden kann. Vielleicht habt ihr ja auch noch ein paar Stücke. Nele weiß ebenfalls schon Bescheid. Sie hat die Schulkinder gebeten, Grünzeug zu organisieren, mit dem wir die Ehrenpforte umwickeln können. Sie meinte, auf dem Schulhausboden müsste noch ein Willkommensschild von einem der letzten Schulfeste liegen. Das könnten wir ebenfalls benutzen.«

»Welch eine Freude«, sagte Ebba. »Gewiss kommen dann bald noch mehr Männer zurück in die Heimat.«

»Wer kommt zurück in die Heimat?«, fragte plötzlich Thaisen. Von den anderen unbemerkt, hatten er und Ingwert auf der Suche nach einem kleinen Nachmittagsimbiss den Raum betreten.

»Minhard Flor kehrt heute Abend um elf aus der Kriegsgefangenschaft heim«, beantwortete Marta seine Frage. »Und wir wollen ihm ein freudiges Willkommen bereiten«, fügte Hugo hinzu und erläuterte, was sie geplant hatten. Thaisen bot sogleich seine Hilfe bei der Anfertigung des Ehrenbogens an. Er könne auch noch mit dem einen oder anderen Stück Holz aushelfen.

»Das wäre wunderbar«, erwiderte Hugo. »Ach, was ist das für eine Freude.«

Thaisen bedeutete ihm, ihm in die Werkstatt zu folgen, wo sie nach den richtigen Stücken Holz Ausschau halten könnten.

Die beiden waren kaum weg, da betraten Ida und eine blasse Leni die Küche. Lenis Hand zierte ein dicker Verband.

»Ach du je«, sagte Ebba, »da sieht jemand aber mitgenommen aus.«

»Er hat die Wunde mit vier Stichen nähen müssen«, sagte Ida und setzte sich. »Ich konnte gar nicht hingucken. Aber unsere Leni war sehr tapfer.«

»Dafür hast du dir einen Schokokeks verdient«, sagte Ebba und holte die Keksdose aus dem Regal. »Oder besser noch, zwei.« Sie hielt Leni die Keksdose hin. Leni nahm sich einen Keks und setzte sich neben Jasper aufs Kanapee.

»Was wollte denn Hugo?«, fragte Ida.

Marta berichtete ihr von Minhards Rückkehr und davon, dass die Männer einen Empfang mit einer Ehrenpforte für ihn planten.

»Ach, was für eine Freude«, antwortete Ida. »Bestimmt kommen dann auch bald die anderen Männer wieder nach Hause.«

Ein paar Minuten später wurde auf dem Hof kräftig gehämmert. Die Männer fertigten aus Resthölzern einen recht ansehnlichen Ehrenbogen an, den eine Gruppe Schulkinder, die Ebba selbstverständlich mit Limonade und Keksen versorgte, mit Grünzeug umwickelte. Zum Schluss wurde das vom Dachboden der Schule heruntergeholte Willkommensschild daran befestigt. Zufrieden bewunderten alle ihr Werk. Auch die Hotelgäste, inzwischen waren es einige Ehepaare und Familien, fanden die Idee großartig, und viele von ihnen fragten, ob sie zur Begrüßung des Mannes mitkommen dürften. Marta versicherte, dass nichts dagegen sprechen und sich Minhard gewiss darüber freuen würde. Sie erklärte den Gästen aber auch, dass der Heimkehrer erst zu später Stunde erwartet wurde.

Noch bei Helligkeit wurde die Ehrenpforte auf der Höhe der Gärtnerei Münch in der Nähe des Ortseingangs angebracht.

Herbert Schmidt, der Bäckermeister, beaufsichtigte höchstpersönlich die Arbeiten. »Jetzt steht sie schief«, sagte er. »Noch ein wenig weiter nach rechts. Diese Seite, nicht die andere. Meine Güte: Zu dumm, eine Pforte aufzustellen.«

Die Nervosität war ihm anzumerken. Das gesamte Norddorf schien in heller Aufregung zu sein. Irgendwann war es dann doch geschafft, und die Pforte stand. Thaisen betrachtete sie, Tränen in den Augen. Sie war ein weiteres Symbol für den Frieden. Die Männer kehrten endlich nach Hause zurück. Gemeinsam mit Nele und Uwe machte er sich in der Abendsonne auf den Rückweg zum Hotel. Auf der Dorfstraße begegneten sie einer Kindergruppe, die von Schwester Anna beaufsichtigt wurde. Sie grüßte lächelnd. Kindergruppen, Touristen, es gab wieder Strandkörbe – Normalität. Sie erreichten das Hotel und betraten die Küche. Ebba holte gerade einen Streuselkuchen aus dem Ofen, den es für die Hotelgäste zum morgigen Nachmittagstee geben sollte. Der Raum war von süßem Kuchenduft erfüllt.

»Und, steht die Ehrenpforte?«, fragte Marta. Sie saß gemeinsam mit Jasper und Heinrich Arpe am Tisch. Letzterer bemühte sich, eine Willkommensrede für den Heimkehrer zu verfassen.

»Ja, kerzengerade. Sie sieht großartig aus«, antwortete Thaisen.

»Das ist schon eine feine Sache mit dem Minhard«, sagte Ebba. »Ich war vorhin auf einen kurzen Schnack bei seiner Mutter. Sie ist völlig aus dem Häuschen. Ihr Sohn ist der erste Heimkehrer, welch ein großes Glück. Die Ärmste hat es ja bei der letzten Sturmflut hart getroffen. Wisst ihr noch: Ihr ist der große Birnbaum aus ihrem Vorgarten aufs Dach gefallen. Die Schäden sind noch immer nicht vollständig beseitigt. Sie hat gemeint, an einer Stelle würde es sogar reinregnen. Ihr fehlt das Geld, um das Dach vollständig reparieren zu lassen. Und dazu plagt sie die Gicht in den Händen. Da ist ihr die Freude über die Heimkehr des Sohnes erst recht zu gönnen.«

Heinrich Arpe nickte. Er ließ den Stift sinken und seufzte. »Ja, die Freude ist groß. Und mir fehlen die richtigen Worte.«

»Ach, das wird sich schon finden«, erwiderte Jasper. »Zur Not drückst du ihn einfach fest an dich und gibst ihm einen Schnaps, den hat er in der Gefangenschaft bestimmt nicht bekommen. Willkommensreden werden überbewertet.«

Marta grinste. Nur Jasper konnte so etwas sagen. Sie erhob sich und erklärte: »Dann gehe ich mal rüber in den Speisesaal und sehe nach dem Rechten. Das Abendessen müsste mittlerweile beendet sein.«

Als sie an der Rezeption vorbeilief, klingelte das an der Wand hängende Telefon. Sie nahm den Hörer ab und sagte die gewohnten Worte: »*Hotel Inselblick*, Marta Stockmann am Apparat. Was kann ich für Sie tun?« Dieser Satz war so alltäglich, doch jetzt versprach er einen neuen Anfang. Am anderen Ende der Leitung war eine Dame, die eine Reservierung tätigen wollte. Marta begann, im Reservierungsbuch zu blättern, und suchte wie gewohnt nach dem Stift, der mal wieder verschwunden war.

Einige Stunden später hatte sich eine recht ansehnliche Menschengruppe am Norddorfer Bahnhof versammelt.

»Hach, ist das aufregend«, sagte Frauke, die neben Marta stand und es sich natürlich nicht nehmen ließ, den Heimkehrer zu begrüßen. Einige der Damen hatten für den Anlass sogar ihre Tracht angelegt. Als der Zug einfuhr und Minhard ausstieg, brach Jubel aus. Robert Münch leuchtete die Szenerie mit einer mitgebrachten Zimmerlampe aus, und Heinrich Arpe setzte gleich mehrfach zu seiner Rede an. Er war so aufgeregt, dass er immer wieder die Worte vergaß. Die Schulkinder sangen *Deutschland, Deutschland über alles*, was Marta etwas gewagt fand. Aber wo kein Kläger, da kein Richter. Minhard wurde umarmt und geherzt. Sogar von den Gästen, obwohl die ihn nicht kannten. Die Menschen begleiteten ihn durch das ganze Dorf bis zum Haus seiner Mutter, die ihn glücklich in die Arme schloss. Es war wahrlich eine bewegende Heimkehr.

Nur eine stimmte die spontane Euphorie traurig: Nele. Sie war nicht mit den anderen durchs Dorf gezogen, sondern allein am Bahnhof auf einer Bank sitzen geblieben. Am Nachmittag hatte sie sich noch über Minhards Rückkehr gefreut. Sie hatte sich von der allgemeinen Aufregung anstecken lassen, das Willkommensschild vom Dachboden geholt und sich um die Kinder gekümmert, die mit Feuereifer bei der Sache gewesen waren. Doch nun hatte Traurigkeit von ihr Besitz ergriffen. Sie wünschte sich so sehr, auch ihr Thomas würde zurückkehren. Doch das war unwahrscheinlich. Irgendwann würde er wohl offiziell für tot erklärt werden. Sie hatte nach Kriegsende überlegt, seinen Eltern einen Brief zu schreiben. Aber sie wusste deren Adresse nicht. Und was sollten sie auch von einem Brief einer Deutschen halten, die sie nicht einmal kannten. Tränen stiegen ihr in die Augen. Für Thomas hätte es kein solch großer Empfang sein müssen. Hauptsache, er wäre zurückgekommen.

Jemand setzte sich neben Nele, und sie blickte auf. Es war Jasper. Er hielt ihr ein Taschentuch hin. »Ist benutzt, aber besser als nichts.«

Sie nahm es und wischte sich damit die Tränen aus dem Gesicht.

»Ist nicht einfach, was?«

Nele nickte.

»Dachte ich mir schon. Ich hätte mir auch gewünscht, dass er wieder heimkommt. Auch wenn er eigentlich der Feind war.«

Nele erwiderte nichts.

»Ist schon doof«, sagte Jasper irgendwann.

»Was ist doof?«, fragte Nele.

»Na, dass ich nur ein alter Suffkopp bin, der hier neben dir sitzen und nichts Besonderes sagen kann.«

»Ach, Jasper«, erwiderte Nele, »du musst nichts sagen. Manchmal braucht es kein Gerede oder gar Weisheiten. Manchmal hilft es schon, wenn jemand einfach nur da ist.«

Er nickte. Eine Weile blieben sie schweigend nebeneinander sitzen. Irgendwann lehnte Nele den Kopf an Jaspers Schulter, und er streichelte ihr tröstend über den Rücken. »Wird schon werden, mien Deern«, sagte er. »Das wird es doch immer irgendwie.«

Nach einiger Zeit standen sie auf und gingen zum Hotel zurück. Dort angekommen, umarmte Jasper Nele noch einmal ganz fest. Er roch wie immer nach Schnaps und Schweiß. Doch der eher unangenehme Geruch spendete Nele heute Abend Trost, ebenso wie seine holprigen Worte. Nach der Umarmung verschwand er in der Dunkelheit, und auch Nele ging in ihre Kammer.

Am nächsten Morgen erwachte Nele noch vor Sonnenaufgang und konnte nicht mehr einschlafen. Irgendwann gab sie auf und kleidete sich an. Auf dem Hof überlegte sie, zu Marta und Ebba in die Küche zu gehen. Die beiden saßen gewiss wieder am Tisch und sahen den Heißwecken beim Aufgehen zu. Sie machte sich jedoch stattdessen auf den Weg zum Strand. Während sie die Dorfstraße hinunterlief, ging die Sonne auf, und ihre Strahlen tauchten die Dünen in golden schimmerndes Licht. Sie kam am Hospiz vorbei und winkte Schwester Anna zu, die gerade die Milch ins Haus holte. Am Strand empfingen sie die von bunten Fähnchen und Wimpeln umgebenen Strandkörbe. Auch auf der Terrasse der Strandrestauration standen wieder Bänke und Tische, es wurden kleine Imbisse verkauft, und Frauke hatte den Badeartikelkiosk geöffnet. Der Alltag war auf ihre Insel zurückgekehrt.

Nele schlenderte bis zur Wasserlinie und blieb stehen. Das Wasser lief gerade ab. Es war ein milder Morgen, und es wehte nur eine sanfte Brise. Den Touristen würde das Wetter gefallen. Sie ließ ihren Blick über das Meer bis nach Hörnum schweifen. Was würde nun aus ihr werden? Sollte sie den Rest ihres Lebens Lehrerin bleiben? Sie hatte zweimal geheiratet und beide Männer im Krieg verloren. Sie wusste, dass sie nur den einen wirklich geliebt hatte. Aber was zählte das heute noch? Vermutlich würde sie niemals wieder einen Menschen so sehr lieben wie Thomas. Der Krieg hatte ihr die Liebe gebracht und wieder genommen. Sie sollte aufhören, an Thomas zu denken. Doch in Momenten wie diesen fiel es schwer, es nicht zu tun. Ihr Blick wanderte nach links. Da nahm sie plötzlich eine Gestalt war, die mit hochgekrempelten Hosen an der Wasserlinie entlanglief. Irgendetwas an der Art, wie sie sich bewegte, kam ihr vertraut vor. Sie beobachtete, wie sie näher kam, und plötzlich begann sich ihr Herzschlag zu beschleunigen. Konnte es wirklich sein? Nein, das war nicht möglich. Ihre Augen spielten ihr einen Streich. Trotzdem starrte sie den Mann wie hypnotisiert an. Je näher er kam, desto sicherer war sie sich. Er war es. Ohne Zweifel. Und dann begann sie, ihm entgegenzulaufen. Er breitete die Arme aus und fing sie laut lachend auf. Übermütig drehten sich die beiden im Kreis.

»Nele, meine Nele. Endlich hab ich dich wieder«, rief er und drückte sie an sich.

Sie konnte es kaum glauben und klammerte sich wie eine Ertrinkende an ihm fest. Er war es tatsächlich. Er war hier, leibhaftig und in einem Stück. Sie spürte seine Barthaare an der Wange und fühlte seinen Atem auf der Haut. Sie begann zu weinen, ihre Knie gaben nach, und sie glitt zu Boden.

Er sank neben sie, nahm ihr Gesicht zwischen seine Hände und sah ihr tief in die Augen. »Nicht doch. Nicht weinen. Es ist gut. Ich bin ja jetzt hier. Alles wird gut. Ich habe dir doch versprochen, dass ich wiederkommen werde. Es tut mir leid, dass es ein wenig länger gedauert hat.«

Nele nickte und brachte kein Wort heraus. Er zog sie an sich und küsste sie leidenschaftlich. Eine schiere Ewigkeit blieben sie im Sand sitzen und küssten und liebkosten einander. Nele konnte es nicht fassen. Er war hier. Er war wieder bei ihr. Sie fühlte und schmeckte ihn, spürte seine Umarmung, atmete den Geruch seiner Haut tief ein. Es dauerte eine ganze Weile, bis sie voneinander abließen und aufstanden.

»Und was machen wir jetzt?«, fragte Thomas und griff nach Neles Hand.

Nele überlegte kurz, dann antwortete sie: »Jetzt gehen wir nach Hause. Ins *Hotel Inselblick*.«

Nachwort

Wieder durfte ich für eine Weile Gast im *Hotel Inselblick* sein. Dieses Mal jedoch in schwierigen Zeiten. Der Erste Weltkrieg gilt als eine der Urkatastrophen des zwanzigsten Jahrhunderts und hat ganz Europa erschüttert. Doch wie war es zu jener Zeit auf Amrum? Diese Frage war für mich anfangs nicht einfach zu beantworten. Informationen zu den Weltkriegsjahren waren schwer zu finden. Doch dann stieß ich auf die Zeitungsserie des Lehrers Heinrich Arpe, die sich mit dieser Thematik beschäftigt. Heinrich Arpe unterrichtete und lebte zu jener Zeit auf Amrum, genauer gesagt in Norddorf, und war später auch Mitglied der Inselwache. Durch ihn erfuhr ich von Schmugglerfahrten nach Dänemark, den Dollarfrauen und der Dollartorte. Er berichtete von einem Fischer, der tatsächlich zwei Seeminen hinter sein Boot hängte. Eine von ihnen explodierte, und sein Boot schoss einem Torpedo gleich in den Wittdüner Hafen. Er schilderte die Abläufe zu Kriegsbeginn und die Ernährungslage auf der Insel. Er erzählte von der Diakonissin Anna Detering, die durch ihre Aktivitäten und ihre Menschlichkeit allseits beliebt war und leider im Jahr 1919 der letzten Welle der Spanischen Grippe zum Opfer fiel. Er berichtete von den Vorgängen auf Amrum während der Skagerrak-Schlacht. Tatsächlich machte sich diese durch klirrende Fenster und aufspringende Türen auf der Insel bemerkbar. Auch schrieb er über das Sommerfest im Jahre 1918, über die Theateraufführung der Norddorfer Schulkinder zu Weihnachten 1916 für die Inselwächter. Und er erzählte von den geheimnisvollen Vorgängen rund um Graf Luckners Schiff, als es 1916 in der Norderaue gelegen hatte.

Ebenfalls fand sich in seinem Bericht das Originalschreiben der Prinzessin Irene an die Amrumer Frauen. Sie war die Gattin von Prinz Heinrich von Preußen, dem jüngeren Bruder des Kaisers, und pflegte ein besonderes Verhältnis zu Amrum und seinen Bewohnern.

Auch berichtete Heinrich Arpe von dem Empfang des ersten Heimkehrers aus der Kriegsgefangenschaft in Norddorf, Minhard Flor.

Ohne ihn und diese Zeitungsserie hätte ich die Geschehnisse auf Amrum in jener Zeit nicht so authentisch wiedergeben können. Mein Dank hierfür geht an die Historikerin Dr. Karin de la Roi-Frey, die mir die Artikel von Heinrich Arpe zur Verfügung gestellt hat, aber auch noch weitere für mich wichtige Rechercheunterlagen, die Spanische Grippe betreffend. Zudem gibt es noch viele andere Bücher und hilfreiches Archivmaterial, was es mir ermöglichte, ein authentisches Bild dieser Zeit zu zeichnen. Das Kriegskochbuch von Luise Holle aus dem Jahr 1916 gehört dazu, aber auch die Tagebücher der Käthe Kollwitz.

Erwähnen möchte ich auch noch einmal das *Honigparadies* in Nebel. Heute ist dieser Ort kein Gasthaus mehr, und niemand produziert dort mehr leckeren Honigwein. Das Anwesen wird heute als Schullandheim genutzt, trägt jedoch noch immer den Namen *Honigparadies*. Ich gönne den Kindern den wunderschönen Platz am Wattenmeer, doch trotzdem wünschte ich mir, man könnte noch immer in dem Garten des Gasthauses verweilen und die vielen bunten Bienenkästen von Julius bewundern. Er erschuf zur damaligen Zeit mit seiner Gattin Elisabeth tatsächlich diesen wunderbaren Platz und verschickte seinen Honigwein ins gesamte Deutsche Reich. Verwandtschaftliche Beziehungen zu Herbert und Mathilde Schmidt aus Norddorf sind übrigens nicht bekannt.

Für mich heißt es nun Abschied nehmen von vielen lieb gewonnenen Menschen. Allen voran natürlich Marta, aber auch von den anderen Figuren. Jasper, der wohl noch ein ganzes Weilchen Amrum die Treue halten wird. Nele, die nun hoffentlich ihr Lebensglück gefunden hat. Ida und Thaisen, die so viel mehr sind als ein normales Ehepaar. Ebba natürlich, die nun wieder anständig gucken kann und den Mann fürs Leben gefunden hat.

Ach, ich werde sie alle vermissen …

Mein Dank dafür, dass ich die Geschichte all dieser besonderen Bewohner Amrums erzählen durfte, geht an meine Lektorin Christine Steffen-Reimann, die sich sofort für die Geschichte begeistern konnte. Auch danke ich meiner Agentin Franka Zastrow. Schon als ich ihr von der Idee berichtete, war sie Feuer und Flamme dafür. Ich danke meinem Mann Matthias, der mit mir gemeinsam Alt Amrum erforschte. Und natürlich auch meiner Lektorin Ilse Wagner für ihre großartige Arbeit am Text.

Im Anhang finden sich in guter Tradition auch wieder Rezepte. Dieses Mal stammen sie jedoch nicht aus Ebbas Küche …

Benötigte Gerätschaften:

~ 1 Gärflasche (ca. 5 l) mit Gäraufsatz und Gummistopfen
~ 1 Thermometer
~ 2 große Töpfe und ein sehr großer Topf für das Wasserbad

Anleitung:

1. Den Honig in einen Topf gießen und im Wasserbad langsam unter Dauerrühren auflösen; die Temperatur sollte dabei nie über 40 Grad steigen.
2. Im zweiten Topf Wasser und Apfelsaft auf 40 Grad erwärmen. Den aufgelösten Honig hineingießen und gut umrühren.
3. Die Mischung bis auf 20 Grad abkühlen lassen und auf konstanter Temperatur halten.
4. Hefepilze hinzufügen.
5. Das Gemisch aus Hefe, Wasser, Apfelsaft und Honig in die Gärflasche füllen und mit dem Gäraufsatz verschließen.

Lagerzeit zehn Tage bis drei Wochen bei konstanten Temperaturen zwischen 20 und 25 Grad.

Gelegentliches Schütteln bzw. Schwenken beschleunigt den Gärprozess.

Sobald keine CO_2-Bläschen mehr aufsteigen, ist die Gärung beendet. Erst dann kann der Wein in normale Flaschen abgefüllt werden, ohne dass Explosionsgefahr besteht!

Der Beginn
der großen Amrum-Trilogie!

ANKE PETERSEN

Hotel Inselblick

Wolken über dem Meer

Roman

Hamburg 1892. Als der Kaufmann Wilhelm Stockmann beschließt, das Leben in der Stadt aufzugeben und mit seiner Familie auf die Nordseeinsel Amrum zu ziehen, um dort ein Hotel zu eröffnen, ahnt er nicht, auf welches Abenteuer er sich einlässt. Besonders seine Tochter Rieke ist anfangs gar nicht für den Umzug zu begeistern, der ihr ganzes Leben aus den Angeln heben soll – ganz im Gegensatz zu ihrer Mutter Marta, die schon immer davon geträumt hat, ein eigenes Hotel zu führen. So stürzt sie sich denn mit Elan und aus vollem Herzen in die neue Aufgabe, und ganz allmählich lebt sich auch Rieke auf der Insel ein und knüpft erste zarte Bande.
Doch dann schlägt das Schicksal zu und macht alle Pläne zunichte …

»Eine Familiensaga, die mich durch ihre Dramatik und Atmosphäre sofort in ihren Bann gezogen hat.«
Anne Jacobs, Autorin der »Tuchvilla«

Ein kleines Hotel mitten in der stürmischen Nordsee,
eine mutige Hoteliersfamilie –
der zweite Band der großen Amrum-Trilogie!

ANKE PETERSEN

Hotel Inselblick

Wind der Gezeiten

Roman

Amrum Anfang des 20. Jahrhunderts: Die Familie Stockmann hat sich auf der Nordseeinsel gut eingelebt, und ihr *Hotel Inselblick* blüht und gedeiht – sehr zum Ärger des Pastors, dem der florierende Betrieb ein ewiger Dorn im Auge ist, da er darin eine Konkurrenz zu seinem eigenen Seehospiz sieht und außerdem im *Inselblick* Sodom und Gomorrha wittert. Doch Marta Stockmann, für die sich mit dem Hotel ein Lebenstraum erfüllt hat, kämpft voller Tatkraft dafür, und auch die Töchter haben auf Amrum inzwischen ein neues Zuhause gefunden.
Dann erfährt die Familie, dass Jacob, der inzwischen Tochter Rieke geheiratet hat, ruiniert ist und nach Amerika auswandern will. Droht die Familie Stockmann zu zerbrechen?